To the Mountains
We Belong

昆仑约定

毕淑敏 著

幸运国界处,我的青春在
雪山上开过花
　　　　　　毕淑敏

人民文学出版社

图书在版编目(CIP)数据

昆仑约定 / 毕淑敏著. -- 北京：人民文学出版社，2025（2025.5 重印）. -- ISBN 978-7-02-019163-5

Ⅰ. I247.5

中国国家版本馆 CIP 数据核字第 2025T99D08 号

选题策划　胡玉萍
责任编辑　周　贝
装帧设计　陶　雷
责任印制　王重艺

出版发行　人民文学出版社
社　　址　北京市朝内大街 166 号
邮政编码　100705

印　　刷　北京中科印刷有限公司
经　　销　全国新华书店等

字　　数　657 千字
开　　本　890 毫米×1290 毫米　1/32
印　　张　22.75　插页 3
印　　数　40001—50000
版　　次　2025 年 3 月北京第 1 版
印　　次　2025 年 5 月第 3 次印刷

书　　号　978-7-02-019163-5
定　　价　79.00 元

如有印装质量问题，请与本社图书销售中心调换。电话：010-65233595

自　序

"这里的故事，只有云知道。"

这是本小说的最后一句。也就是说，若看到这里，昆仑山上曾经发生过的那些事儿，不但云知道，哈！您也知道了。

我终于完成了对一座山的承诺。不辜负这座山，是我对自己许下的心愿。那时我们十几岁，尚未来得及盛开为花，就被生活直接拍砸成凝冻的松柏。在海拔近五千米的边防线上，我和战友们曾全力以赴保家卫国，将残酷过成家常。我们的存在，让背后的山河和人民，安享和平。每日望向苍莽山河，我许下心愿……

近四十年前，我开始写作，第一部小说名叫《昆仑殇》。为曾经的岁月书写，是我的初衷和坚持的动力。

只是这一次，刚写完最后一句，还未来得及松口气，便觉周身极度不适。我有些恼火身体不争气，外带浓浓的纳闷——不合理啊！长篇完工了，全身心应该轻松快意，怎么还没容我微笑，倦怠就铺天盖地袭来，欲将我吞没？！

不适感不断加重，我只得星夜赶往医院急诊。医生很严肃告知，须马上住院。恰逢新冠猖獗，又时值深夜，没有现成的病房。医生告知我只能先进急诊室救治，待明日方能入院。

那一夜，急诊室灯火通明，嘈杂无比，重症病人呻吟声此起彼伏……第二天，我住进隔离病房，展开一系列检查治疗。几天后，主任率大队人马浩浩荡荡查房,俯身对我说,你体内除了已经发现的血栓,更严重的是主动脉内,还有大的游走性血栓。这血栓伴随着每一跳心搏,在血流中飘荡……

我轻声答,哦。

主任言简意赅地告知了我面临的风险,须转入某某医院治疗,以防……等等。说完后,他淡淡扫了我一眼,生疑道,病情这般严重你怎么不害怕呢?

我方觉尴尬,感到自己此刻的面部表情(没镜子,看不见),恐不合时宜。病人的置若罔闻,对不住医术精湛、兢兢业业的主任与一众医务人员的救助,心生愧疚。想赶紧弥补。只是仓促中,不知如何作答更合适。遂踟蹰问道,那您认为我听到这等坏消息,该如何表现为好呢?

清晰记得,主任不再理我了。一个病人,麻木迟钝至此,他也无甚可说。我自惭,没心没肺,实在是对医学和医者的不敬。

说起来,我也有点儿冤枉。那一刻,我不是藐视医学。从医多年,我知道大动脉内的游走性血栓十分险恶。若断裂脱落,碎块随血流四下流窜。堵到心脏,便急性心梗;堵到脑部,便突发脑梗;堵到肠系膜动脉,剧烈绞痛脏器坏死;若堵到……招招致命。但扪心自问,我是真的不惊恐,真的不惧怕吗?此时,大脑中只回旋一个声音——直面死亡之前,我终将《昆仑约定》初稿的最后一个字,完成了。

其后两年多时间,我一边治疗,一边反复修改这部小说。每次改完,都会不争气地又进医院。共三次急诊,四次住院。有次,医生径直报我"病重"。

潜伏了半个多世纪的心愿,一朝实现,险些耗尽我全部生命能量。

回忆是孤独的。我在城市的中心处,按下静音键,让自己化成隐身草,只存书写昆仑往事的决心。我肝胆欲碎地咀嚼半个多世纪前的历史,在蛛丝马迹中踟蹰前行。一闪一闪远去的气若游丝的故人,如干燥破碎的脱水菜,浸没冰冷砭骨的雪水中,慢慢膨胀,鲜活。

之前有人问过,你在什么地方写作最惬意?我总是说,任何地方。但这一次,我找到了最佳去处。在急管繁弦的城市,住进了养老公寓。朋友来看我,说,这里寂静。她没用"安静",而是悄无声息地升级至更无声的词。寂静,多用来形容洪荒。

我说,这个环境,比较接近"人之将死,其言也善"。

朋友道,这么说,你是特地选了个距离死亡最近的地方,希望自己写下的文字,也多点儿真善?

我说,做精神田野的锄禾日当午者,是写作人的责任。

我年轻时,身体里居住着沧桑的灵魂。当我七十岁时,借这部小说的书写,重新潜入十六岁半的心灵,寻觅温暖与光明。我的工具,是我的体验、我的记忆、我的大脑、我的手指,我的心肝脾肺肾……总之,全身总动员。熬煮文字的过程,我把记忆汇总成述说。那些字句,氤氲凛冽雪气,激励我向前。

这份高度投入情感和体力的工作,让我衰弱疲惫,但我欣然。此刻,它终于脱离了我的心和手,信马由缰地走啊走,直到遇见了读者您。

这个不完美的世界,是我们赖以生存的人间。为这部小说,我已尽力,只求不完美中的较好。读者朋友们,在小说中,我静静等您。

2025 年 3 月 1 日

1

车灯的雪亮灯柱,如史前猛犸象的两柄长牙,挑穿高原浓稠黑夜。救护车停在高原战区卫生部的院内,随车卫生员跳出车后扑到急诊值班室前,刚想举拳擂门,门猛然打开。一个身穿白色工作服的顾长身影,箭步而出。

值班军医楚直急问:"哪来的?"

"红卡。"卫生员回答,又好奇地问,"您怎么知道病人到了?"

"听到车响。"楚军医简洁回答,"什么病?"

卫生员余三明说:"不知道。"

楚直朝救护车急奔,对回答颇不满:"你是卫生员,不是炊事员!"接着又问,"症状?"

"原因不明的全身衰竭,生命垂危。"余三明小心翼翼回答。

楚直已到救护车前,跃上车。见一青年军人卧在军绿色担架上,面庞如一片将要融化的雪花,冰冷惨白。鼻翼插着氧气管,口周毫无血色,眼帘紧闭。

两人将病员抬下救护车,放在冰封平地上。楚军医急需人手,四顾:"护士呢?"病情紧急,当班护士郭换金却不知去向。

"去医护值班室,找!"楚直一边俯下身,对病患进行初步观察判断,一边头也不抬地下令。余三明急冲到值班室,顷刻返回,气喘吁吁地答:"值班室没人。"按说正值壮年的小伙子,赶几步路,断不会这般上气不接下气。只因这是高原,任何急促动作,都相当于平原上的百米冲刺。

楚直与救护车司机将担架抬进急救室，对余三明说："去病房找。"

片刻后，卫生员再次冲回来报告："病房也没有值班护士。"

"再找！四处搜遍。只要没被狼吃了，就让她火速赶到急救室！"楚军医连发指令。当着面色惨白如纸的病人，虽然楚军医断定病人处于深度昏迷，无法听到外界声响，但他依然习惯性地保持着音调毫无起伏的冷静。对训练有素的军医来说，这是基本功。

楚直雷霆震怒。病人急笃，当班护士却踪迹全无，他心中愤然。本来今晚和他对值夜班的护士是叶雨露，是个细眉弯弯手勤嘴甜的小姑娘，却不知为何换成沉默寡言的郭换金。叶雨露原本答应给楚军医洗工作服，夜深时分还会煮碗挂面当夜宵。郭换金当值，两项福利无望，楚军医忍着饥肠辘辘，下完一系列夜班医嘱后，连喝两杯水，悻悻回到医生值班室入睡。刚合上眼，就听到救护车响，鲤鱼打挺跃起。一个人根本忙不过来，值班护士不见踪影。楚军医对余三明说："部长宿舍砸门！有重病人到，请求增援！"

楚军医百密一疏，匆忙中忘记了各哨卡卫生员虽业务上从属于卫生部统辖，但对本部并不很熟悉。暗黑深夜，余三明记不准部长宿舍方位，又不敢问，只好先到记忆中的卫生员宿舍，叫来帮手。

虽说人不称手，总比没人强。楚直医生连下医嘱，将护士的工作一肩挑起。病人状况总算趋于稳定，暂时脱离生命危险。至于具体治疗方案，须待天亮后慎重诊断。

安顿好病人，让帮忙的卫生员回去休息，楚直又记起失踪的女护士。高原战区指挥机构坐落在高山下的平坦地带，四周岗哨林立。虽说理论上有被高原狼吃掉的概率，但营区内从未发生过。郭换金不会这么倒霉。再不就是被敌特掠去？这个可能性也极低。岗哨警惕性极高，再说抓走一个护士，能有多少情报价值呢？剩下的可能性还有什么？落水？营区附近确有一条大河，但现已封冻，想自杀还得先凿个冰窟窿。那……还有什么，能成为值班女护士失踪的理由？

楚直医生猛一抬头，从急救室的玻璃窗看到，附近山坡上，有个青年军人，怀中紧紧抱着一个人，趔趄着走向卫生部。怀中人军帽倾斜着,露出一条小辫子……

整个高原战区兵马繁多,但女兵只有八名。一般当医生的视力都不好,楚直是个例外,目光炯炯。尤其是他经常吃鱼肝油丸,夜视力尤佳。他已敏锐认出,男子怀中的女人,正是失踪的护士郭换金。

只是那个男人,却认不出是谁。想来身体强健,极少到卫生部看病。

楚直嘴角先是上翘,冷笑过后又抿住下垂。原来是——私奔!

但他很快陷入迷惘,这二人不是逃向旷野山峦,反倒直冲卫生部腹地,这是自投罗网啊。他观察了一眼病人,情况尚算安稳,快速走出急救室。

昨天清晨。

女兵和卫生部领导,同住一栋由狰狞石块砌成的房屋。郭换金下夜班后回宿舍补觉,顿生钻进狮虎山之感。

与部领导同住,是指共进一个石头大门。进门后,是窄细的石头走廊,宽度只容一人通过。逢两人同时出屋,必有一人要退回自家。若执意不让路,两人就得各自面对走廊石壁,背对过道,收腹缩肩,壁虎般腾挪而过。

为什么在高原,要如此节省空间?此地到处都是无人区,什么都缺,就是不乏旷野。郭换金初来时大惑不解,思索后得出结论:石头搭建营房不易,且高原酷寒,炉火中的每一缕热量都万分宝贵,切不可扩大空间。

寸土寸金的走廊北侧,分布四间小房。两间是卫生部领导的寝室兼办公室,两间是八位女战士宿舍。

这等安排,很容易让不明就里的人,觉得这是给予女兵的优待。殊不知领导完全是出于安全考虑。"安全"的含义,不同人有不同解释。一般多以为,战事紧张时,卫生部领导应是重点保护所在。而在郭换金理解中,住在领导身边,是变相监督及具体保护。高原防区有庞大的陆军官兵队伍,女兵只有八人。至于我军数量,保密且呈动态,郭换金等最低级别的士兵,自是无法得知具体数字,也不能打探。但显而易见,男女兵的比例,极为悬殊。男多女少,女孩子便被严格保护起来。

郭换金的铺位紧靠宿舍东墙。一墙之隔,便是卫生部会议室。说是会议室,实在高抬了它。小屋肩负着龙一笙部长吃喝拉撒睡重担,此外多置了几张椅子。

郭换金夜班辛苦,稍微洗漱一下,蜷进被窝。明知蒙头睡觉不科学不健康,但委实太冷。要先借肺腑呼出稀薄热气,将军绿棉被搭建起的这个小密闭天地烘暖,才可勉强入睡。

埋入被内的第一感觉不是温暖,而是浓烈的消毒水气味,呛人窒息。都怪刚才洗脸太敷衍,但郭换金不敢彻底洗。高原上的水,即使在最暖季节,也和冰点难解难分。若将这水泼向被暴打而昏迷之人,可以将其陡然泼醒。

为了维持睡意,郭换金的睡前洗脸,只是象征性胡噜两把。直接报应就是——人虽没被冰水激醒,但弥漫的药气将人熏得神志清晰。

为逃避气味,大多数人第一反应是屏气。郭换金反其道而行之,索性拼命呼吸。两个鼻孔不够用,把嘴巴也动员起来,蛤蟆般反复鼓胀……直接后果是:药气先加浓,再充溢肺腑。最后让鼻腔不可抑制陷入麻木,什么都嗅不出来。

郭换金在药气弥漫的被窝中,恶作剧地对自己笑了笑,计策成功,可安然入睡。

突然间,郭换金猛然醒来。女兵宿舍没有计时器,她在混沌中,不知自己睡了多久。此屋窗户北向,也没法根据太阳推算大致时间。好在下夜班后,当天都可以休息。

她很想继续维持头脑混沌状态,但很快发现:再无法入睡了。

不是药气。药气已然麻痹。空气稀薄,乏氧让她在睡着后,不由自主地将脑袋探出被子,取右侧卧位。原因是高原让心脏不堪重负,入睡后,人们都自动被迫右卧,好让左胸腔的心脏,跳动稍松快些。

换成如此睡姿后,郭换金的面庞悲惨地面对阴冷墙壁。本来,阴冷也没什么了不起。高原冬季,何处不阴冷?

关键是,这堵阴冷墙壁那边,是卫生部简易会议室。

此刻,会议室里正激烈地争论着……

狮虎山外部以石块垒砌,看起来煞是坚固。但内部框架,用的不知是几合板夹薄泥分隔,隔音效果非常差。好在女兵们白天基本在上班,不在屋内,部领导不担心有泄密风险。却不想郭换金正好下夜班补觉,成了躲不开的窃听者。

墙壁另一侧,部务会进入最后一个议题:为女兵班任命班长。

卫生部协理员文慎笔长叹一口气道:"真不知上级领导部门怎么想的?怕我们不够忙乱,塞来八名娘子军。多少男儿还不够用?又或者,派到通讯站守个总机好不好?全分配到咱们这儿来,啰唆!麻烦!俗话说,三个女人一台戏,一下子来了八个,两台半戏还有富余。这若是出了问题,龙部长,我看从上到下,数你我脱不了责!"

龙一笙狠抽一口自制的莫合烟,舌头搅和着烟嘴,略带含混地说:"闲话少说。上头怎么想,不是咱们能左右的。现在的问题是——在这批女兵中间,选一个得力班长。以后的具体工作,就有了上传下达的桥梁。"

片刻沉默后,在场的众人纷纷发言,希望能选拔出合格的班长。

郭换金把脑袋重新埋进军被。这一次,不是为了身体暖和,而是为了让听力模糊。她从小受到的教育,是偷听龌龊。如果能混沌入睡,倦怠身体和疲劳心智就可以一起歇息了。可惜军被设计功能时,没有考虑隔音。尽管郭换金把头垂在胸前,用被子的褶皱尽可能封堵耳郭,并且果断翻过身去,不惜压迫自身心脏,让听力降至半失聪甚至全聋状态,仍抑制不住杂音入耳。

一个平稳且毫无感情的声音道:"咱们先用排除法,看看哪些人不适宜当班长。"

郭换金熟悉这音色,属于司务长殷厚土。他黝黑大脸,一如每月发给大家的砖茶块,紧实粗糙。砖茶若不在炉火上熬煮个把钟头,根本不知味道。

有人呼应这意见,但声音较小,郭换金一时辨不出谁在说。

郭换金并非自来熟性格,和部里的百多号人,并没熟稔到辨音识人地步。她牢记父亲郭大厨的叮嘱:"孩子!咱和人家不能比。不到万不得已,千万别吱声!少说少错,言多必失!记住了吗?"

按说新兵集结后,家人不能来军营探望。但郭大厨是谁?军区小灶上的红人。身份虽低微,但与各位首长的肚腹,有斩不断的联系。这点儿事难不住他,于是见到了那时刚刚穿上军装的郭换金。之后,二人又说了若干话,但郭换金漫漶不清,只记得自己当时重重点头,下巴颏碰到了新军装的第二颗纽扣。郑重承诺——一定少惹事,少说话。

想到这里,她掀开被子。如果她听到各位领导对女兵们一一臧否,她保证不了无动于衷。万一她实在忍不住,在某种场合爆出一两句内幕,后果难料。她对自己没信心,毕竟未满十八岁,哪有那么强的自制力?!所以,即使窃听机会千载难逢,却唯有赶快离开!眼不见心不烦,耳不闻心不乱,好好当大头兵吧!

郭换金麻利地穿好衣服,军装似铁板冷硬,不过对高原官兵来说,习以为常。她途经狭隘走廊来到室外,耀眼阳光逼得双目眯缝,连打几个喷嚏。此地空气压力只相当于海平面一半,言简意赅就是"空气稀薄"。什么东西一稀薄了,透明度就变好,阳光分外骄奢。

郭换金猛眨眼皮,让自己从蒙眬状态快速适应天朗气清。

卫生部建筑群呈四方形分布。它有一缺口,面向高原战区司政后机关所在处。这个布局,利于人员病伤时,尽快抵达卫生部得到救助。本应躺在床上补觉的郭换金,百无聊赖,自然不会朝缺口处进发。她在机关重地无任何公务,也无一个朋友。便在卫生部框架内,无所事事乱转。大家都在各自岗位忙碌,医生看病,护理人员照看患者,药房取药,炊事班做饭……

她回头看了眼狮虎山,门口寂落。讨论如火如荼,一时半会儿散不了摊。看向脚下的鞋,不知该走向何方。旧解放鞋头端包裹的黑色橡胶处,磨得锃亮,依稀可见太阳光聚出的两点明黄。

为消磨时间,她信步走到卫生部依傍的山坡,四下眺望。

正值上午,高原紫外线非常强烈。长时间昂头凝视太阳,双眼角膜将会被毫不留情灼伤。

她又看向卫生部病房和远处司政后机关。从这个角度俯瞰,内外诸般情形,一览无余。

郭换金又下意识前行几步。她发现自己在重复昨夜偶然见到的那个人的移动轨迹,试着揣测他半夜三更扼守此地的动机和目标。郭换金甚至下意识低头,在山坡上寻找遗留痕迹。

山坡,由无数大小不规律的黑色碎石组成,个别处有裸露的巨大花岗岩实体。昨夜……准确地讲是今天凌晨,她见一可疑男子久久站立此处。此刻分辨出是狰狞岩石侧缘,但没有任何痕迹存留。就算有,又能说明什么问题?就算敌特伪装侦察,也一定穿着部队统一配发的鞋子。就算能识别出号码,可大体推测出此人身高体重,又有何意义?

郭换金觉得自己是因睡眠不足,才胡思乱想。

在山坡上,无端消磨了好一阵时间。郭换金借地形之便,见几人终于从狮虎山门里鱼贯而出。她对天长舒一口气,部办公会议总算结束了。她的脚趾几乎冻僵。

刚才落荒出门,慌张之中,只穿了一双解放鞋。这种鞋,在高原冬季,只适合极短时间室外行走。具体有多短?至多十几分钟。如果超过这个时限脚不动作,脚趾先痛后麻,时间再长,便会冻伤。刚才出逃时,应穿大头鞋。都怪自己盲目乐观,低估了部领导为选班长而深思熟虑之决心。

现在,大概已经决定了吧?

班长会是谁呢?

郭换金有一点好奇,毕竟以后,此人将是自己的顶头上司。不过好奇心仅仅维持了瞬间便消散。无论班长是谁,她都是服从命令的好兵。这一点,郭大厨曾耳提面命再三叮嘱,郭换金不敢有须臾大意。

待郭换金回到宿舍,已到午饭时间。屋内无人,女战友们都在各自工作岗位忙碌。她端着饭碗,再次走出狮虎山。

腹诽。部队给每个士兵配发一个饭碗,盛了菜,就只能赤手捏主食。馒头还好,若是米饭,就得下手抓。若饭菜合一强行装在一碗内,哪怕是冒尖盛放,也不够吃。新兵,正是长身体时节,当你风卷残云吃完第一碗,赶忙盛第二碗时,情况便很不乐观。赶得早,还能再盛到半碗饭。若晚了,炊事班饭盆里,只剩黏在盆壁上自命不凡的几颗孤傲米粒。况且,不管你能否吃得上第二茬米饭,菜绝对没得加。一勺定乾坤。

面对这种吃饭法则,唯一应对之法是——早早到场。

依郭换金今天进度,赶不上第一批次打饭。

希望寄托在中午吃馒头。馒头数量通常比较充裕,就算捷足先登的人,用自己的筷子把馒头像穿糖葫芦般戳起,也能满足供应。稍晚抵达的官兵们,不至于饿肚子。

郭换金又回到揣测"饭碗为什么这么小"的问题上。

怕新兵眼大肚子小,一下抢了满碗却吃不下,浪费粮食?

郭换金有对策。除了带着配发的饭碗,加带另一个盛饭家什——漱口缸子。

漱口缸子和饭碗,是绝配。材质均为搪瓷,外壳草绿,内为瓷白色。洗刷干净后,可见杯内壁上有很多喷漆时凸起的斑点。郭换金的漱口杯,被她不小心在半腰处磕掉了蚕豆大的白瓷,露出黑铁皮。每天沾水,生出土锈。这让她早晚刷牙时,尝到鱼腥气。她十分担心,不停锈蚀下去,万一哪天贯穿成透明窟窿,就只能盛小半缸子水了。

不过,距危险变为现实,应该还会很久很久吧?到那时候,郭换金或许混到可以名正言顺买个新杯了。

"新兵",是一道符咒,类乎把孙悟空囚困在五行山下的戒令。你只能委屈地用小饭碗,不能擅自买民用碗。若你坚持要饭菜分装,只能用沾满牙膏和铁锈的漱口杯。它是光明正大的军品。

郭换金自小到大,吃饭器皿都是眉清目秀的。此刻安慰自己,当军装褪了色,混成半个老兵,就有资格买个大碗吃饭。

食堂中午食谱,主食馒头,菜是清水羊肉。

高原缺菜,一年到头几乎没有一片绿叶,日常供应主要为干燥的脱水菜。品种单一,除了干瘪失水的枯菜叶,就是一把抓起,然后哗哗作响地从手指缝漏下去的洋葱屑。

好在肉类充足。清水羊肉,宰好的羊,大卸八块,用斧子劈成拳头大小的骨头相连的碎块。将碎块扔入水中浸泡。一天一夜后,原本清澈的冰水,如同战场低洼处的血泊。炊事班长门可闩满意宣布:"下锅。"

既无任何汆烫步骤,也不放除盐以外的任何调料,拧上高压锅螺栓,开始焖烧。时辰到了,门可闩熄灭高压锅下的汽油灶,耐心等待高压锅在高原寒气中降温。待到高压锅顶端的压力计显示锅内压力正常时,门可闩罗锅着腰,走到高压锅前,对四周的人说:"离我远一点。"那神情,不像要卸高压锅螺栓的火头军,倒似拆除定时炸弹的工兵。

记得刚抵达高原时,郭换金头次看到深海鱼雷般的黝黑高压锅,满怀好奇。她凑过去问:"让人避开,是为了保密?"

门可闩看也不看她,瓮声瓮气道:"闪!"

郭换金顿觉眼前吱吱冒气的高压锅,一口变两口。她不情不愿后退一小步。炊事班长兵龄老,执掌卫生部所有人员的胃与肠。几十米内,他为王。门可闩不满意她退避的程度,继续发令:"再闪!"

郭换金假装没听到,装死不动。她倒要近距离看清楚高压锅如何泄气。

"后闪!说你哪!"门可闩厉声叫道。他身材魁梧,方正脸庞,面色黧黑,眉眼在脸上留下的痕迹,甚浅。眉浅淡,眼单薄,嘴唇薄,好像泥雕成型后,原本该用雕刀用力刻出五官,但工匠偷懒,临时以一根草棍代替,胡乱拨拉了几下,粗制滥造而成。

郭换金的脾气也上来了,犟道:"我闪了!"

"不够!继续闪!"门可闩毫无商榷。

郭换金不甘心地问:"到底闪多远?"

"一丈五外。"门可闩斩钉截铁。说着,停下手中旋转高压锅螺栓的动作,大有郭换金若不后退,他就敢让全卫生部的人此餐被动绝食的架势。

郭换金不曾想到事情会闹得这么僵。记起郭大厨教诲:"闺女,惹什么人,都不要惹火头军。"

郭换金只得乖乖退后。现在,她什么也看不清了。一是距离远,二是门可闩棕熊般的身影,将拆螺栓的细微操作,遮挡得密不透风。

今天午饭,她来晚了。高压锅早已泄去压力,像个粗糙的黑草垛,无声无息蹲在卫生部食堂外,蔫头耷脑。

郭换金拿了俩馒头,放入军绿搪瓷碗,转身便走。殷厚土司务长正好走过来。刚散场的部务会上,对众女兵多有评说。他格外注意盯了一眼郭换金,发现了蹊跷。

"你打完饭了?"殷司务长问。

"是。"郭换金答。

"你只打了主食,没打菜。"司务长点出关键。

"我……我……"郭换金结巴,暗怨司务长明察秋毫。

"为什么不吃菜?"司务长追问。他是炊事班的直接上级,就餐人员拒不打菜,他守土有责。

"我……俩馒头就饱了。菜我省了,给更需要的同志们吃。"郭换金找出冠冕堂皇的理由。

司务长不买账,道:"每人都有一份,炊事班保障供应,用不着你自我克扣。知道的,说你品德高尚。不知道的,还以为卫生部后勤保障不力。我是司务长,会被打板子。说吧,到底什么原因?"殷厚土大道理加威逼利诱。

郭换金恨司务长火眼金睛,只好道:"我不喜欢吃羊肉,吃了就恶心。既然是好东西,就给爱吃的人吧。"

司务长道:"你挺能自圆其说。我问你,你是这一顿不吃,还是今后凡是大灶煮羊肉时都不吃?"

郭换金没想到事态嗖地恶化,忙说:"我不是那个意思。只是不爱吃,偶尔吃一点……"她咬着下槽牙,想起郭大厨"少惹事"的谆谆告诫,赶忙又说,"嗯嗯……好像……也没……啥问题。"

司务长见她服了软,见好就收道:"咱们高原防区,蔬菜运不上来,全凭肉食补充营养。算下来,一年三百六十五天,吃羊肉的日子,少说也有一百五十天。你若一直不吃羊肉,长此以往,体质撑不住。人像一摊泥,如何保边防?上了战场,是你救战士,还是战士搋着你……"

郭换金生无可恋地看向喋喋不休的司务长,心说,至于上纲上线吗?吃那么多羊,你是野狼吗?再者,少吃羊肉,就和战场窝囊废画等号了?但心中又想到郭大厨的教诲,便强令自己点头道:"司务长批评得对,我一定改过自新。"

司务长转身对掌勺的门可闩说:"给小郭盛上羊肉,多加羊汤。"

郭换金端着半搪瓷缸羊肉和汤,欲哭无泪。她快步走向司务长目所不及之处,预谋将漱口杯内的汤水泼向冰冻大地。不过成块的羊肉,用这个办法恐露出马脚,须找个僻静所在,就地掩埋为佳。浪费羊肉,她也痛心,但找不到人替她吃,只有毁尸灭迹。

却不想,又迎面碰上协理员。

文慎笔笑容可掬地问:"小郭,回宿舍吃饭啊?"

卫生部原有餐厅,但秋冬季节,要集中安放存储的牛羊肉,便改成临时库房。众人就餐之地,自行解决。若天暖,人们端着碗,聚集在炊事班附近山坡上,三五成群圪蹴一处,边吃边聊天。若气候极寒不适宜室外吃饭,就各回各屋,龟缩宿舍就食。

今日寒凉,碗中的主副食不消片刻热气散尽。年轻的军人们,仍凑在一处扎堆聊天。他们自恃火力壮,骄傲地相信本体脏腑之气能给食物徐徐加温。只有脾胃虚弱之人,才胆怯地选择舍内就餐。

郭换金的销毁计划只得延滞,皮笑肉不笑地道:"嗯,回家吃。"

顺嘴说出"家"字后,愣怔片刻。家,在哪里呢?倏然一惊,怕露出破绽,忙道:"宿舍就是我家。"

文慎笔平易近人地微笑道:"听说你以前不吃羊肉,现在,改正了?"

郭换金略微一窒。协理员连小兵不吃羊肉都知道?当兵的人,难有秘密。她尴尬答:"您说'改正'?好像我不吃羊肉是一个错误?"

文慎笔语重心长:"岂止是错误,骨子里就是资产阶级思想。"

郭换金瞠目结舌。资产阶级与革命军队不共戴天,和羊肉也是这般敌对关系?匪夷所思。

看到小女兵茫然无措,文慎笔怜悯解释:"无产阶级军队,要吃饱了饭,才能和资本主义帝国主义作斗争。你饿着肚子,就是间接支援了资产阶级……"

郭换金在铁的逻辑面前,被迫点头如捣蒜,说:"协理员,是。我记下啦!"

文慎笔笑眯眯地道:"那我看着你吃羊肉吧。"

郭换金的双眼皮大眼睛,瞪得溜圆。她从小不吃羊肉,看来今天真是躲不过去了。她闭上眼睛以掩饰恐惧，马上又睁开，屏住气，将半碗羊肉囫囵吞下，呛得满面通红。

"文协理员，您赶紧去食堂打饭吧……去晚了，饭菜都凉了。"郭换金说完，转身就跑。再晚一瞬，她会当场呕吐。

文慎笔满意地往炊事班方向走去，心想，这兵，还算听招呼，孺子可教。假以时日，有可能成为一个好兵。

郭换金回到宿舍，以为还像上午一样，独守空房，却不料室友叶雨露躺在床上，脸色惨白。

"怎么啦？"郭换金顾不得肠胃翻江倒海，忍痛问候。

"肚子疼……"叶雨露双手抚压小腹，哭唧唧道。

"怎么了？"郭换金着急问。

"'倒霉'……推后了……特别疼。"叶雨露断断续续道，泪水交睫。

女孩子们的黑话。一月一至的生理期，称"倒霉"。听这个词，就能想象出它的不堪。特别在高寒地带，此君莅临，灾难驾到。

叶雨露来自农村。郭换金本以为农村孩子理应能吃苦，却不想穷人有娇儿。小叶子长相清秀，身子骨单薄，嗲得不行。郭换金时不时纳闷，她是如何通过了女兵入伍的严格考核？

叶雨露佝偻身体，缩成一团，期望这个姿势能对下腹绞痛，稍有裨益。然收效甚微。

郭换金说："你试着吃点饭，看能不能好点？"

叶雨露摆头："不吃。痛得生不如死，哪里还能吃得下饭？"

郭换金叹一口气。属于年轻女孩的叹息，即使真的沮丧，也是稍纵即逝。她继续好生劝慰："小叶子，忍忍吧。最难的就是头两天，熬过去，后头就稍好些。"

叶雨露撇嘴道："两天就是整整四十八小时，怎么熬啊……"

郭换金说："要不，我找医生给你开点止痛药？"

叶雨露道："我已经吃了止痛片。也不知是咱这里山高水远，药片在路上走得太久，失效了？还是因为天太冷，药片也被冻不灵了？没啥用。"

郭换金说："别瞎琢磨。肚子太疼，会连带脑子胡思乱想。既然吃了药,就等着它起效。再不然,打杜冷丁?实在不行,还有吗啡……"

叶雨露花容失色。不过此刻她的脸毫无血色,倒也不会再失去什么颜色,战战兢兢道:"吗啡就是大烟土,你别吓我!我……继续忍着吧。"

郭换金强笑道:"忍,是没有法子中的法子。好在也没听说过,谁痛经就死了的。"

妇科挛缩这种痛,非亲历者难以描述。幸好它是循环发作的脾气。剧痛之后,出现短暂缓解期。叶雨露见缝插针道:"郭郭,咱们打个商量。"

郭换金被这称呼气得翻白眼,想起某种苦哈哈在深秋凄惨鸣叫的鸣虫,不悦道:"革命部队,不兴叫外号。"

"你若不喜欢,咱换换。"叶雨露锲而不舍道,"要不叫金金吧?富贵又喜庆。"

"吓!叶雨露你还嫌痛得不厉害啊?再要贫嘴,我送你高尔基的一句话,让暴风雨来得更猛烈些!"郭换金道。

叶雨露傻了,高尔基是谁?新来的病号?她认真想了想道:"咱部里的医生,好像没有姓高名尔基的。再说,我肚子痛和暴风雨有什么关系?咱高原防区,暴风雨不多见,暴风雪倒是家常便饭。"她乡下小学毕业,自然是不知道的。

郭换金暗自敲打了一下大腿骨,借轻微疼痛,提醒自己谨言慎行,别胡乱联想轻易开口:"好了好了,既然不吃饭,那就安心躺着休息。你这个情况,严格说起来也不是病。好歹挨过这几天,会重新欢蹦乱跳。"

说罢,郭换金三口两口将凉馒头吃完。她打算出门找个无人地方,使劲抠抠嗓子深处,看能不能将羊肉吐出些,就地掩埋。可恨刚才当着协理员的面,强迫吞下的羊肉,为时已久。除了嘴巴遗有满坑满谷的膻腥气,还能吐得出?

叶雨露觉得小腹绞疼,有卷土重来之势。要赶紧把想了许久的话说出来。不然疼痛剧烈,话说不周全。

"郭换金同志,我跟你商量个事儿,可好?"她一本正经开口。

郭换金把最后一块馒头皮塞进牙缝,说:"叶雨露,你不用装神弄鬼,有什么话,直说。"

叶雨露道:"看这情形,我今晚的夜班,估计上不成。若正给病人打针,突然肚子疼,也许我会把该扎在屁股上的针头,戳他眼珠里。"

郭换金说:"呸!就算血流成河,你手下失准,该打到臀部的针,至多失手攮进腰窝,眼珠还是安全的。"

叶雨露撒娇道:"我若把针头捅进病号腰窝,手一抖,针断了,半夜三更得把楚医生叫起来,开刀取针头。你也知道,他嘴巴多毒!"

郭换金说:"别说得那么邪乎。不就是代你上个夜班吗,没问题。不过,明天我白班,你要补上。"

叶雨露说:"那是自然。下回你'倒霉'了,我也替你的班。"

郭换金得意道:"我'倒霉'的时候,一点也不倒霉。和平常日子差不多,馋死你吧。"

疼痛再次袭来,叶雨露调动起所有气力隐忍,冷汗涔涔,没气力搭话了。郭换金也不再说什么,只想赶紧跑到无人处,把羊肉抠出来,然后回屋蒙头大睡。昨晚没合眼,今日为了躲偷听被迫流浪,下午一定先把觉补上,连续上夜班才不会萎靡不振。

2

下午的觉质量差。郭换金想从嗓子眼抠出羊肉,未果,腹中隐隐不适。勉强躺下,心神不宁。与她铺位一墙之隔的部领导屋,倒是没继续开会,一片死寂。只是身体一靠近那堵墙壁,就会不由自主联想——谁,将是班长?

她揣测,是麦青青。

麦青青,是高原战区所属的上级大军区麦副司令员的女儿。相貌出众,身手矫健,头脑灵活。天生继承了老爹的将帅风度,在一众女孩中鹤立鸡群。她若不当班长,天理不容。

虽睡眠时间不长,但年轻有好处,傍晚时分醒来,郭换金基本恢复活力。同宿舍黎锦下班后,郭换金叮嘱她照料依旧昏然沉睡的叶雨露。吃罢晚饭后,开始准备接班。

晚十点整,郭换金上病房大夜班。先查看病历,然后提马灯到病房区巡视,以便心中有数。完成后,她快步奔回医护值班室。

这段路程在户外,说长不长,说短不短。高原的夜晚,太阳一下山,便冰寒刺骨。随着暗夜加深,寒冷也一步步森然凛冽。两处房间内都生有炉火,唯有往返路程暴露野外。旷野的风将人在室内好不容易积攒的热量,轻而易举吹拂一空。

郭换金裹紧白衣疾走,鬼使神差往旁侧山坡瞟了一眼。夜风飒飒,空无一人。

郭换金顿觉自己有毛病。她在看什么?她企图看到谁?她只好对自己解释,当然不是想看到谁。昨夜看到的星空下的孤独身影,今日没出现。

对值夜班的楚直军医,身穿雪白且毫无皱褶的白大衣,端坐在值班室椅子上,叼着一根烟,并未点燃,随口问:"怎么样?"

郭换金反问:"什么怎么样?"

楚直解释:"当然是病号情况。如果没有特殊变化,今夜我能睡个好觉。"

郭换金反驳:"就算在院的病患都好,半夜也可能来急诊。"

楚直道:"你应该巴望着我睡好。我若能一夜高枕无忧,证明病号平顺。若我鸡犬不宁的,一损俱损。"

郭换金打个哈欠道:"就算皆大欢喜,你能睡觉,我却不能。"

楚直摘下唇边未曾点燃的烟,道:"这就是医生和护士的区别,你不能不服。比如不能吸烟,干着急没办法。"

郭换金辩解道:"我不是护士,是卫生员。再说,我并没有不服。"

楚直一拍脑瓜说:"我忘了,你们是代行护士职责的卫生员。其实,你占了大便宜。"

郭换金一边准备治疗器械,一边说:"占什么便宜了?我怎么没觉出来?"

楚医生道:"这你就不懂了吧?若你在医疗工作中出了纰漏,责任由领导负。你是战士,天大的娄子,概不负责。"

郭换金吓了一跳道:"我们班一共八人,无论谁出了问题,账都算到文协理员和龙部长身上。他们够惨的。"

楚直冷笑一声:"那你怎么不说我更惨?"

郭换金不解,说:"你当了部长?今天刚任命?我下午一直都在睡觉,孤陋寡闻了。"

楚直一本正经解释道:"我虽不是刚任命的卫生部长,但我是今夜和你对班的医生。你若出了任何问题,我责无旁贷都要负第一责任。"

郭换金抽吸着注射瓶中的药水,恍然大悟道:"原来,楚医生是提醒我认真工作。您大可放心,今天晚上,我必会对您负责。"

楚直意味深长地看她一眼,说:"姑娘家,不要动不动说什么对他人负责的话。"

郭换金不解,说:"您绕了这么大圈子,不就等我这句话吗?我如您所愿说出来,您却倒打一耙,真真没良心。楚医生,给您提个醒,医疗重地,不能吸烟。"

不知何时,楚直把捏在手里揉搓的烟,又塞进嘴巴。他强词夺理道:"看清楚,我并没吸烟,只是含着烟。这二者有原则性区别。记忆中,今天不是你当班,应是叶雨露。"

郭换金翻了个白眼道:"换班了。不行吗?"

楚直轻轻吐出一口气,说:"若是叶雨露,她不像你这般不通融。"

郭换金惊讶地耸耸漆黑的眉毛,说:"若是叶雨露当班,你居然敢在医护值班室吸烟?"

楚直不悦道:"烦你看清楚了,吸和含,是不同的。"

郭换金死死盯着楚直的嘴唇。的确,他一直把烟卷叼在嘴里,千真万确不曾点燃。

楚直不屑道:"看清楚了?"

郭换金无奈地点点头说:"看清楚了。"

楚直把卷烟像拔萝卜般揪出嘴巴。海绵过滤嘴已然变色,被口腔中的湿润打出深痕。"好吧,吸烟危害健康,你是为我好。谢谢!"他不甘心地给自己找了个台阶。

郭换金板着清秀脸庞道:"我并不是为你好,楚军医不要自作多情。医务重地,我是为了自己和病人好。"

话不投机,楚医生长叹一口气问:"你会做饭吗?"

郭换金想也不想断然回答:"不会。"

楚直颇感意外道:"据我所知,你爹是上好的厨子。"

郭换金稍顿了顿,更正道:"炊事员。"

楚直不与她计较,自圆其说道:"对对,革命军队叫炊事员,厨子是老百姓的尊称。听说郭大厨的手艺,在军区首屈一指,首长都喜欢他做的菜,八大菜系无一不精。"说到这儿,楚军医面露鄙夷之色,反问,"你作为他的女儿,居然一窍不通?"

郭换金脑中出现总是面带笑容的老厨师。有人曾问他,一天闷头做饭,你为何无人时也笑?他回答,我不是对着人笑,是对着食材笑。你笑,它们就高兴,做出来的饭菜就好吃。你要是愁眉苦脸,菜就难吃。

一般人没有他那般出神入化的手艺,无法判定他说的话有无道理。郭换金曾腹诽,活猪变成肉片,会笑吗?

记忆里,郭大厨围裙兜里总装着一把香菜。首长喜握手,若吃得满意,常到后厨感谢厨师。老爹先在口袋里不动声色揉搓香菜,然后才双手捧过领导的手,握住后亲切摇晃。郭换金不解,问他为何这般操作?郭大厨说,做菜的人,手上会有各种气味。膻肉腥鱼酸菜辣椒都不好闻,香菜,可以去味……

忆起老爹的温和,郭换金平静回复:"龙生龙凤生凤,老鼠生儿会打洞,是反动的血统论。正因为我爹是炊事员,家中做饭的事儿,他用半只手就全包了,哪轮得到别人插手。所以,我有充分理由不通厨艺。"

楚直悲观失望道:"若是叶雨露在,好歹煮锅面条当夜宵。与你对班,是我的悲剧,要饿着肚子到天明。现在唯一能做的事儿,就是许个愿,愿今晚别从一线哨所来重病人。否则,鸡犬不宁兵荒马乱,我也许会突发低血糖。"

郭换金默不作声,无以作答。她的确不会做饭,对此毫无兴趣,也不相信许愿。

楚直生无可恋,决定提前到隔壁医生值班室休息。临走前,下了一系列医嘱:"××床,或许会失眠。如果你深夜两点那一次巡视病房时,他还没睡着,就把安眠药给他……"

郭换金插访:"那我现在给,他提前服下安眠药可好?"

楚直道:"他是明天上午最后一台手术,晚上很可能胡思乱想。安眠药药效八小时,睡前服,很早就醒,轮到他做手术时,会疲惫不堪。"

郭换金记下。

"至于这个××,也许半夜会有腹痛,我开出胃肠解痉剂备用。如果不出现腹痛,就不用给他。若疼,第一时间让他服下,你可灵活掌握。××床,可能会有术后疼痛。如果尚可忍受,你可不必给他用止痛剂……"楚直一一交代。

"什么叫'尚可忍受'?"郭换金刨根问底。

"若仅眉头轻皱,还可迷迷糊糊入睡,就算'尚可'。术后疼痛难以避免,全靠止痛药,累积会有副作用。病人有轻度胃溃疡,半夜三更又是空腹,服用止痛剂对胃有刺激,不能只顾一时不计长远……"

郭换金一一记下,略带钦佩地说:"楚军医老谋深算。"

楚直皮笑肉不笑道:"我能理解成,你这是在表扬我吗?"

郭换金说:"我实事求是,你不用骄傲。"

楚直道:"提到实事求是,我实话告诉你,对病人好是一方面,最主要我是对自己好。"

郭换金不明白,问:"你一直都在说病人,如何成了对自己好?"

楚直诲人不倦,说:"你们做护士的,值夜班不能睡觉。对吧?"

郭换金答:"你明知故问。护士要随时观察病人的情况,夜间不间断做很多治疗,当然不能睡。"

楚直单刀直入:"当值班医生的,若没有突发情况,可一觉睡到天明。"

郭换金说:"这个我知道。医生和护士的职责不同。"

楚直说:"知道就好。值夜班,我不单要睡觉,还要尽可能睡好。一旦有突发情况,我才能一跃而起,冷静判断果断施救。对吧?"

郭换金点头道："那是。"

楚直掰开了揉碎了解释道："如果你为了这几个住院病人的小情况,一而再再而三扰我睡眠,若真来了重大医疗抢救任务,我有可能昏头涨脑。再加上低血糖,出个昏招也说不定。"

郭换金明白了,敢情楚医生在这儿挖坑等着,报没有吃上夜宵的仇。

楚直见她恍然大悟的样子,说："明白了就好。"说罢,脱下雪白的白大衣,搭在手臂上。

郭换金奇怪："医生值班室在隔壁。"

楚直说："我虽困,方位还分得清。"

郭换金纳闷："你不把白大衣带走,预备放这屋里吗?"

楚直说："你见过医生穿白大衣睡觉吗?不嫌硌得慌?"

郭换金说："你穿不穿白大衣睡觉,和我没关系。可你把白大衣脱在这儿,我当班,就和我有关系了。"

楚直道："我没那么敬业,睡觉时还穿白大衣。之所以把它留下来,是因为原本上夜班的叶雨露,答应了帮我洗工作服。现在换成你了,是不是也替她完成承诺?"

郭换金气啊,换个班,换成老妈子了,悻悻道："你这白大衣不是挺干净吗?"

楚直说："袖口有一滴蓝墨水。时间长了,不容易洗净,要抓紧搓搓。"

说完之后,楚直医生径直离开。他脱去工作服,一身戎装笔挺,褪去了医务兵的学究气,泛出独属青年军人的干练。临出门时,他提醒搭档："最近边情紧张,你一个人值班,小心点,留神有人摸哨。"

郭换金大惊失色："像我们这种小兵,也配被敌方捉舌头?"

和这个看起来不苟言笑的小女兵斗嘴,让人心生惬意。楚直再接再厉说："敌方并不知道你什么都不知道啊。作为边防军,提高警惕,严防任何可疑之人,守土有责。"说罢,扬长而去。

郭换金定定神,先找出一块干净的三角巾,把那件沾了墨水的白大衣包好,预备天亮后交给前来接班的叶雨露。谁让这闺女爱助人为乐呢。

又一想,若是自己也求叶雨露帮助洗洗白大衣,她会不会答应?悲凉得出结论,估计……不会。毕竟她好吃懒做。

护士夜班,规定每间隔一小时,要到病房巡视一遍。条件简陋,病床床头,并无呼叫铃。若病况危急,值班人员如何发觉?怎样在第一时间赶到病床边?答案:没有办法。

护士不可能二十四小时中的每分每秒都守在病房,她们还须完成办公室配药、抄写医嘱、核对治疗方案等一系列工作。得知病人情况,唯有不断巡查。再就是依靠病人互助。如恰逢护士刚巡诊完,有人突发意外,其他病人会立即冲到值班室人工报警……但若是病患于无声无息睡眠中死亡,就无可奈何了。幸好后一种情况,概率极低。

夜已深,又到了郭换金到病房区例行治疗之时。

一出值班室,夜风卷地而来,刺入骨缝。她陡然想起一句古诗:"风头如刀面如割"……谁说的来着?岑参,抑或王昌龄?记不清了,反正有人说过。她耷拉着眼帘,眯起眼睛,以防流泪。好在这条路走过无数遍,闭着眼睛也能摸到。顷刻又睁大眼,四处睃寻。说是四处,其实不符。目光主要扫向卫生部西北山坡。昨夜,那里有个凝然不动的身影久久伫立,让人生疑。好在,今夜无人。

远处雪山非常安静,静得可听到十公里外,夜行的藏羚羊,击踏山峦的蹄声。

病房内情形,与楚直医生睡前预测几乎一模一样。要做手术的病人,辗转反侧。但他没有提出需要帮助,估计在侧翻几个滚后可睡着。为了顾及病患自尊心,郭换金也没特别关照。非急诊手术,术前基本上可算正常人。过度照拂,反倒让当事人紧张。

做完治疗,她回办公室。路上,不由自主又看了一眼卫生部西北角。回应她的,仍是一地银辉,猎猎风声。

下一次巡视时,郭换金提前告诫自己,不要东张西望。她成功地做到了这一点,因为冷,这一步没走完,下一步就匆匆腾起,轻捷欲飞。

作战参谋景自连,正在山坡上夜观星象。他听力极佳,从郭换金刚一走出值班室,就察觉异样。不过,他身形纹丝未动,依然保持仰头姿势。余光一扫,立即判定还是昨夜那姑娘,不动声色目送她进入病房。

没来由地稍有沮丧。那白色身影,不曾有丝毫犹疑张望,健步如飞。手端治疗盘,无一丝晃动。目不斜视,直来直去。虽然距离有点远,但这么个大活人,完全没看见吗?!

太大意了!起码要先观察一下四周情形,毕竟这里与国境线近在咫尺,且还是未定国界。

景自连暗自决定,择时向战区司令员吹个风。非一线人员的警戒意识亟待加强,不可轻敌松弛大意。

想过之后,他继续专心致志仰望星空。他自然铭记伟大哲人墓碑上的铭文——"有两种东西,我们对它们的思考越是深沉和持久,它们所唤起的那种越来越大的惊奇和敬畏,就会充溢我们的心灵。这就是繁星密布的苍穹和我心中的道德律令。"

不过,作战参谋的仰望星空,和哲学幽思无关,实实在在用于战斗目的。

今夜,星光灿烂。这个灿烂,不仅仅指万星烁烁。近期子夜前后,会有一颗巨大彗星,横扫苍穹。

彗星出现时,旷野亮度,会发生不可思议的变化。景自连参谋的任务就是——研究特殊天象,对未来战争的影响。观测彗星光射对于人眼目测距离和一系列应用变数的数据。

高原战争,尤其夜战,战况瞬息万变。无所不在的天穹,变幻莫测的星光,是极为重要的野战参数。

景自连目光精敏,凝视星空。每一束星光都如此古老,穿透炙热的恒星火海,跨越极寒的宇宙旷野。遭遇无数险阻,被尘埃和射线阻挡、分隔……然而它们不屈不挠射向地球,直到清晰进入他的眼帘。它们跋涉了千万年,不疲倦不褪色,不拐弯不迟疑,以光速持之以恒地奋力向前,灿烂辉煌。它们曾经历怎样的孤独?有着怎样波诡光谲的经历?

这一切,星芒永远不会述说,他也永远不会知道。人们见到的,只是锋利星光击穿宇宙的勇气。此刻,景参谋在它们的闪烁和扑朔迷离中,大彻大悟。与浩瀚的宇宙相比,他深刻感悟到自己的渺小和微不足道。

景自连一向以自制力为傲,今晚夜观星象,却不断走神。忽而想起昨夜见过的窈窕女子身影,忽而想到浩瀚无际的缥缈宇宙。他轻轻拍了下额头,收拢思绪,沉浸到专注观测中。

不知过了多长时间,听到病房门开阖。他竭力不让自己头颅有丝毫偏转,身躯纹丝不动。但他的眼睛,好像具备全景旋转功能,分明"看到"女护士,一步步走回医护值班室。这当然没有任何异常,但走到半途,女兵突然折转方向,向着景自连站立的山坡,疾速而来。

什么意思?

景自连大感不解。就在女护士步履轻轻,脚下步伐弹性极佳,马上就要接近他的时候,景自连条件反射般地想张口——"口令?"

他们之间尚有一段距离,似乎未达必然问询口令的距离。但在国境线的暗夜中,兵无常势。对于安全距离,并不曾有严格规定。问就是问了,你,必须回答。

声音落地,景自连惊讶地发现,发出声音的并不是自己,而是一个女声。他知道女护士在巡查病房,没打算惊扰她的正常工作程序。

喝令是郭换金发出的。她很紧张,昨夜就疑惑这不明男子,站在这个位置鬼鬼祟祟地观察地形,觉得事发偶然,又不在自己本职工作范畴内,就轻轻放过了。白天到那个位置看了看,吓了一跳。此地可以将战区司令部全貌一网打尽。楚军医临走前的话,更让她心中警钟长鸣。今夜看到可疑身影又出现时,心中紧张恐慌,本想不理睬,故作镇定进了病房。待巡视和相应治疗完成,她端着瓷白色医务治疗盘返回时,看到此人仍在觊觎四周,士兵的责任感澎湃而出,豪气干云,情不自禁大声喝令。

声音在雪地滚动,顷刻被吸附走绝大部分力度。郭换金身躯止不住微小抖动。一为冷,二为恐惧。她的白色工作衣,被强劲山风吹拂衣摆,像欲飞鸽子。

被喝令回答的景自连,半仰头的姿势,纹丝不动。他军装笔挺气势凌人,迎风肃立。听到问话,神情莫测陷入急遽回忆。

今夜口令,正是由他本人拟发。每日下午六时,准时发至高原战区各基层单位。它是战区至高无上的通行证,尤其夜间行踪交汇,必须查验口令。

当时是战区司令员魏盾远,亲自将此任务交与他。除深感自豪外,景自连也很想有所创意。以往口令,例如"长城""黄河"等,太司空见惯。轮到自己做主,除朗朗上口外,自忖也要有新意,别出心裁。

拟口令这事,起初让人兴奋。然每天都须思谋一组新令,新鲜感快速磨损,久之倦怠。景自连终于明白,即使如曹操这等文思敏捷的枭雄,也会无奈中把"鸡肋"当了口令,连累杨修丢了性命。

今天的口令——到底是什么?景自连稍有愣怔。

普通军人,自然会牢牢记得当天口令。"前天是'雪原'和'月夜'。昨天是'苹果'和'鸭梨'……"好在他拟过的口令虽难以计数,但每一道口令,都如同销毁不掉的账簿,铭刻在心。

今天的口令……他自然没有忘记。口令如贴身铠甲,岂能疏忽。景自连未能脱口作答,是因为:多年以来,他从未听到过从女子口中唤出"口令"二字。清脆悦耳,令人不由片刻遐想。

景自连侧身看了一眼十米开外的卫生部女护士。此高坡位于整个机关的偏僻处,临近卫生部。他身体素质甚好,极少到卫生部看病,与众女兵素不相识。

郭换金紧张得全身发抖,手中的瓷白色治疗盘,晃动不止。清冷星芒下,反射出细碎的金属银光。

"我……"景自连想说,我拟发的口令,还能问倒我?想到自己的军人威严,便生生咽了下去。这个极短暂停顿,让女兵戒备更甚。郭换金厉声道:"我再问一句,口令?你若还不答,我会……开枪。"说着,她把治疗盘放在雪地上,掏出手枪,利落地将子弹上膛,对准了他。

景自连这才充分意识到,局面于他相当不利。高原战区距国境线很近,开战气氛极浓。按规定,三次口令问询后,对方仍拒不回答,即可直接开枪。也就是说,格杀勿论。

想到这里,景自连赶紧敛起属于油条老兵的不羁心理,朗声回答:

"银河。"

女兵松了一口气。这个半夜三更爬到卫生部附近山坡眺望天际的军人,原来是自己人。她平静下来后顿觉冷汗涔涔,愤然想:你有精神病啊,半夜三更的,在这儿乘凉啊?!

郭换金愤然端起治疗盘欲回医护值班室,却不想对方并不善罢甘休,开口反问:"回令?"

这下轮到女兵张口结舌。幸好星光晦暗不明,不然可见她口罩边缘裸露出的皮肤,已大片潮红。

口令是孪生兄弟,都是成对出现。当日传达口令时,正遇突发状况,郭换金只记下了"银河",却忘了回令。她刚才所有的峻厉,都如同碰到铜墙铁壁的弹壳,坚硬反弹,猛烈击打着她的脸面。白衣猎猎作响,无法抵御对方辛辣的目光。

"回令……"景自连正面朝向她,不动声色第二次逼问。同时掏出自己的手枪,上膛。眉目澄澈,英气逼人。

这可如何是好!郭换金当然记得关于开枪的严格规定,后悔刚才逼问这个家伙太甚。虽是国境对垒之地,但敌方单兵独马杀到防区司令部,偷袭摸哨的可能性,微乎其微。实在应该放他一马。

这能怪她吗?此人形迹可疑,昨夜就已经在这山坡上驻足凝视许久。今夜又卷土重来,居心叵测啊!时间流逝,他却纹丝不动。除头部转动外,全身状同雕塑,是何缘故?不得不防。

郭换金心生悔意。就算要查证此人,也应稳住心神,按兵不动,回去后叫醒值班的楚军医,两人协同作战,不似现在这般尴尬。

此刻面对喝问,如何是好?

景自连观测星空的任务,已然完成。对于惊扰了他最后工作程序的小女兵,胆敢哆哆嗦嗦将手枪直指他脑门的生瓜蛋子,十分不爽,冷冷道:"我再问一句,回令?如果你三次拒不回答,按照规定,我可以开枪。"

"千万别!这位……战友!我是卫生部卫生员,谁让你站在卫生部附近的制高点上,待了这么久不走!我当然有权问你。至于我忘了回令,这是我不对,但我是自己人,不信,战友可以到病房查问。门口住的1号病人,可为我做证!我刚给他打完针……"郭换金忙不迭解释。她并非饶舌之人,但此刻若洗不脱,麻烦有点大。

暗夜中,景参谋无声轻笑,迅疾恢复冷厉。好在就算星光再璀璨,对面的小女兵也看不清他的细微表情。他决定继续周旋。

"你回答不出口令,就有可能是敌特。我没闲工夫到病房调查你,你说怎么处理吧!"景自连将手枪放下,面部仍线条冷硬。

郭换金看了一眼治疗盘中的马蹄表。作为战士,纪律规定不能佩戴手表。医务工作又不可须臾离开时间计测,马蹄表就成了工作设备。下一次病房治疗时间即将到来。

郭换金急中生智,镇定应道:"我,可以答出你的口令。"

景自连失望地想,这小女兵,看来还不太笨,居然想起来了。"回令?!"他继续逼问。

郭换金朗声回答:"打针!"

景自连傻了,哭笑不得。这哪是回令?分明胡诌乱扯!营阵中,居然敢拿口令开玩笑!和女孩子拌嘴,实让他有欢愉之感。不过,他提醒自己适可而止。随之很清醒意识到:此时此地不宜。于是,整理好情绪,冷冷道:"回令错误!你不要命了吗?"

郭换金竭力平心静气地辩道:"我说的不是口令,是我马上要开展的工作!现在,我可以走了吗?下一轮治疗就要开始,耽误了战友病情,你负得了责吗?"

景自连忍不住哼笑,狡黠!他当然不能负责,下意识摸了一下鼻子。鼻梁挺秀,鼻翼较薄,甚是英武。但此刻冻僵,知觉模糊。想到对面小女兵,也在寒风凛冽的山坡上站了这许久,心生恻隐,便道:"你这不是回令,是胡搅蛮缠。不过,你可以走了。"

白色身影闻听,嗖地转身,没有一丝一毫迟疑。她手中反射烁烁星光的治疗盘,与工作服融为一道白光。随着清脆的碰撞音,隐没于高原暗夜中。郭换金无比渴望马上回到温暖的值班室内,将刚刚测得的相关数据,誊写在专门的医学记录纸上。等这一切忙完,下一轮的检测和相关治疗,又近在眼前。虽然这个男军人,身披月光,宛若暗夜之子般峻拔,她亦无暇顾及。

景自连哈口气,暖暖冻僵的手指,在随身携带的作战日志上,勾勒出此刻的星空略图并逐一注明诸星亮度。之后,步履轩昂欲回战区司令部。他向女护士看去最后一眼,却不料不远处的女护士身影一歪,软绵绵跌向布满积雪和峻石的地面……

景自连身披星光,如银色闪电,从山坡一跃而起,扑向郭换金。他速度极快,但距离还是太远,待他飞奔而至,郭换金已近倾倒在地。景自连用身体接住了她,如同垫子,免去女孩硬生生砸到雪地上的悲剧。

景自连稍感狼狈。尽管救助战友,在他是义不容辞之举,根本无须思考,身体就在第一时间做出了反应。但此刻,局面暧昧。他用双臂和半个身体,挽住的这具身体太软了,简直像他小时吃过的一块热年糕。在此之前,他从不知道,人的身体还可以这般温软,如同春风吹拂的棉花。他平日练习搏杀,经常与战友身体切磋,已习惯并认定人的身体,如木板般刚硬结实。当然,上战场,木板就会变成钢板。这种似杨花柳絮般的手感,真真稀奇且吓死人啊……他不敢放任思绪信马由缰,赶紧收束起异样感觉,让旋转着的灵魂快速归位。摆在眼前亟待解决的问题是,下一步怎么办?

依他的战场经验,这女护士是昏过去了。至于什么原因,完全不知,唯一能肯定的,不是战伤。从她片刻前尚能准确问出口令来看,应该是突发晕厥。好在这里就是卫生部,马上可以实施救治。初步判断明确,接下来就是去找医生!

卫生部刚才有救护车开来,但此刻已恢复平静。景自连先把郭换金倚在相对干燥的花岗岩边缘,然后将她的治疗盘归拢好,将手枪和自己记录完成的资料,都放入军用挎包。然后抱起昏迷不醒的女护士,小心翼翼地向山下走去。

楚直看到的,正是这一幕。

"快!救人!"景自连不由分说朝他大喊。

楚军医搞不清来龙去脉,但郭换金病情严重,却是一眼即可分辨。他注意地盯视了一下景自连,出于年轻男人对另一个英俊男子的本能,无甚好感。此人的确很少来卫生部看病,所以他不认识。

"你是谁？"楚军医劈头问道。

景自连忙说："你不要管我是谁。当务之急是救人。"

楚军医傲慢地说："她暂时没有生命危险。但你作为送病人来的人，要说清楚关系。我写病历，要注明你的身份。"

景自连深觉晦气，观天象误入桃花阵，只好作答："我是司令部作战参谋景自连。"

楚直将郭换金放在值班室床上，进行全身检查。然后拿出银针，连施几针。再抽吸药液，注射，一系列动作干脆利落。

郭换金人事不醒，面色惨白，如同没缝完就被丢弃的白布娃娃，筋骨皆无。

"她……会有生命危险吗？"突兀问话。

楚直翻了翻白眼，才发现景自连并未离去。面对类似病人家属才会发出的问话，不耐烦地问："你谁啊？"

景自连很正式地回答："我刚才已经报告过。参谋景自连。"他清高伟岸，眉鬓如裁，目光炯炯，英俊凌厉。

楚直不屑道："我不管你是参谋还是参谋长，我是问，你跟她什么关系？"

景自连不知如何解释。什么关系？问口令和答口令的关系？他毫无感情色彩地说："没有任何关系。我在周围勘察夜间地形，完成任务后经过这里，突然发现有人昏倒，我出手救助。仅此而已。"

楚直这才稍微客气一些，说："原来是萍水相逢。那么，现在，你的救人使命已经完成，景参谋接着去完成军事任务吧。"

景自连的确没有任何理由继续留在这里。临出门时，他不放心地补充一句："需要我叫更多的医务人员来吗？"

楚直正在捻动针灸针，头也不抬道："不必。我已做出诊断，正在救治。治病，不像打仗，不是人越多越好。"

景自连松了一口气道："能救过来，自然很好。不过，稍稍纠正你一下，打仗，也并不是人越多越好。"

郭换金悠悠一口长气，倏然醒来。

"小郭，你总算醒了！"楚直欣喜。虽说他胸有成竹，一直井井有条紧急施治,但人未醒时,终是不放心。

景自连临出门时,只知道答不出回令的女孩子,姓郭。

这一夜,楚医生自认倒了八辈子血霉。先是红卡送来急症病人,病势垂危。接着对班护士郭换金突发晕厥,被一个莫名其妙路过此地的军事干部救下。

幸亏有余三明找来的卫生员帮忙执行医嘱,不然真真忙乱不堪。

卫生部部长龙一笙来到病房。按说夜里有值班医生和护士在第一线,他不必事必躬亲。但作为高原战区医务工作的最高长官,他听到救护车的声音后,再也不能安睡,便赶来病房。

"什么情况?"龙一笙问迎头碰到的第一个人,红卡卫生员余三明。原则上讲,战区卫生系统的所有人员,都归他管。

"报告部长,转送来的病人,是红卡的潘容指导员。他病了将近一个月,体质很差。可他顾着站卡工作,不肯下来诊病。前天正给大家讲课,突然昏倒,然后再没醒来。我们那儿不通车,我骑马抱着他,紧赶慢赶,到了黄卡,才上了救护车,连夜送来卫生部……"余三明忙不迭汇报。

龙一笙一惊,前天晕倒,今天才送来抢救。这小伙子命大,要不早牺牲在后撤路上。高原战区海拔高,幅员辽阔,很多一线站点不通车。他不忍心再批评极端疲惫的卫生员,安抚道:"辛苦了。你先去休息吧。"

"潘指导员醒不过来,我……不放心……"余三明哽咽。

龙一笙顾不上理他,问楚医生:"怎么样?"

"又危急了,立刻开始抢救。"楚医生用军装袖头擦擦头上的汗。说不清是冷汗还是热汗,汗珠布满光洁额头。

协理员文慎笔,也赶了过来。

"需要再调人过来吗?"协理员非常配合。

"好,请立即让以下人员速来病房……"龙一笙报出人名。

"今天的值班护士是谁?"龙一笙四处张望,奇怪只有医生独自在岗。

"值班护士是郭换金……"楚直答道。

"为何不在岗？"龙一笙生出烦躁。

"突发晕倒，我刚救过来，收她入病房了。"楚直解释。

又是晕倒！龙一笙不出声地仰天长叹，吐出一口浊气。在高原，极高海拔和极低氧分压，如同魔鬼联手围剿，反复刈割。人的脑细胞饱受摧残，极易发生昏厥……所有病症，殊途同归。

文慎笔调遣的援军很快到了。这类突发情况，在高原卫生部，算家常便饭，并不罕见。各路人马各司其职，很快实施抢救。当班护士工作，由女卫生员单小琴接手。

潘容终于短暂苏醒，虽很快又陷入蒙眬状态，不过有了这个小转机，可判断再次出现的人事不省，是沉睡而非昏迷。众人心略放宽，剩下的问题等到天光大亮后，再做处理。

楚直一阵心慌，狠狠敲了太阳穴三下。肚腹空空，前胸贴了后脊梁，心生怨怼，都怪郭换金！这女子若不是那样笨，凑合煮碗面条，他也不至于饿到神思恍惚。为缓解胃脘不适，唯有不懈工作。他哈腰捂着上腹走入病房，郭换金除了是工作搭档，也是他收治的病人。

郭换金在药物影响下，晕晕乎乎，不甚清醒。见楚直走进来，一时没搞清状况，她问："楚医生……你腰怎么了？"

"不是腰，是它邻居。"楚直没好气回答。

郭换金没联想到楚军医这姿势，同自己有何关系，嘟囔道："腰的邻居是肾。你肾出毛病了？"

楚直气得七窍生烟。随意说一个男人肾有问题，简直是冒犯。不过看到郭换金已经能胡言乱语，想来没什么大问题了。

郭换金眨巴着毛茸茸的大眼睛，好奇地问："我怎么躺这儿了？你的医嘱我还没执行完呢。"

楚直道："先别问那么多，我不负责解答十万个为什么。你感觉怎样？"

郭换金回答："除了有点虚弱，没什么不舒服。"

楚直翻了个白眼道："这就对了。"

郭换金不明就里，问："对什么对？我上着上着夜班，怎么躺在病房了?"

楚直忙着要到炊事班找点吃的垫补空虚的胃,简短说:"你晕倒了。"

郭换金抓耳挠腮,抚额。终于忆起当时眼前一黑,就什么都不知道了。最后的印象是无数山峦,瑟瑟星空,沉静荒凉。她很想找出昏厥起因。要不然,从此后,动不动就昏过去,实在丢人:"为什么晕倒?"

"我也想找出原因。"楚直道。他是军医大学毕业的高才生,对于寻找诸病成因,近乎痴迷。

"根据你的临床表现,再加上疗效反馈,基本上可以确定你的病因。"也许是饿过劲了,楚直稍微来了点谈兴。

"赶紧说啊。"郭换金急不可耐。

楚直脸色一沉道:"告诉你病因,当然可以。但你总要有所表示才好。"

郭换金明白此人有所求,为难地说:"我一个大头兵,家当都是部队派发的。我有的,你都有。我没有的,你也有。你说说我该如何表示?"

楚直恶作剧一笑道:"救死扶伤,乃医生天职,我是很敬业的。别的就不要了,只需你付出一点劳动即可。"

郭换金颇有戒心地问:"什么?"内心嘀咕,就算你救我有功,也要讨价还价。

楚直不动声色道:"我昨天脱下来的那件白大衣呢?"

郭换金答:"还在护士值班室。我用干净的三角巾包裹起来,保证你那衣服上的墨水点,原来面积有多大,现在还是多大。"

楚直气得饥饿之感越发见轻。饿得太过,麻木了。他摸着鼻子说:"看在我为了你,半宿都没睡好的分上,帮我把白大衣洗了,袖子上的蓝墨水,不要留下丝毫痕迹。晾干后再用茶缸盛上热水,熨得平平整整还我。就算你报答了救命之恩。"

郭换金说:"不成。楚军医你换个条件。"

楚直愤然道:"这有何难?不就是搓几下吗?你怎么这么懒!"

郭换金不平道:"咱们俩谁懒啊?分明是你。楚医生的白衣雪白,整个卫生部尽人皆知。我怕达不到你的标准。"

楚直收敛道:"那我改正,放松一点要求如何?"

郭换金嗤笑,道:"你如何改正?是不要白衣雪白,还是从此后你亲自洗衣?"

楚直无奈道:"好吧,宽大处理,蓝墨水可稍留浅淡痕迹。哎呀,算下来,还是我亏。有救你那工夫,十件白衣也洗出来了。我算是知道什么叫白眼狼了,往后,你就是在我面前晕得趴倒在地,我也绝不伸出一个手指头救你。"

郭换金说:"为了我以后不跪在你面前,请告诉我。昨天,正确地讲,是今日凌晨,我到底怎么了?"

进入正式医学范畴,楚直不再开玩笑,说:"你过敏了。"

郭换金大惊失色,问:"我对什么过敏了?这么厉害!"

楚直正色道:"这正是我要问你的问题。你当时浑身起满风团,内脏和脑膜也有类似反应。这在高原,很危险。你一定要找出过敏原,在今后的日子里,尽全力避免接触。不然,很可能一次比一次严重。你想想看,昨天,接触了什么平日不接触的东西吗?吃喝?触摸?闻气味也算。"

郭换金回忆说:"如果说特别,我昨天中午吃了羊肉……之前从未吃过。我母亲对羊肉过敏,所以我从小就没有吃过。当时除了觉得不舒服,并没有特别感受。"

楚直恍然大悟道:"你是迟发性过敏反应。"

3

这间女兵宿舍,计三人:郭换金、黎锦和叶雨露,在不同科室上班,时有轮换。这一夜,难得的三人齐聚狮虎山内。

战区指挥部是冰天雪地中的黑暗孤岛。无水力和火力发电站,亦无法架设电线从平原引电。时间之轮碾到二十世纪中叶,这里还同古代一般,主要靠煤油灯熬过长夜。

指挥部配有小型柴油发电机组,每晚八点开始供电,晚十点准时结束。人们像信奉光明女神般,对柴油发电机组的人毕恭毕敬。

九点五十五分,电灯泡诡谲地眨了三下眼,然后复明。

极短暂的黑暗,让人更加珍惜眼前光亮。

"动作麻利点,马上就要熄灯了。"黎锦的年龄大几个月,生出大姐自觉性,一边端着脸盆出外倒水,一边叮嘱二人。

叶雨露手脚麻利地脱去外衣,嗖的一声,钻进被子。猛吸一口气,哑巴着嘴说:"好冷!铁打的被窝。"

黎锦将脱下来的军装,整整齐齐平搭一旁,不慌不忙潜入被子,井然有序。一旦夜里需要执行公务,摸着黑,也能用最快速度装备齐全,冲出房门,绝不耽搁一秒。

只有郭换金纹丝不动,我行我素照常看书。

叶雨露说:"哎,郭郭,再不钻被窝,过一会儿到处乌漆麻黑,你一脚踢到铁皮炉子,闹个二度烫伤!"

郭换金镇定地合上书,头也不抬道:"就咱这屋绿豆大点地方,地形早已烂熟于心,哪里会撞到炉子上!放心吧,我就是双眼失明,也照样能毫厘不差走到你床边,把你揪起来上夜班。"

叶雨露嬉皮笑脸道:"不就是劳烦你帮我上了个夜班,至于没完没了吗?我欠你人情。听说你晕倒时,楚医生三魂吓走了一半。"

郭换金撇嘴道:"我看他镇定冷静极了,哪有你说的那么邪乎!"

叶雨露不敢继续编造,关于当时情况,楚医生什么也没说,都是她凭空演绎出来的。多说,容易露馅。忙掉转话头:"你到底犯了什么病?第二天我见你时,一切正常。"

郭换金说:"过敏,楚医生治疗得当。来得快,去得也快。"

黎锦道:"什么东西过敏?高原上连草都没有,肯定不是花粉了。"

郭换金刚要张口,电灯泡好像不想听到她的回答,突然熄灭了,留下一片黑暗。

年轻女孩的注意力,十分不持久。三人马上忘掉刚才正在进行的话题,无缘无故嬉笑起来。这个年纪,特别容易自发产生毫无来由的银铃般笑声。想笑就笑,无需理由。

从熄灯到真正入睡,总有一段信马由缰的时间。

一向不怎么吭声的黎锦突然说:"新来的8床病人,长得那叫精神。"

女孩子们在睡前议论男子长相,顺理成章。光天化日评说异性样貌,突兀且不好意思。容易引发花痴误会。电灯熄灭后的黑暗中,一切变得轻松美好。

郭换金熄灯前没有做好周全准备,此刻稍显忙乱。她摸着黑,把刚才看的书,轻轻折个虚角,放在枕头边。高原部队的一针一线,都靠山下后勤部门供给。运力紧张加之供应匮乏,她们不但没有书桌,床头柜也没有。唯有枕边的方寸之地,可安放些微私产。

放妥书本,郭换金将脱下的外衣裤折好。虽不像黎锦那般丁是丁卯是卯的熨帖,也有基本的秩序。收拾停当,她缩入被子,不以为然道:"8床,就是重症入院的那个?气息奄奄,还能有什么精神?!"

黎锦驳道:"我说的精神,不是指他真有什么精气神。他一来,楚医生直接报了'病重',若这两天没得缓,估计会报'病危'……我的意思是,虽然他病得要死要活,但还是英俊。"

幸亏漆黑夜色罩满小屋,叶雨露不用掩饰面颊上的轻红。她的长相,可以用一连串的括号和圆圈来概括。眉毛弯弯,如向下的括号。眼睛不笑也似笑,好像向上的括号。小嘴圆圆,耳郭圆圆,鼻头圆圆,煞是可爱。

郭换金困了,喃喃说:"从一个报了病重的人身上,都能看出英俊,服了你。不过呢,小心着点。咱们当战士的,不能谈恋爱。"

黎锦不服气道:"我只是单纯评价了一下他的相貌,怎么就和谈恋爱扯一块去了?我看倒是你心里有鬼。那夜你当班,说不准你先看了个够,这会儿欲盖弥彰。"

郭换金于困倦中勉强笑了笑,说:"我当时过敏性昏厥,他就是潘安在世,我也没看清。女同志们,赶紧睡吧。梦里也许能见到个英俊小伙子对你笑,冰雪消融大地回春啊。"

黎锦说:"那人的入院手续是我办的,名叫潘容。不过,潘安是谁?

他哥?"

回答她问话的,是郭换金均匀的酣眠声。至于叶雨露,圆圆的脸上还热着呢。

新的一天,从缺氧开始。缺氧的感觉,怪诞、蹊跷。没到过高原,没垂死挣扎和病危过的人,难以理解它的穷凶极恶。

氧气是人类最必需物质。没有食物,如果不是太羸弱瘦削的人,可支撑十天左右。没有水,只要气温不是酷热,地域不是极端干燥,一般人可熬过三天。无衣无被,若非酷寒,可抵挡若干时日……可若顷刻间断了空气,再试试看!一般人,十几分钟已是极限,必然丧命。上吊为什么会死?本质上就是隔绝了空气。为什么人能被掐死?也是阻塞了气道,与空气绝缘。捂住口鼻,死亡翩然而至。

高原缺氧,不是风驰电掣置人于死地的节奏。虽然它偶尔会以迅雷不及掩耳之势夺人性命,但通常情况下,是阴险而不动声色的。它时时处处设下重重关卡,用日复一日的潜移默化,侵蚀摧残你的全身。它并不马上致命,但颇有耐心陷害你。假以时日,水滴石穿。你的所有器官,都处在对氧气的极端饥渴状态。但你得不到赖以生存的第一要素。

平原上的人类,自从单细胞动物进化以来,没有太多机会体会到无所不在的空气,是多么宝贵而珍稀的资源。高原,让人懂得这个最朴素的真理。

人类的所有进化,都离不开空气。空气的供应,在平原上无比丰沛。由于过分充裕,人们常常忽略它的价值,以为它无穷无尽,取之不竭。

拥有地球上最高领土青藏高原的我国,需要有人戍守国境。高原战区在非战时,缺氧的伤害,胜过所有的子弹。

边防军人在现阶段,没有任何办法对抗缺氧。吸氧吗?国家穷,路途远,山高水长。氧气不易运输和储存,使用起来耗费极快。除了病情极重的人,没有人可以从氧气瓶得到宝贵氧气。吸氧,是一个奢侈神话。

唯一能稍稍缓释缺氧损害的,是四体不勤的懒惰。耗氧减少,矛盾便可得到些微缓解。若不管不顾剧烈活动，等待你的，轻则昏厥，重则一命呜呼。

高原凶残严厉地驯服了众人。豆蔻年华青葱岁月，男生女生，一律步履蹒跚行动缓慢，好似老媪老翁。

晨起，郭换金慢吞吞打水洗漱。

自幼在平原养成的顺序：先刷牙再洗脸。是因为刷牙时无论怎样小心也会有雪白牙膏沫，刷过牙后再洗脸，便唇颜洁净。

高原，这道工序须逆操作。

宿舍水源，要从几百米外的水井挑来。都说女子是水做的骨肉，不仅意味她们清润，也代表洗洗涮涮颇为费水。小屋内只有水桶储水，须仔细计划着用。

高原的水，冰冷砭骨。一只小水桶蹲在炉盖上温着，每人每天可用三分之一桶温水，不容靡费。

若先用热水刷了牙，喷吐半盆白沫，这水就废了。之后你还得用水涮盆，不然毛巾会染上牙膏味。再用剩余水定量洗脸，温水份额，估计仅余盆底……

水量逼仄，对于爱洁净的女生，相当于卡脖子。只好改变洗漱顺序。先洗脸，再刷牙。刷牙后，嘴巴外遗一圈螃蟹样的白沫。用毛巾把嘴角擦拭一番，整整洁洁。最后把半盆铺浮着牙膏残骸的洗脸水，泼到屋后山坡上。

郭换金促狭地想：这山，会不会散发留兰香的味道？他们都用这个牌子的牙膏。不是对这味道情有独钟，而是小小的军人服务社，永远只供应同一个牌子的牙膏，从不改变。

郭换金洗完脸，用巴掌长的小梳子，拢了一下头发。她有个小镜子，直径约六厘米，也就是不到两寸。把它摆在眼前，只能照入半个脸庞。郭换金驾轻就熟把上半个脸挪到镜面范围内，检查帽子的位置是否端正。至于下半个脸，是否收在镜面范围内，无甚紧要。

并不是每人都这般漫不经心。叶雨露把镜子当机枪，在圆圆脸庞上依次扫射，上上下下左左右右……

"不认识自己了？"郭换金打趣地道。

叶雨露道:"看看有没有没擦净的牙膏沫子。糊在脸上,像个白脸奸臣。"

郭换金说:"咱们互相瞅瞅,便万事大吉。"

叶雨露叹口气说:"我要是长得像你那样好看,也不会翻来覆去照镜子。"

今日,郭换金接麦青青的班。

麦青青齐耳短发,面色白皙。头发用黑色发卡,紧紧固定在草绿色军帽檐上,既别致亮眼,又毫不逾矩。要知道,部队对女兵们的军容风纪,煞是严格。梳辫子,不许将发丝留在帽圈之外。随风飘荡的少女头发,是不可言说的无声诱惑。允许女兵留短发,估计是受《红色娘子军》样板戏的启发。

战区女兵中,唯有麦青青留短发,这让她显得英姿飒爽,又隐约透露出难以抗拒的女性魅力。

无论古今,女子无师自通会傍在窗前梳理长长秀发,透露无限姣美。温馨灯光额前柔软碎发飘拂,更是妩媚浪漫。

麦青青反其道而行之。漆黑短发别在耳后,衬得脖颈颀长,肤色胜雪。她的俏丽发式,让多个女兵跃跃欲试。但短发看似随意,实则保养起来很娇气。需要持之以恒地打理修剪,方能保持看似不经意的潇洒,不然很易堕入蓬头垢面。

麦青青永远不曾狼狈。这要归功于和她同宿舍的柳赞。柳赞在家排行老大,下有三个弟弟。如果每月都上理发馆修整头发,是一笔不小开支。柳赞的妈,身为边疆兵团农业工人,常年给他们理发,手艺乏善可陈,只保证把头发剪短,至于讲究发型什么的,纯属痴心妄想。弟弟们既不敢怒也不敢言,自小到大,相安无事。倒是柳赞有一次实在看不过眼,发了话道:"妈,您不能把弟弟的头发,剪得如同雪花啃过。"

别人一下子听不出这话贬义。"雪花"是农场养的一条狗,名字富有诗意,实际上既不白也不绒,肋骨凸起,骨瘦如柴。

柳妈大怒:"我和你爸,一天能赚出你们四个的嚼谷,保住衣服不露肉,就阿弥陀佛。谁管像雪花还是煤炭!"

柳赞见惹怒了老娘,只得挺身而出:"今后,我给弟弟们剪头。"

柳妈冷笑:"那你也得问问他们三个肯不。"

柳妈失算了,弟弟们早就对丑陋发型怀恨在心,突然有了选择机会,异口同声道:"妈,您今后就别辛苦了,我们让大姐剃头。"

柳妈讶然不止,反了你们!从没拿过理发推子的小丫头,竟敢在男孩头顶舞枪弄棒!

弟弟们不急不躁,坚信这世上没有人会比老娘的捯饬更丑。况且就算起步时难看,大姐日后定能有进步。老娘只能让他们始终猫狗不如。

柳赞就这样学会了理发。在三个弟弟坑坑洼洼(幼时缺钙)的头上,练就了手艺。

柳赞当兵后,每月都会有一天生出惆怅,那是她原本给弟弟们理发的日子。不知三个弟弟,是否又回到老娘荼毒之下?她也不敢在信里过问此事。有时想给弟弟们出个主意,再培养一个理发接班人。刚开始她想提议让大弟接下衣钵,后经再三琢磨,觉得应让最小的弟弟及早掌握这门手艺。不然,大弟过两年远走高飞后,剩下的弟弟们,又复归丑陋。

想归想,最终还是没将想法付诸纸上寄走。按照风俗,嫁出去的女儿,便是泼出去的水。对娘家的事儿,再无发言权。她是当兵,并非远嫁,但在她老娘心中,也顺手没收了她的发言权。柳赞的手艺,成全了麦青青所喜爱的红军女战士头。

叶雨露求过:"柳赞啊,你一个头是剪,两个头也是剪,下次,你给麦青青理发的时候,捎上我,可好?"

柳赞道:"不好。我手艺不行,不敢在你头上操持。"拒绝之意很明显。

叶雨露不明白,说:"麦青青都放心你,我没她那么金贵,你大胆操练就是。"

柳赞还是毫不通融,坚决道:"我不能给你剪。"

叶雨露说:"你就是剪得再难看,我也不怨你。"

柳赞丝毫不为所动,坚辞说:"叶雨露,今天,你就是说出咱高原一年不下雪,我也不答应给你理发。"

高原一年恨不能有三百天下雪,柳赞拿根本不可能的事儿出来打比喻,其决心可见一斑。叶雨露只好讪讪作罢。

柳赞觉得自己很对不起人,但内情又难以明说:她和麦青青有过约定。

当初,麦青青夸她:"柳赞,我发现你拿手术剪的时候,手指非常灵活。"

柳赞受到夸奖很高兴,知道麦青青背景显赫,兴致勃勃道:"手术剪比理发剪轻。"

一般人听到这话,不会在意。麦青青将门虎女,聪颖异常,立刻有所发现,便说:"你挺特别啊,随口打理发剪的比方?"

每个人都愿意听别人夸自己特别。柳赞笑盈盈道:"我会理发。"

麦青青道:"一般男人才会理发,你是女孩子,怎练出这手本领?"

柳赞就把三个弟弟的故事讲了。话中为老娘留了面子,只说自己不忍母亲操劳。

麦青青若有所思道:"那你给女生剪过头发吗?"

柳赞道:"这个……没试过。我没有妹妹。"

麦青青循循善诱:"应该差不多。"

柳赞道:"若是讲究发型,差别自然还是大。若只剪短取齐,倒是大差不差。"

麦青青轻描淡写道:"今后,你帮我剪头发可好?"

柳赞一惊,心想军中公主还真看得起她的手艺,不知所措道:"你要剪个怎样的发型?"

麦青青说:"就是《红色娘子军》里吴琼花那种。"

柳赞一紧张,忘了吴琼花模样,回忆道:"红军女前辈是什么发型?"

麦青青用手在耳垂处比画了一下,说:"齐耳。"

柳赞认真想想道:"那倒不难,只要剪齐就行。"然后点了点头。

高原女兵的通常发式,是将头上青丝,胡乱分成两部分,然后每边扎个三股小辫子。小辫子藏到哪里?窝成一团,委屈地蜷进帽圈内。帽内空间有限,辫子便不可太长。

小辫长了,就要剪短。这道工序,用不着训练有素的理发员,只需拿起剪刀,咔嚓一声,大功告成。剪不齐也毫无干系,反正剪短了的小辫子,依然泥鳅般缩入帽圈中,任谁也不得见。

为了让发丝坚壁清野,每天梳完头之后,女兵们还要用指肚蘸上水,将遗撒在外的发丝,通通抿进帽兜,如同打击漏网敌特。

现在,麦青青公然挑衅这一不成文的军规。她不是露出几根几十根甚至几百根少女之发,而是将所有黑发,都在脖子上方露出一圈。

柳赞不无担心地问:"这……能行吗?"

麦青青反问:"你技术达不到?"

柳赞答:"这个……技术上没问题。不就是剪齐吗?就算一次没剪到位,再补上几剪子,不难。"

麦青青莞尔一笑,道:"听你这话,像要谋杀我。"

柳赞不敢说笑,道:"青青你可要想周全。一剪子下去,便无法改了。再也梳不成小辫子,头发梢只能全露在外。"

麦青青镇定回道:"我早已想好。当年红军女战士能梳这种发型,今天我们也行。吴琼花梳得,我也梳得!"

柳赞深表佩服。佩服的不是麦青青的勇气,而是她有个遮风挡雨的老爹。

麦青青装作突然想起一事,说:"柳赞,我还有一事托付。"

柳赞手下一哆嗦,道:"你讲。"

麦青青说:"如若今后咱班有谁看着我这个发型好,来央告你剪个同样的,你不能答应。"

柳赞不解:"那为什么?"

麦青青道:"我怕万一引起风波。批评我一人,我担当就是。若连累了别人,罪过便大了。再说,大家若都来找你理发,你岂不忙死?"

柳赞想,麦青青不愧将军之女,想得周到。

但麦青青的真实想法,她的确猜不出。

麦青青期望一枝独秀。她想让自己以独具风格的形象,出现在众人眼前。垂落的发丝,拢在耳后,别有飒爽风韵,她不想让其他女兵,也出这个风头。

于是,麦青青以她的齐耳漆黑短发,成了高原战区女兵班最吸引人的姑娘。其实,若单从相貌动人的角度评说,当数郭大厨之女。

郭换金正常白班,巡视病房,初见8床——潘容。被黎锦赞为美男的重病人。

说实话,部队病房里,难得见到姿容出色的男子。高原,本来就以其极为恶劣的自然之手,摧残一切美貌。强烈日照中的紫外线,肆意荼毒人类皮肤,所有人面色粗糙黧黑。再加上缺氧导致的红细胞疯狂繁衍,脉管内拥塞大量暗紫色血液。缓滞流淌的黏稠黑血,令人惊悚之余,不仅解除不了人体缺氧的痼疾,反倒引致百病丛生。

浓稠血液透过皮肤,透出褐黑网斑状。缺氧导致皮肤内的小血管,绝望增生。人类的保护机制,既愚蠢又自以为是,固执地认为,既然血中氧气缺乏,那就多多滋生微细血管,满足供应。可惜人类体表面积有限,疯长的血管无以安置,只好自以为是地变形扭曲,形成局部血管麇集。脸上增生的累累血丝,蚯蚓般蜷在表皮之下,略略凸起,名曰"高原红"。

可怜的人类,拼命自救的韬略,就此变成自我杀戮的恶性循环。

女兵们莅临高原的时日还不够长,"高原红"尚未完整涂布,额头还遗留着来自平原未褪尽的白皙。

8床潘容,模样周正,剑眉英挺,五官立体分明,俊朗无比。奇怪的是,他脸上没有丝毫"高原红"。岂止没有"高原红",连平原上这个年纪的小伙子,所天然具有的普通红润,也祛除得一干二净。

这张脸庞,如同最上等的和田玉,晶莹通透到半透明,愈发显出眉宇和发质的浓烈漆黑。如果一定要找出煞风景的存在,就是他轮廓优美的双唇,毫无血色,呈现稀薄的樱桃粉色,了无生气。

潘容听到有人走近,吃力地睁开双眼,微不可察地挪动了一下雪白医疗枕上的头颅,嘴唇轻轻嚅动,大约是在说"你好",算是和新来的医护人员,艰难地打了个招呼。

郭换金吃惊。不是被他的病态美貌所吸引,而是惊愕于人居然可以惨白到这种程度!

她安抚道："你没劲,少说话。有什么不舒服的,随时叫我。"

说到这里,她想到此人此刻手无缚鸡之力,完全不知道如何才能招呼到医务人员,补充道："你可请7床或9床帮你喊人,我会立即赶来。"

这一次,潘容点头示意的气力也已耗尽,只好眨眨眼,表示听到并记住了叮嘱。

郭换金对一旁病患说："你们多留点神。若见不好时,速到值班室找我。"

虽工作时间不算长,但环境严酷病人繁多,郭换金明白潘容病情,很不乐观。

回到医护值班室,见楚直医生和龙部长正在讨论8床病情。

"抓紧出诊断。先把不符合的疾病排除出去,剩下的病种,继续研判。对症治疗,改善体质。"龙一笙边看病历,边做指示。

楚直的两条长腿交叉,半倚在办公桌边,双肘抱肩。男人穿着白大衣,一定要双腿笔直快速行走,方能彰显出职业神圣。像楚直这副吊儿郎当的样子,真辱没了白大衣的风采。好在他业务娴熟医术精湛,加之病人情况紧急,龙一笙也睁一只眼闭一只眼,不计较他的懒散。

毕竟衣冠楚楚,不是当好医生的必要条件。

楚直乜斜着狭长凤眼道："诊断并不是越快越好。慎重第一。"

龙一笙沉吟："诊断不明,治疗岂不就是无的放矢?"

楚直道："病人的红血球数目,已跌到危险临界值以下。如果不尽快输血,让他先脱离险境,哪怕最后做出完全正确的诊断,他的生命也不一定能挽回。"

龙一笙说："你的意思是,两手抓?一边迅速查找病因,采取针对性治疗。一边先用支持疗法,让病人尽快脱离危险?"龙一笙的高明,在于很注重吸取他人智慧,博采众长。

楚直说："只要您决定标本兼治,我马上推进。"

龙一笙说："容我再和几位资深医生商量一下病情。你先开始治标。"

楚直难得把交叉的双腿,变成标准的立正姿势。原本颀长身姿,又挺拔了几分。他说:"好。急则治其标,我这就下医嘱。"

龙一笙说:"病人是高原战区一线哨卡的优秀指导员,机敏有才……"

楚直放下交叉抱肘的胳膊道:"就算他不是优秀指导员,就算他不机敏不有才,咱们也必得全力救人。不过,若真殇在咱们手上,只能说他运气不好。"

好好一场医学会商,被楚直正义地带歪。他强调道:"抢救8床生命,急需马上输入大量新鲜血液。"

在高原,输血存有巨大风险,最终取舍,由部领导掌握。楚直无权做出决定。

龙一笙道:"我这就通知检验室,调配血源,准备实施输血。"

楚直递给郭换金一沓化验单,指示:"速送到检验室。"

单子的厚度,堪比一本书。郭换金下意识反问:"要抽他这么多血?"

楚直医生甩动钢笔,正在下医嘱,头也不抬道:"又不是抽你的血,害怕什么?"

郭换金不忍心道:"8床已经白得像一张纸。他身上哪还有血啊?"

楚直说:"放心吧。他只是血球量少,总血量并不少。你只管抽就是,没准比一般人的血还好抽呢。"

郭换金不解:"为何?"

楚直说:"血稀,自然好抽。就像米汤,比沉在锅底的米粒,好往勺里盛。"

郭换金咂了一下嘴,觉得楚医生乱打比方。怕自己以后喝粥,想起这个比喻,直接倒胃。

郭换金来到潘容床边。"给你抽血。露出一只胳膊。"她温声打招呼,略低着头。

之所以不抬头,是因为这个潘容,实在太帅。郭换金终于明白晚上卧谈时,黎锦的难以自制。

郭换金收好情绪,将少女对于出众男子的倾慕,强行压下,回归职业素养。

"用右手吧。"潘容气若游丝,声音饱含脆弱的易碎感。

"你是左撇子吗?"郭换金公事公办地问。

"不。我是右撇子。"潘容吃力回答。

"那不叫右撇子,叫右利手。"郭换金做着抽血准备,扯着闲话。这是她在工作中总结出的小诀窍,有些人晕血,唠唠家常,分散注意力,比较安全。

潘容的右臂靠近床间通道。他本是善解人意,为护士工作便利着想。

郭换金浮起微弱感动。病情一塌糊涂,还为他人考虑,便说:"既然你常用右手,就从左臂抽血吧。"

潘容极为苍白的脸上浮出浅淡笑容,说:"那你……如何操作?"

郭换金道:"我帮你把身体位置调一下,睡到床这头。"

潘容说:"我自己来。"他极为吃力地抬起身躯,勉力掉转方向。因为搬枕头稍微用力,整得自己呼吸急促,万分窘迫。

郭换金凑近道:"我帮你。"

潘容困难地摆摆手。

郭换金突然发现消毒缸内棉球数量不多了,说:"稍等。"快步跑回办公室补充棉球。

潘容刚从清一色都是男兵的一线哨所后撤下来,那里连天上飞过的雪鹰,都是雄性。他自觉虽然重病,身体仍对女孩子的靠近,产生敏感,所以拒绝郭换金施以援手。

7床范锁子看在眼里,热情道:"嗨! 兄弟,我帮你?"

潘容迟疑。

范锁子暧昧一笑道:"手有提糠之力,便有犯色之心。这不丢人。"

听了此话,潘容脸上本该泛红。可他贫血太严重,依旧惨白着一张脸。

范锁子说:"我帮你掉头。"

郭换金补齐棉球返回时,潘容已调整好新卧姿。他左臂平放于病床沿,吃力地问:"这样……可以了吗?"

郭换金点头，将他衣袖撸上去。病号服袖子肥大，几乎可撸到腋下。裸露出的潘容臂膀，并不太细弱，只是肤色苍白，犹如雪人胳膊。

郭换金觉得面对一尊蜡像。绑止血带时，不敢太用力，生怕乳黄色的橡胶带扎得太紧，胳膊被勒断。

止血带紧束后，血液渐渐淤积在左臂上端。郭换金迟疑着没敢下针，怕潘容再次昏厥。

潘容一瞬不瞬注视着护士操作，虽隔行如隔山，但也猜出了郭换金踌躇的原因。

"抽血困难，是吗？"他轻声问。

当个病人，不要太聪明。郭换金本来就紧张，被人说穿心事，更觉无措。为掩饰不安，她故作恶声道："少说点话，节省体力，好得快！"

潘容并不生气，道："也不是要在我嘴上扎针，说话不妨碍你工作。"

郭换金恼怒道："你说个没完，分散我精力。一针扎不进，吃亏的是你。"

潘容终于噤了声。

郭换金等女兵入伍后，只经过一个月的卫生员培训，学了点解剖生理，就匆忙分配到各医疗机构，美其名曰边学边干。实践中，漏洞百出。医学是一套严密体系，东一榔头西一棒子地学，一知半解，支离破碎。特别是各类疑难杂症，碰不到，就蒙昧不知。万一遇见，两眼一抹黑。

穿刺血管说来不难。部队上的年轻小伙，体检合格才入伍，体质均不错。血气充沛，血管状况优良。只是潘容情况特殊，他的血管瘪得几近蛇蜕。

郭换金查看了半天，找不到能一举成功的合适部位。倒是静默了半晌的潘容说："你先放开止血带……我不断伸指握拳，让更多血液，流到胳膊。你再扎止血带时更紧些……嗯，就当我是一捆麦穗。"

郭换金轻哼一声，心想，若你是麦穗，磨成面，估计只能擀出半碗面条。反正也没有更好的招数，郭换金说："我试试看。但愿不会把你这细胳膊，扎成马蜂窝。"

潘容故作轻松道："你尽管扎。"

郭换金安心操练，过程竟出乎意料顺利。潘容臂膀中的血液，在竭泽而渔的驱赶下，源源不断涌出……

郭换金没来得及为成功高兴，便几乎愕然惊叫。这血不是血，只可称作浅红色液体。

楚直医生料事如神。潘容重度贫血，血液稀薄如水。一针见血后，抽吸过程十分顺畅。

郭换金收拾好器物，对紧闭双目的潘容说："好好歇着吧，睡一觉。"

例行公事之外，郭换金蕴进了关切。眼睁睁看着俊美如斯一个大活人，生命之火，随时可能熄灭，真真于心不忍。睡吧睡吧。睡眠是人类最原始的治愈方式，无论平原还是高原，此为真理。

4

龙一笙部长派人将郭换金叫到部办公室，房间里居中摆着铁皮办公桌，周围一圈铁椅子，公事公办。

用铁皮桌椅的理由很简单，千万里的运输路程，若是木头的，笨重易损。铁皮可折叠，既省空间，也方便运输。

两人隔办公桌坐下。

龙一笙肠胃不好，在自己椅上垫了件旧军装。想对方是女生，坐铁皮椅也易受寒，关怀了一句："椅子凉，行吗？"

郭换金拘谨答道："没问题，龙部长。"

龙一笙点点头，表示即将进入正题。他不动声色地开口："说说看，你为什么叫'换金'？"

郭换金事先设想过部长要和自己谈什么。但在这个问题前，预想碎成渣。好在问题并不难回答。她说："我爹姓郭，我就姓郭了。"

龙一笙笑道："老郭是大军区名厨，好手艺无人不知。我问的是你名字怎么来的？"

郭换金答道:"'郭'的谐音是'锅'。老爹想让日子过得好,给我起名'换金'。其实,饭锅是不能用金子造的。分量太重,厨子没法颠锅。"

龙一笙和部下谈正事前,习惯随意拉拉家常。活跃气氛,稀释谈话的严肃性。越是棘手话题,越在开始之前,东拉西扯。

开场白完成后,龙一笙道:"你们女兵班几个人?"

郭换金觉得这是明知故问,但也不得不回答:"八个人。"

龙一笙接着问:"你在其中,排行老几?"

郭换金说:"我排第四。比我大的有三个人,比我小的有四个人。麦青青最大,十八岁,最小的叶雨露十六岁。我在她俩之间,十七岁。"

龙一笙笑道:"正好。"

郭换金一时没明白这个"正好"的"正"在哪里。这个问题,她是永远也不会知道正确答案了。龙一笙远在平原的女儿,正好十七岁。

"为什么您说正好?"郭换金纳闷。

龙一笙收回思绪:"这个年龄,基本可以服众。如果年纪太小,权威性不够。"

郭换金越发不懂。年龄,怎么和权威性挂上了钩?再说,如果一定要讲权威性,整个高原战区卫生部,部长和协理员,才是不折不扣的权威存在。

正想着,文慎笔推门进来,说:"老龙,我有点事儿来晚了。"

龙一笙道:"不晚,刚才在闲聊,正事还未谈。你来得正好,你说吧。"

按程序,凡牵涉部里人员配置类非医务性质的工作,都由协理员出面。文慎笔也就不推辞,拉过另一张铁皮椅子,成三足鼎立之势,坐到桌子侧面。

文慎笔先喝了一口水,道:"郭换金同志,我代表部里通知你,任命你为高原战区卫生部女兵班的班长。"说完之后,他有意停下来,观察郭换金的表情。

郭换金并没有大吃一惊。她明白,那天贴墙根无意听到的讨论,已尘埃落定。

文慎笔原本估计这个年纪的女孩子,可能会惊奇,或是愕然,甚至呆若木鸡……这些都能理解。

但郭换金基本保持镇定,一张小脸,风平浪静。

不单文慎笔没想到,龙一笙也觉得意外。他估计这姑娘没听清楚,补充一句:"女兵班原本工作,是由护士长钟铭代理。他是男性,多有不便。今后,由你担负起班长责任。"

屋内拢共这么大点空间,不可能听不清楚。郭换金仍是安静地注视着两位领导,面无波澜。

"郭换金,你听清楚了吗?"文慎笔问。

"报告,听清楚了。任命我担任女兵班班长。"郭换金语调平平,清晰重复。

文慎笔说:"你怎么想?"

郭换金反问道:"我怎么想的,重要吗?不是已经做了决定?"

文慎笔觉得这个兵,有点刺儿头。按说领导青睐,组织信任,怎么也该说几句表决心的话吧?这丫头,不知好歹。

龙一笙还沉浸在想起女儿的温情中,面对着和闺女一般大的战士,他和蔼道:"当了班长,除了以身作则之外,还要处理好班内各种事务。特别是军纪规定战士在服役期间,不能谈恋爱,你要特别注意,将各种可能性,扼杀在萌芽中。再有,让大家注意身体。毕竟是女孩子,正是长身体的关键时刻。男女有别,护士长和部里领导,就算关心你们,也有照顾不周的地方……"

郭换金觉得部长真够啰唆的,不过,她作为新出炉的女兵班长,除了安分守己听指示,似不该面露不耐之色。这样想着,她就东张西望,四处寻觅。

文慎笔察觉,问:"你找什么?"

郭换金道:"没想到领导要和我说这么多,想找个纸笔,把指示记下来。"

文慎笔拿来纸笔,郭换金接过,说:"谢谢协理员。我能问一下,为什么?"

"什么为什么?"文慎笔不明白。

"为什么是我？之前,我们班基本上都听麦青青指挥,为什么不让她当班长？"

文慎笔说:"这是集体决定,你负起应有的责任就是。"

郭换金没有点头也没有摇头,看来是对协理员的回答,心有保留。但她一个小兵,除了沉默,能表示什么？

她想了想,又鼓起勇气道:"我能不干吗？"

这回,两位领导异口同声答:"不能！"

郭换金愣怔片刻,觉察局面不利,自己没有反驳或拒不执行的资格,稍停片刻后说:"麦青青得知这个任命后,可能会很失望……如果可能,希望领导重新考虑让她当班长,我保证服从指挥。如果领导坚持让我当班长,请做好麦青青的思想工作。"

文慎笔稍稍有点吃惊。这个姑娘,年纪不大,心思不差。

他说:"这些,你就不用操心了。领导会全面考虑,支持你的工作。如果没有别的问题,你可以走了。稍晚些我会在全体会议上宣布这个决定。"

郭换金走后,文慎笔对还陷在万千思绪中的龙一笙说:"看郭换金刚才表现,我同意你当时坚持让她当班长的决定。"

龙一笙说:"为何这样讲,老文？"

文慎笔道出理由:"本来我觉得她和麦青青旗鼓相当,不分伯仲。麦青青因为年纪大一岁,更成熟些,所以我更倾向麦青青。看郭换金刚才表现,很是沉稳。我觉得还是部长看人更准。"

龙一笙笑笑道:"我举荐郭换金,其实更看重的是她的出身。"

文慎笔说:"你指她的父亲郭大厨？"

龙一笙微笑道:"对。如果麦青青当了班长,她本人关键时刻制造出的麻烦,只怕比整个女兵班还多。"

文慎笔不解,说:"将门虎子,麦青青父亲是副司令员。不是我看不起厨师,但一个火头军,能养出多大能耐的女儿？"

龙一笙说:"我当医生出身,按理来说应该相信血缘,但我更相信后天教育。"

文慎笔笑起来道:"老龙,区区一个小班长,咱俩抬的什么杠？吃饭去吧。"

屋外,阳光白亮得令人眼前恍惚。

楚直医生拿着刚出炉的一系列化验单,向龙一笙报告:"8床潘容,告急。"

龙一笙扫过资料,道:"报病危。"

楚直说:"目前,唯有输血,才能使他暂离死亡威胁。"

龙一笙果断布置:"由你负责实施,立刻输血400毫升。通知部队,安排同血型的士兵,速到卫生部集结。记得人多安排些,400毫升肯定不够。"

楚直斟酌道:"平原地区,成年男子一次可献血200毫升。高原情况特殊,缺氧严重,我拟每人只抽100毫升,这样对献血者身体影响较小,不会影响士兵的战斗力。不过,化验员的交叉配血过程,会增加成倍工作量。请您同辅助科室通气。"

龙一笙说:"我来协调。"

楚直又道:"抽调众多人员献血,也要先打好招呼。"

龙一笙思忖:"直接从战斗部队抽调人员献血,动静大,耗时也长。在不清楚到底需要多少鲜血才能救治8床时,先不去惊动他们为好。"

楚直诧异道:"部长,您倒是想得周到,只是不惊动战斗部队,血源哪里来?莫不是您想号召咱部里同志,跟火线上的白求恩似的,撸起胳膊自抽自血?"

龙一笙道:"自抽自血,技术上难以达到。当年白求恩在战场上,也是别人帮他抽的血。"

楚直没好气地说:"谁抽谁的血,不是关键。假若不从战斗部队寻求血源,血从哪里来?"

龙一笙说:"先从咱部里自力更生。可惜8床是AB型血,与我不符。不然我可以第一个献血。"

楚直气得咧嘴笑,说:"部长即使和8床同血型,也不能抽您的血。指挥官,若是您抽血出了意外,病人接下来怎么救?!您不能出师未捷身先死。"

楚直的手揣进白大衣口袋，无奈地说："我是 AB 型。"

部长刚想张嘴，楚军医抢道："您甭想打我的主意。若是全部只剩我一个 AB 型了，我可以献血救人。不过，咱部里二百多号人呢，您还是先抽别人的胳膊。不然，我这个上好劳动力残了，您指着谁来救人？"

楚直挑衅地看向龙部长。

龙一笙无奈道："好，我答应你。不到万不得已，我不从你身上抽血。"

救治垂危 8 床，成了重中之重。宣布女兵班班长任职一事，因献血暂缓。

为了应战需要，卫生部所有人员血型，早都登记在案。郭换金和麦青青都是 AB 血型，均在第一批献血名单内。

两人到检验室，先抽了少许血液，做健康检查和交叉配血试验。麦青青有点紧张。毕竟，高原上献血，损伤较甚。人原本就缺氧，自顾尚且不暇，若再减了血容量，雪上加霜。迄今为止，高原战区未曾有人献过血。之后会发生怎样后果，亦无人知晓。再说，女孩二九年华，献了血，会不会影响一生盛放？要知道高原险恶，很多事物都不按常理出牌。

所有问题都在未知之数，没人负责解答。连问都不能问，得不到答案不说，怕苦怕死的恶评会铺天盖地而来。

战友生命，重于泰山。潘容患不明原因的重度贫血，若不快速且强有力补充血容量，重要器官持续缺氧，必致生命崩溃。

所有道理麦青青都懂，但她心有不甘。找到文慎笔，对他说："我爸爸问您好。"

文慎笔不动声色惊悚一下。她爸爸？自己是个团职干部，麦副司令员那是军区级的，中间隔着多少山高水远，他心中有数。

文慎笔的眉弓和鼻梁缩窄成线棱状，与瘦削两腮融合一处，线条干练沉稳。眸底隐下深藏不露的锋芒。

"麦副司令员还知道我啊？"文慎笔并不轻易信服，半开玩笑道。

麦青青不卑不亢地说:"很久之前,我爸当然不知道您。但后来,他知道了。您是卫生部的领导,我的进步离不开您的指教。爸爸关注我的成长,自然也就记住了您。"

文慎笔心中喟叹,轻轻颔首。此话有水平。既充满善意又实事求是。

麦青青径直进入主题:"我是 AB 型血。"

文慎笔明白道:"今天部里的首批献血动员名单里,应该有你。"

麦青青安静回答:"是。可我很想留着我的血。"

文慎笔沉吟。他虽不是业务干部,但久在其中熏陶,医学知识也略通一二,便说:"你不想参加这次献血?"

麦青青哪能让这个说法坐实?忙说:"协理员,我不是这个意思。我查了资料,AB 血型的人,在人群中,占比例大约百分之十。咱们部里少说有两百人,算下来,至少有近二十个 AB 血型的人。这许多人,分成两组,可能更好。我希望自己的血,能在将来某一天,在战场上,输入急需的将士身体中。"

文慎笔说:"你的意见很有建设性。的确不能让部里所有的 AB 血型,都倾囊而出。要有后备军。"

麦青青面不改色,另辟话题,眸底生辉道:"协理员何时探家,路过军区时,请到我家坐坐。"

文慎笔客气回绝:"麦副司令员那么大首长,我怎么好意思去打扰?"

麦青青郑重道:"哪里谈得到打扰?我要托您给家里带点东西,是麻烦您,您不嫌我添乱才好。"

文慎笔适时改口:"好啊,我探家之前,给你通消息。你把东西准备好,我保证安全带到。"

麦青青敬了个标准的军礼,说:"文协理员,那我走了。"

文慎笔找到龙一笙,问:"献血名单,都准备好了?"

龙一笙答:"大家积极性很高。我让检验室把部里 AB 血型人员,都整理出来了。尽量将献血名单分散到不同部门,以保持日常工作不受影响。"

文慎笔道："部长考虑周全。我……有个小小建议，不知当讲不当讲？"

龙部长用空心拳头捶他一下，道："老伙计，跟我客气什么。都是为了工作，当然当讲。"

文慎笔做深思熟虑状："这次从咱部里人员开始献血，从方便和稳妥来讲，自是最便利。不过，我怕此头一开，以后病人若是需要血，调遣部队来人较慢且不甚方便，人们就会把卫生部当成流动储血库。如果咱们的人抽血比例过高，可能会让部里常态工作受影响。到那时候，板子会先打到咱俩身上。"

龙一笙凛然道："你的提醒，非常及时。的确，完成卫生部本身工作，当是你我第一要务。"

文慎笔说："这样吧，你把检验室查出来的全部人员血型情况，抄一份给我。我把人员划分成几个组。如有需要，每次我们先拿出一个组。既救了急，也把更多有生力量，保存在后备队伍里。来日方长。"

龙一笙说："这个主意好！"

郭换金列为第一批献血者名单。女兵班，仅她一人。

宿舍里，已经不在倒霉期的叶雨露，提心吊胆："郭郭，你行吗？"

没具体指哪件事儿，彼此心知肚明。郭换金反问："为何不行？"

叶雨露道："我想不通。部里那么多男的，干吗非让咱们女孩给8床献血啊？"

郭换金不在意说："自然是8床需要。再说，男女都一样。"

叶雨露执拗道："还是有些不一样。做男人，每月就没有那几天。若是我记得不错，你过些天就到那个日子，你一向挺准时。若是前脚刚抽完血，后脚就赶上，岂不倒霉加倒霉！想想都愁死人。这样吧，你若拉不下脸，我代你去找护士长说，让他们换人。"

郭换金朗声笑道："谢小叶子仗义！白求恩火线上一次献了400毫升血，也没事。部里考虑到高原特殊性，每人只献100毫升。就算献血后又赶上倒霉，也不过和一次正常献血量相当。没关系。"

叶雨露半信半疑,说:"如果咱班有个女班长,我就能和她吹个风,层层反映上去。现在可倒好,群龙无首。麦青青倒是总想出头,但她服不了众。这回她本人就是AB型,却没让她献血。透着怪。"

郭换金不由得大笑,说:"小叶子的脑袋瓜还这么复杂!多大点事啊,我都不怕,你别瞎操心。"

叶雨露头发稀疏,精华似都凝聚在大而圆的脑袋里。她搔了搔鼠尾巴一般黄细的小辫子,道:"等你献了血,我给你熬红糖水。"

郭换金纠正道:"你忘了,没有红糖。司务长那儿只有白砂糖。"

叶雨露说:"我有一点点红糖。是我当兵临离家时,姥姥硬塞进我背包里的。这糖,已经跟我走了成千上万里路。"

郭换金笑道:"那红糖还能喝吗?只怕被你背包里的汗味熏的,喝一口呛人一跟头。"

叶雨露说:"郭郭你甭激我。反正这个红糖水,你喝也得喝,不喝也得喝。"

化验员束开颜来到部办公室,对忙着制订整个防区药品计划的龙一笙说:"部长,有特殊情况请示。"

龙一笙停下笔,推了推眼镜,问:"关于8床的输血计划?"

束开颜道:"正是。如果没有有效方法,8床必死无疑。"

龙一笙彻底放下手中笔,说:"不要慌。讲具体情况。"

束开颜道:"我一共抽取了十位AB型血,大部分是咱们部里同志,另有几个是就近机关的人。总之,都是能最快提供血源的人。"

龙一笙点头:"第一组十人,很好。"

束开颜接着说:"不料这十人的血液,与8床血液,全部不相容,呈现显著凝结。"

饶是龙一笙身经百战,临床经验极为丰富,听此话后面部也变了颜色。

若输血这条路走不通,依病况,根本不能承受数千公里雪域颠簸,根本无法平安抵达平原的上级医院。等待潘容的结局——必死无疑。

"怎么能全部凝结?"龙一笙喃喃自语。既是问束开颜,也是问自己。

束开颜道:"我把病人血球血浆分离,然后把那十位献血者的血浆血球同样分离,再将它们交叉融合……结果出现了不可思议的全部凝结。这意味着,如果强行输血,尽管血型完全一致,还是会在8床身上出现严重的不明原因凝血……输血就不是救人,而是杀人。"束开颜竭力镇静地描述着可能出现的骇人后果,还是忍不住话语中的轻颤。

"8床是否属于非常罕见的稀有血型?"龙一笙谨慎推演。

"并非。排除了RH阴性。"束开颜很肯定地回答,"其他稀有血型,也都否定了。"

怎么会?!为什么?!龙一笙百思不得其解。

他在卫生部办公室里,不停行走。地方狭小,他连个像样的圈子都绕不出,只是挪着杂乱的碎步。束开颜识趣地躲在办公桌与墙壁的狭小缝隙中,尽可能缩小自身存在感,以给思考中的部长腾出更多空间。

不知多长时间之后,经验丰富的高原老医骨,终于开口讲话。龙一笙缓缓说:"你去把潘容自身的血浆和血球,再次分离。"

束开颜实在想不通这个司空见惯的常规步骤有什么玄机,中规中矩回答:"这个步骤,已经完成过。"

龙一笙敲敲自己的帽子边缘。由于很久没有洗帽子,帽檐周遭沁出一圈淡淡油渍,仿佛被水扑湿的印迹。布料由于头油浸染,发出闷哑声音。

"然后把潘容自身血球,融入他本人的血浆中……"龙一笙缓缓说道,好像也被自己这个方案,蠢到了。

"将一个人自身血浆和血球,混合一处,不就是复原了他本人的血液吗?为何多此一举?"束开颜充满不解。

"对。就这样。不折不扣地执行。"龙一笙恢复了冷静镇定的语调,表明他绝非一时糊涂,而是深思熟虑。

束开颜就算完全不理解,但也只有照办。若再想不出办法,优秀指导员潘容的结局,必是殉国。

束开颜刚打算走,又被龙一笙叫住。

"你把原本决定输血的那些人自身的血球和血浆,也都分离,再融到一处。在显微镜下,认真观察。"龙一笙继续发出指令。

"是。"束开颜决定立刻走出这间办公室。他怀疑再待下去,龙部长指不定又产生怎样的奇思妙想。

即将跨出门口的最后一步,束开颜回头问:"所有的献血者,都如此办理?那需要较长时间,不知潘指导员是否等得及……"

是啊,时间就是生命,血就是生命。龙一笙思忖后说:"对对对,全都做太慢了。你随机挑几个标本,即刻实施。"

束开颜大踏步走出门,立即执行。待他操作完毕归来,一切和离开时毫无二致。龙一笙仍在屋内缓步踱圈。

束开颜慌张道:"龙部长,我按您说的操作了,结果十分离奇!"

龙一笙并无惊讶,拍拍身边铁皮椅,说:"坐下,慢慢讲。"

束开颜说:"三言两语讲不清楚。您跟我到检验室去吧,一看就都明白了。"

龙一笙道:"我这就跟你去看。但也需你简要汇报,病人等不得。"

束开颜慌张说:"真见了鬼。潘容的血液,发生了自体凝结。"

龙一笙说:"你的意思是……病人的血浆排斥自家的血球,凝固在一起?"

束开颜万分惊恐道:"正是。匪夷所思啊,这种凝结,会立即致命!"

龙一笙语气急变:"快去病房!"

束开颜不解,问:"您不先跟我到检验室再确认一下?"

龙一笙说:"来不及了!快走!"

二人风驰电掣赶到病房。路途不算远,一路疾跑,他们眼冒金星。高原上的任何加速运动,都如利剑穿心。

他们直扑8床。其他病号吓了一大跳,范锁子道:"出大事了?马上来要死的病人?"

没人搭理他。穿白大衣的两人,目不转睛凝视8床。潘容正输液体,浅浅入睡。虽病入膏肓,但看起来,无生命危险。

龙一笙搭脉。束开颜查看潘容肤色、唇色和肢体远端的循环情况。若不是怕打扰病人睡眠,他会掀开潘容眼皮,观察他的瞳孔,看是否已死亡散大。

两人紧张对视一眼。虽病情危殆,但尚平稳。

"咱们外面说话。"龙一笙嚅动嘴唇,几未发出声响。束开颜看懂了,随他到病房外面。

寒风料峭,峻冷难耐。

"病人并没有出现广泛性血管内凝血。"龙一笙若有所思但相当有把握地说。

"那您随我到检验室,看一下检测结果。"束开颜道。

两人进入检验室。因血液制品会因温度上升而加快变性,屋内没生炉火,周遭冷硬似铁。

巨大的操作台上,摆放着涂布鲜血的玻片,像奇诡的红花布。

"这是潘容自体血浆和自体红血球形成的凝结物。"束开颜说,"您在显微镜下看,会更清晰。"

不必镜下确认,肉眼即可看到显著凝结块。为保万无一失,龙一笙还是俯身显微镜目镜前。他看后,说:"我再看一下病人和献血者的交叉配合情况。"

束开颜指向另外一些玻片:均为肉眼可见的清一色凝结状态。

为什么检验室里如此凶险的情况,却与病人状态不符?龙一笙皱眉沉思。"束开颜,你这检验室,怎么这么冷?"他发问。

部长岔开的问话,让化验员心中嘀咕:都火烧眉毛了,部长还能注意到冷不冷?

他耐心回答:"血液标本要在低温下保存,但我们没有电冰箱。除了最冷日子,这屋都不生炉子。这几天虽然很冷,但怕血液标本不新鲜,我就没生火。"

龙一笙又问:"医用电冰箱是检验室的必需装备,为什么没有?"

束开颜委屈道:"部长您忘了?我年年报计划,年年都被山下后勤部门打回来。他们说:你们那儿四季如冬,根本用不着电冰箱。我不服,难道要把那些需要保持低温的药品、试剂、血液标本,都扛到野外,跟过冬松鼠般,挖个坑埋起来吗?"

龙一笙同仇敌忾道:"典型的官僚主义。"

束开颜长叹一口气:"不配发冰箱,还有一个理由。咱们没有长明电,晚上匆匆发电两小时,没法保证电冰箱持续制冷。只能在工作中,忍着严寒。"

龙一笙歉疚地说:"让你们在这种艰苦条件下工作,是我失职。"

束开颜顾不上感动,心想,眼下我不需要关怀。重点是病危的指导员到底啥情况?

从面色看不出龙一笙想什么。许久后,他搓着手对束开颜说:"把炉子烧起来。"

束开颜越发想不通:病人生死攸关,难题悬而未解,忙着生火取暖,是何道理?他说:"我扛得住。"

龙一笙不容商榷道:"听我指挥,点火。"

束开颜为领导的体恤感动,服从命令到室外煤堆取煤,带回几把干透的红柳枝,手脚利落地引火生炉子。

龙一笙俯身巨大的操作台,埋头看显微镜。看一会儿,揉揉眼睛,抬头想一会儿。再看一会儿,又开始踱步。束开颜想起困在陷阱里的受伤老狼。他没当过猎户,也没见过陷阱什么样,只是无端想起这个比喻。

束开颜生起炉子。约四十分钟后,屋内悄然有暖流浮动。

龙一笙安心在检验室内东张西望,等待渐渐爬升的室温。他时不时盯向火炉,好像考核化验员生炉子的水准。

束开颜满手炭色,侧身一旁,避开清洁度要求很高的检验台。终于,屋内说不上温暖如春,起码不再寒气逼人。龙一笙对束开颜道:"你去洗洗手。"

束开颜说:"部长,我没事儿。高原生炉子,不可捉摸。明明看它着起来了,很可能一眨眼工夫,火苗就熄了。像人在高原,前一秒钟还好好的,后一秒钟就死了。炉火,也有旦夕祸福。"

龙一笙稍显不耐烦,说:"工作需要你赶快洗净手,到检验台来。"

束开颜洗净煤烟,又用酒精棉球将双手仔细消毒。满面狐疑走过去,心想,这还用再看吗?去办公室找领导前,刚才进屋后,几次三番加起来,观察过无数遍血玻片了。

龙一笙指示："再看潘容自体血浆和血球相容情况。"

束开颜本想敷衍了事,但近在咫尺,不容作弊。为了显示对领导的尊敬,煞有介事地又看了一遍。这一看,不得了!他大惊。

龙一笙不动声色地点点头,证明他看到的没有错,道:"你再观察遴选出的 AB 型献血者的血浆血球,和潘容血球血浆融合情况。"

束开颜也想到了这一点,忙不迭俯身看去,眉毛乱颤,如同见了鬼。

"这是……怎么回事啊?"他惊惧自语。

龙一笙平静地说道:"之前见到的所有凝结,都渐渐消散了。对吧?"

束开颜道:"简直见鬼!不……是见神!这是天大的好事啊!"

龙一笙纠正道:"不是见神,是见了火。"

束开颜万分不解,问:"这和火有何关系?"

龙一笙解释:"你点燃了炉火,让房间慢慢暖起来。这就是关键所在。"

束开颜还是不得要领,问:"血也不是冰,难道还会因为温度升高,变成红色的水蒸气吗?"

龙一笙说:"潘容血液里,有一种特殊的冷凝集素。他的疾病是否与之有关,我们还不得而知。但他的血液会因温度下降,出现一过性的凝结。这种凝结,当温度上升时,又可重新融化。人体不是水,反复凝融,后果可怕,会给他的身体,造成不可逆转的破坏……"

束开颜频频点头,其实他对于病人的其他状况,并不很了解。看到部长胸有成竹,心中燃起希望。他半握着拳道:"您的意思是,只要温度始终保持温暖,潘容的输血就可能顺利完成?"

龙一笙说:"这只是我的初步猜想,还有难以预料的不确定性。鉴于病情刻不容缓必须尽快输血,我们只有冒险一试。"

束开颜忧心忡忡道:"但操作,您要承担巨大风险。万一输血过程中,发生了不可控制的冷凝结,病人会立刻死亡。"

他简直不能设想,若因为一个医疗操作,活人顷刻变成尸体,将会成为经治医生一生怎样绵长而永无排解的痛!

龙一笙一字一顿地说:"如果不立即实施输血,潘容没有任何生存的希望。虽然,他衰竭而死,责任不会追究到你我。高原神鬼莫测,最不缺的就是千奇百怪的死亡。但我不能不顾身为高原战区卫生部最高负责人的职责和担当。现在我需要你的配合。我命令你,做好万全准备,立即给潘容输血。"

束开颜用冷汗涔涔的右手,行了一个不很标准的军礼。但凡老医务兵,都以军礼不标准为惯例。此刻,他神情万分严肃,惯性使然,敬礼依然平平常常。好在回答的口气甚是铿锵:"是。明白!我即刻在模拟人体温度的环境中,重新做交叉配血试验。"

龙一笙补充道:"第一批献血者,都选卫生部人员,这样比较容易把控整个过程。"

龙一笙安排的第一位献血者——郭换金。为何首选她,无人告知。真实理由是:不知何故,潘容的血浆和郭换金的血球,即使在寒冷环境里,融合得亦比其他人好。其后发生冷凝结的速度,也较其他人更为缓慢。

其中道理,没人能解释清楚。龙一笙虽很有科学精神,但面对此时莫名其妙的现象,亦无暇深究。医学,本来就是没有止境的学问。更不用说在五千米之上,人的生理机能错乱到神鬼莫测。当务之急是给潘容输血,挽狂澜于既倒。

郭换金接到献血指令,十分镇定。她正当班,迅速将相关工作交给他人,脱下白色工作衣,问通知她的楚军医:"我还需要做什么准备?"

楚直看也不看她一眼,说:"难道你还打算沐浴更衣吗?"

郭换金说:"更衣,当然没有必要。沐浴,你说得轻松。高原战区,有沐浴的花洒和浴缸吗?"

楚直吃惊道:"你还知道浴缸?你不是西北乡下人吗?"

郭换金心中一凛,大意了,嘴上仍不示弱,掩饰道:"西北怎么啦?只许江南人勤洗澡吗?"

楚军医知道护士长已在紧锣密鼓准备输血事宜,此刻难得从容时光,便说:"就不说籍贯是江南还是西北了,咱高原人平日只能用桶烧点热水,胡乱擦一把。所有的讲究,面对缺氧,一概作罢。"

郭换金不理他的插科打诨，问："一会儿我在哪儿献血？"

楚直也一本正经起来，说："腾出了一间双人病房，你和8床潘容，都躺在那间病房。"

郭换金问："那我算9床，还是7床？"

楚直道："你爱当几床就几床。若一切顺利，潘容输完血后，回他原本的病房继续当8床。你回宿舍休息就是。"

郭换金眨眨毛茸茸的眼睛问："就这么简单？"

楚直肯定道："如果没意外，就这么简单。"

郭换金好奇追问："如果有意外，会怎样？"

关于血液冷凝结的来龙去脉，楚直已知晓，但三言两语说不清，他也不想多做解释，便说："你不会发生意外。除了稍感头晕略乏力外，大致一切正常。"

郭换金聪明，听出弦外之音，问："也就是说，如果出现意外，是8床潘容？"

楚直不想说假话，支吾道："的确危险在8床。他是受血者，如果你的血进入他体内，发生了意想不到的凝结，那么……"他沉吟，不想将最终结果吐出。

郭换金却不放过，问："意外就是——我的血进入8床体内，有可能害了他？"

楚直不得不吐真言："理论上，有这种可能。"

郭换金追问："最坏的可能性是什么？"

楚直气恼地宣布："最坏的结果，就是8床……失去生命。"

虽料到结局凶险，被楚军医公布出来，郭换金还是吓了一大跳，失声道："那岂不是我的血害了他？"

楚直纠正道："不是你害了他，是他无法接纳你的血。当然这种情形概率极低，但并不能完全排除。所以，在输血现场，无论出现什么情况，你都要镇定。"

郭换金脸色煞白，哆嗦着重复："镇定！镇定！"

马上要献血，郭换金决定赶回宿舍，将胳膊擦干净。虽然血液是在身体内部流动，同表层皮肤干净与否，并无干系，但郭换金需要找点杂事干,舒缓一下紧张情绪。

见她转身欲走,楚直说:"从现在开始,你不要喝水。"

郭换金不明就里,问:"刚才大家议论时,还说献血的人,要拼命喝水,以抵挡快速失血的反应。你是何居心,让我不喝水?"

楚直道:"献血的人多喝水,在平原,是不错。不过潘容极度贫血,你的血若浓缩,有效成分更多,对他的帮助更大。"

原来是这样!郭换金不由自主地舔了舔干裂的嘴唇。刚才忙得脚不沾地,真真忘了喝水。现在,想喝也不能够了。好吧,忍着吧。直到把血液忍成黏稠的芝麻酱,就能带着更多血球,流入8床潘容的血脉去救他。

当然了,前提是不出现意外。严格说起来,高原没有意外。死亡时刻在意料中。

郭换金抓个空当,跑回宿舍。不知道哪只胳膊有幸入选,便将两条臂膀都擦拭一番。纤细臂膀上淡蓝色的血管,让她生出不安。此时还在她体内活泼流淌的热血,过一会儿将汹涌流出。那些血,将永远离她而去,再也不属于她的身体了。

没有更多时间容她胡思乱想,进入专门病房。郭换金第一个感觉,是热!滚滚热浪,扑面而来。

"热"的感觉,在高原,陌生而奢侈。终日如忠犬般跟在每个人脚后跟的,俱为周天寒彻。抵达高原后,郭换金只觉骨髓都被一次次冻出冰碴。此刻陡然陷进平原三伏天般的炙热中,不是惊喜而是饱受惊吓。

她找到这一切反常的始作俑者——病房当央,竖起一个临时搬来的铁皮炉子,炉火熊熊。

一张病床上,白被子虚掩着,底下好似空无一物。其实躺着一个人,面色惨白,呼吸绵浅,瘦骨嶙峋,羸弱无比,郭换金认出正是8床潘容。

见有人进来,潘容眼光一瞟,因极度倦怠,只把头偏了极轻微角度,算是打了招呼。郭换金点头回应。

"你？……白衣……"潘容断断续续问。此话费解,郭换金还是听明白了,潘容在判断她的身份。

"我来给你输血。"郭换金不忍让一个重病号苦思冥想费脑筋,揭晓答案。

潘容合了一下眼睛,半晌没说话。再睁开时,因为刚才的歇息,蓄积了一点力量,话语连贯了些。他垂睑道:"姑娘家,给我……输血?"

郭换金知道他不好意思,笑笑说:"潘指导员,瞧不起我的血?姑娘家怎么了,血是红的,也是热的,一样保家卫国!"

郭换金说完,躺上另一张病床。房间狭长,面积有限,两张病床并排摆放,中间只隔一张小小床头柜。潘容没说几句就喘息不止。

潘容微声道:"郭……护士,你害怕吗?"

郭换金轻声回答:"我不怕。应该怕的,似乎是你。"

潘容漆黑眉毛拧起,清澈眼神稍显迷惘:"为什么?输血难道不是救我吗?"

郭换金突然醒悟,这个时候,让病员心境安宁,万分紧要,便把楚直所言的意外摒弃一边,单纯和潘容拉起家常。

"潘指导员,老家哪里啊?"郭换金开聊。其实,病员入院登记表里,有籍贯一项。只是身为护士,接触病人多,很难全都记住。

"河南。"潘容答道。

"河南哪里啊?"郭换金佯作很有兴趣。

"中牟。"潘容答。

"中牟哪儿啊?"郭换金一时也找不到别的话题,只好像个户籍警般盘问。

潘容不忍看她没话找话,开玩笑道:"你可调战区干部处工作。"

郭换金讪然:"嫌我问得太详细了吗?"

潘容说:"郭护士对我家乡如此感兴趣,不知何故?"

郭换金说:"历史上有个人物,是你老乡。"

潘容猜到,故意不说破,问:"你说的可是列子?"

郭换金道:"御风而行的列子,自然让人羡慕。不过那是神话人物,不可信。我想说的那人,却是你的本家——潘安。"

潘容沉吟道:"潘安,真与我家有些渊源。"

郭换金惊呼:"难怪……"

"难怪"后面是什么,郭换金勉力咽下,羞于把话说完整。潘容样貌,实在是极好。郭换金虽然对男子长相并不敏感,但面对如此英俊面庞,亦无法无动于衷。她轻叹一口气,压下悸动之感。只期望此人病体早早痊愈,担起战区第一美男之称。

这话没法接下茬,潘容沉默。病房门突然打开,又迅即关上,怕散失每一缕热气。来人是护士长钟铭。

平原上医院的护士长,多是风风火火嘎嘣利落脆的中年女子。高原战区之前无女性军人,护士长是内向男子,技艺精湛。今日输血,由他亲自操刀。

"热气能救命。"护士长解释关门动作。

郭换金问:"为啥把屋里烧得跟三伏天似的?"

钟铭说:"寒冷易让血液凝结。一会儿我来给你抽血,抽完血,一转身,用最快速度,将血输入潘指导员体内。全程暖暖和和。"

正说着,身穿白大衣的龙一笙和楚直,快步入内。屋小人多,略显拥挤。按说输血现场应该简洁,不过这几个人,缺一不可,只好都在场。

郭换金不再吭声,安静躺着,好像睡着了。

潘容也不说话,安静躺着,好像也睡着了。

楚直看着二人"睡颜",突然想到一个词"同床共枕"。虽然两床之间,有个铁皮床头柜立着,楚直还是没来由地不舒服。好在情绪一晃而过,重新聚焦于即将开始的血液之旅。

护士长将点滴液转为生理盐水,又在液路上,挂起输血瓶。待潘容那边一切准备就绪后,钟铭来到郭换金床边。

"丫头,准备好了吗?"龙一笙问。

这个称呼对郭换金来说,十分陌生。她一直觉得,"丫头"是地主家服侍小姐的女仆称。不过,她的入伍登记表上,所填籍贯为西北某省,那个地域流行这词,是长辈对女孩的爱称。龙一笙本是南方人,特地选用了这个称呼,和郭换金套近乎的用意明显,助她放松。

郭换金善解人意道:"部长,准备好了,我不害怕。"

护士长举着100毫升大注射器,杀将过来。玻璃针管很粗很长,像透明的大擀面杖。为节约器材,本该报废的不锈钢针头,还在勉力服役。它短粗迟钝,尖有倒钩。刺入郭换金手臂时,生生把皮肤戳了个血窟窿……

当粗针头刺入郭换金瘦削白皙的手臂时,床上侧躺着的潘容,不由自主地哆嗦了一下。在一线哨卡的刀光剑影中,他眉毛都不曾颤动一下。可咫尺之遥处,妙龄女子伸着胳膊为自己献血,便抑制不住喉头发热,充斥滔天温情。

护士长技术过硬,一气呵成,100毫升抽足,他迅速起针,递给郭换金一块纱布,叮嘱道:"死死按住针孔,多按几分钟。"

说罢,他手捧注射器,一个大转身,来到潘容身边,打开输血瓶,就要往下倾倒满管鲜血。

"等等。"自始至终目光炯炯注视着一切细节的龙部长,叫停护士长。

"部长,有什么不妥的吗?"伫立一旁的楚直问。

检验室玻片上凝结血块,留给部长惨烈印象。如果潘容体内存在的特殊冷凝集素,依然作祟……那么,郭换金的鲜血一旦滴入,等待潘容的就是血管顷刻阻塞,一招毙命。

龙一笙紧紧握住双拳,轻轻摩挲。手心里,潘容命悬一线。

楚直始终保持缄默。医学现场,也遵照战场的指挥法则。最高职务的人员,握有最终决定权。

屋内,死一般寂静。郭换金全力以赴压迫着胳膊上的抽血孔。"为什么不把血倒进去?"她纳闷,首先想到的是——别是我的血有什么问题吧?

那些刚刚脱离了自身的鲜血。取自静脉,颜色并非正红。加之高原缺氧,呈深紫色。又因她已数小时禁水,血液黏稠度异常高,像赤褐色的黏稠颜料。

默不作声的潘容,醒悟一点名堂。他面向龙一笙道:"部长,您在害怕?"

龙一笙斟酌着开口道："若你父母在旁边，此刻我当有一些话，会对他们讲。"

潘容何等聪明。苍白而俊美的脸上漾起一丝惨淡笑容。他轻声但坚定地说："我爹娘都在万里之外。我就是俺爹，我就是俺娘。您有什么话，直接对我说吧。"

龙一笙咽了一口唾液，润了下干燥如砂纸的咽喉道："输血，有风险，你知道吧？"

潘容先是点头，继而又摇头。稍歇息片刻，重新攒起一些力量，吃力地对龙一笙说："我卫国到了高原，已将生死置之度外。死在战场上和死在病床上，于我并无不同。楚医生已跟我说过输血的风险，我都记住了。我已做好最坏的准备。您就大胆治吧，万一有什么，我不怨您。"

护士长忍不住插言道："高原战区，从未有输血先例。没有专门的取血设备，咱用大注射器替代。抗凝剂混合不匀，不能再耽误。赶紧把还带着体温的鲜血，输入病人体内，才会有最好疗效。"

"好，输。"龙一笙决绝挥手，好像拼力将凑过来的死神推开。

血。鲜血。带着温度的女子赤血，一滴滴进入潘容的血管，渗透至他的四肢百骸。

周围所有的人，度日如年。准确地讲，度秒如年。

天崩地裂的大凝血，没有发生。潘容一切如常，甚至比如常还要好上几分。青春年少的女孩，朝气蓬勃、充满生命活力、富含红血球的新鲜血液，带着妙龄姑娘的灼热体温，稳定而持续地输入潘容体内。不知是真显出效果，还是人们心境使然，只觉得潘容脸色渐趋红润。

时间极缓慢流逝，神鬼莫测的冷凝因子，在夏天般的温暖中，在血液接力中，没有被危险触发。

潘容，得救了！

警报解除。楚直对护士长说："您留下继续观察，我与龙部长有话说。"不待龙一笙有所反应，拉着他走出病房。

郭换金手抚胸口，长吁一口气。战友终是平安了！若是她的血，害死了美若天神的潘安后代潘容同志，岂不心中负罪毕生难赎！这口气一松下来,深感倦怠疲惫,很快就睡着了。

潘容也闭着眼睛,但并不曾睡着。他惊奇地感受着陌生的元气,滔滔不绝灌注而来。他太喜欢这种生命活力肆意蔓延的感觉,一寸寸体验着能量之火缓缓燃烧的过程。

楚直拉着龙一笙,来到病室外的僻静处。

"你想说什么?"龙一笙不放心病房内情形,急着问。

楚直踌躇:"不好开口啊。"

龙一笙道:"有关你个人私事?别掺和,病人重要。你的事儿,咱们另找时间谈。"

楚直赶紧明示:"有关潘容的生死。"

既是和病人有关,龙一笙立刻打起精神:"讲。"

楚直又说:"事关郭换金。"

龙一笙狐疑道:"到底谁是重点?别绕圈子。"

楚医生平日里虽嬉笑怒骂略带痞气,但重要事务从不拖泥带水。今天,这是怎么了?吞吞吐吐!

楚直也对自己的磨叽大不满,索性挑明:"郭换金的血和潘容的血,十分相容。"

龙一笙心想,这不废话吗?但他涵养好,强压住不以为然道:"目前看来是这样,还要继续观察。"

楚直单刀直入挑明:"既然如此,我的意见是——再抽郭换金的血。"

龙一笙吃了一惊,迅速斟酌后说:"这对病人,自然是好。不过,对作为献血者的郭换金来说,是否强度太大?"

反正一说开,楚直便无所顾忌,直抒胸臆道:"潘容血液特殊,高度相容的献血者,十分难找。高原上,万事脾气古怪,异象瞬息万变。初战告捷,机不可失,应再接再厉,稳住战果。"

龙一笙长久沉默后,一字一顿说:"言之有理。不过,你并没有回答我的问题。抢救了潘容,会不会伤了献血者?"

楚直说:"依我判断不会。郭换金是正常健康人。平原地区,常规献血量,每次200毫升。为保险,高原半量取血。现在提高至原有献血量,也不是无理冒进。"

龙一笙想到此刻躺在病床上的小女兵,和自己的女儿一般大。严格讲起来,未满十八周岁,骨质未硬,不宜献血。但目前犹如战场,箭在弦上,不得不发。他为难地自语:"不能为了救一个,又伤了另一个……"

楚直打断他的话说:"慈不掌兵。这样吧,我也是AB型血。若郭换金因为献血出了毛病,我可再给郭换金输血。"

龙一笙气笑了,说:"有你这话,我同意继续抽取郭换金的血,以救潘容。记得,万一有事,你须以血还血。"

楚直咬牙切齿道:"我可以立个字据。"

龙一笙说:"算了吧,估计你也不能赖账。"

楚直道:"还有最后一个问题。一会儿让郭换金继续献血这个话,谁来说?"

龙一笙毫不迟疑道:"我来说吧。得罪人的活儿,我干,比较好。"

楚直道:"既然得罪人,我来说吧。从我嘴里说出来,像一个医疗决定。从您嘴里说出来,像一个命令。"

龙一笙想想,还真是这么回事,无可奈何道:"好吧,那你说。记得和颜悦色些,不要给小姑娘太多压力。"

楚直道:"记下啦。不过,我还有一个要求。"

龙一笙佯装不悦道:"你不觉得自己今天要求比较多?"

楚直说:"这是最后一个。"

龙一笙无可奈何道:"说吧。"

楚直说:"最后的要求是——您不用再进病房了。一切有我。"

龙一笙觉得大局已定,便道:"好吧,我走。希望你今天不要再找我。没消息,便是最好消息。"

楚直单独走进病房,见潘容和郭换金都似闭目养神。他冲护士长点点头,意思是此处有我负责,你可忙别的去。

护士长离开。输血瓶内血液输入过半,事不宜迟。

楚直蹑手蹑脚走过去,轻轻碰了一下郭换金稍有歪斜的军帽。

郭换金猛地睁开眼睛,见楚直屹立近旁,忙要起身,说:"楚医生,我这就走。我正常了。"她又看了一眼汲取了自己血液的潘容,见他一切安好,便开心地笑起来,眉眼弯弯。

楚直恍然走神,好一个干净漂亮的笑容!衬着略显苍白的面庞,宛若晨曦旁缠动朝霞。继之又暗暗愧疚,自己的提议,马上会让这个苍白面庞更渐血色。

正好有卫生员进屋,小心翼翼端着一簸箕烧得恰到好处的焦炭,给炉火熊熊的炉子继续加料,以保持屋内炎夏般热度。楚直对他说:"你加完了炭,洗净手。暂不要离开,关注8床的输血进度。有何问题,向我报告。"他又偏过脸,对郭换金说,"你若能起来,随我到外面说话。"

他马上要和郭换金进行的谈话,确实应避开病人。

郭换金突然起身,忍不住以手抚额。眼前一片黑蒙,如同顷刻间出现了日全食。好在只是一瞬,旋即恢复正常。二人来到刚才楚直和龙一笙对话的位置。病房外,只有这个区域比较僻静且背风。

正是上午时分,阳光灿烂。病室太暖,乍一出屋,巨大温差,让郭换金打了个大大冷战。事况紧急,容不得放郭换金回屋添衣,但也不能让郭换金感冒。她若受凉,会寻致抵抗力下降,能不能继续抽血就要打问号。为了病人福祉,楚直毫不犹豫脱下自己的白大衣。

高原医务人员的白衣,厚重板正。有洁癖的楚医生,工作服更像体面的雪白大氅。

郭换金因今日角色特殊,不当班,便没穿白衣。楚直手一抖,将白大衣妥帖地披在她身上。

"你这是干什么?"郭换金退后避让。

"御寒。"楚直言简意赅。

"我不冷。"从热腾腾屋内裹挟而出的暖气尚未散尽,郭换金的确并不觉太冷。但冷空气突然涌入鼻窍,她忍不住打了个喷嚏。

"还说不冷?"楚直没好气地嗔怪。

郭换金不知如何反驳,搞不懂楚医生抽的哪门子风。以工作关系来讲,二人并未热络到嘘寒问暖披衣的地步。她极想把带着强烈男子气息的白大衣还给主人，但楚医生个高，居高临下按住她肩，让她无以挣脱，只得勉强虚披着白衣。

楚直见郭换金接受了既成事实，开始说出他的计划。

"有件事儿，和你商量。先说好了，你可以不干。"楚直尽量态度温煦，做出和蔼可亲的样子。

郭换金觉得他的模样，像化装成外婆的大灰狼，不为所动道："你要下新医嘱？说吧。"

楚直也很不齿自己的和颜悦色，索性揭开底牌："想让你为8床继续输血100毫升。"

"理由？"郭换金语调是她这个年纪的小姑娘难得的平稳。既不大惊小怪，也无推托之感。

"理由就是——8床血液中，存在一种罕见的冷凝集素。因此和很多人的血液，都极易发生凝结。我们除了把室内温度尽可能调高，还需找到和他的血液高度契合的血源。而你，正好合适。刚才输血过程异常顺利，也证实了这一点。现在正是救治8床的关键时刻，所以……"楚直不停顿地说着，生怕一旦被打断，嘴皮子便不知如何接续。

"哦，知道了。"郭换金微不可察地点了点头，转身就走。

楚直不顾礼仪，一把拉住她的衣袖，说："行不行？你给个话。"

郭换金眨巴着清澈如水的大眼睛说："你要我说什么？"

楚直道："同意还是不同意？你刚献了血，可以拒绝。"

郭换金反倒搞不明白了，说："我不是表态了吗？"

轮到楚直发愣。心说，你表了态？我怎么没看见？问："郭换金，你啥时表了啥态？我怎么没听见？"

郭换金道："你眼没看见？我这不是往回走准备去第二次献血吗？！楚医生，省着点唾沫，不用苦口婆心给我做工作。赶紧叫护士长，干活吧。"她边说，边把身上斜披着的白大衣撸下来，递给楚直，"楚医生，你还是自己穿着吧。不过说真的，你能把朴素的白大衣，穿出英伦范儿，真潇洒。"

5

楚军医顿生疑惑,郭换金居然知道英伦范儿?顾不上细琢磨,赶紧布置护士长再次抽血。却不想第二针献血过程,很不顺利。

护士长的手艺依然棒,不争气的是郭换金的臂膀。或者说,她那只血管比较粗壮的胳膊,首次征用后,遗有硕大针孔,无法再用,便换了另一边。

女孩子,血管天生细弱。护士长一针见血。刚开始抽取顺利,汩汩血液冲入注射器中。郭换金闭着眼睛,无可遏制地感觉自身气力像沙漏下坠般快速消失。索性眼不见,心不烦……

连续放血,血容量已不那么丰沛。抽着抽着,血管塌陷,血流越来越细。最后,竟抽不出来了。

护士长松开上臂的止血带,对郭换金说:"你连续伸开手指然后握拳,要用全力。"

郭换金努力睁开眼帘,遵嘱照办,动脉血流冲向指尖。握紧拳头时,血液开始被迫回流。如此反复动作,血管逐渐充盈。

护士长对一直在旁观察情况的楚直说:"我固定着针头,您帮我把止血带再次扎紧。"

楚直操作。他虽资深,但毕竟平日不是护士岗,稍显手忙脚乱,好在最终圆满完成。

郭换金的胳膊还算争气,短暂驱动血液后,又可抽出血来。

楚直不忍心偏偏头,想起一个词——竭泽而渔。比方不伦不类,但如此压榨性抽小姑娘的血,终究还是于心不忍。他对自己说,一个正常人,只要多吃点好的,休息到位,血量很快就会恢复如常。郭换金一定会重新欢蹦乱跳。濒死的病患,得到来之不易的血液补给,就能起死回生。这个交换,划得来。

郭换金的臂膀,开始重如铅锭,继而乏力感迅速向躯干蔓延。乏力,像一种病毒,疯狂蔓延。起初,她略有惊慌地极力抵挡乏力感,很快一溃千里束手就擒。心率不可抑制地加快,企图以心搏的数量,冲兑血量的丢失,英勇自救。血管又出现塌陷。于是松开止血带,握拳驱赶血液……再抽血。

从渐渐枯萎的上臂取血,多次反复。在护士长和楚军医的通力合作下,终于又凑够滚烫鲜血,迅速导入潘容体内。这个过程,潘容一直在安睡中。

"输血速度一定要慢,再慢……"楚直叮咛,万不可功亏一篑。

护士长满头汗粒顾不得擦拭,回应:"我一定慢!"

楚直想起郭换金,转头问:"你怎么样?"

郭换金只觉眼皮上堆着一座泰山,含糊应道:"我正常。"

楚直放不下心,对她说:"你不能回宿舍,在这里当几小时病人。我给你开点液输进去,补充血容量。"

郭换金缓慢说:"葡萄糖和生理盐水吗?"

楚直说:"嗯。"

郭换金嘴角困难地牵动了一下,企图做出上翘的角度,然而气力不足,低声道:"想起鲁迅说的,吃的是草,挤出的是奶。"

楚直没想出此话和眼前情形有何相关,问:"啥意思?"

郭换金道:"抽出来的是血,滴进去的是甘蔗和大海。"

楚直放心地说:"你还有胡说八道的能力,说明状况良好。"

郭换金说:"我……"话未完,无法抑制的困倦吞噬袭来,紧接着昏然睡去。

那厢,潘容无言。旁人都以为他在眠中,殊不知源源不断输入的新鲜血液,带来异常的活力。这一阵子,他昏睡实在太多,如今彻底醒来,无比清明。只是,他不忍心看战友献血,更不消说对方还是女孩。无以自处啊,只好伴睡。

楚直见一切步入正轨,暂时离开,去下新医嘱。

护士长尽职尽责守着两个病人。

郭换金被饭菜香味激惹而醒,见对面的潘容,已输完血,正在大口吞面条。

"潘指导员,吃独食啊?"郭换金半开玩笑地同8床打招呼。

潘容展颜一笑,顿时满室生辉。他说:"你那份也放床头了。若能坐得起来,赶紧趁热吃。"

郭换金这才发觉床头柜靠自己侧,还有一碗面。门可闫今天特地做了病号饭,还把平日舍不得放的芝麻油,点了几滴在面条中。整个房间,热乎喷香,让人陡然想起远方的家。

郭换金起身端碗,动作猛了,眼前景物乱晃。她赶紧定神,放缓动作。

潘容何等细心之人,对于缺血导致的缺氧,更深有体会,说道:"动作,要像爷爷奶奶一般迟缓,这是治疗高原一切不良感觉的灵丹妙药。"

郭换金虚心汲取经验,余下的吃饭操作,像电影中的慢动作。

吃完饭,郭换金刚想去刷碗,护士长说:"好生躺着。再休息两个小时,没异常反应,你就可以回去了。"又转向潘容,"两小时后,你也可以回原病房了。下次输血的时候,你再到这儿来。"说罢离开。

屋内只剩潘容和郭换金,大眼瞪小眼。两人目前都处于有效血容量不足状态,加之刚吃完饭,大量血液聚集消化道,头脑乏氧。

"郭护士,谢谢你。"潘容诚挚地说。

郭换金知道彼此绕不过这个话题,不如赶紧作结,说:"没关系。战士的血,本来就是时刻预备流出来的。"

潘容道:"流在战场上,那没的说。流到我身上,只有永远铭记在心。受人滴水之恩,当涌泉相报。"

郭换金一看高度升得吓人,扑哧一声笑出来,道:"你今日受我鲜血之恩,少说也有几百上千滴的。细算起来,该如何回报?"

潘容也开起玩笑,说:"郭护士,若我以身相许,可报得了你的恩?"

郭换金大受惊吓,道:"潘指导员在哨卡跟战士们讲话,就这样胡说八道吗?"

潘容说:"自然不是。我平日宣讲,都是告诫战士们不许谈恋爱,这是铁律。"

郭换金说:"既然平时一本正经,此刻是病糊涂了?"

潘容强词夺理:"我不是战士,自然可以谈论这个话题。"

郭换金义正词严驳斥道:"可我是战士。"

潘容辩道:"我也没说现在就谈啊。"

郭换金稍感慌乱,谈话如此不受控制,朝向危险方向滑动。不行!眼前男子,就算有潘安再世容貌,也不可任由他胡扯。郭换金决定将危险扼杀在萌芽中。她做出遗憾万分的神情道:"潘指导员,你是何等凶险之症,难道自己心中没数吗?什么人会傻到和一个病秧子有牵连?"

此话甚狠。为了救人救己,只有手起刀落,杀人诛心。

蛇打七寸。潘容一下自卑至极,喜爱加试探的诸般心思,顷刻殆尽。

见潘容一下萎靡,郭换金得逞后又有些不忍,说:"潘指导员,你真要报恩,我给你指条明路。"

训练有素的指导员,快速调整好心态,说:"郭护士,你说吧,我该如何作谢?"

郭换金好奇道:"你真的是潘安后代?"

潘容舒展一抹清冷笑容,如黎明时最朗洁的天穹:"祖上是这样传的。也许是远房亲戚吧。但不是的可能性更大,潘安被诛杀三族,并没有后人。不过,这有那么重要吗?"

"这"指的是容貌。彼此心知肚明。

郭换金不理他的语气,径直道:"我喜欢潘安。"

这话若是放在片刻前说,潘容或许柔肠百结,但此刻,已是风平浪静,淡然道:"为什么?"

郭换金兀自说:"你知道我最喜欢潘安哪一点?"

潘容平静作答:"长相吧。大多女子,皆为传说中的潘安模样动心,毕竟他美姿仪。"

郭换金嘻嘻一笑,驳道:"潘安容貌,只可远观,又不能当吃当喝!"

潘容分辩:"此话不确。不是有个词,叫作'秀色可餐'吗?"

郭换金不屑道:"那都是吃饱了撑得慌的人,编排出的谎话。肚子真饿的时候,秀色有何用?!谅你猜不出来我喜欢潘安的真正原因是……"

潘容继续猜:"不然便是古书中说他的好神情……"

郭换金看向潘容,果然温良俊美好神情。她赶紧收敛少女心情异动,道:"看你猜得辛苦,我就直接告诉你,我最羡慕的是潘安传说中'掷果盈车'那段。"

屋内气温渐渐降下来些,两人隔着床头柜的距离,聊得开心。潘容说:"你说的是女人们因为喜欢潘安,把手中的水果,都丢到潘安车辇上。等潘安回到家,将水果一归置整理,居然得了满满一车……是这段吗?"

往常日子,潘指导员哪能一口气讲这许多话?今日输了血,如同饮了神仙水。这些能量,都来自眼前的俏丽姑娘。潘容就算一腔爱慕被迎头泼了冷水,也饶舌不止,变得完全不像往日的自己。

郭换金撇嘴道:"算你答对了。我之前第一次看到这故事,觉得你家乡那地方挺穷的。"

潘容没想到美男佳人的绮丽场面,居然被人联想到一穷二白,便为家乡抱不平道:"水果都装满一车了,还能说穷?"

郭换金道:"把水果当成礼物,眼巴巴扔到车上,可见实在没有拿得出手的东西了。这不是穷,又是什么?"

潘容不甘,但也想不出强有力的辩驳理由,拐个弯说:"将来有机会,请你到我老家亲眼看看。人杰地灵,所以才能出了个潘安。"

郭换金撇嘴道:"想不到潘指导员,借家乡自夸……"

潘容自知相貌出众,经常提醒自己谦虚谨慎,便十分内敛。今儿个这是怎么了?言语失当,应答反常。他懊恼地自我谴责。思来想去,便怪刚刚输的血,这些血的原主人没章法。

潘容说:"我可不是自夸。谁让你平白无故说我家乡的坏话,我怎么忍?"

郭换金赶紧找补:"扔到车上的水果,估计半生不熟。"

潘容理不清这逻辑,惊讶反问:"你去过我们那儿?"

郭换金道:"没。"

潘容说:"既没去过,太武断了。"

郭换金狡辩:"果子若熟透了,谁敢往车上扔?桃子烂的离核,杏子流汤,梨变成酱,苹果裂八瓣……"

郭换金说着,口腔分泌液剧增,赶紧咽下一口,免得哈喇子流出来。

屋内太热,二人军装齐整又盖着被,捂得出汗。潘容只好将被子踢到一旁,又把棉衣风纪扣解开,露出衬衣。

军用衬衣有草绿、本白两色。两人衬衣正巧都是后者,尤其潘容的衬衣,洗得仔细,白得耀眼。郭换金无意中望去,见潘容锐利的喉结灵活滚动,好像一只小老鼠。她突然很想伸手摸一摸,掐住小老鼠,看它还跑不跑?由于距离近,她闻到潘容身上,有一种橡木青苔味道。其实,橡木什么味道?她并不知晓。只是以前读欧美小说时,经常看到这树名,想象中,高大秀美的树,根部长满绿绒,色泽清美,味道温润。

看到郭换金突然断了话茬,眼光若有若无瞟向自己咽喉处,潘容打趣道:"是不是说着说着,馋了?"

郭换金自然不敢将真实想法端出,就坡下驴道:"你不馋吗?自打我们来到高原,再也没吃过这些水果。"

潘容道:"这好办。以后你到我家乡去,瓜果梨桃管够!"

郭换金说:"你这么一讲,我想起一个要你报恩的方式。"

潘容一喜,道:"快说。"

郭换金说:"送我一个水果。"

潘容思忖道:"这事好办。你想吃什么水果?我去找。"

郭换金说:"我要一个杏子。"

潘容深感意外,心想,这不是借米还糠吗?道:"你那么多的血,只换一个杏,是不是亏了?你现在还可改口。"

郭换金说:"不改了。潘指导员,你不会以为我要的是个普通杏子吧?"

潘容做惊恐状说:"莫非你想要个金杏子?"

郭换金把带着针眼的手臂挥了挥:"金的就免了吧,谅你也没有。我要一个又大又红浑身没有虫眼和疤癞的杏子,就像伊甸园里的杏子……"

潘容的心弦轻颤。这两天,他听病房里的老病号,议论女护士们的家长里短。好像说郭护士老爹是炊事员,本人在西北乡村长大。那里的孩子都知道伊甸园？当地民众是不是信教？

潘容生在农村，天资聪慧成绩很好，考入县高中。各类书籍广有涉猎，知识丰富。他沉吟说："伊甸园里好像只有苹果。"黑密柔长的眼睫，遮住了戏谑眼神。

郭换金不服气道："那么大园子，不可能只长苹果树。犄角旮旯里，连蛇都有，一定有杏树。"

这是无法追究的事情。潘容道："好，伊甸园里到底有多少种果树，咱们就不争论了。单说用一个杏子换两大管子血，这个买卖我不赔。"

两人有一搭没一搭聊着天，郭换金不由自主地吞下三次口水。第一次是想起盈车水果。人到了高原，便被动地和一切水果恩断义绝。第二次，是被"秀色可餐"蛊惑。咫尺之遥，潘容白色衬衣衬托下的面庞，如同冰雪中的一轮朗月。漆黑头发耷拉在英俊眉眼之上，俊美无俦。第三次，是她无意间扫到了潘容滚动的喉结，生出抓住这个不停滚动的小活物的好奇心。

当然了，这一切都只停留在女孩子一厢情愿的想象中。残酷现实是：高原没有任何水果。秀色绝不可餐。喉结绝不可触摸。

这最后一条，看似无理。喉结突出在男性军装领子之上，任何人都可以光明正大地看到，却不可以触碰。

一个清脆女声，打破屋内天南地北的闲聊。

"嗨！郭换金，你真够勇敢的！"麦青青快步走进来，身后跟着护士长。

麦青青穿着雪白工作服，利落窈窕。按说工作服都一样，无甚特别。但麦青青独出心裁，让柳赞把白大衣飞针走线掐了腰，穿上后展露婀娜曲线。当然，她也叮嘱柳赞不得给别的女兵再做此加工。柳赞一口答应，连自己的白大衣，也不动一针一线，维持上下一致的筒状结构。

郭换金略略抬起身，不在意地说："又没上战场，说不上勇敢。我只是服从命令。"

麦青青稍稍偏了一下头，这让她的齐耳短发，轻微飘动。她临时调来值病房班，第一次见到病床上略有血色的潘容，被他的英俊惊呆。好在麦青青从小在部队大院里长大,见的戎装精干军人多了去,并没有沉溺于震撼。她轻拂飞扬发丝,对潘容例行公事道:"我今日值班,若有任何不舒服,告诉我。"

潘容点头,算作回应。

护士长探完郭换金脉搏,说:"较刚抽完血时,心率已和缓。这几天多注意休息。高原失血,相当于战时挂彩。你这次的失血量,和腿骨骨折差不多。"

郭换金说:"腿也分大腿小腿,我这顶多算是脚腕伤。我可以出院了吧?"

麦青青眼梢挑起,顺着说:"那你到值班室去,我马上给你办出院手续。"

潘容挣扎着起身,要送郭换金。毕竟是救命恩人。

二人离去,麦青青目光聚焦于潘容背影。潘指导员,不单面容端方,背影亦好看,虽仍在病中,但腰杆笔直,上身没有丝毫晃动,长腿矫捷……麦青青下意识摇摇头。这一次头发甩动,不是为了吸引他人艳羡目光,而是真心实意斩断自己的想入非非。她虽不知这个潘容的来龙去脉,但记得那批兵当中,并无身世显赫者。古今要成大事者,尤其女子,万不要为任何一副皮囊沉迷。关键要看那个人对自己的理想有无助益。若没有,心万万不可动。

所有女战士,集中在卫生部领导屋内。加护士长钟铭和部里两位领导,十分拥挤。

宣布任命这种事儿,历来由协理员文慎笔担当。过程很简单,他不带任何感情色彩地说:"经部里研究,报上级批准,现在,我宣布任命郭换金同志,为高原战区卫生部女兵班班长。"

女孩子们不吭声,郭换金尤其不动声色。倒不是她故意装老练,而是她事先已知此安排,实在做不出突然得知的惊诧表情。再加上献血不久,头晕乏力挥之不去,人就显得貌似老练。

要说最出乎意料的人,是麦青青。虽说班长是军中职务最低一档,但她原以为凭借优越家世和出类拔萃的表现,此位置非她莫属。但是……为什么会落到一向退避三舍不争不抢的郭换金头上？领导都得了针眼吗？放着她天造地设一个兵尖子不用，为什么？

但她毕竟出自军事世家，懂得泰山崩于前而不形于色的道理。且一旦领导宣布了任命，就是板上钉钉的事情。此时任何不服气的表现，不但于事无补，且会特别跌份儿。于是，她调整呼吸，面带微笑看向郭换金，亲切叫了声"班长"，听不出半点委屈迟疑。

郭换金不知道说什么好，只得咧咧嘴，回报勉强笑容。倒不是有意敷衍，不知是何原因，抑或献血后遗症？眼前飞冒金星。

文慎笔很满意麦青青的大度。酝酿班长人选时，他曾力挺麦青青。将门无犬子，麦青青的父亲，是坚如磐石的存在。况且，麦青青确实也非常优秀。

那日会议上，关键时刻，龙一笙说了句貌似不相干的话："把两个人写的字，拿来看一下。"

实在古怪。当时大家把目光看向护士长。钟铭正好带着笔记本，上有不同日期不同人写下的工作日志。

钟铭翻到某页，说："这是麦青青写的。"又翻到另一页，"这是郭换金写的。"他语调平实，毫无波折，听不出倾向性。

于是人们传看工作日志。郭换金的字，潇洒锋利，不像女孩子所写，顿挫有型。麦青青的字，显然差很多。让人印象深刻的是：所有字，都像刚栽下的小树苗遇到狂风，根基尚浅，刮歪后倾斜一侧。

如果单凭字迹来说，高下立见。

龙一笙喝了一口浓酽的砖茶，说："郭换金的字，写得好。"

大家一时搞不懂，部长是先看过了字，才提的这个建议，还是临时起意，让人们在字迹上有所取舍？

文慎笔心思缜密，但选拔个班长，扯到字体好坏，似有牵强。他不好正面反驳部长，便说："咱们也不是比试书法，字的好坏，有多大关系？"表面上是问话，但否定之意明显。

龙一笙又饮下一口浓茶道："字写得好，说明学习好。"

文慎笔说："不一定吧。再说，女孩子们学护士科目，重在实践。她们都初中毕业，墨水应该够用。"

龙一笙说:"你看,两个女娃,咱们举棋难定。让我表态,既然各方面条件都差不多,就凭这条吧。当医生护士的,字要端正,起码要清楚。不然,把书法作品留在医疗文书上,容易抓错药。我从写字上,更看好郭换金。"说完,又补充一句,"大家发言吧。我若是少数,便服从多数。"

文协理员道:"老龙,你如何想到这招?"这也是大家的心头问号,周遭安静等待答案。

龙一笙打了个哈欠,说:"又不是任命总参谋长,不过是个小小班长。"

这话说得没毛病。但选班长最后变成了拼字迹,让人不得要领。

文协理员说:"虽说字如其人,但十几岁的女娃娃,单凭这一点下结论,是否稍有仓促之嫌?"

凭字迹,麦青青的确不占优势。她的字不好,文化基础也不甚扎实。究其责任,主要应由麦副司令承担。老人家行伍出身,对文化抱持若有若无的轻慢。麦青青自小被熏染,学习比较松懈。

可是,怪了。从司务长殷厚土到护士长钟铭,再加上其他两位委员,都被龙一笙的"写字结构论"洗了脑,一语定乾坤,便选中了郭换金。在手写为王的年代,写得一笔好字,是跨越很多门槛的通行证。郭换金无知无觉,料不到小时被母亲强行逼迫练的字,居然助力她稀里糊涂当上了班长。

文慎笔威严地扫了一眼众女兵,接着宣布:"麦青青任副班长。"

麦青青面无表情,气氛稍显尴尬。与麦青青关系不错的柳赞捅捅她,亲昵地叫了声:"副班长。"

麦青青想:哪一天,我要干干净净地把副字去掉。不愿意当将军的士兵……她志向是先当上班长。

文慎笔又说了几句大家要支持正副班长工作,服从命令听指挥云云,完成了例行公事。他尊重地看向龙一笙,问:"部长还有什么指示?"

龙一笙本不准备说什么,但看到郭换金无精打采的样子,想起自己曾力主她担当此职,希望她能把三把火烧一烧,就说:"郭班长,你新官上任,说说吧。"

郭换金大脑缺血,原本恹恹的,现被点将,只得挺直了身子,拽拽帽檐,轻咳一声道:"这个班长,不是我想当的。不过既然点了我的名,我就当当试试。当不好,大家可以找领导反映,把我撤了。不过没撤之前,我说的话就还算数,请大家配合我。我说得对的,按我说的做。我说得不对的,你们可以找部里领导反映问题。有领导发话,你们可以不听我的。但若领导没说我错,你们就得听我的。"

这番话,连龙一笙听了都变了脸,甚至怀疑当初坚持让郭换金当这个班长,是否太随意了?不过又一想,班长,全军最小的官儿。想什么时候撤换,举手之劳,也就不甚在意。

接着,文慎笔点名麦青青发言。

麦青青倒是中规中矩讲了一番话。感谢组织上的信任培养,今后一定和班里的同志紧密团结。服从部里领导,服从护士长的工作安排……结尾时,她特别表达了对郭换金的支持。表示要与班长精诚团结,关心同志,把班里的各项工作搞好。

一席话,让大家不由得生出这副班长讲了班长应该讲的话,班长说得不像话的感觉。钟铭微微皱眉,这正副班长,今后有热闹看。

郭换金走马上任。本以为上有护士长直接领导,下有副班长配合,自己应该没多少事。却不想,护士长当起了甩手掌柜,原本他所做的工作安排等,一股脑儿推了。

"找你们班长。"成了护士长的新口头禅。也不能怪他推诿,战区司令员魏盾远患病,迁延不愈,医护们忙得不可开交。最高军事长官生病,属机密,外人并不知晓。

龙一笙去司令员驻地看诊,发现司令员肺部感染不容乐观。按说治疗方案得当病况应该好转,但不知为何情况不断恶化。

此刻,司令员微合双目,胡子拉碴半卧在床,面庞紫涨,呼吸困难。察觉到政委阳云天进来探望,略微动了一下手指,证明自己尚能对外界做出反应。

政委沉重退出,约龙一笙谈话,问道:"我需要确切信息,司令员到底如何?"

龙一笙困难地舔了下嘴唇,迟疑片刻。谁不愿说出好消息啊!但此刻,他真没什么正面消息可报告,毕竟,在他看来司令员的情况不容乐观。

片刻后,部长只得如实说:"司令员病情,从昨天到今天的二十四小时内,没有好转。"

"可有恶化?"政委直抵本质。

"缓慢恶化。"龙一笙回答。

阳政委紧接着问:"他的病情,可向上级医疗机构报告?请求会诊?"

龙一笙回答:"报告了,也要求大区医疗专家会诊。"

阳政委问:"他们怎么说?"

龙一笙道:"他们回复,同意我们的诊断,治疗方案也没有问题。现在,唯有等待。"

阳政委不满道:"这'等待',究竟什么意思?司令员是军事主官,战区灵魂。他重病在床,让我们等什么?"

龙一笙知道政委忧心如焚。既有工作上独木支撑的不堪重负,也有目睹老战友老搭档饱受折磨的万千痛惜。二者叠加,儒将也难掩焦躁不安。

"等待……时间。"龙一笙困难应答。

"这个时间的期限是多长?"阳云天目光炯炯追问。

在职务上,龙一笙要比战区政委低多阶,但涉及业务专长领域,他并不怯懦,镇定回答:"政委,恕我无法给您准确答案。人体不是科学仪器,也不是工业化产品。我只能说,如果药物能达到预期疗效,两天内,应看到初步效果。"

"如果药物起不到理想作用呢?"阳政委直抵要害。

龙一笙答:"有两种预案。"

阳政委说:"讲。"

龙一笙道:"一是换药。再一个就是,冒着风险,将司令员下送平原地带,交由上级医院接续治疗。平原有氧气充足的天然优势,司令员的病,大概率会转危为安。"

阳政委有片刻愣怔,消化完这些意见,道:"你的意思是说,如果在高原的治疗持续不见效,司令员便有生命危险?"

龙一笙艰难地说:"不排除这种可能性。司令员年纪大,身体素质不及年轻人。最近一段时间,又积劳成疾……肺为娇脏,在缺氧的攻击下,很容易出现问题。它的后方是心。若心脏再涉险,后果不堪设想。"

阳政委转移了一下目光,看向苍茫远山。最近边防局势紧张,司令员是中流砥柱。

"为保障司令员生命安全,为什么不立刻送他去平原?"阳政委急了。

龙一笙道:"下送路途数千里之遥,要连续翻越几座六千米以上冰达坂,极有可能造成病情恶化。一动不如一静。目前并未到山穷水尽之时,贸然去送,或许比留治高原的风险还大。两害相权取其轻。再者,最重要的原因是……"

龙一笙说到这里,猛然卡了壳。

阳政委不得其解,问:"最重要的原因是什么?讲!"

龙一笙陷入深刻为难中。踌躇再三,道:"我若同您讲了,便辜负了对司令员的承诺。"

阳云天何等聪慧之人,立刻觉察端倪,正色道:"龙部长,就算你曾答应过司令员什么承诺,此刻,我以高原战区政治委员的身份要求你将实情毫无保留报告给我。这不受你、我和司令员之间的关系所限,是组织命令。向我完整汇报真实情况,是你的职责所在。至于你的个人承诺,在组织纪律面前,毫无干系。"

政治委员铁嘴钢牙,龙一笙饶是专业技术干部,在铁的逻辑面前,全无招架之功。他只得讷讷和盘托出:"司令员对身体病况有所觉察。数天前,他同我有过一次郑重其事的谈话。主要意思是,如果他的病情继续恶化,万不可将他转送平原。如果他因病离开岗位,会对我方士气和两军对峙局面,产生非同小可的不利影响。他要始终坚守在战区司令员的位置上。他还指示我,一旦判断出他的生命将不久于人世,立刻通知您,请上级机关速派军事主官,接替他的工作。他对我说,在继任者没有到来之前,打强心针高压给氧,用尽一切医疗手段,让他在岗位上,坚守到最后一分钟……"

龙一笙复述这些话时,尽量保持音调平稳,但仍无法抑制声音颤抖。作为军医官员,他目睹过太多军人的死亡,早已练就百毒不侵的钢铁外壳。但亲眼见一位德高望重的军事将领,宁愿病死在指挥位置上,也要稳住军心,他无法不动容。

"所以,在司令员神志清醒时,无法将他下送至平原。如果他已经昏迷,下送过程必将险象环生,生死难测。"龙一笙用尽可能平静的声音,结束了报告。

政委微蹙眉头,久久没有答话。他目前已确知所有情况,却一筹莫展。

正在这时,从司令员卧室传来声嘶力竭的咆哮。

"你们……到底是干什么吃的?老子一点小病,被你们治的……越来越重!你们是不是敌特,要置我于死地?!让三军无帅,夺我国土……"

政委和龙一笙即刻中断谈话,三步两步冲到司令员病榻边。只见魏盾远眉头紧皱,眉心的悬针纹,刀剁斧劈一般深凹直立,双眼紧闭,脸色青紫。

他的神志已进入混乱状态。

6

不过片刻,司令员的样貌便不可抑制地衰败许多。面容苍灰,冷汗敷额,眼窝深陷,形色枯槁。输液针头被他乱挥的手臂碰脱,淋漓鲜血将草绿色军被濡湿。大半瓶没输完的药品,悬挂输液架上,像孤苦伶仃的吊死鬼。

司令员刚才竭力嘶吼用尽残存气力,随即便进入半昏迷状态。僵卧不动的身体,犹如半截枯木,毫无生机。阳政委俯身,将司令员的被头轻轻掩好,用口型无声对众人说:"走。"

护士长刚想说"我不能离开",正好门被推开,来了接班的人。护士长用眼光将看护任务,托付给接班者。三人来到走廊拐角处。这位置,听得到屋内动静,若有意外,可第一时间援助。

"怎么回事?"阳政委和龙部长同问。

"司令员的输液针头脱落,液体漏洒皮下,造成严重血肿……他大发雷霆。"钟铭小声报告。

阳政委愤慨:"怎么搞的?你还是护士长,业务这么差!"

输液针头脱落,这几天屡有发生。刚开始龙一笙也以为是值班人员不当心,其实是因为司令员年纪大,血管脆而细弱易损。长期军旅生涯,让司令员警觉甚高,无法深眠,常常无意识晃动手臂,针头极易脱落,导致药液溢出。这也是治疗效果不佳的重要原因。

"怎么办?"三人大眼瞪小眼齐发愁,司令员又闹腾起来,大叫:"卫生部一群废物!"

龙一笙赶忙冲进屋,从司令员语气中,听出深藏的伤心和无奈。叱咤千军的主帅,万般委屈。

部长攥着拳头道:"司令员,您等等。我这就派最好的医生护士过来……"话没说完,又觉得不妥,好像之前他在治疗中不曾尽心,留了后手。

冤枉啊!为给军事主官治病,他已竭尽全力。

不过,话已出口,覆水难收。更换人员,调遣精兵强将,实乃当务之急。

龙一笙回到卫生部,命令楚直速来。

楚军医摇摇晃晃,飘然而至:"部长,又碰到麻烦了吧?有什么棘手病号,要分给我?"他双手插在白大衣兜里向四周撑着,体形变得魁伟,脸上流露出狡诈的神色。

龙一笙说:"我派你到司令员那儿去,你是部里最好的医生……之一。"

楚直对"之一"颇为不满,不好明说,便道:"部里最好的医生,并不是我。"说罢,把手从白大衣兜里抽出,潇洒离去。

龙一笙喝道:"除了你是好医生,还有谁?"

楚直嬉笑说:"此人远在天边,近在眼前。"

龙一笙苦笑道:"我已被司令员骂得狗血淋头。现在,你去试试。"

楚直坦然道:"您老人家都没了办法,我也无计可施。"

龙一笙虚怀若谷道:"我败下阵来,也许你能有新的思路。尝试新法,救司令员于危亡中。咱们不断商量着办,争取万无一失。司令员的命,毕竟……"

楚直不乐意了,说:"部长,您别老跟我强调他的身份,这我就更不敢放开了。古话说,王子犯法与庶民同罪。同理,司令员生病也应与普通士兵同治。首先要把他不当司令员……"

龙一笙诧异道:"你不把他当司令员,那当什么人?"

楚直说:"当普通小兵,才能大胆施展拳脚。"

龙一笙吓得哆嗦着嘴唇道:"好你个楚直,胆大妄为!实话跟你说吧,司令员的身体尚且不如小兵。岁数是小兵的一倍甚至几倍,身体素质最多只有小兵的一半!"

楚直好生回应:"部长,您提醒得对!司令员比小兵身体差多了!"

龙一笙以为楚军医认识到错误,刚想夸他有进步,不料楚直说:"我把他当成农村老大爷,行呗?就是年逾半百,百病缠身,马上要半身不遂的那种。"

龙一笙无计可施,坚持自己的理性决策道:"你把病房工作交一下班,马上到司令员处报到。"

楚直正色道:"我服从命令。不过,一个好汉三个帮,我还需要好的护士。"

龙一笙说:"护士长服从你指挥。"

楚直眉头皱起,说:"护士长还是留在部里,处理繁杂日常工作吧。"

龙一笙不解道:"你嫌护士长技术不过关?"

楚直说:"岂敢?我想带郭换金去。她最近刻苦钻研,技术进步很快。最重要的是,她听话啊,我指挥得动。您想,护士长炉火纯青,想法万千。他若有不同意见,我听还是不听?我不想受到干扰,希望我的治疗方案,不折不扣地执行。郭换金一个小战士,没能力质疑我的方案。"

逻辑没毛病,龙一笙虽不甚赞成,但无可反驳。大敌当前,只得道:"好,就按你说的办。只是郭换金一个人忙不过来,护士要双班制。这另外一人,你的意见?"

楚直说:"我没意见。另外的人,您随便点,好说话就行。"

龙一笙说:"那我把叶雨露派过去。"

后面这话,楚直没听到。他赶着去病房交接工作,以便尽早投入对魏盾远的救治中。

龙一笙挂帅,楚直组成新的治疗小组:他自己、潘功自医生、郭换金、叶雨露。

楚直一夜未眠,研究司令员之前的治疗方案。晨起,堵了卫生部领导的门,对急着上厕所的龙一笙说:"我有一个想法……"

龙一笙手扶裤腰带道:"只要不是马上出人命的事儿,稍等我片刻。医生不能焦躁,急着上厕所,做不出好决策。"

楚直死皮赖脸:"我跟您一道去放水。路上好说话。"

卫生部厕所离宿舍区数百米。严寒清晨,虽阳光铺洒,但雄劲罡风足以将初醒的人,吹得如同得知世界大战开打般清醒。

龙一笙有洁癖,当初怕旱厕污染了卫生部医疗环境,做主将茅坑安在远处。不想这样反而弄巧成拙。卫生部的男子汉,只要不解大手,就眯缝着眼,绕到宿舍背面山坡上,就地解决。楚直本对随地大小便不拘泥,但此刻天光大亮,不能肆意妄为。再加上当着龙一笙的面,不敢造次。只得陪着部长,并排向远处走去。

风大,为了能听得清楚,楚直和龙部长靠得很近。

"关于治疗方案……"楚直立刻便要开口。

龙一笙快步走:"咱等解决了民生问题,再议可好?那时更从容,能出好方案。"

楚直一吐舌头,龙部长这一急,到了间不容发之时。

放水完毕,周身轻松,二人进入深度探讨阶段。楚直此时反倒不急了,先舒了个懒腰,说:"高原的早晨,像刚熟的香瓜一般清脆。只可惜,自打到了高原,我没吃过一口真正的香瓜,长达数载啊。"

龙一笙催促:"赶紧说正题。"

"方案是……"楚直一扫熬夜的颓态,光风霁月掏出几页纸。

龙一笙眸光快速扫过,说:"是否太冒进?换了副作用很大的新药,剂量也直顶上限……"

"但大方向和您之前制定的方略,完全一致。"楚直稳稳作答。

龙一笙道:"你可考虑过风险?司令员不年轻了,还有那么多基础病。"

楚直说:"我想到了。我相信,之前您也曾周密考虑过这些问题。"

龙一笙面色沉郁道:"所以,我万分谨慎。"

楚直说:"您的选择,是丰富经验加再三斟酌后的智慧结晶。但实践证明,治疗结果不理想。我们没有时间再拖延了。温和策略的后果,有可能积小败为大败。绥靖政策贻误宝贵治疗时间。一旦兵败如山倒,司令员……"

龙一笙伸出五指,向上一挥,示意楚直闭上嘴巴。

楚直本也没打算把话说完,噤了声。

龙一笙老辣,完全明白加大治疗剂量是把双刃剑。他微微合了下沉重的眼皮,有一个瞬间,几乎再不想睁开。他并不惧怕死亡,无论是自己的死亡还是他人的死亡,但死亡总是会让他哀伤。哀伤和害怕是不一样的,哀伤是痛,害怕是退缩。

待他再睁开眼帘时,眸底已然清朗。

"楚医生,你一大早堵我的门,希望我做什么?"龙一笙跳脱开刚才的话题,发问。

楚直笑笑说:"一旦意外发生,我可能要上军事法庭。到那个时候,您要为我做证。就说我为救他,已经尽力。司令员病情危重,我回天乏术。"

龙一笙哀叹道:"司令员的年纪也并非迟暮。"

楚直医生道:"您可曾听说过一句话?山中方七日,世上已千年。高原,就是千年之地。会让人的生命加速老化。"

龙一笙用手点向楚直颈部。此人虽一夜未睡,军姿仍很整齐。这个动作,看似多余。但两人都知道,龙一笙点的是楚直颌下。若入军事法庭,要摘下领章帽徽。

"不会有那一天。"龙一笙咬牙切齿地说。

"您是指上军事法庭?"楚直并不紧张,但很想确认一下。

"不。我是指不会有你治疗失败的那一天,我一直在你身边。如果真要上军事法庭,我和你并肩站着。"龙一笙分外平静。

恰在这时,文慎笔走过来,听了个尾巴,便追问道:"好端端的,怎说到军事法庭?"

龙一笙不想细谈,遂道:"我在军医大学学习的第一天,教授就告诫,当一名军医,一只脚在军医院,另一只脚,踩在军事法庭门口。"

文慎笔听罢连连摆手:"幸好我不懂医学。"

在楚直医生强悍医风率领下,司令员的治疗揭开新篇章。人员分两组。第一组,楚军医配郭换金护士。

郭换金第一次走进司令员住处,本以为是多么庄严肃穆的所在,进得屋来,方发现与普通干部房间大同小异。石块垒砌,面积略大。一张卧床,一张铁桌,几把铁椅。只是间隔的壁墙也是石头造的,不会发生隔墙有耳事故。

屋里空气充斥着发烧病人特有的腥甜味,窒闷不适。

一般情况下,进得屋内,人会反射性地屏住气息。楚直却安之若素,等待自身嗅觉系统适应气味。郭换金则索性加快呼吸频率,在极短时间内逼着鼻子"聋了",对恶味麻痹。

楚直觑见郭换金快速扇动鼻翼,心想这姑娘对自己够狠。

正值上午,魏盾远神志稍清明。"换人了?报一下姓名。"尽管重病,威严不减。

"我是主治医生,楚直。"楚军医语调平直。

"我是值班护士郭换金。唤我小郭即可。"女声柔和。

魏盾远连冷哼一声的回应,都没给两人。

警卫员路弯是个伶俐小伙子,悄声解释道:"司令员咳了一晚上……"

楚直心中骤起不安。高原上难以平抑的剧咳,是危险信号,指示心肺功能在急剧衰减。他打开病历夹,对医嘱做了微调,递给郭换金,叮嘱:"照此执行,越快越好。"

郭换金仔细看完,拧眉问:"这么多药,走静脉……"

楚直不悦道:"你有异议?"心想这小护士太狂妄,为杀她锐气,强调道,"我治病时,不接受任何质疑。"

郭换金急忙辩白:"我不是质疑,是考虑这么多种药物,量又大,液路一定要保持畅通。"

楚直冷哼一声道:"我为何指名调你过来?就是这一段观察,你的技术貌似不错。"

郭换金贝齿紧咬下唇说:"不是貌似,而是的确不错。但输液通畅这种事儿,谁也不能打包票。"

楚直不想听她啰唆,道:"开始。"

郭换金走到魏盾远床边,说:"司令员,我看一下您的胳膊。"

看来又要上针了。魏盾远不耐烦地沉默,好似没听见。路弯上前帮扶,将司令员的臂膀从军被中吃力地掏出。

尽管做好了充分思想准备,目睹魏盾远双臂惨状时,楚直等人还是须全力抑制住脱口而出的惊呼。

司令员双肘窝以下大片瘀紫,好像遭人暴打。虽然大家知道,辖区内,谁人敢动他一个指头!多次输液瘀血,药物渗漏腐蚀,触目惊心。

楚直不忍心看着昔日威风凛凛的司令员落魄至此,将头稍扭向一侧。郭换金倒不畏缩,目不转睛研究这片皮肤的废墟。她的工作,就是要在其中找到勉强可下针的区域。许久后,她对警卫员说:"可以了。"

路弯问:"被子一直敞着,还是盖上?"

"先盖上。"郭换金悄声说。

路弯边盖被,边小声嘀咕:"司令员,咱们啥时候再一道去爬山?"

郭换金对楚医生说:"我想跟你单独说话。"

楚直面无表情走出司令员宿舍。心中不耐烦,小护士又要出什么幺蛾子？

郭换金说："楚医生，别这么吊着脸，影响士气。"

楚直堵她后路道："别跟我说司令员血管状况不好的废话。你必须保证我开的药品，全部输进去。不然，我上军事法庭，一定拉上你。"

郭换金道："你把我吓死也没有用，目前血管的情况，就是神仙下凡，也无法保证输液成功。"

楚直冷笑道："你想违抗医嘱？现在我是你上级，医嘱就是命令。"

郭换金倔强回应："楚直医生，你冷静一点！"

楚直行医多年，还真没想到一个小护士，准确地说，是一个入伍不久的小卫生员直接顶撞他。他耐心用尽道："你想让我把你从治疗小组开除吗？"

郭换金朗声回答："不想。"

楚直："既然如此，赶紧去干你该干的事。"

郭换金毫不退缩，执拗道："我的话还没说完，你必须听。"

楚直睥睨："一分钟时间！"他单手插兜，白衣翩翩，声色俱厉。

郭换金淡然说："司令员胳膊上没一块好肉。"

楚直淡漠地"嗯"了一声。他当然知道，唯有背水一战。

郭换金道："我想换一换。"

楚直不明："换哪儿？"

郭换金说："用司令员一条腿，换他胳膊。"

楚直眉头展了一下，又紧紧夹起，问："有多大把握？"

郭换金道："刚才没查司令员下肢静脉情况。不过警卫员说，他们经常去爬山，有锻炼基础。他的胳膊，平常就是签个文件、端个茶缸子，也不大亲自操枪，并不强壮。"

楚直压下对郭换金的赞许之意，两人重返司令员身边。果然，魏盾远的下肢血管相对较好。楚军医边观察边说："这个位置，扎进去不算太难。但踝骨附近维持稳定，有难度。"

郭换金道："我可以守在床边，用手轻托司令员这个部位。只要司令员不在床上翻跟头，估计问题不大。"

除此之外也没有更好的办法，楚直只好答应。

郭换金拍打着魏盾远脑门,如同对待幼儿园小朋友,说道:"司令员,马上要给您进行治疗。可能会有些疼,忍一忍哦。"说完,又轻轻拍拍司令员算是安抚。

眼前情形,让楚直怀疑自己幻听加幻视。几十万平方公里的浩瀚防区内,敢用这种口吻与司令员说话,还动手动脚的,绝无第二人。路弯更是魂飞胆破,躲在墙角,竭力降低存在感。

郭换金将一条加长橡胶止血带,狠狠勒在魏盾远的小腿处。

腿部回心血流阻滞,酸麻胀感令人十分不适。司令员隐忍力不差,也出声怨怼:"干什么?! 赶紧松开!"

"别急别急,马上就好!"郭换金轻声安抚,并随手扯开止血带。

司令员顿觉轻松,以为自己的命令生了效。

郭换金在司令员踝部确定好穿刺位置,消毒。抓起止血带,再次紧绑司令员小腿。用力狠煞,司令员被激怒,"嗷"了一声。

"安静! 这点小痛算什么?"郭换金轻叱,专注地开始穿刺静脉。她牢记潘容的话,像捆麦穗一般,稳准狠刺入血管。

司令员倏地黑了脸。多少年了,哪有人用这种口吻与他说话? 纵是上级,也未曾如此疾言厉色。部队里,哪怕是英勇善战的功臣,谁人敢对他发脾气!

司令员接下来牙关紧闭,一声不吭。没人知道他是不再感觉痛,还是再也不肯发出声响。

穿刺成功。司令员黏稠的血液,如同纤薄紫带,飘逸着返回输液管内。郭换金麻利地完成后续操作。

距离很近,楚直能看清郭换金额头每一根细小绒毛,都挂满晶莹细密的汗珠。他很想帮忙擦拭,不过男女授受不亲,只能递过一块脱脂纱布,算是无声赞许及支援。

郭换金小声说:"谢谢! 我不能动,得找个最适宜的角度,这样对血管刺激最小。"

听到手狠口辣的小护士开言,魏盾远知道这一战役已结束。心放下,他转瞬睡着了。

调整到一切平稳,郭换金稍稍松了口气,站起身。蹲久了,腿已麻木,一个趔趄,差点摔倒。楚直手疾眼快,上前抓住她。

不可言说的刺激,从楚直指腹直冲脏腑。不过,前有黑面阎罗司令员,后有纯洁天使警卫员。楚医生只得将陡起的悸动,化为千篇一律的淡漠,冷言道:"下回起身动作慢点。高原,一不留神,会以头抢地!"

郭换金忙站起收拾医疗用品,一言不发。楚军医拂拂手,挥去杂念,回归正常。

大剂量新药,以司令员心脏能耐受的最高速度,急速涌入血管。为了让病人更好承受冲击,楚直特地加入镇定药物和激素,魏盾远遂陷入深眠。

"你暂时放松一下,他短时间内不会乱动。"楚直悄声嘱咐。

郭换金伸了个懒腰,缓和高度紧张的精神和身体。

世界静谧。司令员睿智的大脑,暂时停止了思考。整个高原战区,在政委的领导下,沿着惯性,有条不紊地向前运转。

经过几天紧锣密鼓的治疗,预想中的好结果,在魏盾远身上渐次呈现。龙一笙抑制不住欢欣鼓舞,对面色青灰胡茬分明的楚直说:"看来你我不用上军事法庭了。"

楚直说:"命大,蒙对了。"

龙一笙道:"我还不知道你!别假谦虚,我给你请功。"

楚直说:"部长,给我请功就算了,是您掌着舵。倒是郭换金,好好表扬一下。她头脑清晰,吃苦耐劳,敢于负责……"说到这里,忍不住坏笑。

龙一笙说:"啥可乐的事儿?说出来让我也笑笑。这些天,司令员的病况,压得我肝肠寸断。"

楚直忍笑道:"要不是亲耳听见,我真不敢相信。郭换金居然张口教训司令员,让他——老实点!"

龙一笙想想那场面,吓人,问:"你没听岔?楚医生。"

楚直俊眉高扬道:"本人听阈正常,听力极佳,能潜到前沿当侦察兵!"

龙一笙若有所思道:"郭换金这娃娃兵,倒是一点都不怕官。"

楚直说:"司令员一瞪眼,我都吓得打战。不知她哪来的熊心豹子胆。"

龙一笙随口道:"不怕官的人,一般分为两种。"

楚直好奇:"哪两种?让我学习学习。"

龙一笙说:"要么是见惯了官,有免疫力。要么是傻,不知轻重。"

楚直毫不迟疑道:"郭换金肯定是第二种。"

司令员病情虽见好转,后期治疗仍任重道远。

今晚,轮到郭换金值夜班。漫漫长夜,一盏孤灯。

高原静谧,司令员重病。附近区域在哨兵严控下,一只飞虫都无法莅临(高原也没这等夜间飞虫)。

战区发电室,有直线通往指挥部和司令房间。如果打开灯,屋内便光明笼罩。郭换金怕影响病人休息,除了常规守候也没有别的治疗,郭换金便只点了燃油灯。

二十岁前,正是人极度贪睡年龄。这几日高度紧张,白天凭借毅力,尚可抖擞精神坚守。到了万籁无声的昏黑夜晚,着实哈欠连天,困顿无比。

郭换金先是连掐太阳穴,试图保持清醒。初试尚有效,后来疲沓了,影子都累瘫。只得起身,走到桌前,茫然看向窗外。

几日下来,她已成功将司令员原本森严有序的书桌,改造成了医学治疗台。魏盾远虽百般不喜,但重病在身,矮檐下不得不低头。杀气腾腾的小护士,将原本军事氛围森严的铁桌,变为白色瓶罐的天下。

灯火跳跃,明暗参半。郭换金忽生一计,取出一块薄纱布,饱蘸酒精,在脸上一通擦拭……神志陡然清明。

窗外月静星澄,屋内灯影如豆。

"丫头,你干什么呢?"突然,从黑咕隆咚的病床上,发出瓮声瓮气的问话。

郭换金暗道不好!刚才手一抖,酒精蘸多了。现在屋内酒味冲天。司令员被熏醒了。

"司令员,您醒了……"郭换金无言以对,只好明知故问。都赖老大爷鼻子太灵,打着呼噜还不忘闻味!

司令员小心翼翼地让腿脚上的输液针不受影响,调整为侧卧,打趣郭换金:"你这丫头,上班时间喝酒?成何体统。"

其实他并没有睡着。这些天没日没夜总躺着,老爷子早就不耐烦了。

郭换金理屈,不想讨论酒精,转移话题:"司令员,我是有名有姓的护士郭换金,您不能张口闭口叫丫头。您也不是地主老财,我也不是给您摇扇捶背的丫鬟。"

魏盾远果然上当,被成功地混淆了关注点。油灯昏暗,看不清他的表情。烛火美化了丫头的天真容颜,司令员也乐得有人聊天。

他问:"郭护士,你哪里人?"

郭换金心中顿时警铃大作。难道,露馅了?又一想,司令员不会知道什么,便应声答出入伍登记表上的籍贯——西北×省。

司令员说:"你既是西北人,难道不知土话里,这'丫头'二字,是对小姑娘的称呼吗?"

郭换金惊诧,不妙!险些露馅。这已是此细节上的第二次失误,以后千万留意!连忙亡羊补牢道:"我当然知道土话的意思。只是咱革命部队,不是乡下唠嗑。"

随着病情趋缓,司令员心态大为好转,毕竟眼前这也是救命恩人啊,便说:"丫头,那咱就唠唠嗑,时间过得快些。"

郭换金从司令员苍老干涩的嗓音中,听出浓浓孤寂。想来也是,平时谁敢跟司令唠嗑啊?司令虎威。若是和老虎聊天,估计能成功赶走瞌睡虫。

酒精刺激下,郭换金有向喋喋不休发展的趋势。司令员休息得很充分,两人开始山南海北胡扯。

"丫头……"魏盾远话还没说完,被郭换金劈头打断:"司令员,您若是打定主意叫我丫头,本小兵也没办法。但我也不能再叫您司令员,这不公平。一叫'司令员'这称呼,我想的就是一蹦高跳起来,双腿并拢,回答'是!'"

魏盾远嘿嘿一乐,丫头说得有几分歪理。他好声好气问询:"那你说说,想怎样称呼我?"

郭换金犯了难。想起有哲人说过,"凡提问者必先自答"。她给自己挖了个坑,作茧自缚!只好乱扯:"那我就叫你——老头!"

话一出口,郭换金一阵窘迫,因她想起,在西北,"老头"二字除了指老年男子,还有另外一个说法,就是乡下媳妇称自家男人,也是叫"老头"。身为西北人,她不应该忘了约定俗成。

"我一时想不出了。"郭换金乱了阵脚,几欲放弃。

魏盾远倒是对此生出兴趣。多年来,他一直被人称呼职务,已成了第二层皮。现在有个新改变在眼前浮动,有趣。

郭换金已不再琢磨,魏盾远独自冥思苦想。

过了不知多长时间,当酒精味道渐渐淡薄,郭换金几乎扯上周公衣角时,魏盾远叫了一声:"有了!"

郭换金受惊,赶紧去看输液是否跑针。待见一切如常,嗔怪道:"司令员,您老练点行吗?动不动大呼小叫的,吓死人!"

魏盾远不好意思笑笑。要知道,他上一次不好意思,至少十年前。他舔了一下嘴唇,有些扭捏道:"你可以叫我……'老汉',以后私下说话,我叫你丫头,你可叫我'老汉'。咱就扯平了。"

郭换金听闻,嘻嘻笑道:"好,老汉。一言为定。"

魏盾远眯缝起眼帘,眼角聚起浓密鱼尾纹。这是一个扎扎实实的微笑。作为高原军事长官,他早就风雨如磐般淡然,情绪波动极少。

"丫头,我会记得你。"老汉感慨道。

"像我这样的小兵,您手下有千千万万啊。"丫头不在意地说。

"你救了我的命。"老汉叹息。

丫头不以为然道:"如果一定要把救您的人排个队,最前头站着龙部长,然后是楚医生、潘医生、叶雨露……对了,还有阳政委。"

老汉说:"是啊,他们都是功臣。但老汉我每天一睁眼,看到的就是你在身旁狠狠盯着我。"

丫头眼神澄澈地说:"老汉,既然您觉得我救您有功,是不是该谢我?"

老汉举起已经大见好转的手臂,不由自主做了一个捋胡须的动作。冥冥之中好似郭换金早已去世的爷爷。军人的胡须,当然是不存在的。

他说:"好啊,丫头。你打算讨个什么谢礼?"

丫头心想,从潘指导员那里,已经挣得了一个杏子。这次,跟老汉要个大点的赏。她咬咬牙,狠下心,咬牙切齿道:"一个西瓜。"

按说高原战区的司令想要个西瓜,不是难事。但魏盾远迟疑了,觉得自己放出了一窝马蜂。

从平原到高原,熟西瓜早就颠成了馊臭的西瓜汤。高原战区自成立以来,从未出现过一个西瓜。有人曾说,摘个生点的,会不会就能运到高原?此话差矣。天下水果,绝大多数都有后熟期,唯西瓜不在此列。它颇有气节,谁要胆敢在它还未成熟的当口,将它摘下来,它宁死不熟,毫不犹豫径直走向腐坏。

丫头给老汉出了难题。其实也并非完全无法可想。若是高原战区司令员执意要吃个西瓜,山下的后勤部门,就是差人手捧怀抱被子裹着,也能让少数几个西瓜平安抵达。只是司令员从未如此兴师动众提过这样的需求。

冰冷的高原暗夜,老汉决定为自己的救命恩人,破个例。

丫头想的是,杏子太小了,不够全班八个人塞牙缝。西瓜就不同了,哪怕再小,一人也能吃一牙哦!

好歹翻过西瓜这一页,老汉又发问:"丫头,你长大以后,想做什么?"像个慈爱老爹,脸色隐没在黑暗中,想到哪儿说到哪儿。

昏暗灯影中,郭换金木讷了半响,让老汉以为她在深思。

其实她背负着太多的苦痛和秘密。幸好千山万水隔绝了家国风暴,她找到了暂时的栖身之地。无论曾经的局面多惊险,毕竟这一身军装,成为她的盔甲。尽管困厄不曾真正消失,毕竟她现在是安全的。

可是,她怎么能预计将来的一生?巨大的不确定性,让她得过且过。属于少女的健忘和盲目乐观,拯救了她。一旦陷入悲凉的往事,她就提醒自己,有郭大厨,会逢凶化吉。

此刻,面对老汉追问,她没法说真话,也不好说假话。半真半敷衍地回答:"我想当医生。"

老汉捏捏眉骨道:"有句话,叫不想当将军的士兵怎么样……你们当卫生员的,如果不想当医生,就不算好卫生员吧?"

火苗跳跃,视线蒙眬。老汉半卧着,看不清丫头脸上的表情。郭换金直率道:"我的理想不是从这儿来的。"

老汉难得好奇,问:"那从哪儿来?"

丫头答:"当护士,一切都得听医生的,没啥创造性。当医生就不一样了,指哪儿打哪儿,跟您干的活儿差不多,都是自己说了算。"

司令员想跟丫头说,自己并不是想做什么就能做什么。又一想,忒复杂,说不清,索性不说吧。他也不明白医护到底有啥区别,猜道:"是不是医生都是男的,护士都是女的?"

丫头扑哧笑说:"老汉您又笨又官僚。哪有按性别分医护的。"

司令员不服:"据我所知,高原战区并无女医生。"

丫头道:"那要怪领导不培养女医生。女医生也不是属蝌蚪的,能从水洼里自己长出来。"

司令员半晌没言语。这的确是个问题,高原战区没有女军医。一旦打起仗来,敌我交战,对方若有女俘,或是敌方家属病伤,我方会陷入被动。当然了,战时可从平原野战医院,临时抽调女医生火速上山。不过,女子原本体弱,急登高原,能否迅速适应战时需要?人到位了,体能跟不上,一样抓瞎。战区很大,有无数军事议题等待处理。但此问题,似乎从未有人提及。若不是自己染病,估计也考虑不到这个冷门话题。

智者千虑必有一失,重病一场也有好处。

老汉想到这里,看向低垂脑袋不停打瞌睡的丫头,不准备再和她聊什么天了。丫头困了,虽说坐着打盹不舒服,但眼下老汉能给予她的最大照顾,就是手脚放平一动不动,放她安心小憩。

这个白天,是郭换金最后一次在魏盾远处当值。晚上的班是叶雨露。明日,临时医疗组便将完成使命,撤回卫生部。司令员基本痊愈。

工作量减少,郭换金基本进入松闲状态。阳云天来看司令员。近期政委担子格外重,略显憔悴。

"老伙计,你看起来状态不错。"阳政委十分开心。

魏盾远道:"老搭档,我舍不得你,不会提前到马克思那儿报到。"

阳政委说:"我对这个说法,有不同意见。"

魏盾远纳闷,说:"难道你舍得让我走?"

阳政委大笑道:"不兴乱扣帽子。让敌方间谍听到,还以为战区文武主官严重内讧。"

魏盾远说:"政委直说。你知道我是大老粗,弯弯绕太多,整不明白。"

阳政委道:"但凡有人离去,就说找马克思报到。马克思的工作范畴,岂不是和阎王老子重叠?"

魏盾远说:"老伙计,死心眼!找谁报到并不重要,重要的是报到。"

阳政委道:"罢了,我不跟你抬杠。上午有个很重要的军事会议,我代你主持。自明天开始,你要披挂上阵了。"

魏盾远说:"政委辛苦。下次你病危的时候,我替你主持工作。"

阳政委说:"盼着我点好,行呗?"

两人以斗嘴方式,表达着工作中的默契与关怀。有幸能看到此番情形的,只有他们的警卫员。对了,今天还有护士。

政委走后,屋内重新陷入安静。郭换金百无聊赖,斗胆问:"司令员,您这里,有没有什么书啊?"

魏盾远正在凝神聚焦思考边防上的某个安排,被突然的问话吓了一跳。当然了,军事主官的惊跳,不会有任何人看得出来。

"你想看什么书?"魏盾远和气问询。大病初愈,刚才的思考,耗尽了他好不容易积攒起的精气神儿。索性聊聊天,缓冲一下。

"小说。最好是凶杀破案,比如福尔摩斯之类,国产的也行。至于《红楼梦》和'三言二拍'什么的,就算了,我早都看过了。如果实在找不到,就鲁迅吧……"郭换金眼珠上翻,边忆边说。

魏盾远生出疑惑,这些书,除了鲁迅和《红楼梦》,别的……他一概不知。

"你说的这些书,我一是不知道,二也没有……"魏盾远理直气壮答。

轮到郭换金大吃一惊,说:"老汉,您连这些书都没看过,怎么当上的司令员?"

什么逻辑？没看过这些书，司令都没得当？天王老子也不敢说这个话！老汉皮笑肉不笑道："我看过《孙子兵法》。"

郭换金委曲求全道："那就把《孙子兵法》拿来吧。聊胜于无。"

魏盾远喊来路弯，说："把《孙子兵法》找出来，给小郭护士。"

路弯说："司令员您忘了？书让景自连参谋借去了。"

魏盾远不愿让废寝忘食疗护自己的小护士失望，对警卫员道："去找景参谋要回来，就说我急用。"

路弯道："景参谋到哨卡执行任务，还没回来呢。"

郭换金垂头丧气之际，司令房间的门，被一阵风推开。其实，司令的房门，风绝对推不开。一个高大身影，挟周身寒气而来。他身形俊朗，个头很高，军装笔挺，面容英俊，声音低沉道："司令员，我来看您。"

老汉非常高兴，道："不禁念叨。正说你呢，你就到了。"

来人景自连。他解释道："我刚从哨卡赶回来，听说您病了，前来看望。"他转而对路弯说："我刚听你提到《孙子兵法》，暂时别惦记了。我下卡时带在身上，被站长借走了。啥时候能还，不好说。"

司令员抱歉地看向郭换金："看来我要说话不算话了。我这儿再没其他书，要不，你翻翻'边情通报'打发时间吧。"

景自连这才把目光分了一缕到郭换金身上，且稍纵即逝。虽然，他进入屋内的第一时间，就注意到了她的存在。

景自连毫不通融地提示道："首长，'边情通报'是军事秘密。"

司令员说："小路，你拿十天前的'边情通报'给小郭看。所有秘密都是有时效性的，高原边情瞬息万变，十天，相当于一个世纪。所以，无妨。"说到这里，他将视线转向郭换金，"丫头，我知道你们的工作纪律，我不能离了你的视野。可我又要工作，只能想出这么一个让你不那么无聊的折中办法。"

郭换金愤然道："司令员，现在是工作时间，很多人在场。"

司令员想起约定，只有两人时，才能以老汉和丫头相称，自己犯规了，便道："忘了。下不为例。"

7

司令员掉头问:"小景,一线情况怎样?"

景自连听不懂二人打的哑谜,只是模糊觉得,司令员这一病,好像多了点柔和温润之气。他深明司令员急迫,但节制地说:"我向您单独汇报。"

郭换金已认出此人,就是半夜三更,站在卫生部半山腰,仰望苍穹的俊朗军人。不过,他刚才看向自己的目光,好像审视可疑敌探,让她不爽。

郭换金对司令员说:"鉴于工作职责,我不能离开。你们的交谈,我不听。"

说罢,她从桌上的医用棉中,撕下两大朵,飞快捻出两个胖墩墩的棉花团……

司令员、作战参谋和警卫员,都猜不透气鼓鼓的女护士布的什么阵。众目睽睽下,郭换金麻利地将棉团分别塞进两个耳朵眼,用格外大的声音说:"我不看十天前的'边情通报',也不听你们谈话。现在,放心了吧?"

她说这番话时,眼睛紧盯着景自连,一眨不眨。魏盾远想不到丫头还有这招数,说:"行。"

小路赶紧跑出去,忙自己的事儿。

景自连并没有被郭换金这一轮操作唬住,充满疑惑地问:"你用的这个棉花,好像是脱脂棉?"

郭换金很正规回答:"是。"

景自连恢复了挥之不去的运筹帷幄感,道:"据我所知,脱脂棉并不是滤音棉,声波依然可以穿透。"他表情淡漠,音色如金属枪身般冷硬。

郭换金没想到此人如此较真,棉塞耳后,她的确有微弱音感。但不能露馅啊,故意装作无动于衷,假扮失聪后的茫然表情。

景自连根本不被她迷惑,伸手也撕下两朵脱脂棉,揉成棉球,塞入自己耳道……做完之后,示意司令员说话。

司令员明白用意,常规音量道:"10号哨卡近况?"

景自连明确听到了司令员的问话。不过实事求是说,清晰度还是打了折扣。且他塞入的棉球,比郭换金捻的要疏松。照此推断,该护士听不清对话实质。

于是,景自连掏出棉球,不再理会郭换金,凑到司令员耳边,低声汇报。魏盾远面色深邃,染满霜雪的头颅微微侧偏,与一头乌发、剑眉飞扬的青年军人,形成对比。他们,为国家赢一个边境太平而孜孜不倦地探讨着。

郭换金随手拿起自备的医学书,艰难自学。

郭换金外耳道被堵,只能模糊听到景自连低而坚定的话语。司令员基本缄默,只有核对情况时,发问一两句。

景自连声音很悦耳,富有磁性。不知脱脂棉球是否专门滤掉了某些音质,让这个男子的声音,像大提琴的低音部缓缓奏响,有着沁人心脾的柔和。虽然,所谈内容刀光剑影。

医书无聊。医学这个行当,极其不适宜自学。打开医书,每个字都识得,合在一起,就搞不清意思。若无人讲解,可比天书。

说起来,郭换金这帮女孩子,医学基础接近零,特殊时代,医学院校全部瘫痪。她们只经过极简略的学习,就披挂上阵。穿上护士服,戴上护士帽,病人们就丧失原则地信任她们。幸好实践中,尚未出过大纰漏。

一是她们从打杂开始,跟着老医务兵模仿日常工作。女生胆子小,亦步亦趋,还算安全。二是部队病患,都是体检合格参军入伍的棒小伙子,身体素质优等。太复杂的重病号,凤毛麟角。她们就算手生,偶尔出现个别差错,也不会酿成重大事故。在边干边学的细小缝隙中,艰涩成长。

郭换金爱学习,碰到司令员这类重症病人,她努力揣摩医生写的医疗文件,不明之处及时发问,再按图索骥去读医书。用最笨的方法,学最深的知识。一来二去,略有长进。

医学书籍,看几页就倦了。无意间抬起眼眸。突然发现侃侃而谈的景自连俊朗眉眼,异常英武。

她并不是第一次见景自连,此刻暂时失聪,只靠眸光观察四周情况,才将其细细打量。

之前也不赖自己眼拙。初见他,深夜光线不良,自己又怀疑此人为敌特,心有不安,未将相貌优劣放在心上。

面对司令员,不知说到哪里,景自连一贯严肃的面容竟现出一点点稚气。郭换金想确认自己的发现,多瞟了几眼。

不管和司令员多么熟络,景自连骨子里还是紧张的。他没发现坚持值守的小护士分了心,倒是老汉留意到了。

极少有人知道,景自连是大军区景司令最小的儿子。军校毕业之后,被他老子派到最艰苦的高原战区。老汉与景司令员多年战友,他明白这是巨大信任,希望自己能把他儿子培养成真正合格的军事指挥员。

汇报完毕。

老汉道:"任务完成得不错。你提到的防区漏洞,非常重要。我考虑一下,军事会议上,再听听大家意见。要把防区打造成祖国的铜墙铁壁。你先休息。"

景自连敬礼,侧脸的下颌线条清晰锋利。他正要离开时,恰好有人进来,说:"景参谋,又须拟定今日口令。既然你回来了,此工作就正式移交你。请指示。"

景自连抬腕看表,时间已很紧迫。他从桌上笔筒抽出一支笔,迅速写下新一组口令。

角度关系,郭换金能看到景自连手腕运笔过程。那几个字是——棉球和纱布。她不能暴露获悉军事秘密的嫌疑,仍然凝视医书上"高原红细胞增多症"定义。

景自连走后,龙一笙和楚医生前来查房。详尽检查后,宣布魏盾远司令员临床治愈,可出院。虽然实际情况是,司令员一直在住处,不曾移步一寸。他们又叮嘱郭换金站好最后一班岗后离去。

最后的午餐。这几天,都是警卫员把饭菜打回来,一同进餐。司令员餐食,来自干部灶。医务人员餐食,由机关大灶提供。

司令员重病时,根本吃不下饭。警卫员又不敢自作主张,不给首长打饭,于是每顿饭都面临倒掉危险。高原上,一钵一匙都曾翻越万里征程,浪费是极大犯罪。郭换金值班时,也混吃菜肴(干部灶多一个肉菜)。可惜,随着司令员渐渐康复,她大饱口福的机会越来越少。

今天,司令员的荤菜是午餐肉烧青椒香干。

可千万别以为真有青椒出没。高原上,新鲜蔬菜是呓语。炊事员把两种罐头烩在一起,即成佳肴。

司令员对路弯说:"我这儿没事儿,你快去吃饭。"明显赶人。

路弯走后,司令员夸张地向四周瞄了一眼,道:"丫头,没外人了。"

丫头回应:"老汉,我今天下午就回卫生部了。我走后,您老多保重。"

老汉道:"以后怎么能见到你?"

丫头说:"这个容易。您先把自己搞病了,最好重一点,要死要活需输液那种。我就来了。"

老汉说:"以大局计,我还是不病为好。看不到你,知道你好好在卫生部干活,我就放心了。"

丫头顽皮道:"我若是死了,老汉,您会知道吗?"

老汉认真地说:"防区内,若有战士牺牲,会报上伤亡。数目我会及时知道。至于具体人名,我不一定知道。"

丫头说:"闹了半天,我死了,只是纸上一个数字。老汉啊,斗胆提个建议。您能指示有关部门,再逢阵亡,把具体姓啥名啥,一一报上来?将这条规定,传遍战区。从此之后,每个小兵临战死前,都会存个念想——司令员知道我!至于报上名单后,看不看由您。"

老汉犀利地寒眸一凝,点头道:"丫头,这个提法不错。我这就下指令,今后若有伤亡,必报上所有人员的具体花名册,还有……年龄。"最后两个字,饱含苦涩。想那大多数数字,必定非常年轻。"我一定会看。"他铿锵补充。

丫头没想到此议立马有了结果,得意地埋头吃起饭盆中的素炒脱水洋葱。

司令员看了一眼她的寒酸菜式,说:"丫头,拿饭盆来。"

面对不怒自威的司令员,小兵很容易将他所有的话,都视为命令。郭换金虽不明白饭盆令的意义,还是乖乖执行。

司令员将自己盘中的午餐肉烧青椒香干,拨一半给郭换金:"丫头,我还没动过。咱一人一半。"

郭换金愣怔半天,没动筷子。

司令员不解,问:"我这次得的是传染病吗?"

郭换金答:"不是。"

司令员又问:"你是回民?不吃大肉?"

郭换金说:"也不是。"

司令员想不通了,说:"那为何不吃?"

郭换金发怨言:"老汉,您连这都不懂?感动啊,官兵一致!"

司令员说:"甭想那么多,容易闹肚子。小灶手艺还不错,连我这大病初愈没什么胃口的老汉,都觉得香。"

郭换金这才小口吃起青椒香干,美味异常。

司令员看着郭换金吃饭,忽然想起一个问题,问:"你真的想当医生吗?"

郭换金吞咽下一块条索状豆腐干,眸底光华内敛道:"想。真的想。"

景自连在边防站执行任务时,左手食指外伤。站上军医给他做了包扎,本以为过些日子会好起来,却不想日趋严重。挤压伤和一般割裂伤不同,内里组织被破坏感染,只好千年不遇地到卫生部诊治。

楚直认出了他,检视完伤口说:"除了局部消杀和清除腐坏部位外,还要全身抗感染。"

景自连不以为然道:"一个指头的事情,还要全身用药?杀鸡用牛刀。"

楚直似笑非笑道:"如果你还想保留这个手指的全部功能,只有如此。"

景自连不敢再大意,忙问:"怎么治?"

"每天到卫生部治疗室打抗菌针,一日两次。"楚直公事公办。

没想到治疗还挺烦琐,景自连忍气吞声问:"得多长时间?"

楚直道:"七天一疗程,然后看疗效再作决断。"

景自连剑眉微拢,下意识发问:"真要这么多天?"他本以为顶多三天。

楚直乜斜眼说:"知道白求恩同志是怎么牺牲的吗?"

景自连想了想,说:"是败血症。"

楚直追问:"你可知白求恩是怎么染上败血症的?"

景自连心说,治个皮毛外伤,居然成了考历史。好在他涉猎广,博闻强记,还真知道:"做手术时感染的。"

楚军医平日对司令部的青年军官们,缺乏好感。他们自诩在边防一线举足轻重,把卫生系统人员,通通列入闲杂人等,有意无意流露出藐视之意。特别是景自连这人,仪表、人才、专业都出类拔萃,更有凛然傲气外溢。现在,犯到自己手上,得杀杀他的锐气。

楚直继续逼问:"白求恩做手术,如何感染的败血症?"

景自连最终还是被考住,只好诚实回答:"这个……不知道。"

楚直高屋建瓴道:"白求恩手指有伤,坚持给病人做手术,从伤口处感染了病菌,很快转为败血症,药石罔效,不幸牺牲。景参谋意气风发,不想得这种病吧?"

景自连尊崇白求恩不假,但真不想得和白求恩同样的病,赶紧道:"我不嫌麻烦,一定每日两次,按时打针治疗。"

楚直见眼高于顶的景参谋已服软,便收兵开出换药和打针的医嘱,然后随手将处方丢给景自连,对着诊室门口喊:"下一位,请进。"

景自连先把伤指换好药,然后到门诊治疗室打针。他推门进去,没见其他病人排队,心中稍安。工作甚多,耽误不起。

女护士接过治疗单,仔细看完处方上的姓名,凝视于他,惊喜叫道:"景哥哥,真的是你!"

见景自连惊讶地四下打量,迅速扫视周边,并无预想中的惊喜,女护士这才意识到脸被遮挡,阻碍了当事人的识别力。她一把揪下口罩,让眉眼展露无遗,稍带童音地再喊:"景哥哥,我是青青啊!"

景自连这才认出,面前的短发女孩,是原军区大院里成天疯跑的麦青青。时隔多年,她已从小姑娘,长成飒爽英姿的女兵。

景自连认出麦青青后的第一个动作,是把右手食指放在唇边,笔直竖起,做出嘘声口型。

麦青青不解,低声问:"景哥哥,怎么啦?"

景自连挑明:"不要这么叫我。"

麦青青大惑:"咋啦?"

景自连喉结轻滚,话语滞后道:"高原战区基本没人知道我老爹是谁。你这么一叫,我岂不暴露了?"

麦青青明白了,为难道:"嗨!那我怎么称呼你?"

"叫景参谋。"景自连很干脆地回答。

麦青青嘴角漾笑:"记下啦。但是,景哥……景参谋,你什么时候到高原的?"

景自连不动声色答:"几年了。"

麦青青说:"我来不久。"

景自连道:"你爸那么宝贝你,怎会舍得让你上高原?"

麦青青如实道:"我爸让我到最基层的部队好好锻炼几年,奠定一生奋斗的基础。"

景自连若有所思道:"你爸够狠。"

麦青青反驳说:"你爸难道不狠?都让你在高原锻炼好几年了。按说这金,已镀得比故宫里的救火大缸还厚。"

景自连分辩:"我主动要求来的,和他没关系。"

麦青青做出深谙其道的神情,说:"哦,原来是你自己下了要当将军的决心。"

景自连再一次把手指竖到好看的唇形正中,道:"别乱说。"

麦青青漆黑眉羽一挑,轻声答:"景参谋放心,我不会同别人讲。"

景自连不想就此深谈,转移话题道:"给我打针吧。我很忙,麦护士。"

麦青青将口罩戴上,做好准备。"趴下。"一切就绪后,麦青青侧头,示意景自连趴到治疗床上。

景自连遵嘱趴好后,突然一骨碌坐起身,问:"你这个针,打在哪儿?"

麦青青平静道:"臀部。"

景自连略微消化了一下这个词。他偶尔得个感冒,吃几片药就好。真刀真枪挨针,似乎自儿时打预防针之后,再没经历过。

麦青青以为他没听清,换了个通俗点说法:"就是打屁股针。"

护士每天打的针不可胜数,麦青青并不把男性脱裤露臀这事儿,当成大事。

景自连不同。高原几年,几乎没见过女人。自打卫生部来了一班女兵,很多干部战士,有病没病就跑到卫生部附近山头上转圈,哪怕远远瞄上几眼,也是美事。景自连从没动过这等心思,再加上与麦青青还是自小就结识的半熟脸,不好意思。

"你们这儿没男卫生员了吗?"他僵立不动,略显尴尬问。

"有。"麦青青给出肯定回答。

"那……叫个男卫生员来吧。"景自连小声说,理不直气不壮的。毕竟,卫生部不是他的工作范畴,不能颐指气使差遣人。

麦青青悄然一笑。几年不见,景哥哥已长成英俊潇洒一条汉子,宽阔肩峰伟岸有型,挺胸收腹昂藏孔武。她很想借工作之便,名正言顺参观一下他矫健的身体。不承想,景哥哥如此不好意思。

她假装到外转了一圈找人,其实一言未发。重回治疗室,她对着军容整肃的景自连,一本正经道:"对不起,男卫生员都在各自岗位上忙着,没法支援我这儿。"

景自连失望地不作声。这个结果,也在他预想之中。毕竟上班时间,各司其职,难得有闲人。

麦青青强忍住娇俏笑意。看来,今天景哥哥臀部这一针是跑不了了。

景自连眼珠转动,一计不成,又生一计。他肃然说:"麦护士,医生开的这针,除了打在……臀部,还能打哪儿?"

这个……麦青青多想对景哥哥说,这个针,只能打臀部。除此以外,打哪儿都不成。但她不能说,因为这不是真的。就算景哥哥今天信了这话,被她打针入臀,但事情一定没完。他是何等聪慧之人,日后一定会搞清肌肉注射,并非只有这一处宝地。到了穿帮那一天,景哥哥识破她说谎,轻则觉得她业务不精良,重则就要追究她的用心了。真到了那一步,岂不狼狈?这个险,冒不得。

然而,军区景司令的爱子,又如此俊逸不凡,麦青青心旌摇动。他再不是当孩子王时的捣蛋鬼,已然长成薄唇直鼻修眉凤目的一条好汉。怦然而动的奇妙感觉,让麦青青只想把自己最好的一面,呈现在景哥哥面前。任何自毁形象的事儿,绝不能做,一分险也不能冒。

麦青青调整好思绪,诚恳作答:"这个针,还可以打在胳膊外侧的肱三头肌上。"

景自连心头一松,柳暗花明又一村了,急问:"那就打胳膊。选哪边?"语调中带着抑制不住的松快。

麦青青心底不悦,口气却公事公办:"左右均可。"

景自连迅速脱掉罩衣棉衣,仅剩衬衣。本想将衣袖上撸,不料他肌腱发达,袖管没有那么宽敞,只好脱下衣袖,露出左上臂,道:"这胳膊离受伤指头近,效果好。"

麦青青没告诉他,肌肉针无论打在哪儿,都靠吸收入血才有疗效,和注射位置没太大关系。麦青青天资聪颖,耳濡目染,业务知识也在不断进步。

随着景自连的脱衣动作,一股强烈的冰雪气息迸射而出。麦色无瑕的皮肤,雕像般的曲线,无遮无挡凸显而出,令人血脉偾张。唯一不足,是只裸露了单臂。

年轻男子的体味,千差万别,各有不同。麦青青在门诊打针,领教多多。有好闻若麝香的,有辛辣如芥末的,有不好闻如馊豆腐、癞蛤蟆的,不一而足。最讨人嫌的是像黄鼠狼……说来,麦青青并没有闻过黄鼠狼什么味儿,只是想象中觉得此为恶味之首。她原以为体味若何,与爱不爱洗澡,或是用的香皂、牙膏有关。给青年男子打了无数针之后才发现,概不相关,气味乃天生。她搞不懂其中的生理奥妙,也不费脑子去深究了。或许,女子觉得某人的气味好闻与否,埋藏着感人至深的天意。

本来,她对没观赏到景哥哥臀部,略有遗憾。但这只臂膀,也煞是精彩。肌腱如圆滚滚的小老鼠般隆起,轮廓清晰,蠕动有力。年轻肌肤紧致如绸,反射着耀眼的亮光。少女一眼望去,忍不住春心荡漾,丰沛的快乐叫嚣着涌上大脑。

麦青青对自己轻喝,克制!想博景哥哥好感,须从长计议,绝不可嚣张放肆。她遏制紧盯不放的欲望,改为目不斜视,手脚利落地在上臂打完针,中规中矩问:"疼吗?景参谋。"

"不疼。"景自连很快回答,忙不迭穿衣服。一来上半身裸露,让人生出寒意。二来性格肃沉的他,不愿将身体在女孩子面前长时间展露,虽说事出有因。

"是我打针不疼,还是景参谋不怕疼?"麦青青一边收拾用废的酒精棉,一边装作不在意追问。

"这个……有什么不同吗?打针,还不一样吗?都要攮进肉里。"景自连三下五除二穿好衣服,想速速离去。

麦青青银铃般的笑声骤起,道:"打针当然是疼的。人家特别给你慢慢推,所以你不疼。若是落在他人手里,嗖地给你把整管子药一股脑儿打进肉里,不疼才怪。"

景自连随口道:"打个针,再怎么也疼不过子弹对穿吧?所以,怎么扎怎么推,都无大碍。"

麦青青敏感地问:"景参谋,你负过伤?在哪里?"说着,想上前查看。

景自连后退躲闪道:"边防军人,受伤不是家常便饭吗?"他第三次把手指竖在唇中央,"我家里人不知道。保密!"

麦青青不语。景自连走出治疗室后,大步流星而去。身影正巧经过窗口,背景是高原天空,呈现出矢车菊般的淡蓝色。

麦青青站在窗内,白衣胜雪青丝如墨,顾影自怜。真好,我们现在有了共同的秘密,是特别关系的开始。

景自连离开后,和麦青青对班的男卫生员穆木春担水回来。他虽然个子矮小,干起活来却是一把好手。治疗室需要刷注射器等器械,费水。每天都是他人工挑回。

刚才不在医疗岗,穆木春习惯性地问麦青青:"忙吗?"

麦青青头也不抬答道:"忙。"

穆木春随口道:"我见司令部景参谋刚走。"

麦青青貌似不走心地说:"那人好像叫景自连,我打针要查对名字,所以暂时还记得。一天那么多病人,时间长了,就对不上号。至于是参谋干事还是助理员,就不清楚了。"

穆木春说:"那可是司令部的重要人物,听说魏司令特别器重他。"

麦青青正色道:"不管什么人,到了咱卫生部,都是病号。一视同仁。"

穆木春叹息:"你爸是大官儿,你能这么想,真是……"后面的话他没有说完,实际上也不知道该说什么好了。话说到这里,该表达的也差不多了。

麦青青不平道:"若我爸是老农民,就不能这么想了?"

穆木春赶紧找补:"我嘴笨,您多担待。老农民的女儿,能当上女兵的机会,实在太少。"

麦青青不屑道:"那也未必。伙夫,是不是相当于老农民?他女儿不是照样当兵,还成了班长。"

穆木春从这话里听出麦护士有情绪。她是自己业务上的师傅,不敢得罪。而自己对郭换金印象很好,这天儿,就聊不下去了。

麦青青不管穆木春怎么想,叮嘱道:"景自连需连续七天治疗,他打针就都由我负责。"

穆木春稍不解,平日两人值班,谁赶上谁打,并无明确分工,便问:"这有啥讲究吗?"

麦青青淡然作答:"没有。只是景自连希望我来给做他治疗。病人第一,也不是什么原则问题,尽量满足吧。如果我不在,你做也是一样。只是有一点要注意,他的肌肉注射,打在臂三角肌上。"

穆木春嘟囔了一句:"这景参谋,还挺有个性。保护屁股虐待胳膊,记下啦!"

郭换金回到部里,投入正常工作。刚一入病房,就有人笑眯眯地呼唤:"郭护士。"

那人玉树临风,眉清目秀,笑容温暖如春。郭换金一时想不起此人是谁。在司令住处磋磨多日,病房有道是"铁打的营盘流水的兵"。将士们身体底子好,患的多是急症,病来如山倒。但只要治疗及时,好得也很快,病床流动性很高。

这个病人,应该是她还在病房值班时入院的,所以记得她。

高原缺氧,记忆力惨不忍睹。郭换金真真记不得这病人是谁。

见她发愣,那人温煦地加深了笑容,善解人意提示道:"我是潘容。"

郭换金愕然。蜡纸般吹弹得破的垂危者,起死回生后判若两人!

在医院,没什么比医护人员看到病人康复,更令人开心的。特别是生死迥异大反转,更让人振聋发聩喜出望外!

郭换金笑得见牙不见眼,说:"潘容,你没死啊?!"

潘容粲然一笑道:"我答应某人的杏子还没有兑现,哪敢死啊!"

郭换金打趣道:"真难为你还记得杏子!当时你病得朝不保夕,我以为早忘了。"

潘容说:"我若忘了,我身体里流着的你的那些血,也会造反!"

郭换金快活道:"血管里流着相同血液,真真应了一句说烂了的老话……"

潘容饶有兴味地盯着她说:"哪句老话?说来听听。"

郭换金说:"就是——鲜血凝成的友谊。"

潘容意犹未尽道:"单单是友谊吗?"

郭换金道:"友谊,这词让人太有负担了。换个轻松点的词,咱算有血缘关系了。"

潘容奇怪:"想当年上学,你语文是不是挺差?"

郭换金不知话题为何拐了大弯儿,纳闷道:"这和语文有啥关系?"回想自己的语文老师,可是赫赫有名的特级教师。

潘容哪知面对面的郭护士,思绪窜出这么远。按照自己逻辑推演,问:"你觉得血缘关系,比友谊还要稀薄吗?"

看着潘容俊美无俦的脸庞和熠熠闪光的黑眸,郭换金心中不由一动。她不喜欢这种难以自控的悸动,赶紧将话题回调:"潘指导员,你病情好转很快哦。"

潘容敏锐察觉到郭换金退避,心想欲速则不达,便如实回答:"我病情好转,第一与龙部长和楚医生的诊断正确治疗及时有关……"

郭换金频频点头。这二位联袂救人,惊天地泣鬼神。

既有第一,还有第二。郭换金眼巴巴等着后续。

潘容却不打算说了。不言而喻。看到郭换金求知若渴模样,反问:"这第二条,你真不知道?"

郭换金柳眉之下,口罩之上的两只大眼睛,困惑眨动,道:"我出任务多日,一直不在病房。关于你的后续治疗,真不晓得细节。说说呗,难不成你如何康复,还是军事秘密?"

潘容心中哀叹,姑娘啊,真够笨!无奈摊牌道:"第二条,就是你的血啊!滚烫的新鲜血液,刚从你身上抽出来,转眼就入了我的血管。流到我心脏的时候,还带着你的体温……你说这能没效果吗?!"

郭换金初觉这说法有点不伦不类,细想似也没过分夸大,有点迟疑地应道:"真有那么神奇?输完血当天,我也没见你像今日这般巧舌如簧。"

潘容补充道:"我调整措辞,把'你的血'改成'你们的血',这就严谨了。"

郭换金弄清了来龙去脉,说:"哦,后来不断有人给你输血,是吧?"

潘容说:"治疗方略是龙部长和楚医生定的。我输入了很多战友的血,现在自身的造血能力,已有所恢复。"

郭换金拍手道:"明白啦。潘指导员身上,此刻很多人的血,齐心协力助你重返健康。那就请安心养病,力争痊愈。"

潘容很恳切道:"那么多血中,给我印象最深的,是你的血。你是第一个给我输血的人,在我濒临死亡时。你的血流入我的身体后,就像一束光射了进来,带着热度和云彩。那一瞬间,你的血就像一只手,把我从地狱里不由分说拽出来……"

潘容说得动情,恨不能热泪盈眶。郭换金忍不住瞧向自己胳膊,咂着嘴。这么神奇!这里面流动的血液,是仙丹?

这一番交谈,耗费时间不短。郭换金有其他工作要完成,对激动不已的潘容说:"别的没什么,记住你欠我一颗大杏子就行!"

潘容没答话。心中想的是,一颗杏子哪够啊?我要为你栽下一棵杏树。不!是一片杏林!让你天天、年年、一生一世,从早到晚都能吃到杏子。把你所有的牙,一个不剩都酸倒!我要守着你,看你成个没牙老婆婆。

8

女兵班工作顺遂纪律严明,受到战区上下一致好评。唯一缺憾,是正班长看着像副班长,副班长看着像正班长。班务会上,郭换金讲两分钟,麦青青讲十分钟。郭换金没有喋喋不休的毛病,三下五除二说完重点,回归沉默是金。麦青青很有水平,尤其擅长把一件简单的事情说复杂。比如,她会从被子没叠成四棱见角的豆腐块说起,回忆到红军爬铁索桥的英勇,再说到五大洲劳动人民没有被子盖的凄凉。让马虎的姑娘,恨不能亲手把被子重叠后,送给全世界受苦受难的人。和惜字如金的正班长比起来,大家更爱听麦青青说话。副班长大气,有水平,时不时还幽默。

柳赞暗地叹息,麦青青生为女子,真是屈了才。若是个男儿,将来纵不能干上司令,起码也能混个参谋长当当。

又一天,郭换金巡查病房时,见潘容在看书。现在,潘容已是病房最"老"的病号。不是年龄,而是住院时间。他的病恢复缓慢,说快不快,说慢不慢。造血障碍,或许关乎高原的未知病变,迁延日久。

"郭护士,你可知我什么时候能出院?"潘容问。

郭换金说:"这个时间表,我一个小护士,给你说不来。你得问医生。"她一边说,一边把旧床品扒下来,整理好被褥,再把洁净的床单和枕套换上。

怕添乱,潘容将正在看的书,放在床头柜上。

郭换金双手抖着床单,随口问:"什么书?"

"从前在家时看过,算是复习。"潘容答。

"什么书?"郭换金没得到答案,重问。

"《鲁迅文集》。"潘容答。

"从边防站带来的?"郭换金手脚麻利,已换好被单,下一步扒枕头皮。

"我从边防站来的时候,奄奄一息,哪里还记得带书?我从政治部老乡那儿借来的。"潘容答。

"你借了几天?"郭换金继续发问。

"几天?"潘容不解地重复道,"没说借几天,都是老乡,迟一天早一天的,他也不计较。"

正中郭换金下怀,试探道:"既没规定还书的日子,那你快点翻,看完了让我看两天。"

潘容暖暖一笑道:"你若喜欢,现在就拿去看。我是复习,算是精读,早一天晚一天都成。"

郭换金不好意思,自嘲道:"我这不是巧取豪夺吗?!"

潘容说:"嗨!谁让你是我的救命恩人,小小回报,不足挂齿。"

郭换金此时已忙活完,说:"救你,是我的职责所在,你不必总挂在嘴上。你既然开了口,趁你没改变主意之前,书我拿走了。"

郭换金高兴地把《鲁迅文集》与换下来的旧单子,挽成松散包袱状,乐颠颠离开病房。

几天后,借上班之机,她又找到潘容。潘容又在读书,仔细一看,还是鲁迅。

"潘指导员,你到底藏着多少鲁迅啊?"郭换金吃惊。高原战区存书量非常有限,潘指导员竟把自己修炼成了图书馆?

潘容老老实实回答:"不知道,都是借来的。"

郭换金道:"你跟借你书的人,打听打听,战区拢共有多少本鲁迅?"

潘容说:"实不相瞒。鲁迅是我从不同人那儿借来的,没法统计。"

郭换金想想也是,欲将防区内的鲁迅一网打尽,有点贪得无厌。她把上本书还后,眼巴巴瞅着潘容,并不说话。

有一些女子,适合戴口罩。睫毛浓密的大眼睛,在雪白布料映衬下,浓墨重彩,又大又圆又亮,勾人心魄。很不巧,郭换金虽不自知,但她正属于这样的女子。

潘容知趣地把手中的鲁迅,递给郭换金,说:"你先看这本。"

郭换金心愿达成,十分高兴,假装不好意思道:"谢谢了。你再把上一本重新复习一下。倘鲁迅在天有灵,会夸你的。"

潘容一笑,这让他原本清逸的脸庞,越发俊美。不过,这一切于郭换金是对牛弹琴。不知自己美的人,也会忽视别人的美。

她轻快转身,欲离开病房,潘容唤住她:"稍等。"

郭换金顿住脚步,问:"咋啦?"心想不会这人借书反悔了?

"书是我从一个特别小气的老乡那儿借来的。看的时候,爱惜点,别弄脏,别窝角折页,更不能拿支笔勾勾画画……"潘容叮嘱。

郭换金不耐,劈头打断:"我看起来像那么没素质的人吗?"

潘容说:"好借好还,再借不难。"

郭换金曾有过和鲁迅的书耳鬓厮磨的机会。父亲高大的书柜里,摆放有《鲁迅文集》。郭换金不止一次想把它们抽出来,看看到底藏着怎样的秘密。好看吗?有趣吗?她试着爬上梯子,抽取过一本。集子团结一致,各册挤得紧紧,单本书绝不愿脱离队伍滑出。她小,摇摇晃晃站得又高,手指头没有多少劲,试了几次,都没能如愿。

和很多人家的书房经常上锁不同,她家书房门大敞。高达三米的书柜,顶天立地,还配有一架木质书梯。爸爸曾说过,书房开着门,孩子们就会经常走进来看看。尽管年纪小,不一定看得懂,但常闻书的味道,也是好的。书会变成他们的熟人,不定哪天就生出兴趣,去看书里的世界。

话虽这样说,爸爸还是调整了书柜的摆法,将一些书,高高在上。

背后传来爸爸的声音:"小蔷,你找什么?"小蔷,她的小名。

"我想把鲁迅拿下来。"

"你先下来。"爸爸伸出臂膀,将小蔷从移动书梯抱下来,然后指了指藏书,道,"鲁迅——是繁体字,又是竖排,很容易看串行。你……现在还看不了。"儒雅的脸上,荡漾温暖笑意。

"繁体字没啥了不起,看多了,就会认得。竖排字,我用尺子比画着,就看不错行。这些难不住我,是不是就可以读鲁迅?"遥远之地,小蔷稚嫩的声音响起来。

父亲沉吟,好像在认真思谋计划的可行性。片刻后,父亲说:"就算这样,我还是不同意你现在就读鲁迅。"

小蔷不解。父亲一直很赞成孩子们读书。有时候,母亲看到他们读童话和民间故事之外的书,会说:"老卫啊,你是不是把书房锁一下。不是什么书,都适宜小孩子读。"

父亲慢条斯理答:"不必限制太死,开卷有益。"

母亲是大家闺秀出身,虽爱夫君,并不盲从,尤其在事关教育的话题上,道:"不一定吧?书也像人,有一些是坏的。"

父亲轻声笑起来,道:"你说的理论上没有错。但我这柜子里的书,没有坏书。他们随便抽哪本读,都有裨益。"

有了父亲的允诺,卫蔷可肆意在父亲书柜中寻寻觅觅。基本上看不明白,囫囵吞枣都谈不上。有时大着胆子请父亲讲讲,父亲说,工作太忙,你先自己摸索吧。读书这件事儿,每个人从中得到的营养不一样。别人嚼过的馍,没味道。

"别人嚼过的馍",这个比喻,让人印象深刻并伴以恶心反胃。

父亲看小蔷闷闷不乐,解释说:"鲁迅,等你大了再读。"

卫蔷好奇:"为什么?"

父亲道:"你现在还读不懂。"

卫蔷不明白,道:"里面有很多我不认识的字吗?"

父亲说:"简体字本,你能认得其中的字。但你仍然不懂。"

卫蔷反驳道:"鲁迅辛辛苦苦写了这么多书,不就是让人读的吗?"

父亲有点为难,想了想,说:"你现在读,会自以为懂了,其实不懂。似懂非懂的感觉,会妨碍你长大后再读鲁迅。所以,你要耐心等一等。"

"等到什么时候呢?"卫蔷追问。

父亲没有正面回答,而是说:"鲁迅本人也说过这话。他说自己的书,给太年轻的人看,是看不懂的。"

卫蔷不甘心,追问:"那到底要我等到多少岁?"

父亲说:"按鲁迅的意思,怎么也要到二十五岁之后。"

卫蔷失望地说:"要等好多好多年啊。那时,我就老了。"

父亲觉得好笑,便道:"那你打算自己多大的时候读鲁迅?"

卫蔷说:"十八岁。那时我已是成年人。"

还没等到她十八岁,父亲的书柜连同那架梯子,就被彻底摧毁了。卫蔷恪守父亲的教导,从没有系统读过鲁迅。此刻,她看到潘容手中的鲁迅集子,简体字,横排。虽然和家里书柜中的《鲁迅文集》,外观没有丝毫相似之处,仍感万分亲昵。最重要的是,她已年满十八周岁。

昔日的卫蔷,今日的郭换金,从潘容手中接过鲁迅的书,欢喜得不行,撒腿就往外跑。生怕潘容反悔,空欢喜一场。

潘容忍笑道:"郭护士,你跑再快也没用。我还有要求,你答应了,我才能把书彻底交与你。"

郭换金撇嘴:"潘指,啰唆!你有完没完?"

潘容狠心板起脸道:"你这借书的,比我这出借的,还横!我的要求很简单,你读完后,要谈谈读后感。"

郭换金正色道:"潘指,你搞错身份了。"

潘容不解:"指导员加病号,我就这两个身份。"

郭换金讥讽道:"原来脑子并不曾糊涂,还知道自己是病人。我以为你改行当了语文老师。"

潘容这才悟到她在挖坑,清冽一笑道:"你嫌麻烦,口头也行。"又补充,"我只是想找个人交流一下读后感。"潘容很为自己的借口得意,掩盖了隐藏至深的喜欢。

郭换金快速掂量得失,说:"我有点赔本。"

潘容怕生变故,马上抛出诱饵道:"你若真有心得,我便继续借书与你。"

郭换金上钩,说:"潘指,看在你好似小型图书角,我就勉为其难应了这个要求——谈读后感。"

潘容心中窃喜,又怕累了姑娘,忙说:"实在完不成,就跟我请个假。只是事不过三,次数多了,我就不借你书了。"

那天之后,郭换金医书之外,又加鲁迅。潘指久住不愈,大有把病床躺穿之势。好在口头读后感,难不倒郭换金。利用病房巡视,多则十分钟,少则三五分钟,向潘容汇报。潘容悉心听取,心想这姑娘真有几分灵气。要说有啥真知灼见也不见得,但鲁迅本就难懂,能在几千米缺氧的高原之上,谈谈心得,随意聊个天,病房生辉。

值班室里,郭换金问楚直:"8床潘指,何时出院?"

楚直正翻看潘容堪比长篇小说的病历,道:"你挺关心他?"

这个问句,让郭换金没法接下茬儿。说不关心吧,病人众多,单挑8床问询,的确与众不同。只是这个关心,内有不俗含义。潘容如果近日出院,手中借的书便要火速看完,好借好还。

个中原委,用不着禀报楚军医。郭换金道:"此人住院时间太长,好奇。"

楚直答:"他的病,是特别。"

郭换金道:"我记得他的诊断是'贫血待查'。"

楚直沉吟道:"是啊。待查。"

郭换金问:"这么长时间过去了,还没查出来?"

楚直摊手道:"不知是何原因,引起他自身造血障碍。不断输血,加之多种药物并用,他近来大有好转。只是病因依旧不明,待查的帽子摘不掉。"

郭换金利索地完成着手下工作,又问:"那他就一直住院?"

楚直难得停下手中的笔,抬起头说:"这个还要同他本人商量。"

郭换金惊讶:"楚军医从来都是手起刀落独断专行,何时要与病人商量?"

楚直变了脸,道:"手起刀落?搞得我像个屠户似的。潘指与他人不同。"

郭换金见楚直险些翻脸,开玩笑缓和气氛:"莫非因为病人好看,就另眼看待?"

楚军医突然火了说:"谁说潘8床好看了?"

郭换金正在调配酒精浓度,眼睛不能离了比重计,埋头操作,没注意到楚医生变脸。她自说自话:"潘指的祖上是潘安啊!"

楚直知识面不窄,当然知道潘安。但他并不想接潘安貌美的话茬儿,更不希望这姑娘东张西望其他人,便明知故问:"潘安是谁?姓潘的历史名人,我只记得杨家将中有个姓潘的仁美,一个坏透的奸臣,鼻头都抹成白色。"

"潘安就是……"郭换金听楚军医话头不善,抬头见其脸色不豫,赶紧不再科普。

楚军医无端烦躁,撂下未完成的病历,走出值班室。天空呈现出一种细碎的蓝,高原阳光扑面而来。

他闭了一下眼。管他东方发白,旭日跃升,骄阳似火,日暮西垂,云卷云舒……一概置之不理。我先全力治好你,再同你平等较量。不然,和一个病号一争高下,胜之不武啊!

郭换金下班回宿舍,见叶雨露伏身痛哭。平日里整齐划一像特大号绿豆腐的军被,成了鸡刨豆腐。身为班长,见战友不明所以梨花带雨,不能不管。

"怎么啦?出啥事儿了?"郭换金问。

让女孩痛哭流涕的事儿,无非几种。一是和班里人闹情绪了,若出现这种情况,应是两个人反常,但别人都没事啊。再一个重大理由,是家人得病。身在高原,和家人联系方式唯有信件。军邮车在通车季节,一个月上山一次。现在正是大雪封山时段,八个月时间,音讯皆无。有关家人身体的信息,截至上次军邮车抵达之日,迄今很久。近日根本无邮车上山,哭泣与此无关。

原因何在?

郭换金拍拍小叶子肩膀,瘦削单薄。她年纪最小,加上幼时营养不良,虽然套着肥大棉衣,仍让人一巴掌敲到骨头上。叶雨露吃痛闪避。

郭换金激她,说:"你是奶奶怀里的小孙女啊?"

叶雨露哭泣已久,正等着这一问,呜咽道:"班长,你要给我做主!"

郭换金义不容辞,大包大揽道:"我给你做主。如果我官太小,做不了主,咱找护士长。"

叶雨露抹干最后一把眼泪道:"要管这事儿,护士长的官也小了点。"

郭换金没想到小叶子这一哭,范畴居然广大到超出护士长管辖范围,忙问:"到底咋啦?"

叶雨露吞吞吐吐道:"不敢说。"

郭换金好奇心爆炸:"你怕什么?"

叶雨露双手蒙脸道:"我怕……羞!"

郭换金保证道:"我不会笑话你,会给你做主。"说罢,她把军帽从脑瓜顶揪下来,本想学电影里发怒的军长官,将帽子狠狠摔在桌面上,以示态度严正。忘了小兵宿舍,根本没桌子,非摔帽子,只能扔到脚下。地面多土,帽子脏了还得洗,郭换金手臂临时拐弯,将帽子摔到自家铺板上。

叶雨露沉浸在自己的羞臊哀痛中。

郭换金坐在铺位上,说:"你把事讲清楚。哭哭啼啼,就算有窦娥那么大冤情,也没人知道。老天爷给窦娥下了六月雪,算是物证。可咱们这儿,不管有冤没冤,六月也下雪。你自己不说,旁人没法知道,你就等着冤死吧。"

这番话,很对症下药,叶雨露不哭了,抬起头来,狠狠咬了咬嘴唇,愤然道:"有人犯了三大纪律八项注意第七条!"

郭换金一听,傻了。

三大纪律八项注意,每个军人都牢记在心。第七条,更是铭刻在骨。"第七不许调戏妇女们……"每逢各连队拉歌,唱到这一句时,声调都会陡然变化。一瞬间,所有士兵的嗓子眼,像被塞入热年糕,黏腻到吞吞吐吐。等过了这句,大家如梦初醒,重又引吭高歌。

郭换金并不太理解"调戏"啥意思。或者说,她大致知道这是有关男女之间的不光彩之事,也想象不出具体举措。尤其让她百思不得其解的是"妇女们"。难道这还是集体活动？再说啦，既然妇女都凑成"们"了，为何不制止？不逃跑？不奋起反抗？！

想不通啊想不通！

现在，她的兵，还是最柔弱的小女兵——叶雨露，居然亲身遭到"调戏"，成了悲惨"妇女们"中的一员？郭换金正义感爆棚，一定要将情况查清，匡扶正义。

"到底咋了？别着急，谁调戏了你？"

"好几个！"叶雨露抽噎着翻白眼。

天啊！这次，不是"妇女们"，而是理应"不许"的男人，成了"们"！

郭换金镇定一下情绪，颇有临危不乱的大将风度："人多也不怕。慢慢说，第一个，是谁？"

"病人林天宝！"

林天宝是谁？郭换金虽然也在病房上班，但这两天出黑板报加上倒休，对此人没印象。

"新入院？"郭换金判断。

"今天才来。1床。"

郭换金倒抽一口气。这厮胆子够大，刚入病房，人生地不熟的，竟敢调戏护士。吃了熊心豹子胆！

"他什么病？从哪儿来的？哪个医生管他？"郭换金按捺怒火，连发三问。

叶雨露怕问题一多自己忘了，先从最后一问答起："楚医生管他。从33号哨卡来。他的病是……"

说到这儿，叶雨露突然满面潮红，说不下去。

郭换金搞不懂，心想难道叶雨露把病名忘了？追问："到底啥病？"

叶雨露窘得不行，道："说不出口。"

郭换金纳了闷，心想，最说不出口的病，当数"前列腺炎"了吧？又想，再怎么难堪的病，是那人得的，你跟着难为情，犯不着啊！

郭换金沉着地不说话，耐心等叶雨露过这个坎。

"我还是张不开口。班长别逼我。我给你写。"叶雨露下了很大决心，找到了解决方法。

郭换金把钢笔拿过来，又从笔记本上撕下一张纸。她直觉这病不吉利，不愿在自己本上留下痕迹。

叶雨露缓慢地一笔一画写出——阳痿。

郭换金把纸片颠来倒去看了几遍，确认自打到病房上班，没接收过这个病种。这到底是什么病？单从病名上，似乎也看不出流氓的意思。只是不像西医病名。只有中医的古老体系，才爱说"阴阳"。

"是这个病，那又怎样？"郭换金不信单是报个病名，就能完成调戏之举。

坚冰一旦打开，流水潺潺。叶雨露扭捏减轻，说："这个病，是男人才能得的。"

郭换金尽管从小读书不少，涉猎诸多杂章，但父亲书柜里，的确没有这方面收藏。新兵时的短暂卫生员训练，相关知识也少得可怜。女性生殖系统根本没讲，男性生殖系统也只是粗略展示简单的生理解剖图。郭换金觉得图上像一套乱七八糟的下水道管子。人们不约而同认定，与战场红白交织的战伤相比，这个系统没啥重要。

高原战区是持久坚守的存在，男性这个系统患病，原则上说，也在疗治范畴。郭换金定定神，小心开导道："小叶子，在病房里谈论某种病，就算不登大雅之堂，似也牵扯不到第七条。"

见班长并非无条件支持，叶雨露不服道："他有具体行为。"

堂堂军营、朗朗乾坤，居然有公然违背第七条的具体行为？郭换金大惊！

叶雨露恳求："班长班长，你一定要替我做主！"

郭换金坚定答复："如果你说的属实，自然斗争到底！我虽官小，但勇气，一点不少。"

叶雨露道："林天宝的入院诊断是待查。"

郭换金明白。很多病人刚入院时，一时判断不出是何病症，给出这个诊断不稀奇。她问："你刚说他患阳痿，从哪里得知？"

叶雨露道："楚医生病历上写的，林天宝以这个为主诉入院。"

郭换金说："接下来呢？继续讲。起码我听到这会儿，还没看出与第七条关联。"

叶雨露捶胸顿足道:"我没冤枉他。姜黄医生和楚医生讨论时说,这个主诉,短时间内没法判断。"

"楚医生他们还说了什么?"郭换金一头雾水,暂且断不了案。

叶雨露接着叙述:"楚医生说,这个不能贸然下诊断。姜医生说,明天早上,请值班护士注意一下他有无晨勃。楚医生又问,明天早上是男护士还是女护士的班?姜医生说,这个要问一下护士长。他们的班经常换个不停,不是内部人员,搞不明白。楚医生又说,让护士长调整一下,这几天从晨起到上午,都安排男护士值班。重点观测1床有无晨勃。姜医生补充说,可否让同屋病友,帮忙看一下?楚医生说,不合适。发动群众来观测,有,还好说。没有,岂不是让那战士极为自卑?"

叶雨露这一通说辞,若非郭换金极为熟悉她的讲话习惯,还真不易听懂。

说到这里,叶雨露顿了一下,忽闪着短而稀疏的眼睫毛道:"这个阳痿,还能让人极度自卑?我原以为只有癌症,才会让人自卑。"

郭换金眉头紧锁,至今尚未得到第七条实锤。她边思谋边道:"楚医生业务精湛,既然他这么说,想必这劳什子阳痿的杀伤力,还是蛮大。"

叶雨露委屈道:"后来,姜医生提到一个测阳痿的方法。"

话说至此,渐渐逼近危险内核。郭换金问:"难道最先违背第七条的,是姜医生?"

她脑中不由得浮现姜黄医生形象。好好一个人,居然摊上个调料当名字,可见他父母多么潦草。姜医生身如纺锤,手脚像仙人掌植物分叉。肤色,如在平原,属其貌不扬的焦黄色。人在高原血球增多,两色掺和,呈现略带蜡样的褐棕色。

叶雨露没多大把握道:"好像也不能这么说姜医生。他只是开出了相关医嘱。"

"姜医生的医嘱?"姜医生酷爱医学,常有奇思妙想。郭换金直觉不妙。

叶雨露说:"他想用某种治疗方法测试。"

"姜医生和你说的?"郭换金越发糊涂。

"他和楚医生说的。"

"楚医生?"郭换金问。心想,问题越来越复杂严重了。两位医生合谋违反第七条?!

"姜医生说,让女孩子出马试一试。"叶雨露转述。

郭换金若有所思道:"什么治疗方法?"

叶雨露说:"针刺。每日一次,每次两组主穴位。"

郭换金问:"什么穴位?"

叶雨露答:"主穴关元和中极穴。其他还有三阴交什么的,在腿上。"

听到这里,郭换金感谢曾经读过的探案集,总算大致明白了。

关元穴,位于人体脐下三寸。中极穴,更是要命,位于脐下四寸。

想想吧,肚脐下四寸,那得到了哪儿? 她们虽然学习了针灸,但这两个穴位,除痛经时,互相扎扎聊以止痛,从未在青年男子身上用过这些穴位。医生们也彼此心照不宣,不让女孩子们碰触敏感穴位。这个姜医生,为了验证阳痿诊断,也是拼了。不过,不是自己拼,而是将女孩子们豁出去。话说回来,他就是打算自己拼,只怕也拼不出个所以然。

理顺脉络后,郭换金小脸板起。姜医生,平日一张脸呆若木鸡,不想如此大胆。

"后来呢?"郭换金尽量平抑语气。

"今天下午,我带了针刺器材包,到病房为1床林天宝施针。"叶雨露描述。

"就你一个人?"郭换金略有不安问。

"还有姜医生一道。他说,他要亲眼观察。"叶雨露回答。回想当时情形,腮旁不正常充血。

"然后呢?"郭换金佯装镇定问,内心也怦怦直跳。

"我进了病房,告知1床要腹部施针。姜医生把其他病人都赶出去,说太阳很好,都出去晒晒,省得发霉。病号们就都出去了。姜医生对林天宝说,把裤头褪下去……林天宝刚开始褪得不多,姜医生说,还得往下,再往下……林天宝先是不敢,架不住姜医生催,就把裤头往下褪,直到……直到……"

叶雨露不好意思,郭换金能想象当时的狼狈。她们干这行,对异性身体大致了解,臀部打针时,会看到青年男子膨起的整个屁股蛋子。但若一个大活男人,正面朝上凸显出来,不敢想场面有多尴尬。

"后来?"郭换金尽量风雨不动安如山,才能最大限度减轻叶雨露的尴尬。她甚至大事化小来了句:"第七条,还不搭界。"

叶雨露贝齿紧咬下唇,决定兜底倒出。

"我找到关元穴和中极穴,怕一会儿下手不准,先用紫药水棉签点了位置。刚开始还正常,穴位上扎针,他可能有点疼,打了个寒战。再加上先用酒精棉球消毒,酒精凉飕飕的……好不容易把针扎下,我开始捻针。先是正捻,再是反捻……"

"这么复杂?"郭换金嘀咕一声。

"都怪姜医生开的医嘱,特别规定捻针的顺序和方向。"叶雨露也深觉郁闷。

"我在林天宝身上操作时间有点长。谁让他满肚皮长黑毛,捻针费劲。突然看见林天宝内裤正中央,一点点挺了起来,越挺越高,撑出一顶小帐篷……林天宝更像中了邪,喘粗气,滚烫呼气直冲我脑门。他两手攥得紧紧,从头到脖子一片血红,后来干脆全身抽着绷直……"

郭换金大体上明白了怎么回事。她用手势示意叶雨露打住。想起另外重要情况,问:"姜医生干吗呢?"

"姜医生?他啥也没说,啥也没干,看热闹。特别是林天宝支起小帐篷,他恨不得扯开裤头……丢死人!我一个清白女儿家,为什么要参与这个啊?姜医生主谋、楚医生帮凶,把我当成试验品,试验林天宝真假阳痿?我是来当兵的,不是干这种腌臜事儿的。要是我爹我妈我奶奶,知道我到了部队,白受这种欺负,他们得拼命!我不干了!我要回家!"

叶雨露年纪虽小,家在农村,耳濡目染的乡间事儿多,比单纯城市女生来得泼辣。

情况已明,郭换金稍缓过神,问叶雨露:"咱要告犯第七条的人,主要告谁?"

她特地用了"咱"这个词,表示同仇敌忾。

"第一告林天宝,第二告姜医生,第三楚医生也跑不了。"叶雨露咬牙切齿。

郭换金问:"后来呢?"

叶雨露惊魂未定道:"这种事儿,还有什么后来?"

郭换金问:"我是说你什么时候出的病房?"

叶雨露说:"我立马跑出去。"

郭换金问:"针也没拔?"

叶雨露说:"没拔。谁还敢再摸他肚子啊。"

郭换金频频点头道:"做得对。那针,还在病人脐下四寸扎着?"

叶雨露终于忍不住破涕为笑道:"那还不得把人扎死! 姜医生拔的针。"

郭换金见叶雨露情绪逐渐平复便返回话题,道:"咱告他们三个。先从头一名林天宝开刀。整个支帐篷过程中,他跟你说话了吗?"

叶雨露想也没想道:"没。"

郭换金接着道:"他做过什么动作招惹你?"

叶雨露说:"他敢! 针扎在那儿,他一动不敢动,还敢惹我?"

郭换金又问:"姜医生啥表现?"

叶雨露道:"他一直盯着林天宝,跟我没说一个字,眼神也没瞟,没动作。"

郭换金说:"明白。楚军医呢?"

叶雨露道:"这个治疗方案他知道。但他本人连病房都没入,没语言没行动。"

郭换金思谋已定,道:"违反了第七条,自然要受军纪惩治。小叶子你别急,你是我的兵,我当然要为你做主。不过凭现有证据,只怕咱们告不赢。"

叶雨露翻了一个巨大白眼,几乎将黑眼球赶出眼眶,道:"以后若有人在咱们面前随随便便就支起帐篷,咱还忍了不成?"

郭换金同仇敌忾道:"当然不能忍!"

叶雨露道:"那我们有啥法?"

郭换金叹口气说:"以后有啥法,我也没想出来。但绝不能善罢甘休。第一,这两天,你不要跟林天宝说话,也不要去做治疗。我去跟护士长说,让他另派别人。"

叶雨露迟疑道:"你代我向护士长提要求,我不过意。"

郭换金安慰说:"班长就是干这个的,没什么不好意思。"

叶雨露又问:"第二是什么?"

郭换金说:"第二是我要去找龙部长。"

叶雨露不解:"这碍龙部长什么事儿?他还不知道呢!"

郭换金答:"他应该知道。小帐篷这事儿,今天是你,明天有可能是我。时间长了,咱班其他人,都有可能碰上。我找龙部长,谈谈第七条。"

叶雨露情绪平定,说:"第七条的事儿,我想,对女兵来说,是不是这一条不生效?只需执行三大纪律七项注意就够了。"

郭换金想笑不敢笑,也没法回答。原则上讲,女兵,也不应调戏男人吧?小叶子有心说这话,看来已经化悲痛为平静了。准确地讲,化怨愤于玩笑了。

9

郭换金不由钦佩自己,抽丝剥茧,她先找到麦青青交换意见,商议下一步对策。谁能想到高原暗处,潜藏着对年轻女兵的深切敌意。女孩子的成长,真是可怕又累心。

麦青青愕然无语。她时不时流露出的尊贵霸气,宛如一个玻璃罩,外人看得清她的一颦一笑,但摸不到温度。众女兵敬而远之,有事儿也不和她聊天。她惊诧后酝酿半天,说:"这样处理吧,先把情况搞清楚,小叶子一面之词,万一与事实不符,咱们就被动了。"

郭换金觉得有理。不过,留给她酌办的时间,并不多。

无论什么时代,和性功能有关的话题,总会在群体中野火般蔓延。

据说高原战区卫生部能甄别并治疗阳痿一事,瞬时传开。

于是,几日之内,以前基本上处于地下状态的阳痿病人,雨后春笋般抛头露面,络绎不绝到卫生部求医,指名要扎针"关元""中极"两穴,并且,只要女护士扎。

郭换金值病房班时,首先注意有违背第七条嫌疑的林天宝病号。

想象中,此人应体形彪悍,头颅硕大,满脸络腮胡子……要不怎么能肚子上长出惊天动地的黑毛?却不想,林天宝是个瘦弱的白脸小兵,穿4号军装还嫌大,唯唯诺诺,宛若重病在身,唯眼神无辜。郭换金不动声色扫一眼床头牌,果然写着"待查"。

第一次接触病人,郭换金例行公事问道:"感觉怎么样?"

林天宝愣怔了一下,说:"还行。"

估计想到了自己求治的真实理由,他苍白的脸庞,轻微发红。

联想叶雨露的控诉,郭换金不由自主退了半步。病房狭小,这已是她能退距的最大限度。林天宝脸上的红晕,更甚了些。

郭换金没空理会他心中的起承转合,赶紧离开。

她又找到姜黄医生,还没想好怎么不动声色地探问,姜黄医生因察觉女兵们的集体敌意,警觉甚高,先下手为强道:"我的治疗方案,都是古书上有记载的。"

看着姜医生手上那卷破烂医书,郭换金不敢藐视。但她料想那书上,绝没有写过必要"女子施针"这条,姜黄不可言说的用心,昭然若揭。她嫌弃地瞅瞅如仙人掌般五短多刺的姜黄医生,不再跟他废话,真相无须核查了。

郭换金又见到8床潘容。想起古话:士别三日当刮目相看。如果不是见过此人奄奄一息惨状,甚至会觉得他之前有装病的嫌疑。

"郭护士好。"潘容温煦打招呼。

"你院龄最老了。"郭换金笑道。

"不要嫌弃,楚医生刚通知我,明天就能出院了。"潘容不是喜怒形于色的人,但俏脸上,仍有着掩饰不住的欢欣。

"恭喜!"护士为每一个即将出院的康复病人高兴。又问,"潘指马上回红卡?"

可能身上流着和郭换金同样的血液,潘容讲话没隔阂,问道:"我若回了红卡,郭护士可会偶尔想起我?"

郭换金莞尔一笑道:"我就算不想你,也会想念曾在我体内流动的血液。"

潘容道:"这么说来,不想也要想了。血会呼唤血。过几天见时,不要装作不认识。"

郭换金不明白,红卡山高水远,不是想见就能见到的,便问:"啥意思?"

潘容说:"我倒是想速回红卡,但楚军医反对我返回哨所。"

郭换金嗤笑:"楚军医手伸得够长,还能管边防站人员安排?"

潘容解释:"楚军医说我的病因,他未彻底查清。怕日后我在哨卡复发,也要为今后类似的病例积攒经验,建议我留在总部。"

事关医学与人命,郭换金无以置喙。潘容继续说:"郭护士放心,我出院后,还会继续借给你书看,我就在战区政治部。"

一大拨"待查"病人,从战区各角落,蝗虫般拥入卫生部。

郭换金想核实情况。楚医生正把炉火上炖着的茶缸拿下来,预备畅饮。

高原上喝的是砖茶。砖茶是干燥的茶梗加落在地上的老叶,以外力强压而成。从重达数斤的茶砖上,劈下硬如煤炭的叶块,是力气加技术的活儿。茶砖碎片,即使在平原,用一百度沸水,也无法沏开。更不用说在高原,水七十度就开了。

此刻,楚医生端起特大号茶缸,咂摸着茶碱的苦涩,不亦乐乎。

郭换金说:"我看到一大堆'待查'病人入院。"

楚医生咽下中药汁般的茶水,说:"正确地讲,那不是一个诊断,表示存在着不确定情况,有待继续检查。它只是一个描述。"

玩文字游戏,郭换金自知不是对手,直言道:"您是真不知他们得的什么病,还是知道就是不肯如实写?"

楚医生把嘴唇从杯沿挪开，很注意地看了郭换金一眼。他的主要目的，是想让郭换金发现自己眼中的不善和不耐烦，停止这个方向的谈话。

郭换金顿了一下，倒不是因为楚军医瞪了她，而是发觉楚医生端特大号茶缸的手指很好看。手掌菲薄，但五指极其有力，每一根指头都颀长秀美，骨节分明，指甲椭圆形，指端干净清爽……

女子对男子的观看，真不知遵循何种定律。突如其来，毫无章法，喜欢就喜欢，讨厌也无缘由。

郭换金不由联想：这只手，不知救过多少人性命。一般人总觉得医生救人，主要是用脑用药。但郭换金身在高原地区，深知救人是要用手的。且不说手术时快刀斩乱麻，就算人工呼吸和心外按摩，也全靠医生的手。更不用说所有的治疗方案，都要医生以手执笔，写成整洁明晰的医嘱，护士们才能一丝不苟地执行……

医生之手，有无上魔力，价值连城啊！

高原让人红血球增多，皮肤显现酱紫色。楚医生的手，却如上好的和田白玉。郭换金不由叹一口气，男人的手，长这么美，天理不容啊。

楚直哪知道郭换金脑海中这一番关于手的联想，只希望不被打扰地安心享用煮好的酽茶。他不耐烦道："你也不是卫生部部长，我没义务向你报告'待查'到底是什么。"

郭换金赶紧闸住胡思乱想，说："你要把'待查'这顶帽子，一直戴到病人出院吗？"

楚军医连着酽茶下肚，茶水像一柄红褐色熨斗，熨平了他略显焦躁的口腔和咽喉食管，把小瀑布般的温暖，送进他的胃。舒适后，想到这帮小姑娘也不容易，小小年纪，跟一拨糙老爷们，出生入死戍守边防。"待查"是个筐，很多内幕藏在筐底。他没法说得水落石出，又不愿她们一无所知。罢了，这也不是她的错，姑且和气点。

楚军医道："郭班长，如果我把他们的诊断，一律改成'阳痿'，你觉得你和你的伙伴们，是否容易接受？"

什么叫搬起石头砸了自己的脚？此刻郭换金顿悟。

"楚军医，我想先搞清楚什么叫'阳痿'？"郭换金严肃发问。

"问得好。但我不给你讲。"楚医生仍是吊儿郎当语气,"我是军医不假,但没义务给你讲男性解剖及病理课。"

"那我们就一直被动挨打?"郭换金恼羞成怒。情况基本查明,眼看着"阳痿"前赴后继。作为女兵班长,她责无旁贷。

楚直好心道:"我给你出个主意,直接找龙部长。他给你讲病名,是工作需要,名正言顺。我给你讲,会有……嫌疑。"

郭换金下意识反问:"医学知识,会有什么嫌疑?"

楚直道:"一言难尽。你听完龙部长的话,自然知道我会担什么嫌疑。"

郭换金劈头就说:"部长,有个问题想跟您汇报。"

龙一笙正忙其他工作,好脾气地问:"急不急?"

郭换金有点迟疑,嗫嚅道:"说急也急,说不急也不急。"

龙一笙关切女兵班的事儿,知道郭换金不是无事生非的人,便道:"今天晚上,你到部办公室,详细说。"

晚上,郭换金敲门。龙一笙道:"进来。"两人隔着办公桌坐下。

郭换金小脸板得如同铝制病历夹,平整冷硬。

"这几天,流氓都成群结伙来住院了。"小班长开门见山。

龙一笙心想话题不妙。好在处乱不惊,平静道:"慢慢说,你要谈什么?"

"谈谈'阳痿'。"郭换金尽量让自己显得老练。

职责所在,龙一笙虽吃惊,但无可避让,面不改色发问:"指'阳痿'病人?"

即使他再见多识广,医学知识及领导经验再丰富,还是颇感意外。同一个和自己女儿一般大的小女兵讨论"阳痿",是他医学和领导生涯中的艰难时刻。

"为什么想要讨论这个问题?"龙一笙尽量和颜悦色,不想吓到小女娃。

"因为此类病人,正源源不断赶往卫生部。我和女战友们,处在既糊涂又尴尬的境地。"郭换金提前做好了心理准备,阵脚不乱。

"这么严重?"龙一笙反问。既为落实情况,也给自己留出妥善回应的时间。

"病房一股脑儿来了许多'待查'。现在,几乎所有的'待查',都是'阳痿'代名词。"郭换金道。

卫生部负责人,并不确切掌握病房病人的具体情况。"阳痿"不是急症,却直接引发女兵班地震。

"唔。继续说。"龙一笙音调平和,不慌不忙。

郭换金便从叶雨露的"第七条"讲起,龙一笙听完,沉默良久。

郭换金突然有点不知所措。凭一腔孤勇,将心里话倾泻而出,领导一言不发,是啥意思?屋内,笼罩着尴尬的寂静。

许久,龙一笙缓缓开口。"你反映这个问题很好。事情才刚开了头。"他字斟句酌说道。

郭换金长出一口气,为自己叹息。谁让你是班长呢?同是女孩子,没资格羞涩,必须一马当先。

"马上进行的谈话,希望你别不好意思。医无男女。"龙一笙打预防针。

郭换金预感到艰辛,需要定定神,说:"部长,您稍等会儿。我回屋去拿茶缸子,我得喝水。刚才过来匆忙,忘了。"说完,没等龙一笙同意就一溜烟儿推门出去。大踏几步,拐进自家宿舍。正巧叶雨露在洗脸,吓了一跳,说:"你到哪儿去了?慌慌张张的!"

郭换金一言不发,从火炉盖上端起军绿色茶缸,吹了吹,先小心翼翼喝了口水,才说:"在隔壁。"

这屋有两个隔壁,叶雨露以为指的是另一间女兵宿舍,问:"她们在干吗?"

郭换金说:"我在部长办公室。"

叶雨露不无嫉妒道:"领导找你谈话?"

郭换金更正说:"我找领导谈。"

叶雨露羡慕说:"你在领导那儿老大的面子。"

郭换金拧眉道:"我在为你报仇。"

叶雨露已然忘了之前的深仇大恨,好奇道:"啥仇?"

郭换金说:"第七条。你别啰唆,我得赶紧跟部长扯清这事儿。"

叶雨露不解:"既然要赶紧,你干吗中途跑回来?"

郭换金辩白:"这种谈话,太难熬。一时半会儿完不了,我得润润喉咙。"

高原风干物燥,若不及时补水,极易口唇翻裂咽嗓失声。今日话题,更让人口舌生烟。

郭换金端着茶缸,回到部办公室。龙部长已想好拆解之策。

待郭换金坐好后,龙一笙轻轻推过一本医书,道:"郭班长,你先看看。"

郭换金不知所以,乖乖翻到折角那页,是关于"阳痿"的撰述。龙一笙也稳稳翻看另一本医书。两人均心无旁骛专心阅读,好像医学院图书馆里年纪跨度很大的教授和学生。

约半小时后,郭换金将面前的医书,推至部长面前。

龙部长抬起眼皮,淡然道:"看完了?"

郭换金如实说:"每个字都认识。"

回答有点绕。是啊,一般来讲,医书除了专有的翻译名词,并无太多冷僻字。以郭换金的文化水平,阅读无碍。

龙一笙说:"哪里不懂,我可以给你讲。"

郭换金敛目道:"没有不懂,只是想不通。"

她明白了叶雨露的委屈,自己亦深感不满。女兵来到高原,为的是保家卫国,不是当一个"阳痿"甄别治疗工具。

龙一笙道:"先谈点医学知识:'阳痿'是民间说法,可算这病的小名。"

郭换金脸上毫无表情。一个病,还大名小名的,搞得挺隆重!

龙一笙接着道:"这病的正式名称是'男性勃起功能障碍'。"

郭换金仍是表情缺缺。她虽知道"医无男女",但正儿八经讨论什么"男性啥啥障碍",还是超出了十几岁女孩的承受力。但是,有什么法子?谁让她是班长?!班里因为这事儿,人心惶惶。

龙一笙说:"既然是病,他们到卫生部来就医,就没啥奇怪。这和第七条,没有必然联系。"他甚至想说,真得了这病,想犯第七条,或许心有余力不足。想到身为领导,这种玩笑开不得,打住。

他继续道:"医者心中,病没有高低贵贱之分。没有一种病是低下可耻的。"

郭换金依旧顽固沉默。

龙一笙兀自道:"部队是青年男子集中的武装集团。所以,年轻男子的疾病,大都会遇到。"

郭换金纵委屈深重,也无法反驳这席话。

"就像女子会痛经,男子也会患有这方面疾病。至于此病在高原地区,为何如此高发?可能和心血管疾患与血液黏稠度有关。这是新课题,我们还没有充分资料做详尽研究。患上这个病,男子的心理压力会非常大。这点,和女子月经不调略有不同。盖因男女在生理解剖和心理上,有显著差异。"龙部长好像站在讲台上,面容严肃。

郭换金一言不发,不是不想插话,而是根本不知如何回应。剑拔弩张的情绪,稍见缓和。龙一笙继续道:"关于这件事儿,我先代姜医生道个歉,那天病人的反应,也在他意料……嗯……之外。今后,我明令让男卫生员做这项治疗。其次,治病方式和道德品质,没有必然联系。想通过班长,向你班同志们转达一下,降低敏感度。"

龙一笙对自己这番表态,相当满意,难啊。他自认警报趋向解除时,郭换金又来了新问题。

"这个啥痿……对健康影响大吗?"郭换金不能感同身受,但情绪镇定下来后想起病人的苍白脸色,便想问个清楚。

龙一笙不打算就此问题深入探讨。他清清喉咙道:"中国有句古话,性命攸关。这个话,可以理解生命排序。性尚在命之前。应该说,此症对于男性,很有杀伤力。"

郭换金自觉脸热。好在高原居久,高原红已覆盖腮颧,所以不太明显。

"如何治呢?"她下意识提问,此类患者,吃的似乎都是维生素类太平药。

"世界范畴内,都没好法子。所以,试验用针灸疗法。"龙一笙坦言。

"那他们会把这个病,带回老家?"郭换金问。

龙部长摊开手,手心向上又下压,说:"治着看吧。有些病,突然而至,突然而愈,医学上也不得要领。"

郭换金明白了,愿"阳痿"们,自求多福。

龙一笙接着道:"性功能障碍,目前诊断主要凭主诉。姜医生把你们女娃娃,当成测试仪器,是他欠妥。边防站点冰川雪海,杳无人烟。他们没有异性刺激,久而久之,很可能产生功能性的障碍。究竟是短暂反应,还是长久丧失功能,姜医生也想搞清……"

龙一笙停顿。这种推理,既是设计,亦是残忍。

屋内死寂。此时若有人经过走廊,一定以为空无一人。

龙一笙接着说:"1床明天可出院。他其实没病。"

郭换金惊讶。林天宝看起来清清秀秀,居然跋涉千里跑到卫生部装病?

龙一笙道:"这一点要感谢叶雨露,排除了林天宝的病。"

郭换金喃喃重复:"叶雨露成了'药'?"

龙一笙肯定地答:"某种意义上讲,正是如此。"

郭换金讪讪道:"那他的病,算治好了?"

"你指'阳痿'?"龙一笙明确再提病名,意促女娃尽早适应。

"是。阳痿。"郭换金语调基本正常。

龙一笙继续脱敏道:"中国古典医学里,凡和男性有关的,都称为'阳'。这个不用我多说吧?"

郭换金低头答:"不用。"

龙一笙说:"你是班长,我给你讲知识,是想通过你,向你班内同志传达。不用不好意思。"

郭换金抬起头,朗声答道:"是,我好意思。"

是啊,她从见林天宝那刹那,就明白了,此人和流氓无关。许许多多年轻士兵,将大好年华,贡献给了高原。包括他们的"性"和压抑。她会用自己的话,把这些说给女战友们听。从此,唯愿男女相处,安之若素,情同一家。

关于"第七条"的话题,总算告一段落,郭换金一阵轻松,便想离开,说:"谢谢部长。从此我们班里的同志,不会再议论,见'待查'如见'阳痿'……"

龙一笙忍俊不禁,深深呷了一口茶。这杯茶,不知蹲在炉盖上煎熬了多久。放茶叶时手一哆嗦,量多了。煎煮至今,茶汁如墨。本想告一段落,听到此话,还得正本清源,便道:"'待查'这只筐挺大,除了'阳痿',还有别的病,不可一概而论。"

郭换金不明白,一个"阳痿",已鸡飞狗跳,它还另有一个可怕的兄弟?

龙一笙吹风,声调平稳:"筐里还藏着许多'慢性阑尾炎'。"

郭换金再次受惊。阑尾何时也蒙冤?成了不登大雅之堂的病,需要"待查"做伪装?

龙一笙决定利用此机会,将阑尾炎内幕,告知小班长。再借她的嘴,普及这个高原"潜规则"。

"你知道战士们为什么一窝蜂到卫生部,要求做慢性阑尾炎手术?他们的阑尾并无炎症,一切正常。"龙一笙问。

郭换金把头摇到犯晕,班里同志们的确议论纷纷,以为是医生误诊,现在才明白都是战士们自愿。真搞不懂这些人为什么争抢着开膛破肚,割去无辜的阑尾。

"现在,还没到老兵离队时间,届时更甚。"龙一笙自说自话。

郭换金不明白话中机关。

夜色渐深,龙一笙索性将启蒙进行到底,问:"阑尾,你知道吧?"

郭换金点头。

"阑尾炎有什么分型?"龙一笙苦口婆心引导她。

"分急性和慢性。再具体分,有细菌性、血吸虫性、阿米巴性……"郭换金调动有限医学知识,尽可能回答周全。龙一笙及时打出手势,让她停嘴。

龙一笙玩笑道:"你见过血吸虫性和阿米巴性阑尾炎吗?"

郭换金摇头如拨浪鼓,说:"没见过。"

龙一笙道:"纸上谈兵,没啥用处。高原,不发生这类阑尾炎。"发觉话题扯远,回归道,"很多人和自己的阑尾,和平共处一辈子,他们连阑尾在哪儿都不知道。人一旦注意到某个器官在哪儿,九成是祸。"

龙一笙继续说:"复员之前,很多士兵会扎堆来咱们这儿,排着队要求切阑尾。"

郭换金问出声:"那段时间是黄道吉日?"

龙一笙暗赞小女兵脑子好使,抓到了重点,说:"那你猜,为什么这么多士兵,集中爆发了阑尾炎?"

郭换金试探道:"缺乏维生素?太多脱水菜干涩堵了肠道?阑尾对缺氧敏感,老兵的阑尾积劳成疾?"

龙一笙摇头:"都猜错了。"

郭换金理屈词穷,胡言乱语道:"遗传病?地方病?祖上的阑尾就弱不禁风……"

龙部长听不下去了,动恻隐之心自揭谜底:"真实的原因是——为了省钱。"

楚医生好为人师,上班讲过阑尾炎:"它的名称来自拉丁语'vermiform',意思是'形状如虫'。"

楚医生时而甩出几句外语。他本人不觉得这是炫耀,至于听到的人作何感想,不在他考虑范围。

"在中文中,'阑'字有'尽头、残余'之意。"楚医生又开始掉书袋。

记得当时郭换金百无聊赖,不知这古文课和肚里肠子,有何关联。见郭换金不耐烦的表情,楚军医越发要离题万里,以示惩戒,道:"中国古籍中,有'蓝尾'一词,颇具诗意。"

天啊!一段行将割舍的弃肠,居然和诗意勾连。楚医生啊,您是不是对"诗意"有着不小的误解?

郭换金尽量隐忍。在漫长的语文教学后,楚直终于切入医学领域:"你先要找到麦氏点。"

麦氏点麦氏点……郭换金无声重复。她觉得医学命名,匪夷所思。这一瞬,她想到麦青青,都姓麦!

楚医生津津有味讲下去:"麦氏点位于腹部,平卧位的时候,把脐部和髂前上棘连一直线,此连线的中外三分之一处,即为此点。它是阑尾在腹表的投射点……"

楚医生有成为医学播种机的高度自觉性,用修剪得干净整齐的指头,轻敲桌面,提醒护士不得走神。

郭换金只得假装很有兴趣问:"为什么叫麦氏点?"

"很简单,一八九九年,美国医生查尔斯·麦克伯尼,发现并命名了这个点。"楚医生总算进入正题。

郭换金腹诽不止:这个麦姓人,把自己宝贵的名字和发炎阑尾,捆绑一处,好玩吗?从此后,普天下所有的外科医生,遇到腹痛病人,都念念不忘检查这个点。老麦啊,你在腹痛中永生。

楚医生见她心不在焉,不耐烦点拨道:"知道什么叫髂前上棘吗?"

"不知道。"郭换金老实作答。

楚医生没好气地问:"你平常系不系皮带?"

郭换金翻一个大白眼,拒不回答这弱智且居心不良的问题。

楚直略一回味,也觉不妥,改口道:"你的皮带为什么不会掉下来?"

话一脱口,楚医生发现此一问比上一问,更显猥琐。

郭换金依然缄口不答,以示抗议。

楚直只好自问自答:"系皮带而不坠落,靠的是胯骨最高点,这就是髂前上棘……"只要一涉及医学领域,楚医生就从容不迫所向披靡。

郭换金关于阑尾炎的知识,来自楚军医的诲人不倦。他的阑尾手术,更是出神入化,创下只用十五分钟就切除阑尾的内部纪录。

多亏医学话痨的楚军医,让郭换金此刻没有一问三不知。

紧接着,龙一笙问:"你知道一只阑尾多少钱?"

郭换金蒙了。阑尾?一只?多少钱?关键是卖给谁啊?她无以作答,直到龙一笙自答:"阑尾长在不同人身上,价钱不同。"

郭换金默不作声,无法接茬,只有等待下文。

龙一笙道:"人体阑尾,到底有没有用,医学上还在争论,姑且不论。不过,阑尾若是发了炎,保守治疗无效,就需手术切除。"

郭换金总算能应答一句:"是。"

"谁也不能保证自己的阑尾一辈子不发炎。"龙一笙接着说。

郭换金机械点头,连"是"都不想说了。这不废话吗?!

"阑尾手术,一切顺利的话,只需住院几天,手术费加上必要的费用,不出百元。"

这回,郭换金没点头。事关收费标准,她的确不知。部长无戏言,想必没错。

龙一笙颇有深意地说:"这下你明白了吧?"

郭换金困窘摇头:"不明白。"

龙一笙无奈道:"底牌翻给你?"

郭换金咽下大口苦涩茶水:"部长,我笨。有话您直说。"

龙一笙现出恨铁不成钢的表情。有些话,领导是不宜说的。不过,女班长背后还站七个糊涂兵,只好明示。

"你若服役期满,回老家干什么?"龙一笙荡开一笔。

这个问题,郭换金真没想过。不是不敢想,是没法想。她的命运,和巨大的家国命运相连。单说这个回家,回哪儿?

部长看出她的迟疑,不知何故。心想部队女兵多数提干,回到原籍的可能性不大。所以,自问自答吧:"边防战士,绝大部分来自农村,服役期满,绝大多数回老家务农。之后很难再走出乡村。他们没法保证自己的阑尾一生都不发炎……"

听到这儿,郭换金庆幸话题从自己身上转开,忙说:"在城里,人们也不敢说阑尾一辈子不发炎。"

龙一笙心想总算到了主题:"城里阑尾和乡下阑尾,同病不同价。"

郭换金讶然:"阑尾还分籍贯?"

龙一笙道:"阑尾是一样的,只是待遇不同。"

郭换金纵是再天马行空,此时也摸不着头脑。

龙一笙循循善诱:"复员回城市,很大概率会成为吃公家粮的人,享受公费医疗。士兵回乡下,得了病自费。阑尾发了炎,去乡镇医院做手术,医药费全自己掏。乡镇医院的条件,比起咱这儿,要差一些。提前在战区卫生部割了阑尾,一劳永逸,还可省下将来的医药费。"

铁的逻辑。

龙一笙再道:"好处不止这些。阑尾术后,士兵还可拿到一笔健康补贴。几项加起来,乡下的阑尾被提前切除,可值几百元……"

"几百元"这个数,在郭换金耳内嘶鸣不止。

她心生沮丧。好在她大彻大悟,道:"部长,我懂了。"

龙一笙无法确知她真懂假懂,须确认:"懂了什么?"

郭换金说:"'待查',最大可能是'阳痿'加阑尾。医生不便写出诊断,以后我们也不多嘴了。"

龙一笙虽医务上可谓身经百战,但今天谈话,仍如坐针毡。好歹艰难部分,业已谈完。他疲惫地对郭换金说:"你可以走了。我的话,慢慢消化。"

郭换金哀叹,她在空无一人的小走廊里,呆立许久。

10

郭换金和麦青青,一道拧制棉签。作为女兵班正副手,一边谈心一边干活,两不耽误。

嘴巴说话,手没闲着。先拿一根两寸长的竹签,从脱脂棉上揪出半截眉毛大小的棉花,用手轻轻一捻,找到棉缕轻薄细长的边缘,百转柔肠缠绕其上。巧用竹签并不完全光滑的尖端,将棉丝嵌入竹签微小的毛糙缝隙中。指端发力,顺着竹签长轴,将棉丝依次螺旋缠绕,直到膨出椭圆形棉肚。指端再发力,将棉丝根逐一收紧,棉肚缩为狭长水滴状……将尾端飘逸的棉丝,完美收束在竹签根部,一根秀丽棉签大功告成。

高原战区距平原运输线漫长,油费惊人,小小棉签,用过后不可随手丢掉。棉花脓血混染,不能用了,但竹签宝贵,要用镊子,小心把脏棉扯下,刷净消毒再用。

捻棉签是手工操作,每人捻缠风格不同。有多少个女孩子,就有多少品相的棉签。她们彼此心知肚明,使用时稍作分辨,便可识出制造者。

麦青青的棉签,狭长细腻,好似一枚枚江南柳叶,娇俏苗条。郭换金捻出的棉签,中规中矩,肚子丰厚。蘸上酒精后,孔武有力,充盈欲滴。

麦青青骨子里看不起郭换金。伙夫的女儿,连捻出的棉花签,都像擀面棍。丑,还浪费酒精!哪像自己捻的这般清俊!若把大家捻出的棉签,办一个选美比赛,麦青青相信自己的棉签,一定拔头筹。

郭换金先是把和龙部长的一席谈话,转述副班长。说来也怪,那些很难启齿的话,重复述说,就顺嘴了很多。也许,医学本身的魔力,让青葱女孩磨砺生茧,被迫老练。

一头短发的麦青青,倒是出人意料的镇定。她撩开飞舞到唇边的发丝,说:"不必大惊小怪。没什么了不起。和军规里战士不能谈恋爱一样,不过人性使然。"

郭换金原本觉得麦青青充其量不过是个聪明公主,现在一下子谈及人性,不由生出钦佩,虚心求教。

"麦青青,阑尾咋和人性挂了钩?"手中捻棉签的动作,不由迟缓。

麦青青想到部长向郭换金面授机宜,不由生妒。借机开导一头雾水的郭换金,扳回一局。她说:"咱们这年纪,也包括高原所有青年士兵,若不穿军装,是不是应该大谈恋爱?"

郭换金没点头也没摇头。她读过的杂书多,知道梁山伯与祝英台、牛郎织女、贾宝玉和林黛玉……都没士兵们的年纪大。不过,具体到她自己,没这方面的自觉性,只好不置可否。

麦青青不在乎她的木讷,继续展示自己的远见卓识。

"你说,咱们当兵,图的是什么?"麦青青循循善诱。

郭换金麻溜回答:"保卫祖国。"

麦青青又道:"是不是时刻准备打仗?"

郭换金觉得麦青青此刻不像女娃娃,似诱敌深入的谋士。

"是。"她简短回答,不愿浪费时间,只想得到麦青青最终答案。

麦青青不着急,慢条斯理道:"打仗会有牺牲。"

"那是。"郭换金接下茬。

"牺牲就是死。"麦青青继续冷漠说道。由于头部用力,凌厉的短发发尾飘起,俊美侧颜带出杀气。

"时刻准备献出生命。"郭换金觉得这席话,简直像战前动员。

麦青青不屑道:"这不水落石出了?"

郭换金依然困惑。就算水落下了,石头也依然藏着呢!起码,她认不出这石,是鹅卵石还是花岗岩?或只是一丛水草?

麦青青看出郭换金的傻,不是装的,只好自揭谜底:"打仗,是死人的事情。谈恋爱,是造人的事情。这两件事儿,哪能共存?要是将士们都谈恋爱、结婚、生子……谁还有心思冲锋在前?"

郭换金呆若木鸡。这段话信息量充沛,转折点峻烈。她脑子虽说不笨,但平日未从这个角度考虑,一时语塞。

过了好一会儿,她缓过神儿来,明白了装"阳痿"和阑尾的那只筐,也装着人性。由此对麦青青肃然起敬,心想她不过比自己年龄稍长,怎么一针见血的沧桑!来源只有一个——家传啊。

赴高原出发时,麦青青回了一趟家。按说,入伍新兵,不得离队。但万事皆有例外。

麦副司令员看到一身戎装的女儿,上下打量,很是欣慰。他说:"闺女,你要到高原战区去,我挂念啊。"

麦青青豪气道:"父亲早年参加红军时,年纪还没有我大。"

麦副司令员说:"青青,你可知道,你这次分配到高原战区,是我的意见。"

麦青青撒娇一笑道:"我猜出来了。"

麦副司令员眯着并不昏花的老眼说:"闺女你可怨我?"

麦青青很严肃地回答:"父亲成全了我,我心甘情愿奔赴高原。"

麦副司令员说:"我是帮你完成理想。古人道,不吃苦中苦,难为人上人。部队里,尤其尊崇这个原则。除非你不当兵。当了兵,不能怕苦,还要主动找苦。"

麦青青说:"父亲不必多言,我铭记在心。"

麦副司令员语重心长道:"既选择了这条路,就要开始积攒你的经历。从高原起步,是你金履历的第一笔。无论将来你到了哪个位置,这个资历一亮出来,会闪花别人的眼。所以,你必须走这一步。但是,你又不能真的受伤,真的战死,或落下什么不可挽回的毛病。这个分寸,你可要掌握好。我自然会帮你。"

麦青青说:"父亲,我心中有数。"

麦副司令员欣慰点头,道:"还有一事,我要嘱托于你。"

麦青青郑重说:"父亲不必张口,我已知是什么事。"

麦副司令员稍感意外,说:"青青,老爸还没说,你怎知道我想跟你谈什么?"

麦青青胸有成竹道:"您嘱托的是我在服役期,万不能谈恋爱……"

麦副司令员心中为女儿叫好。原本总觉得她是小姑娘,现在才发现,她有成为优秀领导者的潜质。

之后,他们进行了很长讨论,都是秘不传人只在至亲中相授的心得。死亡和恋爱的话题也在其内。为炫耀家学,麦青青给郭换金露了一小手。

郭换金听得惊艳,手下便乱了章法,捻出一堆又大又蠢的棉签。

听完麦青青指点,郭换金诚恳说出一句话,表达心中谢意:"副班长,你来当班长吧。我给你当副手。"

麦青青莞尔一笑道:"我当你的副手,来日方长。"

随着老兵复员之日将近,大批阑尾炎如过江之鲫而来。备皮工作,日渐其繁。郭换金提前做小伙伴们的思想工作。给阑尾炎患者术前备皮时,如出现不可思议之事,千万淡定,平常心。刚开始女孩子们不好意思,郭换金说:"作乱的也不是你我,咱没啥不好意思。实在磨不开脸,撒腿跑呗。想开点,无论什么病,都是高原地方病。咱理直气壮。"

女孩子们觉得这个说法长志气,渐渐把那只筐倒扣在地,任其作乱,不再当回事儿。工作有条不紊开展。

某日,病房来了个女病人。

真乃一大新闻。高原战区所有女生,谁也没住院。那么,只剩一个可能:女病人不是军人。

战区所处地域,人烟极其稀少。但再稀少,还有原住民和地方干部坚守工作。不过,通常他们患病会去人民医院治疗,和战区卫生部无关。

值班的郭换金,终于见到了传说中的女病人。她在第五病区,独住一屋。女人躺在床上。郭换金第一眼看去,只见她卧在枕头上的头颅。脖颈之下,雪白被子平铺直叙,好似并无躯干存在。

"您叫什么名字?"郭换金轻声问。生怕喘气猛了,把女人从床上吹飞。

"古墨。"

幸好该女子声音多少还有点气力,不是顷刻倒毙那种。

"您是……"郭换金话没说完,等待古墨补充。

古墨淡然一笑,说:"高原病。我在高原很多年了,不得此病,天理不容。"

郭换金头一次听到把"天理不容"用到自己身上,还如此贴切。一时赞成不是,反驳也不是,呆站床边。

古墨看着如新生红柳叶般年轻的女孩,觉得作为老高原,理应热情些,就说:"你一定奇怪,我不是军人,本不该住在这儿。"

郭换金陡然生出面对女巫之感。一是女人太瘦。记得儿时读过的童话故事中,骑扫把的女巫都极瘦。二是此人似有读心能力。郭换金正纳闷,老百姓怎么进了军队地盘?

可能平躺在床上挑眉望人不舒服,古墨微微支起了身体。郭换金看到她如鹰翅一般高高隆起的双锁骨,才确认她除了头颅之外,还有躯体。

古墨说:"我走了部长的后门。他最初被任命为医疗长官时,对高原病不是很了解。我们帮过他。"

龙部长是老高原了,能给老高原以帮助的人,可见资格更老。郭换金对这具羸弱躯体,生出崇敬之感。

"我此次病发严重,人民医院的资深医生都在休假或开会。龙部长知道后,怕我在高原永垂不朽,劝我来这里治疗。我就成了你们建院以来的第一位女病人。"

古墨这番话,条理分明一气呵成。郭换金生出古墨病情并没有十分严重的错觉。然而话才说完,她就一蹶不振,紧闭双眸,死人一般。郭换金方醒悟,话语耗尽了她的体力,力竭近乎昏迷了。

郭换金赶紧掐她人中穴,指尖用力颇大。直到古墨上唇有了青紫瘀痕,她才悠悠醒来。

见古墨暂时脱离危险,郭换金拔腿欲走道:"我马上去叫医生。"

古墨惨淡一笑:"别慌。只要我能醒来,就暂且安稳。吓到你了吧?对不起。"

这是郭换金在病房这么长时间,第一次听病人郑重其事道"对不起"。部队兵士,多来自农村,不喜繁文缛节,无论护士做了什么,最多说声"谢谢"。"对不起",属于遥远的平原,属于和平时代的礼节。

郭换金莫名感动,心想,这是个有故事的女人。

另日,郭换金将一只大铁盆端进第五病区。盆太大,她佝偻着腰,像一个老妪。

屋内,始终只住古墨一人。严重的高原病,将她死拴在床,昼夜僵卧。

郭换金将铁盆放在地当央,又匆匆跑出去。很快,古墨看到一大堆白色布料蹒跚移动而来。砰的一声,布料摊在地上。它不甘心皱缩成团,放肆铺排,占据了半室地面。

布料泛黄,挟难闻气味。是病号们用过的脏被单和枕头套、被罩等物。

晨起,古墨精神尚好,不动声色地看向忙前忙后的郭换金。

安顿好布团,郭换金转身又奔出门。再次进来,不似先前那般狼狈。提一包深褐色土肥皂,外加皲裂如老树根的搓衣板。

古墨将仅存能量,集中于大脑和咽喉处,保持思维的完整和语言清晰。分配精力的结果是——若不看她毫无血色的脸庞并忽略纸片般菲薄的躯体,不那么吓人。

古墨没多少好奇心。对于濒临死亡的人来说,世界已褪色并渐行渐远。

郭换金又跑出去。进来时,提一桶冷水,放在室内炉子上。

古墨叹息。陀螺般的小姑娘,总算忙完了?该解释一下吧?出出进进好几趟,将屋内仅存的热气散个殆尽。又再接再厉将一大桶冰水坐在炉子上,屋内温度陡然下降十度有余。

古墨还是低估了郭换金的能量。小护士又一次跑出去,回来时手中又多了个红柳枝捆扎的小板凳。

"借您这块宝地,我要洗被褥。"郭换金终于做完一切准备工作,撸起袖子,预备大干一场。

古墨因为无聊,也许预感生命无多,对有着大大毛眼睛的女护士的予取予夺,网开一面。

她困难地调整了一下身姿,让嶙峋骨头的硌压感稍缓和些,说:"你今天似乎休息。"

"不是似乎。我真是休息。"郭换金答。

"你预备在我的病房里,度过你的假日?"古墨问。

"被服库里没有干净被单可换洗了,我抽时间把脏单子洗净。"郭换金说着,安静地坐在红柳小凳上,等待炉子上的水温热,就正式开干。

古墨奇怪:"就没有专门人员清洗这些物品?"

郭换金说:"我们就是专门人员。谁有空谁洗,我今天正好闲着。"

古墨心想,单这一点,部队比不上地方医院。起码那里的医生护士,不干杂务。古墨又看向破旧的搓衣板,问:"这是哪儿的产品?丑,看来也不好用。"

郭换金摸着搓衣板残损的木棱道:"丑是丑了点,不过挺好用。以前,我们只能用手干搓。被单很大,加上血迹呕吐物什么的,一时半会儿哪能揉净?我们的手皮都磨破了。龙部长找人做了个搓衣板,虽说不好看,但手指保住了。洗出的物件,也比早先干净。"

古墨想不到医术精湛的龙一笙,还得劳心搓衣板,真难为了名医。

古墨又道:"这个大铁盆,也是龙部长找人敲打出来的?"

郭换金说:"这个盆,是用军械做的。他们按照马槽的样子,砸出个盆。"

炉子上的水桶,冒出袅袅热气。郭换金伸手试了试水温,将温热的水倒入大盆,再将污浊被单浸入。小旋风似的卷出门,气喘吁吁又提来一桶水,坐在炉子上,方正式进入清洗阶段,用一块土褐色肥皂,在被单上来回搓拭。

古墨看得眼晕,有气无力地问:"没洗衣粉吗?肥皂打不匀。"

"平原后勤部门,从没往山上运过洗衣粉,总给又沉又不起沫的土肥皂。也许军需官家人开肥皂作坊?"郭换金揣测道。

土肥皂打到白被单上,留下褐色泡沫,更显肮脏。

古墨实在看不过眼,说:"帮个忙。我床底下有两个箱子。你打开那个皮箱。"

郭换金甩去手上泡沫,蹲身,拉出皮箱打开,内装杂物。另一个箱子很大。

"你在皮箱左下角翻找。"古墨吩咐。

帮病人忙,护士天职。可谁能知道,郭换金在箱子角落找到半袋洗衣粉。

"送你。"古墨虚弱地说。

郭换金说:"谢谢,我不能要。不拿群众一针一线。"

古墨驳斥:"我不是群众。是干部。"

郭换金认定她偷换概念,刚想反驳,古墨说:"算我拥军。"

郭换金看着洗衣粉,想出两全其美的方法:"我给你钱。我有津贴费,每月九块钱,攒得很多了,没地儿花。"

古墨疲倦地闭起眼睛说:"拿来。一分钱。"

郭换金叫起来,说:"你不能这么便宜卖给我。"

古墨哑然失笑道:"我的东西,还不能一口价了?"

郭换金只好理屈词穷收下:"我太需要洗衣粉了,接受你拥军。"

古墨说:"赶紧撒被单上,省点气力。"看着郭换金红萝卜般的手指,心疼。

郭换金撇嘴道:"这些被单子不配用洗衣粉。"

古墨不解:"为什么?"

郭换金说:"洗衣粉留着洗头用。司务长发的肥皂,洗出来的头发能纳鞋底。洗衣粉好使,洗完头发干净,去油。"

古墨心酸。想说洗衣粉碱性太强,那不叫干净叫干涩……但她最终什么都没说,说什么都是多余。

"卫生部地儿大,你干吗非要到我屋来洗被服?"在郭换金吭哧吭味的洗衣声中,古墨发问。

郭换金解释:"不能在院子里洗。土肥皂受冻后根本不起沫。时间再长了,水盆都会冻住。"

古墨奇怪:"那为什么不在你宿舍洗?"

郭换金迟疑了一下。"这个……"她不知如何回答。

以前,郭换金的确是把物料抱回自家宿舍洗。古墨住院后,郭换金喜欢和她聊天,喜欢听她讲高原的故事。今天是特意为之。

好在古墨也喜欢她。喜欢她的好奇,喜欢她的年轻。甚至,喜欢她的所有。自己已经太沧桑了。

郭换金转移话题:"你怎么到高原来的?"

古墨答:"和我丈夫一道来的。更准确地说,那时候,他还是我的男朋友。"

郭换金刨根问底:"你男朋友为什么要到高原来?"

古墨笑笑道:"活到我这把年纪,再用'男朋友'这样的词儿,有点肉麻。"

郭换金知道古墨的身体虽弱不禁风,但言谈中锱铢必较,遂知趣改口:"你丈夫叫什么?"

古墨说:"他叫凌慧虎,我叫他老虎,你也可以这么叫。"

郭换金为难,斟酌后问:"凌先生是做什么学问的?"

没想到古墨坚持:"你还是叫他老虎吧。这个世界上,还能听别人这样叫他,我觉得亲切。"

郭换金敏感察觉话里的不祥气味。没容她细咂摸,古墨直言:"老虎已经不在了,埋在高原。"

转折太陡,郭换金接不上话茬。人死了,天儿也聊死了。

古墨倒依然平静作答:"老虎是研究古地质和古生物学的。"

郭换金被这学问的名称吓了一跳。她第一次知道世界上还真有人研究这等冷门学问。她无法掩饰的茫然,让古墨生出遗憾之心,道:"你觉得这门学问很远?"

郭换金被人说中心思,不好意思,又无从狡辩,只得道:"说起古地质古生物,我只知道霸王龙什么的。"

古墨说:"老虎的学问,我也懂得不多。大学毕业后,他选择了这片世界上最高耸的高原,作为自己的研究方向,万里奔赴。我就随他来了。"

郭换金忍不住问道:"那您也是学这个……的?"她无法完整重复拗口专业名称。

古墨突然露出扭捏神态,说:"我是学'聚乙烯醇缩醛纤维'制造的。"

这是个比恐龙还陌生的专有名词。

看她不知所措,古墨说:"它还有个通俗点的名称,叫'维尼纶'。"

说了等于白说,郭换金还是完全不得要领。为了不冷场,她试探道:"我有双袜子,就叫尼龙。你是学织袜子的?"

古墨放弃解释,淡然一笑道:"算了,你别管我的专业了。"

郭换金继续刨根问底:"维尼纶和高原古生物,有何关联?"

古墨说:"问得有理。我在学校成绩优异,得知我愿追随老虎,远赴高原时,我导师脱口而出的也是这句话。"

郭换金没有因为自己和高等学府教授问出相同的问题而自豪,继续执着于古墨当初的决然:"你所学的专业,在高原完全没有用武之地?"郭换金停下手中的揉搓。那是一个枕套,中央有一摊半透明的头油沁迹。医院里的病患,没有枕巾。

古墨露出自嘲笑容:"你说得没错。"

郭换金恢复手上动作,揉搓头油,不忘惊讶道:"那你全白学了?"

古墨说:"话不能这样说。没有寒窗苦读,我不可能遇见老虎。我们相识于大学图书馆。"

郭换金于恋爱完全是门外汉,也明白面前这个并不年轻的女子,更准确地说,是病入膏肓的女子,为了恋情,毫不犹豫地挥洒了整个青春。

"然后呢?"郭换金问,有一下没一下搓着枕套中央最顽固的头油。

"你指的'然后'是什么?我们有很多'然后'。"古墨陷入回忆。

郭换金说:"所有的然后,我都想知道。"

古墨道:"许多'然后'加在一起,会很长。回答你之前,请帮我一个小忙,把我后背垫高一点。"

高原战区没有可将床头摇到适宜高度的专用病床。病人需调整身位时，只能由护士加棉被或枕头应急。

郭换金到隔壁病房抱来一床新被，卷缠到适宜高度，将古墨肩膀微仰，背部自然垫起。距离近，见古墨眉目清秀，鼻翼高挺，嘴唇菲薄，两只耳垂晶莹剔透，在高原穿透性的阳光照耀下，呈透明粉色。

这样的人，很快就要死吗？郭换金痛心联想。龙一笙已给古墨下了病危通知书。虽然并不是有了这种通知书，人就一定会死，但龙一笙是多么有经验的医生！从他手里发出的诊断，准确率极高。只是，这通知书发了，却没人看到。她的亲属，万里之遥。无人签署文件，也无人告别。古墨最后能见到的人，唯有医生和护士。

想到这里，郭换金决定只要有空，就到第五病区来陪她。

古墨调整到较为舒适的姿势，说："开始讲'然后'。先讲哪一段？"

这么多年，从未有人如此希望聆听她的故事。"从我家老虎的研究说起。他还没来得及著书立说，毕生心血，唯我知道。如果我也不在了，再也没人记得他。"古墨眼光凄迷。

郭换金不知如何对答，不敢吱声。好在古墨并不需要她回答，缓缓说下去。

"你知道吗，高原为什么会隆起？"古墨从提问开始。

"这个……我不知道。"郭换金小心翼翼显示无知。有时傻或装傻，便是最大尊重。

果然，古墨对这个答案很满意。"我们见惯了高原，没几个人会想到这个地方为什么隆起，直到成为世界的最高点。很多学说，各说各的理。大陆板块撞击，古大陆分裂漂移等等。老虎踏遍了高原的山山水水后，提出一个惊人假设。"古墨眸底显出霓虹之光。

郭换金看得发呆，又一次想起女巫。

古墨说："老虎研究了世界地理，追溯到远古时代。提出极其大胆的假设——脚下高原的极度隆起，来源于星际大碰撞。"

一阵战栗滚过身躯。郭换金顿觉自己极为渺小。

"谁把高原撞出来？"郭换金战战兢兢问。

古墨朝郭换金招招手，示意靠近，似有机密相告。郭换金深觉没必要,屋里没有第三个人。但古墨虽虚弱,仍散发出慑人威严,郭换金把水盆推到床边。

古墨声音低沉道:"老虎发现了一系列地质证据,证实高原隆起和墨西哥湾的陷落,都来自天体撞击。"

郭换金虽仗着家中大书架,读过不少杂书,对西半球的墨西哥也有一星半点儿的了解,但还是被惊得吐出舌头,久久缩不回去:"此话当真?"

古墨一字一顿道:"这是老虎死不瞑目的研究,他是异常追求完美的性格,没有百分百的把握前,他不愿将研究成果公布于众,致力不断完善这一学说,需要无比丰厚的知识和天马行空的想象力。更需亲临野外实地勘察,收集来自大自然的铁证……"

郭换金虽不懂,但能想象出这一领域的广博深邃,还有吓死人的工作量。她暗自揣摩,这种时空格局,只有神祇可涉足。

"古老师,您一直跟随着老虎?"郭换金揉搓着血渍,不动声色地将"你"改成了"您"。

"老虎的工作极少有人能理解,孤独而艰辛。我恍惚觉得他几万重之前的那一生,一定是条恐龙。唯有白垩纪的生物,才能如此矢志不渝。"

郭换金看向古墨的眼神,有些恐惧。恐龙是否执拗,她不知道。只觉得眼前濒死的孱弱女人,指不定是"恐龙附体"。

郭换金觉得女人像一个宝藏,她把心中的疑问抛出:"您能告诉我,凌先生是怎样离开的吗?"

古墨吃力地挥动芦柴般的手臂道:"你好大胆!"

郭换金赶紧道歉:"对不起。我不知您不愿谈起。"

古墨厉声反驳道:"我并没有不愿谈起。"

郭换金彻底糊涂。什么意思?到底是愿意还是不愿意……谈起?

古墨怒转平静,说:"我只是诧异,从没有人在我面前提起过他。"

郭换金善解人意道:"那是大家怕您难过,不忍心提起。"

古墨冷笑道:"并非如此。无人赞同这个学说,他孤寂难耐。他的一切,随着他离去,成了一个笑话。别人如果同我谈起他,必定联想到他的创见。为免尴尬，索性连他的名字，也一道再不提起。"

郭换金深感不平道："那您为何不离开这儿，走得远远？"

古墨艰难地调整了一下姿势，舒展僵硬身体，徐缓道："如果我离开了，便再也没人会记得他。我不走，人们一见到我，便不得不想起他。只可惜，我想他，要去找他了。我知道，他希望我在这个世界上，活得更长久。不仅仅是为了我，也是为了他自己，为了他的学说。"

郭换金彻底无言以对。古墨也没指望她有什么反馈，兀自沉默。

两个人都不再吭声。一室安静，才是对凌老虎最相宜的祭奠。肥皂泡渐次破裂，声音窸窸窣窣，先是密集，后转为稀疏，终至停歇。不知过了多长时间后，郭换金又问："凌先生是怎么走的？"

"高原病。"古墨如吐出三枚生锈铁钉。

高原病只是一个统称，其内还有很多分支。她残忍地刨根问底，潜意识想为古墨危在旦夕的生命，寻一线生机。希望他们的故事，不要让高原飓风，卷得寸缕皆无。

古墨眼神涣散，她心中尚有话，要留给这个世界。以前她很挑剔，觉得不是随便一个人都配知道她和老虎的过往。现在，人之将死，其言也善。她和世界仿佛达成了某种妥协。

她说："你真想听我们的故事？"

郭换金赤诚应道："想！很想！"

古墨淡然一笑说："长，且很无趣。"

郭换金打心底不信这话。高原，是神鬼莫测的存在，波诡光谲惊心动魄。在高原，一个人要隐藏不知多少秘密，才能貌似正常地生活。

古墨说："老虎的尸身埋在哪一座雪峰之下，我已不记得。"

郭换金下意识反问："真……找不到？"

古墨说："高原上山峰太多，几乎都没名字。老虎的高原病急剧恶化，来不及送回有医疗条件的地方。说句实在话，就是送医院，也没得救。就像……"古墨顿了一下，踌躇是否将话说完整。

郭换金不解："有人治，总强过手无寸铁地硬撑。"

古墨无奈一笑道："就像……我躺在卫生部病床上，有龙一笙医术护持，有你这样认真负责的护士照料……可是，又能如何？我不断看到老虎的脸,满头白发……我能看清他的每一根发丝。以前虽也常常看见,但那头发有一半是黑色的。现在这般清楚,说明什么?"

郭换金猝不及防,摇头道:"我不知道。"

古墨笑声转为轻快:"傻姑娘,这个还想不到?"

郭换金实诚回答:"真想不出来。"

古墨安静地说:"这很难猜吗?说明我很快要死了。"

郭换金断定古墨是女巫转世,于是眼中干涩,心中泣血。

古墨不忍再惊吓小女兵,恢复常态,流畅说下去:"他死的地方,是一座无名高山下。我若再到那里,一眼就能认出。但让我形容那座山的特色,却说不出,它没有任何特色,只是高原上再普通不过的一座山。世上凡有名有姓的山,只说明一件事,那就是它周围的山,还不够多。"

郭换金一声不响地听着。她将被单第一遍洗完了。接下来的活儿是把脏水倒掉,洗第二遍。但她听得入迷,不愿起身去倒水。

"原以为老虎弥留之际,会给我留下一些话。但是,没有。他什么话也没对我说,汹涌鲜血从口鼻喷出,瞬间就走了。我甚至觉得最后留下的那具尸身,不是老虎,魂魄早已飞走,剩下的不过躯壳,和他本人无关。只等待时间将他的白骨,化为玉石。他为什么不给我留些话呢?我痛苦地想了许久,得出的答案是——所有的话,都已说完。老虎对重复深恶痛绝,既不愿意重复别人,更不愿意重复自己。

"我用随身带的仪器,记下了那个时间,精确到时分秒。还有坐标,北纬和东经……"

郭换金嘴唇微微张开,舌面燥如沙漠。之前,她已见过若干死亡,却从未想到一个人的死,可以如此精确又漫无着落。

"那里非常僻远,根本不可能将他的尸身,带回有人迹的地方,我只能将他就地掩埋。永冻土层,想掘出一个能放下人体的坑穴,以我的力气,完全做不到。我掘出一块真正的土地,让老虎安卧。唯一能做的,是将周围积雪尽可能清除。不然万一雪融化,他就会变成流浪小舟,去了远方。老虎估计无所谓,只是我再也找不到他。我又搬来一块块石头,堆在他身上。砌成石冢。两天后,完成时,正是傍晚。落日熔金,山高云诡。冰峰和雪山对峙,彻骨冰寒。秃鹰在雪山之上的天空中盘旋。藏羚羊、藏野驴,还有不知名的野生动物残骸,散落在远方。晒干后,骸骨成了垩白色,在夕阳的余晖下,闪耀柔和的橙色,渐渐黯淡成灰色,融入暗夜。"

"那里,真是一个埋骨的好地方。"古墨的话尾几乎听不清。死亡带走了她的爱人,但爱比死亡更重,是带不走的。

即使生着炉子的室内,盆水也迅速变凉。幸好炉子上的桶水泛起些微蒸汽。郭换金不得不站起身,将旧水倾倒。在铁皮盆里,倾倒新水,浸入另一拨脏被单。

古墨陷入无可自拔的回忆。她脸上没有悲哀,只有冰山般的圣洁。等郭换金安顿完,又缓缓讲下去。

"我和他单独出来,寻找高原隆起的古地质学证据,捡了很多珍贵化石。它们很重……原本两个人的负荷,现在我要独自承担,返回有人烟的地方。他未完成的任务,我不能耽搁。

"临走时,我回望由碎石垒起的石冢,没有眼泪。我很想流下眼泪,作为我对老虎的告别。可是,没有一滴泪。没有就没有吧,我想到这是老虎在阻止我流泪,他在施展法术。真离开的时候,总觉得还该留下一点东西。独属于我的东西。它代表我,在无涯风雪中陪伴老虎。

"背囊里,除了鱼龙和披毛犀等化石和支撑我重返人烟的必需品,别无长物……我心头是无边无际的黑暗。时光还在,但'我们'不在了,只剩下了我。"

郭换金听得入神,双手僵在那里,许久没有动作。铁盆中原本隆起一座小垃圾山般的泡沫堆,不知何时消散,只留下半盆半沉半浮的污黄物件。

"我终于找到一件东西。有我的体温,我的印记,甚至还有他的掌纹……"古墨说到这里,脸上浮现罕见红晕,勉强可归入娇羞范畴。古墨问郭换金:"猜猜,那是什么?"

郭换金大脑空白,不敢乱猜。为了掩饰,她久无动作的双手,胡乱搓着被单。

古墨自揭谜底:"是梳子,木头的。我原来是一头长发,老虎非常喜欢。他说,所有的仙女都是长发……"

尽管悲情,郭换金还是忍不住咧了咧嘴角。是啊,你见过哪个仙女是短发?

"梳子上有我的头发,也有老虎的头发。人在高原,没法按时理发,老虎头发也很长。我会蘸着雪水,将他的头发梳成侧分头,中分头,大背头……全看心情了。两人留在梳子上的头发,很容易区分。柔细的,粗壮的,但都是半白……"

古墨不再说了。有一些爱,只能以痛彻骨髓的形式,永留心怀。

郭换金忍受不了这种悲凉,不合时宜勉强出声:"您把梳子……留在石坟上?"

"是。用一块大石头压住。风,应该吹不走它。雪太大,也许会掩埋。等雪化了,梳子依然能露出来。在我心中,那里从此古木参天,桃花盛开。"古墨眼神没有焦点地眺望远方,面前是病房粗粝的墙壁。

"木梳,什么色的?"郭换金无目的地问,只因受不了悲怆。

"桃木的。细齿那侧,断了几根。长期在野外奔波,风狂雪大,头发像擀毡,很难梳开。若是我悠着劲儿,多蘸雪水,慢慢梳,或许能扒拉开。老虎非要帮我,他手劲大,梳子猛地往下拉。我痛得叫出声,梳齿也被扯断了。我气得要打他,他弯腰捡起一块又大又尖的石头递给我,说,对不起。用这块石头报仇吧,省得累你的手……"

古墨幸福地低声说着。郭换金拼命狠搓被单上的浅黄色污渍,不能抬头。她不愿古墨看到自己泪光莹莹,打扰了她的回忆。朝不保夕的女子,以清浅舒缓的语调,叙述震撼而繁复的人生。

古墨沉浸往事中,不知过了多久,才注意到小女兵一言不发,发奋洗衣。

古墨定睛看着洗衣盆里的污渍,说:"姑娘,别费工夫了,没用。"

郭换金抬头,见古墨已趋平静,自己也复苏了应答能力,说:"被单放的时间长了,总洗不净。我泡一会儿,再用力搓。"

古墨道:"你可知那是什么?"

郭换金不在意回答:"脏东西呗。"

古墨说:"脏东西也各有名称。一物降一物,才能见效。墨水渍,要用草酸。咖啡渍,要用漂白剂。若是血渍,用双氧水……"

郭换金抿嘴一乐,心想,若是墨水,留着也体面,像个小知识分子。咖啡渍,只怕整个高原战区,也搜不出一滴咖啡。至于血渍,倒是熟脸,只是双氧水消毒用,哪能当去污粉……

不过,她还是不知被单上的污渍,乃何方神圣。它沁入布丝,十分顽固。手心的大鱼际搓得红通通,污渍只是略浅淡了些,顽冥不化保持着随心所欲的轮廓。

"脓?"郭换金没多大把握地猜测。那个器官发炎,流淌出如此浓稠脓液,只怕性命堪忧。

古墨但笑不语。

"胆道或关节腔引流液?"郭换金从黄色着眼,继续推测。

古墨问:"最近你们收治过这类病人吗?"

郭换金忆起近期病例,下意识摇头。更早之前或许有过吧?但之前的污染被服,肯定已清消。这显然是近期所染。

古墨不忍她猜得辛苦,波澜不兴道:"告诉你,这是精斑。"

"啥斑?"郭换金停下对搓着的手掌,扔死鱼般将手中的布单,一把摔进盆里,诧异反问。

"精斑。"古墨缓缓重复。

"精斑是什么玩意儿?"这一次,郭换金听清楚了,准确重复了这个生疏词。

"精斑就是男子射精后的遗留物。"古墨没想到自己要向专业卫生从业人员,普及医学知识。想着什么时候要跟龙一笙说说这事儿。小姑娘们,有待性启蒙。

"啊……为什么要在我们这儿留这玩意儿?还用公家东西?还让我们来洗?"郭换金先惊诧,再委屈,后愤愤然。

古墨把瘦骨嶙峋的双臂从被子中抽了出来。一是炉火熊熊,屋内温度上来了,她尽管体弱,也觉燥热。二是她想话语辅以动作,让小女兵留下更深印象。

古墨双手交叉,同时向下按压。郭换金从未见过这般决绝手势,一时被镇住。

古墨说:"留下痕迹的小伙子,一定也很难堪,可他也没法子。精满自溢,是正常生理过程,不是道德品质有问题。"

"精满自溢"这词,着实吓了郭换金一跳。想来,这就是"小帐篷"里的内容物吧?还有接下来的步骤……想到这里,她疯狂甩动十指,略带黄色的泡沫四下弥散,有几滴溅到古墨的床上。

郭换金又想到一个极为可怕的问题,惊恐地指着自己的手说:"我摸了这东西,会不会?不会……会……"她忧惧得说不出囫囵话。

古墨定定地看向她,问:"会怎样?"

郭换金差点咬碎舌头尖,但兹事体大,拼着恶心,也得将话说完:"不会……怀孕吧?"话尾带着哭腔。

古墨想笑,但深知此刻绝不能笑。哪怕嘴巴上翘一丝弧度,都是对小女兵的大不敬。她板着脸,竭力一本正经地道:"精子并没有那么厉害,某种程度上可以说弱不禁风。被单上的精斑,你先用热水泡,再用碱性极大的土肥皂糊个遍,再加上不停揉搓。我敢保证,没有任何一尾有生命力的精子能活下来。所以,你尽管放心吧。再说女人要受孕,哪有这么容易!"

郭换金听闻,先是不置可否地盯着古墨苍白的脸庞,确信她没有丝毫敷衍和玩笑之意。最后聚焦在古墨的眼眸中,看到一丝不苟的肯定,才渐渐稳住神。

"您说的都是真的?"她还存最后戒心。

"我以……桃木梳子起誓。"古墨想不到有什么信物,可成为两人的共同语言,便这样说。

"那我就放心了。"郭换金说完,从一旁冷水桶里,舀出砭骨清水,水舀子高高举起,猛然向下倾倒,冲刷自己的手。冲完一只,换另一只,之后又换回来再冲。揉搓布单而充血肿胀的手指,在冰水荡涤下,转为尸白。

古墨一言不发,看着郭换金自虐般清洁双手。许久许久。再用搓衣板,挑起那件单子,丢到一边。

"洗好了?"古墨音色如常问。

"就这样吧。不能更干净了。"郭换金心有余悸。

"那就好。你们……都不容易。"古墨耷拉下眼皮。聊天,耗尽了她今天所有气力。

"我们……是谁?"郭换金一时没理解透彻。

"你和你的女战友们。"古墨闭着眼睛说。

郭换金知道古墨乏极,决定离开,不再打扰。收拾完所有器具,转身欲走时,古墨突然出声:"还有他们,也不易。"

郭换金以为这是一句梦话。回头望去,古墨无声无息躺在白被之下,恍若太平间的住户。只有轻轻颤抖着的睫毛,说明她是刚才那句话的主人。

她知道,他们是谁。

11

龙一笙动员全部之力,救助古墨。古墨病情稍缓,能颤巍巍扶墙,走上几步。深陷的脸颊渐有血色,不再锋利如刃。

古墨偶尔请郭换金帮洗一下衣物。古墨不厌其烦叮嘱:"不用你们的大铁盆。"

郭换金答:"肯定不用。我用洗脸盆。总行吧?"

古墨一点也没不好意思,说:"提醒一句,你们护士的洗脸盆也不成。"

郭换金想不通。通常有洁癖的,应该是医务人员。古墨明明是病号,还嫌弃她们。但她再不服,也乖乖照办。她越来越喜欢骨瘦如柴的老妇人。

古墨看穿她的不服,也不解释。她知道自己身患多种疾病,虽说不传染,还是离露水般清澈的女孩子们,远些为好。

古墨趁着今日精神尚好,略带神秘地说:"有件事儿,我想了很久,只有求你帮忙。"

郭换金朗声回应:"为人民服务。您尽管说,只要我做得到。"

古墨嘻嘻一笑道:"做是做得到。就是有点麻烦。"

郭换金捏起空心拳头说:"我不怕麻烦。"

古墨微笑道:"我要拜托你的事儿,是我死之后,替我收尸。"

郭换金头皮一麻,赶紧说:"您不会死。楚军医和龙部长都说,您近来大见好转。"

古墨不在意地说:"他们对高原病了解得不一定比我多。我这病,好不了。"

郭换金打气道:"您别这么悲观,世上总有奇迹出现。"

古墨说:"什么叫奇迹?就是概率极小事件。如果没死,我说的就算玩笑。如果死了,你答应过了,会让我安心。"

话到这份儿上,郭换金不敢再一味推辞,说:"好,我应下您,给您收尸。这个词,好像江湖上才这般托付。"

古墨见她应允,轻松道:"好吧,那就不用这个词。改收殓?"

郭换金觉得也不好听,况且自己并不知如何收殓。于是含糊应对:"用医学名词,似乎叫遗体告别。"

古墨清浅一笑道:"我不要告别。你最后帮我料理一下即可。毕竟,这事儿,我自己做不成。"

郭换金恓惶。不管是收尸,还是入殓,或者更中性的医学说法遗体处理,对她这个年纪的女孩子来说,都惊恐参半。可她必须坦然接受,平抑心情道:"我答应您。只是,我不知道该如何办,您要指点我。"

古墨说:"谈不到指点。之前只给老虎收过尸,除了石块和梳子,我什么也没做。我也不要求和老虎合葬。虽然老虎坟茔有详尽坐标,但几年过去了,地貌会有变化。且冰川会将尸身移动,无论是把我搬过去,还是搬他回来,都劳民伤财。所以,不考虑。我和老虎,都是彻底的唯物主义者,活着在高原,死了也在高原。高原是个整体,身体化成尘埃,无论飘散在高原任何角落,都是相连的。"

郭换金全神贯注听着,不敢有一字遗落。

古墨接着道:"辛苦你将我身体擦干净,我可不想蓬头垢面去见老虎。老虎去世比我早,他样貌好,又比我年轻。这么多年过去了,我被疾病折磨,苍老不堪。我不想太狼狈,也不愿别人碰触我的身体。洗净后,请帮我穿上衣服。衣服我都预备好了,就放在皮箱内,很容易找到。之后的下葬事宜,魏司令员自有安排,你就不必管了。对了,还有一件小事,帮我梳梳头。到此为止,你的收尸工作,就算大功告成。怎么样,不难吧?"古墨说到最后,带出稍许戏谑。

无论古墨怎样轻描淡写,郭换金仍是肝胆俱碎,说不出话来。

最后古墨又强调道:"给我擦身时,避开他人,只有你我。给我梳头时,轻点。我怕疼。"

楚医生和龙部长研判古墨病情。楚直个高,白大衣稍短,更显双腿笔直修长。他把听诊器如同金属围脖,盘在脖子上,既专业又痞气,吊儿郎当地说:"古墨一时半会儿死不了。"

龙一笙不满道:"你能不能用医学术语?"

楚直医生闻过即改,说:"古墨暂时脱离了生命危险。"之后,他轻嗤一声,补充道,"搞那么复杂干吗?你我都听得懂。"

龙一笙轻皱双眉道:"这是魏司令专门交代要全力抢救的病人,不可大意。"

楚直收起涣散神情,严肃道:"病人暂时没大问题,但后续治疗,十分麻烦。"

龙一笙说:"说具体意见。"

楚直说:"方案两个。一是留在这里治疗。另一个,送她下到平原继续治疗。"

龙一笙追问:"你的意见?"

楚直回答:"我主张冒险下山。虽然路上风险很大,但她挺过去,就可能获得好转。如果留在高原施治,所有措施都是治标不治本。"

龙一笙说:"她复杂的多系统高原病,已到晚期。别的地方干部,基本在高原工作一段时间后,会回到内地休养生息。只有他们夫妇,扎在高原多年,风餐露宿,万分辛劳。高原病日积月累,已入膏肓。古墨在凌老虎去世后,再也没返回平原。她的身体绷到极限,很可能崩溃。"

楚直说:"部里费了九牛二虎之力,把她从阎王门口拉扯回来。下一次大发作,能不能转危为安,根本没把握。"

龙一笙道:"你的意思是,继续留在高原,她必死无疑。"

楚直说:"不言而喻。"

龙一笙又道:"如果冒险离开高原,生存概率能有多少?"

楚直为难:"这个,不好说。"

龙一笙说:"如果我一定要你评估,你会给出啥结论?"

楚直沉思半晌开口道:"部长,你给我出难题。"

龙一笙说:"如果不难,我找你干什么?我们难,病人更难。"

楚直扯着薄唇一笑:"古墨她并不难。"

龙一笙惊讶:"你凭什么这么说?"

楚直说:"她早已做好从容赴死的准备,求生意志很薄弱。"

龙一笙说:"病人怎么想,咱们无法控制,只能尽量做工作。关键是咱们要统一治疗策略。"

楚直说:"我还是坚持送她下山。虽风险极大,但尚有打开生路的可能性。她要是在路上病逝,和留在高原等死,时间点稍有不同,最终结局相同。"

龙一笙沉思着说:"如果在咱们这儿,她因高原病衰竭而死,咱们没责任。"

楚直补充道:"如果古墨死在转院途中,决定把她下送的人,要负相应责任。按照惯例,转院的风险,谁来负责?"

龙一笙道:"通常做法,由病人家属负责。"

楚直说:"古墨的至亲,已长眠高原。没有人负责。"

龙一笙说:"请她自己来负责吧。"

楚直把脖子上的听诊器摘下来道:"我同古墨谈。"

和一个挣扎在死亡深渊的人,讨论"活着还是死去"的问题,怎么开口?楚军医延宕着。

郭换金捧着一堆洁白棉签,到办公室交差。棉签需求量很大,除了临床应用之外,还要为战时储存。搓好的棉签,须用特质棉纸,裹成小束,封口处以糨糊黏结,再放入高压锅消毒。

这活儿看着不累,但烦人。棉絮飞扬,鼻孔发痒,手指酸疼,无聊。

　　平日女孩子是主力军,最近战备紧张,要储物应战。男性士兵也加入其中,但消极怠工者多。龙一笙下达了硬指标,每人都有棉签定量。

　　楚军医工作忙,不拘小节偷懒,完不成棉签任务。见郭换金用三角巾兜着大量棉签,眼里透出贪婪绿光。

　　"郭班长,能干啊!"楚军医笑容谄媚。

　　郭换金放下劳动成果,不在意道:"小事一桩。"

　　楚直见她也不清点棉签数量,愕然道:"也不数数,算账计数时会吃亏的。"

　　郭换金笑道:"我早就完成棉签指标了。这些,都是义务劳动。"

　　楚直如获至宝道:"那这些算成我的份额,如何?"

　　郭换金撇嘴道:"楚医生,你也太懒了!龙部长本就偏心,给你的指标低。还磨洋工,态度恶劣。"

　　楚直忙不迭叫苦:"非不为实不能也。我手笨,捻到关节抽筋,棉签却像鸡毛掸子……"

　　外科医生说手笨,天理不容啊!郭换金打断说:"没那么夸张。少揪点棉花就成了。"

　　楚直沮丧道:"我这个手,按说也算巧,能用手术刀在肝上绣花,肠子上挽个蝴蝶结。和你打个商量,这些产品算我的,可好?"

　　郭换金被楚直刀工惊吓到,忙说:"这些捐给你。"

　　楚直揽下棉签束,清点后说:"离目标还差不少,同志仍需努力!"

　　郭换金翻白眼道:"谁努力?你还是我?"

　　楚军医理直气壮说:"当然是你。"得了便宜还不卖乖,打量战利品后又说,"你要改进一下,捻的棉签太丑。"

　　郭换金不服,问:"哪里丑了?"

　　楚军医说:"又短又粗,和你身材一点不像。"

　　郭换金未曾听出调笑之意,说:"是我故意捻的短粗款。细长棉签,中看不中用。若清理脓血,得用一大把。"

　　楚军医想想,还真是这么回事,闭上了嘴。他来到病房,打算与古墨谈谈。

古墨安适地看向年轻军医,稍微走神:这医生,长得真帅。

楚直从古墨眼神里,知道她在打量自己的相貌。心想,还能有这闲心,也是病情见好的指标。真正死到临头的人,会忽视性别,淡漠外观。此情此景,谈谈生死抉择,比较合适。

他平缓语气问:"近来感觉如何?"

古墨收回欣赏目光,说:"感觉不作数。病是好是坏,医生应该比病人更有发言权。"

楚直不跟她绕弯,说:"各种指标看,您见好。"

古墨微微含笑道:"这一次,我在鬼门关前拐了个弯。"

楚军医说:"大致不错。不过,鬼门关还戳在那儿,距离您没多远。"

古墨丧气地说:"年轻军医,你不肯骗骗我吗?"

楚医生很有气节地说:"我若骗您,您信吗?"

古墨被问住,略一思索,答:"当然是……信的。"

楚直医生说:"那我告诉您,您有可能活到七十岁。"

古墨问:"好人做到底。小伙子,你为何不说一百岁?"

楚医生道:"我若那样说,就成了完整骗局。当医生多年,我从未遇到过一个一百岁的人。当然了,这也和我是军医有关。毕竟,一百岁的人,不可能还在当兵。"

古墨说:"为何取七十岁这个数?"

楚医生说:"如果您回到平原,高原病,有可能最大限度得到恢复。七十岁,基本上是现代人衣食无忧的平均寿命。"

古墨把白被子的被头往上提了提,只露出椰壳大小的脑袋,晃着说:"你的前提条件是,我回到平原。"

楚医生说:"必须有这个前提。您注意到了,很好。"

古墨说:"从高原到平原,隔十万八千里。"

楚医生答:"那是形容词。正确地讲,数千公里。"

古墨道:"我千疮百孔的身体,真要下山,路上风险甚大。我有无数种可能,死在路上。"

楚医生淡声回答:"是的,我们也想到了。正因为想到,才来同您商量。"

古墨裹紧被头,皱缩得像个蚕蛹:"你同病人亲自商量生死抉择,是不是有些残忍?"

楚医生说:"不是有些,是非常残忍。可我不知道还能同谁商量。要不,您告诉我,我去找他。"

恍然间,古墨脑海中现出石冢上的桃木梳子。她吃力摆动手指,将这个影像驱走,随即道:"找魏司令员吧。他说怎样,我便怎样。他建议我留下,我就原地治疗。他让我回平原,我就出发。唯有一条,转送时,我希望有个女医生陪同。"

说完,古墨疲倦摆手,合上浮肿眼皮,示意到此为止。

楚直将所谈诸项,一字一句转述部长。龙一笙在约定时间,面见司令员。

魏盾远威严地坐在办公桌后,一言不发。身居上位的人,轻易不会主动说话。龙一笙深谙此道,很想询问司令员近期身体状况。但此话题一开,就把首长直接按入孱弱病人的角色中,不大合适,还是耐心等吧。

"何事?"魏盾远终于开口。

"请示地方专家古墨的医疗问题。"龙一笙回答。

魏盾远无波无澜道:"她让你来问我?"

龙一笙回答:"是。她在高原无亲友。明确表示服从您的安排。"

不知内情的人,以为古墨入住战区卫生部,是龙一笙的关系。殊不知,背后决定这一切的是司令员。

"具体情况?"魏盾远问。

龙一笙简明扼要将治疗方案利弊一一陈明。

司令员沉思良久。无意识地按着额角上的帽檐,眉头紧锁。

龙一笙不急不躁。

魏盾远突然说:"你一定奇怪,我为什么对这个女人的命,这般珍惜?"

龙一笙没答话。他当然好奇最高军事长官,怎么有闲情逸致关注一个妇人的命运。但长久的军旅生涯,让他知道节制好奇心多么重要。

如果说世界上有什么职业不欢迎多余的好奇心,军人当排第一。

魏盾远似乎也不需龙一笙回答,道:"古墨的丈夫凌慧虎,是古地质和古生物学家。他为了寻求和揭示高原成因的科研目的,多年来,走遍了这里的山山水水。整个战区,若论对地形地貌的了解,凌慧虎第二,没有人敢称第一。尤其是他极其严谨的科学态度,精密仪器的加持,让他对广大无人区的勘测相当精准。他留下非常丰富的记录,都在战区。"

魏盾远稍有停顿。忆起他走马上任后,得知高原有这号人物存在时的大喜过望。对于边防军人来说,山川河流的详尽地形,是珍贵情报。更何况这是一片如此广袤无人涉足的测绘空白区!

军事指挥员魏盾远和古生物学家凌慧虎,结为莫逆之交。

凌慧虎遽然去世,让魏盾远痛不欲生。他失去一位千杯不醉的好伙伴的同时,高原边防建设也蒙受了重大损失。只是后者他无法让众人周知。他所能做的就是对凌慧虎的遗孀古墨竭尽照料。他也曾动议,将凌慧虎的尸身带回驻地,以他对我军国防的卓越贡献,长眠陵园。古墨没答应。她说,老虎的心意,也许就是像一具古生物尸骸,随意留在高原角落。漫长岁月后,变成干燥飞尘。

魏盾远控制住奔逸思绪,说:"古墨的意思,让我代她决定是留是走?"

龙一笙沉稳作答:"正是。"

魏盾远缓缓道:"这是个进步。"

龙一笙不解,问:"进步从何谈起?"

魏盾远说:"凌慧虎去世后,她从没有下过高原,全力完成丈夫遗愿。现在,她答应考虑回平原,估计是想把研究成果,早日公布于众。我同意稳妥地护送她下高原。"

龙部长一字一句笔录下司令员的指示。之后,又想起重要事情,说:"古墨希望有一位女医生陪同下山。从医疗角度看,随行医生是必须的。"

"哦……"魏盾远稍有意外。一定要女医生?按说古墨这般野外生活九死一生的人,对男女之事,似不会太在意。后一想,古墨的所有愿望,他都尽力满足,便说:"同意。派女医生就是。"

龙一笙苦笑道:"战区从无女医生,只有女卫生员,担不起护送重病人的任务。"

这时,魏盾远想起一段公案:上次边境战争中,敌方战败阶段,曾派出女兵挑衅。女兵负伤后,拒绝我方男医生救治,拖延时间。最后让潜伏的敌人赢得时间喘息,出击后造成我方官兵伤亡……魏盾远正色道:"血的教训必须汲取。要尽快培养出我们自己的女医生!"说着,手掌拍向铁皮桌子。看似用劲不大,但桌上盛满水的茶缸,嘭地跳起来。

古墨平静地接受魏盾远的安排,准备择日下山。她的要求未能满足,因女医生缺位,楚军医护送她远行。

"定了哪天走吗?"郭换金依依不舍。

"还没。"古墨据实相告。救护车须完成最后检修,确保安全。路上抛锚,是性命攸关的大事情。再者,楚医生和部长,还要最后敲定周密的下撤预案,以保万无一失。

古墨不慌不忙说:"我要好好告别。"

两人熟了,不太拘泥病人和医务人员的界限。郭换金说:"等您身体恢复了,我也完成了服役期,探亲时,我到平原去看您。"

古墨收拾着个人用品,心不在焉说:"期望在平原上,有那一天。"

郭换金说:"不是期望,是一定会有那一天。"

古墨不置可否道:"世上的事情,说不定的。"

郭换金没听出深意,问:"您的意思是说,咱们还有可能在高原相聚?"

作为低阶医务人员,她并不完全了解送转的所有风险,预案只存于龙一笙和楚直密谈中。以古墨的身体状况,她能否熬过数千里颠簸安全回到平原,是未知之数。但有一点极为明确:从此之后,直至永远,古墨再也不会重上高原。

古墨对此心知肚明,不想拂了小女兵心愿,含糊应道:"万事皆有可能。"

古墨半蹲位收拾行李,塌瘪胸部鸣喘不绝。郭换金说:"我帮您?"

古墨困难呼吸道:"我个人东西很少,主要是老虎的研究成果和一些化石。我要把它们送到世界著名的科学杂志上发表。"

古墨又把目光移到硕大木箱子,说:"小郭,有个忙你一定要帮。"

床底下的箱子狮子般蹲踞着。病房地面,是夯实的泥土,经年累月打扫,显出水泥般的平整,轻易不会扬起飞尘。

郭换金蹲下身子,双手拉住木箱环扣,暗暗给自己喊着号子:"一、二、三,嗨!"

然而,箱子里好像镇着万年山妖,大智若愚沉默着,不曾移动分毫。

当初箱子如何搬进病室的?郭换金那日没当班,并不知道。她看向古墨,开玩笑道:"箱子里,装着金子?"

古墨说:"比金子还贵重的东西。"

郭换金道:"搬运时,要叫几个身强力壮的男卫生员,才稳妥安全。"

古墨说:"这是我和老虎的共同财产,我不打算把它带下山。"

郭换金想,若古墨还存返回高原的念想,的确不宜搬动,说:"您不在的时间,这箱子,放在哪儿保管?"病房肯定不行。

古墨恋恋不舍看着箱子,说:"我想把它交给你。"

郭换金站起身,吓得倒退一小步,说:"这可使不得。您和凌先生的宝贝,我哪能保存?"

古墨说:"我相中了你,不要推托了。如果我还有一天能回到高原,就把这个箱子收回。如果我有事回不来,箱子里的所有物品,就送给你了。"

郭换金连续后退几步。病房面积原本不大,她几乎抵到另一侧的墙壁。

古墨见状,忙说:"箱子里不是炸药,别害怕。"

郭换金捂着胸口道:"您这份信任,我怕担当不起。弄丢了怎么办?"

古墨说:"那么沉,哪个小偷能拿走?再说,军营还丢东西吗?"

郭换金哑口无言。这两个理由,无懈可击。

一番争执,古墨口唇呈现蓝紫,这是心功能衰竭的征象。郭换金不忍也不敢再和她缠斗,赶紧说:"古墨老师,您既然信任我,我就代您保存。等您康复回高原,宝贝物归原主。"

古墨轻捶左胸部位,说:"好好……"

楚直医生制定好周密方案,平原对接医院,龙一笙也都联系妥当。古墨离开高原。

古墨重病,连续赶路太辛苦。龙一笙安排的转运下送时间,单程八天。送行的最后一句话是:"平安去! 平安回!"

楚直把车窗打开一小缝,说:"记下啦,真啰唆!"说完后,赶快把窗户摇上去。古墨病体孱弱,经不得任何风吹草动。若被掠进来的风吹得受了风寒,岂不是千里堤坝毁于蚁穴! 古墨仰卧在车内担架床上,无动于衷。既不张望,也不和任何人告别。

那天,郭换金正好配合手术,没能给古墨送行。下了手术台后,她怅然来到第五病区那间病房。高原风大,没有病人入住时,床上并不铺放被褥,以免落沙。此刻,古墨常卧的病床,连铺盖都没有。铁床空荡,若不是床下硕大木箱,之前一切,恍如隔世。

没了被褥遮挡,木箱子更显大而突兀,简直像土中长出的怪物。此时,应该把箱子放在哪里保管呢?

郭换金找到护士长,说:"我有一个难题。"

钟铭忙着核查药品,简短一个字:"说。"

郭换金单刀直入:"刚送下山的病人古墨,留下个箱子,放在哪里?"

钟铭道:"箱子在哪儿?"

"在她原来的病床下放着。"

钟铭为难地说:"病房不是库房。"

郭换金说:"我知道。她说医好病后再搬走。"

钟铭知道司令员曾亲到卫生部探望古墨,这种待遇,之前从未有病患享受过。他不敢轻慢,说:"你代她保存,先贴个封条。"

郭换金没动。钟铭说:"叫你去,你就去。本来这个封条,应该赶在古墨还没下山的时候就贴上。不过,现在贴也不晚。贴好后,把箱子暂且放在病房保管。"

郭换金明白了流程,赶紧去办。

关于女医生人选,文协理员说:"八名女战士,是个建制班。自然先从正副班长着眼考虑。"

龙一笙说:"我提郭换金。理由嘛,不多说了。她聪明好学,团结同志,工作能力强,对病人也很有爱心。手脚伶俐,人也勤快,是个当外科医生的料子。"

文慎笔不语,半天才说:"手脚伶俐也算优点?又不是选劳动模范。"

之所以挑这一条说,因为他心中的理想人选,属于"小姐身子丫鬟命",被人普遍诟病——懒。

龙一笙温和驳斥:"你不搞临床,不知道好医生一定要勤快。尤其是外科医生,简直就是熟练工种。人懒,可做可不做的事儿,很容易不做。在某些行业,结果就是单纯的工作质量不高。但在外科,手起刀落人命关天,不勤快,非出娄子不可。"

龙一笙和文慎笔属平级。排序,协理员的位置,在业务部长之前。平日,文慎笔很有自知之明,一旦涉及医务工作安排,退避有方,并不多言。两人相处融洽。不过,今日不然。文慎笔力荐麦青青。他字斟句酌说:"其他方面,例如聪明好学、工作能力强等等,麦青青和郭换金不相上下。若说起天分来,我个人认为,麦青青更胜一筹。论勤快这一点,她可能比郭换金略差点儿。但这个短板,是可以改进的。"

医疗部门,从护士到医生,有一道鸿沟。这道沟,深到能埋葬医务人员的一生。也可以说,若无机遇,想凭个人努力,跨越鸿沟,几乎不可能。尤其对女兵来说,女医生凤毛麟角。务必记住,部队是男性占绝对优势的武装集团。从病患数字统计,男人也占绝大多数。军中女医生概率很低。这个绝好机会,文慎笔要为麦青青力争。

凡机缘选拔,最怕有一方势在必得。如果哪位掌权者要为某人说话,且百折不挠,一而再再而三争取,那心无芥蒂的另一方,速速败下阵来。伯仲相当,除了揭出极明显的瑕疵,一般无法缜密考量。所以,没有私心的那一方,基本铩羽而归,甘拜下风。

这件事,就这么内定了。高原战区卫生部,按魏盾远司令员指示,派遣女兵班副班长麦青青,开始学习野战外科医生技能。当然,在没有最后定论之前,保密。

古墨离去后,郭换金一天天掐算着她安全抵达平原的时间。本以为担当护送任务的楚军医,连去带来,最快也要二十多天才能归来。却不想,第十二天清晨,郭换金见到了楚医生。

他正蹲在门前渠沟处刷牙,满嘴都是牙膏沫子,上上下下左左右右,刷得十分认真。她迟疑问道:"楚医生,你这么快就赶回来了?"

这不废话吗?人都见着了,还问什么问!楚医生没好气地把一口牙膏沫子呸地吐到渠沟流水中。

"古墨可好?"果然,郭换金要问的重点,是令她寝食不安的病人。

楚直没有直接回答,说:"你怎么不问我何时回来的?"

郭换金道:"你是昨天半夜回来的。"

楚直一惊,说:"你如何知道的?这么惦记我?"

郭换金说:"楚医生想多了。昨晚部里集中听《新闻联播》时没你,今儿一大早现身,肯定是半夜回来的。"

楚直吹出一口饱含薄荷味的胸臆之气,自作多情了。

郭换金问:"你把古墨送到了?"

楚直低头说:"嗯,送到了。"

郭换金道:"那也太快了。昼夜兼程?古墨的身体受得了吗?"

望着郭换金满怀期望的脸庞,楚直想,长痛不如短痛,硬下心肠道:"古墨的身体已经无所谓了。"

郭换金神色如常,嗔怪道:"楚医生,不带这样乱开玩笑的。她也是你的病人,疯狂赶路太辛苦,真不关切人!"

楚直心想高山缺氧,提前让小姑娘得上老年性痴呆?完全抓不住重点。他站起身,冷峻地说:"我没跟你开玩笑。"

郭换金疑惑道:"楚医生,大清早的,我招你惹你了?发什么火?"

楚直图穷匕见,直截了当道:"古墨死了。"

郭换金傻呆呆反问:"什么叫死了?"

楚直冷笑一声:"你当了这么长时间卫生员,竟然不知死了是什么意思吗？就是没呼吸没心跳，没意识没任何生命体征……你，明白了吗？！"

"你说的是……古墨？"郭换金惊涛骇浪地明白了，眼泪簌簌落下。

楚直说："我尚未来得及将她送至平原，她的病情突然恶化，丢了生命。"

郭换金抽噎着问："古墨，她死在……高原？"

楚直低下头，不想说，但必须说："高原辽阔，第五天，我们马上要走出高原边际了，古墨突然对我说，我不走了。我决定留在高原，陪着老虎。"

郭换金睁大迷蒙双眼："后来呢？"

楚直说："她的病情急剧恶化，我用尽九牛二虎之力救她，但她完全丧失活下去的意志。临终时刻，她托付我三件事，其中一件，与你有关。"

郭换金半仰着脸，想对抗地心引力的作用，将那些未及涌出眼眶的眼泪，重新吸收回去。但她再阻挠，眼泪还是直线落下，将脚下土层，砸出小坑。

楚直不忍看她的脸，兀自对着虚空中说："第一件事，她将凌先生生前的研究成果，托付我，让我想法把它们投到国外去发表。第二件事，她说有一个箱子，原本托你保管。她把箱子和里面装的所有东西，都送给你，随你处置。第三件事，说她的尸身，埋在高原。不用挖坑，只需将她平铺在地，身上堆满石块，就告完成。她随身带着一把梳子，让我插在石冢之上……"

楚直从医多年，阅见无数生死。他亲自负责送下山的病人，最终死在高原边缘，痛彻心扉。

医生之悲，通常以冷静漠然的方式表达。对于已逝之人的托付，他会认真对待。第一件事，探家时完成。他来自内地大城市，圈中不乏有学养的人，与国外学界有联系，可为之全力斡旋。第二件事，他已转告郭换金，此后随她处置。第三件事，他虽不明就里，但死者为大，他和随行司机完全按照古墨的意愿办妥。

楚直挺直身躯。这让他原本颀长挺拔的身体，更显昂藏。他展开双臂扩胸,挥向蓝天,连做了几个深达肺底的呼吸。之后对郭换金说:"回屋吧,外面冷。"

郭换金似乎没听到他的话,一动不动望向古墨曾经住过的第五病区方向。

楚直低声说:"特别难过?"

郭换金道:"我不相信她会死。楚医生,你一定是在骗我。"

楚直说:"我也希望我在骗你。但是,我没有。"

郭换金说:"那你不应该告诉我。"

楚直说:"我也不希望由我告诉你。古话里,这叫报丧。但你终会知道。如果我瞒了你,你从别人嘴里延迟知道噩耗,会更难过。"

郭换金久久无言以对,突然想到一个问题,问:"你找到梳子了吗?"

楚直说:"古墨的私人物品非常少,我在她行李里,很容易找到那把梳子。"

郭换金问:"桃木的吗?"

楚直说:"不是,一把黑色的塑料梳子。当时我还想,塑料梳子平日用用还凑合,若插在高山之巅的石堆上,很快就会风化。用不了多久,就碎成渣了。不知古墨这个遗嘱有何深意。我只是一丝不苟地照做了。"

郭换金本想说,我知道她的用意。梳子,即是墓碑。可惜,她没有另一把桃木梳了。不过对老虎和古墨来说,这不重要。

桃木梳和塑料梳,在高原暗夜的风雪中,会共振合鸣吗?会的。一定会!它们穿越时空,遥相致意,琴瑟合鸣。月朗星稀时,会缓缓相互梳发,发丝缠绕,几缕纤柔几根强悍,皆是雪白。

但最终,郭换金什么也没说。只是想起古墨曾经的嘱托,甚是遗憾。她没能完成承诺,没能给她收尸,楚军医代劳了。

龙一笙在约定时间,赶到司令员办公室。魏盾远刚从地下掩体的会议室走出,身上还带着些微暖气。

是的,暖气。高原严寒时,地下掩体相对成了"热岛"。

龙一笙说:"司令员休息一下?抽口烟。"

魏盾远拿出烟叶,开始卷烟,边卷边说:"我第一次听到当医生的人,劝人吸烟。"

龙一笙不拘小节道:"烟这个东西,从古代传下来。尤其是打猎打仗的男人,都爱抽烟。您不能免俗,我也不是个好医生。"

魏盾远说:"我既打仗又打猎,自有双份理由抽烟。"说着他点燃卷好的烟,猛抽一口,眼看着半截烟烧得只余灰烬。龙一笙见过很多老烟枪,仍惊叹魏盾远烟瘾之大。

魏盾远半眯着眼,深深享受吞烟快感。之后,徐徐道:"现在,你可以报丧了。"

龙一笙惊问:"您怎知我要报丧?"

魏盾远说:"看出来了。我当军事长官时,常常处理各种丧事。"

既然开了头,龙一笙也就不用斟酌了,率直道:"古墨病逝。"

魏盾远神情岿然不动,轻抖眉毛,"嗯"了一声,表示知道。上下级关系里,谁级别高,谁就有权少讲话。

"按照她的遗言,遗体葬在高原。"龙一笙毫无起伏说下去。

魏盾远如前,又"嗯"了一声。稍后追问了一句:"可有标出精确经纬度?"

"这个……没有。我们的医生不是测绘兵,也没有专业仪器和能力,只记下大概方位。"龙一笙嗫嚅。

魏盾远再"嗯"一声。卫生部长说的是实情,除了凌老虎,没人有这个本事。魏盾远连续三个叹息般的"嗯",说明他心中,涌动着排山倒海的悲痛。

"这件事就汇报到这里。"龙一笙急欲转移话题。

魏盾远仍执念此事,问:"有女医生护送古墨下山吗?"

龙一笙心想,有没有女医生,您又不是不知道,还用问?又想司令员一定是因没满足古墨最后的愿望,而内疚自责,答非所问道:"已派出最好的医生陪她,我们尽力了。"

魏盾远深深叹息。古墨之死,无法扭转。但女医生,如果早做部署,应该能满足所愿。

死在高原,对每个高原人来说,都思考过千百次。无论自己死还是他人死,都不会引起太大波澜。只是古墨的一个小愿望,未能满足,司令员深觉愧对功臣。

"司令员,我向您汇报的第二件事,正是关于女医生。"龙一笙道。

"你们定了?讲。"司令员隐下心中痛楚,问。

本来,这等小议题,不必上升到司令员知晓的层面。只因这是司令员亲自布置下的题目,故有此报告。

"谁?"魏盾远问,问完之后觉出多此一举。女兵,他基本不认识。就算龙一笙报出名字,他也根本对不上号。沉浸在古墨夫妇双双殉职的至痛中,他难免恍惚。

"麦青青。"龙一笙回答,"就是麦副……"

龙一笙话没说完,魏盾远夹着莫合烟的手指,轻轻上抬一毫米。这个名字,他知道。上次军区开会时,老麦对他说:"小女在你麾下,让她多锻炼。"

此话,磊落光明,一点差池都没有。唯独魏盾远明白,这个"锻炼",和一般人理解的"锻炼",有所不同。

"还有什么人选?"魏盾远问。

"没有了。"龙一笙答。他本想说自己的意见是郭换金,但不愿和文慎笔产生嫌隙所以选择不再多说。

"上次给我扎针的女娃,叫什么名字?"魏盾远问。

龙一笙惊讶当时的高烧,居然没把司令员烧糊涂,答:"当时有两个女卫生员……"

魏盾远想起丫头,也想起这个称呼,但不能对外人言。他抛出新线索:"她爹当厨子的那个。"

龙一笙恍然大悟,道:"知道是谁啦。她爹是大军区小灶上的炊事员,叫郭换金。"

魏盾远沉吟道:"厨师的女儿和司令的女儿,比起来怎样?"

龙一笙实事求是道:"差不多,是正副班长。"他说的是心里话。两个女兵,半斤八两。谁当医生,他觉得都可以。文慎笔定要坚持,他便同意。如果司令员打算插手,他也没有意见。

魏盾远果然给出结论："我定了，让郭换金学医生。"

龙一笙多了一句嘴："我能知道理由吗？"

魏盾远不苟言笑说："你可以知道。不过你知道之后，不能再告诉别人。"

龙一笙蒙了，咋啦？一个医生人选，还有隐秘内幕？便说："我保证不告诉别人。"

魏盾远意味深长道："我的想法是——给高原战区，留下这个女医生。"

龙一笙一时没理解，附和道："我也是这么考虑的，不能给他人作嫁衣裳。"

魏盾远接着说："伙夫，我管得了。"

龙一笙道："我也管得了伙夫。"

魏盾远见龙一笙还不开窍，无奈点明："我的官没有她老子大。真打起仗来，我怕女医生走人。"

龙一笙茅塞顿开。司令的高度，的确常人不能比。

讨论完，龙一笙准备离开。魏盾远道："你打算让这医生苗子，何时开始学徒？"

龙一笙说："立刻。让卫生部最好的医生，给当她老师，手把手教。"

魏盾远打趣道："听起来像乡下学细木匠，先拜个师傅？"

龙一笙说："正规医生，自然不是这等学法。现在特殊时期，没有医学院可读。再者，战争说不定哪天就开打，我们也没有更宽裕的学习时间。只能因地制宜，重在言传身教。"

魏盾远颔首道："想法可行。我也出手，教她如何当个好医生。"

龙一笙故作惊奇道："司令员也懂行医？"

魏盾远说："我若懂医，哪能容你和手下庸医在我身上屡败屡战？"想起之前在病床上被磋磨，至今意难平。

虽知是玩笑话，但关乎卫生部一干人等职业尊严，龙一笙不能无动于衷，义正词严道："司令员不可过河拆桥。我承认有时胆子不够大，但不是庸医。我们只是过分小心谨慎了。"

魏盾远驳斥："过分小心谨慎，就可能贻误战机。无数败仗，就是这么打出来的。这还不算庸医吗？"眼里闪烁出杀伐决断的锐利。

龙一笙被驳得说不出话来，赶紧回到原题，说："您既然不懂医，又如何教女医生？"

魏盾远也觉得自己稍稍有些过激，说："不是我教，是我命人教她。"

龙一笙又不懂了，说："转来转去的，岂不又回到了卫生部找人？"

魏盾远说："肯定不是卫生部的人。具体是谁，我还没想好。总之，高原战区未来的女医生，医术之外，还要接受严格的全面训练。"

龙一笙心说，学医，咱俩谁内行啊？脸上显出不以为然之色。

魏盾远见他不服，道："问你个小问题，部队医生的简称叫什么？"

如此低端简陋的问题，龙部长忍气吞声答道："军医。"

魏盾远说："这就对了。军在前，医在后。一般医生，那叫民医。"

话不投机，龙一笙决定离开。出门时，回头道："司令员，烟还是少抽一点。"

魏盾远深吸一口烟，吐了个支离破碎的烟圈，说："这才像个医生说的话。"

待龙一笙走后，魏盾远不动声色眨眨眼："丫头，老汉送你一个小西瓜。"

12

因古墨原先住过的病床要收新病人，郭换金请来几个"待查"病人（他们的体力没问题），把巨大木箱搬回宿舍暂放。箱子进了屋，放在地当央。大家转身时稍不留神，就得碰到火炉。

思来想去，决定还是像原先那样放床底下吧，不料战士们的床板，是砖块支起来的，下面的空间比病床矮，搁不进去。郭换金只好找司务长，申领砖块。想将床板垫高，给木箱栖身之地。

殷厚土耐心听完郭换金诉求，一口回绝："我没砖头。"

郭换金不甘心,追问:"哪儿有砖头?我自己去找。万不得已,也可以去偷。"

郭换金觉得所谓的"偷",其实是"借用",并不违反纪律。当兵的人,随时准备为国捐躯,身外之物,何足挂齿。如果有一天,她能活着离开高原,古墨的箱子必得带走。垫床板的砖,就可完璧归赵了。

殷厚土办公室兼宿舍和库房,中间以布帘隔开。他面容清癯,很像廉洁正直的管物干部。你想啊,若是肥头大耳的司务长,无论本质多么清廉守正,总易被怀疑多吃多占。

殷厚土怕郭换金不信,挑开布帘,让她进库房一查。目所能及之处,都是战备物资和生活必需品,各色肉菜罐头与被服和茶叶箱中间,留一狭长窄缝,仅容一人侧身通过。小路尽头,摞放着草绿色的压缩饼干箱和炒面袋子。

殷厚土不苟言笑道:"战区没砖头,你想偷都找不着地儿。再者,犯纪律的事儿,就是开玩笑,也不可胡言乱语。一个姑娘家,张口闭口把'偷'挂在嘴边,不妥。"

郭换金垂头丧气道:"司务长,我记下您的谆谆教诲了。您没砖头可以,但能不能给我指条路,用什么东西垫高床板,才能放下一只大木头箱子?"

殷厚土无可奈何道:"高原不产砖。砖在平原。"

郭换金说:"这条路,有点远。得数千公里长途跋涉。"

殷厚土正经道:"咱们的营房,外墙都是石头垒的。除了最初修建战区时,运上一些砖给首长的房子打了隔断,之后再无补充。"

郭换金听闻道:"您的意思,是让我去找几块方方正正像砖的石头,把床板垫起来?"

殷厚土没多大把握地说:"这主意不知道能不能行得通。"

自打古墨去世,郭换金心情抑郁。现在,唯一的遗物又无法妥善安放,愁容惨淡。见司务长也无甚高招,便道:"我能不能借您这方宝地,放在库房?"

殷厚土问:"箱子里有什么东西?"

"这个……我还真不知道。"郭换金据实回答。

"会不会是吃的?"殷厚土问。

"肯定不是吃的。"郭换金答。之所以如此笃定,是想起曾和古墨有见面时再还的约定。什么食品经得住无限期存放?再说,食品绝无这等沉重。

殷厚土嗫着牙花子说:"这可不能含糊。若是食品,门儿也没有。"

郭换金不服。心想,你这儿到处都是食物,怎么我的箱子就没门儿?为堵住司务长的嘴,她说:"我这就回去打开箱子看看。"

殷厚土又一琢磨,说:"小郭,别麻烦了。即便不是食品,我这儿也不能代你存放。"

郭换金急了:"司务长,您不能说话不算话。"

殷厚土解释:"我刚才并没有答应。想起这库里存的是咱全部人员的给养,不能混存其他东西。安全第一。"

郭换金说了半天,等于没说。突然看到罩着纸箱的军绿苫布,猛地抖动一下,随之整张苫布晃荡起来。那空隙极小,藏不了人。但千真万确,有活物在下面颤动。郭换金在女生中算胆大的,没有惊叫出声。但紧接着,苫布边缘甩出一条细长尾巴……她终于还是没能忍住,叫出声来。

长尾嗖地缩回苫布内,一切归于平静。要不是那块布还在轻微抖动,郭换金肯定以为刚才幻视。

"那是……什么?"郭换金战战兢兢问。

殷厚土头也不抬安然回答:"耗子。"

郭换金反问道:"您也没看,怎么知道是老鼠?"她拒绝用"耗子"这个词,直呼大名。

"它是我邻居,我会不知道?"殷厚土不满郭换金的大惊小怪。

"您认识它?"郭换金吃惊。

殷厚土说:"你住的屋里,有耗子吗?"

郭换金答:"没有。高原缺氧,我以为像老鼠这类狡猾的哺乳动物,不会选择在这儿生活。"

殷厚土深有同感道:"是啊,只有我们无怨无悔在这儿。我告诉你个小秘密。这个秘密就是——有司务长住的地方,才有耗子。"说完,面露炫耀之色。

司务长的鼠邻居,通常只在夜深人静时,才潜出洞穴,和晚睡的司务长大眼瞪小眼,相看两不厌。许是相识久了,光天化日之下也敢露头摇尾,成长为一只勇气倍增的耗子。

郭换金问道:"为什么有司务长的地方,才有老鼠?"声音不由自主变小,怕司务长的老朋友窃听。

殷厚土嗤笑,说:"这还不明白?有司务长的地方就有库房,有库房的地方就有吃的。像你们宿舍,有什么可藏着掖着?至多脱脂棉外加绷带。"

郭换金猛然想起一句兵谚:"站岗不站第二岗,当兵不当司务长。"她以往百思不得其解。不站第二岗还能想明白,刚睡着了就被叫岗执勤,困得生不如死。可司务长招谁惹谁了,惹这么大民愤?现在恍然明白,都养老鼠当宠物了,这得多腐败逍遥!

被老鼠打了个岔,郭换金又开始发愁:"没有砖,那我去找石头把床板垫起来。"

殷厚土设身处地考虑:"你需要把床板在原有基础上,垫多高?"

郭换金说:"至少二十厘米。"

殷厚土发愁:"半尺多厚的石块,还得切得平平整整,并不好找。"

郭换金说:"只要高度够,就算不太平整,也能凑合。"

殷厚土像听到笑话,嗤声道:"石块不平,铺板就像跷跷板。半夜一个翻身,就滚掉床下,你会梦到天塌了。"

郭换金试想那情形,果然凄惨。心生怯意,眼巴巴瞅向殷厚土说:"司务长,可还有办法?"

殷厚土无奈道:"我一不烧砖窑,二不会劈山。"

郭换金背水一战,道:"您若不想办法,我就把箱子搬进库房。"

殷厚土只得从库房角落取出一把行军锹,说:"走吧。"

郭换金不明所以:"去哪儿?"

"去你们宿舍。"殷厚土锁了房门。

进了自家屋,郭换金还是不知司务长有何妙计。殷厚土看了看盘踞地中央的木箱,说了句:"木头不错,樟木的。"

郭换金想多知道一些有关古墨的信息,问:"樟木有什么好的?"

殷厚土说:"防虫防蛀、驱霉隔潮。这箱子还没上漆,应该是给女儿置办的嫁妆。"

郭换金沉默无语。古墨的父亲做的?永远不会知道答案了。

殷厚土弓腰拄着行军锹把道:"把你床上的东西收拾下。"

郭换金说:"放箱子,和我的床有啥关系?"

殷厚土说:"叫你干,你就干。床上东西先放别处,咱俩把铺板掀开,你就一边歇着。"

这话看似明白,把接下来的步骤交代得一清二楚,但郭换金还是莫名其妙,不知殷厚土打算拿这箱子怎么办。按照司务长的交代,走一步看一步。

铺板移开后,司务长挥起行军锹,开始在郭换金铺下挖起来。

郭换金大惊,问:"您打算在我床底下挖口井?"

司务长不理她,一声不响闷头深挖。

郭换金打量着问:"不会要在床底下埋雷吧?这么大坑,子母雷都能埋下。"她还有更离奇的想法:比如藏尸之类。只是太过惊悚难以成立,没敢说出来。

司务长抹抹汗水,说:"你不是要在屋里放箱子吗?没法把铺板垫高,可以把床底地面降低。"他若再不解释,指不定这姑娘还能生出什么怪诞想法。

司务长殷厚土的家乡,有修地坑院的传统。受此启发,他因地制宜想出安置方案。

郭换金就算理论上明白了设计原理,室内地方狭小,也帮不上忙。除了给司务长递毛巾擦擦汗,剩下的就是目瞪口呆看着。

完工后,殷厚土抹去额头薄汗,得意地欣赏着劳动成果。

两人发力,将樟木箱推入丁是丁卯是卯的地穴中。搭上铺板之前,司务长说:"你不把箱子打开看看?以后每次开箱前,都要先掀铺板。"

郭换金说:"先把铺板搭上吧,我还没准备好呢。"

司务长想不通,开个箱子还需要啥准备?不过,排忧解难已完成,也不方便在女子宿舍久留。临走时,司务长说:"记得在地坑周围,铺些烧过的炭渣,防潮防虫。"

郭换金不解,高原也有蠹虫?蠹虫不怕缺氧?

龙一笙对文慎笔说:"培养谁当女医生的事儿,司令员拍了板。"

文慎笔正在写思政工作总结,闻听此言,随口道:"他亲自批的?"没想到这等小事,这般惊动。

龙一笙接着说:"司令员决定让郭换金接受此任务。"

"哦?为什么?"文慎笔停了手,面上虽无波无澜,内心却不平静。他私下里已将消息告知了麦青青,还特别强调是经自己提议,才促成此事。不想中途竟有变。

龙一笙说:"当领导的,有自己考虑。"

文慎笔直立着手中笔,用笔屁股轻敲铁皮桌面,如同擂动小鼓,问:"没法改变了?"

龙一笙道:"领导决定的事,估计无法改变。再说,两个姑娘表现都不错,谁学都差不多。"

文慎笔不再多言,转而考虑如何向麦青青解释此事,不至于恶化关系。

"谁来通知郭换金?"龙一笙问。报喜的事情,通常都是文慎笔主动出面,不过两人还要走形式商量一下。

文慎笔想,若是自己找郭换金谈,麦青青知道后恐不利转圜,便拍拍手中正写的文稿,说:"您多辛苦。"

龙一笙对郭换金说:"组织上交给你个新任务。"

郭换金说:"我做好吃苦准备。"

龙一笙道:"这次,是件好事儿。"

郭换金撇撇嘴说:"给我分了个重病人,告诉我说可以多学知识,增长才干,对吧?"

龙一笙说:"和这差不多。"

郭换金兴趣缺缺道:"您若觉得好事给多了的话,可以搞点平均主义,让别的同志也开心一下。"郭换金总摊苦活,心中终究有些不平。

畏难时,想起郭大厨的话:"闺女,人生有两样东西,记着多吃:一是吃苦,二是吃亏。"说完,他用沾满香菜味的手,轻轻晃,好像颠着一口看不见的热锅。

郭换金知道,锅里,是她的人生。

龙一笙道:"这次真是好事。"

郭换金说:"若真是好事,让别的同志当先。我是班长,理应吃苦在前,享乐在后。"

龙一笙自忖,当医生,吃苦一定是比别人多的。战场上,若需女医生上前,牺牲的危险也更大些。想着,便不再评说好坏,简洁道:"这是组织决定。"

郭换金换了神色道:"既是组织决定,不管好坏,我只有服从。"

龙一笙宣布道:"经高原战区领导研究,决定让你学习如何成为一名女医生。"

郭换金停顿片刻,消化这个消息,下意识问:"我们班每人都有机会成为女医生吧?"

龙一笙说:"不一定。你们以后究竟做什么,现在很难定。也许是医生,也许是护士,也许服役期满复员回老家干别的。具体到你个人,现在就向成为高原上第一个女医生努力。"

郭换金仍是不甚明白,问:"我要怎么做?"

龙一笙说:"具体怎么推进,组织上会为你制订培训计划。现阶段,你该干什么干什么。班长你要继续当,要当得更好。护士你要继续做,也要做得更好……"

郭换金没忍住打断龙一笙的话:"合着我事儿比先前多,还要做得更好。学医之外,几副担子一肩挑,事情太多了!我也不是孙悟空,没法分身出很多小毛猴。"

龙一笙被噎得笑了。想想也是,这姑娘日后能不能当上女医生,尚是未知之数。但工作量,确是陡然增加。他说:"具体问题具体分析。实在忙不过来,就排出轻重缓急,有的放矢循序渐进。"

郭换金心里嘀咕,当领导的有水平。这话,等于没说。

龙一笙又开言:"你学医的师傅,还没有最后定下来。大概率是楚直,你有何想法?"

郭换金道:"我有想法,说了有用吗?"

龙一笙想了想道:"你说了,也没用。"

郭换金道:"那我就不说了。"之后又敬了个礼道,"部长若没有更多指示,我就回病房忙去了。晚上有班务会,我也要准备。"

龙一笙最后叮嘱:"这个事情,暂且保密。"

郭换金不解:"咦,咋还偷偷摸摸?"

龙一笙道:"你们班人多,这件事目前不公开。"

郭换金说:"哦,明白。若有变化,领导好暗地换别人。"

龙一笙想说,不是这个意思,却终没能说出口。

景自连向司令员汇报近期边情之后,起身想走。魏盾远说:"再坐一会儿。"

景自连腰背笔直,半握拳放在双膝之上,规规矩矩等候下文。

"你父亲可好?"魏盾远开口。

"还好。只是年纪大了,有时候腰腿疼。没什么大事儿。"景自连回答。

魏盾远说:"我想他了。"

景自连道:"我父亲也常想起您。"

老军人之间的感情,常常是片言只语,言简意赅。静寂,但两人并不沉闷。军人间,话少是常态,也不擅长聊天,尽在不言中。

"你要多注意身体,你父亲将你托付与我,我不想愧对老首长。"魏盾远缓缓道。

警卫员进来添水,之后悄无声息出门。一时半会儿没得传唤,也不会贸然再来。寂静笼罩在司令房间。景自连道:"魏叔叔也请多保重身体,高原战区不能没有您。"

"我会注意。不过没有了谁,战区依然存在,国土依然存在。"魏盾远说。

又是长久缄默。景自连道:"司令员,如果您没有其他指示,我就……"他再次站起身来。

"稍等,我有一件事儿。"魏盾远说。

景自连坐了下来。

"我想为高原战区培养个女军医。"魏盾远开口。

景自连没回应。这不是他的工作范畴,无须表态。况且,司令员也不是征求他的意见。不知用意何在,景自连兀自沉默。

魏盾远说:"你一定奇怪作为军事主官,我管这种婆婆妈妈的事情干什么?"

景自连恭敬回答:"不奇怪,事关战场救护。凡与军事胜利有关的,都不是小事。"

魏盾远说:"战区军事地图之缜密详尽,除了测绘部队的功劳之外,还要归功于凌慧虎。"

景自连坚定点头。作为作战参谋,当然深知地图的重要性,明白凌慧虎的卓越贡献,只是不知司令员,话题为何跳跃。

"他夫人,你知道吗?"魏盾远问。

景自连摇头。魏盾远也没指望他知道,兀自说下去:"两口子都有严重的高原病,凌慧虎最终埋骨高原。前不久,他遗孀也报了病危。临下山的时候,她的唯一要求,是想让女医生陪护。可是,战区没有女医生。她死在高原最后的山脚下。我愧对凌慧虎,这是一。二是战场上,敌方派遣出女军人顽抗,我们吃过亏。我要根绝这种状况再度出现……"

景自连说:"明白。所以,您要培养出战区女军医。"

然而,他想不通这和自己有什么关系。心想司令员肯定因老朋友夫妇逝去,心中哀痛不已,想找个人聊天。他安心坐在那里,一动不动,犹如一座俊美的雕像。

"我想让你担当女医生的军事教官。"

铺垫已完,魏盾远切入主题。原来,话题刚刚开始!

"这个……"景自连难得支吾。片刻后,他明确拒绝,"我胜任不了。"

"你军事素养很好,怎么没上阵就打退堂鼓?"司令员不解。

这是军事素养的事儿吗?女军医,毫无疑问对方是个女的。教一个女人提高军事素养,相当于与虎谋皮。女子体力差,性格软,耐久性弱,疲疲沓沓啰啰唆唆哭哭啼啼……连兵圣孙武,当年都是连杀了两个宠妃队长,才让女兵操练初步有个模样。高原战区堂堂作战参谋,居然带一女子练兵?!

心里这般想,话却不能兜底说出。景自连字斟句酌道:"司令员,您这个命令,恕我不能服从。"

司令员问:"理由?"

景自连说:"理由就是,高原战区军人千千万,为何非选我?"

司令员道:"她将是战区唯一的女医生。我希望把她训练成端刺刀加手术刀,双双手起刀落。"

景自连说:"我对您的决定,完全同意。只是希望不要由我担当此责。"

司令员说:"我觉得你最合适。"

景自连不服道:"我并没有犯什么严重错误,为何得此惩戒?"

司令员气笑了,说:"让你训练个兵,怎么能说是惩戒?"

景自连道:"我可以去特训一个连,但不愿训练这个兵。"

司令员反问:"如果这人是男的呢?"

景自连没想到司令员为了说服他,竟提出这等阴险反问。但他又不能不回答这个问题,只得沮丧道:"如果是男的,我自是可以训练。"

司令员意味深长说:"原来你怕女人。"

不带这样曲解人意的。景自连反击:"我连死都不怕,怎么会怕一个女人?"

司令员难得狡黠一笑,说:"问题解决,就这么定了。卫生部确定培养名单后,你择期开始军事训练。地点在专用小训练场,不要惊动太多人。"

景自连想起麦青青,不知道是否此人。他不应询问名单,到该知道的时候,自然会有人通知。

胳膊拧不过大腿,只好接下任务。看他不情不愿的样子,魏盾远略有不忍,道:"你知道为什么把这个活儿,派给你吗?"

景自连委屈道:"您看我好说话,不敢当面驳您的面子吧?"

魏盾远冷哂了一声,说:"听着,我给你背句古诗。"

景自连差点从椅子上跌落。魏盾远从小吃兵粮,文化底蕴不深,现在居然被憋出古诗。看来教官人选问题,真让老人家伤了脑筋。

景自连好奇:"哪句古诗?"

魏盾远难得掉了回书袋:"就是那句,杜甫写的,'妇人在军中,兵气恐不扬。'"

景自连忍俊不禁:"老杜的《新婚别》,和咱高原女医生,没啥可比性。"

魏盾远说:"那我不管。总之都是女人到军中之意。"

景自连还是不明白,死了一千多年的老杜和委派军事教官,有何联系?他轻皱浓眉,泄露了内心疑虑。

魏盾远严肃道:"单兵训练一个女子,是个艰巨任务。"

景自连对此不以为然,说:"没什么艰巨的,也不是教近身肉搏刺刀见红什么的,一般的军事技术,不难教。"

魏盾远正色道:"我指的不是这个。孤男寡女长久训练,教官要洁身自好,全方位把持住。"

景自连顿悟,说:"这个您放心,军纪在身,我保证不会惹出任何闲话。"

魏盾远说:"也不能日久生情。"

景自连再次忍俊不禁:"那更是没影的事儿。我必无懈可击,铁面无私。"

魏盾远道:"斟酌再三,我才把这个烫手山芋交与你。若是别人,我没法说得这般直截了当。那个女孩子,名叫郭换金。"

景自连明白了司令员的用意,朗声道:"您对凌慧虎的悼念和对战区建设的苦心,我明白了。不折不扣坚决执行,绝无私情。"

楚直个高,白大衣只到腿弯处,像精干短风衣。他抱着一大摞医书,找到郭换金。还未开口,郭换金发愁道:"这么多书,都打算包书皮?"

郭换金曾给潘容借她的鲁迅集子包过书皮,楚直当时说,哪天也给我的书帮个忙。郭换金以为他来兑现。

楚直面露不屑:"医书,哪能用废报纸包书皮?翻不了几天,书皮破烂不堪,外伤加骨折。"

郭换金反驳道:"不用报纸你用什么纸?莫非你想当高原蔡伦,自己造纸?就算你存了这心,也找不到烂渔网破绳头。书皮是消耗品,不可能万年牢。"

楚直说:"报纸包书皮,让医书丢脸。就算没有牛皮纸,也得用厚点的铜版纸。"

郭换金反唇相讥:"高原连铜板都没有,还说什么纸。至于牛皮纸,高原有野牦牛,要不你开发出个野牦牛纸?甭看不起旧报纸,那是我专门找司务长求来的。"

楚直败下阵来,说:"我去找旧报纸吧,司务长这点面子还是会给我的。你尽快把医书包上皮。"

轮到郭换金拿糖:"我这几天太忙,哪能立等可取。"

楚直诡谲一笑道:"也不是我的时间。等得起。"

郭换金说:"医书个头大,包起来废纸。你跟司务长说些好话,多拿几张。"

楚直嗤笑:"我不用说好话,也能拿旧报纸。咱们找空聊聊。"

郭换金心想:包个书皮,附送聊天?正好手中活儿告一段落,便说:"今天我休班,聊吧,早聊早完事。"

楚直便抱着医书,找了间空病房。郭换金猛一惊,正是古墨住过的那屋。一切已云淡风轻,好像名叫古墨的女子,从未存在过。

看到郭换金脸色突变,楚直想起这茬儿,心中黯然。不过,医生当久了的最大变化,就是心肺外面,套上了钢铁铠甲。他不劝郭换金,只是等待。持久而深在的痛,不可拔苗助长,只能当事人咬牙熬过。

医务做久了,纵是蚀骨悲伤,也要强行平复。他选了古墨曾睡过的床板上坐好,中间隔着铁皮床头柜,郭换金坐对面床。

"拿来这些医书,主要并不是让你包书皮。当然了,你愿意包,我也没意见。"楚军医阴阳怪气开言。

郭换金没回应。奇葩医生,经常胡言乱语。且看他再说什么。

楚直问:"龙部长已经跟你谈了?"

郭换金疑惑:"龙部长跟我谈的事儿,多了。你指哪一件?"

楚直直言道:"就是我当你师傅那事儿。"

郭换金做恍然状:"哦,学医的事,想起来了,他曾随口说过,但没说师傅是你。"

楚直对"随口"不满,又不好直接发作。好像送货上门,自作多情。为扭转开局颓势,便冷冷道:"要不把龙部长请来,听他当面宣布一下?"

郭换金岂敢,忙说:"部长太忙,就不必了。楚师傅。"

楚直也见好就收,板起脸道:"你以为我多愿意做你师傅吗?"

郭换金赶紧说:"我知道你不愿意教我,是执行任务。我也不愿意跟你学,也是执行任务。两不亏欠。"

楚军医板着脸道:"你可知培养一个合格医生,要多长时间?"

郭换金老老实实回答:"不知道。"

楚直说:"那我就给你上第一课——学制。首先要高中毕业,以优异成绩考上医学院。医学院很难考的,基本可算中国最难考的大学之一。"

郭换金夸张地拍了拍胸口,又特意停顿了一会儿,假装被吓傻了需要缓神,然后才说:"哦。"

楚直不理会她的表情和语气,继续说:"在医学院里,要学习生理学、病理学、解剖学、医用化学、药理学、细胞学、内科学、外科学、中医学、儿科学、眼科学、口腔科学……"老僧诵经般念念有词。

好不容易停下,他盯着郭换金继续道:"这些课程,大约需五年。之后,进入临床实习,至少一年。再然后,才能成为一个刚刚入门的小医生。明白了吗?"

郭换金不以为然道:"楚军医跟我说这些,有啥用?"

楚直恼羞成怒,说:"你以为我闲来无事,跟你扯闲篇?龙部长交我苦差,让我把你在最短时间内,培训成高原战区的女医生。"

郭换金应对道:"照你刚才这样说,最少要六年时间才能马马虎虎生成一个医生苗子。不过,其中没有'高原病学'这个科目。"

楚直匪夷所思直瞪她,重点是时间!

郭换金毫无信心说:"我不能保证自己能有兴趣,学做一名女医生。看来你也为难。不如咱们师徒二人,同仇敌忾去找龙部长,就说任务无法完成,趁还没开始就毙了它。"

楚直闻言,气得舌头抵住左腮帮子,胡乱在颊内转了两圈。他把手中医书,从床头柜的中央,推到郭换金那侧,气咻咻道:"你先试试这些书能否读得懂。不懂,就来问我。咱先凑合学一段时间。如果完全不得要领,再到龙部长那里辞了此事。"

郭换金干巴巴回应:"楚医生讲完了?"

楚直意犹未尽:"完了。你有什么要说?"

郭换金道:"医书,我带回去慢慢读。这些书,我会包上书皮。包书皮的报纸,请你去领。"

郭换金说完,抱着医书离开了病房。剩下楚军医,独自气得肝颤。他站起身来,走出病房。他惊讶自己刚才为什么生气?理由不充分。最后归结到,这个小女兵,没有对医学及他本人的敬仰。

他不曾发觉,唯有在乎,才会轻易扰动情绪。

几天后的下午,景自连刚好有点时间,决定去卫生部接收新徒弟。交代注意事项后,便可择期开训,以不辜负司令员托付。

他与卫生部不熟。只知徒儿名叫郭换金,其他都不晓得。当然了,他可以找部领导安排会面。但绕来绕去,麻烦。军人本性,喜欢把复杂事物变简单。

到了卫生部院落,不知郭换金在何方。突见飒爽英姿的麦青青迎面走来。景自连知接洽对象不是此人,但能有熟人问个路,也好。

麦青青看到英俊魁伟的景自连,喜不自禁,满面春风道:"景哥……参谋,你哪里不舒服?"

景自连停下标准的军人步伐,稳稳立住,答:"我没不舒服。"

麦青青心中喜乐,声音格外轻柔:"无病无痛,你到卫生部来干什么?"

景自连知道麦青青不是医生候选人,为免刺激她,随口搪塞:"没有病痛,就不能来卫生部了?"

麦青青难掩欢欣,雀跃道:"不是看病,那是看人?"

景自连大叹失策。麦青青机敏过人,当是遗传了她老爸的才干。

他一时找不到否认理由,含糊其词道:"也可以这么理解。"

他的确是来找人的。

麦青青见他略显迟疑,便按照自己想的,揣测此话深意,满面春风道:"能知你是来看谁的吗?"

景自连很干脆拒绝:"不能。"

麦青青暗自思忖,最近并无司令部要员住院,景自连不是因有伤患而前来探视。排除此因,那么,最大的可能就是——景自连是来看望自己的!

念头刚一浮现,麦青青喜不自禁,几乎不敢相信。但仔细想想,顺理成章。他俩从小熟识,门当户对。加之自己可算战区最俏丽的女兵,景参谋也一表人才。某种意义上来说,此乃天作之合!

麦青青被自己的推断吓了一跳。不过,她性格里天生有顽强求胜因子,老爸当年善打胜仗的基因,在她这里,变成只要是喜欢的事物,便不惜代价去争取的执拗。加之她很会利用自身优势,扶着帽檐,甩甩干练短发,显出妩媚。

妩媚这个风格,在罡风猎猎的高原战区,无比稀缺。干脆说吧,根本没有。

景自连果然被吸引了目光,心下想的是:梳这种发式戴不稳军帽,大风刮来,帽子还不得跟风车似的在地上翻滚?又想:那个叫郭换金的徒弟,是不是也这发式?

麦青青将飘过脸庞的发丝,轻轻呦吸了一下,抿在丰盈嘴唇间,压低声音试探道:"景……哥哥,不会是来看我的吧?"

一身英武气概的景自连,被这柔美低语,吓得身躯向后急闪,险些趔趄,待站稳后说:"麦青青,你万不能这样称呼我!"

麦青青吁了口气笑道:"这么胆小!"

拉开距离后,景自连恢复镇定,说:"我胆子并不小。但你这称呼,若不改,我以后佯作不认识你。"

麦青青一想,若他装作不认识,称呼再亲昵,又有何用?便敛起笑容,严肃道:"景参谋,你到卫生部来,有何事?"

景自连决定直接说明来意,以绝后患:"我受命成为你们女兵的军事教官。"

麦青青惊讶道："仗若打到女兵上阵杀敌的局势，怕要等你们全阵亡了吧？"

二人都出身军人世家，寻常说话毫无忌惮。甚至以荤素不忌的嚣张语调，彰显军人后代的不拘一格。

景自连熟谙此习俗，忽略不计麦青青的肆意夸大，答："教女兵基本军事技能。"

麦青青见景哥哥不愿细说，识趣地不再深问。见他似有离开之意，很想挽留一会儿，便心生一计。

忆旧，是一张好牌。他们有属于同根的共同记忆，年少时在军区大院的美好时光。

她面露感激说："景参谋，谢谢你救过我。"

本想拔腿就走的景自连，被突兀而起的话题，绊住了脚，茫然道："救你？记错了吧？"

麦青青驳斥："我会连救命恩人都不记得？！"

景自连脑海中紧急搜索，实在忆不起端倪，连续发问："什么时间？什么地点？什么原因？"

麦青青说："时间嘛，你十二三岁，我八岁。地点，军区大院后花园。"

军区大院里，本不该有后花园这种封建主义玩物丧志的设施。只因部队当年征用了清朝边塞旧官邸做营房，附属的花园是文物，便一直闲置军中。虽无人拾掇，也没被毁。奇花异草尽都枯萎，太湖石和假山洞等，还基本保存着玲珑模样。军人们对这些景观，置若罔闻。年代久了，乔木蔚然成林，古意苍苍，此处便成了大小孩子的游乐场。

当然，年长孩子们，不乐意和低幼小童玩。年纪小的孩子们，却极乐意跟在大孩子后面屁颠屁颠。那时的景自连，是统率大孩子的首领，像猎豹般矫捷多智。麦青青，则是小孩群中的佼佼者，野如山狐。

景自连的印象到此戛然而止，和麦青青并无直接交集。

麦青青看出景自连回忆无果，悄声提示道："那天，我一不小心掉到假山缝中，擦破了手脚，爬不上去。是你听到了我的哭声，把自己皮带解下来,抛到太湖石洞里,让我拉紧皮带,全力将我拽出……"

麦青青一边讲着,一边露出羞涩神情。带着体温的皮带,无限延长绵延至今,热度愈暖。

景自连一脸狼狈。他确实完全忘记了这件事。或者更准确地说,他曾从太湖石缝隙中,多次拽出过不慎陷落的小朋友。急迫时,也曾解下过自己的皮带,充当救人绳索。但他记忆中,并不曾对麦青青施过援手。他解释不了这个记忆黑洞,面露尴尬。

麦青青把这种尴尬,自动理解为暧昧,说:"那根皮带是棕色的,很新。你通常系最内里的那个洞洞,因为那儿有磨损……"她伴以朗月般的明媚笑容,"对吧?"

景自连彻底无言以对。少年时,他很瘦,玉树临风。皮带最内侧的那个孔,是他自己用钉子和剪刀凿出来的。麦青青说的磨损,其实是技术不过关的痕迹。

被人家详尽描述到这个份儿上,再抵赖或狡辩,就有成心抹杀记忆之嫌。

景自连面对这插曲,很快定住神,客气称赞:"麦青青,你记性真好。"

说着,突然想到,当年笨手笨脚抠出的皮带孔,其实毁了皮带的坚韧性。若是在拽人过程中,突然断了,麦青青就会重新落入太湖石脏腑中。虽不会伤及性命,却有可能摔个脑震荡。若真如此,此刻就不会这般多嘴多舌了……虽然他深觉这么想有点不厚道,却抑制不住无良念头。

麦青青哪能料到景自连这番神游,只想抻长交谈时间,轻轻咬着嘴唇说:"当时年纪小,似乎……好像……撒腿就跑了,并没有谢你。"贝齿晶莹。

景自连从容道:"区区小事,难为你记了这么多年。那里地形很容易坠落,经常有人受困。我救过不止一个孩子,所以记不清了。不必谢。"

麦青青略感扫兴。她一直以为掉入太湖石窟窿的珍贵回忆,独属于她和他。如今当作珍宝捧上,却不想,竟还有人不知好歹地也掉入过。不过,她没让沮丧长久留在脸上,瞬间收敛,话题顺势转变:"有句古话,叫作受人滴水之恩,当涌泉相报。"

景自连赶紧澄清道:"那算不上恩,至多算小小的拔刀相助。"

麦青青撒娇道:"不管你怎么说,我是要报恩的。景参谋不能陷我于不仁不义吧。当年的滴水之恩,已汇聚成滔滔江河。"

景自连眯了一下狭长的凤眼,觉得再聊下去,潜藏着莫名危险,便道:"你若一定要报,不必涌泉,一滴水就行了。"

麦青青预感到气氛很可能热火朝天,欣然道:"景参谋的那滴水是什么?快快告诉我。"

景自连一板一眼答:"我要找你们班的郭换金谈话。请帮我将她叫出来。"

麦青青惊诧不已。好在她迅速敛好情绪,说:"这个很容易,我马上去叫她。还能提供个谈话场所。天太冷,不能站在空场上说话。"

景自连庆幸话题恢复正常,说:"谢谢你还的这滴水,还是热的。"

麦青青假装随口问:"你们谈什么事啊?"

景自连想想,日后同郭换金打交道,将是长期任务。若从开端就搞成神神秘秘,离鬼鬼祟祟就不远了,便朗声回答:"工作上的事儿。"

麦青青生疑。一个司令部,一个卫生部,有啥工作联系?但谨记军队切忌好奇心过盛,强压下心中疑团,道:"景参谋稍等,我这就去叫人。"走出几步,频频回头,只因想多看几眼。

景哥哥啊,你真是难以掩藏的卓越与峻拔。

13

景自连终于见到郭换金——彗星夜里的"银河"女孩。在司令住处,往耳朵里塞棉花的女孩也是她。两次都戴着口罩,面貌并不完整,只记得星星一般的眼睛。他曾知道她的姓,还引起过心中悸动。按说对于记忆力极好的他来说,应该不会忘了这女孩。当他察觉心旌波动,便用极大毅力,逼迫自己忘却。坚定的信念见了成效,他真的渐渐淡忘了她。却不想,在这种场合下,再次相见。

他的眼眸如阳光下的黑曜石,熠熠闪光。想到司令的谆谆告诫,又竭力平静。

二人正规坐在麦青青安排的治疗室内,桌子两侧面对面,好像要进行谈判的对立方。景自连军装笔挺,正襟危坐,以眼观鼻,目不斜视道:"郭换金同志,部里领导同你谈过了吧?"

郭换金清晰作答:"谈了。"

景自连打个喷嚏。这房间经常烟熏火燎进行针灸,气味呛鼻。郭换金站起身,走向窗边。推开窗扇后,并没有马上走开,侧身静候。

景自连抽烟,对烟味有很强耐力,但他受不了艾灸甜兮兮的气味,暗自感谢这姑娘善解人意。

高原天寒,窗户不可久开。每一分热气,都是红柳和焦炭用自己的生命能量换来的。郭换金待气味渐散,便把窗扇拢严,重新回到座位上,说:"抱歉,只能换一小会儿气。不然,话没说完,嘴巴先冻僵。"

景自连回归话题:"战区决定将你培养成高原第一位女医生。"

郭换金面上喜怒不辨,也没应声,好像他谈论的是别人的事情。

景自连接着说:"你怎样能成为一名合格医生,在医术方面,我不知道。"

郭换金小声回应了一句:"我也不知道。"

景自连兀自说下去:"医学部分和我没关系。和我有关的部分,是司令员交代给我的任务。将你的军事技术操作,训练到合格水平。"

郭换金关注:"怎么叫合格?"

景自连道:"能自保,能救人。不能刚上火线,就以身殉职。那样,就算你被评为烈士,骨子里还是失败者。你没能完成救治他人的任务,自己倒成了牺牲品。活着的人还得费力挖坑埋你。"

郭换金腹诽:此人军事技术如何,尚在未知之数。舌头倒是一等毒辣。

她心有不甘地反驳道:"会不会战场阵亡,除了军事技术之外,还有一个非常重要的因素。"说到这里,她停了下来,故意卖个关子。

景自连想不到从未上过战场的女兵,居然敢在穿越刀光剑影的军人面前班门弄斧,不屑道:"说说看。难得还有我一个当军事参谋的人,不知道的死亡因素。"

郭换金侃侃而谈:"这个因素就是——运气。战场上死不死的,很大程度上凭的是运气。"

景自连自然知道这条是颠扑不破的真理。个别士兵的生死,真是老天爷信手一拈的秘密。

看来徒弟不傻,但他犯不上和一个女兵掰扯属于玄学范畴的问题。

"以后凡我有时间,会让人来通知你。如果你恰好也有时间,我们就在小训练场会合,开始军事训练。当然了,如果你忍受不了,觉得太艰苦,可以提意见。但听不听,在我。希望你能坚持下来。"景自连谆谆教诲。

郭换金稳当坐着,说:"迄今为止,教官,你并没有征求我的意见。"

景自连不苟言笑道:"你的意见有那么重要吗?"

郭换金噎了一下,刚要反击,想到"服从命令听指挥",郁闷地问:"教官,何时开始训练?"

景自连说:"从现在开始,你随时处于待命状态。"

郭换金道:"如果通知我训练时,我在工作中,怎么办?"

景自连说:"我会提前从龙部长那里,拿到你的工作安排表。如果没有特殊情况,选你的休息时间,进行军事操练。"

郭换金悲叹一声,苦啊!从此,再没有无忧无虑的休息日了。她不甘心,又问:"我有时会调班,工作时间可能会改变。"

景自连很干脆地道:"如果出现时间冲突,你找龙部长请假,找人替班。我的时间很宝贵。"

郭换金问:"我想知道,学擒拿格斗吗?"

景自连沉稳否认:"不学。"

郭换金不解:"这不是女子防身术的关键吗?"

景自连藐视地说:"你根本不必学习擒拿格斗术。"

郭换金大惑不解:"难道我永远不会和敌人面对面?"

景自连道:"你当然可能会和敌人面对面。不过,到了那种时刻,已是你的最后关头。基本上,作为女子和敌人阵前格斗,你完全没有胜算。我的训练时间有限,不必在这上面浪费工夫。把别的学好学精,避免你的最后时刻。"

景自连站起身,至此,公事已毕,预备告辞。突然,他难得愣怔了一下,说:"郭换金同志,还有一件事,我必须提醒你。"

部队系统中,大声地被人连名带姓称呼,后缀"同志"二字时,通常意味着严峻事件即将展开。

郭换金赶紧也站起身来,领受任务般认真回答:"是。教官请讲。"

视线相交,她注意到景自连的眼眸,纯黑无底,沉郁寒凉。

景自连轻轻咳嗽了一声。在已有一定医学分辨力的郭换金听来,这声咳,和呼吸系统呼吸道的毛病,没有丝毫关联,纯属假咳。作用有两个:一是掩饰自己内心紧张,二是强调即将说出的话,十分重要。对于景教官来说,第一条似乎不成立吧?那只能是第二个理由。

郭换金肃穆聆听。

"记住,你绝不能……那个……"景自连的话,虎头蛇尾,居然没能一口气讲完。

"什么?"近在咫尺,郭换金听力也毫无问题,声波完整纳入耳内,但她还是没搞明白教官强调的意思。

"就是……我们不能产生战友之外的任何感情。"景自连目视前方,坚定地把话说完整。眉眼锋利,语调铿锵。

郭换金终于明白了!第一时间以牙还牙,跳着脚喊起来:"景自连同志,你犯了精神病吧?自恋狂!自我感觉也太好了!你以为你是人见人爱的肉罐头吗?你放心,纪律不允许,我比你还清楚。我们之间永远不会发生什么战友之外的啥啥感情!"

景自连已恢复如水平静,淡然道:"你我将密切教学一段时间,结局要么是你出师,要么是你出局。具体多长时间,目前说不准。边训边看。"

别看景自连字字千钧,十分老练,其实他内心,止不住纷乱。之前在平原,遇有女子大胆冲过来表白,想建立"战友之外的感情",他都波澜不惊地第一时间回绝。这次,为了给心动的女生打预防针,他只能光明磊落提前宣告。"战友之外的感情"到底是什么,他也不清楚,但体内不同以往的沸腾翻滚,让他又惊又怕又好奇。只能斩草除根,扼杀在萌芽状态。那些话,看起来是对郭换金说的,其实也是对自己说的。好不容易说罢,如释重负,昂藏离去。只有内心知道,实乃逃之夭夭。

郭换金独自在治疗室内,缓了好大会儿,心境才渐渐平复。摸摸自己的脸基本恢复常温,方裹着一身艾条气息出门。

麦青青疑惑重重,私下找到文慎笔,开门见山:"协理员,我想知道郭换金最近可有什么新任务?"

文慎笔早料到麦青青会来,字斟句酌说:"部里要培养一个女医生,初步确定的人选是郭换金。她马上要开始一系列的训练和学习。"

麦青青脸上神色如常,口气滞重:"协理员,我也很想学习怎样做一个女医生。"她并不遮掩,直接道出。

"这个……是部里和战区领导统一决定的,我当时也提议培养你。可是……现在已无更改可能。"文慎笔虽然很愿意同大军区副司令员的女儿建立良好关系,但终不能一手遮天。他沉稳周全的性格,决定并不把虚假希望示人。

麦青青略一思索,道:"我知道更换郭换金的概率很小,但既然是为高原战区培养女医生,只设一人,是否有些单薄?从战备和全局的角度考虑,可以有备份。"

不愧军家后人,话说得既有远见又有现实意义。文慎笔本就愿意同一切有利关系良性互动。虽说山高皇帝远,麦副司令员的手,一时伸不到卫生部,但多烧香少树敌,山不转水转,谁知道哪一块云彩会下雨?文慎笔深谙此处事之道。在不付出代价的情况下,搞好一切能搞好的关系,为生存小智慧。

文慎笔并没有给麦青青承诺,这的确不是他一个人能左右的事儿。

拣了个龙一笙心情很好的时机,文慎笔开了腔。

"我看你今天喜气洋洋。"文慎笔道。

"有那么明显?你都看出来了?"龙一笙下意识摸摸颔下,几天没刮胡子,那里杂乱无章,应该不能加分。

"人逢喜事精神爽。"文慎笔调侃道。

龙一笙说:"胡子拉碴的,还精神爽?老文,你口是心非。"说着,他找出刮刀,预备拾掇军容风纪。

文慎笔说:"我说的不是皮囊,是你的内在精气神。"

龙一笙叹道:"真让你说对了。救治一个高原肺水肿病人,脱了危险,由衷得意。阎王爷这个回合,败在我手下了。"说着,他抬起自己的手掌,左看右看,对着掌心说,"老伙计,我代病人谢谢你们。"

见龙一笙心情节节高,文慎笔进入话题:"老龙,培养女医生的事儿,进展到什么地步?"

龙一笙换下钝刀片,说:"基本上还没开始训练。不过,已经给郭换金找好了师傅。"

文慎笔问:"师傅是谁?"

龙一笙道:"文,医学部分,我派给了楚直。他的业务能力,在整个卫生部,首屈一指。"

文慎笔说:"比你还棒?"

龙一笙摸摸鼻子道:"比我,当然还稍差些。但我不可能亲自带女医生,时间不允许。"

文慎笔道:"既然说了文,那还有武?"

龙一笙换好刮胡子刀片,马上要开始操作,含糊应了句:"武是司令员亲自点的将,司令部景参谋。"

文慎笔问:"都是一对一单兵教练?"

龙一笙说:"是。又不是聚众打群架,用不着一大帮人。"

龙一笙说罢,开始刮胡子,肥皂打满脸。

文慎笔做若有所思状:"一个也是教,一群也是教,不妨再多加上一个人。这样,就双保险了。"

龙一笙刀片贴脸,一时没回话。若是一不小心手抖,挂红。

文慎笔点到即止,不再多言。

不答话并不等于没走心。龙一笙在某个适当时机,用半开玩笑的口吻,和司令员说到此事。毕竟这项任务,是在司令员直接指示下启动的。

魏盾远问:"你们还有第二人选?"

"这个……还没有具体商议。"龙一笙愣怔一下,据实回答。

"要那么多女医生干吗?我这儿也不是红色娘子军。"魏盾远不感兴趣,再无下文。

龙一笙转告后,文慎笔一言不发。

私下里,他对麦青青语气淡然地说:"想光明正大和郭换金一道上课,看来不行。但只要我在部里,你若有时间,都可跟着听课。爱学习,谁也不能阻拦。有些事,可速战速决,有些,只能徐徐图之。"

郭换金开始上军事课。

景自连一言不发走在前面,目标是位于半山处的小训练场。彼此相距甚远,如不特别留意,很难察觉这两个人是向同一个目的地前进。

景自连身高腿长,走起路来虎虎生风。郭换金虽然素质不错,毕竟在高原,女性肺活量较之男子还是有很大区别。走了没多远,距离就拉开了。景自连敏锐觉察,但并不放缓脚步。二人抵达训练场地的时间,有了不短差距。

景自连面不改色心不跳地说:"以后多锻炼,这是第一步。战场救护,你要能跟得上部队的节奏。"声线凛冽。

郭换金没回答。不敢不屑,是根本没喘匀气,没有多余气力可供言说。

景自连等她稍缓,走向较为平缓的坡地,提问:"第一课,练习匍匐前进。知道吗?"

新兵时,郭换金学过简略版匍匐前进。当时怕新军装被磨破,抬着肚腹,点到为止,弓身完成。当时的教员,觉得女兵受训不过是走个过场,并没有严格要求。郭换金得以滥竽充数过关。其实她也不算充数,几乎所有女兵都是"滥竽"。

这一次,势头不妙。见她不搭话,景自连目不斜视道:"匍匐,就是身体贴近地面,用手臂和腿的力量,推动身躯疾速前进。在遭受敌人火力威胁,附近遮蔽物又较低的场合,你必须熟练应用此法,才能接近目的地。具体方式,通常分低姿、高姿和侧身匍匐……"说着,他像突然被伐倒的松木段,毫无先兆猛然前扑,趴在石砾上。整个动作干脆利落,无可挑剔。

郭换金愕然。她搞不明白:为什么军训第一科目就是平趴地上?战火硝烟中,前方战友负伤流血,生命危在旦夕,救护员不得尽快冲去救人吗?!反而像条豆虫似的蠕蛹!

景自连看穿她心中所想,略带讽刺道:"你打算像田径百米赛似的,跑步直奔伤员?"

郭换金一梗脖子说:"不行吗?"

景自连道:"若你真如此操作,第二个医生应该马上赶来。他很倒霉,这次要抢救的是两个人。当然了,还得赶上你运气好,没有被敌方一枪毙命。"

郭换金明白了。敌人炮火下,尽可能保障自身安全,方有机会实施野战救护。

她也像教官那样,不管不顾扑倒在地,与粗糙的砂砾和尖锐的岩块相撞,摔个砰砰作响。景自连不理睬她的龇牙咧嘴,继续说:"高、低姿匍匐的要领是……"又身体力行示范一番。

正预备让郭换金实操,警卫员匆匆赶来,忙不迭敬礼报告:"景参谋,上级单位来人,视察防区周围的工事设施。司令员要你带队。"

景自连闻听,拍拍身上尘土,说:"我马上去。"

郭换金心中窃喜。第一堂课,正式夭折。

景自连离开时,疏远地对郭换金说:"你独自在此继续练习。"

郭换金不甘,找理由道:"没人指导,我姿势不对也没人纠正,多练多错,越练越错。"

景自连已快步走远,头也不回道:"你练习我刚才示范过的高、低姿匍匐前进。间歇时加练军姿,就是立正稍息。"

郭换金愕然。战场上两军对垒,用得着吗?只怕你挺直腰板,左脚还没伸出全脚三分之二,完成稍息动作时,胸膛就被子弹洞穿。

景自连特号绿色军裤包裹的大长腿,已蹽出几十步开外。风把他的声音卷过来,破碎,但仍很清晰。

"高姿、低姿匍匐各操练十分钟后,立正五分钟,再稍息五分钟……循环往复。我会用望远镜监督你训练的全过程……"

最后的话,已被山风打散,然气势不减。话毕,身形笔挺的青年军人,隐没山石中。

郭换金轻拍额头。战地救护,如果说匍匐前进还算必备技能,那么,炮火连天下的立正稍息,是否离题万里?

郭换金不服,但不敢违背教官命令。好在立正稍息,她无需指导。只是这十分五分钟的比例,身边没有任何计时器,没法控制。看看天空,太阳在云层中随意出没。就算阳光灿烂,也没法根据日光精确判定五分钟啊,遂决定不予理睬,完成一轮高低姿匍匐前进后,想立正,就立正。过会儿感到疲惫,就转稍息。几个轮回之后,稍息比立正时间还长。

上高原这么久,难得有空闲时间。今天下午,是个好机会。趁着立正稍息时,放眼看去,远眺风光。重重叠叠的冰山,轮廓齐崭,边缘坚硬,颜色单调,绝不随四季变换曲线和色彩。以万古如一的无动于衷,铸就冷冰冰的威严,凝固着远比人类所能察觉的一切时间更为古老森冷的存在。

稍息太久,郭换金突然觉得有目光打量自己。吃惊环顾四野,寥无一人。

于是郭换金认定自己被有虐人倾向的军事教官磋磨得失常,出现幻觉。赶紧改换低姿匍匐前进,胳膊腿在大地上摩擦生痛,不安感才解除。

高原气候易变,刚才还是稀薄高云当空,不知从哪里飘来乌云,如墨水般快速洇散。阳光缩进灰色云层,只从缝隙中洒漏少许光芒,把乌云边缘,镀上纤细的金箔线。继而乌云弥散,便有薄雪坠落。雪花不大,但频密。最先抵达的雪花,打湿了郭换金的衣帽,她打起寒战。

该死的军事教官,巡视工事走哪去了?没有停止训练的指令,这套折磨人的连续动作,要做多久?

她仔细回忆当时情景,好似没有相应命令。只记得教官的眼,黑眼珠像被高原黑夜洗濯过,眸光如星。眼白似被白雪滤过,清朗澄澈。

郭换金愤愤拍向冰冷湿漉的脑门,有用的没记住,没用的倒牢靠。这番胡思乱想,肯定是缺氧惹的祸。

没有停训令,郭换金不敢擅离训练场。只好交替进行奇怪的训练组合,直到原本洁净的军服,肮脏磨损并沾染泥浆。

好在雪下得并不长久,今天并不是至深至广的酷寒。路弯从远处颠颠跑来,忙不迭高声呼叫:"郭护士,训练到此结束。"

郭换金正处在稍息周期,迅即改为无款无形的解散动作。寒风拂面,郭换金拍打帽上雪花,问:"谁让你来的?"

路弯嘻嘻一笑道:"景参谋。"

郭换金一肚子怨气道:"他再不下令撤离,我会冻死在这里。"

郭换金护理过司令员,路弯与她熟稔,便道:"你笨!自己撤了就是。"

郭换金的腿脚好像不属于自己了,挪步时酸麻胀痛。幸好嘴巴勉强还能说话,悻然道:"今天是我第一天军训,不能当逃兵。"

路弯多嘴道:"视察周边工事时,景参谋用望远镜朝这个方向瞄了多次,估计是检查你的训练情况。"

郭换金唇角微动,没敢轻呼出声。糟了!她肆意延长稍息的偷工减料行为,一定被教官抓个正着。

景自连借着高原最后的微光,用望远镜遥看训练场山头时,终于找不到那道孑然一身的苗条身影了。最后出现在镜头中的,是郭换金好像在嘟囔什么。他放下望远镜,嘴角拧出俊美弧度,在心里骂了声:"傻。"

为什么要让她时不时立正稍息?如果她一直伏地前进,叫他如何能看到她?当看不到她的时候,景自连心中涌起一股极为陌生的情感。以往生涯中,从不曾出现。不是恐惧,不是害怕,不是惆怅,不是焦虑,甚至和思念亲人也不一样……酸酸的,暖暖的,揪心揪肺,亲切甜蜜。

景自连迷惘。他挥挥强有力的臂膀,想将这莫名其妙的恼人情绪,赶苍蝇般驱离。那情愫,刚刚离开,片刻后又像高原迤逦迷雾般,无声无息包围过来。景自连的双手,一会儿攥住一会儿松开,无奈地重复,进退两难。

与军训时间的不固定相比,楚直的授课安排,颇有章法。只要他不出远程救治任务,每周三次,雷打不动上医学课。时间一到,原本古墨住过的病室,化身小课堂。

"考你一下。人体有多少块骨头?"楚直劈头问,今日讲人体解剖。

医书特性,知之为知之,不知为不知。没法胡编乱造。记不住就交白卷,瞎蒙基本无效。毕竟自学有点基础,这道题,郭换金知道答案:"两百零六块。"

楚直挖了个坑,等到了郭换金纵身跳入,得意道:"不对。"为提起郭换金的注意力,他用手指敲击床头柜的铁桌面,声音类似得意鼓点,让人烦躁。倒是他的手指,赏心悦目。白皙修长,指节分明,十分秀美。

郭换金也不争辩,拿出《人体解剖学》,熟练翻到某页,一句话不说,指向某一段落,示意楚直。那上面清清楚楚写着。

楚直不睬。原本就是他借给学生的书。当先生的,还用看吗?

他说:"你谦虚一点。"

郭换金听出话锋不善,反击道:"你的谦虚大得过教材?"

楚直道:"听清楚,我说的是人体。这个范围就广了,除了大人,还包括小孩。"

郭换金翻白眼:"那又怎样?大小不都是人吗?"

楚直适时亮出底牌:"人体的骨骼数目,并非一成不变。小孩子,骨头的数目,有四百多块。"

郭换金不由自主颤了一下,倒不是怀疑楚医生的数据,谅他不敢胡说。而是想到孩童,比成人多了两百多块骨头,是细碎多变的小怪物。

楚直口授道:"孩童骨骼尚未融合,故数目较多。比如成人的尾骨和骶骨,各为一整块,也按此计入总数。但在小孩那里,各为五块骨头,加起来就是十块。通常用不着注意孩子的骨头数目,但作为女医生,某种情况下会给孩子看病,心中要有数。技多不压身。"

医学,不能一下学太多。这还是一门不能问"为什么"的科学。比如,你不能问人为什么会有两百零六块骨头,而不是两百零七块?倘若问了,没人搭理你,多半还会露出鄙夷神情,好像你无事生非。

学习一阵子后,郭换金目光涣散,掩口打哈欠。楚直问:"累了?"

郭换金揉揉眼皮道："不累。"

楚直微不可察地缩了缩瞳孔,说："别想在我这里打马虎眼。一个人是不是精力充沛,我能看不出来?!"

被人看穿,郭换金也不强打精神了,牢骚道："也没个实物可看,解剖解剖,既不解也不剖。纸上谈兵,太枯燥。"

楚直解释："诸种高原病在这里都能见到。全世界都比不上咱这儿。"

郭换金辩道："当医生,不能只会看高原病。"

楚直说："说得对。医生,要会看各种病。对病有兴趣,对人也有兴趣。"

高傲楚军医,涉及医学,果然从善如流。郭换金斗胆说："我想眼见为实地学习解剖。"

楚直目神波动,似在思考。过了一会儿说："解剖你要耐心等。"

郭换金不明他意思,道："等什么?"

楚直说："等第一手资料。"

郭换金还是糊涂。她知楚直生性固执,不想说的话,即便是用老虎凳估计也撬不开嘴。算了,听凭他安排吧。

一段日子后,郭换金问楚军医："解剖学的资料,你有了吗?"

楚直答："别着急,继续等。"

郭换金想得个确切答案,问："具体等多久?"

楚直英朗的五官抽动了一下,道："这可说不定。急不得,谁说了也不算。"

郭换金说："我主要是好奇。"

楚直说："急没用,好奇也没用。时机要看天意。"

郭换金大惑不解。本来是正儿八经地学西医,怎么搞得像古代学蛊学巫?

古墨曾经住过的病房,住进了新病人。也是老百姓,不过是男人。郭换金心里矛盾。一方面,她希望此病房不要住进他人,让独属于古墨的气息,长久留存。另一方面,她也希望病房内尽早住进新病人,以覆盖悲怆记忆。免得她在此屋猛回头时,总觉得古墨摄人心魄的明亮眸光,正凝视着她。

现在,记忆终于模糊。古墨曾经睡过的病床上,躺着面容枯槁的老汉。

从登记牌看,他年龄不算太老,刚拐出中年人范畴。不过,就算他不是病势垂危,在风华正茂的年轻军人堆里,他已足够老迈。

"给你打针。"郭换金说。病员头如小号陶土罐,脸如肮脏雪。白发扭结成团,郭换金心下称他——白头翁。

白头翁晃晃浑浊粉丝一般的头发说:"我不打。"

临床上,经常碰到不愿打针的人。如何说服他们,郭换金有经验。

"不打针,你的病就不能好。"她和气劝说。

"打了针,我的病也不会好。"白头翁羸弱回应。

"你是不是怕疼啊?"郭换金用迂回战术。

"我不是怕打针疼。我现在的疼,比打针猛百倍。"白头翁安静回答。

他是癌症晚期,疼痛自是非常剧烈。但白头翁脸上,一派淡然。好像难以抵御的癌痛,只是书本上的传说。

"你不怕打针,为什么不试试接受治疗呢?"郭换金锲而不舍。

"有一些事,结果不一定,是可以试。有一些事,结果定了,就别试了。"白头翁油盐不进,干脆合了眼。

郭换金不肯放弃,说:"试试吧,你不打针,我的任务就没完成。"

白头翁难得地笑了,但脸上基本不见笑容,只是嘴角困难地弯了一下,说:"你别为难。我直接和楚医生说,让他不怪你。"

郭换金黔驴技穷,无奈地嘟囔道:"为什么不做最后的努力呢?"

白头翁竭尽气力回应:"我正在做……最后的努力。"

郭换金说:"你不接受治疗,怎么算努力?"

白头翁闭着眼答:"我在节约药品……高原的药,每一支都走了很远的路。把它们,留给……有希望的人吧。"

郭换金哑口无言,讪讪地带着未能注射的药品回到值班室。向楚军医报告:"病人拒绝治疗。"

楚军医正埋头书写病历,闻听此言道:"第五病区 1 床吧。"陈述句。

郭换金说:"我还没来得及说名字,你就知道是他?"

楚军医说:"我并不知道,只是料想到他会做此选择。走,去看看。"

白头翁见医护二人走近,困难地拍下床沿,算是打招呼。他的生命,不是以天和小时计算,而是分分秒秒都在流逝。郭换金觉得他比刚才看到的状态,又颓败几分。

"您感觉如何?"楚军医问,罕见地用了"您"字。

"不好。"白头翁说。音色极低,像一卷残旧草纸,有撕裂的风,在胡乱卷起的纸隙中呜咽吹过。

楚军医停顿了片刻,用更低的声音说:"您不用害怕。"

白头翁脸上突然荡起一层微笑,看得出他用全力驱动表情肌,才完成这个笑容:"我……不怕……还高兴呢!"

郭换金抑制住身体打战。垂危病人用"高兴"这个词,她怀疑癌组织已转移到他的大脑。

楚军医说:"帮您完成愿望。"

白头翁道:"我……在天……堂谢……"

听闻此话,就算见惯死亡的楚军医,也不知如何回应,只能缄口。

白头翁歇息了很长时间,将所有残存力气,归攒一处,吐出的声音比之前要明亮有力。他略带羞涩地问:"你……们,会记得我吗?"

因有个"们"字,郭换金知道自己也囊括在内。说真的,医务做久了,要记住每一个病人,不可能。面对白头翁的白发,她很肯定地答:"我会。"

白头翁又缓了半天气力,对楚军医说:"是……她?"

这话郭换金听不懂。楚军医很肯定地回答:"是。"

白头翁说的最后一句话是:"快了。"

楚军医鹦鹉般重复着:"快了。"

郭换金还有别的治疗要忙,匆匆离开。

又到了跟楚军医的学习时间。因第五病区被占用,楚军医将课堂临时搬至医生值班室。楚军医一字一顿说:"我不知道给你上什么课了。"

郭换金对楚直的教学旷课,觉得反常,说:"没关系,反正我的医学知识一穷二白。你随便讲点什么,对我都是新知识。"

楚军医面无表情地道:"话可以这么说,我也知自己有这个实力。不过,还是循序渐进比较好,巴甫洛夫说的。"

郭换金随口道:"就是训练狗吐口水的苏联老头?"

楚军医略带惊讶地扫了郭换金一眼,说:"你自学到了条件反射弧?"

郭换金说:"什么弧?不懂。巴老头的事儿,是我上学时,看过的科学家小故事里讲的。"

楚军医狐疑,说:"中学课本里,连这么冷门的知识都有讲?"

郭换金说:"课本上没有,我是从课外书上看到的。"

楚军医若有所思地道:"我记得你是西北小县人?"

郭换金的心,不规则地蹦跳。糟了!她强作镇定地重复道:"是,西北,小县……"借以拖延时间。

楚军医语气轻描淡写,内里咄咄逼人:"小县城的图书馆,藏书挺丰富啊!"

郭换金不能束手就擒,绝地反击:"别看不起西北,看不起小县城。"

这话砸到楚军医软肋。他是江南的城里人,有轻微的地域歧视。自以为隐藏得很好,不料枝节问题上露出马脚。他明智地改换话题,说:"你知道当军医,尤其是外科医生的光荣吗?"

郭换金很快答:"知道。救人。"

楚直说:"这种回答,跟没答差不多。医学范畴内哪个科,不是在救人?"

郭换金理屈词穷。

楚直继续问:"外科有什么优越性?"

这回郭换金不敢逞能,老实回答:"不知道。"

楚直说:"外科的实质,一刀寂灭一刀繁华。"

郭换金翻着白眼说:"讲简单明了些,不然不懂。"

楚直说:"第一,快刀斩乱麻。病人,要么是生,要么是死,在外科,会很快见分晓。不像内科,婆婆妈妈黏黏糊糊,有的病,一治几年,几十年,时好时坏,甚至一辈子都治不好。"

郭换金见楚医生歧视内科,觉得他片面,坚持不附议,心想龙部长主攻内科,不知楚军医这番厥词,可曾当他面放过?

楚军医接着说:"第二,外科医生,真学好了本事,好嫁娶。"

这话,惊得郭换金三魂出窍。

见郭换金惊诧的神色,楚军医道:"我希望你热爱这个行当,把行情跟你说说清楚。当外科医生,手上刀工会很好。切肉,厚薄均匀,具观赏性,横平竖直。"

郭换金本来就圆的眼睛,现在"眼若铜铃"。不过,不按常理出牌的楚军医,对自己耸人听闻的观点,早有预见性,丝毫不受影响继续说着:"在人的皮肉上练出来的手艺,到猪、牛、鸡等各种兽禽肉上操练,手到擒来。人肉很细腻,哪怕最糙的莽汉,其皮肤质地,也比禽兽顺滑。"

"那……是。"郭换金几欲昏倒。但正上着课,不得不俯首听命,并承认楚军医逻辑成立。

"外科医生的针线活会很好。穿针引线,割肉缝皮,是外科基本功。外科将使用各种针法,高手技术,比如我,可比苏州绣娘。当然了,花色没她们那么多,双面绣也做不到。我飞针走线,可把皮肤对位到如绸缎般光滑……"

如果不是顾及面对面教学,郭换金真想用指肚把耳朵堵起来。天啊,这医学课像屠户传帮带。她想拍案而起,扬长而去,远离这诡异课堂,但又端坐不动。楚军医的讲述,带有邪恶魔力。他连拉带扯将医学画皮撕下,露出血腥真实。

楚医生已看出徒弟濒临崩溃,可他并不打算收手,继续大放厥词:"外科医生的另一个优势是,天下没有哪个人,敢轻易欺负你。外科医生的最后一个拿手好戏是……"楚军医方兴未艾,谈吐正浓。

郭换金不想再听,站起身来。

楚直正沉浸在讲授中,没注意到她厌学,嗔怪道:"对老师怎么这么没有礼貌?"

郭换金辩解:"不是礼貌问题。我准备找体温表。"

楚直环顾再无旁人的值班室,问:"给谁量体温?"

郭换金毕恭毕敬道:"给老师您。"

楚直看一眼自己洁白的工作服,一尘不染。摸摸脸颊,再摸摸自己额头,都正常,便下意识问:"我怎么啦?"

郭换金一本正经道:"看看您是不是发烧了。"

楚直这才醒悟到郭换金的阴险揶揄,说:"不识好人心。为师跟你讲的都是肺腑之言。"

郭换金反击:"您这套说辞,哪本教科书上有写?"

楚直双臂胸前交叉,傲然道:"哪本书上都没写。"

郭换金说:"那就是您自创的?信口开河?"

楚直大言不惭道:"自创不假,但非信口开河。我想将毕生所学,倾囊而出传授与你,以不辜负龙部长和司令员的重托。"

郭换金一直以为学医这事是部里决定的,却不想还牵涉司令员,有些意外。想到身上承担着重重责任,恼怒稍见缓解。心想,师傅领进门,修行在个人。当师傅的,从唐僧算起,都有无理搅三分的传统。忍忍吧。见徒儿抵牾心盛,楚直只好稍加收敛。他说:"我现在讲最后一点,很严肃,放之四海而皆准。"

郭换金满腔不以为然,说:"这般厉害?"

楚直道:"外科医生,如有可能,会成为一名优秀的画家或书法家。"

真乃天下奇闻。郭换金百思不得其解,问:"为啥?"

楚军医不慌不忙展开道:"外科医生,需要手部肌群的高度灵敏和力度,这和书法与绘画艺术,有异曲同工之妙,具有成为艺术高手的潜质。"

郭换金反驳说:"画画和书法,除了手上功夫,最主要的是脑子里的想象力。任何佳作,都不是只凭肌群灵活,就可达到大家境界。"

面对有理有据的驳斥,楚直讶然道:"这也是你从县里找到的课外书中,得到的知识?"

郭换金只好说:"我小时学过一点书法和绘画。"

楚直迷惑:"你们老家够发达的,你学过的东西还真不少。"

郭换金深感慎言之必要,不敢再聊下去了,赶紧问:"你的课讲完了吧?"

楚直意犹未尽道:"外科医生,会把果皮削得很漂亮,像一根有香气的链条,柔软而芬芳,最重要的是连绵不断。"

郭换金一时没反应过来,问:"什么果皮?"

楚直说:"苹果皮、梨皮、菠萝皮等都算。橘子不行,它直接剥开。香蕉也不算,它的皮不用削。"

在寒冷枯寂的高原,听楚直数说众多水果的名字,复述香甜神话。

郭换金怅然一笑,道:"如果我有幸得到一个苹果或梨,会连皮吃,果核都不会吐出来,更不会剩下一丁点渣滓。"

楚直扫兴,摆出师道尊严的架势说:"我要当堂检验授课成果,看你是否用心听讲。"

郭换金摆出死猪不怕开水烫的模样,说:"你问吧。"

楚直不怀好意说:"请用最简短语言,答出当一个外科医生的好处。"

郭换金咽了好几口唾沫,才把答案拼凑出来。

"我回答的顺序,可能和老师您讲的略有不同,但大体意思差不多,排名不分先后啊。"她狡猾地给自己预留一点余地。

楚直面色寒淡道:"少废话。开始答。"

郭换金说:"做外科医生的好处,第一,可以杀鸡。"说到这儿,又忍不住问道,"杀猪行吗?"

楚直直接怼了回去:"杀猪不行。"

郭换金不服,说:"既然都是杀,大杀小杀而已,为何不行?"

楚直诲人不倦道:"因刀的大小不同。杀鸡可用手术刀,鸡的体积小。杀猪则须一刀捅入猪的心脏并放血。手术刀是给人预备的,其长度和所能施加的力度,都不足以杀猪。"

郭换金点头,表示虚心受教,继续答:"第二,针线活儿不错。"

楚直不置可否道:"继续。"

郭换金乖乖说:"第三,能培养量体裁衣的本事,可当裁缝候选人。"

说到这里,郭换金不服道:"剪手术纱布块和做西服旗袍什么的,能是一样裁法吗?"

楚直不理她,不作声,静等她的知耻近乎勇。

果然,老师大智若愚,敦促学生只好战战兢兢说下去:"第四,手起刀落。可以练出切肉的本事,举一反三,也能用来切菜。"郭换金按照自己的记忆,将楚军医的授课内容复述完成。说到刀工,突然想起自己和老父郭大厨的约定。每封信除了内有乾坤外,大厨还会在信中,教一道菜谱。"这是你妈爱吃的菜。认真学这些做饭的手艺。将来妈妈不在了,你依然想起妈妈的味道。"

看到郭换金心不在焉,楚直不满道:"最后请用一句话总结一下。"

郭换金脱口而出:"一句话的总结就是——做外科医生,嫁娶都容易。"

楚直心区一窒,哭笑不得,买椟还珠啊!但学生的回答,似得他真传,无可指摘。吭哧了半天,他特别想追问一句:"要是你,打算嫁给谁?"又觉有违师道尊严,开不了口。过了半晌,仍无话可说,遂意兴阑珊道:"今天的课,就上到这里。"

郭换金道:"这也算课呀?"

楚直解释:"我原本备了别的课,但教具没备好,只得临时改换教案。我刚才讲的这些,虽说不登大雅之堂,但都是我的肺腑之言,谆谆传授与你,也算尽忠职守。将来,你若取得成就,可以不记得我这个师傅,但请记住我的话。"

郭换金点头道:"师傅,我会努力。别的那些条不敢说,但练习把苹果皮削得如同彩虹,如果有足够的苹果可供练手的话,我保证做到。不过,先决条件是,我能活着回到平原结苹果的秋天。"

一句话,让屋内沉寂冷硬如铁。高原士兵,谁能保证,自己一定会活着回到平原,还等到秋天。

楚直乐观道:"我们都会。"

这堂课,总算有了个相对平和的结尾。郭换金起身欲走,楚直补充道:"还有一点要记住,无论你将来技术如何娴熟,都不要成为一个只会做手术的医疗工匠。技术之上,还有责任。"

如此深刻的话,郭换金一时难以全面领悟,便没有回应,一言不发地离开。她走得很快,白衣下摆随风飘起,如同一尾白鸽飞翔。

14

楚军医收回看向郭换金背影的目光,复盘授课过程,难得地自我批评了一下:有些话,太随意。好像在徒儿面前特意表现诙谐,愚蠢。

他原本预备讲的课,教具无着。医务诸事纷沓而至,没顾上准备新教案。旁人眼里看到的楚医生,永远胸有成竹满腹经纶,殊不知这和他周全的事先准备,密不可分。如果说别的行当还有天才存在,医学绝无捷径可走。每一分成绩,都是勤奋和实战堆砌而成。

话虽不登大雅之堂,但均是肺腑之言。楚直自我开解一番后,恢复正常。

第五病区的白头翁,一天半之后去世。他没死在郭换金班上,在叶雨露手上断了气。在高原卫生部,死人的事情经常发生,护士们通常很少交流死者信息。但叶雨露回宿舍后,拍着胸口说:"今天死的这个人,吓得我够呛。"

郭换金一边缝补着练习匍匐前进时磨破的军裤膝盖,一边问"谁?"

叶雨露报出病人姓名。郭换金一时没反应过来,重复问了一句:"谁?"话刚出口,她醒悟过来,这个名字属于白头翁。

郭换金道:"也不是头次见病人过世,你为何这么紧张?"

叶雨露说:"他是癌症。"

郭换金咬断补丁线说:"我知道。肝癌。"

叶雨露说:"他死于大出血。他源源不断吐血,没有任何方法可以止住他吐血,全身血液,江河决堤般从嘴里喷涌而出。"

郭换金悲伤地闭了一下眼睛。想象不出白头翁惨白的身体里,能有多少血液可以倾巢而动。

见郭换金动容,叶雨露道:"不说他了。上班是病人,回到宿舍,还说病人,感觉二十四小时都在上班。我开始想家了。"

想家,是高原士兵的必修课。

叶雨露说着,抖开自家包袱皮。正方形的白布,有个角钉了根细绳。士兵仅有的几套衣服,叠得整整齐齐,裹在包袱皮里,充当枕头。包袱当央处,有块手绢包着一沓纸,是能抵万金的家书。

也不知看过多少遍。但每一次重读,都会喉咙根发辣,都会不知不觉中泪流满面……思乡,成为一种民俗。正确讲,军俗。

思念亲人是私密事情。郭换金知趣地走出宿舍,留下叶雨露独自沉浸乡愁。

没地方去,在院里乱转。天冷,她循着一丝暖气,溜达到炊事班。班长门可闩正在修理一杆大秤。他提着秤毫,把秤砣沿着秤杆金星,徐徐移动……如同搞科研。

"门班长,晚上吃什么?"郭换金问。

专心致志的门可闩吓了一跳,秤砣差点砸了脚。门可闩闷声闷气道:"中午饭还没吃呢,就操心晚上饭。女娃娃咋成了饭桶?"

郭换金不介意:"中午饭我已经知道吃什么了,老一套面条。晚饭不知道,问问还不行吗?"

门可闩答:"清炖羊肉。馒头管够。"

郭换金龇牙一笑道:"这个好。"

门可闩说:"你不吃羊肉,说是什么过敏。怎么就好?"

郭换金说:"正是我吃不得羊肉,你就得给我搞点别的吃。总不能饿死革命战士吧。"

门可闩毫不介意道:"一顿不吃,你饿不死。"

郭换金狡辩:"就算饿不死,若不能按时吃上饭,炊事班长失职。"

高大的门可闩佝偻着腰,调整那秤,道:"我说不过你。你既不吃羊肉,那就改吃点什么?"

郭换金欢呼雀跃,道:"给一桶青椒罐头可好?"

门可闩飞快换算,这个交易炊事班不亏,爽快答应:"行。你跟我到库房领。"

两人前后脚往库房走,门可闩手里,还提溜着大杆秤。郭换金说:"门班长摆弄秤,什么用?后勤部要杀猪分肉?"

门可闩道:"想得美!高原上养不活猪,猪都得肺水肿死了。哪来的猪肉吃!楚医生要用秤,让我找出来擦干净,还生怕不准。"

郭换金问:"楚医生想称什么?"

门可闩说:"谁知道?楚医生怪人,就数他歪点子多。"

正说着,殷厚土走过来。"班长,明日可有事儿?"他问。

"没事。我正好休息。"门可闩答。

"正好,有人要借你一用。"殷厚土很正式地说。

门可闩猜:"司政后哪个部门要会餐?借我去掌勺?不过,没听说有什么要大吃一顿的喜事啊。"

殷厚土答:"不是会餐。楚医生要你与他和郭换金同行。"

门可闩大惑:"我用刀是做饭,不是做手术。我能帮他什么忙?"

殷厚土说:"楚医生说,这事儿,不是技术活儿,是力气活儿,你完全能胜任。他从运输连定了大卡车,明天一早出发。"

门可闩身大力不亏,不怵力气活,便一口应下来。定好明天一大早,找楚医生领活计。

殷厚土走了。门可闩从裤腰带上解下钥匙,带郭换金进了炊事班大库。库房,琳琅满目。但定睛观察下来,可直接入口的货色并不多,基本都需再加工。面粉、大米、粉丝、挂面、干菜等,都是生的。对馋嘴娃来说,没啥吸引力。压缩饼干和干炒面,倒是勉强可吃,不过高原人普遍食欲不佳,野战干粮,让人提不起胃口。门班长熟练地从某犄角旮旯处,摸出一桶青椒香干罐头,说:"拿好。抵了晚上的大块炖羊肉。"

郭换金掂量着罐头,斤斤计较道:"我有点亏。"

门可闩早在心中权衡过二者价值,认同郭换金这笔小账。本着公平原则,门可闩说:"那你再四周看看,还有什么可添补的?不能太贪。

比如红烧猪肉罐头,你别张嘴。它贵,你不能让公家吃亏。"

郭换金轻哼一声,心有不甘道:"明白啦。就是说,你能占我便宜,我不能占你便宜。"

吓得门可闩赶紧纠正道:"别瞎说。你不能占公家便宜。"

郭换金不再争辩,借此机会,在库房走了几个来回,东瞅瞅西看看,摸清了公家底细。若以后再有自由选择吃食的机会,有的放矢。

一麻袋红枣,半敞着口,颗颗皱褶中积满万水千山的灰尘。郭换金问:"这个,你打算怎么给大伙吃?"

门可闩说:"还没想好。上回打算蒸枣馒头,提前把枣子泡上。第二天早上一看,满地枣核。"

郭换金一下想到殷厚土的宠物,心惊肉跳说:"一个都没剩吧?"

门可闩大惊,说:"枣全没了。你怎么知道的?"

郭换金不忍供出长尾巴,说:"没剩最好。"

门可闩说:"你这姑娘没良心。多少也盼着给大家剩几个啊。"

郭换金想,若是剩几个,大家不知道情况吃了,岂不是有可能得鼠疫?虽然她知道长尾巴在司务长的精心呵护下,大约没有恶病。

郭换金喃喃道:"老鼠吃了那么多枣,不怕撑着?"心想,下次去司务长那儿看看,是否多了好些小老鼠?

门可闩奇怪:"你怎么说是老鼠?"

郭换金说:"不是老鼠是什么?难道是妖怪?"

门可闩肯定说:"是人。老鼠吃不了那么多。核吐得那么干净,只能是人。"

郭换金下意识问:"谁啊?这么能干!"

门可闩说:"具体是谁,我心里大概其有数。不告诉你。省得你以后见着他,脸上挂相。"

郭换金想,门班长看起来憨,内心还挺狡诈。便不再深究,不疼不痒说了句:"大枣补血。"

门可闩摇头道:"咱在高原,红血球太多了,还要补?越补血越稠,出乱子。"

"那是两回事儿。"郭换金说着,继续寻找解馋吃食。看到一个半人高麻袋,捆扎得很结实,摸摸,内里疙里疙瘩,问:"这是……"

"虫虫。"门可闩厌恶地说。

"虫虫"是什么?郭换金遭炮烙般退后两步。定神一想,纵然是虫,在高原严寒荼毒下,早死了。革命战士连死都不怕,还怕死虫?不能!她伸出手指,解开麻袋捆绳。

门可闩双手抱肘,默许她在库房翻来翻去。

麻袋解开,郭换金看到干燥的淡红黄色小疙瘩,库房光线不良,一时判断不出到底为何物。但没有生命迹象,是可以肯定的。既然不是活物,郭换金咬紧牙根,捏起一枚死虫。

尽管光线暗淡,但郭换金入伍时,视力优异。高原摧残了人体很多机能,唯有视力所受影响不大。她明察秋毫,立即准确判定出了虫虫所属。为验证结论,她抓起一把虫,摊放手心,一一扒拉,仔细分辨。

"这虫,应该和绿豆地里槐花树上的豆虫,是连襟。可豆虫是翠绿色的,这些虫却是红色。"门可闩将所做的研究成果,和盘托出。

"门班长,你老家在哪里?"郭换金把虫体掰开,问。

门可闩报出西部某地。

"你家那儿,离海边有多远?"郭换金刨根问底。

门可闩很实诚地说:"我家乡人,不知道啥叫海。我当兵后看了地图,大概算起来,相距几千公里。差不多隔着大半个中国。"

郭换金笑着把一枚虫尸塞进嘴里咀嚼,说:"门班长,这个不是虫子,是海米。"

门可闩不服,反问:"海里的米?海里还长出米?"

郭换金本想继续说明:"它们是海虾晾晒而成。"未及出口,门可闩又问:"你家好像也是西北的?"

郭换金只得道:"门班长记性好。"

门可闩不解道:"那你怎么会认识海里的米?"

郭换金张了张嘴,愣没发出声。过了会儿,才说:"没吃过猪肉,还没见过猪跑?"

门可闩的脑子,转圜不来猪和海米的关联,懒得深究,说:"我从后勤部背回这麻袋,根本不认识。本想问问别人,这东西咋个吃?一忙就忘了。你知道它名字,也知道这东西怎么吃吧。说说让我学习下。"门可闩家里也是乡厨,从祖辈上就没吃过这玩意。

郭换金并不擅厨艺,只好不很确定地说:"海米,先要泡开。凉水。"

门可闩虚心记下。

"再用一点酒,去腥。"开弓没有回头箭,郭换金只好硬着头皮往下编。

门可闩挠头道:"高原没酒。怕有人偷喝,误了上战场。"

郭换金出主意:"那就用医用酒精代替呗。"

门可闩不赞同:"做饭这事儿,就怕小聪明。酒精代酒?不成。"

郭换金只好往下说:"不用酒也凑合吧。海米泡好后,和冬瓜熬汤。"

门可闩摇头说:"啥?冬瓜?你想得美!自打战区成立,山下后勤从来没运上过冬瓜。"

郭换金细一回想,真的没吃过冬瓜。她以为自己兵龄短,才和冬瓜不相识。却不想,冬瓜素来与高原绝缘。

"为什么不运冬瓜?"郭换金疑问。

门可闩一边查看库房其他物资的保管状况,一边:"冬瓜水气大,熬煮后不出数。路上易冻伤,又寡淡无味。后勤会算账,运冬瓜不划算。"

郭换金恍然大悟后接着犯难。绝配还没出生就胎死腹内,孤独的海米和谁搭伙?

"有了!海米还可和韭菜鸡蛋做成三鲜饺子。"郭换金神往地说,不由自主咽口水。

门可闩忍不住冷笑道:"你自来高原后,见过韭菜吗?"

郭换金如实招来:"没见过一根韭菜。"

门可闩说:"这就对喽。山下也从不给高原运韭菜。韭菜叶薄,车过第一座冰达坂时,韭菜就会结冰。经过六天到达高原,烂成一汪臭水……"

郭换金想象着韭菜变烂泥的惨状,默哀。

门可月又说:"你见过整个鸡蛋吗?"

郭换金答:"没。"

门可月说:"囫囵鸡蛋根本运不到山上。"

郭换金彻底绝望。本想顶着炊事员之女的名头,怎么也得给海米找出几种搭配,不想出师未捷身先死。她灰溜溜道:"海米在咱这儿,白瞎了。"

门可月对这个说法表示满意。不是他这个炊事班长少见多怪,荒废了海米的锦绣前程,而是此物本是废物。为了显示自己宽宏大量,给海米一条出路,门班长深思熟虑后说:"你说我把海米用高压锅压熟,给部里每人来上半碗,怎么样?"

郭换金发根嗖地直起。想象不出半碗不用酒除腥调味的海米,佝偻着身子万头攒动的样子。她赶紧收起对海洋的思念,百般阻挠道:"千万别。门班长,就按照原来的战略部署,让这麻袋虫虫,在库房里沉睡吧。一睡千年。"

门可月抿着嘴,表示对海米的嫌弃与悼念。

又路过一个绑着的麻袋。郭换金随口问:"这是什么?"尚未从海米冤案中走出,兴致缺缺。

"竹子。"门可月轻描淡写答。

郭换金蒙了。第一反应是:高原,能长竹子吗?第二问,竹子何用?预备支蚊帐?高原上根本没蚊子,暴殄天物。试想如果见到一只活蚊子,人们会欣喜——多了个物种在高原翱翔。

第三问随之萌生。麻袋有限的长度,这若是竹子,做教鞭都嫌短。

郭换金打开麻袋,答案是——竹笋。

"你怎么能叫它们竹子?"郭换金对这种张冠李戴,义愤填膺。

"我不认识它。有南方人告诉我,它是竹子小时候。那不就是小竹子吗?!"门可月言之凿凿。

"这个……"郭换金冲天一怒被窝回。泰山般魁伟的男人的良善无害模样,让人无以对答。小兵难道不是兵?

"为啥你从没给我们吃过竹笋?"郭换金换个方向宣泄恼火。

"并不是从没有……我泡过这种小竹子,雪水足足闷了三天,然后和刚杀的牦牛肉炖了一锅。小竹子染上膻气,牦牛肉也越发嚼不烂,大伙意见大了。从此,我再不敢试了。"门可闩颇有几分委屈道出。

郭换金想起郭大厨说过:有好吃东西的地方,一定不单有好吃的,一定还有别的好东西。反过来说,没好吃东西的地方,也缺别的好东西?

心灰意冷。门可闩从箱子缝里,揪出一个小布袋,神秘地说:"好东西来了。这个,比羊肉有营养。"说着用手去掏。

郭换金听见羊肉就反胃,不抱希望看去,竟是红彤彤的枸杞,喜出望外道:"这可是宝贝。"

门可闩说:"这是西北特产。山下的人,不知哪根筋抽抽了,突然发了枸杞上来。可惜少了点。均分吧,部里每人能摊上的不够塞牙缝。发给你,正好。"

郭换金笑逐颜开,连连道:"果真好!我领回去,将它们泡了,和红枣一道煮着吃。我们班,每人可分一碗汤。大补啊。"

郭换金欢天喜地抱一桶青椒香干罐头和若干红枣枸杞,离了炊事班库房。临走时,门可闩说:"明天见。"

郭换金不明所以。就算和别人不一定天天见,与炊事班的人,想不见都没招,除非绝食。这事,值得隆重强调吗?

门可闩见她纳闷,道:"你没听见刚才司务长的话?"

郭换金恍悟:"那你能猜到是啥事吗?"

门可闩说:"我也不知道。"

郭换金一头雾水。一名医生,一个炊事班长,外带一女护士,用一辆大卡车……这种混搭组合,要完成什么任务?

第二天清晨,楚直率门可闩和郭换金,离开卫生部主体结构群,向远处一所孤零零的小房子走去。那是太平间。

一辆解放牌大卡车停在那儿,驾驶员嫌冷,躲在驾驶楼内没出来。见三人到了,摇下窗玻璃,说:"你们弄好了,我就开车。"

郭换金不明所以。今天的课,要在太平间上?楚医生想让她练练胆量?不过,让炊事班长随行干吗?练习在太平间吃饭吗?

楚医生一贯不按常理出牌,又想出什么古怪的教学方法?

正要推开太平间的门,楚军医回头道:"门班长,一会儿我叫您,您再进去。"门可闩虽五大三粗,胆量并不和身躯配套,正发愁呢,乐得躲开。

郭换金跟随楚直进入石头砌起的小屋。太平间内很干净,没有肉眼可见的血污和肮脏,也没有任何气味,只是比其他房间更显寒冷。一是地处野外,没有遮蔽物,也从未生过炉火。二来,估计是心理作用。

郭换金不是第一次来。每次进门,她都觉得里面应该有床。哪怕是石头砌起的冰冷石床,也应该有。记得第一次是麦青青同她一道来送人,当然准确地说是:送尸。

她悄声将关于床的想法,说与麦青青。

麦青青立刻笃定回答:"床不妥。"

郭换金没琢磨出原因,问:"为什么?"

麦青青一捋短发,干练地说:"因为无法预计会死多少人。"

郭换金瞠目。的确,除了病死,此地更大可能是安置战死的人。很难判断在一定时间内,会有多少具尸体抵达。如果砌了床位,到时候,谁躺在床上?谁又卧在地上?一旦砌了床位,场地受限。从大局出发,一马平川,官兵一致,应是最好安排。

郭换金原以为太平间还像往日一样,空空荡荡。却不然,今天有住户。

地上放一副担架,蒙白色被单。更准确地说,是一床白被子。被子的轮廓略有起伏,证明下面并非空无一物,而有一具尸体。尸体头部,蒙一块白毛巾。冷风吹拂,毛巾边缘颤动起伏。

郭换金腿有点发软,无助地看向楚军医。楚军医站在一旁,一脸平静沉稳道:"你过来。"

屋子并不大,但回音震荡,可能因为太空旷了。郭换金乖乖走过去,和楚直靠得很近。趋利避害,楚直身上有活人温度。

二人并排而立,楚直俯身,揭开担架上的人脸部蒙着的毛巾。

极瘦削的脸庞,极苍白的面色。最令人震撼的是他的头发,如一把泡发的粉丝,莹白发亮,随意披散着,在微风中摇曳。

白头翁。

以往病故尸体,都会在第一时间安置,太平间只是短暂中转站。郭换金不明白:白头翁故去后,为何孤独停放于太平间地上。

楚医生说:"他没有亲人,托付我安置他的遗体。我说,想解剖他,让他成为你的大体老师。他同意了。这些天,他和我,都在等待。"

楚军医语调平稳,正规严肃,与往日大不相同。他接着道:"现在,你和我,一道向他鞠躬。感谢他的勇敢、慷慨和善意。"

他们深深弯腰,保持恭敬姿势,很久很久。之后,楚军医把白毛巾重新盖好,又把白头翁身上被子的四角掖紧,生怕他受凉。

郭换金走过去,弯腰想抬起担架。楚军医说:"你抬不动。"走到太平间外,对候在那里的门班长说:"老门,帮一个忙。"

门可闩并不老,因为个头大,掌勺重要,被人尊称。两人抬起担架,把卡车后厢板打开,将白头翁安放在大厢里。

驾驶员看到大家忙活完了,探出头说:"来个人坐驾驶楼,好告诉我往哪里开。"

楚医生可算现场职务最高之人,驾驶楼比较舒适,他坐最为相宜。楚军医说:"老门,你去。"

门可闩说:"郭换金是女娃,她坐。"

楚直说:"担架上躺着的是她的大体老师,她得陪着。"

门可闩说:"那你去坐。我皮糙肉厚,蹲大厢板没事。"

楚直道:"我也要陪着老师。"

门可闩只得向驾驶楼走去,打开车门又扭头问:"咱开哪儿?"

楚军医道:"先沿着路走,十公里后下公路。朝最高的山开,能开多远开多远。直到无法再高为止。"

门可闩频点硕大头颅,表示记下了。

楚直和郭换金上了车,在大厢犄角避风处蹲好,各自双肘抱腿。楚军医敲敲驾驶楼后窗,示意出发。

刚开始,车速不太快。郭换金问楚直:"为什么叫大体?"

楚直用袖口掩着扑面而来的罡风道:"医学解剖分为人的整体和细胞所属的微观。整个尸体,被称为'大体'。"

郭换金心下戚然,问:"过会儿,怎么操作?"

楚直没细说:"到地方到时间,你会知道的。"

郭换金还想问,楚直不耐烦道:"我每回答你一句话,肺里至少灌进三升冷空气。如果你还想我能平安活着,还能拜我为师,赶紧闭嘴!"

那个偶尔出现的严肃正经的楚军医,只在太平间里停留了一会儿。

车速渐渐加快,之后减慢,一通艰难跋涉。郭换金从木质汽车大厢板的缝隙朝外张望,见已驶出公路,开始在无路的逶迤山坡缓慢攀爬。车轮依山势拐来拐去,海拔不断升高。离开正经的道路,轮子急遽颠簸。被子覆盖下的担架,上蹿下跳蹦弹不止。白头翁脸上的毛巾,颠开一个角,露出白头翁比白毛巾还要惨白的消瘦脸庞。郭换金大着胆子眯着眼睛凑过去,哆哆嗦嗦将毛巾重新盖好。

终于,车停了下来。驾驶员探出半个脑袋朝车顶喊:"再往上没法走车了。硬开,咱们就跟车上躺着的那人,一样了。"

楚直站起身,朝高处打眼望去。距离附近最高的山巅,还有一段不近的距离。爬上去,对车来说,算不得什么。对人来说,如攀天梯。

他掏出裤口袋中的烟盒,递给驾驶员,说:"抽根烟,休息一下。"

驾驶员抽出一支烟,夹在嘴里,含混道:"谢啦。"欲把烟盒还给楚军医。楚直没有接,从烟盒中抽出两支烟,一支叼嘴里,另一支握在手心。将烟盒再次递过去:"留着抽。"

驾驶员接过烟盒,发动起车子,继续往山巅方向开去。山势更加陡峻,直到再也开不动了。驾驶员把车停下,摇下车窗。头没探出来,齉着鼻子说:"再开,车上躺着的那哥们儿,能立起来。就是给我一条烟,也不成。"

楚直已将嘴中的烟抽尽。当郭换金以为他会再接再厉抽第二支烟时,楚军医掀开被子,把另一支烟,放入白头翁枯槁僵硬的手中。还特别揉了一下枯枝般的手指,让他以一种男人很潇洒的姿态,夹住了那支烟。

郭换金轻轻说:"我从来没见过他吸烟。"

楚直看也不看郭换金,道:"他原本是吸烟的。只是因为病重,才不再吸烟。"

郭换金惊奇:"你怎么知道?"

楚直道:"聊天。"

郭换金说:"你常和病人聊天吗?"

楚直说:"不太经常,但和每个病人都会聊,这也是医生工作的一部分。"

说话间,门可闫从驾驶楼出来,叹口气道:"的确没法开了。"

楚直点头,表示理解,对郭换金摆头:"下车。"

门可闫将汽车后厢板打开,与楚医生配合,把白头翁的担架抬下。楚直对驾驶员说:"麻烦你在这里等我们一下。"

驾驶员惬意地抽着烟,含混说:"多长时间?"

楚军医说:"不一定。少则两个小时,多了,可能会更久。"

驾驶员又点燃一支烟,吐着烟圈说:"不着急,慢慢来。我等你们。"

直到此时,郭换金还是弄不清楚军医将要做的事儿,门可闫更是一头雾水。

楚军医偏身对门可闫说:"咱俩把担架,抬到那座山顶。之后你休息,我给郭换金上课。"

他手指如裁,指向附近最高的山峰。说罢,两人擎起担架,朝远方走去。郭换金亦步亦趋。

白头翁死于癌症晚期,有明显的恶病质,体重急剧衰减。但成年男子,即使枯瘦,骨架的分量还在。楚直特地挑了体能充沛的门可闫做搭档,有远见之明。但山势陡峭,有些地段须四肢用力攀爬,好几次险些将白头翁遗体自担架摔下。没多久,两人气喘吁吁,颜面呈明显缺氧的猪肝色。

郭换金虽未负重,但高原不会放过任何人。女子体弱,她空手亦呼哧带喘,好强说:"你们俩谁歇一下?换我来担一程。"

谁愿意在女孩子面前示弱?楚医生竭力让自己的话说得连贯一些,道:"你攒好气力……好好学习。"

门可闫更是故作轻松道:"他……没两袋面粉重。"

一袋面粉五十斤,白头翁去世时,端的不足百斤。不过,加上担架和被子的分量,超过两袋面粉。

　　"那就歇一下再爬。"郭换金提议。

　　"不能歇。"楚直断然拒绝。高原上,人负重行走,一旦到了缺氧极限,休息后只会更加乏累,几乎完全丧失斗志。

　　"老门,坚持!"楚直喊了一嗓子,给门可闩打气。门可闩抬后架,应了一声,还挣扎着打了个有信心的手势。可惜楚直根本没看见,前架无法回头。

　　郭换金跟在一旁,胸闷气短头晕眼花。一个空手人,都这般吃力,荷重的人,更是举步维艰。她再次想,是否跟担架手换一下?

　　念头生发,她具体琢磨——前架与后架相比,谁更吃力?

　　山势陡峭。担架几成四十五度角。担后架的人,需不断举撑双臂,调整姿势,以维持担架槽接近水平,尸身才不会滑脱坠地。抬前架的人,则需一直弓着腰,一步一脚窝,细碎挪进。

　　前架虽像只半匍匐的大虾米,但比起后架来,似略胜一筹。不是省力,而是相对安全。若是担后架,整个尸身时时在你眼前晃荡,你会担心下一秒他噌地坐起来。

　　担架的首尾两端没有任何遮挡物,白头翁随着攀爬角度的陡峭倾斜,开始沿着帆布槽向下出溜,双脚已伸出担架尾。山风袭来,白头翁脸上的白毛巾,簌簌抖动,好像他恢复了不规则的呼吸。

　　郭换金再三斟酌后,决定替换楚医生。不仅因他的体质比门可闩弱一些,更因为他是前架,闷头往上爬就是。这比后架的人,双目凝视白头翁的赤裸脚踝,时不时须将尸身往上拥一下,略安心。

　　郭换金问:"……还有多远?"

　　楚军医抬头望向巅峰,说:"到那个……最高山头。"

　　郭换金说:"这一带的最高山头,是珠穆朗玛峰。"

　　楚军医累得眼前金星直冒,没余力抬杠,用手比画答:"相对的最高……山。"

　　郭换金说:"这些山头都差不多高,横看成岭侧成峰。"

　　郭换金再次坚决表示,要替换他们中的一个,前后架均可。二人均毫不迟疑拒绝。

终于,他们千难万险地爬到了目所能及的最高峰顶。

山顶,并不是想象中刀剁斧劈般的锐利,而是一块有几十平方米面积的平台。门可闩和楚直,将担架端端正正恭恭敬敬放在平台中央,抚胸坐在一旁歇息。

门可闩抽完一支烟,眯缝着眼睛对楚直医生说:"你们忙你们的,我就不看了。"

楚军医理解地说:"老门,你找个背风地方歇会儿。若不嫌弃,我把担架上的那床被子拿给你。"

门可闩说:"我不嫌弃。不过,你们先忙。等他用不着了,再给我遮风。"

楚军医点头,从红十字包中,拿出手术刀等一应外科器械。待安顿好,楚军医对郭换金说:"我们马上开始。再次向他致谢。鞠躬。"

郭换金的躬,鞠得格外深,腰弯到最深处,长久凝然不动。她知道这是最后一次向白头翁致意。

楚军医把白头翁的被子递给门可闩,说:"他用不着了。"门可闩眯缝着眼,拿了被子,裹在身上,躲到山台边缘,背对这里。

楚军医让郭换金协助,将穿着单衣的白头翁,从担架上挪出,安放在平台略有倾斜之处。

白头翁是流浪者,没有家人。楚军医按照白头翁身材,用自己的份额,从司务长那里领出来一套衣服,特选了白色。白头翁的身体擦拭得很干净,穿着部队发的衬衣衬裤,十分洁净。

他栩栩如生。郭换金耳边骤然响起白头翁的声音。低沉、嘶哑,但很清晰,那是他最后回光返照的时候。

"我老家,天像漏勺,总下雨。一年到头很少能见到太阳……"白头翁合着眼道。

郭换金没应答。以她的经验,垂危病人,一旦开始回忆家乡和童年,死亡便近在眼前了。安静地听着就是。

白头翁继续道:"我自小多病,郎中说要想保命,只有多晒太阳。我离了家,开始流浪。后来,病好些了,头发却早早白了。我琢磨,或许是太阳晒得还不够吧？我……想住在高高的山顶，每天最早晒到太阳，最晚与太阳分别……"说到最后一句时，他皱褶极多的眼皮，猛然打开，眸光迸射，如旷野中的磷火。

郭换金这才醒悟到今日山巅之行的缘起。

"你协助我，脱掉他的衬衣裤。"楚军医低声吩咐。郭换金照办。

现在，白头翁只穿白色内裤，躺在山顶平坦地面。他瘦削无比的躯体，裸露在高原明亮的阳光之下，肃穆凝重。郭换金觉得他并不像刚刚离去的人，而是一尊远古的木乃伊。虽然，她只在书本上见过木乃伊。

楚直说："时间紧迫。我之后的操作，可能不太正规，但胜在快。你要紧盯我的动作，先记下来，以后再慢慢回忆。今天主要学习内脏位置，还有大脑的基本结构。至于男性生殖系统，不涉及。"

说完，楚军医戴上手套，操起手术刀，打开身体，细细翻动……像是专注翻阅一本精装书。内容一页页依次展露，色彩清晰，纤毫毕现。

郭换金来不及惊愕，甚至也无法害怕。她应接不暇地从楚医生的指尖，阅读人体这部无字天书，逐一习得人类最本真的生理解剖知识。

她以为会看到很多血，其实不然。白头翁的病和他致死的主要原因，让他的血，基本上在生前流光。楚直展示的术野非常干净，正常脏器和病变区域的分别，壁垒分明。加上他对白头翁生前病况非常熟悉，解说极其到位。一对一的亲历指导，郭换金受益极大。

整个授课过程，有条不紊。不知不觉中，数小时过去了。楚直看了看太阳方位，道："我们必须离开了。"

郭换金的大脑被人体内部构造所充斥，没有余力回应，遵令站立起来。长时间蹲踞，腿脚麻木，险些歪倒。

"我还有最后一步。"楚军医说着，找到背风处休息的门可闫，"我要你带的秤，在哪儿？"

门可闫从身旁摸出秤。真够难为他的，不知一直放在哪里。楚军医把秤提过来，对郭换金言简意赅道："肝脏。"

这话若在几小时前说，郭换金肯定不明就里且瑟瑟发抖，根本无力执行。此刻，她已胸有成竹。从容地把白头翁肝脏完整托在手里，稳稳放在了秤盘中。

楚直精确称取了重量,并让郭换金记录下来。

现在,一切完成了。只穿一条白色内裤的白头翁,静卧在高山之巅。从他身体切口处渗出的液体,将周围沙石的颜色染深。

"记住了吗?"楚直轻抚手套,预备摘下。

"大致……记下了。"郭换金回答,不敢将话说得太满。

"我们走。老门和驾驶员等久了。"楚军医朝天空看去。

郭换金没有手表,也没带公家的马蹄表,不知准确时间。感觉中,时间过得很快,但肯定历时不短。

"他……怎么办?"郭换金低声问。

"谁?"楚军医问。

"大体老师。"郭换金轻轻抚摸了一下白头翁铺展在地的皮肤。可能因在阳光下,并不是想象中的湿冷,温暖而干燥。

"这是他的最后心愿。"楚直示意加快离开。

郭换金最后看了一眼她的大体老师,心念微动。他已成一具空壳,在牛奶般雪白寒凝的山景下,他四肢颀长,好像刚刚伐倒的带着枝条的桦木树干。

郭换金怅然向远处望去,这是高原上的一个普通正午。远处冰山轮廓清晰坚硬,傲然不动,以亘古不变的身姿,铸就天地间的永恒,永不含情。

"他……会上天堂吗?"郭换金讷讷问。

"不会。"楚军医一字千钧说。

郭换金心中最后的念想,被楚军医的话语冷酷击毁。

楚直要粉碎郭换金对死亡的一切温情解释,令她直面淋漓的鲜血。

郭换金大脑一片空白。

三人扶持下山。花费的气力,只比上山时略少。脚底生滑,更需万分谨慎。

"他会活在你心中。"过了许久,楚直猛然接续之前话茬,以难得的庄重语调,说出此话。

郭换金不知如何作答。

"会拉丁语吗?"楚军医又问。

"只会简单药名。"郭换金不知道他想干什么,突然跳到不搭界的问题。

楚直望向辽阔远方,陡峭无尽的山峰排兵布阵,鳞次栉比,绵绵未有穷期,缓缓道:"有一句拉丁语,叫作'mementomori'。意思为——'记住你会死'。"

郭换金像留声机般复述一遍,道:"记住了。记住我会死。"

死,曾经以为很远很远,现在知道很近很近。它,就在刚刚辞离的山顶巍峨处。

郭换金想,高原会以广阔无垠的怀抱,化解白头翁的一身病气。白头翁将彻底回归大自然。生命清晰明白地结尾了,没有丝毫温情遮挡。

楚直锋锐眼眸绽放着暗芒道:"人体,不管生前如何,最终会分解为磷、钙、铁、镁和其他一些微量元素。随风飞舞,成为烟尘。之后或落地或入水,成为土壤和蒸汽。完成从动物到植物或气化为云的完整转化。人人皆如此,过程永无完结。"

郭换金这一天,连续饱受震撼。排山倒海般的经历,振聋发聩。楚直的话,更是澎湃千里的总结。

楚直又道:"如果你以后能成为一个好医生,你的大体老师,会无处不在地朝你微笑。只要人记得另外一个人,记忆,就是那个人不灭的天堂。"

郭换金抬头望天,尽量把头颅后仰。仰望天空,是人类的普遍天性,亦是最古老的心灵密钥,特别是怯懦和惘然时,想对抗地心引力,飞向宇宙。

郭换金想借着凛冽长风的吹拂,风干泪水。希望从天空那里,获得静谧、缓慢、平和和永垂不朽。高原风,不遗余力地吹着,直到把郭换金的脸吹到变形,泪水还是渐次流了下来。

楚直假装没看到她的泪水,继续传授道:"记住,医生面对的敌人,是那些带'病'字头的字。它们通常都带有强烈力度。医生穷其一生,都无法完全战胜它们。你必得习惯失败,习惯分离,习惯永不软弱。"

郭换金回归医学徒弟身份,说:"'病'字头的字都很凶。我记住了。"

楚直为加深她的印象,说:"比如大体老师所患的'癌'。比如高原病的'病',比如疼,比如痛,比如疯,比如瘫痪和痴……不胜枚举,字字狰狞。既然干了咱这行,你没有权利长时间沉湎于个体消失的哀痛中。从宏观讲,它逃避不了。"

郭换金醍醐灌顶般明白了。在成长为好医生之前,她一定会经过无尽的摩擦锻打,才有可能变得又柔软又坚韧。她必须完成对死亡的脱敏,才能在撞击下,不会脆断。

15

下午,郭换金回到宿舍,魔怔般沉默。叶雨露摇晃着她胳膊道:"你跟着楚军医出了一趟门,好像丢了魂。"人们都已知道郭换金成了楚军医的徒弟。

郭换金无精打采地说:"是丢了魂。"

叶雨露没想到被自己说中,吓了一跳,问:"你们去哪儿了?"

郭换金答:"山顶。"

叶雨露撇撇嘴说:"山顶有啥啊?"

郭换金答曰:"看死人。"

叶雨露不信,道:"死人有什么好看?"

郭换金惊心动魄道:"楚医生讲解剖,要我对着尸体上课。"

叶雨露愤然说:"楚军医成心吓唬人!咱这儿不缺死人,太平间常有。"

郭换金解释:"不是只要是个死人,就能当大体老师。首先要本人生前同意。"

叶雨露对此话题,一点儿兴趣也没有,道:"说点儿别的行不?"

"好,那小叶子,帮我一个忙。"郭换金应道。

叶雨露说:"可以。只是我帮了你的忙,许我啥好处?"

郭换金佯装生气道:"跟班长讨价还价,小心我哪天给你小鞋穿。"

叶雨露纠正道:"别忘了发鞋的人,是司务长。你的官太小,做不得主。"

两人嬉闹了一会儿,叶雨露问:"到底要我帮你啥?"

郭换金说:"搭把手,把铺板抬下来。"

两人齐心合力,将郭换金的铺板靠墙立起,巨大的樟木箱子,海礁般露了出来。放箱子那天,叶雨露刚好上班。之后就一直罩着床板,不显山不露水,所以小叶子一直没发现。此刻见古色古香的庞然大物藏匿屋中,大叫道:"看不出啊班长,不声不响成了土豪!"

郭换金抱屈:"我连这箱里装的啥都不知道。真是金银珠宝,也不枉土豪。若只有大米白面,撑死是个粮囤。"

叶雨露颇感兴趣说:"老实交代,箱子哪来的?咱们一块儿从新兵营上山,那时你哪有这古董。"

郭换金低沉道:"古墨送我的。"

叶雨露一时没想起来,问:"古墨是谁?"

郭换金说:"就是原来第五病区的高原病患者,女的。"

叶雨露拍拍光滑额头,说:"哦,想起来了。瘦得像是用几根别针串起来。后来在下送平原的路上,死了的那个。"

郭换金沉默,没法批评叶雨露的不敬。通常在宿舍,她们对病人大抵没多少好话。她缓言道:"这是她的遗物。"

叶雨露说:"她的死讯,传了有段时间了。你怎么今天才想起看遗物?"

郭换金垂下眼帘,道:"我一直没有勇气打开这个箱子。"

叶雨露好奇:"怎么这会儿勇敢了?"

郭换金答:"见了更悲凉的景象,这就不算什么了。"

叶雨露说:"懂了懂了。有以痛治痛,你这是以悲治悲。"

郭换金说:"算是吧。古墨将遗物托付于我,总是拖延不忍心打开,也对不起她。"

说完,郭换金找出一把古色古香的钥匙。

叶雨露凑过来端详,说:"看起来像杜十娘怒沉百宝箱的钥匙。"

郭换金说:"杜十娘除非偷了国库,哪来这么大的百宝箱?少贫嘴,先把它从土中抠出来。"

二人拎着箱子侧把手,吆喝"一、二、三",想把箱子挪到地当央,方便拾掇。却不料箱子纹丝不动。再试一次,战果稍好,箱子侧歪了几分,但最终还是没挪出土穴。二人彻底放弃。

"怎么办?"叶雨露问。

"一是把它原样儿放好,过段时间再说。二是请援军。"郭换金咂着嘴说。

"铺板已搬开,算完成了一小半,搭回铺板,咱就白干了。还是请外援吧。"叶雨露年纪小,脑子不差。

郭换金也想尽早尘埃落定。今天好不容易攒起勇气,决定打开箱子。若半途而废,下次还得咬牙跺脚重筑堤坝,才敢卷土重来。

只是,找谁帮忙?

轻车熟路,还找司务长吧。郭换金想着,未及起身,叶雨露拍拍手上浮灰,说:"我到院里看看,抓个壮丁来帮忙。"说罢便跑了出去。

叶雨露的嘴甜,开口求人,胜算很高。郭换金乐得坐享其成。

果然,叶雨露很快推着一个人,走进女兵宿舍。

郭换金原以为抓来的是下夜班的医生或男卫生员,却不想此人身形矫健,仪态俊美,让人眼前陡然一亮。这不是调到政治部任干事的潘容吗?

"潘干事,怎么是你?"郭换金颇为惊讶。

叶雨露忙解释:"我刚出门,就看到潘干事。问他愿不愿帮我个小忙?他说愿意。我就把他拽来了。"

郭换金的记忆中,潘容总是个病号。让他干劳力活,旧病复发如何是好?便推辞道:"潘干事,你还是多歇着,我们再找别人帮忙。"

潘容笑道:"看来郭护士执意不肯给我报恩的机会了?不就是干点体力活吗?这有何难?我已完全康复。"

潘容说着,注意力集中到箱子上。打量过后,又摸了摸,说:"有沧桑感。哪来的?"

郭换金淡淡道:"一个去世女病人古墨送我的。不知道里面是什么东西。"

潘容跃跃欲试道:"古墨是谁我不知道,但这箱子激起了我的好奇心。现在,你用也得用,不用也得用。我想看看里面藏了什么宝物。"

潘容绕着箱子转了转,又晃晃箱体。

"关于古墨,你了解多少?"潘容不愧是政工干部,先对箱子曾经的所有者,展开调查。

郭换金说:"古墨的丈夫是古生物学家凌慧虎。他,你知道吧?"

潘容目光灼灼,道:"是高原活地图凌慧虎吗?"

"正是。箱里是他们夫妻的遗物。古墨托付与我,我正想办法打开它。"郭换金答。

潘容查清情况,并不忙着用钥匙,说:"箱子打开后,你打算怎么办?"

郭换金说:"是什么东西尚不知道,现在就说怎么办,为时太早。"

叶雨露趁谈话有一丝空隙,插嘴说:"箱子特别沉,不知里面是什么宝物?"

潘容思忖道:"或许是凌慧虎的古地质资料标本?"

叶雨露猜测:"会不会是金子?人都说,高原有很多稀有金属。"

人虽是叶雨露请来的,但潘容不愿和她讨论,眉眼精致清俊如玉的面容,对着郭换金问:"开箱吗?"

郭换金说:"先挪出来吧。"

潘容道:"原来位置挺合适。不必将箱子搬出,原地打开即可。看完之后,也可就地保存,我看你们房间小,并没其他地方可供安放。"

郭换金点头,同意他的建议。

钥匙插进箱上的黄铜明锁。本以为钥匙笨重,锁头也陈旧,过程一定艰涩。却不想很轻易便打开铜锁。郭换金铆足了劲,欲掀箱盖,却劳而无功。没掀动不说,人还打个趔趄。潘容原本觉得不宜凑得太近,但看到郭换金险些扑倒,赶紧扶她一把。

潘容用力打开箱子。叶雨露赶紧挤上前参观。一股特有的气味,喷薄而出,真相大白。箱里,满满当当都是书。摆放整齐,品相上乘。很多精装本,犹如五彩砖块。

潘容喜不自禁,欲更凑近些,说:"让我看看,都是什么书?"

郭换金瞟后道:"好多世界名著。"

潘容爱不释手翻看,说:"还有中国古代典籍。"

叶雨露不甘寂寞插嘴问:"可有连环画?"

郭换金和潘容异口同声答:"没有。"

叶雨露不死心,接茬儿问:"有小人书吗?"

这回,郭换金和潘容都没吭声。怕再齐说没有,打击她的自尊心。

叶雨露等不来他俩回答,索性自己查看,失望道:"连路边的小书摊都不如。"

两人继续默不作声。

叶雨露见两人默契,不免拈酸。面对箱里的厚厚书本,她实在提不起兴致,说:"快该我的班了,走了。"悻悻离去。

两人原地整理书籍。潘容不时拍着书皮惊喜道:"宝库!"

高原战区的一切供应,均依赖平原补给。武器弹药给养被服营具等,已让专门配置的汽车团不堪重负。周而复始向高原运送物资,耗损极大。举个例子,一辆油罐车要把油料输送高原,自身消耗的汽油,需另一辆运油车补充。所以除了极其必要的军政书籍外,其余闲杂书几近绝迹。文史哲典籍,凤毛麟角。至于绘画、音乐、诗歌等册子,广袤旷野上,数量很可能以个位计。

一汪清泉,出现在焦渴的沙漠旅人面前,怎不让人欣喜若狂!

潘容说:"郭换金,求你打我一下。有多大劲儿,使多大劲儿。"

郭换金说:"我疯了?把你打犯病了,我负不了责。"

潘容快乐作答:"我就是要感觉疼不疼。若是疼,那就是真的,若是不疼,就是你出现在我梦里。"

郭换金说:"谁要出现在你梦里!我不打你,另换一法儿。"

潘容说:"啥法儿?"

郭换金比画道:"你把这箱子往起抬。若能抬起来,便是假的;若抬不起来,便是真的。"

潘容像个木偶人听令,拉箱子的黄铜拉手。用尽洪荒之力,身体奋勇扭动,箱子纹丝不动。

潘容心满意足道:"真的。千真万确。"

郭换金毫不留情揭穿:"你并没有用全力。箱子虽重,但刚才我已试过,用全力时,可轻微移动。"

潘容被识破,也不气恼,道:"女孩子,别一针见血成不? 就算美梦,也让我多做会儿。"

郭换金发愁道:"接下去怎么办?"

潘容摘下军帽,捋捋一丝不苟的头发,发出打劫倡议:"见一面,分一半。"

郭换金说:"土匪。古墨并不想让这些书归私人所有。"

潘容说:"若有人见了这许多书,不想归己所有,便不是真爱书。"

郭换金说:"归谁的事以后再说。起码,咱现在有书读了。"

潘容忙不迭道:"那我要先借走几本。"

郭换金说:"你是开箱子的功臣,没问题。"

潘容突然想起很重要的事,道:"箱子要保密。"

郭换金不解:"这都是公开卖的书,为啥要保密? 不懂。"

潘容说:"书太多,我大致看了一下书脊,包罗万象。"

郭换金说:"你眼快,我还没看周全。"

潘容说:"这箱书,内容繁杂,咱只能偷偷看。万一出麻烦,咱受批评不说,这些书也可能不安全。"

看潘容面容如临大敌,郭换金不敢大意,说:"好。不过,你我不说,叶雨露也看到了。她是大嘴巴。"

潘容胸有成竹道:"这个交给我,我叮嘱她一定保密。"

郭换金想得出潘容对女兵的杀伤力,更甭说女老乡,道:"你出马,马到成功。"她顿了一下又问,"还有什么要叮嘱?"

潘容大言不惭道:"自然有。"

郭换金道:"真够复杂。讲吧。"

潘容直身,像一株挺拔绿枫树,朗声道:"我要一块借书的金牌。只许我不借,不许你不借。"

郭换金说:"行。不过每次都得你帮我把铺板搁起来,才能找到书。"

潘容开玩笑道:"那岂不是我要常常到你们宿舍来?"

郭换金原没想到这点,顷刻犯了愁。虽说大天白日,男女军人串个门,也算不上大逆不道。但次数多了,终是不妥。她正发愁,潘容道:"单是捅起铺板,打开箱子翻书,并不是太大工程。叶雨露可帮你。"

郭换金一时也想不出更好法子,说:"看来只能这样。"

潘容又道:"我还有要说的。"

郭换金火了,面有恼色:"潘干事,你有完没完?这是古墨的箱子,不是你们潘家女人的盒子。"

潘容大惊:"潘家哪个女人招你了?"

郭换金撇嘴道:"潘多拉啊。"

潘容夸张地表示惊诧:"郭护士博学,还知俺老潘家有这号人物。看来你们县中的老师,学贯中西。"

郭换金猛然醒悟,大意了! 祸从口出,忙岔开话题道:"赶紧把你最后的话讲完。做得到,就做。做不到,你就地收回。"

潘容慢悠悠说:"最后一条,是咱们俩要交流读后感。偌大战区,这些书,只有你我读过。再不互相谈谈收获体会,估计得憋坏,也对不起古墨留给你的这些书。"

提到古墨,郭换金不忍拒绝,勉为其难道:"就与你做个同窗。"

屋内地方有限,再加蠢起床板,更显狭小。两人头抵头,继续翻书。郭换金从樟木味道中,分辨出若隐若现的另外气息。

学医,让她知道年轻男子身上,有雄性荷尔蒙味道。但现在钻入鼻孔嗅到的,似乎不全是,有点雪峰的味道,不浓烈,但凛冽。

郭换金抽动鼻翼说:"潘干事,有一种气味。"

潘容贪婪翻书,心不在焉答:"书有墨香。"

郭换金否认:"不是墨香。"

潘容道:"那就是樟木箱子的味道。好樟木,能传几代。"

郭换金否定道:"不对。人的嗅觉,会对已经熟悉的气味丧失敏感性,'久入鲍鱼之肆,不闻其臭。久住芝兰之室,不闻其香',是有医学原理的。按说我在这箱子上,睡了很久。无论是樟木香,还是挡不住的墨香,都产生了耐受性。现在这气味,来自陌生物体。"

潘容被这套医学说辞唬得愣怔,环顾四周,纳闷:"没啥陌生物体啊。"

郭换金也同样疑惑："我若知道,还问你干什么?"

潘容一心要为姑娘排忧解难,说："你具体讲讲这是个啥味道,我也帮你找。"

郭换金边耸动鼻翼边说："像雪。"

潘容不赞同："瞎说。雪没有味道。"

郭换金驳斥："年轻的雪,的确没味道。少量的雪,也没味道。但如果是千万年积存的雪,如果是声势浩大无边无际的雪,就有味道。"

潘容仍不得要领,说："你具体讲讲,雪,到底啥味道?"

郭换金为难了："不好形容。只有你沉没到雪中,被它笼罩浸泡,才会感受到——寒凉、清澈,还有某种远古植物的气息……"

潘容放弃探索,道："越说越玄。你被雪埋过吗?你,继续琢磨难以言传的气味,我呢,赶紧继续翻书。"说罢,他前俯身体,向书箱底部查阅。

郭换金忽然拍掌叫道："有了!我找到了陌生物体的味道来源。"

潘容半信半疑："是哪本书散出来的?来自俄罗斯高加索?还是法兰西塞纳河?"

郭换金缓缓应道："没有那么远。陌生物体是你,味道来自你身上。"

潘容说："开什么玩笑。我能发出远古植物的味道?银杏或是古蕨?"

郭换金一本正经道："潘干事,看在你血管里还淌着我的红血球分上,从实招来。"

潘容见她认真,不敢敷衍,冥思苦想,突然说道："哦,我病前和病愈后,每天都坚持用雪洗脸擦身。日复一日,或许得了你所说的雪味?"

郭换金抓住可怕的细节,骇然道："你竟敢用高原雪擦身?"

潘容说："强健体魄,有备无患。若爆发战争,哪里有热水可用?"

郭换金道："没热水用的对策,我想好了。战争打响后,争取第一天阵亡。免去之后寻找热水的困难。"

潘容嗤笑她幼稚:"若全体将士都抱着这样的想法,第一天后,死一半人马。如何取得胜利?"

郭换金自知无理,说:"咱们把床板复位吧。"

斗嘴多有趣啊,全身细胞都在蹦高。潘容虽恋恋不舍,也不宜再耽搁下去。他佯作平静说:"我借几本书走。"

郭换金说:"哪几本?"

潘容说:"三本陀思妥耶夫斯基的书。"

郭换金怅然道:"我没看过他的书。我爸说,年龄太小,不能看陀氏。"

潘容大吃一惊:"你老爸除了会做饭,对外国名著还有研究?"

郭换金发现自己挖的这个坑,太深。立刻自救,掩饰说:"他哪里有研究!估计是在小灶上,听吃饭客人说的。人吃开心了,容易信口开河。老爸回到家,照猫画虎,学给我听。"说着,赶紧把陀氏三本书递过来,堵潘容的嘴。

潘容接过沉甸甸的书,得宝的不真实感,席卷身心,无暇推敲郭换金的话。他突然面露异色。郭换金惊奇,命悬一线时,此人尚能保持温雅风度,此刻犯了哪门子邪?道:"又贫血了?"

潘容信誓旦旦道:"我已彻底好了,你别咒我。"

郭换金说:"凡莫名其妙得的病,也会莫名其妙再犯。你到底怎么了?"

潘容一看,这要不说出个所以然来,便要蒙受恶疾复发的嫌疑,便道:"我若直说,你不要恼。"

郭换金道:"你犯不犯病,严格说起来,和我没关系。充其量,就是再撸起袖子,给你献血。所以,我巴不得你活蹦乱跳翻跟头,怎么会恼?"

潘容试想自己翻跟头的模样,忍俊不禁道:"既然说到气味,我也总是从你身上,闻到一种特别味道。"说罢,他眨眨眼睛。郭换金注意到,潘容的眸子是焦糖色,如同琥珀。心中生疑,他那个美男子先祖,有外族混血?史书上似乎并没有记载。

郭换金惊诧话题怎么突然转到了自己身上,道:"我身上若有味道,肯定是酒精。"

潘容说:"醉鬼什么味儿,我有数。不是。"

郭换金又猜:"要不是消毒水的味道?来苏?漂白粉?"

潘容分辩道:"并非医学气味。"

郭换金想不通身上味道来自何方,继续猜:"轮到我帮厨,会有油烟气。"

潘容说:"米面啥味道,我清楚。并不是。"

郭换金突然尴尬地想到,莫不是生理期,逃逸出血腥味?这太不好意思确认了。不过高原酷寒,厚棉裤裹身,不至于如此吓人吧?她想不出所以然,无可奈何道:"莫非我同传说中的边疆妃子,身有异香?"

话刚出口,她忍不住哈哈笑道:"据说香气,不过是狐臭。楚医生教课时说过,香和臭的分别,全在浓度。极淡的臭气,有时让人有奇香之感。"

这都哪儿和哪儿啊!潘容虽不明医理,但本能不想让别的男子在谈话中出风头,赶忙分辩道:"你是你,和别人都不一样。"

郭换金抬起衣袖,仔细闻了一下道:"猜不出,认输。你告诉我吧。"

潘容揭开谜底:"红柳。"

郭换金并不惊奇,淡然道:"哦。"算是默认。

潘容头大,问:"你如何染上红柳味道?"

郭换金随手拿过自己的包袱皮。因铺板掀开,她的东西都平摊在叶雨露床上,抽取方便。郭换金拍着它说:"怪它。"

潘容觉得女孩子讲话,有时不可理喻。正说着味道,包袱皮掺什么乱?

郭换金说:"战士家当少,平日不洗衣服时,包袱皮当枕头。洗了衣没晾干,包袱皮就饿着,前胸贴后脊梁。"

潘容高兴地答道:"我知道。"听心爱姑娘讲话,废话亦天籁。

郭换金说:"有一次睡了宿空枕头,落枕了。"

潘容深表同情道:"落枕不是病,疼起来要人命。"

郭换金说:"门班长用民间土法,拿擀面杖给我压脖子。不但没好,连带着肩膀都抬不起来。楚医生看了,说我可能颈椎小关节错位。"

潘容着急问:"后来怎样?现在还疼不疼?错位的关节长回去了吗?"虽说郭换金话里话外总掺进去别的男人,可姑娘受罪最关心。

郭换金说:"楚医生叫我烤电,再加吃药打封闭什么的,慢慢好了。这事把我吓坏了,若真有关节错位,我就成歪脖老柳树了。"

潘容很想说,就算是柳树,你也是婀娜柳枝。可惜这话酸到说不出口,只得忍下。

郭换金自顾自地说:"打那以后,我再不敢枕刚洗完衣的薄包袱皮。"

潘容心细如发,急问:"你是从此不洗衣服,还是洗了衣服,不等干透了,就塞包袱皮里?"

郭换金瞟他一眼,愤然道:"我有那么笨吗?"

潘容赶紧说:"你不笨。但你想出啥法?"

郭换金在叶雨露床上摸索,掏出个白纱布缝的小包,说:"我自制了一个枕头包。裹进包袱皮,从此不会落枕了。"

潘容赶紧夸:"这是个好法子。小包里藏的啥?荞麦皮吗?"

郭换金说:"想得美。高原连荞麦都没有,哪儿来的皮?你怎么不说我裹的是蚕沙?那更高级。"

潘容讨好道:"我笨。想不出还有啥可当枕芯?"

他不由地想,若是自己做枕芯,估计只能用书。见棱见角硬邦邦,只怕落枕更甚。

郭换金拍手道:"小包里装的是红柳的叶和花。"

"红柳,是高原的浪漫。背风处的红柳开花的时候,灿若烟霞。红柳的花和叶子采下来,晒干,缝在纱布里,就成了红柳枕。每天晚上翻来滚去的,沾染了红柳的味道。叶子很苦,但花很好闻,有苦寒的清香。"说起自己的枕头,郭换金难得喋喋不休。

原来,这是高原红柳的味道,有摄人心魄的魅力。潘容想起五代一句词:"陌上少年郎,满身兰麝扑人香。"词甚好,改成"少女",似更好。只是,这少女啊,完全不察他的心意。

潘容看时间不早,便把铺板复原,抱着老陀,愉悦离去。

在景自连的强势指导下,郭换金的军事技能日新月异地进步。这天,轮到投弹。

前半节课,学习拆解手榴弹和手雷构造。平素都是野外训练,但这次授课要在室内。地点选哪儿?景自连看向郭换金。

郭换金说:"教官打算在哪儿?"

景自连说:"先确定,你我,谁找地方?"

郭换金问:"若是您找,在哪儿?"

景自连说:"我办公室,也是我宿舍。"高原战区办宿合一是常态。

郭换金想到在男军人屋里,摆弄手榴弹手雷,惊悚,忙说:"我找地方。"

景自连加重语气确认:"到你的办公室兼宿舍?"潜台词是:两害相权取其轻。如果这样,不如到司令部。

郭换金解释道:"我没办公室,宿舍也是几人合住,不适合把手榴弹搬进家。"

景自连暗笑,居然把宿舍称作家。他说:"你可向龙部长借用办公室。"

郭换金拼命摇头:"不好吧?手榴弹万一炸了,卫生部就没领导了。"

景自连笃定道:"不可能爆炸。"

郭换金道:"景参谋别吹牛。战场上,意外随时可能发生。"

景自连说:"我用的是教练弹。"

郭换金讪讪地道:"住院部有空置病房,可以借用。若是那天病房住进病人,我就去司令部学课。"

授课日,古墨住过的病房正好无人,可以教学。郭换金将床头柜移至地当央,心想放手榴弹正合适。

景自连在卫生部院落里,碰到麦青青。

麦青青得知景参谋下午有空闲时间,料定他会到卫生部教郭换金军事课。守株待兔,果然"偶遇"。

"景参谋,病了?"麦青青甩了甩齐耳短发。她昨天特地让柳赞为她理了短发,发缘极为齐整,像刚裁完的黑缎子。

"咒我?"景自连以调侃代替打招呼。

"若身体无恙,一般人不会到卫生部。"麦青青平静应答。

"有公务。"景自连面色严谨。

"是何公务?"麦青青虽知不宜,仍穷追不舍。

景自连光明正大道:"培训女军医。"

麦青青陡做恍然大悟状,随即说:"既是上课,正好我休息,可以旁听吗?"

景自连意外,迟疑道:"这个……我没有接到指示。"

麦青青说:"学习要什么指示。一个学生是教,两个学生也是教。彼此有个商讨竞争,效果会更好。还需请示吗?"

反问得有理有据,景自连难得语噎。

高原冷,一般人若有话说,都缩回屋内详谈。身材挺拔面容清俊的男女青年军人,笔直立于卫生部中央操场之上,煞是引人注目。四周呈半包围状的办公室兼宿舍的房屋内,若干视线凝结于他们俩身上。结了冰凌的玻璃窗,已滤减了目光灼热度,仍足具杀伤力。

景自连训练有素,对周遭异常视线的注视,有超乎寻常的警觉。他眸光紧锁,鹰羽般的眉毛几不可察地耸动一下。见麦青青不达目的誓不罢休的执拗,决定暂避锋芒,尽快结束目前的尴尬局面。

麦青青初战告捷,嘴角微微上翘,问:"景参谋,教室在哪儿?"

景自连独自快步向前,头也不回答:"病房第五病区1床。"

麦青青知道这是景自连有意拉开距离,以示疏离。她心想来日方长,便放弃快速跟进策略,有意识地稍停片刻,才缓步前行。

郭换金早早便在等候,甚至稍感烦躁。她不喜欢进这间病房,总觉得古墨和白头翁灵魂仍在,目光炯炯。马上就要上课了,她安静坐下,将心中一汪眷念,竭力驱散。

景自连斜挎军绿挎包走进。郭换金淡然道:"景教官,请坐。"地当央床头柜两侧,各摆一把椅子。

说话间,麦青青也走了进来。郭换金第一反应是班里出事了,忙问:"麦青青,怎么了?"

麦青青莞尔一笑道:"刚好碰到景参谋给你上军事课,我来旁听,你不会有意见吧?"这话好韬略。别说郭换金没意见,就算有什么,也被哽得说不出拒绝的话。

郭换金把原本预备自坐的椅子,让给麦青青,道:"欢迎。"然后侧身坐到古墨曾睡过的床沿上。

景自连把挎包放到小桌上。内有重物,与铁质桌面对撞,发出震耳轰响。两个女生都受了惊吓,目不转睛盯着景自连。他不慌不忙从挎包中掏出笨拙的椭圆状物体,像黑色香瓜。

郭换金不识此物,瞪大双眼,看了又看。

麦青青胆大,一把抓起,掂量着说:"是个手雷。"

郭换金惊惧道:"快放下!你这样摩挲,它会不会突然爆炸?"

麦青青轻描淡写道:"哪怕是真手雷,我相信景参谋已做了安全处理,它现在只是一个简单的教具。对吧,景哥……参谋?"

景自连猜出口误是故意为之,轻嗽一声,以示警告。扭过脸向坐在床沿的郭换金道:"正确讲,它是一个手榴弹。"

麦青青不服:"明明是手雷。我在父亲那里见过类似武器。"

景自连看穿麦青青的小心思,不予理睬,按照教案进行:"这个手榴弹的型号是米尔斯36号。"

麦青青略作惊讶道:"编号这么大啊!那第1号和第35号手榴弹,各是怎样的?"她问得很有技巧,需要景教官专门为她做长长解答。

景自连不为所动,不搭理麦青青。他心想,旁听生,你喧宾夺主了。他按照进度讲下去:"它的血统,来自著名的英制米尔斯款。没有手柄的球状和瓜状手榴弹,出现于一战后期。优点是可单手投掷,缺点是因为无柄,投掷距离不够远。"

景自连说完,目光示意郭换金掂起米尔斯36号。

郭换金不敢下手。虽说理论上是安全的,仍充溢冷燥杀气。

景自连鼓励:"不用怕。真正的火药已换。"

当郭换金还在酝酿勇气,准备伸手摸摸黑色香瓜时,麦青青已用纤纤素手,抓起略有锈迹的手榴弹。摆弄一番后,说:"没我想象的沉。"

景自连解释:"实物的分量,的确更重一些。"

麦青青很开心,景自连终于正面回答她这个旁听生的问题了。

郭换金终于一咬牙,掂起了著名的36号,只是无话可说。她搞不清米尔斯应该有多重,无从比较。

景自连又从军挎包中掏出木柄手榴弹,道:"这是我军的主要配置,爆炸时会产生爆轰波和少量碎片,适于进攻作战。还有一种防御型手榴弹,杀伤半径 5—15 米。有效碎片数多达 6000 片,碎片初速为 1500—1800 米/秒……"

麦青青听得津津有味,郭换金虽目不转睛,但一脑门糨糊。她不由轻声发问:"我和敌人的距离,会近到只有上十米吗?"

景自连冷峻地说:"真正的战场,不分男女。你既然想成为一名优秀女军医,这种情况,当然有可能发生。"

郭换金意识到炮火连天近在咫尺后,彻底噤声。

麦青青微微冷笑。将门之女,对枪林弹雨有天然免疫力,甚至嗜好。

景自连继续说:"中国的手榴弹历史,起自九世纪末、十世纪初的唐代末年。"注意到郭换金目不转睛,景自连以为她很感兴趣,愈发精神抖擞。殊不知郭换金正在琢磨,宽袍长袖的古人如何投掷铁香瓜?

麦青青抢话道:"我明白人们为什么喜欢投手榴弹了。"

景自连虽酷爱军史和武器史,但真没研究过手榴弹经久不衰的理由。明知麦青青欲出风头,还是被这个问题吸引。"讲来听听。"他的头颅,本来一直侧向郭换金,此刻偏转过来。

麦青青想,机会来了。她侃侃而谈:"相比枪支,手榴弹的制造工艺相对简单。"又略带嫌弃地说,"铸个铁弹头,空膛填上火药,后面再安个木头把。钻个小洞,裹上药捻,再加个发火管,就完工了。没多少技术含量。景参谋,我说得对吗?"

景自连暗叹麦青青对武器的了解,比预想中精当。但鉴于她旁听生身份,不能鸠占鹊巢,景自连没有回应。郭换金一直不敢走神,但也没有太大兴趣。

不想正式学员气馁,景自连另辟一题:"投手榴弹最重要的是什么?"面向郭换金发问。

郭换金立即答:"扔得远。"

景自连回了句:"你以为是参加学校春季运动会?"

郭换金不知错在何处,反问:"扔手榴弹,不在乎距离吗?再说,秋季也有运动会。"

景自连快被气疯了。他只好咬紧双唇,掩盖失望。

麦青青对景自连的厚此薄彼,心生怨怼。对如此不靠谱的回答,忍不住驳斥:"战场上,投掷手榴弹最看重的是——落点准确。"

过了一会儿,想到教学使命,景自连只得压下失望之感,说:"手榴弹在战场上的使命,是掩护自己消灭敌人。准确,始终是手榴弹唯一的灵魂!"

郭换金颜面扫地,但死死记牢这句话。只是她怀疑自己根本没法实践。

景自连继续侃侃而谈。

郭换金不禁走神观察起这个人。鼻翼窄而挺秀,眉梢斜飞入鬓;剑眉朗目,眸若晨星……

"手榴弹碎片飞出半径为九米到十米之间。导火线燃烧时间一般为三秒到五秒。"他提问道,"郭换金,你可在电影中见过这种镜头,敌人扔过来的手榴弹在脚下冒烟,我军战士捡起手榴弹再扔回去……"

郭换金赶紧收心,频频点头。麦青青没点头。她当然也看到过,但觉得景自连埋有伏笔。

果然,景自连继续道:"第一个动作,你要注意手榴弹坠落位置。第二个动作,你要极快赶去,俯身捡起手榴弹。第三个动作,看准安全方向甩出去……完成这一系列动作,所需时间多少?"

郭换金哪儿知道?这么复杂的操作,便瞎蒙:"五秒。"

麦青青答:"三秒。"

这一次,景自连就算再不喜欢麦青青,也只好说:"是的,你的时间只有三秒。所以,电影上的这类镜头,基本不实。"

郭换金喃喃道:"这么说,若冒烟手榴弹落在脚下,只能光荣殉国。"

景自连首次表扬她："回答正确。"

第五病区,死寂。

麦青青不想纠结于此,打破静默,说："米尔斯36号,并不是我军列装。"

景自连说："战场上,女军医担任救护,面对的是敌军装备。知己知彼。"

郭换金问："实际操练吗?"

景自连说："会到训练场练习实弹。"

郭换金说："最低要投多少米?"话一出口,发现失误,赶紧改,"手榴弹的灵魂在于准确。"

景自连补充："距离也很重要。你总不能把手榴弹投到距自己几米远的地方。"

郭换金又问："及格的投掷距离是多少?"

景自连恨铁不成钢道："当然是越远越好。"

郭换金臂力不足,听此答案生无所恋,无话可说,瞎问："教官,您能投多少米?"

景自连拒不回答,说："你现在应该关心的难道不是自己能投多少米吗?!"

郭换金只好死蚌一般紧闭嘴巴。

麦青青被晾了半天,趁机赶紧报出自己的投弹米数。景自连纵是再不想与她多说,也忍不住夸赞："这在高原男兵里,也是很好成绩了。"

16

开春了。

当然,这是日历上的季节,只属于北温带的平原。高原,只有一个永恒季节——冬。不过,冬天和冬天,也是有区别的。有钢铁一般坚不可摧的冬天,也有冻豆腐般多孔而酥脆的冬天。现在,不可一世的皑皑白雪,已有了疏松孔隙。

要到五月,大雪封山后的道路,才会渐次开通。具体什么时候全线恢复通车,要看那一年神的心思。

年轻的军人们,已蠢蠢欲动。通车后,会有新人来到高原,接替戍守了一年的将士,下山探亲。那些有未婚妻的军官,回家成亲;没说下媳妇的人,进入相亲阶段。

高原弥漫起喜庆气氛,虽然说不清具体内涵,但人们变得多话而爱脸红。

这天,龙一笙通知卫生部两百号人,到库房开会。

难得一见的盛况。食堂面积大,燃多少火也烘不透浸透骨髓的冰寒。应对之法,就是冬季几乎不召开全体会议,食堂改库房之用。有必须全部人员通晓的任务,由各部门负责人分头传达。久而久之,人们适应了散兵游勇方式,听说要开大会,疑窦丛生。

叶雨露与郭换金咬耳朵:"班长,是不是要打仗?战前动员?"

郭换金不置可否。军机大事,当小兵的,如何得知?不过,除了卫生部之外,其他军区机关,并无杀气弥漫,开战证据似不充分。

麦青青听闻对话,笃定说:"绝不会是打仗。"

叶雨露半信半疑:"你如何得知?"

麦青青胸有成竹道:"打仗这事儿,不是一竿子插到底的买卖。按我军传统,要一级一级下达指令并鼓舞士气。现在,上头一切如常,别慌。"

郭换金心生钦佩,敢把打仗称作买卖,又知道上头一切如常。

众人带着小马扎,依次进入昔日的食堂现时的库房,更是此时的大会议室。库房里除了米面麻袋食油桶,还有冬天没吃完的冻羊肉。高低错落,不一而足。军人们各自找个位置坐下,没啥章法地分布在麻袋上下油桶左右,像村民开生产大会。

女兵班除了今日当班实在走不脱的人,都来了,聚在一起,吸引众人目光。年轻女孩,自带风景。

龙一笙和文慎笔走入会场,众人站起以示尊敬。二位挥手,示意大家落座。传来噼里啪啦铁器碰撞声,大概因为小马扎站立不稳,扑倒在地。轻微混乱后,众人再次坐好。

文慎笔开场。他未说话前,先把腕上手表解下来,诙谐道:"今天的会,和它有关。"

弥漫轻松笑声。协理员的开场白,让大家安心,不是打仗,不是救灾,不是可怕的事件。文慎笔个子虽矮,矬汉高声,音色洪亮。短促有力的喉音,蹦出的音节很有感染力。

郭换金松了一口气。她不是怕打仗,而是觉得军医技能目前只学了皮毛,若上战场,难以建功立业,辜负众人期望。

文慎笔道:"同志们都晓得,部里已排出今年的休假名单。只等道路一通,就会依次安排符合条件的同志下山,回内地探家。如有可能,顺带解决个人问题。好事,也是喜事。"

人们纷纷鼓掌,库房内暖风拂动。

文慎笔喜欢其乐融融的氛围,喜欢扮红脸。凡需黑脸,他就顺水推舟,将龙一笙拱在前头。不知龙一笙是傻,分辨不出红黑,还是根本无视区别,总是毫不推诿一肩承担,故而文慎笔很喜欢这个搭档。

文慎笔晃晃手中手表,说:"做医务的人,都希望有个它。"

这话说到众人心坎上。

文慎笔接着说:"有的人,把手表看作一种炫耀,一种身份象征。但我相信在座的每一位,喜爱手表都是因为工作需要。听心跳、数脉搏、计算呼吸、抢救病人,甚至记录去世时间,都需要手表……"

大家不约而同鼓起掌来。协理员文慎笔,不仅懂政治,还懂医学,连心理学都占了,可谓是平易近人的全才。

文慎笔轻铺手掌略微下压,表示领受众人好意,然后说:"告诉大家一个好消息,高原战区分到一批上海手表,给了咱卫生部一个名额。也就是说,现场的某位同志,可以买一块上海手表。过几天开山通路之后,戴着手表回平原。"

人们屏声静气听着,憧憬美好时刻。

文慎笔适时停顿,给人们充分的时间消化好消息。待大家重新聚拢精神听下文时,他轻叹一声道:"表,只有一块。希望得到这块表的人,有近两百个。现在,问题来了,这个名额分给谁?"

全场的人,好像顷刻间地遁散尽,只有高原永不歇息的风,在窗外放肆掠过。

手表是奢侈品,从遥远的上海,直抵战区边防一线。来之不易,花落谁家?

郭换金此刻方明白,兴师动众全体集合,只为决定一块手表的归属。这机会与己无关,她是战士,不在手表分配范围内,便在心里默念起楚军医所讲的医学知识。军事训练和医学传授两面夹击,她精力有限时间紧张,底子薄弱左右掣肘。加之班内众女生,各种大小毛病,此起彼伏。上海表再华丽,与她何干?爱谁谁吧。

文慎笔继续诚恳地说着感人肺腑的知心话:"僧多粥少。锅底一粒米,但有一整庙和尚。怎么办?不患寡而患不均。我和龙部长商量了一下……"说到这里,他谦逊地看向龙一笙,表示共识。

龙一笙无动于衷,觉得不必多此一举。但他不好拂文慎笔面子,遂配合着点了点头。

文慎笔继续说:"就采取古老的抓阄方法。具体说,谁有资格抓这个阄?本想局限在干部,或者加上个军龄限制等等。后来一想,这是祖国人民,尤其是上海的工人阶级对高原战士的关怀,就不分那么细了。就算现在是战士,以后也许就提了干部,有了戴手表资格。再说,自己不戴,也可给家人,成就一段恩爱夫妻或孝心佳话。至于军龄限制,更难准确界定。五年?七年?十年?不好说。有人可能会想,如果谁已经有手表,就不参加这次抓阄,把机会让给没手表的同志。这个思路,乍听下来,很有道理。仔细想一想,似乎也有悖公平。毕竟大家一道戍边,同甘共苦……所以,我和龙部长再三商量的结果,是咱部里来个大排行,所有人都参加。关于那些阄,提前都做好了。按照在场的人数,每人一个。今天不在场的人,由别人代抓。那块手表的阄,也提前做好了。一会儿,清点完人数,留下比人数少一个的阄。再当着大家的面,把那个藏着手表标志的阄掺杂其中。然后,咱们选一位德高望重的老医生,把两种阄混在一起,再颠散打乱。最后找一个密闭容器,大家排好队,轮到你,你就随意抓起一个阄……之后就看你的运气了。总之在设计上,我们最大限度地保证了公平。"

郭换金深深钦佩领导不易。一块手表,都引发此等周密部署,要是打仗,能不大获全胜吗!想想万里之外的上海手表厂同志们,若知自家产品在边防线上受到如此隆重礼遇,会不会深受鼓舞?

文慎笔说完,目光和煦地高高低低扫遍大家,说:"谁还有补充意见?"

众人除了感动,皆无话可说。只有龙一笙无感,心想:老伙计把一块手表,说得像一门迫击炮。

文慎笔故意很有耐心地等了许久,不慌不忙道:"既然大家没意见,就向前推进了……"

话音尚未落地,突然有哑嗓子冒出来,说:"我有几句心里话,想和大家唠唠。"

人们的目光被吸引了过去,原来是姜黄医生。

他身材干瘪,头颅狭小,声音也相得益彰,细如蚊蚋。

"感谢组织关怀,已通知我今年回乡探亲。不久就能见到老父母和兄弟姐妹,心中高兴。家里也安排了几场相亲,有一个是去年冬天之前说下的,双方家庭都挺满意。"

话虽字字听清楚了,众人却不知何意。郭换金纳闷:姜医生汇报准恋爱史,离题不说万里,至少超过八千。郭换金为"脐下三寸"一事,对姜医生无法冰释前嫌,某种程度怀恨在心。

姜医生恳切道:"我回家,肯定要见女方。如果双方没大意见,争取趁热打铁把亲事办了。我走之前,会到干部部门开结婚介绍信。女方名字那一栏,先空着。不确定那姑娘会不会同意结婚,怕她嫌弃高原军人。"

这席话惨兮兮,刚开始心不在焉的人也面色凝重起来。

姜医生继续说:"我相貌不好,皮肤黑,个子矮,也不会说甜言蜜语……"

坐在小马扎上的众军人,响起自嘲笑声,议论说:"咱老高原,哪有细皮嫩肉的?一见面,会吓跑内地姑娘。"

郭换金纳闷,内地姑娘胆小如鼠,和上海表有何瓜葛?

姜医生见气氛融洽，卑微道："我想求大家一桩事儿。"

话题跳跃有点大，众人不明就里。

姜医生轻咳一声，掩饰紧张，吭哧道："我有一个说不出口的请求……"

他连咽几口唾沫，困难停顿。

姜医生习惯蔫拱，平日沉默寡言，偶尔会放大招，例如"脐下三寸"事件。

仓库寂然，众人皆等待下文。

姜医生再次开口："我恳请……先别抓阄。我刚才数了，今天在场共有一百九十三人，加上代抓的，更多。若抓阄……我能抓到上海表的概率是两百多分之一。希望太渺茫了。可……我特别巴望能买这表。恳请大家匀给我。"

姜医生刚启唇时，还不好意思磕磕绊绊，藩篱一旦打破，后面的话一路畅通。他的话是说完了，一干听众反倒不敢相信自己的耳朵。姜黄医生，竟想把上海表独吞？

龙一笙治病救人是好手，但应对此突发状况，有点抓瞎。他看向文慎笔，无声示意：老文，这是你的工作范畴，上啊！

文慎笔果然不慌不忙站起身。他为自己殚精竭虑的抓阄计划受到挑战，憋气。面上仍是和颜悦色地问姜医生："大点声，讲讲你的理由。"

姜医生破釜沉舟放声说："我回乡要见的对象，叫小文。人长得漂亮，工作也不错，是县医院的护士。通过几次信，寄了照片。她对我也没啥意见，我感觉她性格温柔，好脾气……"

听众们轻微骚动。一群正当年的青春男子，荷尔蒙分泌汹涌。听同龄人炫耀幸福，要说人人都祝福，不可能。

文慎笔察觉人心动荡，摆手示意道："安静。听姜医生讲完。"

姜医生继续讲道："小文跟我说了，上班需要一块表，让我帮她想办法。她说让我代她买，会把钱给我。我心里有数，如果成了，这表就是聘礼之一。我有两个意思……"

有人起哄道："一块表，哪有那么多意思？"

姜医生巴望有机会说服大家，忙说："第一层意思，回家双方见面时，我除了穿新军装戴新军帽，连衬衣袜子裤头都换上新的外，我戴上新上海表。特地把袖子撸高，把表壳表链露出来，让小文看得见，摸不着，就像兵法中的'欲擒故纵'。"

人们哄堂大笑。佩服其貌不扬的姜医生，这番诡计多端。

"咱高原军人，脸上红血丝，指甲翻翘翘，嘴唇裂得像个三瓣嘴兔子，在相貌上先输了阵。腕上有块明光锃亮的大上海，便涨了行市……俗话说，佛要金装，人要衣装。上海表，就是我的金装。"姜军医的话，把自己感动至深。

室内临时生了炉子，熬煮的砖茶，持续沸腾，茶香四溢。众人好奇心被姜军医燃起，哄笑说："快说第二点。"

姜军医说："第二点，刚才多少涉及了。我带回上海表，诚意满满，姑娘家说啥是啥，我的姻缘就加了保险。老少爷们，姜某在此深深拜托各位了，就把这块大上海手表，让给我吧。"

姜军医说罢站起身，本想给大家敬个军礼，又想到毕竟私事，怕亵渎了军礼，就深深鞠躬。

郭换金不为所动，觉得姜医生这是集体绑架。还老少爷们？那她们班八个女兵怎么算？这人真够呛，连求告人，都重男轻女。胸中怨气上冲，她突然发声道："我说一点意见。"

一出口，她才觉得僭越。领导没表态，老同志没发言，她一个小兵，哪里轮得上吱声？她后悔了，寄希望于文协理员嫌自己口无遮拦，喝令她闭嘴。这样她的冒失，将在军令之下一笔勾销。

文慎笔也没料到姜军医横出枝杈，在没想好万全的回应之策之前，最好是拖延时间，便微笑着说："人人都有发表意见的权利，郭班长，说说你的看法。"

既然无法逃避，郭换金只好直言不讳道："我不是老少爷们，姜医生刚才谢的人，我没份儿。但我也是部里一员，也有抓阄权利。如果姜医生特地向我再鞠一躬致谢，我就把抽签权利，捐给姜医生。"

明晃晃一巴掌打了姜军医脸，又给了个小小红枣。

此话一讲，全场寂静。坐在半麻袋干洋葱上闭目养神的楚军医，睁开眼帘,窜鼻子的洋葱气味呛得人直流眼泪。

很多人都期待抓阄,想试一试手气。现在可倒好,姜医生预谋横刀夺爱,小女兵表面高风亮节,实则心怀叵测。

姜黄刚把身直起来,有了微茫的希望,又弯了下去,口中喃喃说:"我谢谢郭班长。还有谁愿意把机会捐给我,我一个个鞠躬感谢。"

这下将了众人的军。谁不捐,便在众目睽睽之下,得罪姜医生。为了一个比例近乎两百分之一的阄,明目张胆结下仇……高原人虽缺氧,但不傻。这个小算盘,还是要打一打。

沉默的时间有点长。

文慎笔已捋顺思路,对姜医生说:"你的意思是不抓阄,把这个名额,直接给你?"

姜医生讨好地说:"正是正是。谢谢大家了。"

文慎笔和风细雨问:"姜军医你觉得自己是特殊情况?"

姜军医嗫嚅道:"我三十五岁了。"

文慎笔道:"姜军医,你这个情况,并不特殊。高原战区的军人们,有人比你还年长,也还没有解决个人问题。"

姜军医委屈地低下不大的脑壳。

文慎笔接着说:"抓阄,就是尽可能达到公平。如果人为地认定某种情况可以特殊,随意突破界限,会造成混乱。相亲、结婚、聘礼是例外,那么丧葬、圆梦、对祖辈的承诺等等,是不是都可算例外?我们没有那么多时间和条款来细致衡量这一切例外。更何况,此例不可开。不可打破规则,私相授受。"

文慎笔这番话,声色不算严厉,但其中分量,任谁都能听出来。姜军医抗拒,郭换金亦不知所措。她原本是想为非"老少爷们"出这口气,不想事态越来越复杂。

不忍徒儿受屈,楚军医决定伸出援手。他纹丝不动坐在干洋葱麻袋上,不带任何感情色彩说:"郭班长,只能代表自己,不能决定整个卫生部的规则。郭班长此议不可取。"

郭换金耷拉着眼皮道:"你的意思是……"

楚直说:"郭班长不妨自动退出抓阄行列。分母变小,姜军医抓中的概率就增大了。"

四两拨千斤。郭换金赶紧说:"那我们女兵班,整体退出抓阄队伍。"

楚直挪挪屁股,洋葱气味又浓郁几分。徒儿啊,你一错再错。

一旁凝息静听的麦青青说:"班长,这事儿,你不能代表咱班,只能代表你自己。战友们,你们说是不是?"

麦青青以眼风横扫坐在一起的同班战友们,她们每个人,都需要手表。为了成全姜军医恋情,放弃期冀,不讲理啊。虽说是两百多分之一概率,总比毫无希望来得稍好些吧?众女生不好和班长唱反调,但副班长的提议深得人心,于是表示默认。

麦青青见自己得了民心,并不自傲,转而安慰郭换金,说:"班长,我个人和你站在一起,不参加抓阄。这样姜医生的胜算,能再大一点点。姜医生,你加油啊!"

楚直叹,麦青青真乃将才,一箭三雕。得女战友拥戴,败郭换金提议,卖姜军医人情……

见郭换金一脸茫然,楚军医说:"我还有个提议。"

楚直医术高明,为人正直,从不趋炎附势。他若开口,人们高度重视,屏息静听。

楚军医道:"郭班长想助姜医生一臂之力,值得赞扬。她虽有不妥之处,但出发点是好的。我个人不退出抓阄,那样拂了部领导的深思熟虑,且坏了规矩。我参加抓阄,先当着大家表个态。若抓不到阄,毫无怨言。若抓到阄,就给姜医生。祝福姜医生心想事成。"

众人正不知此事如何收场,听到楚军医这办法,连连鼓掌。如春风过处,温暖四散。

楚直为声援郭换金,又道:"看来大家挺喜欢这个方式,除了我和女兵班的正副班长,不知还有没有人愿意参加,咱一块给姜医生送个薄礼!"

当下就有人说:"我参加抓阄,抓中了,送给姜医生。"

有几十人表态,愿加入抓阄送姜行列。姜黄感动得连作揖带鞠躬,嘴里嘟囔着:"老少爷们加巾帼,感谢感谢……"

郭换金终于忍不住笑起来。看到徒儿笑了,楚军医这才放下心。不知从何时起,他,不愿看到她不开心。

可惜,姜医生运气实在背。即使几十个友情赠阄,终是一无所获。能否俘获小文护士的芳心,身形薄瘦头颅小小又左腕空空的姜医生,只有靠着一腔孤勇碰碰运气了。

手表阄被门可闫抓得。大家目不转睛盯着他,总觉得他该说点什么。姜医生也眼巴巴地看着他……

门可闫不为所动,什么也不说,只是将那个已展示并确认无疑的手表阄,折叠起来小心翼翼揣入衣兜,淡声道:"马上开饭了。主食洋芋米饭,副食清炒脱水洋葱。"

春天到来的最确切标志,是军邮车抵达高原。

亲人们的所有消息,均凝结于上一年的十月份。那时,封山前的最后一班军邮车,载万千家书,千难万险莅临高原。卸下满车嘱托后,再驮着兵士们的无穷眷念,踯躅下山。它如不火速回归平原,路一旦彻底封死,它就会被严寒和冰雪,阻滞在高原过冬。填进邮车肚腹的已回家书,则由飞翔鸿雁化为木鸡。

今年的春天,来得格外晚。过了五一,傲慢冰山还不肯融化一滴清泪,闭锁着高原道路。车马缓缓,书信长长。人们盼着道路畅通那一天,整个战区,望眼欲穿。思乡之潮,由小溪潺潺,卷成汹涌暗流。

为抚兵心,战区政治部破天荒发布了邮车预告。详细说明位于平原的军邮车,已满载祖国四面八方寄来的信件和邮包,蓄势待发。只要山路具备安全通车条件,军邮车便立即启程,奔赴高原战士的殷殷目光。

每日傍晚时刻,山下通往战区司令部的战备公路,凝聚无数目光。军邮车和普通军车,虽车型无异,但外形被覆着罕见的迷彩网。可能是怕戍边军人家书被敌人截获,泄露秘密,故严加防备。良苦用心可以理解,却几近欲盖弥彰。白雪皑皑荒原,哪来绿色?迷彩,更加显眼。反不如平淡无奇的白篷布,更有利掩护。

终于,某日暮色四合时分,士兵们用夕阳最后的光照加上自己的炯炯目光,看到两辆披挂绿色迷彩的大卡车,抵达战区。

军邮车来了!

军邮车来了!!

军邮车来了!!!

顿时,消息如同世界大战爆发的警铃,刺入每个将士耳里。邮车啊,万千信件,一川锦鲤!

战区政治部办公地,是邮件的卸载并分拣处。

郭换金想不通,信函为何要在那儿交接?

"照你设想,军邮车应该卸在哪儿?"楚直反问。看到他这副嘴脸,郭换金怀疑开大会时善解人意的楚医生,和眼前的这位是同一个人吗?

郭换金卡了壳。是啊,哪个部门,应收将士家书?古代是在驿站分发吧?按照推理,现代应归后勤部吧。她试探着说出猜测。

"错。"楚军医毫无商榷地否定,接着详解,"家信里,有好消息,但坏消息一定也不少。生老病死的,欠钱欠粮欠人情的,房倒屋塌农田受灾牛死猪死羊死……"

楚直说得上瘾,被郭换金劈头打断:"你想点好事行不? 报喜不报忧,是人之常情,中华优良传统。"

楚直乜斜着漂亮的桃花眼说:"亏你还是农村出来的兵,连这点人情世故都不懂! 谁家儿当兵,便成了村子里最有出息的户头。家里人儿子当成顶梁柱,有什么为难事儿,当然要跟他念叨。坏信息接二连三,影响士气。这就到了政治部显身手的时刻。"

郭换金恍然大悟。

这一夜,战区注定无眠。军邮车停靠的那栋房,成为万众瞩目的焦点。一个个装满信件的麻袋,从军邮车卸下,进入独立小屋。在人们看不见的屋内,由政治部干事们快速分拣。

轰动程度,超出常规。战区发电房有专属线路,比如直通司令部和卫生部手术室,以备特殊需要。政治部这栋简陋房屋,并不在此供电名单内。当夜,高原发电房,通宵发电。雨露均沾,只为这间房屋彻夜通明,以便干事们准确分发信件。以求在太阳升起时,将信件转到焦渴难耐的将士们手中,能早一分钟慰藉思乡之心。

人们翘首以盼。每个人,都在暗中计算——大半年了,军邮车冲破重重雪障,能为自己带来多少信件?

叶雨露搂着郭换金的肩膀问:"你估计能收多少信?"

郭换金答:"十封左右。"

叶雨露惊讶道:"那么少,不至于吧?你们家一个月还不得写一封信,少说也会有七八封。你的同学好友,稍微动动笔,就过这个数。"

郭换金苦笑道:"我的同学好友,早没联络了。"

叶雨露摇头表示不信。人们有时挑起话头,并不期望对方答案,只是为了给自我展示做个引子。见郭换金不愿深谈,索性直奔主题:"你就不问问我会得多少信吗?"

郭换金说:"哦,立马补上。我这就问,你能得到多少信啊?"

叶雨露假装谦虚:"信如鸽群,这一拨,最起码要有五十封吧。"

郭换金一惊,差点把手中的维生素 B_1,错发成 B_6。见楚医生正在一旁写病历,叶雨露改换目标,问:"楚医生您估计能收到多少信?"

楚医生抬头,讥诮反问:"我收多少信,你很感兴趣?"

叶雨露说:"关心战友,不行吗?"

楚军医人英俊,医术出类拔萃,嘴虽毒,女孩子们还是喜欢和他聊天。只可惜楚直不买账。

叶雨露年岁虽小,聊天是一把好手。她颇有深意地盯着楚军医,不得回答,誓不罢休。楚直只好敷衍道:"一封信也没有。"

他把天儿聊死的用心,昭然若揭。郭换金这时完成配药,不忍看小叶子下不来台,打圆场道:"五十封信?太吓人。军邮车岂不成了你的专邮车。"

叶雨露正好得了缘由,在楚军医面前显摆,说:"光是家人的信,自然没那么多。但我有亲戚、朋友、同学、邻居……加在一起,只怕这个数都打不住。"

青年战士,正是酷爱写信的年纪。

楚直凝睇冷笑:"叶雨露,你每月发的津贴费,是不是都买了邮票?"

楚军医终于肯和自己聊天了,叶雨露心中一喜,说:"您当干部久了,健忘。我们是战士,军邮免费。"

"哦,占国家便宜啊。"楚直再次埋头书写,不屑聊下去。

叶雨露大好情怀,被楚军医彻底毁掉,改口道:"我到政治部看看,先分出的信件,肯定随分随走,不然都堆在地上,办公室里的人,会被信件活埋。"

叶雨露年纪不大,有属于农村姑娘的早慧。见楚医生不爱搭理她,自个儿忙去了。

郭换金问楚直:"你真孤家寡人到一封信都没有的地步?"

楚直平淡回答:"是。"

郭换金道:"连你们家都不给你写信啊?"

楚直说:"我是孤儿,从小不知父母。"

郭换金不知这情况,一时不好意思,半晌道:"你没了父母,也没妻子儿女吗?"

楚直反问:"我看起来有那么老吗?"

郭换金没反应过来,接茬儿道:"信和老不老的,有啥关系?"

楚直说:"娶妻生子,是要有一把年纪做前提的。我年轻。"

郭换金这才明白,闹了半天,楚军医,孤身一人。

她又关切问:"你一直没找过父母吗?"

楚直从未与人深聊过身世,在军邮车突上高原的燃灯夜晚,被姑娘触动了心弦。是啊,天大亮后,每人都会收获大把家书,他却一无记挂。虽孑然一身桀骜不驯已成习惯,但此刻,好像心室壁穿孔,漏了一个洞。

"没找过。他们把我丢在外国人开的慈幼院门口,摆明了不要我。不管什么原因,都是不折不扣的抛弃。我才不去找他们。"楚直结尾处,有一点赌气。

郭换金揣测:"也许他们有难言之隐。"

楚直恢复平淡,说:"也许。但我没有兴趣知道。"

郭换金刨根问底:"那你姓名从何而来?"

楚直抗拒:"你要查我户口?"

"不敢。只是好奇。"郭换金目光诚挚。

楚直也觉反应过激,缓下口气说:"你猜猜看。"

郭换金真开始动脑筋："慈幼院院长或最先捡到你的那个人,姓楚?"

楚直道："错。"

郭换金再度思谋后道："像这种身世,很多人姓了党或是国。"

楚直答："我知道。但我,不是。"

郭换金又猜："你当时在湖北?"

楚直回绝："否。"

郭换金词穷,灰心道："猜不出来了。"

楚直告知："是我自己起的名字。"

郭换金错愕道："你那时几岁?"毕竟,太小的孩童,哪能自己起出"楚直"这等姓名。

楚直稍微沉吟一下,计算起名时的年龄,然后很肯定地说："那时,我三个多月。"

郭换金调侃道："若不是吹牛的话,那你从小就是神童。"

楚直把大长腿稍微移了下重心,更显出和军人不符的慵懒,道："实话告诉你,这名字,是我和另外一个女人精心合谋的。"

郭换金瞪圆眼睛,说："那么小就能和女人合谋,吓死人!"

楚直正色道："那女人,是慈幼院院长。入院孩子的姓名,她都让孩子自己决定。"

郭换金想不出如何操作,说："若是大一点的孩子入院,给自己起个名字,凑合能成。你那时只会哭,若让你定,只能叫'哇哇'。"

楚直解释道："院长先是把能作姓的汉字,比如张王李赵等,做成方便小孩子抓的纸球。让孩子随手抓。抓到什么就姓什么。"

郭换金拍手道："明白啦,这个楚姓,是你自己抓到的?天意啊!"

楚直没吭声,算是默认。

郭换金仍不甚明了,道："为什么不直接用百家姓呢?"

楚直说："院长有小脾气。有些姓,比如'仇''冷''焦'等,她不喜欢,就不收进纸球。她还不喜欢复姓,说怕孩子上学后,卷子上写姓名,都要比别人慢几分,影响成绩。"

郭换金叹道："这院长,老谋深算。"继续问,"你刚说了姓,还没说名字呢。"心想,若是把能当名字的汉字做成纸球,只怕要占用半间屋,累死这帮小婴孩!

楚直说:"选名这一步,院长直接用字典。她拉着我的小手,在字典中胡乱翻动,指哪儿算哪儿。我指了'直'字。"

"关于以前,你还记得什么?"郭换金充满同情地问。

楚直不喜欢这氛围,说:"关于我的身世,还记得很多。比如第一次开膛破肚,第一次往骨头里揿钉子,第一次把眼珠囫囵采下来,第一次缝补碎成七八块的脑瓜皮……"

郭换金吓道:"行行行,你闭嘴吧。"

过了许久,郭换金沉浸在楚直的故事中,选了个温馨题目。"院长会给你写信吗?"郭换金小心翼翼问。

"不会。"楚直回答。

"为什么?"郭换金不解。

"她死了。"

"对不起。"郭换金抱歉。

"她的死和你又没关系,道什么歉。"楚直冷淡地回应。

郭换金呛得翻白眼。

楚直倒打开了话匣子:"她是我上大学那年去世的。之前,我一直住在慈幼院,帮忙干点小活儿,用不着她写信。"楚直眸光清明,语调平稳,看不出也听不出明显动荡。但郭换金认定,他心中翻江倒海。

"你以后有了相爱的人,她会给你写信。"郭换金想起读过的某本爱情小说,有这样一句话,拿来模仿充当劝慰。

楚直眯起眼睛,眺望远方,懒散地说:"希望这样。不过,如果我和她离得近,这信,还是写不成。"

两人半天才说一句话,中间停顿的时间很长,不过并没感到隔膜。时间静静流逝,这时叶雨露冲了进来,急赤白脸道:"郭换金你下班后,赶紧去看看。最新消息,卸邮件的政治部那栋屋,被人们包围了!大家嫌分拣太慢,要冲进去自己动手找信。政治部正紧急疏散人群,要大家安静。还说立刻增派人手,加快速度,分完一批送走一批,绝不耽搁……真盼着我的六十封信早点到手啊!"

郭换金道:"不是说五十封吗,怎么这么一会儿,又涨出十封?"

叶雨露不好意思道:"我又重新算了一下,五十封打不住,六十封差不多。"说着她瞟了一眼楚直笔下的医嘱,凑过去道,"楚军医,您的字真好看。"

楚直不为所动,说:"我天天开方子,你今天才发现我的字不错。要么是你迟钝,要么是我的字不好,你没话找话。"

楚军医呛起人,神鬼难挡。叶雨露伶牙俐齿,也非善茬,两人开始饿饿。郭换金拒绝观战。交完班,走出门外。

今夜,高原战区指挥机构因了军邮车,亮若白昼。往日这个时辰,公共发电机停摆,大地陷入黑暗。或者说,大地本来便是黑暗,只有短暂的人造光明,让旷野显出明暗交错的边缘。

郭换金走向政治部独栋办公室。为了叶雨露的托付,也为了自己的家书。大时代的变局已经过去很久,掩藏迄今未露破绽。她渐渐习惯了新的身份,用各种工作和辛劳,让自己麻木。明白保住自己,是对亲人最大的安慰。未来充满不确定性,万万不可大意。

郭换金甚至想,整个高原战区都在苦等家书。她即使不算最紧张的那一个,起码也在前三名之内。她要的不是六十封甚至更多数目的家书,只需日期最近的一封。朝不保夕的亲人们,可还平安?

她走近万众瞩目的独栋屋。很多人聚集在屋外空地,议论着,期盼着,群情激昂。室内沁出的灯光,将众人脸庞,由多血的赤红镀成眈白浅金,好似庙宇中的神祇。

门打开一小缝,捆好的信札集合件,依次递出。

"机要处的……来人!"

"军械处的人在吗?快,把信件拿走……"

"步兵营的信……记住,这只是一小部分,先送回去。继续蹲着,还有很多没分拣完……"

房门每泻出一线明亮,都引致众人潮水般涌去。传呼各单位来人的通知,似天籁入耳。点到名的幸运儿,横冲直撞穿插过去,用随身携带的麻袋,将递出的家书塞好,背在身上,班师回朝。等待他的,是英雄般的凯旋和如狼似虎的争抢。

郭换金见钟铭护士长缩在人群后。他身材细弱,又未占据有利地形,被人流挤得东倒西歪。

郭换金好不容易挤到护士长旁,问:"卫生部的信件,拿走几拨了?"

钟铭垂头丧气道:"别提了,一拨都没见。"

郭换金疑惑:"分发信件的人,还搞歧视?觉得咱不是战斗部门,排后头?"

钟铭道:"歧视倒不至于。我推测屋内现状,应是按单位不同,地上胡乱堆着几十摊。咱部那摊,估计在犄角旮旯。往外送信的人,总捡靠近门口或过道处搬运,咱的就给落下了。"

郭换金想,有可能是这个理。卫生部不是一呼百应的大单位,医生护士们,也不是酷爱写信的人群(叶雨露例外)。比起战斗部队的年轻士兵,信件数量乏善可陈。信这个东西,像土著的"飞去来"。你写,人家才有回音。你写得不多,别怨回信寥寥。

自我开解,终是焦心。郭换金想像临死前的卖火柴的小女孩一样,能透过墙壁,看清屋内景象,一眼找到卫生部信函摊,愿它们早入送信者之手。

"咋办?"郭换金用口型问护士长。人声鼎沸,说话根本听不见。

护士长耸耸肩膀。除了等待,毫无办法。你不可能攻入政治部。

门开了。众人目光,齐刷刷如探照灯般打过去。这一次,不知哪几个单位,会成为幸运儿。

清俊身影闪出。他心知众人希冀,两臂像金翅鹏鸟般张开,先示手中空无一物,之后歉意道:"对不起,室内紧张分拣中,马上会有一拨信件送出。我有重要事项,要向战区领导汇报。战友们,让一让。"

人们无声避出狭窄通道,此人出了包围圈。

郭换金也随之挤出来,快走几步,追上清俊军人。

"潘干事。"她轻轻呼唤,原是熟人。

潘容并不吃惊,回头问候:"郭护士亲自来了。"

郭换金说:"大事儿,整个机关没人睡得着。"

潘容道:"想早点拿到卫生部信件吧?"

郭换金道："那还用说！司令部的信件都传出来两拨了，可我们部还是零。"

潘容劝慰道："不在乎这几小时。整整等了近两百天，整个冬天加多半个春天。"

郭换金嗤笑道："高原还有春天吗？你不如说，等了一个半冬天。对了，加上之前的半个秋天，应该算两个冬天。"

潘容说："你这季节算法，若是让制定古历的先人知道，会气得从坟里爬出来吵架。"

郭换金继续嗤笑："我不怕。古历先人跌跌撞撞从坟里爬出，一看这么缺氧酷寒，太难熬，肯定还是缩回坟里好养生。"

潘容说："我能把你的恶毒，理解为迟迟拿不到家书，无名之火大爆发吗？"

郭换金被人勘破心事，不好意思再对无辜的人乱发脾气，说："等着吧。天光大亮，会发到卫生部的。"

潘容说："不必等到那会儿，我现在就可把家信给你。"说着，他从裤口袋中，斜抽出一沓信件。

郭换金没伸手去拿，因为不信，便无动于衷道："你别骗我。"

潘干事就差赌咒发誓，说："我身上还流着你的血，怎么会骗你?!"

郭换金半信半疑，伸手取了那沓信件。当她看到信封上熟悉而笨拙的字迹时，忍不住热泪盈眶。一摸之下，她便知信封里果然另有乾坤，不能当着外人开信，便做出格外珍惜的样子，将信件收到衣兜中。

潘容不明就里，钦佩此女的自控力。望眼欲穿等信，信到了手里，还能忍住暂且不看。

郭换金发自内心道："谢谢潘干事！"

潘容很受用地说："不用客气。"

郭换金仍期盼更多，道："就这些吗？"

潘容道："政治部屋里，多人在拆分麻袋。按照不同单位，将信件依次分放。卫生部的信，在桌子底下堆着，已经一大堆了。但往外递送的人，没顾上。我见了，怕你着急，蹲着钻进去，把你的信专挑了出来。其他的，还在继续分拣中……"他口吻平淡，但郭换金能想象出，这需要何等的用心和细致。

她想起又问:"你是专门为了给我送信,才跑出来的?"

潘容一笑,即使在黑暗中,也可看到一口白牙,熠熠闪光,道:"别那么自以为是。我有事要向上级汇报,顺便带了信出来。"

郭换金刨根问底:"单是为了报我给你献血之恩吗?"

潘容做无辜状:"难道你还想要别的解释?"心想,要是你能有其他想法,就太好啦。

郭换金释怀道:"哦,那我就放心了。"

潘容挑了一下眉说:"你不放心的是什么?"又心有期待。

郭换金揉揉太阳穴道:"我是怕你用这点小恩小惠,就把答应的杏子赖了。"

潘容原本紧张,听闻此话失望道:"真馋。杏子,我一定会给你。"

郭换金说:"你该忙什么,快忙去。"

潘容本想说,我最忙的事儿,已经做完了。找领导谈的事儿,早一点晚一点并无大碍。况且哪有首长半夜三更听汇报?除非大战开打。不过,看出郭换金一心想回宿舍看信的急迫,便道:"我有正事。信还没分完,后续还有。我只把你一人的信,私带出来,所以暂且保密。"

郭换金说:"潘干事,那我走了。"

潘容目送窈窕身影隐没在暗影中,微微荡漾了一下嘴角。

郭换金回到宿舍,正好没人。她忙不迭掏出潘容带出的信,都是家书。本可把信封从边缘撕开,但她舍不得。每一丝纸纹,都印满亲人痕迹,要最大限度保留家的味道。

她找出一把废弃的手术刀,将信封一字排开,拢共得四封,比预计的要少。

是没写那么多信,还是有信没分拣完?

想那厨师擅长刀工火候,并不长于写字。再有,寄希望明天还有后续来信。

不管怎么说,家书抵万金,这已是重达"四万金"的收获了。

拆开信封之前,细细捏了一遍。它们并不是很厚,但内存筋骨,不似通常信件软塌塌的。郭换金心中有数,都是双黄蛋。

她起身把门插销别上。万一有女战友归来，取个东西什么的，就劳烦她多敲会儿门。一切准备就绪，郭换金斜插手术刀片，颤巍巍挑开了信封边缘。

最普通的牛皮纸信封，笨拙字体，写着战区对外的编号，最后缀有卫生部内部序号——61信箱。郭换金每当看到它，就想起儿童节。

信封割开，明亮灯光下，郭换金看到一张手抄菜谱：鱼香肉丝。

是郭大厨的字迹。一笔一画，极为认真。

"备齐原料：鸡胸巴掌大一块，干木耳一小撮，黄胡萝卜半根，青椒一个，鸡蛋一个，葱蒜各一指节，干红辣椒一瓣。外加豆瓣酱、团粉、酱油、香醋、白糖各一碗底。盐，看着放。干木耳泡发，胡萝卜去皮，青椒去籽。洗净切丝。鸡胸肉切丝后加入蛋清、团粉、油，抓匀。配鱼香汁。团粉一，酱二，醋三，糖四，清水五……"

郭大厨信中，每次都写道菜谱，详尽周全，以至于郭换金不得不怀疑，老郭存心把她培养成女神厨。只是厨艺这事，纸上得来终觉浅，全靠手眼功夫。高原，连馒头都蒸不熟，遑论其他。这些文字，只能好好保存起来，有朝一日再磨刀霍霍。郭大厨说过：好的食物，必得从容不迫。慌慌张张，啥事都做不好，更别提做饭。

郭换金总想着将来某一天，给老郭出本明汁亮叶的食谱大全，算是对老人家的孝心。

郭换金本可以把菜谱扒拉开，直接拿出菜谱包裹着的那个纸团。它，才是重中之重。但是，她磨蹭了半天，近乡情更怯。

每一分钟，不，每一秒钟，都充满焦灼期待。她不愿将幸福倾囊而出。然而无论怎样延宕，终到了把菜谱揭开的关头。

此刻，郭换金突然想到一个至关重要的问题。她重把四个信封平平整整摆放在床上。铺板，就是她奢侈的办公桌。

若只收到一封家书，没有先来后到的问题。现在是旷日持久后，四封信集中抵达。如不排序乱抽，她有可能把最后日期的信最先打开，就像提前揭晓了谜底。日期在前那些信件的魅力和神秘，会受影响。

郭换金在通宵长明的灯光下，依据邮戳日期，将信的发出时间排好序。这一步果真必要，她原拟最先打开的那封信，排行老三。

她将邮戳最早的那封信,精心打开。

首先映入眼帘的,依然是一道菜谱:咕咾肉。

郭换金没耐性看完郭大厨一笔一画写下的菜肴操作大纲,赶快打开包裹着的信中信。另有一小信封,封得严严实实。这信封的四边,有轻微折叠。这就是完整的信件,厚实硬挺的原因。

内藏这信,有邮票和邮戳。显示着跋涉印痕。上面地址,是大军区后勤部干部灶,收信人是郭大厨的正式名号。发出地址,是个毫不起眼的内地小乡村。

郭换金再次望向门口插销,门扇安稳。她控制住双手的抖动,再次用手术刀片,剖开信中信。

没有称呼,没有落款。信尾署的时间,已是大半年之前。

"在口。在校。努力。勿恋爱。"寥寥数字。

纸虽不大,若是再多写几字,也容得下。可惜执笔者,惜墨如金。无论郭换金怎样翻来覆去,就这几个字。她明白,巨大"口"字含义,是"囹圄"。那个"校"字,是劳改机构。

纸张如同烧红铁片,将指尖炙得冒烟。

不容耽搁,郭换金将其他三封信,也依顺序打开。每道菜谱内都藏着另外一封信。信中信的内容,基本同第一封信。一定要找出不同,是菜谱上的菜肴。

没有新消息,便是最好消息。郭换金将信摩挲不停。眼前不时重影,泪水像凸透镜,使万物变形。

战友随时可能回屋,郭换金不敢久看。反复阅后将信件妥藏,塞入盛着红柳叶的纱布袋中。信中的每一个字,都能默诵。

她起身,将今夜的长明灯熄灭,她不习惯在明晃晃的灯光下入睡。关灯这个动作,在日常生活中,极少出现。平日到了熄灯时间,灯就主动熄灭。今晚,更准确地说,是昨夜至此刻近黎明,灯火长明是异数。

熄了灯,郭换金毫无睡意,却必须强迫自己入睡。高原对人体损耗大,一夜睡不好,十个白天也补不过来。心中最大的惦念得以缓释,按说理应安心。但肩负着家族责任,不可放松丝毫的伪装重担,不容有任何疏忽。

她命令自己,快快入睡。毕竟她很想梦到父母。

晨起,郭换金于不安中醒来。没梦到家人,只梦到郭大厨切肉。

17

按照惯例,军邮车会在高原停留一天。让收到家书的人,快快写好回信。把归鸿汇总,塞入车内,再驮到平原,放飞全国各地。

家人来信,因涉及部队番号原因要保密,只能走军邮车这条路,万线一针。回信时并不只有军邮车一路。只要道路开通,各路人马因各种原因去往平原,均可带信下山。

军邮车的优点,是可针对来信事由,迅速应答。加之刚刚收到家信,感情充沛,有的放矢。另外人们无端觉得,军邮车更安全快捷。

大清早,郭换金出宿舍,见到麦青青。

"你收到了几封信?"这是今天人们碰面时的问候语。

"三封。"麦青青答。清晨,政治部终将所有信件分发完毕。熬了几乎整夜的护士长,把信带回卫生部。望眼欲穿的人们,如愿以偿。郭换金因潘容所助,放下心,睡了懒觉。

"我看到有你的信,特地给你带来,可惜只有一封。"麦青青道,并察看郭换金神色。就算有人信函少,但少到这份儿上,讲不通。麦青青直觉有异,只是异是什么,一时侦辨不出,有待今后观察。

郭换金解释说:"我这个人,性子淡。和同学朋友都不很亲近,没多少联系。我爸大老粗,只会颠勺,识的字有限。我妈走得早。好在,老爸常能见到军区领导,多少了解咱们这儿的基本情况,老人家放心我。"

这番话,滴水不漏。麦青青找不到破绽,关切道:"军邮车明天下山,你赶紧抓时间给家里写信。就算老郭不担心你,见到信,心里也高兴。"

郭换金从麦青青手里接过家书,第一眼瞄向邮戳。还好,日期夹在已看过的那几封信中间。之前和之后的信息,她都已了解,此信中应无意外,松了一口气道:"回信,我马上写。"

两个美丽女兵,淡淡分手。

麦青青并不急着写回信。因为父亲关系,她的通讯孔道,较之一般人要通畅很多。战区有很多机缘和山下取得联系。只要她有需求,一定有办法联络。

郭换金也不很急。她针对老郭师傅的信中信,提前写好了回信,汇报工作、学习、身体情况。基本上是老生常谈,但她知道,自己写下的每一个字,都会被家人反复揣摩。哪怕看过一千遍,也像不朽童话,会被一千零一次再看。

个人写好的信件,并不是直接给军邮车,而是先交给司务长,再统一转送。

郭换金想不通。司务长发军衣衬裤砖茶解放鞋等,为啥还管信?

她向殷厚土交上自己的回信。

司务长稍惊讶:"就一封啊?"

郭换金答:"别的信,还没来得及写出来。反正通车了,其他信慢慢写,再托人带下山。这信只是先报平安。"

司务长说:"手快。全部交到我这儿的回信,你是头一份。"

郭换金随口问:"你见过最多交来多少封回信?"

司务长说:"这没准。你们班小叶子,当属第一。上次,也就是去年大雪封山前那次,军邮车返回时,她交给我几十封信。"

郭换金这才明白,所有回报,都是付出在先。

正跟司务长拉闲话,突见潘容走来。司务长说:"潘干事,稀客。有事?"

潘容答:"有事。不过,不是找你,是找郭护士。"

郭换金心想:今天凌晨时分才与此人分手,这才过去几小时,就又有事了?

她玩笑道:"潘干事输过我的血,和我有心灵感应?怎么我刚到司务长这儿,你就找了来?"

潘容无心开玩笑,说:"郭护士,到办公室详谈。"

郭换金见他十分郑重,不敢耽搁,随他出了司务长房间。"咱们到第五病区可好?"郭换金问。

"只要有单独说话的地方就成。"潘容随她走进空病房。

"什么事儿?你不困吗?熬了通宵?"郭换金连发三问。

潘容说:"我在那房间角落,又发现你两封信,赶紧送来。"

郭换金不满道:"分信的人,真够马大哈。家书抵万金,把这么多钱乱丢,罪过。"

潘容心有余悸道:"你是没见昨晚惊心动魄场景。拆卸下的信件,将屋内地面不由分说铺满,一层层堆积,最后摞得足有半人高。分拣信件的人,在信的泥潭里拱来拱去,寸步难行。连夜苦干,好歹在黎明时大体分拣完毕。混乱中,差错难免。好在并不会真丢了,只不过会耽误一阵儿,最后还是能清理完。"

郭换金看到潘容俊美脸庞蒙一层晦暗,睑下青灰,不忍再多说什么,伸出手:"给我。"

潘容佯作不解,问:"什么?"

郭换金再次强调:"信。"

潘容无计可施,只得递过信件。

第一封,千篇一律的牛皮纸信封,郭换金自然熟识。第一眼聚焦邮戳,时间夹在已读过的信件中段,心便放下。再看另一封信,来自遥远的西双版纳。她不辞而别后,和所有同学都断了联系。只是与这姑娘,两人上下铺,关系非同一般的好。她实在忍不住思念,给同学家中写去一信,告知自己现在的地址。虽说这样很危险,也不知同学到底能不能收到信……没想到真见了回音,自是非常激动。顾不得潘容还在旁边观察,立即撕开信封。

信纸尚未抖开,有东西扑簌簌掉了出来,两人均吓了一跳。

定睛看去,那物脆薄如树叶标本,趴在地上,好像一枚不完整的黑色印章。

"这是啥?"潘容饶是博览群书见多识广,也辨不出此物原身。

郭换金也不识,一目十行看信。

信中自是充满回忆和友谊,当然还有自己情况的介绍。女同学去了云南生产建设兵团,在一个僻远农场种橡胶。艰苦和孤独,自信纸中发散,友情温暖着郭换金心扉。飞快掠过情深义重并来之不易的文字,预备在此后漫长时间内慢慢咀嚼。当务之急想知道那黑色物件,究竟是什么。翻到信尾,女同学说:"我们这里,四季如春。听说你那里,四季如冬。现在,我把一朵花摘下来,夹在信纸中。问你个小问题:这朵花,什么颜色?"

郭换金看到这里,俯下身去,把掉落在地的蝉翼般屑块捡起来,一会儿拿远,一会儿凑近,反复端详。强迫自己相信它曾是一朵盛开的花,更企图辨识出它原本的颜色。

百般无果,她将黑色碎屑两指捏住,问一旁目不转睛盯看的潘容说:"你能想出它生前是什么?"

潘容不容置疑道:"焦炭。"

郭换金愤然:"焦炭这么薄?亏你还在一线当过指导员,让你观察敌情,非出大错!"

潘容但笑不语,傻姑娘,逗你呢!随即做出恍然大悟状说:"若说薄,那它有点像撕碎了的复写纸。不是常见的蓝,是黑纸。"

郭换金依旧不肯消气,道:"告诉你,是花瓣!给你个将功补过的机会,猜猜它是什么颜色?"

"黑色。"潘容此刻没开玩笑,认真回答。

"不会吧?黑色花,在大自然里少极了。当年的黑郁金香,引出过人命。我同学在边疆种橡胶树,没黑花。"郭换金疑问。

"要不是紫色?紫色的花,自然界不算太稀少。这花,万里迢迢加上挨冻,由紫变黑了。听过红得发紫,紫得发黑这话吧?就是这意思。"潘容煞有介事,不过是想逗郭换金开心。

郭换金沉浸在对花瓣颜色的追究中,一时无语。潘容焦糖色的眸子闪闪,索性直截了当说出来意:"从昨夜到今天,我一共给了你六封信。可对?"

"对,六封。谢谢啦。"郭换金本想还他一句:又不是写给你的信,记得还挺清楚!想起潘干事在堆积如山信垛中,帮她苦苦找信,人不能过河拆桥,便换作温语作答。

潘容正色道:"我发觉这些信有个共同特点。"

郭换金心虚,哑着嗓问:"啥特点?"

潘容说:"摸起来,鼓鼓囊囊。好像信封里藏有东西。"

天啊!不要这么敏锐好不好?!再不敢说你在前线不会观察敌情了,简直火眼金睛!我现在道歉,还来得及吗?郭换金内心无比慌乱,欲哭无泪。

见姑娘迟滞不语,潘容深入探寻:"你老父亲给你的信中,夹带他物?"

越发危险。郭换金想若要挽救颓势,须在第一时间,彻底打消潘容怀疑,便似笑非笑,迎头而上,道:"你说得对,是有夹带。"

潘容问:"夹带的啥?"按说这话有点多管闲事了,但有什么法子,关切啊。

郭换金平静作答:"菜谱。我父亲一笔一画写出来,用的厚纸,想让我长期保存。它折叠信中,摸起来很像藏着东西。"

"每封信里都夹菜谱?"潘容觉得难以理喻。

"每封信里都有。你若不信,哪天我把菜谱整出来,你照着学,能抢门班长的饭碗。"郭换金语气很友善。

潘容越发搞不懂:"你老爸打算把你培养成神厨?况且你现在在高原,他居然不远万里教你做菜?"

郭换金体谅地说:"他这一辈子,只有这一个本事。我是独女,他不传我,传谁呢?"说完,配合地长叹一口气。

潘容找不出话回应,又抛出刚才对同学地址的疑问:"你在西北县城读书,你的同学,隔着十万八千里,怎么到了西双版纳兵团?"

"这个……这个……"郭换金绞尽脑汁难以自圆其说。吭哧半天,编道,"我这个同学……有亲戚在云南省军区……分配时,求了亲戚去到西双版纳……进了兵团。对,就是这么回事。"这番话,磕磕绊绊好不辛苦。说完了,恼羞成怒,对潘容叫道:"我同学到哪儿,和你有什么关系?!"

潘容不计较她的恶劣态度,笑着说:"你们那个县,我恰好去过。

你上的县中,在哪条街上?"

郭换金没想到潘容得寸进尺,眼看招架不住,翻个大大白眼道:"你管得太宽了。我凭什么告诉你?"

潘容故意做出无辜表情:"小县城的中学,也属于军事秘密吗?"

郭换金只得无理取闹:"偏不告诉你。"

潘容一不做二不休,掏出早就准备好的一张白纸,在中间画了个大十字,然后说:"你们县的中心,我记得是这种布局吧?东边是县百货公司,西边是新华书店综合楼,这边是邮局……对吧?"

郭换金彻底傻了眼。谁知道那个偏居一隅名不见经传的小县城,究竟怎样格局?可按照她为自己撰出的简历,不可能说不出来。她饶是再聪明伶俐,在这种密集攻势下,也再难圆谎。

"潘干事,可以改叫你潘参谋长了。"郭换金只得拖延时间,期待急中生智,蒙混过关。

"为啥?"潘容不明白。

"你在政治部工作屈才了,应该统领情报科。"郭换金语带辛辣。

插科打诨的话,说得再漂亮,能拖延的时间毕竟有限。优秀将才都有个特征,不会轻易转移注意力,被别人牵着鼻子走。潘容刚想重回县城话题,楚直正好走进病房。他一眼看出郭换金为难,插言道:"潘指导员,近日没见你来复查,身体如何?"

楚直对潘容有救命之恩。潘容就算再想深聊郭换金家乡,也不得不郑重其事答话:"报告楚医生,我彻底好了,一切正常。"

"有些高原病,突如其来发病,莫名其妙就好了。"楚直思忖着说。

"不是莫名其妙好的,是卫生部领导和您的呕心沥血,再加上郭护士和其他战友献的鲜血。"潘容诚挚作答。

"你今天有闲时间?"楚军医听多了感谢话,早已免疫。把脸转向郭换金。

郭换金说:"有。"

楚军医说:"我找你,继续授课,并考核你之前所学知识。"

郭换金巴不得从家乡话题赶紧逃逸,忙不迭说:"好。"

楚军医坐下,说:"什么人才能当医生?古人曰,学不贯古今,识不同天人,才不近仙,心不近佛者,不可为医。"

郭换金大言不惭道:"我觉得自己至少做到了一半。"

楚军医脸色陡变,道:"我从医多年,从未听到过如此胆大妄为的自我评价。说说看,你做到了哪一半?居然还敢说'至少'?"

郭换金不慌不忙道:"我们活在高原,比任何人离天都近,'识',便可说近了天人。'才'呢,也差不多,高处是仙人的家。至于佛,当然也住在山上。这样一来,说至少一半,都是谦虚了。咱部里的人,基本做到了一大半。"

师徒二人,相谈甚欢。潘容被晒在一边,只得将狐疑埋在心底,无言走了。

楚军医心中暗自一乐。就算是潘安的后代,也抵不过近水楼台。

因景自连太忙,郭换金的军事训练,搁置了一段时间。这天,警卫员路弯通知郭换金:穿解放鞋,下午到训练场集合。——复述完毕后,路弯特别补充一句:"景参谋说,卫生部,就你一人到场。"

郭换金点头:"明白。"

站在一旁的麦青青这个气啊,别人耳里听到的是传达例行公事,只有她明白,这是针对她的特别规定。

景自连嫌她上次不请自来,旁听手榴弹授课。此次,未雨绸缪。看来,她只有另谋他法,才能制造更多相处机会。

景自连抵达训练场时,郭换金已提前到了,好整以暇看向教官。

景自连高大魁伟,面容坚毅。郭换金想不明白,为何千篇一律的军装,穿在此人身上,如同被魔杖点过,板正耀眼。尤其是他腰间的皮带,赭石色,平整光滑,将腰线扎得一丝不苟,上下没有任何赘肉,胸膛饱满,小腹平坦,精干潇洒,仪表堂堂。

好像……这还不是全部。

郭换金终于后知后觉发现,让景自连格外英俊的是他穿了马裤,下着长筒马靴。

马裤的设计是胯部宽松,腿部布料急遽收紧,膝盖内侧以及臀部包裹紧致,人便峻拔挺秀。郭换金隔着有点远,又不能死盯着人家裤子研究,推断起来,好像腿部设计是柔软皮料镶嵌而非布片。想了想,明白原因——骑行中,这是骑手与马匹的主要接触部位,剧烈摩擦。这设计,有利于动作敏捷,经久耐用。

郭换金深感遗憾,殷厚土并没有给女兵配发马裤。估摸整个高原战区,根本没有这种女式着装。

景自连见郭换金到岗,淡淡说了句:"先看看你的马。"

郭换金趋步向前,以为会看到一匹鬃毛飞舞的高头大马。想到高原战区对于祖国的重要性,她甚至想到了欧洲王室傲视天下的纯血马。

却不料只见一匹比毛驴大不了多少的灰色矮马,百无聊赖立在不远处,向他们张望。马的皮毛为杂乱无章的灰白色,简直可说与拉磨的杂交骡子是近亲。

看到郭换金脸上明显的失望神色,景自连说:"瞧不起它?"

郭换金说:"你是不是觉得女生骑,只配劣等马?"

景自连眉峰一挑,说:"女生?劣等?那你看看我的马。"

说罢,他让路弯将自己的骑乘牵来。只见那马的身量嘴脸,同郭换金的马,如出一辙。只是体型略大些,毛发是稍深些的灰。四肢短小不说,脖子更是短粗。唯有马眼,同郭换金那匹马不同,晶莹明亮。睫毛很长,仿佛从未见识过苦难与欺诈的孩童。

见景自连的马,也没好到哪里去,郭换金略微气平。

鉴于这两匹马实在无法恭维的毛色,郭换金暗自给它们赐名"深灰""浅灰"。

景自连传授道:"伟大的马种,是最完美身体结构、最惊人速度和最顶尖的速度感三者合一。"

郭换金觉得有点绕,也搞不清速度和速度感,有何不同。心思固执地萦绕在欧洲古老赛场上的贵族马身姿上,深灰浅灰,实在是与之相差甚远。

景自连轻拍深灰流畅的背部线条,说:"喏,它们,就是这样的骏马。"

郭换金再怎么控制,也无法压抑嫌弃之色。刚想说点敷衍的话,蒙混过关,不料景自连冷峻开口:"快把你脸上的不屑,立即收起来!"

景自连不是好脾气的人,不过郭换金跟随他学习这么久,还从未被如此训斥过。她一惊,赶紧将面容调成平淡表情。

景自连稍稍缓和了一下语气说:"和你的马打个招呼。"突然,他冷声说了一句看似毫不相干的话,"扣好你的衣服扣眼。"

郭换金蒙了。军事教官居然管起内务来了?她下意识低头,看到军罩衣的最后一个扣子脱开了。带着怒气扣上纽扣,怨教官无事生非。

景自连看出她心中不服,冷峻道:"以免骑马时你的衣襟飘起,吓到马。"

原来如此!你就不怕没来由地声色俱厉,吓到人!

郭换金无奈,再一次看向两匹灰马。发觉此种马的毛甚长,几乎相当于平原马匹的两倍。尤其是腿上的毛发极茂盛,像浓密卷曲的"护腿套"。深灰浅灰此刻并不安逸,耳朵探向前方不停摆动,好像正在倾听并辨识某种令它们受到威胁的声音。

景自连百般怜爱地看着深灰浅灰。在他眼中,它们是优雅与肌肉、力量与温顺相结合的完美生灵。他问郭换金:"你能看懂它们的表情吗?"

郭换金伸出食指,点点自己的鼻尖,说:"我?你太看得起我了,以为我懂鸟语兽言?"

景自连说:"别的兽言你懂不懂,我毫不关心。但你既然要骑马,就要懂得马的性情。现在这种状况,说明它们感觉到某种不安,高度调动起对环境的警觉性。"

郭换金搞不懂。山岳之上,罡风猎猎。四周是永恒不变的雪岭,寂静无声。都是司空见惯的景象,有什么威胁到了据说是伟大战马的深灰和浅灰?

郭换金百思不得其解,景自连直言:"它们是优良的去势马,矫健勇壮,耐力久远。性格相对柔顺,能耐极寒冷气候。此刻,让它们感到强烈不安的,正是你。"

郭换金深感冤枉。应该说,这两匹马让她强烈不安才对。她从未骑过马,如果马不听指挥,她会坠马甚至惨遭马蹄践踏,遍体鳞伤生死未卜对不对?郭换金本以为来了就能练习骑乘,不想却被军马高度提防。

"我招它们惹它们了?"郭换金百口莫辩,叫屈。

"如果我刚才不及时制止你,你是否会对它们说出难听的话?"景自连指点迷津。

郭换金回想说:"那倒是。它们看起来一点不……还不许说了吗?"

"闭嘴!"景自连喝止,又补充道,"马的美,绝不仅仅体现在外形上。战马,最美的英姿,是它飞驰的那一刻。"

郭换金又看向两灰,心中不敬地想,就它们这身板,跑起来能有多快?汲取教训,不敢说出口。

景自连看出但不理会她的小心眼,道:"你摸摸它们。"

郭换金本想抗拒,但教官命令,只能服从。她半颤抖着伸出手,小心翼翼探了过去,先摸向浅灰。潜意识里觉得它体型略小,是不是脾气也稍好点啊?浅灰从鼻孔里重重喷出带水雾的气体,打着旋冲击到她手心。

景自连亲昵如夸兄弟:"它们是高原特有的雪马。强壮、结实,对自然环境适应能力很强。一腔热血、胆大,非常适应快速奔跑。最重要的是,它们为高原而生,极少患高原病。记住,它们无与伦比的聪明。你刚才若出言不逊,它们会听懂。你还没乘上马,先得罪了它们,真可谓出师未捷身先死。"

啥?郭换金吓了一跳,道:"它们连我还没说出口的话,都能猜出来,岂不成了马妖?"

话刚一出口,即刻后悔。

景自连好似看出她的忐忑,说:"只要你没说出口,它们不会想到,毕竟是动物。马和马,性格也不同。有的爱害羞,有的胆子很大。不过它们都会察言观色。你若说它不好,它会难过,甚至记仇。所以,除了马犯有严重错误,你不能随意批评它。非要指出它的不足时,也尽量别当着别的马说,要给它留出足够的面子。"

郭换金心中暗骇,这还是马吗?和千年狐狸有一拼啊。

"你永远记住,马是很有天赋的孩子。它们喜欢你,明白你的指令,才会在执行你的命令时,全力以赴,甚至生死相依。还有,你要打心底尊重它们。你先过去比比看,记住它的身高。身高不同的马,骑在马上的节奏完全不同。"

郭换金还没骑上一分钟的马,被这堂先声夺人的马课,唬得精神抖擞,不敢有丝毫懈怠。

"先学习上马。"景自连说着,示意深灰过来。

深灰贴近景自连,马耳前倾位垂直竖立,快乐地打着响鼻。

"记住,马的这种表情,证明它此刻很开心,对周围事物感兴趣。"景自连说完,看向郭换金,"注意我的动作。"

他先向右转身,左手分缰。抬起左腿,左脚掌稳稳踏入马镫内。之后右脚蹬地,借助弹力和两臂力量,一跃而起。继而左腿伸直,右手撑鞍,旋风般跨越马臀。再然后,双手支撑体重,稳如泰山端坐于马背之上,右脚轻灵踩入马镫……小腿紧贴马肚。收腹挺胸,双肩轻松打开。颈椎伸展,头、臀和脚后跟,成为一道笔直竖线。整套动作行云流水,赏心悦目。

郭换金看呆了。说实话,说时迟那时快的上马动作,一时半会儿哪能记住?留在眼帘和心底的,是景自连飞身上马一气呵成的勃勃英姿。

景自连清澈目光平视远方道:"我先跑几圈。"说罢,深灰振鬃扬蹄,长嘶一声,追风而去。

郭换金目光紧紧跟随,不是看马是看人。好一会儿,意识到自己此举不妥,赶紧掩饰,转移目光问路弯:"你不跟着司令员了?"

路弯说:"还跟着。有时也执行其他公务。"

郭换金不放心地问:"一会儿我上马时出了差错,马会不会把我甩下来?"

路弯说:"干吗不想点自己好!训练有素的军马,一般不会在人还没有坐稳的时候,就开始奔跑。"

郭换金多少放下一点心,但愿雪马如神,不欺负她这个生手。

不久后,景自连拨转马头,驰骋归来。飞身下马。

郭换金看着狂吐白气的深灰,遗憾道:"它没有徐悲鸿画的马,威武雄壮。"

话刚出口,觉察失当,胆怯地看向深灰。好在深灰沉浸在刚才人马合一奔驰的兴奋中,并不计较。

景自连问:"理由?"

郭换金道:"徐悲鸿的马,比雪马要瘦,几乎可以说是骨架嶙峋。但马头高昂,肌肉绷起。它腾空时,鬃毛飞扬。几乎能看到马的汗水淋漓而下,热血沸腾……"

景自连问:"你说得这么形象,看到过徐悲鸿画马的真迹?"

郭换金脖子一梗:"那当然。"

景自连鹰瞳一闪,说:"在哪里?"

直至此刻,郭换金还未察觉到危险。她和景自连聊天,放松了警惕。此刻,旷野四下无人,路弯乘着浅灰,在远处撒欢。郭换金胸无城府地说:"让我想想……对,在北京饭店。"

景自连不动声色追问:"哪儿的北京饭店啊?"

郭换金说:"北京饭店,当然在北京了。"

景自连沉吟着说:"哦。那你是怎么从西北小县去的北京饭店?"

"这个……"郭换金顷刻脸色寡白,发现眼前深渊。她拼命眨巴着大眼睛,企图生出自救之法。救赎第一步,首先是拖延时间。她支吾道:"这个吗……当然是坐火车走。不过……在坐火车之前,还要坐好久的汽车。"

景自连面沉如水,冷意翻飞道:"你知道,我问的不是交通工具。"

"知道知道。但交通工具还是要有的,总不能走着去,您说对不对?"郭换金胡搅蛮缠,装疯卖傻。片刻后,终于心下有了初步方案,说,"那个啊,我爸爸……你知道的,不是厨子吗? 他有个师傅,在北京饭店……对,就是因为厨艺好,被选进大饭店掌勺。有一年,我爸带我去北京,见他师傅,顺便在北京饭店里转了转……我当时不知道徐悲鸿是谁,见他的画挂在饭店墙上,很气派……对他笔下的马,我记得深刻……"一席话磕磕绊绊说完,居然由刚开始的语无伦次,逐渐流畅。

好不容易说完后,郭换金对自己的急中生智,佩服得五体投地。虽然带她进北京饭店的,是亲生父亲。不过,谎话一旦开说,漂亮得无懈可击啊。

景自连专注地看她的表情,近在咫尺,洞若观火。她先是如受惊兔子,继而顾左右而言他。冥思苦想后佯装镇定,完成了堪称完美的胡编乱造。结尾时,如释重负地脱逃成功,自得地露出狡黠笑颜。

景自连忍不住心中一乐。匆忙中编出的这番说辞,大体可自圆其说,也算灵活机智。逻辑虽可讲通,但他的直觉其中必有秘密。看她侥幸逃过的模样,不忍穷追猛打。算了!今日且放她一马,疑点以后再查。

路弯带浅灰回来,郭换金开始操练,纰漏多多。景自连欲骂她,但想到姑娘是新手,不能施以严厉作风,忍气道:"你的右脚,尚未踩入马镫时,不能催马快跑。"

郭换金辩解道:"我怕雪马会没等我坐稳,就把我甩下……"

景自连肯定作答:"通常情况下,雪马不会。"

郭换金惊魂未定道:"万一呢?我不是不信任雪马,是不相信我自己。人笨,还不许吗?"

她一边说,一边觑向雪马。不知道这会读心术的"马妖",会不会认为诬陷它?还好还好,它好似不屑揣测人的小肚鸡肠,瞪着明亮双眸,眺望远方。经过刚才一番恶补,郭换金记得,这模样,似乎代表马的警醒敏锐,而非愤怒。

景自连诲人不倦道:"你的上马动作要稳要快。万一出现你说的那种情况,要尽快调好缰,用腿上半部夹紧马腹,马就会慢跑。待它速度慢下来之后,再用双脚踩住马镫。"

郭换金半懂不懂,装模作样点头,以示心有领会。

"你知道骑手对马的指挥,主要表现在哪里?"景自连问。

"在于……大声喊'驾'……"郭换金力证并非白痴。

景自连暗忖,看着挺聪明的姑娘,这么蠢啊!耐着性子道:"你以为战马是耕田牲口吗?记住,你主要靠双腿力量和马交流。当然了,还有简单口令。最主要的是你身体重心的变化,经由你的腰,传达到马背。借轻重缓急的不同,达到让战马加速、前进、转弯、减速等变化。你也可以在马背上做出前倾、后仰、侧让等动作。"

听到此处,郭换金突然萌起一个长久以来的念想,插嘴道:"我能学镫里藏身吗?"

"不能。"景自连断然拒绝。

"为什么?"郭换金觉得"镫里藏身"是骑兵精髓,若能将身体矫健地贴附马腹之下,岂不豪气干云?被教官兜头泼下冷水,万般气恼。

景自连并不理睬她的情绪波动,说:"基本要领今天就讲到这里。继续马上训练。"

郭换金纠缠刚才问题,执拗道:"我怎么就不能学习镫里藏身?"

景自连眼珠都没转动丝毫:"没有为什么。"

教官无理,赤裸裸扼杀自己美好理想。突然,郭换金猜到某种可能性,斗胆道:"景参谋,你不要不好意思。你是否根本不会镫里藏身?"

景自连微微冷笑道:"我不仅会这个动作,还能在镫里藏身基础上,身挂马鞍一侧,头转向后侧,挥枪向目标射击……"

郭换金迅速在脑中勾勒镫里藏身并大杀八方的画面,血脉偾张惊心动魄!本来就形似战神的景自连,飞马杀敌时,岂不恍若天神!

"我就要学这个!教我!"郭换金一改前半程的胆怯状态,亢奋起来。

景自连丝毫不为所动,波澜不兴道:"你学这个,没用。"

郭换金愤懑:"你看不起女子?还是以为我根本学不会?小看人!"

景自连避开她的激昂情绪,说:"你学骑马,为的是什么?"

郭换金说:"上战场。保家卫国。"

景自连道:"你的身份是军医。"

郭换金仰着头说:"不错。那又怎样?"

景自连道:"你既然在战场上的主要任务是治伤救人,怎能独自一人镫里藏身?再说,就算你藏身再好,你把病人安放在哪儿?军医的职责,不是逞个人英雄,而是尽可能将伤病员转至安全场所,刻不容缓开始救治。镫里藏身并非必须。"

郭换金仍不服气,道:"我带着伤员,一起镫里藏身。"

景自连冷笑连连道:"你无知且自大。为适应高原,雪马的身高都比较矮,体重也较轻。平原上,一般的马,负重八十公斤至一百二十公斤,雪马负重不及这个数量级的三分之二,最多为五十公斤至七十公斤。这在高原上,已是了不起的成绩。两个人的重量,少说一百公斤以上。雪马竭尽全力,也会很快力竭。它自顾不暇,哪儿能陪你玩镫里藏身?"

景自连佩戴端正的皮帽子边缘,有墨色散乱发丝被口中气流吹得四散飞扬,可见情绪,并不像表面看起来那么平静。

郭换金舌头打结,无以对答。哀叹一声,别了!我的镫里藏身!

景自连见平日不服输的郭换金沉默不语,知她已无言以对,缓和气氛说:"骑马这件事儿,说难不难,只是个熟练工种,多多练习即可。我把要领讲了,让路弯具体指导你。我还有军务,要去处理。"说罢,急速离开了训练场。

路弯临时充当教官。他啧啧说:"郭护士,你真胆大,竟敢问景参谋会不会镫里藏身。他的骑术全高原战区第一,镫里藏身算什么,他的马上射击,简直⋯⋯"路弯一时找不到夸赞的词,只好搔搔帽顶,说,"你根本看不到人,只见骏马不见人,却是枪枪命中。"

景自连的冷硬背影,已消失不见。路弯安慰道:"你主攻的是救伤员,学会让雪马快走即可。"

郭换金说:"你教我吧。"

路弯不好意思道:"我哪儿行,班门弄斧。"

郭换金说:"我不会骑马,你说的'班'是谁?"

路弯道:"你不是'班','班'是景参谋。我教你,他不会听到吧?"

郭换金确信看不到景自连身影,便说:"'班'走了,你大胆说'斧'。"

路弯说:"雪马走法,分为四种。第一种漫步。第二种快步。第三种,好记,就是跑。最后一种叫袭步,指的是飞奔。"

郭换金听完,重新打起精神:"我喜欢袭步!就学这个。"

路弯撇嘴道:"郭护士,你怎么记吃不记打啊?"

郭换金茫然,道:"什么是吃?什么是打?"

路弯嬉笑道:"刚才景参谋不是说了,雪马驮着你和伤病员,哪里还能袭步?能到快步这一级,就很不错了。"他偏着头,活脱脱笑容纯净的少年郎。

郭换金只好说:"快步吧。"

路弯调整好脚镫长短,交代要领。郭换金勤学苦练,稍见成效。

休息。避开二灰,郭换金悄声问路弯:"司令员的马,是不是威风凛凛?"

路弯说:"体格稍大些,负重能力强。要说长相,和它俩差不多。"

郭换金垂下眼帘:"失望啊失望。"

话毕,她忙不迭偷看深灰浅灰,生怕它们滋生出自卑想法。还好,两马抓紧时间啃食地面上渗析出的盐碱末,并没看向说坏话的女子。

路弯打趣道:"你想司令员的坐骑啥样?"

郭换金眼内星星闪烁,神往道:"起码也是赤兔马那个级别吧?"

路弯驳道:"那种大马,适应不了高原。个子太高,需要氧气多,特别容易得心脏病。"

郭换金赶紧换马,说:"要不西域汗血宝马也成。"

路弯说:"你说的那种高级马,从未到过高原。就算好不容易运上来,估计也是凶多吉少。"

郭换金说:"既然叫宝马,估计能逢凶化吉。"

路弯细眉皱起,道:"只怕它们不只汗血,直接吐血。"

郭换金闻听,看向不远处的雪马。心想这些话,它们当爱听,长自家志气啊。

一直训练到夕阳落山,郭换金才和路弯收兵,今天初步学会了乘马和控缰。郭换金喜欢马奔驰的时候,雪山移动的感觉。奔涌的风声从耳尖掠过,如同一支箭在飞翔。

黄昏,是冰峰和晚霞相拥相吻的旖旎时光,郭换金跳下马,一瘸一拐,煞是吃痛。全因训练近结束时,不小心从马背跌落。身体撞击地面,双腿险些窝折……从腰到臀,剧痛无比,人好像从中轴线撕开。

浅灰偏头喷出一口热气,用惊诧的大眼珠,瞬也不瞬看向她。好像在说,你也太笨啦!我这么听话,你还是掉下来了。

郭换金忍住眼泪,心想,这个肉自行车不好玩!不由自主遥想某人骑在马上的英姿。当时夺走她眼球,此刻夺走她心魄。骑马,摔即学费。不知他可曾摔下马过?

次日。郭换金原以为睡一觉,腰背痛会有所松缓。却不想,能缓解百病的睡眠,对骑马摔伤,不但未见疗愈,反倒更趋变本加厉。

今日有班,吃了止痛片,她勉力工作。止痛片这个东西,可以减轻疼痛,却不能让受损的肌肉韧带恢复正常。郭换金不停忙碌,以求达到疼痛的高级阶段——麻木。

众目睽睽之下,郭换金以一种奇怪姿势走路。一些成了家的军人,彼此交换暧昧眼色。虽明知在严格军纪下,男女间基本无意外发生。但这女娃娃的姿势实在诡异,让人不由心生遐想。

护士长不愿手下护士被不明不白揣测,侧面问麦青青:"你们班长怎么啦?"

麦青青沉着应答:"昨天下午,郭换金单独在外,很晚才回来。我不了解情况。"

钟铭皱着眉头说:"她一个人外出的?"

麦青青说:"我不清楚。"

钟铭又问:"又是和那个全战区最帅的参谋景自连?"

麦青青沉吟道:"这个,我也不清楚。"

其实,她知道实情。的确是郭、景二人去了战区训练场。当然,据她了解的情况,还有警卫员和两匹马。况且,战区训练场也有值守战士。她选择性地把这些情况隐下不说。说出的都是真话,隐藏的也是真话。她愿意护着景哥哥,不等于也愿意护他人。至于产生什么样的猜测,就不是她的责任了。

楚直看到郭换金的怪异姿势,关切道:"伤了还是病了?需要检查一下身体吗?"

郭换金说:"我不小心从马上摔下,没啥事。"

楚直拍拍手中听诊器,说:"我相信仪器,胜过相信人的眼睛。"

郭换金问:"那你说怎么好?"

楚直在检查单上笔走龙蛇,说:"到放射室拍个片子。"

郭换金不乐意:"你没看到我正忙着呢?"

楚直说:"真有骨折骨裂,你就彻底不用忙了。"

郭换金无奈,只得说:"好吧,我忙完手里的活儿,就去查。"

检查结束,郭换金回病房忙碌。楚直进放射室,问:"郭护士刚刚的检查结果怎样?"

放射员宁越千说:"刚拍完,还没来得及洗出片子。"

楚直走进暗室,在显影槽边,焦急等待尚未显影完全的片子。时间刚一到,就把片子夹出来,用流水冲洗。冲洗时间刚到,立马拿出片子,埋入定影液槽中不停搅动……

全部步骤完成,楚直拿出片子,仔细观察。

宁越千双手抱着肘,说:"楚军医,就算军医大高才生技术全面,也不能让我失业吧?"

楚直并不忌讳:"越界了。你忙,我又急着看结果,抱歉。若她有骨折,不能带伤忙碌。"

宁技术员不以为然道:"楚军医每天过手的病人,个个都分秒必争牵心动肺吗?"

楚直一脸坦然答:"当然不是。我要经常这般披肝沥胆亲力亲为,就算肚子里藏着十副下水,也不够磋磨的。"

宁技术员见这种话,高傲的楚军医都大言不惭说出,只好似笑非笑道:"楚军医,请你为我开点药膏。"

楚直道:"你也腰痛了?"

宁越千说:"不是腰,是眼药膏。"

楚直明白了,他可非善茬,立即回应道:"可惜部队不是江湖,没有哑药。要不我送你一打,话太多啊。"

宁越千知道自己不是对手,便老实回归专业范畴,问:"片子有什么异常?"

楚直说:"我看是没大问题。请你这个专业人士,再确认一下。"

调侃归调侃,事关工作与健康,宁技术员不敢怠慢,仔细看了郭换金的腰骶椎片子,说:"楚军医诊断无误。"

楚直这才放心离开放射室。

郭换金扶腰,继续以奇怪步态,碎跑着忙碌,动作艰涩。

楚直正色道:"郭护士,忙完手中工作,我有话对你说。"

郭换金点头。医生兼老师的双重身份,让她再累也无法拒绝。

活计稍微消停些,两人分坐办公室桌子两端。

楚直说:"你昨天骑马了?"

郭换金颔首。虽说嘴巴并没受伤,但有和楚直医生交锋的惨痛经验,多说多错,少说为佳。

楚直又道:"你从马上摔下来了?"

郭换金点头。

"重吗?"楚直像对病号问诊。

郭换金想了想道:"不轻也不重。"

楚直说:"骑马是一种接近游泳的全身性运动,所以骑马后浑身疼很正常。"

郭换金用力点头。她原以为都是摔伤惹的祸,看来冤枉了骑马。

"你初学乍练,骑马的姿势不一定正确。"楚直用的是肯定句,好像亲眼看到了新手的狼狈。

这次,郭换金没点头。倒不是逞强,而是的确不知自己骑马的姿势是否正确。

楚直接着问:"膝盖内侧感觉?"

郭换金着力体会了一下,嘴角不由得抽搐。身上疼的地方太多,原本没注意到膝盖骨,如今留神体验,果然也在造反。

"这是因为你初次上马,全身紧张,两腿与马肚子摩擦造成。"楚直说。身在高原部队,他也有一身好骑术。

郭换金不知底细,只是想,此人有千里眼吗?按说从卫生部,看不到训练场内情况。

楚直不理会郭换金的心理活动,继续问:"尾骨疼?"

郭换金又只剩点头的份儿。

"这是因为马跑起来,你的身体重心,不会随着马的身体灵活转换。有些部位,应该肿了。"

这回,郭换金没点头。部位敏感,就算肿,也不能承认。

"已经拍了片子,腰尾椎都无大问题,估计肌肉和韧带有轻度挫裂伤,休息后会缓解。"

楚直说到这里,密不透风的话题停了。郭换金以为告一段落,刚想艰难起身道谢,不料毒舌的楚军医,谈兴正浓。

"还要训练骑马?"他貌似无心发问。

郭换金点头。

"还和景自连一道?"楚军医力求云淡风轻。

郭换金再次点头。

楚军医公事公办道:"骑马前,一定要做好充分的准备活动。"

"什么活动?"郭换金不懂。

"就是热身。让身体肌腱拉伸开,以防受伤。"

郭换金虽说应景点头,心中却不以为然。冷峻的景参谋,才不会给她预留出拉伸肌腱的时间。想必景参谋脑海中,所有士兵的肌腱,分分秒秒都是拉伸好的,随时可上战场厮杀。

郭换金第一次主动发问:"我这浑身痛,大约多长时间会好?"

景自连开出膏药,说:"配合中药涂抹,三五天后可显著减轻。"

郭换金道:"楚军医若没别的交代,我忙去了。"

楚直说:"慢着。"他把一本包着封皮的医学书,放在桌上,"抓紧时间,把这本教材看完。"

郭换金没在封皮上看到书名,问:"什么书?"

楚军医说:"妇产科学。"

郭换金摇头道:"高原战区,基本上都是男兵。你教我屠龙之术?"

楚直说:"战区培养你,是为了当女医生。战火燃起时,你很可能是战区唯一通晓女性疾病的医生。你不但要学,而且要学好。"

郭换金想想,似乎是这道理,便说:"我努力学。"

楚医生又道:"我找不到女性大体老师。所以,你以自学为主。"

郭换金说:"明白。"

楚医生补充说:"不过,你还有一个好老师,可多向她学习。"

郭换金想不出此人是谁。

看出她的疑惑,楚直说:"女性生理特点的老师,你自己当大体老师。"

郭换金的脸,腾的一下红了。啥?!虽然学医这件事,已让她极大模糊了性别意识,特别是跟随楚直这种凡事不吝的奇才,更让她经常遗忘性别。不过,楚军医此刻的刻意强调,还是让她难以自处。

她只想快快逃离办公室。尽管这些话,堂堂正正,并无丝毫猥琐僭越之处。

楚直继续道:"有个问题,我迟疑半天,觉得还是要跟你说一下。有备无患。"

郭换金懵然。平日油盐不进、金刚不坏之体的楚军医,居然难得欲说还休。

这样的楚军医,令人陌生。好在,瞬间后,楚直又恢复冷淡神色。

"我看你今天的步态,有些不同寻常。"他说。

"腰酸痛,腿也软。"郭换金深吸一口气。

楚军医说:"女子骑马,马鞍很容易摩擦到……某些部位。你用这个药膏,局部涂抹,会有益处。在完全恢复之前,可向景参谋告假,暂时不宜骑马。"

楚直语调完全没有起伏,好似机器人。但他骨节分明纤细修长的手指,轻轻敲打着桌面,多少暴露了内心不安。以下披覆着医学名词的告诫,说还是不说?楚军医也煞费斟酌。他知道不说,谁也不会指责他。说了,带给他的有可能是柳眉倒竖,割袍断义。但是,于医理,应该说。四周落针可闻,他的嗓音不由得低醇嘶哑。

郭换金预感到某种危险逼近,心中不安。幸亏戴着口罩,且是特制医用口罩,兜脸包裹,让人看不清脸庞颜色。

郭换金压抑着女孩子的天然耻感,听完自己是自己的大体老师云云。当她以为私密话题已熬过之时,楚直用最平稳的声音说:"女子会阴部,有一道纤维组织,容易受伤。"

郭换金一双水眸,惊奇瞪大,不知此话何意。

楚军医说:"女子骑乘,非常容易损伤这道纤维膜。一旦损伤,没有药物可以疗治。将来你结婚之时,可提前向你丈夫说明这点。骑术训练,受过创伤。"

郭换金终于一知半解地明白了这话的实质意义。她极力保持镇定,可耳朵尖出卖了她,红得几乎滴血。

她第一个念头,不是搞清那个劳什子纤维膜,而是立马扯大包脱脂棉,将楚军医嗓子眼严丝合缝塞紧,让他吐不出任何一个字。再用棉花团堵进他的双鼻孔,让他顷刻窒息。等他丧失了呼吸功能,也不给他任何抢救机会,让他直接翻白眼,活活憋死!

楚直当然不晓得他在郭换金想象中已凄惨地命丧黄泉。他面容沉郁,态度端正,语调平和。话语中充满医学味道,所有用词一本正经。但合在一起,让人难堪至极!楚军医好像知道她的恐惧疑虑焦灼,强悍地补充了一句:"医生眼里,所有人皆为赤裸。"

楚军医主动站起身,最后说:"以后无论我调到哪里,甚至转业到地方,咱们都可保持一种疏远的联系。万一需要,我可以给你出个证明,证明你曾经历过非常严酷的骑兵训练……必要时,也可请龙部长做个佐证。"

他的话语,清醒凉薄。

未及话音落地,楚军医正了正军帽,挺直身躯,收了神通,快步离开办公室。剩下郭换金一个人,如五雷轰顶后又被劈倒在地,颓然跌坐。

楚军医一贯不按常理出牌,但像今天这般凌厉,实属罕见。她看到他嘴唇在动,话语也如数接收到,但完全不理解他是何居心啊!居然还敢拉出龙部长做证,还将来!还丈夫!

郭换金愤慨地敲向太阳穴,大脑皮层的沟沟壑壑四处喷火。

18

潘容前来借阅古墨藏书。郭换金问:"好马一天能跑多少路?"

潘容饕餮般倒腾樟木箱。约好的借还书日,他得分秒必争。毕竟女生宿舍不是他能经常来往之地。

"要看什么马。"潘容边说边翻阅。

"马和马差距很大?"郭换金虚心讨教。

"关老爷的赤兔马,日行千里,夜走八百。"

郭换金心算得出:"一天一夜九百公里。"

潘容拍拍书上并不存在的尘灰道:"郭护士,你要这么给赤兔马算脚程,关老爷会砍你一记青龙偃月刀。"

郭换金不由自主缩了一下肩膀,道:"关老爷凭什么跟我那么大仇?"

潘容道:"再神的马,也不能不吃不喝。一匹马,一天最多跑六小时。快跑一天后,得歇好几天。"

郭换金不屈不挠问:"就算六小时,能跑多少公里?"

潘容想想道:"最多也就一百多公里。"

郭换金接茬儿问:"雪马,是不是跑得远?"

潘容说:"错。雪马跑的路程更少。它的优势,并不在有多远。而是汽车不能去的地方,它能去。速度比人快,还能负重。"

说话和翻找书籍,潘容两不耽误,突然问道:"打听这做什么?你也不是骑兵。"

郭换金叹气说:"我忙得团团转,兼职骑兵。"

潘容快速翻动书页道:"忙啥?"

郭换金掰起一根手指说:"跟楚医生学医。"

潘容说:"这是你本行。"

郭换金又掰起一根手指:"跟景参谋学军事技能。"

潘容说:"这个……似乎也必不可少。"

郭换金掰起第三根手指说:"我还是个最小的官。"

潘容一时没反应过来:"你当的什么官?"

郭换金满脸嫌弃,我担当要职,你却不知?说:"班长。"

潘容忘了这茬儿,赶紧道歉:"负责一个班啊,那是非常忙。"

郭换金继续掰动手指:"我还要看书。"

现在,她并指如裁,除了大拇哥,全竖起来了。

潘容敲箱子道:"看古墨的书?"

郭换金答:"除了古墨的书,还向地方干部借着看。"她的人脉比刚到高原时拓展了不少。

潘容心有戚戚:"古墨的书,质量虽高,数量也不算少,我总担心有读完的那天。"

郭换金道:"我天天躺在书箱上睡觉,做梦都怕书哪天读完了,咱就没得读了。日思夜想后,我心生一计。"

潘容半信半疑:"何计?"

"咱用这些书,和他人交换。向原始人学习,以物易物。"郭换金洋洋自得。

潘容面露失望之色,道:"馊主意。告诉你吧,咱周围的书,基本叫我'易'完了。"

郭换金不服:"你的交换范围,只在战区内部。古墨藏着的这批书,让我开了窍。地方干部中,也有人爱藏书。我们打听谁有书,便用书去换。这样谁都不吃亏,咱也能大饱眼福。"

潘容觉得这主意不错,不知具体实施起来效果如何,突然想起一事:"你读书,一定很需一样东西。"

郭换金说:"蜡烛?"

潘容道:"不是。"

郭换金说:"战区发电时间短,司务长那儿煤油有定量。我的津贴费,都买了蜡烛。"

潘容道:"我本想送你蜡烛。你已有了,我就不自作多情了。"

郭换金赶紧找补:"哥们儿,求你还是自作多情,送我蜡烛,多多益善。"激动之下,郭换金已将潘容归为"哥们儿"。

潘容没吭声。他很想驳斥哥们儿的说法,但一想,若没了这层遮掩,男女交往这么敏感,来见郭换金更难,便说:"既然是哥们儿,蜡烛你何时需要,吱声,我送你。这回,我送你书签。"

"书签?!"郭换金欢喜地大叫,"书都是借的,为了好借好还,不敢随意折角。有书签就太方便了。"

醒过神后又问道:"你从哪儿搞来的书签?什么材质?绢的纸的还是菩提叶?上面画的啥?花鸟虫鱼?历史人物?书签得有穗子,穗子什么做的?丝线?皮绳?缎带?……"

潘容被鳞次栉比的问题吓住,恳求道:"能一次只问一个吗?"

郭换金说："最重要的是，你能给我几个？"

潘容一方面为礼物投其所好而高兴，另一方面自己手里连一个现成的书签都没有，不禁惴惴道："我还没做出来呢。"

郭换金满怀希望道："那就先拿十个吧。"

潘容咂巴嘴说："忒贪心，我也不是开书签作坊的。"

郭换金充分理解潘容的难处，下了很大决心道："那就少要些，九个。"

潘容咬牙切齿道："九个也……"话未出口，他改了主意，"好。我答应你，给九个书签。"

郭换金不知好歹道："瞧你这痛不欲生的样儿，这书签，该不是女同学送你的信物吧？"

书签太小众。山下后勤部，打死他们，也想不到给高原配发彩色书签。此物来源，只有戍边将士的心上人，不远万里寄来心意。潘容清俊多才，一定不乏追求者。郭换金觉出自己过于嚣张。狮子大张口，将人家深情寄托一网打尽，顿觉惭愧，好言道："潘干事，对不住，我太贪心了。如有书签，给我三两个，感恩不尽。"说罢，不伦不类作了个揖。

潘容不知电光石火间，郭换金思绪已九曲十八弯。心中一直计算：九个书签，需多少原材料？

看时间不早，提醒自己，不可在女生宿舍停留过久。潘容极为小心，带着新借的书，恋恋不舍地走了。

郭换金这才想起，书签的问号依旧高悬，潘容一个都没作答。

郭换金本以为再见潘容时，就会得到书签。没想到，相见太快。下午，在卫生部又见潘容。

"这么快啊？！"郭换金喜出望外，伸出巴掌。

"没那么快。"潘容知道她的兴奋点，怕一会儿太失望，赶紧把希望消灭在萌芽中。潘容说："问你个问题，实话实说。"

郭换金说："想让我瞎说，你也得有那个资本。"

潘容凌乱："瞎说还需要资本？"

郭换金道："咱俩先成为对立面，我才有兴趣动脑筋骗你。"

潘容忍住笑意，道："我的问题是——英雄人物当中，你最崇敬谁？"

郭换金道："框架有点大。你先说,活的还是死的？"

潘容这才发觉没给出限制条件,改口道："缩小范围,特指电影里的。"

郭换金马上应答："王心刚。"

潘容纠偏道："王心刚是演员,我说的是英雄。"

郭换金不服气地反驳："你见到过活着的英雄本人吗？电影里的英雄,都是演员演的。"

潘容说："王心刚也演过坏人。《永不消逝的电波》里,他就演过小特务。"

郭换金为王心刚抱不平,但潘容说的是事实,不服道："他就演过这一个坏人,亏你记得这般清楚！"

潘容说："高原战区的电影放映队,归我管。"

郭换金长叹一口气说："归你管,也没啥好处啊……"

潘容说："你想要啥好处？"

郭换金道："若在平原,你管电影院,咱是哥们儿,我能到你那儿蹭个电影票,起码能混个好座位。咱们这儿,所有电影都是露天放映。操场上,背包当板凳。认识你,一点实惠也没有。"

潘容憨笑道："来日方长。好了,回正题。电影中你最喜欢的英雄是……？"

郭换金答："《红色娘子军》中的洪常青。"

潘容强捺酸涩之情,脸色稍变,道："闹了半天,还是王心刚啊。"

郭换金道："我说的是芭蕾舞剧。王心刚不会跳芭蕾,那个演洪常青的演员,叫啥名字,我不知道。"

潘容心中一喜,说："那就是他吧。"

郭换金搞不懂,追问："啥意思？"

潘容笑道："别急。很快你就会知道什么意思了。"

郭换金以为潘容还得找医生,不料他转身离开。原来,这一趟,是专门来问英雄。

潘容绕到卫生部炊事班,东瞅西望。新炊事员石中麦不认识他,心想是不是想偷个馒头?

门可闩拎着汽油炉,打算清理渣滓,看到潘干事,主动说:"那事儿,我记着呢。"

潘容问:"何时我能来拿?"

门班长挠挠头道:"这个,说不准。你要求高,不能凑合。"

潘容道:"让你为难,抱歉。不太急,我可以等。"

门班长说:"难是不难,只是时间说不准。得等游动牧民经过咱这儿。若是那羊,又小又瘦毛又短,加上颜色不妥,就不合你心意了。"

潘容点头道:"那是。宁缺毋滥。"

门班长说:"不急,就再等等。你问了好几回,我虽不知你用它干什么,也知道对你重要。放心吧,我会办得让你可心。"

接着,潘容又来到电影放映组,对组长田半禾说:"好像有一阵子,没放《智取威虎山》了?"

田半禾见主管过问,说:"上月初才放完,你又想看了?这好办啊,本周再放一遍。"

潘容淡淡一笑说:"我已看过十九遍。整部电影台词,倒背如流。我之所以问你,是因为近来放电影,甭管哪部,我都没看。"

二人是老乡,关系非常铁。田半禾摆弄着放映机,说:"放电影时间,你不看,整个战区又停了发电。黑灯瞎火的,干什么呀?"

潘容说:"点煤油灯,看书。"

田半禾道:"且不说你主管我们组,自己不支持自个儿,实在说不过去。要是我,哪怕看过一百回的老电影,也乐颠颠看第一百零一回。一大操场人,聚一堆坐着,银幕里的人说完上句,底下的人接下句,多有乐趣!你孤苦伶仃读书,鼻孔被煤油灯熏得墨黑,多晦气。"

潘容说:"你是怕自己放电影没人捧场吧。"

田半禾说:"咱不扯闲篇了。你找俺,啥事儿?"

潘容说:"有一事相求。"

田半禾轻拍陈旧机器,龇牙花子道:"我这清水衙门,看电影免费。大操场上,不能捂着眼不让他看。啥事能惊动你相求?"

潘容直言："我想看《红色娘子军》的胶片。"

田半禾说："是王心刚那版,还是踮脚尖那版?"

潘容心说,绝不能要王心刚那版,忙道:"芭蕾舞的。"

"这个有。我马上找出来。"说罢,田组长在架子上一通翻拣,找到胶片盒,问,"干啥用?"

屋内虽无他人,潘容还是不由自主压低声音道:"咱做这事儿,保密。"

田半禾大不解,说:"我这儿的东西,全高原战区的人,都看过好多遍。保谁的密?"

说着,他还是谨慎地看向电影组的门。见关得严严实实,又走过去开门,四下里乱瞅。确保周围无人,道:"老乡,安全。说吧。"

潘容说:"你把洪常青最英俊的舞姿,给我调出来,我要从头到尾学习。"

田组长放映过无数片子,看电影也是潜移默化地学习。已练出遇事不慌的本事,还是被此要求唬住,狐疑看向潘容。潘容平静如水,眸中似有暖意。

田半禾将惊讶压下,默不作声操纵放映机,开始播放《红色娘子军》。天光尚亮,窗户又未遮挡,观影效果不太好。潘容也不计较,看得十分仔细。田半禾见他目光聚焦于洪常青。此人一出场,他必聚精会神,津津有味。

一盘胶片放完,田半禾越发搞不懂潘容深意,问:"还放吗?"

潘容简答:"放。直到我喊停。"

田半禾死心塌地决定将电影放到结尾,《娘子军连歌》响彻云霄。

不料到了洪常青英勇就义后,潘容叫道:"停!"

田组长立即止住,盯着潘容,待他揭开谜底。

没想到潘容说:"从头再放。"

田组长遵嘱,兢兢业业重新播映芭蕾舞剧版《红色娘子军》。这一次,洪常青死后,潘容没叫停。田半禾任劳任怨,继续为潘容放电影。

图啥呀?田半禾饶是再老兵油子,也想不明白有何深意。"再放一遍。"等来的是潘容不动声色且毫无新意的指示。

就这样,几个小时过去了。田组长舍命陪君子,坚信狐狸尾巴总会露出来。

潘容发表观影感言:"咱的胶片质量真差。"

田半禾说:"那是。胶片是在整个大军区轮流放过一遍后,最后才轮到咱这儿,磨损十分严重。"

潘容说:"怪不得平常看电影时,画面像下雨,声音也上气不接下气。"

田组长遇到知音,说:"都是胶片划痕惹的祸。还有霉斑啊,药膜脱落啊,齿孔收缩啊……毛病多了去了。电影组天天修补胶片。"

潘容纳闷:"既然已经修了,为什么看的时候,还瑕疵百出?"

田组长说:"你也太看得起我们了。那些毛病,根治不了。顶多把撕裂断片的地方,用丙酮加醋酸粘起来。"

潘容关切问道:"粘起来的胶片,放映时,会不会影响观影质量?"

田组长嬉笑道:"当然会有一些影响。不过,高原哪有恁多讲究。凑合看。"

潘容说:"我记得每秒钟胶片,由二十四帧静止画面组成。"

田组长说:"正确。一分钟便是一千四百四十帧。"

潘容轻哼一声:"若胶片断裂后再粘接,画面受不受影响?"

田组长说:"肯定没有原装的好。不过只要不损失太多胶片,能将就。"

至此,调研完成,潘容做出决定,对田半禾说:"你将舞剧《红色娘子军》的胶片,剪一些给我。"

田组长匪夷所思,满面懵然。领导啥意思?搞破坏?这玩意儿不能吃不能喝,干啥用?

潘容解惑答疑:"我想剪下一些胶片,大约三十个片段,每段四帧,齿孔要完整,画面要好看。你明白?"

田组长答道:"明白倒是明白,但你要这些断断续续的胶片,干什么用?"

潘容很美好地微笑一下,说:"我自有用处。"

"好吧,俺就不细问了。"到底如何操作,他继续请示,"截哪些片段？是我瞧着办,还是你给个明确意见？"

潘容说:"我给明确意见。一要风光好的,二要人物姿态漂亮的,三要颜色鲜艳的,四要边缘清晰完整的。像你刚才说的齿孔收缩,很多划痕,药膜脱落变脆等残品,都不能要。"

田组长会意,点头道:"记下啦。风景颜色都好说,只是人物选谁？我知道,南霸天肯定不要。"

潘容不理睬他的打趣,道:"人物要吴琼花。特别是她从南霸天家逃出后,有一串连续'倒踢紫金冠'的动作,一定选上。还有娘子军女战士群舞,最好有椰林风光的。"

田组长找出一张纸说:"好记性不如烂笔头,容我写下来。当然还要洪常青。"

潘容毫不迟疑地说:"划去最后那位。够了。"

田组长不明白何故,看潘容不想解释,就说:"得令,照办。"

临走时,潘容又再次确认:"剪裁过的胶片,粘起来不会在放映时支离破碎吧？"

田组长拍胸口道:"放心。我一定注意剪片的节奏,粘好后让人看不出来。"

田组长目送潘干事离去,觉得那背影都流露出喜滋滋的情绪。田组长皱着脸冥思苦想了一会儿,还是琢磨不出这种明目张胆破坏公物的行为,图啥？

既然想不出来,索性不想了。谋虑过甚,毁坏大脑细胞。他遗憾舍弃了挥着大刀蹦起半人多高的洪常青,想不通潘干事为何不中意。

潘容的书签小计划面临调整顺序。搞羊皮,索胶片,调配染料。前两项准备工作,尚未落实。他不想耽搁进程,径直进入第三个步骤。

夜晚,他开起世界上海拔最高的小染坊。

是的,染坊。同住的白秉成干事,回老家结婚去了,他独自大肆折腾。

红色,赤红。从卫生部搞来的红汞药水,俗称二百二。色很正,让人一看就有热血沸腾之感。但潘容不看好这颜色,主要是那个人,对这颜色太熟悉,怕引起血淋淋联想。

紫药水是红药水姊妹。紫色高贵,源自黎巴嫩传说。哲学家赫拉克勒斯带着狗,徜徉在泰尔海边,突然发现狗嘴上有一抹美丽紫色。哲学家心生好奇,一追究,原来这只狗,吃了海里的骨螺海蜗牛。海蜗牛泌出的紫黏液,将其他物体染上动人心魄的紫色。

海蜗牛以色事人,从此倒了大霉。一袭紫袍,需数千只海蜗牛命丧黄泉,方能染就。加之人工靡费,成就了紫色的昂贵传奇,和奢侈与权力画了等号。

潘容不认识海蜗牛尊容,也不知骨螺是何方神圣。关于紫色知识,来源于书本。他对这种说法深信不疑,是因世界上所有国家的国旗,基本上没紫色。不管古代还是现代,国旗的需要量都很大。紫色稀少,国旗海量,只好避免使用此色。

紫药水的前身是甲紫。何谓甲紫?紫中第一。它干涸之后,会反射出金属般的光斑,透出神秘。

紫色出身名门,本应在潘容染坊中受青睐。却不想,也因这个颜色那人太熟悉,且容易引起不良联想,比如烧伤脓疮之类,先委屈它居备选之列。

蓝色,很入潘容法眼。高原有种奇异的靛蓝色石头,能发出丝绢般光泽。轻微的透明感,让人爱不释手。有人说是宝石,但它很脆弱,气节不足。有人喜爱,捡回来保存。时间一长,就破碎成无形无状的粉末,美感尽失。趁着新鲜,将它研磨后溶入水中,可显示赏心悦目的翠蓝色。

潘容的宝贝——藏红花。

家乡亲戚中,有位女子,婚后一直不育,备受族人冷眼。但按照现代医学观点,生不出孩子,并非都是女方责任。相当比例,是男人问题。乡里人,没有这般意识,闲言碎语都集中在女人身上。她对小潘容非常好,潘容忘不了她忧郁的目光。上高原后,潘容听说伊朗出产的藏红花对不育症有很好疗效。费尽千辛万苦托人买到些,计划探家时带回去让她试试。

藏红花昂贵稀少,为了制作精心礼物,潘容分出一小撮,充当染色剂。

他从原装的蜡封瓶中,捏出几粒藏红花。紫红色的细密花蕊,像一根根红锈钢针。

他找来高度酒精,将藏红花蕊从瓶口投进。

一枚枚红色小针,如同有生命的赤蛇,蜿蜒下沉。从花蕊顶端,释出一缕缕黄色烟雾……

怪。明明叫"藏红花",浸泡出的,却是如朝阳般灿烂的黄色。

现在,潘容面前摆有四瓶货真价实的彩色溶液:

红为红汞;

黄为藏红花;

紫为紫药水;

蓝为硫酸铜溶液。

每一瓶都纯色澄明灼目,像竖放着的魔鬼眼眸。

潘容庆幸白秉成娶媳妇去了。不然,如此诡异行为,情何以堪。

溶液颜色虽漂亮,但不够丰富。潘容知道三原色原理,专心致志用手中颜料,调配更多色彩。

他用极小滴红汞,搭配一大滴藏红花黄。紧张注目混合液,希望出现如柑橘般明艳的橙黄色。

然而,大差。红汞太强大,吞噬了来之不易的伊朗植物沁出的娇羞黄色。混合液,毫不迟疑地成为艳红的一统天下。

潘容明白要想得到理想中的橙黄,需要以极多的藏红花液,兑极微量的红汞,才有可能成功。

把亮蓝溶液,同藏红花液搭配。二者和谐,呈现出不可思议的淡绿色,如同某种植物刚刚萌动的嫩芽。潘容手舞足蹈,飞快对随心所欲的搭配上瘾。他肆意改变二者比例,配出深浅不同的绿色。从春柳绿到枯草绿,从菜帮绿到久未涮洗过的尿桶溲绿,五花八门的绿色,此起彼伏。

如此挥霍,藏红花液所剩不多,潘容放弃再试。

现在,他已握有十几种颜色,大部分是绿色。高原,是绿色禁忌之地。绿,让高原人爱不释手。

潘容另有震撼发现：任何一种颜色单兵独进，与他色混合后，极易变成褐色。黄色多，偏熟褐色。红色多，偏腐褐色。蓝色多的话，直趋黑褐……这些色，皆不讨喜，令人不安。潘容毫不犹豫舍弃。

按书上记载，红黄蓝三种颜色，按照等份混合，便会得到纯粹的黑色。

潘容不屑一试。书上说得对或不对，他不感兴趣。若要黑色，直接用墨汁就是了。

脑海中补出黑色褴褛模样。本以为会心生沉抑，却不料，显出庄重坚定。

好吧，姑且也加上黑色。

他把各色染料小瓶，仔细藏好，以免战友来研讨工作时撞见。

睡下后，潘容总觉眼前五光十色闪烁，不像平日都是苍凉的黑白两色。烂漫色彩中，会看到一女孩，粲然微笑。

女孩子是谁？隔得远，看不清眉眼。不过，不用想，他也知道那是谁。

早上醒来，潘容有点窘，竟然梦到一个女子。好在民间有俗话：管天管地，管不着拉屎放屁。以此类推，梦，应该也在管辖之外。

即使这样，潘容还是对自己不放心。白干事探家不会永不归队，如果他回来了，自己思念成瘾，哪一天梦中唤出她的名字，岂不给她惹麻烦？他是干部，可以谈恋爱，但她……不是。为了她能顺利成长，一切要敛息缄默。

潘容对自己严肃地说，从此，你不能叫她名字，方能保她平安。念想才有可能在将来的某一天，成真。

潘容充满憧憬地看向桌上五光十色的小瓶子。

他很想送她独特礼物。这愿望滋生后，见风就长，快要将心房戳出个窟窿。送什么好？琢磨了很久。他想给她惊喜的东西。可都是吃军粮的人，但凡他有的，她也有。没有稀罕，就没有惊喜。

很久之前，她跟他讨要过一颗杏子。现在，那颗想象中的杏子熟透了，朽烂了，残骸被风吹干。并非潘容不上心，不竭力。在高原，一颗完整的鲜艳的成熟欲滴的红杏子，是神话。

他见过上级专门给战区领导,带来过一点点新鲜水果。尽管一路上精心保护,水果还是无可抑制地干瘪、瘦削,先脱水后冻伤,几成他用红蓝配制后的腐褐色。

有些事儿,不能急。潘容有足够耐心,哪怕千万里,哪怕多少年。等待杏花开放。等待杏果成熟。等待她长大。

几天后,悲剧初现。染料小瓶的颜色,以肉眼可见的速度变浅淡。潘容陷入沉思,如何让色彩历久弥新?冥思苦想,像中世纪术士。

为了步骤一,潘容等待门可闩消息。

高原战区,内部沟通用的是手摇电话。先接通人工总机,将你要呼叫的单位告知总机。总机接通那个单位后,还要找到那个具体的人。电话充满了漫长等待。

门可闩好不容易完成上述操作,辨识出接电话的正是潘干事本人后,说:"东西,有了。"

"我马上去。"潘容掩饰不住开心。

"来时,带块雨布。"门可闩叮咛。

"好。"潘容也没问缘由,听门班长的没错。放下电话后,把手中工作暂时做结,从铺位上把垫在被褥下的雨布扯出,整齐叠好,卷在手中,向卫生部走去。

上午,正是两顿饭中的间歇,炊事班门可罗雀。

虽不是什么需要保密的事,但门可闩生性谨慎。挑这个时间,为的是知道的人越少越好。

清雅内敛的潘容快步走来,说:"门班长,谢谢你了。"

门可闩典型的西北人椭圆长脸上,不见表情,道:"不用谢。为了找到合意的羊,让你等了这么久。"

潘容俊眉弯弯,说:"羊好,多等几天没关系。"

门可闩悄声道:"随我来。"

潘容跟着门可闩,走到一处空房。还未进门,就闻到强烈血腥味。潘容被呛得倒退一步。门可闩半开玩笑道:"羊血都闻不得,上阵怎么见人血?"

潘容镇定答:"我知道有个战士,杀鸡都不敢,上战场,毙敌一个班。"

门可闩道:"这事儿我也听说过,有点信不过。"

潘容笑道:"信不过一个班?"

门可闩纠正:"信不过男人不敢杀鸡。"

两人说笑着,进得屋来。见一摞刚宰杀完的羊体,如猩红麦垛,触目惊心。

潘容下意识将眼光挪开。门班长指着脚下道:"喏,你要的东西。"

一张硕大白羊皮,平铺在地。

潘容胆寒,问:"一块羊皮就够了,怎么弄个全尸?"

门可闩白眼,瓮声瓮气道:"你也没告诉我到底要干什么,怕你不够用,给你攒下。毛这么长的大山羊,不好找。"

潘容说:"我用不了这么多羊皮。"

门可闩道:"好办。"他不知从哪摸出一把刀,裁边去角,把羊皮收拾出方方正正一块,递给潘容,"你若不够,可别再找我要。为买这只羊,我费了牛劲儿。"

潘容心中嘀咕,牛可没你劲大。

潘容将羊皮用雨布裹严实,临走时说:"门班长,这羊皮是我私人用,你买羊用的是公家伙食费。羊皮费我给你。"

门班长说:"平日里食堂宰羊,不要羊皮,都是随手给愿意要的人挡风。我就把你当流浪汉,白送了。"

潘干事回到宿舍。下班后,将雨布包小心打开,温柔地抚摸羊皮。胡噜一阵后,轻轻抬手。手指缝隙中,勾连起一团团若有若无的羊绒。迷蒙光线下,好像抓住了轻雾。

潘容将薅下的羊毛放在白毛巾上,整个过程,屏住呼吸。只怕出气稍猛,羊毛会像被施了魔法,腾空而起。

潘容身着厚衣,精心地一把把薅着羊毛。有人敲门时,即刻用雨布将羊皮包好裹紧,堆至角落,好像普通行李。可屋内的血腥膻气,难以彻底遮掩。他就把窗户打开,请罡风扫入清洁气味。来者虽生疑惑,也无人深究。只是屋内陡寒,潘容再次庆幸只有自己,不然的话,白干事有可能感冒转高原肺炎。

这种羊,出身名门,属著名的克什米尔山羊系。此毛长在头羊身上时,其貌不扬。薅的时候,散发浓郁膻气,味亦不良。潘容把薅出的细软羊绒,洗净阴干。

丑小鸭变天鹅。羊绒蓬松如云,柔软如水,恍若仙子羽毛。喘息稍重一点,美丽的白色纤维,便轻盈飘向远方。

现在,万事俱备。

正巧,田半禾进门,送来裁剪好的芭蕾舞剧《红色娘子军》胶片片段。他将军用挎包打开,欲往办公桌上倾倒。

潘容拦住:"等等。"

田组长纳闷,问:"等啥?"

潘容走过去,将房门上了插销。

田组长嬉皮笑脸道:"青天白日,俩大男人,锁门共处一室。让人撞见,咱说不清啊。"

潘容道:"别自作多情,我看不上你。我不愿让人看到我破坏公物。"

田半禾说:"这是正常损耗。我剪下部分,已天衣无缝粘好。放电影时,一眨眼晃过去,保证无人发觉。"

潘容说:"但愿如此。东西倒出来吧。"

田组长将军用挎包兜底,彩色胶片片段倾泻而出,云母页岩般堆积桌上。有几段滑溜溜的差点散落掉地上,潘容忙不迭合掌拢住。

"够用吗?"田半禾贴心问。

"够了。"潘容用力拍打老乡肩膀,以示感谢。

田半禾自我表功:"整个娘子军里最美的女战士,都给你集合在这儿了。你总要明白告诉我,干吗用?该不会半夜睡不着觉,看着女战士踢腿,跟南霸天似的,为非作歹吧?"他不怀好意抛出疑问。

潘容说:"你也忒恶毒。至于吗?我对着半透明胶片,想入非非?"

田半禾没看出啥破绽。他有一句话蒙对了,潘容的确在为女战士而忙碌。就是地点差得有点远,与海南岛相距万里。

田半禾穷追不舍:"就算不是犯花痴,总有缘由。老实交代,胶片何用?"

潘容敛起脸上调侃神色,如实回答:"做书签。"

答案竟如此寡淡。潘容爱看书,战区有名。看书需要书签,顺理成章。

一个问题解决了,第二个问题又拱出来。"书签要有孔。你怎么打?"闲得无聊,田组长刨根问底。

潘容说:"骑驴找驴。电影胶片上,不是有现成的孔?"

田半禾说:"胶片孔都在两侧。书签孔,应在顶端正中。"

潘容说:"拘泥于顶端,就得重新打孔。高原严寒,化学物品质脆,肯定易破裂。将就吧。我预备的书签绳很长。从侧面穿孔,也能凑合使。"

田半禾听到这儿乐了,说:"你拿啥做书签绳?该不会是后勤发的绗被子用的白粗线吧?"

潘容反唇相讥道:"白绳?亏你想得出!我至于那么不讲究?"

田半禾敲敲脑瓜顶道:"我想出一招。你把未婚妻给你织的毛线衣,从袖子上拆下一截线,能当书签绳。"

潘容正色道:"半禾别瞎说。我哪有未婚妻?当面造谣。"

田半禾道:"咱俩同校,你以为我不知有多少姑娘偷着给你写信?"

潘容一本正经驳斥:"信上写的都是革命友谊。"

田半禾说:"嘴硬。我就等着看革命友谊,发展成革命伴侣。"

潘容轰人:"你可以走了。"

田半禾哀叹:"卸磨杀驴啊。"佯装生气,走了。

潘容将晾晒好的团团羊绒,细心捻成毛线。

这道工序,他自学成才。先将蓬松柔软的羊毛,拉长拉细,再顺着纹理捻成毛条,再把毛条合为一处,略加捻动。手指配合,松紧有度,毛线逐步秀丽成形。

细论起来,潘容手法粗糙,毛线稀松无骨。反正他本意也不是想捣鼓出紧致毛线,织个坎肩或是围脖,而是……另有所图。他不在意线的美观稳定,巴不得捻出的线,蓬如松鼠尾。

毛线初捻后,最重要阶段拉开序幕。为了操作能够一气呵成,潘容特意选了周末傍晚。并与同事打了招呼,他要独自完成重要文稿,恳请不要打扰。潘容是政治部闻名的一支笔,大家自是配合。

其实潘容提前熬了通宵,初稿已成。不眠不休置换来的时间,献于书签大业。

他在炉火上将盛有自配染料水的茶缸煮开,再把洁白的自制土毛线放进熬煮。纯羊绒的吸收性极佳,瞬间就"嫁鸡随鸡,嫁狗随狗"地从了染料之色。剩下的时间,不过是锦上添花,等待染料固色。

几番操作后,潘容成功得到了各种颜色的毛线。他继续忙活,将羊绒线烤干。

高原上最美丽的书签,几近告成。签体,由彩色电影胶片构成。胶片图案,都是精心挑选出来,清晰明亮美观,宛若精致的彩色底片。潘容举起胶片,对着烛火观察(太晚了,发电房已停止供电)。闪烁烛火半透过来,精美图案细腻迤逦。若是白天对着太阳看去,美不胜收。

书签绳,前所未有的惊艳,像黎明时分搅缠的彩霞。轻柔如羽的尾端,吹弹后如受了惊吓的鸽群,飞翔散去。

此书签,不敢说之后有无,但之前,高原上断乎不曾存在过。

潘容内心灿烂锦绣。温和地不停地朝书签绳吹气,看着没有生命的它们,久久颤动着,留下谜一般的飘飞之痕。

痴想她看到时会是怎样表情?会喜欢吗?

这一天,潘容又去借书,和郭换金谈谈《罪与罚》的读后感。

郭换金不当班,在宿舍休息,说:"看完后,有个细节,让我久久不忘。"

潘容说:"跟我说说,也许正是我也念念不忘的。"

"我打赌,你根本不会记得。"郭换金万分笃定地说。

"瞧不起人?我的记忆力,在学校时数一数二。如果去考科举,我也许能闯入殿试。"潘容难得地自我夸耀,只为能多聊天。

"反正我也不知你底细,你就吹吧。大清亡了半个多世纪,你居然还缅怀殿试,阴魂不散。"郭换金反击。

"说你那个细节吧。"潘容道。

"你记得《罪与罚》中的主人公,叫什么名字?"

"拉斯柯尔尼科夫。"难不住潘容。

"对,是他。别得意,真正的考查这才开始。他找到房东老太婆,要抵押一只银怀表。"

不知葫芦里卖的什么药,潘容主动说:"那个老太婆,名叫阿廖那·伊万洛夫娜。"

郭换金终于生出点滴佩服。俄国人,每人好几个名字。看书时,她尚能勉强记得。可隔了这么久,面对突袭,又不是主角,大概率会败下阵。不过,她不能示弱,道:"那只怀表什么样?记不住了吧?这算偏题怪题。答不出来没关系。"郭换金面露捉弄笑意。

潘容朗声答道:"怀表的背面雕刻一个地球仪,表链子是钢制的。"

郭换金嫉恨得简直想骂人。不过,她哪能轻易认输,继续不怀好意地盘问:"请问能闯入殿试的才子,那个怀表最后抵押了多少钱?"

"这个,真不记得了。"潘容不好意思地说。

其实,他是记得的。为了满足心爱姑娘的小小好胜心,卖个破绽与她。

"拉斯柯尔尼科夫想要四个卢布,因为怀表是他老爹留给他的。抠门老太婆只愿给一个半卢布。他一气之下,拔腿就走。可他穷得没法,只好又走回来。最后到手一卢布十五戈比。也不知道合咱们人民币,是多少钱?"

潘容简直哭笑不得。姑娘啊,你纠缠这做什么?

秀外慧中的潘安后代不是浪得虚名。略一思索,潘容明白了其中逻辑。郭换金需要钟表计时,所以,对这个细节记忆尤深。

潘容心里的那张清单,在杏子、书签之后,又加上了怀表。只是,就算他千方百计能买到,贸然送贵重的礼物,郭换金会吓到吧?待以后真结成一家时,再送不迟。不过,要告诉心爱的姑娘,这个心意,萌生于讨论《罪与罚》的恶毒老太婆时。

景自连如生冷粗粝的磨刀石,有条不紊历练着郭换金。他很少同郭换金说训练以外的话,脸上如同万古不化的寒冰,无声抗议魏司令,将防区望而生畏的任务,命令于他。

其实,他内心深处不敢承认,自己期盼着训练女兵的日子。借此之名,可名正言顺看到她,陪伴她。

郭换金经受的医务训练,楚直以"恩威并施"方式进行,景自连的军训风格,只能用无情冷硬概括。

当然郭换金也有开心时刻:病人康复出院,和女战友谈天说地,书本中的欢愉……都让人觉得高原虽苦,亦有乐趣。和潘容聊读后感,是难得的惬意时光。温润如玉的潘容,看着赏心悦目,生出安全感。他不会突然蹦出严厉训斥,也不会甩手而去让人不知所措。

病人得病,也同庄稼,具有季节性。这段时间,卫生部病房略得空闲。郭换金找到龙部长道:"我想待在古墨住过的病房。"

一般病人,龙一笙不会记得他们曾住过哪间病房,但古墨不同。龙一笙问:"你病了?我怎么不知道?"小姑娘看起来活蹦乱跳的。

郭换金说:"我是'待',不是'住'。"

龙一笙说:"哦,什么叫'待在'?"

郭换金心想不出哑谜了,领导若不耐烦,这事就黄了,说:"我想利用晚上时间。那间病房若空着,借我用一下。"

龙一笙的脑子,还盘旋在小姑娘是否生病的圈子里,说:"白天你不用病房?"

郭换金反问:"白天我得上班,跟楚医生学医,跟景参谋学军事知识,哪有时间待在病房?"

龙一笙想想也是,这姑娘身上的担子,比旁人重得多,问:"要那间病房干什么?"

郭换金本想实话实说,集体宿舍,夜里统一熄灯,不能点灯鏖战,她要看的书太多。又突然想到,说不得。书里乾坤大,包括闲书。赶紧让舌头拐弯,说:"楚医生布置的医书作业太多,我得晚上挤时间完成。"

龙一笙明白楚直教学的苦心,道:"我把那间病房晚上的使用权,批给你。一般情况下,不再安排病人入住。若是病床紧张,另当别论。"

高原地域广阔,不缺地皮。战区房屋不宽裕,盖因建筑材料万里迢迢运来,金贵无比。郭换金得到一间房屋的使用权,待遇堪比首长。

郭换金将其称作书房。书房地理位置很好,从窗户可看到战区指挥机构。卫生部其他房间,躲在一隅,有孤悬海外之感。

从此,郭换金晚上只要不当班,就常在书房读书。初期时常觉得,古墨就在一旁床上,斜靠枕头看向她。按说时不时想起已故之人,特别是暗夜中,对着摇曳烛火,应生出孤寂悲凉之感,但郭换金反觉温暖踏实。古墨和她在一起的最后时光,让她平添勇气,相信爱情。读书时,会觉得屋内很挤。古今中外智者贤人,都从书中漫步而来,侃侃而谈。她和某位相处,生出倦怠感,就将他一把关回书中,让自己和他都歇会儿。她打开另一本书,把书中主人请出来,聆听教诲。如此循环往复,越发感到,鱼离水则鳞枯,心离书则神索。读书成了吃饭一般不可或缺之事。

白天不当班时,也待在这里。潘容有时会来,聊聊读后感。病房区是公共场合,房门永远虚掩。二人相处,被赋予光明正大属性。

某天,郭换金对潘容发牢骚:"你说咱这儿算不算边塞?"

潘容一口否定:"根本不算。"

"呸"声几乎脱口而出。郭换金自小培养出的良好家教,让她不敢放肆,话出口改成反问句:"咱这里若不算边塞,世界上还有何地能称边塞?"

潘容坐在小桌另一端,气定神闲道:"咱这儿只有边,没有'塞'。"

郭换金说:"别以为你上过高中,就唬人。'塞'指边境上的紧要处,像个塞子一样。咱这里山峦重叠,处处都是'塞'。"

潘容接下话茬儿,道:"处处都是,也就处处不是了。'塞',要有关口,有敌楼,有堡垒和城墙。咱这里,有吗?"

郭换金在高中生面前,败下阵来,面呈苦闷怅惘之色说:"我刚看完《中国古代边塞诗选》,奇怪怎没有一首写咱这儿?"

潘容忍不住笑道:"这么简单的道理,你真想不出?"

郭换金不服气道:"好像你知道?"

潘容说:"我当然知道。"

郭换金说:"说呀。说不定你是虚晃一枪。"

年轻男女,以斗嘴为乐。

潘容道:"答案就是,所谓边塞诗人,比如崔颢、王昌龄等,往东走,东不过如今的北京一带。往西走,西不过甘肃境内的长城。要说走得最远的,在唐代,当数岑参。但就是岑嘉州,也只不过拼死到了新疆。"

郭换金眨眨大眼睛,这么浅显的事儿,她怎么就没想到?既然说起岑参,她轻声吟出:"骏马长嘶北风起……"话一出口,忽然叫道,"咱这里,并不限于北风,也有从印度洋刮来的南风。"

潘容接着背吟:"君不见走马川行雪海边,平沙莽莽黄入天。轮台九月风夜吼,一川碎石大如斗,随风满地石乱走……"他停止背诵,问,"我说得不错吧?岑参笔下的轮台,离咱们这儿,平地直线算,也有数千里远。若再加上海拔,更不可丈量了。"

郭换金替岑参鸣不平,道:"你光算地理账,没天良。他笔下的边塞景色,大有可取之处,可借用来形容咱们这儿。"

潘容心中硌硬,不喜欢她说别的男子好话,纵是古人也不行,哪怕此人死了千年,没好气道:"我就不信。你倒是说说看,从未来过咱这儿的一千两百年前的岑嘉州,哪句话可用以形容今日高原?"

郭换金不惧他,说:"好。你且听着。岑参说过'北风卷地白草折,胡天八月即飞雪。……狐裘不暖锦衾薄'……是不是和咱这儿有近似之处?"

潘容难言。但也不甘轻易退却,便说:"你刚才也说了,咱这里并不是只刮北风。他说胡天八月,咱们一年三百六十五天,闰年就是三百六十六天,天天都飞雪。还有,他说什么狐裘,就是狐狸皮大衣,咱们哪有这装备?我穿的皮大衣,是抗美援朝志愿军用过的旧大衣,羊皮板薄如纸。锦衾什么的,说的是锦缎被子。如果不是岑老人家吹牛,那真是豪华版戍边,还有丝绸铺盖。有多少相似之处?"

潘容将妒意,转为对流传千古的诗句不屑。郭换金觉着这火来得莫名其妙,不赞同也不愿与他继续争辩:"潘干事,您号称战区一支笔,将来能不能写写高原?"

"不能。"潘容斩钉截铁拒绝。

"为什么啊？您祖上好歹也干过此营生。"郭换金开导他。

潘容说："你以为边塞好写？那是要九死一生的。"

郭换金一时没搞明白：这九死，是死在战场上？还是写边塞诗累的？如此说来，岑参够伟大，比跳江的屈原也不差……她的话未及出口，潘容陡然转向。

"我上次借的陀思妥耶夫斯基那本书，我心得多多。"潘容轻松飞越国界，跨了千年。以毒攻毒，让郭换金火速放弃对边塞诗人的崇拜。

"读陀思妥耶夫斯基，我第一个心得是……"潘容沉吟，卖关子。

"直说啊。"郭换金催促，脑子还没从唐代塞外转至沙俄治下。

"读他的书，最好在寒冷冬夜。"潘容戚然。

郭换金总算完成了时间空间的大迁徙，不以为然道："咱这儿随便哪一天，都是寒冷。夜晚，更好说。你敢大白天看这书吗？"

潘容心中暗喜，总算从边塞后撤了，继续道："第二，要点上温暖的灯。"

郭换金微皱秀眉道："温暖这一条，不好办。无论烛火还是煤油灯，只能照明，不能取暖。"

砭骨的高原夜晚，一团灯火给予人的温暖，充其量不会超过一个橘子吧。

潘容接着说第三条："读陀思妥耶夫斯基的书，肚子不能吃太饱。只有饥寒交迫，才能与他的心，靠得更近。"

郭换金花容失色。陀氏的书，她并非全懂，记住的只是怀表类细节，可能这就是高中生和初中生的鸿沟。不过，关于饿肚子，略有微词："吃不饱饭，怎么读书？我正常吃晚饭，到了半夜，还会感到饿。我不能为了读陀氏的书，冒着得十二指肠球部溃疡的风险。"

不就是打个比方？这姑娘寸土不让啊。潘容无以为继，半晌后，才说："你昨晚上睡得太迟了。"

郭换金怔松，回忆自己昨天入睡时间，在书房看一本童话，不忍放手。夜很深了，才合上书本，蹑手蹑脚回宿舍。小叶子、黎锦早睡了。

郭换金惊讶问："你咋知道我昨晚睡得迟？"

潘容答："你入睡时间，是晚上十一点五十八分。"

郭换金吓了一跳,马上回应:"这时间,我都不知道。"

潘容道:"你是在这个时间点,熄了书房烛火。你走回宿舍,洗漱完,再快也要十分钟。真正入睡,是在此时间之后。"

郭换金又问:"你怎么知道的?那么精确,我之前觉得大人物去世,才会掐着表看分钟。"

潘容释疑:"从我宿舍窗户,可看到你书房的灯光。我走出屋,看到你的灯火熄灭。"

郭换金第三个问题并不算问题,而是气哼哼:"你闲得没事干了,为何盯着我?"

潘容好脾气道:"我并没有特别注意你的熄灯时间。只是那个时候,战区一片暗黑,你的孤灯,格外显眼。"

三个问题,毫无瑕疵应对完,郭换金无话可说。殊不知,真实情况是,潘容每天晚上,都会从自己屋内,眺望这里的灯火。只要灯火还在跳跃,潘干事绝不会睡下。即使灯火灭了,潘干事至少也要二十分钟后才能落上枕头。他忍不住暗中计算,姑娘何时走回宿舍?何时推开宿舍房门?何时将冰冷的被子裹在身上?……每逢想到这些,他的脸上,就会绽放大雪初霁的笑容,令暗夜生辉。

19

郭换金夜读两大利器:蜡烛和煤油灯。

煤油灯的主要部分,人们多以为是灯罩。它是玻璃的,擦得干净的时候,犹如简陋版水晶。高原特制的防风火柴点亮后,突然就有了袅袅仙意。火焰跳动,犹如披着鲜活的赤金外套。柔软蓬松,起风起舞,缩成一团时,好像是火焰折叠。肆意铺展时,是火焰抖开。最精彩的部分,是灯罩内铝制的灯头和捻芯。或者说,灯罩是一本书的精装封面,灯头是书的小标题,只起画龙点睛作用。真正的魔法精灵,是大智若愚的煤油。试想一下,没有灯罩,煤油灯依然可以明亮。只是火焰受风的影响太大，没有一时停歇地腾跳不止，如同叛逆期怒发冲冠的少年。没了灯芯，煤油也能流淌燃烧，只是不修边幅地失了轮廓和形状，漫无边际铺陈荡漾。恣意放荡起来，就不是照明，而是灾难了。

郭换金常用止血钳夹废旧纱布，擦拭灯罩。也常用剪铰线头已不利落的旧手术剪，修理炭化的灯芯，让新鲜并充满清新煤油的白色棉芯，如同整装待命的士兵，冲进搏杀光明的沙场。也曾为了多得一点煤油，和司务长争执，质疑他分发是否足斤足两。为什么自己的煤油总是不够用呢！

后来郭换金惊喜地发现，可以用津贴费到地方小店买蜡烛。蜡烛的火焰，比煤油灯要斯文俊秀。像是情投意合的伙伴。它很敏感，被风吹得摇曳。火苗欠身弓腰，将读书人的形象映在墙上乱动，好像那人东奔西走。其实，郭换金一动未动，凝神读书。

她偶尔走动的时候，会擎着灯，照亮病室黑暗的角落。如果不擎灯，就会觉得在暗处歇息的古墓，会挣扎着站起来。她并不害怕，只觉得那样，古墓太辛苦。

灯火恋旧，不愿意挪窝。它反抗的小伎俩，就是把擎灯人丑陋变形。它用高高跳跃的灯苗，将郭换金身影放大，让她在一瞬间变成妖怪并张牙舞爪。灯火窃以为郭换金讨厌自己的丑样子，就会将它安稳地放回原处。灯错了。高原寂寞，难得有奇事发生。童心未泯的郭换金，不会放过可以玩耍的游戏。她常常无事生非地将油灯从左挪到右，从上降到下，欣赏自己貌似力大无穷实则膨胀诡异的变形。直把火焰气得缩成豌豆大，不再陪她玩，好像妖女铩羽躲进了盘丝洞。

郭换金喜欢墙上的影子，特别是自己捧书的影子。扑朔迷离的光焰下，仿佛有另一人，在悠长雪夜或是狂风大作时，陪在自己身边，也在夜读。

读书累了，她会端起灯，在地上走动。只是这游戏，不可太过。无所不在的风，是灯焰不共戴天的行刺人。无论怎样小心翼翼，灯火还是有可能在移动中，被致命的风扑杀。

灯焰的本质，其实无比脆弱，一如郭换金他们年轻的生命。尤为惊悚的是，烛火在行将熄灭之前，会有格外明亮的腾空一跃。

这一夜,郭换金书房灭灯的时间,是零点十分。她没有意识到这个时间点,因为没有条件,是夜不能寐的潘容记下的。

她回宿舍的路不长,快走马上就到。她有意走得很慢,仰头看向星空。繁星在绝大多数人睡觉后,愈加精神抖擞。郭换金喜欢夜半时刻的与星对视,觉得它们只为了她一人发着光,俏皮地眨着眼睛。月光在远处山峰上飘摇,屈尊贴到岩石上,给它镀银。暖时,河水被引入营区盘绕的小渠中,流水荡漾,月夜下,像淌着一川蜿蜒金属。如果当夜读了几页好书,面对浩瀚宇宙,郭换金甚至会生发出想死的心。看到曾经有那么伟岸的人生活过,说过那么感人肺腑的真知灼见,看到星空的遥不可及,越发觉得自己渺小无知,自惭形秽。

不过,再多感慨,也要回宿舍了。明日,还要起早跑操。

每晚,潘容都忍不住数次观察,见灯如面,有时睡下了,还会起身披衣眺望。直等灯火千真万确熄灭之后,再躺回铺位。静待二十分钟后,才嘴角弯弯入睡。以致探家归来的白干事大惑,闪闪烁烁道:"我这阵子不在,你多了个梦游的毛病?"

司令员魏盾远听完作战参谋景自连例行的敌情报告后,很是满意。揉完两眉眉头,想起题外一事,问:"女军医训练得怎样?"

景自连沉稳回答:"女军医这三个字,是要分开单论的。"

魏盾远不解:"怎么个分开单论?我却不知。你说说看。"

景自连说:"这个女字,本来同战区没有关系。"

魏盾远说:"没错。是男是女,只和他父母有关。把女兵分来,事先也没征求我们意见。上级机关乱指挥,一念之差。"

景自连接着道:"再说这个医字,也和我没关系。"

魏盾远说:"是,这和龙一笙有关。但你如果病了伤了,就有关了。"

景自连道:"司令别混淆重点。培训女军医事宜,与我有关的,只有'军'字。我只负责回答这部分情况。"

魏盾远明白景自连有情绪,便道:"那我便局限在'军'字。"

景自连又道:"我确认一下。您没有打算让女军医成为尖刀班、侦察英雄、排雷勇士之类的角色吧？"

赶上魏盾远心情舒畅，难得开起玩笑，说："我的战区，如果到了让女娃娃去冲锋陷阵的时候，我这个司令员，估计已殉国。"

景自连笑着说："您若是要求不是太高的话，'军'这一项，基本出师。会骑马，虽然跑得不怎么快。会打枪，虽然准头不那么好。会战场救护，能自卫和转移伤员……"

魏盾远说："这就可以了。医学那部分，我让龙一笙报来。"

既然在司令员面前表了态，景自连对郭换金进行了军事考核。无论是步枪、手枪、冲锋枪，成绩均不错。景自连尽管严厉，也不得不判她枪法过关。

这天，手榴弹实弹投掷。二人来到训练场，深入堑壕，此地段有单人掩体。

"手榴弹杀伤力强、爆炸范围广，实弹投掷风险系数高。为确保安全，你先进行模拟训练。"景自连手扶赭石色武装带，腰身劲瘦，昂首挺胸，一板一眼道。

郭换金面无表情操起教练弹："报告，郭换金手榴弹投掷前准备完毕！"

"开始投弹！"随着景自连一声令下，郭换金迅速扭转拉环、拔出安全插销、转体挺胸、挥臂扣腕，一连串动作流畅老练。教练弹在空中旋转飞出，直击目标区域。

"很好。"吝于夸赞的景自连，脱口而出。他旋即觉得不妥，还远不是唱赞歌的时候，又指示道，"记住，你接触手榴弹的时间尚不长，不可能像老战士一样形成肌肉记忆。潜意识会害怕手榴弹在手里爆炸，投掷时会紧张。你的基本技术层面，没问题。记住，关键是不要紧张！"

郭换金连点头的动作都没做，知道教官不喜豪言壮语，沉默是金。她目光炯炯地看向前方，手指有轻微颤抖。要说不紧张，假的。

换上实弹。郭换金撤步引弹、蹬地送髋、挥臂扣腕……预计中的手榴弹在空中划过优美弧线的景象，并没有出现。现实情况是：弹体突然从郭换金手中滑脱，蹦落在地。拉掉引线的手榴弹，冒着烟在地面沙石上，叽里咕噜滚动，好像一枚熟透的长把香瓜。

郭换金傻了。像看电影注视着烟雾缭绕的手榴弹,僵立不动。

说时迟那时快,景自连双眉紧蹙,一把抓住郭换金,奋力将其推向掩体,自己纵身一跃,整个身体扑到呆若木鸡的郭换金身上。高大身躯将她猛然压倒,全面覆盖。

手榴弹在极近距离轰然炸响,掀起蔽日沙尘。弹片烟花般四处扩散,顷刻间犹如无数倒插的小尖刀,纷纷坠落,横扫它爆炸途径中飞过的任何物体。

郭换金双耳嗡鸣,大脑空白。只感觉一个炙热躯体,对自己一抓、一推、一按、一盖……在震天巨响后,浓浓硝烟味卷地而来。

天塌地陷,郭换金体会到的却是温暖安定。片刻后感到一股灼热液体,从头上淋下来,伸手一摸,满手鲜红。

"你受伤了。"极镇定而富有磁性的声音,在她身边响起。距离之近,相当于附耳言说。

这声音来自景自连。刚刚,他用自己身躯,替郭换金抵挡住手榴弹片的袭击。

从右眉弓流下的热血,遮住了郭换金的视线,她看不清景自连的状况。单听他声音,不见丝毫虚弱和异常。她想当然以为他没受伤。

"那我们现在……怎么办?"郭换金右眼被鲜血糊住,左眼也一片昏花,天地间,血色弥漫。她像一只鸡雏,被景自连护在身下,一点不冷,一丝不慌,安全温煦。

景自连的劲瘦腰身,如暴雨中的芭蕉叶,覆盖着郭换金的全身。他的手指,紧扣在郭换金手掌之上,宽大温热。郭换金甚至能感觉到景自连手指肚有薄薄枪茧。最危险的时刻,他们共同经历山崩地裂火舌炙烤,同沐飞溅的弹片之雨。

"等待救援。"景自连冷静回答。

说完这句话,景自连不再吭声。似乎觉得任何言语,都是多余。

郭换金等待了很长时间。也许,是很短时间。总之,惊天爆炸后,她对时间的感知已不确切。只知自己此刻,似乎什么都不必想。

两个血人,被救援人员运抵卫生部。

"手榴弹炸伤。立即建起输液道,快速补液。翻看他们领章,找到血型标记,配血。"楚军医边跑边向相关人员发出指令。抢救时,医生是最大的指挥官。

"在哪里受的伤?"楚直问抬担架的。

"小训……练场。"担架人气喘吁吁。

"误伤?"楚军医判断。附近未见战情。

"是。"

此时,楚直目测男伤员景自连,陷入昏迷。女伤员郭换金,虽然右眉弓处血流汹涌,飞散的弹片,将她的发缕烧成焦糊,如无内伤,整体伤势不重。

第一步先给景自连止血输液输血,抢救生命。

郭换金被推入手术室后,楚医生将嵌入她眉骨处的弹片用力拔出。弹片坠入敷料盘,发出清脆动静,伤员睁开眼眸。戴着口罩的俊脸,在她眼前无限扩大,几乎占据整个瞳孔。

"楚医生。"郭换金吃力呼叫。

"还认得出人,看来脑子没炸坏。"楚军医有意驱散紧张气氛。

郭换金不由分说道:"快去救景参谋。"

楚直说:"正在做全身检查。"

郭换金这才记起自身安危,问道:"我会牺牲吗?"

楚直说:"想当烈士不那么容易。你死不了,除了右眉会留下伤疤外,都可恢复。马上能正常活动,基本上活蹦乱跳。"

"右眉留疤……"郭换金轻声重复。她对相貌并不太注重,但留疤,对任何年轻女孩来说,都是打击。

"你原本是柳叶眉,太柔弱了。这道疤,会让你的眉挑起来,多一点英气。"楚军医安慰道。

郭换金活动手脚,果真无碍,道:"我没骨折?"

"没。"楚直回答。

"其他部位有没有开放性伤口?"郭换金又问。

"没有。"楚直很肯定地回答。

"那我为什么流了那么多血?"郭换金疑虑。

"你右眉受伤部位,血循环丰富,来自眶上动脉,一旦伤及,出血汹涌。好在已彻底止住。局部的毛囊破坏不重,还会长出新眉毛,对外观没大影响。"楚直详细解说,为了让郭换金放心,也是时刻不忘医学传授。

郭换金说:"我现在可以坐起来了?"

楚直轻描淡写道:"你连轻伤都算不上,当然可以起来。就算轻伤,光荣传统是轻伤不下火线。"说毕,在郭换金右眉处,敷好纱布,将缝线遮挡。

他摘下乳胶手套,表示收工。

"给我。"郭换金说。

楚直问:"啥东西?"

郭换金说:"那块弹片。"

楚军医说:"看不出你还有这癖好?弹片不难看,像中国古代的刀币。"

郭换金说:"它是我的纪念品。将来,我也能像长征老干部似的,说身上曾留下弹片。"

楚直鄙夷道:"人家留下的是敌人弹片,你留下的是自家弹片,还是扔了吧。"

楚直手术衣上沾满血污。若其他场合,如此不洁状态,势必被视为肮脏。唯有外科,遍身血污,相当于勋章。

正说着,放射科宁越千赶来,说:"景自连已做完相关检查,术前准备业已完成,可以清创缝合了。"

楚直对郭换金叮嘱道:"好好休养。"转身拟进入另外一间手术室。

郭换金忙不迭抓住宁越千的手,颤抖问:"景参谋怎么样?严重吗?"

宁越千说:"出血很多,弹片伤浑身都是,像个血刺猬。须马上做全身手术。"

郭换金从手术床上挣扎而下,抓住欲大步离开的楚直,说:"我也要去。"

楚直问:"你去哪儿?"

郭换金道:"帮忙景参谋的手术。龙部长去上级开会,此刻不在。部里的外科医生几乎都在哨卡。我熟悉你的手术风格,做你助手。何况他是为了救我,我更得去!"

楚直眸底光芒骤起。这一阶段,他的确带着郭换金不断手术,配合默契。但她刚出了不少血,身体虚弱。看出楚直迟疑,郭换金说:"你刚才不是说了,轻伤不下火线。我这连轻伤都算不上。"

宁越千催促:"快快!"

楚直想想也无更顺手的人员,说:"好。你配合我上台。"

两人进入手术准备间,开始消毒手臂。高原虽然寒冷,但手术室温暖如春。术者要着单衣,方能保持双手机动灵活。再者,病患都是赤身裸体。如果温度不足,即使手术成功,病人也有可能因受凉而致抵抗力低下,后患无穷。

郭换金心中万分惦念。双手消毒时,略显匆忙。见楚直慢条斯理地在消毒桶浸泡双臂,忍不住催促:"快点啊!"

楚直不慌不忙道:"还没到消毒结束时间。"

郭换金带着哭腔说:"每一分钟,景参谋都在流血!"

楚直道:"我已下了医嘱,补充液体。"

郭换金急得冒火,说:"你不能更快一些吗?"

楚直说:"不能。这是无数鲜血换回的经验。马虎求快,消毒不到位,就算成功手术,伤员也可能死于感染。"

郭换金说:"爆炸现场,到处都有泥沙和污染物……"意思是本来也很脏,不在乎多一星半点儿的不洁。

楚直不为所动:"我们不能带入更多细菌。"他边消毒边说,"手榴弹炸伤,冲击波比正常大气压大很多倍,兼有高温、钝器和锐器损伤叠加。弹片纷飞,如极其锋利的小刀,扎入所能碰到的任何物体。伤情复杂,台上你听我指挥。"

郭换金心惊肉跳。记起一颗手榴弹的爆炸碎片,可达六千块。这么多弹片揳入,人会变成血葫芦。想那霁风朗月般的人,血肉模糊。尤其是这一切,都因自己造成,五内俱焚。

二人穿戴好手术服,进入手术室。手术室里没有昼夜区别,只有无影灯像被射落人间后遗失的小太阳在发光。红柳根燃烧供暖,不那么恒定。手术医生,无论情况多么危急,都要钢铁般稳定。

景自连所穿衣物,近乎全部卸除,只留下了白色军内裤遮蔽下腹。身上蒙着手术单子,被渗透而出的鲜血斑驳染红。他被全身麻醉,面色异常苍白,双眉紧皱,似在昏迷中仍忍受着极大痛苦。唯一值得庆幸的是,景自连的内脏并没有遭受实质性损伤,只是皮肉受损严重。

郭换金心无旁骛,紧紧追随楚直军医操作,亦步亦趋履行助手职责。楚直的乳白色手套,在无尽血泊中穿插航行。他的手指纤长有力,上下翻飞。与景自连不断奔涌的殷红血流,形成鲜明对比。他像织布,全力修补着景自连断裂的生命经纬。

血液,本是生活在黑暗中的活泼液体。当它暴露于光线,与人不得不见时,均为不幸。看着它们争先恐后涌流如注,是医生的泼天噩梦。

医生和助手,在手术中,如心脑和四肢均联通的连体婴儿,勠力同心。医生念头一动,助手便电光石火般配合……手术台上,四手腾起,刀剪飞舞,针线缠绕。沾满血污的创面被清理干净,不断喷漏的出血点被有效缝扎……止血清创缝合包扎,四手联弹。

终于啊,终于!身材修长的年轻躯体,从死亡线上被强行拽回,不再百孔千洞。

一直埋头奋战的楚直,突然抚额,手术帽沾染大片血迹。他说:"郭换金,我头昏。估计低血压加低血糖,我先下台。剩下的工作,你独立完成。"

郭换金点点头。随着她脑袋的摇晃,大颗汗珠滚落,渗进右眉纱布处,剧烈蜇痛。她闭了一下眼睛,让自己清醒。再睁开眼帘时,楚军医已经离开。

现在,偌大手术室,除了清点器械的护士之外,只有她和他。

景自连无知无觉躺在手术床上。如果不看他紧皱的眉宇,不计较他浑身捆扎的敷料,有意忽视地面上大团染血的纱布,在麻醉剂作用下,这人算得上安稳舒展。

由于工作关系,郭换金见过很多青年男子裸体,基本上不会有异样感觉。但这一次,在这充满血腥气息的白色封闭空间内,她第一次感受到男性躯体的线条之美,肌肉之美。在这些优美线条膨隆肌肉下,潜伏着无穷的力量之美。就连景自连浓稠柔润的头发,都让人心生抚摸的冲动。

景自连身高傲人,手术床上的双脚几乎垂到床沿。虽身形健瘦,但肩膀宽阔,几乎铺满了手术床横径。已丧失意志力控制的躯体,兀自维持着紧致英挺的轮廓。八块强健腹肌,如同见棱见角的长方形小木块,凸起在平滑的胸腹部。高原严寒,边防军人常年棉服裹身,身上那些从未被阳光直射的皮肤,显出莹莹洁白色。他的脸,原本是高原红细胞增多导致的紫绀色,由于大量失血,苍白如雪。这种情况下,反倒和他的身体色泽,形成了难得的和谐。好像他是一件雪花大理石雕刻出的艺术品……

郭换金拼命摇了摇头。护士问:"是不是太疲劳?我用微湿纱布,帮你擦擦额头,清醒一下?"郭换金在口罩后面低声说:"不用。"

她加快了缝合速度,手指快捷运作,像雨燕在如火的红霞中飞舞。她严令自己清醒。她知道,这昏眩,来自疲劳,也来自心旌摇动。她和景自连算熟人了,但她从未想过,严严实实的军装下面,包裹着如此美好威武的躯体。

安卧手术床上的这个人,和她认识的那个冷峻男子,是同一个人吗?为什么她面对严厉的景教官,可以保持心静如水的状态,面对鲜血淋淋神志不清的苍白躯干,却脉跳加快呼吸急促手足无措?

好在器械护士忙着收拾手术残局,没精力关注其他。郭换金也在几次深长呼吸之后,渐渐恢复正常。

她独自完成最后的工作,将伤口缝合,尽量做到缝合线美观精致。景自连的伤,主要位于四肢和背部,并不在面部。但即使在一般人看不到的地方,郭换金也不愿让他留下醒目伤疤。她细细密密,一针一线缝合着他年轻而弹性甚好的肌肤。一边想,他将来的妻子,但愿不会发现这些伤痕,发现了,也不会计较。就算计较,景自连也不能说出缘由。手下飞针走线,心中却有挥之不去的酸楚。

护士要把从景自连身上取出的弹片丢掉。满满一大手术盘,连血带肉,棱角峥嵘。护士对此盘重量估计不足,端起时手腕一歪,差点倾倒在地。

郭换金忙说:"慢点。"

护士抱歉道:"没想到这么重。"

郭换金说:"给我把镊子。"

护士不知她要何用,郭换金拿过金属镊子,在盘子里上下扒拉,声音刺耳。护士说:"弹片像狼牙咬人肉。"

郭换金也不搭腔,片刻后,说:"好了。剩下的弹片,你可以倒了。"

郭换金用镊子夹起弹片说:"这块弹片,像一颗星星。"

护士定睛看去。这块从景自连身上取出的弹片,呈不规则形。弹片中心向外散射出光芒般的棘刺,郭换金数后道:"好像一颗七芒星。"

护士说:"管他几芒星,都是伤人物件。赶紧丢了吧。"

郭换金把它收起。现在,她有两块弹片:一块刀币,一块七芒星。

景自连醒来,并不像人们通常以为的负伤者,睁眼时不知道自己身在何方。他非常清晰地记得,郭换金投弹失手那一瞬,自己将冒烟手榴弹,尽全力踢向远处,并一把将郭换金朝掩体方向扑倒,全力覆盖其上……之后,是震耳欲聋的爆炸声。他看到郭换金右眉骨,被尖锐弹片刺入,血像水龙头喷涌而出……他悄声安慰她,竭力保持镇静。之后,锥心之痛遍布全身,意识模糊……

他知道,在战场上,若受伤后永不醒来,就是为国捐躯了。若醒来,大概率在医疗单位。

此刻,毫无疑问是第二种情况,环境雪白,身体沉重虚弱,但并不特别痛。估计是麻药劲儿还没完全过去。所有一切,都估算到了。唯一没料到的是,睁眼后的第一瞬,看到一张苍白女儿面容。

"郭换金……"他轻声说。

"到。"郭换金像在训练场回答教官命令。

"现在,我要听你的了。"景自连说。他维持原有姿势,不敢擅动。任何微小挪移,随着麻药失效,都痛入骨髓。

郭换金说:"你好好休息。有什么不舒服的地方,告诉我。我会一直在你身边。"

景自连认出曾在这间屋子里,给郭换金讲解过手榴弹的相关知识。似乎谈到过爆炸,想来是否预兆?他见她的右眉骨处,贴着一块纱布。从表面看,伤口并不太大,但景自连知道,这块弹片揳入很深。他很想说:"你也受伤了,需要休息。"但这句话,终于没说出口。因为他还没斟酌完说还是不说,就一头栽进再度昏迷中。

郭换金尽心尽意看护景自连,安安静静看着他。尽管他神志不清,遍体鳞伤,然而独属她一人。她默念:世界遁去,唯有你我。若人的目光,可化作最柔软的羽毛,她已一千遍一万遍轻轻扫过他,只求他少受痛苦。

恢复过来的楚军医,悄无声息走近,观察景自连情况。对守在一旁的郭换金,用口型无声地说:"你出来。"

郭换金也用口型回答:"不放心。"

楚直无名恼火,低声恨恨道:"不放心我的救治?"

郭换金没理由也不敢不信楚直,只得随楚军医出屋。

确信屋内人听不到对话,楚直恢复正常音量:"好好休息,别忘了你也是伤员。"

郭换金说:"我可以坚持工作。"

楚直神色平平道:"他死不了。"

郭换金低头:"可他是因为我才受的伤。"

楚直说:"我们又是为了谁?用不着把一对一的恩情感恩,念念不忘。我们要保护的是全国人民,你打算让几亿人民排着队,轮番感谢没完?"

郭换金想想扶老携幼无限长的队伍,解忧一笑道:"那不可能。"

楚直双手插入白大褂兜内,道:"这不得了!一对一的恩情,不必永远记在心上。有人若是说个没完,多半别有用心。"

郭换金打算把这话,抽空向潘容说说。不过,潘容难道别有用心?

楚直从郭换金神色上,知道自己这番话有了反响。假装无动于衷岔开话题,问:"痛吗?"

不提还好,一提,郭换金顿觉右眉连带太阳穴,一蹦一跳作痛。她隐忍道:"不太痛。"

楚直说:"就你这表情,还瞒得过医生?我给你开点特效止痛药。吃了,可以保证基本不疼。"

郭换金说:"还有这等神药?你先给景参谋开些,他浑身是伤,比我重得多。"

楚直说:"他是男人,抵抗力强大。"

郭换金听着不顺耳,驳道:"男人也是人。"

楚直注意看了郭换金一眼,说:"他在浅昏迷中,不用吃止痛药。药,吃多了不好。为了让你减少内疚,我可以给他开出止痛药医嘱。如果他醒了,当班护士会让他吃。你抓紧时间休息。"

楚直走了。郭换金赶紧回屋看望,景自连恰好又醒了。

"疼吗?"郭换金怯怯地问。

"不疼。只是跳。"景自连回答。

"啥跳?"郭换金不明白。

景自连说:"好像心脏被分切成很多瓣,每处伤口下藏一瓣。浑身上下都有小心脏跳动。"

郭换金明白,这便是痛到极处了。她只有一处伤,伤口就跳痛不止。景自连全身创伤无数,必疼得难熬。

她转身跑出房屋。景自连痛楚不堪,也没精力问为什么,兀自浸入黑色漩涡中。

郭换金回来时,端着一杯水,手上擎着药杯——特效止痛剂。

"你把它吃下去,就不会那么难熬了。"郭换金柔声道。

"谢谢。我不吃。"景自连拒绝。

"为什么?你不怕疼死吗?"郭换金气鼓鼓。

景自连说:"军事指挥员,要时刻保持头脑像融化的雪水一般清澈,随时做出正确判断和对策。所有的止痛药,骨子里都让人昏昏欲睡。"

在战斗逻辑面前,郭换金束手无策。

"你这会儿不是在战场上,是病房。"她不死心,不懈劝慰。

"忍耐力不是天上掉下来的,需要锻炼。在病房,我才放心锻炼。"景自连不为所动。

郭换金绝望道:"你疼死了,忍耐力还有什么用?!"

景自连说:"这话不对！越疼,越能说明感知力灵敏,头脑就越清醒。"

面白如纸,意志如钢。郭换金无奈,只好退出病房。太犟啊！

楚直关注伤员,病房里的一举一动,都在掌握中。郭换金伤心欲绝,他看在眼里。心中对景自连说,我会和救别人一样,好好救你。使出浑身解数,哪怕夜以继日殚精竭虑,也会尽最大努力治好你。我缝合你,我治愈你,让你全须全尾回到军营。然后,咱再展开争夺之战。你浑身是伤,我胜之不武。

争夺什么？他不能说出口。

半夜时分,龙一笙陪着魏盾远,来到第五病区。

景自连正紧咬牙关,应对全身无所不在的剧痛。突然看见打着手电走进病房的司令员,一个激灵,强撑着想坐起来。

"小子,躺着吧。"魏盾远双手下压。四肢缠着纱布绷带略显臃肿的景自连,只好继续躺平。

"怎么样？"魏盾远面无表情地询问。看到年轻人浑身是伤,既有对军事干部的痛惜,也有对老战友之子的心疼。不过,作为指挥员,早已练出泰山崩于前而色不变的本事。

景自连腼腆答:"报告,我没完成好司令员交给的任务。"

魏盾远道:"说的是你的伤,不是任务。"

景自连说:"都是皮外伤,休息一阵子,就能恢复正常了,不耽误训练和打仗。"

魏盾远问:"脸上可有伤？"

景自连答:"这个,回司令员,我不知道,从没理会。"

龙一笙插话道:"景参谋脸上无伤。楚医生说过,养好了,还是美男子一枚。"

景自连忙说:"部长,我不怕。巴不得脸上有伤。"

魏盾远开玩笑道:"我个大老粗,这把年纪了都不愿破相。你个奶油后生,怎么会生出这种捣蛋想法？"

景自连自嘲道:"我就是不愿当什么奶油小生。"

魏盾远说:"看你还能如此胡言乱语,我就知道没大事。好好养着吧。白天,我不方便来看你。防区那么多人,我做不到谁受伤都来探望。只能半夜来。随风潜入夜……"

景自连笑道:"司令员,这句诗不兴这么用。"

魏盾远说:"我想怎么用就怎么用。"见景自连无大碍,司令员心情转好。

景自连说:"杜甫会从坟里爬出来,跟您没完。"

魏盾远说:"他管不着。我诗兴大发。"

景自连说:"人也看了,诗也背了,您走吧。"

龙一笙吓得不轻,明目张胆赶人。心想,能安排司令员行踪的人,本战区好像还没有。

一行人,踏着夜色回去。除了哨兵,神不知鬼不觉,踏雪无痕。

卫生部办公室。

"咱女兵班,被更上一级的大军区,选为先进集体。需要派代表下山参加表彰会。"文慎笔抖抖手中的电报翻译纸。

龙一笙惊讶,说:"咱也没上报,荣誉从天而降?"

文慎笔说:"是政委直接报的。这个女兵班,是全军海拔最高的女兵建制班,凭这响当当的名号,优秀典型跑不了。"

龙一笙说:"这倒是。女娃娃们不容易。"

文慎笔沉吟道:"咱们路远,要尽快决定出席英模会的代表。"

龙一笙头也不抬道:"既是集体荣誉,当然是班长代表参加。"

文慎笔说:"如果郭换金没负伤,就该这么办。"

龙一笙以为协理员挂念伤员,便说:"她的伤,基本痊愈了,不影响出席会议。"

文慎笔轻声道:"她投弹严重失误,是个问题。"

龙一笙不以为然道:"按惯例,出了投弹事故,并没有惩戒战士的先例。"

文慎笔缓言道:"话虽这样说,总是刚出事故,人还没处理,马上就代表受嘉奖,似乎不妥。"

搭档的话说到这个份儿上,龙一笙才反应过来,文慎笔对于出席人选,估计已胸有成竹,道:"你的意见是?"

文慎笔说:"我看可否让麦青青出席。一来正副班长都可以代表全班;这不违反原则。二来,有利于郭换金养伤。女孩子毕竟年轻,马虎不得。这第三点……"

龙一笙讶然:"一桩小事,你还总结出好几点来。"

文慎笔略显赧然,道:"我这不是跟你商量吗?"

龙一笙说:"这不是什么原则问题,按你的意见办吧。"

文慎笔道:"那我通知麦青青,让她准备一下,下山开会。"

龙一笙说:"和麦青青的谈话好办,关键是要和郭换金通个气,毕竟是……"

文慎笔并不踌躇,马上接道:"我找郭换金谈。"

和郭换金的谈话,出人意料顺利。文慎笔单刀直入,说:"经过部领导研究,决定让麦青青代表你们班,下山到大军区开英模会。"

郭换金面色如常,说:"明白。"

文慎笔道:"你有没有什么想法?"

郭换金说:"服从组织决定。副班长不在的情况下,我把女兵班带好,对得起嘉奖,不让光荣称号蒙灰。"

文慎笔注意观察,说这些话的时候,郭换金目光清亮毫无沉渣,看得出是心甘情愿。依多年工作经验,似乎不该如此风平浪静。他不放心地问:"你对副班长代替你出席英模大会,真的没有任何想法?"

郭换金答:"实事求是说,有。"

文慎笔长出一口气,这就对了。不然,他的工作经验岂不枉费?追问:"有什么想法,说说看。"

郭换金说:"我投弹失误,愧对各级领导和同志们。教官因此负伤,我心中非常自责。再加上我战伤未愈,感谢领导体恤。当然,若组织决定由我承担此任务,我没二话。现在决定让我在山上继续工作,我也没有任何意见。副班长有工作能力,相信她能圆满完成任务,祝她一路平安。"

文慎笔很满意,说:"你能正确理解这事,很好。继续努力,把班里的工作搞得更上一层楼。万不可大军区受奖了,班里反倒出纰漏。"

文慎笔将麦青青请到部办公室。

麦青青进得屋来,坐在文慎笔对面的椅子上。大睁俏目,看向协理员。

"告诉你一个好消息……"文慎笔严肃告知,字字千钧。

没有想象中的惊愕,麦青青扬扬轻盈短发,平静回答:"我已知道。"

文慎笔不问麦青青的信息途径,不用想也猜得出,她老爸泄露。他继续平静地说:"那你可知道谁将代表你们班,到上级大军区受奖?"

麦青青胸有成竹回答:"我。"

文慎笔着实惊讶了。这个决定,目前仅限于他和龙部长知道。龙部长对专业以外诸事,素来秉承少干涉原则。既分工给协理员,他不会插手。

文慎笔压下疑惑,不动声色地问:"你如何知道的?"

麦青青答:"您告诉我的。"

文慎笔疑惑升高,问:"我何时告诉你的?我自己都不知道。"

麦青青说:"此时此地,您正在告诉我。"

文慎笔气笑了:"我还没说。"

麦青青抿唇一乐道:"正因为您没说,我才知道。按照惯例,应该是班长郭换金出席会议。如果这样决定,您无须提前和我说。现在,您单独与我谈话,自然是告知将由我代表,出席会议。"

文慎笔想:"将门虎女"比"将门虎子",一点不逊色,甚至有过之而无不及。

文慎笔直言道:"这个机会,是我为你争取来的。"

麦青青抿唇再次微笑道:"协理员,这我知道的呀!"

文慎笔又一惊,问:"你如何知道的?"他想,就算龙一笙,也不曾预知自己的想法。麦青青,如何猜出的?

麦青青说:"您脸上的神情,出卖了您。如果不是您的争取,这样的决定很难做出。毕竟,我只是副班长。"

文慎笔说:"你知道就好。此次下山,除了到上级大军区受奖,途经我们所属的军区机关,代我向你父亲问好。当然了,他不知道我是谁,但我知道他是谁。"

麦青青很肯定地回答:"他已经知道您是谁了。"

文慎笔由衷说:"谢谢。"

麦青青说:"是我和爸爸应该感谢您。文协理员。"

文慎笔又叮嘱道:"马上着手整理你们班的资料。记得,实事求是下的妙笔生花。"

麦青青说:"您放心。我会紧紧抓住全军最高女子建制班这个要点,把事情做透、做深、做细。"

20

对于不能代表女兵班下山受奖,郭换金并不遗憾。她天性不喜欢抛头露面,现在非常时期,她身世多舛,更需谨慎低调。会议出宣传材料,再怎么低调,也会兴师动众。为自保,为保家人和郭大厨,她应力求减少存在感,无声无息最好。再者,下山开会,先途经本军区,再到大军区。郭大厨在小灶当值,她怎能不与之相见?踌躇。不是郭大厨不好,而是太好。受人滴水之恩,没有涌泉在手,何以相报?她战伤未愈,虽无大碍,但眉头稍耸,整个面部就会强烈不适。搞得她现在不苟言笑,怕笑怒牵扯出疼痛。试想会议上面部呆滞的女班长,会将荣誉拉低。还有最后一条理由,她不敢与任何人说,甚至自己也不承认——放心不下景自连。

她为自己找了光明正大的理由:人家是为你受了重伤。关心他,责无旁贷。就算赎罪心理勉强讲得通,但更深缘由,她无法解释。一天见不到他,心中惶然。只有看到他的身影,心才能扑通归位。晚上,只要一闭眼,就是景自连在爆炸波排山倒海扑来时,将她一把推倒,全身护住她的情景……

那一瞬,是她短暂生命中最危险的刹那。末日轰鸣,地狱热浪,弹片冰雹……双耳震到失聪、眼睛被鲜血蒙蔽……生命跃跃欲试地想要离她而去。她再也看不到父母,看不到郭大厨,看不到日月星辰,看不到书上文字,更遑论绿树红花亲密战友……甚至连熟视无睹的雪山冰峰,都将永远离她而去。此后,她的世界里,只有黑暗,只有寒冷,只有呼啸弹片和灼目火光,让人窒息的硝烟弥漫,近在咫尺的鲜血横流……

但是,这一切,并没有出现。她唯一感觉到的,是温热怀抱,夹杂苦寒的冰雪清香。吹拂在她耳边的是有条不紊的呼吸,触手可及的强健心跳……

这是她生命中最美妙神圣的时刻。

当郭换金满面鲜血大脑震荡,深陷闭目塞听之时,景自连平静有力的话语,给了她极大勇气。她希望这一瞬成为永恒。就此战死,亦不足惜。只要她的身上覆盖着他,只要她和他在一起,生死相依。就此解脱,心中当溢满幸福和安宁。可惜啊,死亡,并没有轻易将她带走。高原上,生死界限模糊,只在须臾一线间。但这一次,死亡仁慈。

获救后,她甚至不无遗憾地想到,如果和他一道为国捐躯,亦为幸事。活着便要继续背负着沉重复杂的命运和时代搅缠,表面上又要一切正常,并不轻松。

景自连缠满绷带,静卧病床。失血过多,虽已无生命危险,但面色惨白,极为虚弱。平日英勇无畏的景参谋,褪去一身豪气,显出难得的倦怠和孱弱。郭换金摸着他的额头,试图用手背的清凉,逼退他漆黑发缕下的高热。

"烧得太厉害了!"郭换金慌了,冲进值班室报告。

"谁?"楚直从病历堆中抬头。

郭换金这才发现,自己全部心思都在景自连身上,以为天下人人皆如此,省去了姓名。赶快补充:"景自连。"

楚直身姿未有改变,淡淡问:"生命体征如何?"

"心率很快。"郭换金报出具体数据。

楚直镇定回应:"正常。"

"呼吸频次每分钟……"郭换金接着报告。

楚直说:"正常。"

"神志?"楚直又问。

"时而清醒,但时间很短。大部分时间都在昏睡中。"郭换金答。

"正常。"楚直再说。

郭换金忍不住叫起来:"楚医生,糊涂了?一个人,浑身是伤,发着高烧,呼吸急促心率很快,神志模糊……发高烧,冷战打到床架发抖。怎么能说正常?"她就要跳脚。

楚直淡然处之:"说得对,景自连浑身都是伤。这种境况下,你刚才说的所有症状,都有可能出现。是战伤后组织破坏和吸收时的正常反应。如果他心率减慢,呼吸紊乱,体温都上不来了,才是真正的不正常。未来的女医生,我提醒你一句,病人出现任何情况,你都要保持冷静。如果你心绪混乱,出了昏招,那才是伤员的最大风险。永远记住,你的痛不欲生和心急火燎,都非常危险。它不能治病,只能害命。"

郭换金心中战栗。楚医生啊,这都什么时候了,你还想着教学,炫耀你的学问。救人要紧啊!快救他!

好在楚军医说归说,随后迅即开出一系列医嘱。抗菌素联合用药,氧气增量加压供给,加强维生素滴注和营养支持等等。之后又对郭换金说:"你做景自连的特别护理。负责换药,加持续物理降温。"

郭换金道:"我马上就去。"

楚直叮嘱道:"景自连身上伤口众多,降温时别让酒精渗进去。"

"还有什么办法能够让他快些康复?"郭换金不甘心问。

楚直含义不明地笑笑,说:"还有一个办法。"

郭换金问:"啥办法?快说。"

楚直面色冷寒道:"熬。战伤熬到了时间,自然就不发烧了,伤口便开始愈合。"

郭换金气愤地哼了一声:"这说了跟没说一样!"

楚直嗤声道:"这不是常识吗?白教你了,这么简单的道理都不懂。我发现你对这个景自连,好像特别上心。"

郭换金一愣,随即理直气壮回应:"他是我的军事教官,为我负的伤。我不上心,岂不没良心?!"

楚直憋屈,无言以对。

郭换金端着治疗盘,内盛稀释酒精溶液,进了病房。酒精挥发味道浓烈,景自连皱着眉头醒过来。

"你这是要干什么?"景参谋懵懂。

"物理降温。"郭换金心疼景自连,本想轻声慢语,但又怕显得太过关切,故意做出公事公办的淡然。

景自连纳闷,也没得罪这姑娘啊?且不说还挟救命之恩。不过,身上四处火烧火燎般疼痛,无力猜测,道:"啥物理?如何降温?"

郭换金把洁白纱布泡在治疗盘的酒精液中,说:"擦酒精浴。"

景自连不由自主抖动了一下,极轻微,无人察觉。别看面对嗞嗞冒烟的手榴弹,能安如泰山,但想到酒精淋在身体无数伤口上的感觉,骇然。他黑曜石般的眸子闪个不停,以示抗议,说:"我当军事教官,似乎并没有特意折磨过你。"

郭换金说:"是没有特意折磨。但不特意地折磨,也不少。"

原来,徒弟记仇。景教官只好憋屈认命道:"你打算如何操作?"拦不住,起码弄清状况。景自连极少生病,缺乏医学常识。

郭换金说:"第一步,脱掉你全身衣服。"

景自连愤然。虎落平原被犬欺,坚决拒绝道:"不成。"

郭换金知他的顾虑,莞尔一笑道:"你可知,是谁为你完成的手术最后缝合包扎?"

景自连躺在手术床时,神志并不很清醒。将结束时,他恍惚看到身穿手术服的郭换金。听闻此话,诧异道:"是你?"

郭换金说:"不错,正是。"

景自连还没转过弯子,道:"那又怎样?"

郭换金说:"你身上所有部位,我都看到了。岂止是看,还一寸寸摸过。明白?"

景自连深叹一口气,无可奈何道:"看在紧急状况救死扶伤的分上,我就不计较了。"

郭换金说:"现在是继续救死扶伤。最大限度裸露皮肤后,开始物理降温。"

景自连只好闭上眼睛,听凭处治。其实他身上,除了内裤,几乎不着衣物。消毒敷料和绷带,为他缠出白色披挂。郭换金用饱蘸低浓度酒精的纱布块,在绷带未曾覆盖的皮肤上,小心翼翼涂布。

灼热皮肤,被酒精涂布,清凉舒适。其中夹杂着一缕缕轻柔的触摸,这是郭换金的指腹在皮肤上滑动。此操作,本可用止血钳夹纱布块完成,但景自连周身伤痕累累,钳子终不如手指灵便。万一不小心,点滴酒精误入伤口,伤员受苦。郭换金的手指,灵巧地在伤口间隔处,如跳棋子般左右腾挪,轻柔拂动……

这番细腻,在景自连感官里,冰火两重天。酒精湛凉和指尖暖热,轮番席卷而来。郭换金的手下,如同握着一把小火苗,四处播种下一团团炙热。景自连觉得这物理降温,徒有虚名啊!非但不能把自己温度降下来,反倒越降越高,简直要燃烧起来。

"我不做这个啥浴了。"景自连吃力道。话一出口,他惊住了,声音嘶哑。

此刻郭换金正擦拭到景自连背部。人呈俯卧位,郭换金以为喉部受阻,未发现异样,问:"是否好一点?"

景自连烦躁说:"没好。更坏了。快停下来。"

郭换金柔声道:"有时候,自我感觉并不准确。还是相信仪器。"她暂停擦拭,将体温计夹到景自连腋下。

等待的七分钟,谁也没说话。景自连怕变了调的嗓音泄露不安,故意缄口。郭换金对物理降温没把握,病人主诉不敢大意,不知说什么好。

体温计取出。红色小蛇般红线,趴在某个位置。郭换金对着阳光看了两遍,喜不自禁道:"降了整整一点一度。景参谋,你自我感觉不准啊。"

景自连没答话。自我感觉并没有失灵,他清楚察觉身体陷入陌生的燃烧状态。蓬勃热气在下腹部冲撞,浑身伤痛和高烧引发的不适,趋向消弭。普通的兑水酒精,好似神奇仙药,将他治愈。

本能地渴望这一刻凝固成永恒。

平日自诩万分强大的内制力,哪儿去了?景自连叩问自己。

长久的默不作声,让郭换金误以为他不舒服,忙问:"你哪里难受?"

景自连好不容易将自己压制回常态,平抑声音道:"我累了。想休息一下。"

因卧床,未戴军帽。他黑亮短发,刚硬蓬松。边缘下垂,被汗水濡湿贴在鬓角,更显脸庞苍白。郭换金无端想起古希腊神话中的水仙花美少年。但那人自恋,和景自连八竿子打不着。

之后每一天,郭换金几乎夜以继日待在景自连病房。屋子像个劣等小酒馆,弥漫酒精味道。她用酒精纱布,一寸寸轻拭景自连身体。

终于,拐点到了,景自连体温降下来。他的抵抗力极强,恢复速度堪称一绝。身上伤口,渐趋好转。整个人逐渐恢复蓬勃生机。郭换金的忧伤,也随之一天天清浅。

病房门冲开,麦青青一头撞进来。

"景哥哥,我知道你受伤了,早就想来看你。但我到哨所出长差,刚回来。你不会怪我吧?"麦青青抖去一路烟尘,刚刚梳洗完毕。柳赞刚为她精心修剪过头发,在军帽之下飞舞,灵动秀美。

正在治疗的郭换金被这称呼惊住。副班长叫"景哥哥"!

景自连困难地翻身躺平,偏头示意郭换金为他拉上被子,遮盖住身体。

麦青青心生不满。第一,她想看看景哥哥身体的伤究竟怎样。高原之上,无论冬夏,大家都军装裹身,身体坚壁清野难窥真容。第二,就算要盖上被子,景哥哥也可示意自己来做这件事。可见景哥哥心中和郭换金的关系,要比自己为先。

不过,她不怕。她和景哥哥一道玩耍时,郭换金还在西北崇山峻岭中挖野菜呢!

郭换金见麦青青不喜,便想为二人腾出空间。只是正好到测查体温时间,她把一支温度计递给景自连,待出了结果再走。

麦青青兴奋道:"我马上要下山参加英模会。"她本打算宠辱不惊,终没抑制住。

景自连说:"祝贺。你个人受奖?"

麦青青做出不好意思状:"代表女兵班。"

景自连"哦"了一声,不再言语。班集体奖,按惯例,应是班长出席。不知为什么,卫生部会有如此安排?心中替郭换金小小抱屈。

"这回我走,连去带回,时间长。"麦青青低声说。

景自连道:"路途遥远,参会劳累。辛苦了,多保重。"

时间到。郭换金示意景自连拿出体温计,看后淡然道:"体温正常。"收拾好医疗用品说:"你们聊。有事找我。"说罢,转身就走。

景自连略显急切道:"郭护士,你若走了,我再发烧,没人给我做物理降温,咋办?"

郭换金心想,此人何时变得如此娇气?面上依旧不显山露水,道:"物理治疗,是治标不治本的法子。若再烧起来,可重复做。"

麦青青见缝插针道:"我出差回来,正休息。这个治疗不复杂,我来给你做。景哥哥放心。"

即使受伤后移动身体很困难,景自连还是完成了一个侧身规避动作,说:"就不劳烦你了。这是郭护士的工作,理应由她完成。"

麦青青扫兴,便又辟话头。这一次,肯定能将郭换金排斥在外。

"我下山,会看到景伯伯。"

"哦。"景自连无感回应。

"你有没有礼物要带给他?"麦青青很得意,这是只有他们两人能听懂并交流的项目。

郭换金此时已走到门口:"青青,景参谋的病况,就暂时交给你了。"说完离开。

景自连怅然若失地盯着门口,好像那个身影还在。

"景哥哥,我问你呢……"麦青青着意甩了一下头发,发丝飞舞,被斜射入窗的灿烂阳光镀亮,犹如仙女的金发。

"什么问题?"景自连不得不收回目光,一时想不起刚才的话茬儿。

"我说的是,给景伯伯带什么东西?我保证送到。"麦青青掩下失望情绪,大声重复。

"没东西可带。"景自连简洁回复。

"可有话要带?我到你家探望,体己话一定带到。"麦青青做乖乖女状。

景自连郑重其事说:"麦青青,你既去我家,有件事要提醒你,切记。"

麦青青说:"景哥哥,你叮嘱的事儿,我一定牢记在心。"

景自连忍痛将背部挺直,以示要说的话,正式严肃,道:"我受伤的事儿,万万别提。"

麦青青低下头,掩饰哀伤痛惜,说:"我记下了。景哥哥放心,你受伤的事儿,我一个字都不会说。"

景自连踌躇片刻,下决心开言:"还有一事,如果他们不说,你不要主动说起。"

麦青青不明就里,问:"什么事儿?"

景自连道:"我母亲也许会向你打听我的个人问题。这个,你懂。"

麦青青轻松地笑起来,说:"这个,我懂。她不问,我不说。"

景自连无奈道:"这最好。如果问到,你就说,完全不知道。听清楚了吗?"

麦青青道:"我本来就不知道这事儿。景哥哥放心吧,我一定会这样说。"

景自连强调:"无论他们怎么问,你都要一口咬定不知道。"

麦青青说:"记下啦!我会像江姐一样,守口如瓶。"

景自连微微合拢长长的睫毛,说:"那我就再没什么要说的了。祝你一路平安。"然后闭上了眼睛。

麦青青看懂明显赶人的意思,既不愿走,又怕讨景自连嫌。稍思索,借坡下驴道:"景哥哥,既说到这儿了,我冒犯问一下。你的个人问题,真的没有任何方向可说?"

景自连眼前,浮现出郭换金的面庞。清丽、坚忍,又带着不服输的执拗。形象如此清晰,以至于景自连睁开眼睛,望向病房门,觉得郭换金是不是回到了屋内?

当然,没有人。空荡荡房间,弥漫着她身上特有的红柳味道。

"方向……也许有,也许没有……"景自连目光扑朔,模棱两可。

麦青青沉浸在一厢情愿的热望中,未曾注意到景自连目光所向,只觉怦然心动。那方向,很可能是自己。麦青青两颊绯红,呼吸也变得窘急,情为所动。

景自连对刺探隐私的对话,很不喜欢。想见的人藏起来,不想见的人赖着不走。他再次耷拉下眼皮,说:"我要睡了。"

郭换金心神不安地回到医护办公室。楚直随口问:"病房怎么样?"

"景自连到底还有多长时间,才能痊愈?"郭换金急切问。

说完这个名字,心中悚然一动。想,他为什么叫"景自连"呢?

楚直略带调侃说:"真的,我发现你对这个病人格外关注!"

郭换金正色道:"您知道,他是我师傅,教军事的。"

楚直说:"那我还是你师傅呢,教医学的。也没见你对我这般关注。"

郭换金说:"你不是没负伤也没生病吗!你断了胳膊断了腿,或是得了不治之症,我保证对你格外关注。"

楚直说:"谢了,我徒弟。希望你永远不要关注我,我得以全须全尾好生终老。"

郭换金装作不经意问:"景自连的籍贯是湖南?"这是她从病历首页上得到的资料,还想知道更多。

楚直说:"好像是。部队兵员来自三山五岳,五湖四海。除了家乡有地方病嫌疑的,比如血吸虫或是大骨节病,一般人我不会记。"

一句话,生生把天儿给聊死。郭换金不知如何继续探听自己感兴趣的话题,尴尬地摸了摸鼻子。

楚直促狭道:"人没事突如其来摸鼻子,如果不是感冒,基本上是意图说谎。至少也是想遮掩什么。"

郭换金说:"我就是单纯鼻子发痒。你多心了。"

楚直说:"我给你配个药膏,保你的鼻梁光滑如匹诺曹。"

走进来的叶雨露听了个话尾巴,插言道:"这姓皮的哪个单位的?"

郭换金说:"是个木偶。"

"木偶的鼻子很光滑吗?"叶雨露刨根问底。

"这个……"似乎那本著名童话里,没特意说。不过想想叫薛贝特的玩具老爷爷,怕扎了小朋友的手指头,一定会打磨光滑。匹诺曹的鼻子,应该光可鉴人吧?

即使这样,郭换金也觉得楚医生的比喻,不伦不类。

楚军医稍有愣怔,对郭换金的疑虑又加深一分。

楚军医决定挖个坑,于是先抛出一个小诱饵:"你们知道咱们上级军区的司令员姓什么?"

郭换金一时愣了。作为小兵,知道本战区司令员是魏盾远,就够了。再往上,谁知道?

叶雨露伶牙俐齿:"我知道,是'景矮子'。"

楚直谑笑:"小叶子,好大胆!竟敢直呼军区司令的外号。"

叶雨露说:"我听老兵都这样叫他。谁让他个头矮呢!"

楚直说:"你不过仗着相隔十万八千里,谅他听不到,才敢这般放肆。"

叶雨露好奇:"他真的个头很矮吗?"

楚直索性停下手中的笔,难得八卦起来,道:"我有幸见过他本人,真是很矮。"

叶雨露伸手比画说:"有多矮?"

楚直认真打量了一下叶雨露,问:"你有多高?"

叶雨露不由自主挺直腰肢,欠了欠脚后跟说:"我入伍时一米六三,后来长了两厘米,现在一米六五了。"

楚直回忆着说:"那景司令和你个头差不多。"

旁听的郭换金大吃一惊,说:"这么矮,怎么领兵打仗?"

楚直说:"个头矮,并不妨碍下命令啊。他不但能打仗,还特别能打胜仗。"

郭换金想想道:"那倒也是。也不是冷兵器时代,不是光靠身高体壮长胳膊长腿杀人的。尤其是当司令,谋略第一位。"

楚直又说:"他儿子比他高。"

叶雨露道:"有一米七?"

楚直说:"比这高。"

叶雨露大胆猜道:"莫非能有一米八?"

楚直卖关子道:"还要高。"

叶雨露信口开河:"他儿子能有一米八五?"

楚直说:"差不多,应该就是这个高度。我没给他量过身高,估计比这个数,只多不少。"

郭换金若有所思道:"这属于遗传变异了。儿子比老子,高出这么多。"

楚直说:"也不算变异,矮司令有位高个儿老婆。"

郭换金说:"他老婆有多高?"

楚直偏头打量郭换金,问:"你有多高?"

郭换金答:"我入伍时一米六八,两年过去了,现在一米六九。"

楚直回忆着说:"我见过司令夫人,应该比你还高一点。"

叶雨露在脑海中想象了一下男女高度差,咂着嘴说:"这可不般配。"

楚直说:"郎才女貌,也不算不般配。"

郭换金说:"那这个儿子,随了母亲身高。"

楚直说:"正确。俗话讲,爹矮矮一个,娘矮矮一窝。这话也可反过来说,就是娘高高一窝。"

郭换金不感兴趣道:"没事骨头生锈了?管司令员家的身高干什么?估计这会儿,他全家人的耳朵都要发烫。再聊下去,熟了。"

楚直乜斜着眼睛说:"你可以到病房去,看看熟没熟。"

郭换金完全不解:"你思维跳跃,从遗传到病房,啥意思?"

她私下想,莫非楚军医要研究身高的遗传,是男性重要还是女性重要?

楚直对她的迟钝,表示满意,看来和某人的接触,不过尔尔,算不上深入。关子卖到如今,宣布:"景自连就是景司令的儿子。"

叶雨露惊呼起来："天啊！咱这病房，相当于深山老林，藏龙卧虎！"

郭换金呆滞半晌也呼道："天啊！想想就后怕。我这个命，够值钱。若是景参谋真有个三长两短的，矮司令不会要我偿命吧？"说着，拔腿往外走。

"你干吗去？"叶雨露和楚直异口同声。

"看那个病号，是否好生活着？！"郭换金的回答，已在门外。

郭换金奔进病房。麦青青坐在景自连床前，俯身注视着他，觉得他静谧的面孔，暖如春阳。只是景自连拒绝睁眼，搞不清他是真睡还是佯睡。

郭换金心无旁骛走过去，公事公办伸出手，抚住景自连的前额。

微烫，微汗，一切尚好。郭换金放下心来，朝麦青青颔首，道："你辛苦。"

麦青青居高临下道："不辛苦。跟你说一声，我就要下山开英模会，你可有什么东西带给老父亲？"

郭换金顿了顿，"父亲"让她有片刻恍惚。知道指的是郭大厨，便说："谢谢。没有。他不缺什么东西。"

麦青青淡笑道："我倒是忘了。你父亲在小灶掌勺，吃的是不会缺。至于衣物什么的，有一身炊事员工作服，也足够了。"

郭换金十分安静地回答："是。"

两人谈话即使再轻，景自连也被惊醒，睁开了眼。或者说，他并没有睡着，只是不想同麦青青聊天，才假寐。听到郭换金回来了，赶紧醒来。

"郭护士，我情况不错吧？"他轻声说，好像在邀功。

"很好。"郭换金鼓励病患。

麦青青很想插话，抢着对景自连说："我见了阿姨，就说你一切都好，让她放心。"

郭换金想，这说的就是那个身高超过一米七的女子吧？景自连身高继承了她，相貌，也继承了她吧？

麦青青不知怎么,感到一种莫名威胁。她打算当着景自连的面,强调一下郭换金的家世,倩笑道:"郭换金,你老爸的松鼠鳜鱼,做得真叫好。我这次下山路过家时,一定要我爸让你爸给我烧这道菜。"

郭换金一时不知如何回答。她甚至都不知老郭厨师会烧上好的松鼠鳜鱼。

麦青青凌驾于人的优越感,她接收到了。

按说,部队除了上下级关系,门阀观念并不很强。毕竟子弹不长眼睛,战火面前,人人平等。不过,若是有意为之,他人也无话可说。此时此刻,阶层的壁垒,像一道铁栅栏,从病房屋顶笔直落下,坚硬地戳在那里。气氛陡然转冷。

景自连艰难仰起半个身子,路见不平道:"麦青青,你想吃什么鱼,让你妈给你做。你妈手艺不成,你就忍着。郭换金的父亲,是为小灶服务的,没义务给你烧菜。"

麦青青被当场驳了面子,颇感丢脸。她不服:"景哥哥,我就不信,你下山探家,不到军区干部灶吃饭?你爱吃的菜,你爸就不会让老郭师傅做给你吃?"

景自连非常严肃道:"我父亲不会。"

郭换金逃出了病房。

景自连忍着全身伤口恢复期的高敏感疼痛,把被子紧缠身上,像个横空出世的木乃伊。被子不够长,脖颈和脚踝,不能都裹住,只能二选一。景自连在心中权衡,觉得军人的脚,雪里蹚,冰里走,粗糙皮实不怕人看。两害相权取其轻,便把被子拼命往上拽,从下巴开始严紧封塞,裹紧自身如一颗巨卵。一双大脚,被他忍痛放弃,孤悬于外。不想让人太难堪,他清冷决绝地闭上眼睛。

为了有朝一日能与郭换金一决高下,麦青青也在勤奋自学医学。她知道,人的脚底分布着密集的神经末梢,是灵敏触觉的集中所在。她装作无意用身体一侧,剐蹭景自连垂在床沿的脚板。离开时,手指随意摇动,捎带勾连了一下景自连的大脚趾。

景自连肉眼可见地颤动了一下。但随即,恢复了深潭古井般的平静,麦青青煞费苦心制造出的擦枪走火,无疾而终。

景自连是何感受,她遗憾地无法得知。只觉得自己刚蹭过景自连的那半边肢体,麻酥酥的触电感,好像一首歌,循环播放往复无穷。碰过他脚指头的自家手指,像被一簇篝火燎过,烧灼感经久不息。

经过反复试验,潘容制造出了在高原现有条件下,近乎完美的独特书签。

签体是彩色电影胶片,主要是美人。那便是《红色娘子军》里的吴琼花。

田半禾当时纳闷:"怎么都是吴琼花?"

潘容不愿多加解释,只答:"这不明摆着吗?我喜欢。"

田半禾说:"好老乡,你骗得过别人,骗不过我。依你对咱校花的无动于衷,鬼才信!依我看,这是送给女人的礼物。"

潘容但笑不语。真人面前不说假话,况且,他的目的性太明显,难以遮掩,索性不应。

"若要鲜,糖加盐。"田半禾嘟嘟囔囔。

潘容本不想跟他废话,想起"愚者千虑必有一得"的古训,道:"别假装微言大义。有啥要说的,爽快点。"

田半禾被识破,只好道来:"我的意思是——别清一色都是女将。适当加上点电影里的我军精干军官,才能让你这份礼物更吸引人。"

潘容承认田半禾有几分歪理,但斟酌后,决定书签胶片,坚决只用女生图像。虽然对祖宗传下来的相貌有信心,但那些毕竟是鼎鼎大名的男明星,怕自己相形见绌。

签绳用的是他亲手捻亲自染的羊绒绳。大功告成后,他夹在书里,试试效果。随手翻到那一页时,胶片书签,飘然而起,像乘着祥云落在纸间的彩色精灵。

最后一步是——书签如何送给郭换金?用什么说辞?

他原想装在挎包中,背去卫生部,伺机送礼。但背着鼓鼓囊囊的军挎包,容易让人生疑。潘容就将完工的书签,各种颜色选一枚,揣入军装口袋。羽毛蓬松,略显鼓胀。好在他身形瘦削,玉树临风,军衣肥大,不是很突兀。

白干事下哨卡了,独居的潘容,半夜将宿舍窗户开个小缝,让高原寒风尽情蹿入三分钟。晨起,成功把自己冻出轻微感冒,鼻音齉齉。

感冒最难伪装,只好真刀真枪扮上。在高原,感冒是一切病患之母,各种凶险恶兆之父。好在潘容现在体质不错,雪水浴几乎练出半个钢铁战士,恢复并不难。

他向卫生部走去。郭换金今天上什么班?正想着,恰好遇到叶雨露。小叶子用家乡话问:"你咋着啦?"

乡音魅力无穷。按说同省份的兵也不少,但同样的话,女声说出来,便是魔音入耳。

"我感冒了。"潘容低垂眼睑,神色淡然。

"是不是抵抗力太低了?"叶雨露医学基础算不上好,但常识具备。

"普通受凉,吃点药就能好。"潘容故作轻松回答。

"快找楚军医看看,他医术顶好。高原上,感冒也要当心。"叶雨露溢满关切之情,让人温暖。

潘容不为所动,心里盘算着,怎么能装作无意间探出郭换金去向。近来卫生部病床满员,郭换金不再享有"书房"待遇,潘容也失去了掌握郭换金入睡时间的窗口。

叶雨露心思伶俐,主动问:"潘干事今天可要借书?"

瞌睡有人递枕头。潘容答:"郭护士今天什么班?"

叶雨露心想,装吧!我才不告诉你!便道:"我上夜班,没看到她,不清楚她在哪儿。没准去山上军训了?要不我打听一下告诉你?"

潘容略显失望道:"不必了。我自己找她。"

叶雨露不甘心潘容扬长而去,善解人意说:"你若有啥话,我可转达。你要给她东西,我可转交。"

潘容被点中心事,稍感不自在,沉吟道:"不急,有点小东西,我……"他提醒自己,心中纵有洪水猛兽,也须高度克制。军纪森严,为郭换金的安全计,小心为上,也别得罪郭换金室友。

叶雨露问:"什么东西啊?"盯着潘容略显鼓囊的罩衣下摆口袋。

潘容不得已从兜里揪出一个书签,说:"地方同志做的书签,送了我几个。"

盲摸出的那枚书签,签绳是蓝色的。干燥手指拽引摩擦,加上风流扰动,如同有生命的小鸟,翩然欲飞。

叶雨露目不转睛,惊问:"地方上哪位巧人,做出这神仙书签? 忒漂亮! 有这么漂亮书签,谁还有心思看书!"说着,伸手来讨。

叶雨露欢呼雀跃不由分说:"这个送我! 还有没有?"紧盯潘容的军装下兜。

"有。"潘容不会撒谎,也没法掩饰膨隆口袋。

"再给我一个呗。我看看还有什么颜色?"叶雨露说着,欲上手翻找。

潘容慌忙退避,道:"没几个。我还得给图书管理员。不然就得罪人,从此不借我书看,麻烦大了。"

见潘容拒人千里模样,叶雨露悻悻道:"小气鬼!"年轻且自诩漂亮的姑娘,一旦被人拒绝,气性大,闷闷不乐了。

潘容露天久待,鼻塞加剧。想到自己染病,一时找不到郭换金,即使找到人,又怕自己传染她,便决定书签事改日再议。他去门诊随便找个医生开了药,回宿舍捂汗去了。

叶雨露傍晚下班回到宿舍,见郭换金正在读书。定睛一瞅,郭换金书中,夹着一些长条状小纸条,想必是标记的重点部分。纸条长短不一,多是作废了的处方笺撕成的,有张可见"土霉素"字样。

叶雨露走过去,掏出如蓝云朵般的书签,掩饰心中得意,道:"你看我这个书签怎样?"

郭换金抬头扫了一眼,虽觉甚可爱,但心系书中情节,敷衍道:"好看。"

叶雨露以为郭换金接下来一定问:"哪儿来的?"

没想到此人无动于衷,继续埋头读书。叶雨露只好赤膊上阵:"想知道是谁做的吗?"

郭换金沉浸书中,木讷摇头:"不知道。"

叶雨露本想告知实情,记起潘容膨胀的口袋和对她的明显保留,便说:"我也不知谁做的。"这句话,并不为错,叶雨露真不知道是谁。

郭换金欲速回书中继续沉迷,随口应了句:"那是你捡的?"

叶雨露嘲笑:"这么美丽的东西,你捡得到?"

郭换金赞同道:"是捡不到。偷都没处偷。"

叶雨露说:"这是潘容送我的。"

郭换金一怔。作为班长,这也算小小新情况。麦青青暂不在高原,班长担子尤其重。

叶雨露看班长脸色有变,道:"潘干事还有很多这种书签。"

此话有根据,她虽然没翻成潘容衣兜,但看衣兜的鼓胀度,存货不少。说完心虚地补充一句:"估摸着他也会送你。"她有意将话说得含糊不清。

郭换金有一搭没一搭回应:"你也不知谁做的,这也不是捡的。你哪里来的信心,敢说他一定会送我?"

叶雨露狡黠道:"你答我一个问题,我就告知你原因。"

郭换金只好又随手撕下废处方笺一角,夹在书页间,暂且合上书,道:"说吧。别说一个问题,就算十个问题,能换来这么精致的书签,也值了。"

叶雨露把心中难言一问,借此机会提出。正副班长,都聪明,想必知道答案。只是副班长冷傲,不好随便问。班长好说话,问问也没啥。

小叶子鼓足勇气,略带羞涩:"你说潘干事,是不是咱战区排名前三的美男子?"

郭换金意外道:"战区还有这等排行?我真不知道。"

叶雨露着急道:"这个不难。你现在想也来得及。"

郭换金略一思索:"战区那么大,人那么多。我又没见过所有男兵,怎么排名?"

叶雨露让了一步道:"那就局限在战区机关吧。哨卡荒山野岭,就不算了。"

郭换金生出逗小叶子之心,故意做冥思苦想状,说:"范围缩小,稍好一点。我只能这样回答你,潘干事祖上,倒是古代美男子排行前三的人物。"

祖上和现行?究竟啥关系?叶雨露一时想不明白,拐个弯问:"中国美男子,自古以来大排行的第一名是谁?"

郭换金本想实话实说,告知这美男子排行第一者,正是潘容祖上。又怕叶雨露花痴大发作,含糊其词道:"古代的美男子也不都属于同一个朝代,前后脚的,能差几百上千年。没法站成一排相互比试。"

郭换金这套说辞,成功蒙混过了叶雨露。

"现在,该你回答了。我怎么才能得到漂亮书签?"郭换金爱书及签。

叶雨露兴趣索然道:"你安心等着就是。该你的,时间再长也跑不了。"

潘容的感冒,并不如想象中那般收放自如,着实放倒他好几天。不停吃药打针,折腾半个月才渐渐痊愈。书签一直没找到机会隆重送出,时间一长,郭换金把这茬儿忘了。

战区政委阳云天要见潘容。一个普通干事,被战区政委亲自召见,有些不寻常。

潘容军容严整来到阳政委办公室。

政委和蔼可亲道:"坐吧。你从哨卡下来,大病一场,小病不断,体质有点弱啊。"

潘容没有直接落座,气宇轩昂地给政委敬了个礼,说:"首长放心,无论旧病新病,我都已完全康复。"

阳政委说:"非常好。你是战区有名的一支笔,分配你个对口的任务。"

潘容又想站起来,表示坚决完成任务,阳政委手势轻轻下压,示意他安生坐着,少安毋躁。

阳政委道:"我之所以让你单独来,是因为我派给你的这个活儿,有点微服私访的性质。"

阳政委年纪不算大,但和他在一起的时候,总让人不由自主想到父辈。政委知识分子出身,温文尔雅。即使高原严酷的风霜,也没让他染上戾气,总是心平气和,让人如沐春风。从他嘴里说出"微服私访"这样的话,潘容为之一振。

"怎么微服？我需脱下军装，换上老百姓衣服，便装出行？"潘容问。

阳政委谦逊道："可能我说得不准确，让你误解了。军装还是要穿的，重点在私访。"

潘容一时还是掌握不了政委指示的核心意思，猜测道："您是要我不动声色地到战区各下属单位去？"

政委补充道："除了不动声色，你还身兼数职。"

潘容仍未得要领，说："请政委明示。"

阳云天道："我想让你到战区重点站卡跑一圈儿，也包括战区机关和相关直属单位。"

潘容说："保证完成任务。"这一趟，山高水远，路途艰辛，耗时很长，潘容不惧，故表决心。

阳云天说："你的主要任务，我还没说。"

潘容说："无论什么任务，必将全力以赴。"他清秀的脸庞，洋溢豪迈英气。

阳云天很满意，接着道："高原战区，要成为全军出类拔萃的典型，还有很多工作要完善。高寒缺氧，是个不争事实，是战区天然勋章。但我们不能天天躺在缺氧和高海拔的功劳簿上，单单强调苦劳。总说自己多么艰苦卓绝，多么顽强奋斗，易让友邻部队生出逆反。要有新的亮点，才能服众，才能让领导机关印象深刻，才能在全军千千万万个单位中，脱颖而出，出类拔萃。"

潘容默不作声，作为下级，全力消化政委指示的精髓。

阳云天继续道："我想，现在的重要任务，就是别开生面，拿出让人过目不忘的实绩。从哪里入手？各单位的墙报板报等，是很好突破口。摘选一部分上报，若能在军报开专栏，冠名'高原战士之声'，成规模地连续刊出，就有可能引发震动，成为思政工作的典范。"

潘容对政工口很熟悉，知道如果能被树立成典型，是对这个单位的极大嘉奖。现在，他大致明白了政委意图，若有所思道："请政委指示，具体需要我做什么？"

阳政委切入正题："你下到基层单位，了解士气和宣传工作状态，并做大量的墙报和黑板报摘抄。这个事儿,说大不大,说小不小,但工作就是要从细节抓起。做得好,铿锵有力,感人至深。摘抄要有现实性,有说服性,生动活泼。这个工作交给谁?我想了很久,最后决定由你承担。当然,你下去的主要工作由头,是考察干部苗子。"

阳云天说完话,抽出一支烟点燃。他不喜欢用打火机,只用为高原特制的长梗防风火柴。因为缺氧难燃,费了好几根火柴,才点上烟。政委深深吸一口烟,并不看潘容,给他足够的理解时间。

片刻后,潘容说:"政委,我何时出发?"

阳云天说:"尽快。咱们战区是全军条件最艰苦的地方,身处一线,这里的士气,也是高层指挥机构非常关切的问题。记住,我要听真话,等着你的汇报。"

潘容离开政委办公室,到卫生部拿药。

他不由分说进入了工作状态,观看卫生部新出的墙报。墙报色彩艳丽,字迹清峻,内容丰富,有诗有画加小议论文,形成一道风景。潘容详细地从头到尾,一字不落看完。心生赞叹:卫生部的秀才们,除了开药开肠、破胸接骨,文化水准也不错,以往是小瞧了他们。

正看得入神,背后一道清脆女声:"潘干事,你上回给我的书签,真是好看。能不能再给我找几个啊?"

潘容回头看去,白衣翩翩的叶雨露飘然走近。他不甚热情回应:"上次不是告诉你了吗,那是别人给的。我不好意思再找人要。"拒绝之意明显。

叶雨露双手插在白大衣兜里,手腕向躯干收缩,便裹住腰身,显出细软身材,撇着嘴道:"不过是手工做的,原料都是就地取材。辛苦点,多做几个就是,也不是啥难事。"

这些话,都是用家乡话说的,虽透着不乐意,潘容还是被乡音狠狠拨动心弦,有些晃神。没来由地想,若是郭换金也会说俺家乡话,就更好了。

叶雨露看出潘容心不在焉,心有不甘地问:"你恁些书签,都送出去了吗?"

潘容怕她继续惦记,就说:"都送出去了,一个没剩。"

叶雨露心想,郭换金藏得还挺严实,没见她夹书里,也不知掖哪儿了。见潘容意兴阑珊,不好总是剃头挑子一头热,便说:"老乡,我走了。"

潘容突然想起一个事儿,道:"我看了你们部办的墙报。"

叶雨露轻哼一声,说:"凡来我们部里看病的人,只要眼没瞎,嘴里还有一口气喘着,都会看我们的墙报。"

潘容不理她的阴阳怪气,由衷道:"办得真不错。"

叶雨露撇嘴,露出整齐白牙:"还用你说啊?但凡有点文化的人,都能看出我们部的墙报一等棒。"

潘容被连怼两句,不知何故。不在意这人,对她的话,也不放在心上。想起政委布置的工作,他好脾气道:"我看了你署名的那首小诗,写得很有意境!"说完还背出两句。

按说听到美男干事真心夸自己,姑娘应该开心才是,却不料叶雨露宠辱不惊道:"我当然知道写得好了。"

潘容心想,这人不知"虚心使人进步"吗?这么不知谦虚?又一想,真人不露相,也许她素有才华,轻易不露,方敢这般目中无人。是自己小看了她。潘容欣赏有才华的人,余皆不吝,便说:"其中连用几个典故,又毫不做作牵强,令人刮目相看。"

叶雨露傻了。她不知自己用了什么典,亦不知牵强从何谈起。只知谈话不能朝这个方向发展,赶紧招了:"那不是我写的。"

潘容一惊,看来高原毁人大脑没商量。刚看完墙报上的诗作,就记混了作者姓名。差矣!他下意识搓手道:"对不起叶雨露,我把那诗的作者,误记成你了。"

叶雨露双手抱肘道:"您不必急着检讨。没记错,那诗的作者,正是我。"

"咦……怎么回事?"潘容彻底糊涂。

"这还想不明白?郭换金是协理员任命的墙报主编,天天逼着大伙交稿子。舞文弄墨,可不是白大褂擅长的事。龙部长也催个不停,大家只好有话没话,都凑上一篇交差。我也憋了首顺口溜交上去。郭换金看后气够呛,嫌我们不认真写。其实不是不认真,是真不会写。她让协理员催大家重写。这下更没人肯干了,拖拖拉拉不交稿。协理员一看没辙,就对我们班长说,你在原有的基础上改改用吧……郭换金嫌麻烦,干脆不求人了,连改带写外加抄稿上墙,自个儿一人全包了。"

原来如此!卫生部的墙报,成了郭换金的独角戏。

作为长期书友,潘容自是知道郭换金的文字水平,原本就不错,且在不断攀升中。看了她一手包办的墙报,让擅长舞文弄墨的潘容干事,生出对行中高手的钦佩。

马上就要出发下哨卡,潘容来不及再还书借书,书签也没有带在身上,便对叶雨露说:"麻烦你跟郭护士说一下,我马上要去部队,一切等我回来。"

见俊美无俦的潘干事,第一次和自己说了这么久的话,叶雨露心旌摇动,道:"话一定带到。潘干事再没别的说吗?"

潘容愣了,定神想了想,真没有了,便说:"你将上面的话,转告郭换金就行了。谢谢!"

叶雨露素齿红唇一嘟,不满道:"潘干事出差,也不知何时回来。就没什么话,要对身为老乡的我,说说吗?"

的确,高原上的每一次出发,都生死未卜。

潘容纵再无心,也顿觉此话气氛堪虞,忙不迭地说:"没了,没了。政委布置的工作,我马上去执行。走了走了。"

景自连终于等来拆线的日子。郭换金端着治疗盘,来到病床边。

"早。郭护士。"和前一阶段的昏昏然不同,景自连目光清朗,主动打招呼。

这些天,面对着沉睡中的景自连,潜意识中,郭换金几乎把他当成一尊雕像。现在雕像活了,富有磁性的低沉声音在耳边响起,却有几分陌生之感。

"今天,感觉怎么样?"郭换金压住内心纷乱,公事公办道。

"很好。除了略感虚弱外,一切正常。"景自连平静回答。

"你现在脱离了危险,只能算初战告捷。后期,还要做康复训练。"郭换金尽职尽责。

"听医护指示。"景自连痛快回应。不发烧的感觉真好,浑身不疼的感觉真好。今天的阳光,真好。

郭换金说:"不要太乐观。你身上伤口多,拆线会有疼痛和少量出血,请坚持一下。"

景自连半卧病床。没穿军装的他,在蓝白条病员服衬托下,显出难得的温和之气。他调侃道:"不会比爆炸时更疼吧?"

郭换金答:"没有那时疼。"

景自连说:"我要是告诉你,爆炸时根本感觉不到疼。你可信?"

郭换金思绪一下回到弹片横飞那一瞬,说:"我信。因为我也没觉得疼。"

景自连心里话,姑娘,那时你被我护在身下,自然感觉不到疼。不过,这可不能说。他转移道:"让我看看你的右眉。"

郭换金下意识抬手遮挡右脸,说:"我在执行公务。躺平,拆线。"

景自连闭嘴,乖乖听令。

郭换金逐个伤口消毒,拆线,再消毒,然后包扎。接着,再揭开下一个伤口的敷料,消毒,拆线……循环往复。

中途,楚医生进来,双肘抱肩,无声看了一会儿,面无波澜道:"景参谋恢复得不错。小郭,顺便夸你一句,最后的收尾缝合,漂亮。"

郭换金未听出深意,谦虚道:"都是按照楚医生平常指导完成的。"

楚直轻点一下头,别有深意道:"做得比我好。"

郭换金口罩边缘轻动,说明她在笑。待口罩不动后,她说:"怎么可能?你就算鼓励我,也不必夸大其词。换上你,难道不是这样缝合吗?"

楚直假装诚恳解释:"我还真做不到。或者说,我就算技术上能做到,也不会这样做。"

郭换金诧异,问:"那你会怎样做?"

楚直道:"嫌麻烦。不同的伤口,你用了不同的缝合法。单这些线结,就用了平结、方结、外科结、三叠结……真真乐在其中,我没这份闲情逸致。"

郭换金急忙辩解:"当时我也没顾那么多。只是想着不同部位方式略有变化,或许瘢痕会小些。"

楚直道:"不管怎么说,你的缝合手艺,可算过关。当初你一针一线缝上,现在一刀一剪拆。不着急,慢慢来。"

楚医生说完,轻甩手中听诊器,大步离开病房,背影僵直。

拆线有些疼,线孔不停冒血。景自连面上完全不见痛楚之意,凝神看郭换金忙碌。

终于,郭换金抬起头,甩甩胳膊,拆完了所有伤口上的缝线。

景自连见她满头汗水,真切道:"郭护士,手术台上你飞针走线,今日又一一细致拆除。谢谢。"

郭换金边摘手套边说:"要说谢,我先要谢你。若不是你以身挡弹,我有可能进了烈士陵园。"

景自连道:"咱俩就不必谢来谢去,有互相吹捧之嫌疑。顺便提醒你一句,我牺牲了,可以进烈士陵园,救战友而死。你炸亡,算事故,进不了烈士陵园。"

郭换金心想,这人会不会说话啊?念在救命之恩上,好歹忍下,淡然道:"我能为你做的,就是将伤口细细缝合,让伤痕最小化。"

景自连若有所思道:"你在解释刚才楚军医夸你缝得好的理由?"

郭换金说:"尽一点微薄之力。能不能达到效果,体质不同,说不定。"

景自连坦然道:"郭护士你错了。我根本不在乎留下伤疤。或者说,我巴不得身上留下几道狰狞丑恶的伤疤。"

郭换金把线剪用力扔到治疗盘里,当的一声脆响,愤然道:"弹片好像没炸到你脑袋啊,怎么胡说?身体发肤受之父母,谁不希望毫发无损全须全尾?"

景自连忙辩解:"我说的是真心话。打小就盼着有一天,我能砰砰拍着浑身伤痕说,这是当年打某战役留下的,这是爬哪座山渡哪条江弹片穿的窟窿……看看,像不像一朵朵花?"

郭换金心里感叹,此人怕是疯了。不知如何接下茬,半天才说:"你这次弹痕,是误伤。跟我进不了烈士陵园一样,你也没啥值得夸耀的。"

景自连压低声音道:"这个内幕,我就不告诉别人了。反正为掩护战友负伤,也不丢人。"

郭换金突然想起传说中的俊美高个女人,问:"这些伤痕,你会给你爸妈看吗?"

景自连下意识把被子捂得更严实,说:"我傻啊?绝不能让他们看。这世上,除了医生,没人会看到我的伤疤。"

郭换金做不可置信状,道:"你以后的爱人,也会看到啊!"

说完这句话后,郭换金抿紧了嘴唇。若是有语言橡皮,她会把这句话擦得一点渣子都不留。

景自连几乎在同时,看到被洁白口罩遮挡的姑娘脸庞,从口罩边缘处,一寸寸扩展变红。她正在贴纱布的手指,指节纤细,骨根分明,指尖如笋,匀称漂亮,只是指甲的颜色都更红了。景自连特意压低声音,戏谑说:"恐怕来不及了。她,已经看到了。"

郭换金蒙了,一时没明白这话的意思。或者说,她明白了这话的意思,但无法相信。首先,她觉得这话不是在同自己讲。那么,景自连的话,说给谁听?小小一间病室,并没有第三个人。如果没听错,此话的含义惊世骇俗。内涵似不难理解,但绝不能如此理解。她甚至想:是不是景自连给某个藏在他心里的女子说的?本想悄无声息表达,却不慎走火,光天化日下吐露了心声?世上,真有这个人吗?这个人是谁?她脑海中居然一下子出现了麦青青飘扬的短发……

景自连看着大窘且困惑的郭换金,决定再烧一把火,催促一把,说:"别东张西望,说的就是你,你看到了我所有的伤口。"

郭换金无措,这话接不了,只好鹦鹉学舌道:"是啊,我看到了你所有的伤口。"

那些伤痕,有的像没头没脑徘徊的蜈蚣,有的刚刚褪去血痂,闪着红柏油般的光泽。

景自连把最难的话一旦说出口,如江河决堤,不再迟疑。他掌握了主动权,把身体朝背后靠了靠,好整以暇道:"不仅仅是伤口吧?还有别的地方,你也看到了。"

郭换金突然恼羞成怒道:"你这个人怎么不讲理?一针一线把你

缝起来,是我的职责,我的工作。"

景自连不依不饶辩解道:"工作是工作,看了就是看了。工作是一份承担,但看了就要承认。"

郭换金一时词穷,顿了一下道:"就算是看了,那又怎样?!你想怎么着?又不能再看回来!"

景自连瞪着干净冷清的双眸,半开玩笑道:"你这个人,怎么这么不讲理!我也没说想怎样啊。不过,既然你看了,就要负责。"

郭换金愤愤然道:"我干的就是这种工作。看过的人,多了去了。都要我负责,男人排成队,见头不见尾,我负得过来责吗?"

景自连心中立刻警铃大作,朗目喷火,恶狠狠地问:"你看过谁,是你工作,我就不追究了。但还有谁,说过要你负责?"

郭换金茫然不知所措,也不敢信口开河了。想了想道:"这个负责……似乎,好像,应该……还真没有谁说过。被看过之后说三道四的,唯有你。再说啦,你有什么资格追究我?!"

景自连浑身绷紧的肌肉,一下子松弛下来,心情大好,星眸频闪,欣慰说道:"还好还好,没有人这么大胆放肆。"想想,又补充道,"你说有什么资格,别忘了,你还没结业,我是你教官。这就是资格。"

郭换金大不服,抗拒道:"教官的职责里,哪有这一条?"

景自连插科打诨道:"你说没有就没有吧。我不追究了。"

郭换金方寸已乱。低着头,收拾起器械工具,忙不迭离去。边走,边想不通。好端端一个常规术后拆线,居然差点儿擦枪走火!

景自连面对郭换金刚才工作站立的地方,嘴角勾起一弯弧度,满目光华。说实话,他本没想到自己会把心里话,和盘托出。他喜欢她,不知从何时开始。他想把自己的生命与她连接在一起,也不知缘起。他以为面对面的表白还要等待很久很久,自己也很苦闷,完全想不出如何说出第一句话。想象中,那会很尴尬,很为难,甚至很危险。却没料到,如此顺畅且水到渠成。不过,回想那个过程,景自连还是有几分心虚,自己无耻地用了一个类似封建余孽的理由,要人家小姑娘负责,真是惭愧。不过,这也算是"兵不厌诈"。只要打了胜仗,迂回包抄、化装潜行、增兵减灶、图穷匕见……都可以用的不是吗?!

郭换金回到宿舍,先睁着眼坐着想,想不出名堂。又和衣躺在床上,闭着眼想,还是想不出名堂。她一句句复盘和景自连你来我往的对话,悔自己不该越界提什么爱人伤痕之类,引火烧身。但只是这一句平常话,也不至于引爆如此惊悚后果。她说者无心,但景自连毫无疑问听者有意,有备而来。郭换金十万个搞不懂,景自连在她心中,一直是高高在上的黑脸教官,怎么被弹片炸了皮肉,就堕落到信口开河没羞没臊了?

扪心自问,她喜欢景自连。喜他英俊干练,喜他知识渊博,喜他军事技术一流,喜他奋不顾身救护她,喜他肌肉如铁意志如钢……但是,战士不能谈恋爱的规定,如同孙悟空的紧箍儿,紧紧箍在她脑瓜顶,好像一顶无形帽,严丝合缝捆扎在太阳穴位置。久而久之,她已学会自动将情感压成粉末,再兑以无穷多的冰雪稀释。直到感情寡如蒸馏水,无色无味,连细菌都养不活。

现在,面对景自连的表白,她能想出的唯一策略,就是装傻。联想到景自连的显赫背景,自己无法言明的身世,她更决定退避三舍。唯有心如古井,才能明哲保身,保大家平安。此乃此时此地唯一正途。

她读过很多本小说了。那些感人至深的故事中,爱情都是悲剧。景自连虽然在军事方面很有造诣,但对于感情,也是一张白纸。既然如此,为保彼此安全,只有她采取断然措施。思忖再三,她做出决定:假装没听见景自连的话。有一些话,说过了,就像高原的风,骤起时声势浩大,但掠过不留痕迹。景自连伤后胡说,不可当真。今后对他,依然尊敬,拉开距离,绝不越雷池一步。

为达此目标,她要同景教官尽量减少接触。军事训练已基本接近尾声,结束后,更无多少打交道的场合。从此井水不犯河水,一别两宽。无论何情何景,若涉及此话题,全力否认。毫不含糊,斩钉截铁。

她相信,大事化小小事化了,即可将"祸乱",消弭于无形。

郭换金心思谋定,天已黑透。她破天荒没有读书,脱下衣服,找了个舒适姿势,安稳睡下。本以为会入睡困难,却不想一沾红柳枕头,就深深入眠。毕竟,这一天她辛苦拆线又饱受惊吓,惊心动魄百般不易。考虑对策,耗损了无数脑细胞。高寒缺氧,就像电池容易跑电一样,脑子的耐用程度,大打折扣。

21

晨起,郭换金头脑清醒。按照既定方针,郑重其事对楚医生说:"班副下山到大军区开会,班上诸多工作需处理。景自连的后续治疗,请您另派他人。"

楚军医从看似正常的请求中,听出冷淡和疏离。想起昨天拆线时,医患关系还很融洽,现不知何故,郭换金自愿放手景自连,他乐见其成,便说:"景参谋那边,伤情恢复,不会有大变数了。你这救命之恩,报得也差不多了。银货两讫。"

话虽不中听,但理儿大致不错。郭换金也不做更多解释,自此不再迈进那间病房。

护士长找到郭换金,说:"你制订一个景自连恢复身体功能的计划。"

郭换金恭敬道:"人只能在一定时间内,完成一定的工作量。"

啥意思?钟铭觉得郭换金平日服从命令听指挥,今日却阴阳怪气,说:"之前景自连的医疗工作,你一直有参与,比较了解情况。现在怎么撂挑子了?"

郭换金说:"部里把更新墙报的工作交给我,又加上我班日常工作,还要学习医学知识……一心不能三四用。"

钟铭提醒道:"墙报和班里工作还有学医,你之前不都一肩挑了吗?"

郭换金振振有词反驳道:"以往都是我和麦青青配合,现在,她下山开会。我一个人,没那么大本事。要不您让协理员,把出墙报这事儿,派给别人?或是部里给我们班另派个临时男班副?这些都没问题的话,我可帮助景自连复健。"

这两件事,都不是随便找人就能担当的。更不消说派个男班副,亏她想得出!

钟铭无奈说:"你专心出墙报和管理好你们班。景参谋的复健,我另找他人。"

郭换金双鞋跟一磕,手碰帽檐:"服从命令。"

一连几天,景自连没看到郭换金。他心中一乐,慧美如狐的姑娘吓坏了,好事啊。看来走了心。

他身体底子好,拆线后,恢复很快。但仍不能下床自由行动,只好守株待兔等郭换金。但此人失踪,再不出现。景自连不慌,反正最艰难的话,已然说出。现在,等就是。看她能躲到何时?

等来等去,等来了叶雨露。姑娘眼睛嘴巴弯弯,说:"景参谋,从今天开始,由我负责你的健康锻炼。"

景自连偏头问:"你们卫生部,没别人了吗?"

叶雨露不明白,说:"人多着呢。"

景自连说:"你去跟龙部长说,谁给我做的手术,就让谁来帮助我复健。了解情况,不烦他人。"

叶雨露说:"我把你的意见反映上去,不过没法一竿子插到龙部长那儿。从我到龙部长,还隔着楚医生、护士长好几层,你别急。"

景自连懒得废话,闭目养神,挥挥手,示意她速办。

叶雨露退出后不久,楚直进了屋。

"听说你要求做手术的医生,为你制订复健方案。"楚直一身白衣,笔直的大长腿裹着军裤,从白衣下戳出来,立在那里,像两株傍肩白杨。双手插兜,居高临下发问。

景自连心说,坏啦!手术的前半部分,他一直在昏迷中,最后缝合阶段,稍稍恢复一点意识。他看到的是郭换金正穿针引线,为他做手术。仔细推想,郭换金并不具备独立完成手术的能力,前期抢救一定是楚直为主角,只是不知为什么没坚持到最后。有道是情人眼里出西施,殊不知情人眼里也出救命者。

景自连掩饰轻微尴尬,说:"楚医生,我欠您一声谢谢。"

楚直答:"不客气。不过,你欠我的不是一声,是好几声谢谢。"

景自连说:"楚军医可知道一个朴素道理?"

楚直没好气地说:"对外科医生来说,道理救不了人,刀子才能救人。"

景自连说:"那个道理就是——谦受益满招损。"

楚直傲慢道:"谦虚二字,可从外科医生的字典里抠出去。"

说罢,楚直不跟他废话,递过一张纸,道:"这是我为你制订的复健计划,由叶护士执行。你卧床久了,到处伤痕。肌肉萎缩、关节僵硬,运动功能受限。开始锻炼后,会比较痛苦……"

楚军医一一讲解,景自连暗中苦笑。真真烧香引得鬼来。可有什么法子呢?"守株待兔"计划失效,"引蛇出洞"直接破产。下一步,莫非该出招"哀兵必胜"?

景自连开始锻炼。他不理睬"循序渐进"的计划,方法简单粗暴。哪里痛,就往哪里练,越疼越练。他想快快恢复健康,早日回到战区司令部正常工作。也可和郭换金细细理论,来日方长。她越是躲,越证明心里有鬼。

叶雨露领了帮助景自连复健任务,发现基本上什么都不用做。伤患极其自觉,终日锻炼不止。叶雨露时不时主动问询,寻机在病房多待一会儿。护士长分配给她的工作,她不能走过场,破坏了小叶勤快的好印象。再说,赏心悦目的青年男子,吸睛养眼,为何不抓住机会,多看几眼?此人的英俊,与潘容有所不同。潘干事温润清秀,像从古代皇家考场上踱出的探花榜眼。景参谋高大威猛,为战场而生,带着攻杀凌厉的傲气。二者,她都喜欢。希望他们能对自己留下好印象。

叶雨露的心意,景自连明白。从小到大,他都在异性倾慕的目光中长大,最早可追溯到幼儿园大班,具备了强大的免疫力,沉着应对。他遵守病患和医务人员的相宜距离,既不疏远,也不亲密。

景自连在锻炼间隔时间,稍事休整。叶雨露正好进门探看。

"你跟郭护士熟吗?"景自连装作不经意地问。

叶雨露心知肚明。若没这个由头,景参谋才不会主动和自己搭话呢。她说:"熟。"

"有多熟?"景自连并不掩饰对郭换金的兴趣。

"俺俩住一个宿舍,你说熟不熟?"叶雨露稍稍偏了一下头,她知道自己这个侧脸最好看。

景自连根本没注意此女的脸是正还是斜,继续搜集情报:"你知道她最喜欢什么东西吗?"

叶雨露想说:"她最喜欢书。"直觉这话若说出来,天儿就没得聊了。书,是个无底洞。自己对书不内行,打住。便说:"她最喜欢菜谱。"

叶雨露言之有据。亲眼见郭换金把一张张菜谱,整整齐齐收藏起来,视为珍宝。

啥?景自连先是愕然,继而匪夷所思。当兵的,大灶做什么吃什么,怎么会对精细的菜谱,情有独钟?又一想,她老爸是厨师,也许遗传?或是有人天生就对做饭感兴趣?这个答案实出意料。不过,越是不可能的方向,他越不敢掉以轻心。

"哦。"景自连不动声色记下。

"还有呢?"他接着问。

叶雨露山穷水尽。谁知道郭换金还喜欢什么?喜欢出墙报?喜欢洗衣服?喜欢望着云彩发呆?这些,都曾有,又都似是而非。突然,叶雨露灵机一动道:"她喜欢手术室。"

真真哪壶不开提哪壶!景自连今生最厌之地排个序,手术室绝对名列前茅。不过,那也是他的再生之地。在那里,他看到身穿白衣,头戴白帽,脸上戴着白口罩的女子,在殚精竭虑工作。蒙眬中,他看不大清晰,恍然觉得那是白袍白甲的救命仙女。

高原军人,平日裏在厚重肥大的棉衣中,深藏不露。手术室因工作需要,室中烧熊熊炉火,温度很高。那天,郭换金穿着衬衣外罩手术衣。因双手已消毒完毕,手术衣腰间系带,必由他人协助,在背后系紧。一般为了术者操作麻利,带子会系得稍紧。可以想象,系带勒煞,女子窈窕身姿凸显,胸部膨隆,腰肢细软。昏迷中的景自连恍惚睁眼时,见到的即是此情此景。虽重伤血泊中,亦顿生蒹葭之思。作为教官,相识已久。他自认为对郭换金身形并不陌生。却不料,隔山买牛,只是皮毛。眼前女子,似剥去厚硬外壳的核桃,露出内在的蜿蜒曲折。不对,应是外皮青翠的新鲜核桃,里面的核桃仁雪白多汁且多……

景自连羞于承认,在生命攸关的危急时刻,思绪竟如此信马由缰。也许,正是借助麻药,让他平日雄踞主宰地位的意志中枢,出现了裂痕与松动。潜藏于生命深底的本能,猛然苏醒并蠢蠢欲动。瞥见的那一眼,石破天惊,地老天荒,震得景自连心神跌宕。身躯中的疼痛渐渐低伏,取而代之的是铺天盖地的欢呼雀跃……景自连从未觉得自己年轻的机体如此反叛,独自不听指挥地激烈兴奋起来。幸好是在麻醉中,身盖洁白手术单,才没暴露失态。

凝神工作中的女子,对这一切毫无察觉,她如同被狮子追逐而飞奔的瞪羚,睁大眼睛,披荆斩棘勇往直前。纤纤素手,交错飞舞,敏捷得如同织网的巨型白蜘蛛。口罩上方的睫毛如此深长,在无影手术灯的映射下,根根分明如蝴蝶触须,挂满露珠——那不是露珠,是碎钻般的汗水。她的嘴唇在口罩之下微微翕动,他猜想——她是在轻咬嘴唇,审慎地斟酌着接下来的步骤……

景自连的头脑,因为失血和疼痛,变得混沌不清。这幅女子俯身施救图,如同末日画卷,在他昏睡的前一刻,丝丝入扣地烙在脑海中。

而现在,她躲着他。这说明什么?只有一个答案,欲盖弥彰呀!

想到这里,景自连微笑了。幅度如此之大,他并未察觉。叶雨露惊叫起来:"咦!景参谋,你有一个酒窝哎!"

景自连顿时苦了脸,深觉晦气。他的右脸颊上,有一个浅浅酒窝。这让他自小就很沮丧,长大后酒窝与沮丧都更甚。试想,一个随时准备抛头颅洒热血的军人,在执行命令的时候,颊上旋起一个俏皮酒窝,还有比这更煞威严的事情吗?!为此,景自连深感自卑。为了能让自己雄赳赳气昂昂地抬起头颅,景自连的恶处理方式,就是极少显露笑容。不笑,那个该死的缺陷,就乖乖潜藏着,不会外出作乱。万一非要笑的时刻,他会把笑容局限在一个极小幅度。让那个糟糕东西,潜藏在颊肌之下,难以肆意浮动。

他一直控制得相当成功,除了极熟稔的人,多不晓得酒窝的存在。却不想此刻忆起手术时郭换金的形象,原形毕露。他自以为傲的控制力,一般可在表情行将脱轨时控制住暴露。却不料温馨回忆,卷起无边无际的欣愉,轻易击破了他的防线。

景自连懊恼地轻轻攥了攥拳头。怎么办?就是即刻将脸上这个讨厌笑坑,填回到冷峻的面容缝隙中,也没法将刚才形象,从叶雨露脑海中抠除。景自连只好自认倒霉,马上转移话题,说:"喜欢手术室?那里除了开肠破肚、残肢断臂,就是脑袋开瓢,皮开肉绽更是家常便饭。一个女娃娃,什么趣味?"

叶雨露也不喜欢手术室,但她无法附议,沉浸在惊鸿一瞥的笑容中,难以自拔,勉强回应:"她……喜欢做手术呗。"

景自连问:"她为什么喜欢做手术?"

叶雨露判断景自连肯定是对自己有好感,才刨根问底,没话找话。她趁热打铁,继续借班长话题,道:"郭换金想当最棒的女医生,练出外科一把刀。"

景自连明白了:"这样的人,应该很少。"

叶雨露危言耸听道:"说难听点,她嗜血。跟聊斋里的女鬼同样爱好。"为了让司令员之子对自己刮目相看,小叶子卖弄口舌。

景自连不干了,制止道:"别瞎说。她是救死扶伤。"旋即露出话不投机的拒绝感,开始闷头锻炼。叶雨露耐心等了一会儿,还想再看一次芳菲绚烂的笑容,外带那旋转不止的笑窝。可惜,景自连再不搭理她。没戏了,只得离开。

景自连没学过女子心理学,不知世上有无此类书。就算有,高原也绝没有。毫无实战经验,这事儿也不能向战友们讨教。放眼四周,绝大部分是光棍,问道于盲。就算有些年长干部幸运地成了家,多半也是遵从父母之命媒妁之言。景自连根本不信他们的恋爱心得,断定无参考价值。自己尚浑浑噩噩,何谈指导别人。

如何让郭换金对自己心生好感?景自连犯难。现在郭换金避而不见,倒给了景自连从容思考的时间。他崇尚"谋定而后动,知止而有得"。既然没有现成经验,先制订策略。

他躺在床上逐一分析利弊:短板是不懂女孩心思。长板是懂军事。他觉得世上万事,均可用兵法演绎。他首先心生不解:按说自己头脑清醒的时间,整整二十七年。他不知道自己会爱上一个女孩子,也从不知那个女孩子躲在哪儿。他受了重伤,昏昏然几小时工夫,竟云开雾散明白了自己的心。看来,人受点皮肉伤,有好处。塞翁失马焉知非福?

《孙子兵法》中说:"以治待乱,以静待哗,此治心者也。"他知道这句话和谈恋爱可谓风马牛不相及,本意是要用治理严谨的军队,来对付纪律混乱的敌军。用镇定平稳的军心,对付军心躁动的敌方。战役博弈中,军心最为要紧。现在,挪用一下。首先要整顿自己军心。有了好心态,方能知己知彼百战百胜。

可是,郭换金是敌军吗?

景自连问到这里,脸上的笑颜,如同随风荡漾的浮萍般东游西逛。如果叶雨露在,可以咽着口水大饱眼福了。可惜,小叶心灰意懒跑到别处忙,暴殄了天物。

景自连说服自己不要心软,现阶段坚决把郭换金当作敌军。她采取回避战术,证明其心躁动不稳,阵脚已乱。

基本态势搞清楚后,景自连决定己方策略,可仿照战役来打。第一阶段"围而不打,隔而不围"。

你不是不见我吗?我不慌不忙一切如常。根据目前情况分析,郭换金身为战士,在"战士不准谈恋爱"金钟罩铁布衫里,估计没人敢把"魔爪"探入其中。暂时并没有竞争对手,形势于我方有利。

不过,切不可掉以轻心。这么优秀可爱的姑娘,暗中不知有多少双眼睛虎视眈眈。自己万不可疏忽大意。要把郭换金周围的"张家口""天津"等地,全部控制在封锁状态,不给他人丝毫可乘之机。等待时机一成熟,也就是郭换金的提干命令下来,景自连即可在第一时间出击,"北平"即可全线解放……

暗夜中,景自连脸上的笑颜又一次旋转浮动。

他有坚定直觉,那个女子,也喜欢他。景自连,你稳扎稳打,少安毋躁。此刻虽万丈冰雪包裹,但花蕾已蓄势待发。

政委和司令员聊天。

领导干部很多苦楚,其中一苦——聊天受限制。你只能和自己位置相仿或是相差甚远的人扯闲篇。司令员可以和政委聊天,也可以和炊事员、兽医、警卫员拉家常。首尾两端,都算门当户对。要是和仅次于或仅高于你一级的人倾心交流,易出纰漏。

阳政委说:"老魏,这次景自连受伤,你打算一点口风都不露?还是选个适当时机,给老景吹个风,打个小招呼?"

魏盾远明白他的好意,说:"你打算见义勇为,代我负荆请罪?"

阳政委说:"如果你需要,我先去探探口气。"

魏盾远说:"谢谢你,老伙计。不过,不管是你说,还是我自己说,都再等等。"

阳政委往两人的大茶缸子里加了些水。本来可等警卫员进屋再做此事,不过,鉴于谈话的私密性,就不劳烦他人了。他注视着茶缸里的水,颜色渐变浅淡,又由于炉火正旺的熬煮,很快又趋褐色,若有所思道:"你是等景自连的伤情,进一步恢复后,再做定夺?"

魏盾远失笑:"到底是老搭档,我有什么阴谋,你一猜即中。"

阳云天温和笑道:"这算什么阴谋?阳谋都算不上。我上次也偷偷去看了一眼那小子,伤都在身上,脸上囫囵周全。再过一段时间,只要不穿短裤衩打篮球,基本上可说雁过无痕。"

魏盾远高瞻远瞩道:"咱这儿能穿短裤的日子,得沧海桑田万年以后。"

两人扯到工作上。

"蓝卡最近形势吃紧。"魏盾远皱眉道。

蓝卡,位于未定国境线上犬牙交错的争议地段。敌中有我,我中有敌,战略地位非常重要,条件又极为艰苦。

阳云天面色如常道:"蓝卡的士气也不高昂。"

魏盾远一惊,说:"你怎么知道?"

阳云天说:"我派政治部的潘容到下面去摸情况,了解士气走向。潘容做得很到位,汇报详尽真实。情况不容乐观。"

魏盾远说:"蓝卡的非战斗减员,最近很严重。战区不断向那里增派兵员,上去的人,刚开始还好,过一段时间之后,就会罹患怪疾。"

阳云天轻声重复:"怪疾?大致怎个表现?"

魏盾远说:"我不是医生,可能说不周全。主要是头晕头痛,如果说这个情况还可能受精神因素影响,但随后出现大把掉头发,看东西模糊,脸色一天比一天苍白……"

阳云天听闻,下意识晃动一下茶缸。缸底茶渣泛起,杯水兴波,一时间入不了口。如果强行咽下,必是满口茶梗。

他耐心等待砖茶的硕大叶片缓缓沉降,说:"这个情况,不可小觑。让卫生部速派精兵强将,前去诊治。"

魏盾远说:"边境线无小事。如果战区卫生部实在找不出病因,就要请求总部支援。"

阳云天沉思,说:"寻找疾病的源头,加以控制。"

魏盾远接着说:"蓝卡是新增点位,附近多无人区,历史资料空白。平时守防,战时卫国。这种怪象,不可轻易放过。"

两人举重若轻,就此打住。阳云天端起茶缸,吹去表面茶沫,轻呷一小口。

高原的水即使滚开,也只有七十多度。政委稍微吹吹水,就展示沸水入口绝技。

魏盾远挑剔道:"砖茶我也有。你就没别的茶叶吗?"

阳云天道:"不敢给你喝,怕你怀疑我受贿。"

魏盾远说:"你赶紧拿出来。要不然,除怀疑你受贿外,还确定你吃独食。"

阳云天大笑道:"被你诈出来了。江南明前绿茶,我老婆刚托人带上来,还没来得及品尝。你尝尝。"

普通人眼中,已属老汉级别的两个军人,在炉火烘烤下,面色潮红。索性脱了外罩棉衣,只穿内里的军绿色绒衣,显出与年龄不相符的青春活力。

阳云天摸出一个瓷瓶,说:"物以稀为贵,只有三两。"

魏盾远满意地说:"够了。"

阳云天遗憾道："不够啊。"

魏盾远道："我是说今天咱俩喝,够了。"

阳云天苦笑："你打算给我连锅端了?"

轮到魏盾远吃惊,说："你还打算留下独吞吗?"

阳云天连连说："好好好。被你发现了,我知道剩不下。"

魏盾远说："这茶,太娇嫩。只能用八十度的水。"

阳云天说："这个,你不用瞎担心。咱这里的水,烧到八十度那是妄想。"

说完这话后,两人都不吭气,静等炉灶上的水壶,滚开。

阳云天把沸水注入洗涮一净的玻璃杯中。魏盾远不知他要变何戏法,默不作声看着。待杯中水花落定,阳政委才把瓷瓶打开,捏出一小撮茶叶,放入杯中。茶叶如同绿色小炮弹,缓缓降落。落轨滑过水中,留下淡绿痕迹。

"这茶,若有若无。"魏盾远说。

"是啊。"阳云天回应,"别的茶是先茶叶后放水,这茶,却要先放水后放茶叶。它太淡了,远没有砖茶来得厚重。"

"就像……先结婚后恋爱。"魏盾远难得开了个玩笑。

阳云天道："相比之下,砖茶是未婚先孕。八字还没一撇,已经浓烈得熏人一个跟头。"

魏盾远摸摸嘴巴,道："老伙计,这话也就是咱俩关起门来说说。"

阳云天说："我这个当政委的,总要处理婚啊孕啊这方面问题。这个说法,算雅致的。"

魏盾远说："喝茶喝茶。"说完,用粗大手指,抓了一把珍贵的明前茶,扑通通掷入茶杯,说："量太少了,没味道。就像军人的感情,必须烟熏火燎。"

阳云天眼眸巨震,盯着小瓷瓶心痛不已。全军覆灭可待。

景自连快速康复。郭换金信守自我承诺,再也没有迈入第五病区。她被安排其他工作,暂别临床护理。人虽没相见,消息却不断。叶雨露叽叽喳喳说个不停,宿舍里几乎每天都提景自连:能坚持走两小时了。

几乎所有伤口都愈合了。今天……

郭换金因此对景自连的身体状况了如指掌。不管怎么说,人家是为救自己而受伤。康复在望,值得庆贺。

景自连要出院了。

楚直交代注意事项,无非是饮食清淡注意锻炼,若有不适,及时复查等老生常谈。景自连心不在焉应着,心想,姑娘啊,你还真狠心。就算一般战友,我出院,你也该送一程。

但是,没有。郭换金怕和他在卫生部院落中冷不防碰上,自告奋勇领了帮厨任务。大清早,一头扎进炊事班。

"门班长,今天我上厨干点什么?"郭换金请示门可闩。

门可闩说:"我今天要人帮厨,不用人上厨。"

郭换金说:"哦,你要人帮你擦枪擦炮?"

门可闩不习惯开玩笑,直说:"我要人帮着洗衣服。"

郭换金说:"帮厨帮厨,该在红白案上忙活。最起码也在灶下烧火,怎么让我洗衣?"

门可闩说:"红案剔骨剁肉,牦牛肉你能砍得了?"

郭换金舌头吐老长:"干不了。牦牛肉硬得跟长城砖似的,谁劈得开?我也不是哪吒。"

门可闩说:"我一只手就能剁开牦牛肉。咱再说白案揉馒头……"

话音未落,郭换金抢话:"揉馒头这事儿,我行。"

门班长蒜钵大的右掌摆了摆,说:"我话还没完。"

"您讲您讲。"郭换金乖巧应对。心想馒头揉不圆,可改揉面饼。

"单揉馒头不难,是上高压锅蒸。你行吗?"门可闩道。

"这个……我不行。"郭换金想起水雷般威武的高压锅,知难而退。

"你帮着洗工作服,正好。"门可闩满意。

"你们不会洗吗?"调兵遣将求人相助,只为洗衣服?

门可闩说:"我们班,大部分是西北人。"

郭换金没整明白,洗衣和籍贯有啥关系?

"西北缺水,你知道吧?"门可闩诲人不倦。

郭换金说:"门班长,我是……西北人。缺水,知道。"

门可闩敲着箩筐大的脑壳说:"我怎么忘了咱们是大老乡。"

郭换金心说,这个老乡可真够大,囊括半个中国。

门班长继续说:"缺水地方,洗衣就少。顾着省水了,衣服就洗不干净。怕洗不干净,西北人都穿重色衣服。"

郭换金觉得面前的炊事班长,假以时日,上个师范中专,有当小学教员的锦绣前程。任何一个问题,掰开揉碎了讲,铁杵磨成针。

郭换金看向待洗的炊事班工作服,不是一件,而是一堆。色彩乌七八糟,纵是火眼金睛,也绝对辨识不出原来的属性是白色。油渍的咖色、菜汤的污绿色、劈耗牛肉染上的淡血红色,黑灰色更俯拾皆是。若靠肩挑手提担井水来洗,只怕膀子肿了,手搓起泡,这堆衣服也执拗不改腌臜本色。

郭换金在心里咒门班长堪比周扒皮,往死里使人啊。干脆抱着这堆工作服,到河边去洗。就算搓不干净,有强劲河水冲刷,五颜六色也能稍见浅淡。

"肥皂。"她向门可闩伸巴掌。

"没。"门可闩回答很快。

"没肥皂,这么多脏衣服,怎么洗?"郭换金气得咬唇。

"别使劲嘬嘴唇,会出血。"门可闩提醒。高原缺乏维生素,口黏膜脆弱,稍不留神,就会鲜血沾牙,如同吸血鬼饱餐过后。

郭换金听话,停止嘬牙,无辜看向门可闩,静等下文。

"你去找司务长领肥皂。"门可闩说。

郭换金说:"我若去领,司务长没准以为我想多吃多占。要领肥皂,按理也是你去。"

门可闩摊开双手说:"我这会儿要修汽油炉子。修不好,中午你就吃夹生饭。"

郭换金只好找司务长殷厚土,一见面,就冲他伸巴掌。司务长见惯了要东西的人,见怪不怪道:"说吧,要什么?"

郭换金说:"肥皂。"

司务长说:"每人每月半块肥皂,你这个月的,不是早早领走了吗?"

郭换金说:"早领晚领,我也没多领啊。今天我公差,给炊事班洗工作服。"

殷厚土说:"帮他们洗工作服,应该。别的不说,门大个儿那身白衣服,最少能刮下半斤油。不过,我这库里,只剩一条半肥皂。"

郭换金撇嘴道:"肯定不够。不过,有比没有强,洗了比不洗好。拿来吧,我尽力而为。"

司务长说:"他们的工作服好久没洗了,你打算去哪儿洗?"

郭换金说:"河边。"

司务长好心肠地用枪刺将一条半肥皂切成三块,交给郭换金。她抱起油渍麻花的炊事服,步履蹒跚,跌跌撞撞,朝河边走去。

高原极少植被,这里靠近河谷,避风且水源丰富,难得有红柳繁衍,盘根错节,近乎无路。好不容易摸到了河边,找了块石头,坐下正准备开工,门可闩赶来。

"炉子修好了?"郭换金问。

门可闩道:"修好了。"

郭换金说:"班长你忙吧,我一人干得了。"

门可闩说:"我给你指条路,说完就走。"

郭换金甩手笑出声来说:"我像迷途羔羊吗?我认识从河边回卫生部的路,能摸得回去。"

门可闩认真说:"你坐的地方不对。"

郭换金抬起眼帘四处张望,说:"不就坐河边吗?难不成我还坐到河中央?"不合时宜地想起"关关雎鸠,在河之洲"。此地既无雎鸠更无洲。滔滔河水,奔流而下,远方是异国。

门可闩说:"你要往上头走。"

说罢,门可闩将脏衣抱起前行。郭换金不知何意,只得跟住。

沿岸边走了一段路后,门可闩说:"到了。"此地有两块石头平整光滑。齐头齐脑探到河里,好像俩怪兽的青灰色巨舌。

郭换金看不出所以然,疑惑:"此地有什么好的?"

门可闩锋利地看她一眼,道:"你真是从农村出来的娃?"

郭换金咬着牙关说:"是。"

门可闫没深究,说:"那你看不出这是可以打棒槌的洗衣石?"

郭换金恍然大悟,无法辩解,只好不住点头。不过,她马上想起一事,道:"就算有石头,也没棒槌啊。"

门可闫说:"工作服脏得很,没棒槌洗不净。"说话间,门可闫不知从身上什么地方,变出一根光滑木棒递过来,"这是军工锹的把儿,总比没有强。"

郭换金恨不能磕头拜谢。锹把如战场重武器,助她洗衣大业,有所依傍。

门可闫在一旁蹲下来,看了看手表说:"我可以待二十分钟。"

炊事班长的表,是公家配发的,还防水。高原上做饭,必得用高压锅计时。

郭换金说:"班长歇会儿。这河,是要流进印度洋的。"

门可闫不理她,自说自话:"我把肥皂先打上。领口袖口,我特地多打些。沤上一会儿,你捶打时,下灰。"

郭换金感叹炊事班长脑袋大心思细。

司务长发的肥皂,不知出厂多久了。关山迢迢,山风与严寒,齐心合力榨干了皂中最后一滴水分。几经冻结外加风化,现如古墓尸骸,皲裂枯涩。想让它们柔化后附着在布丝上,痴心妄想啊。

肥皂的执拗,在门可闫蒲扇大的手掌按搓下,被迫臣服。谄媚地化成黏稠浆汁,薄敷在肮脏油腻的布衣表面。

炊事班长二十分钟的相助,相当于杀敌时的机枪横扫。

门可闫一边搓着肥皂,一边聊天道:"咱俩都是班长。"

郭换金说:"我这班长,同您那个班长,没法比。您管大家的肚子,我是滥竽充数。"

门可闫不理她打趣,往下说:"同是班长,我就敞开说了。说得不对的地方,咱河边说,河边就散了。"

郭换金摸不清状况。不过,要保密的意思,听明白了。她攥着一手肥皂沫子说:"这周围,除了咱俩,就是河水。我保证不乱说。"

由于用力,她指间居然挤出一个污黄色肥皂泡,片刻后炸裂。

门可闩说:"我问你,你们班,谁条件……不咋好?"

郭换金顷刻傻眼。班上同志们情况,她不敢说了如指掌,但八九不离十。只是这"不咋好",啥意思?她结结巴巴赔着小心问:"门班长,您指的'不咋好'指的啥?"

郭换金以为会让门可闩为难,琢磨半天后才能回答,不想门可闩立马道:"长相。"

郭换金一个趔趄,差点没跌入河中。她看着门可闩铜铃大的炯炯双目,不敢推诿,说:"长相这个东西,环肥燕瘦……"

话说半截,她意识到门班长可能不晓得"环肥燕瘦"都是谁,忙改口道:"仁者见仁,智者见智……"

一出口,觉出这词依旧太官腔,改大白话道:"我班上同志,长得都行。"

门可闩嘿嘿一乐,道:"十个指头伸出来还长短不齐,这能分出好孬。"

郭换金只得道:"一定要分的话,麦青青最好看。"

门可闩用力看她一眼,以确定郭换金不是故意谦虚或打马虎眼。见此人一本正经,他不苟言笑道:"不是麦青青,是你。"

郭换金又一次差点失足入河。好不容易稳住心神,决定不在枝节问题上和门班长争执,避其锋芒道:"你要是问我,我们班谁干活最踏实,谁做事最仔细,谁爱说闲话,谁粗心大意……我多少有个数。至于告不告诉你,那不一定。你也不是我领导,我没必要跟你汇报。我说给你听,就是犯了自由主义。"

门可闩不懈地往某件工作服袖口上抹肥皂。原本见棱见角的皂体,已中心凹陷,好似美女之腰。他头也不抬地说:"那些,和我没关系。"

郭换金彻底紊乱,不服气道:"那你说的'不咋好',到底是啥?"

门可闩抬起头道,很明确地说:"除了长相,还有别的,合起来看。"

郭换金高高抡起工兵锹把子,砰砰砸下,直击手中那件工作服左前襟,几乎将扣子砸脱。她说:"班长,再说详尽点。我真不懂。"

门可闩把手中已经断裂的肥皂头,捏成一小团,在衣服领子上来回蹭,用力过甚,以致指甲发白,说:"男大当婚,女大当嫁。"

郭换金忍不住大笑,说:"你家乡那儿,男人有当媒婆的风俗?"

门可闩未曾听出揶揄之意,说:"没。媒婆都是上了岁数的婆姨。"

郭换金一本正经道:"门班长,你有干这行的潜质。"

门可闩高声反驳:"媒婆是为别人操持这事儿,我为我自个儿。"

郭换金这回不是往河里掉,而是呆若木鸡。回味门班长的微言大义半晌,缓过气来,说:"战士不能谈恋爱。"

门可闩说:"这个我懂。但我,不会永远是战士。我可能提干,也可能复员。到那时候,就可以谈了。万事,都需早做准备。就像炒菜之前,要先剁菜添油,不能等锅里冒烟了,才开始择菜。"

这都哪儿和哪儿啊?!郭换金无言以对,暂施缓兵之计,道:"门班长,咱俩的关系,啥时这么好了?"

她以为门可闩会为难或不好意思,就为自己赢得了思谋对策的时间。却不想门可闩道:"你爹不是郭大厨吗?"

郭换金僵硬点头。想不通万重山之外的老爹,和目前的尴尬谈话,有何关联?

门可闩理所当然道:"你是厨子的女儿。你爸手艺高,我认。有道是,人以群分物以类聚,青蛙找蛤蟆。"在门可闩家乡的习俗里,术业有专攻,行当有帮派。自打知道了郭换金乃名厨之女,他就把对行内高手的敬重,嫁接到郭换金身上,生出亲近。

郭换金幡然醒悟。她凭借老爹职业,被炊事班长视为知己。不管起因如何啼笑皆非,被人信任,终是难以推脱的好事情。

门可闩接着道:"部队是好男好女扎堆的地方。在这儿,要不赶紧给自己物色下个好婆姨的苗子,这个兵,当得亏。"

铁的逻辑。郭换金对海米都不认识的西北农村汉子,刮目相看。之前虽不敢看不起人,也未曾觉得他如此通透狡黠。

门可闩沉浸在自我人生的规划蓝图中,说:"你知道我为什么和你商讨这事儿吗?"

郭换金诚恳作答:"不知道。"她真想不出,除了厨师之女的桂冠,她何德何能,得门班长掏心掏肺?

门可闩遥望大河下游道:"你们班女娃子,说起来,都不赖。"

郭换金扑棱了一下眼皮,心想炊事班长思维,概括性真强。

门可闩坦诚道:"你是班里最好的女娃。"

郭换金不知道面对这等明火执仗的赞美,脸上该是什么表情?只好拼命用工兵锹把儿,狠砸炊事服下摆。炊事员的手,最爱在这地方抹油。

门可闩直率道:"那么多参谋、干事、助理员,眼珠冒火死盯你。狼多肉少,无论如何也轮不到火头军,我便先把你除了名。"

郭换金彻底晕傻。高高举起的工兵锹把儿,都忘了砸下。远看,像抡着家伙要跟炊事班长干仗。她极想仰天长啸,本人不是肉!是狼!

门可闩声色如常道:"我分析过你们班的形势,你不服也得服。我同你商量,和你无关。不必多心。"

郭换金想既和自己无关,就不必反应过激。收敛声色,锹把儿也轻轻落下,说:"哦,班长接着讲。"

门可闩咧唇哑笑道:"整个高原战区,就你班这些个女娃。我条件也不咋的,按说不该瞎掺和。可我喜欢女兵,喜欢女娃穿军装的样子。离你们这么近便,说不动心,那不是男人。我也想试一试。你说,行吗?"

门可闩一口气说完,乒乓球般大的眼珠,盯着郭换金,好像胜败皆在她一答之中。

郭换金慌了,说:"门班长,你是老兵了,看人看事,自然比我要透彻得多。你思前想后都琢磨透了,可不要违背纪律。"

门可闩缓缓道:"我心里有数。女娃娃长得好,家世又好的,我配不上,不会往上凑。条件差点的,把握能大些。"

郭换金对此实不敢苟同,苦笑道:"门班长,悄悄地,打枪的不要。"这是电影中日本鬼子的台词,难免讥讽之意。

门可闩没听出来,说:"成不成的,不敢想。总得试试,你老爸也是炊事员,能生出你这样的姑娘,你娘是个好女子。当厨子,整天烟熏火燎,也有做饭之外的念想。"

郭换金彻底无语。

门可闼晃一眼公家配发的手表,起身,说:"我走了。"

郭换金说:"当心。"说完之后,自己都不明白,"当心"二字,指的是什么?

河边距卫生部说不上远,门班长人高马大,纵有野兽出没,也不可能大白天在路上伤了他。"当心"的是纪律?运气?抑或不可知的风险?

门可闼临走叮嘱:"刚才的话,都被风吹走了。"

郭换金说:"记下啦,班长放心。"

门可闼的大拳头,砸向另一只大巴掌,好像一只蒜臼,把无形蒜瓣,砸得头破血流。之后遁入铁锈色枝干交叉的红柳中。

郭换金看着流向印度洋的一河雪水,想起一个词:海水不可斗量,人不可貌相。

脏衣服多,郭换金又不时走神,抡起锹把儿忘了砸下,搓上肥皂未及揉搓就浸入水中,洗过的没洗的混为一谈……等大堆衣服洗完,已过了午饭时间。郭换金挽着衣桶,吃力返回。

一来负重,二来门班长的话,化作另一桶湿衣,坠得脚下沉甸甸。红柳丛中,郭换金恍惚觉得,潜藏无数奇异鬼魅。

门可闼的想法惊世骇俗。作为学医女子,她知道都是荷尔蒙汹涌澎湃搞的鬼。高原对人的这方面,不会刺激出亢进反应吧?中国独有如此高耸的边界线,没有这方面的研究报告。

门班长的话,让郭班长警钟长鸣。形势严峻啊!记得鲁迅曾说过,为了迎敌,他只能侧站。现在,郭换金觉得自己和女战友们,不得不侧站。红柳丛中,红柳叶如一枚枚狭长眼睛,死盯着她。想起一个不很恰当的比喻——群狼环伺。当然了,把年轻男子比作群狼,实在大不敬。上了战场,都是兄弟。但漫长岁月,躁动年华……还有极其悬殊的男女比例,连门班长这种看起来心无旁骛的人,都浮想联翩。举一反三,其他的人能走多远,难以估量。她能想到的唯一应对举措,就是做个严守纪律洁身自好的女战士。

挽着沉重湿衣,郭换金身体仄斜着回到卫生部院区,迎面碰上办完出院手续的景自连。

"巧。"作为礼貌,护士郭换金再不想搭话,也得和曾是伤病员的景自连打个招呼。

"不巧。"景自连本已无望,不得不走。突然得见,压抑着喜出望外,明快回答。当然不是巧。他一直拖着没办出院手续,从病房窗户眺望,等待这一刻的相逢。

郭换金平淡回复:"祝贺,教官恢复得不错。"

景自连中规中矩道:"感谢楚直医生和你。当然,还有别的医护人员。"

郭换金记起门可闩深藏的谋算,想赶紧结束这看似正常,实则危机四伏的偶遇,说:"景参谋,今后多保重身体。"匆匆欲走。

景自连看大事不好,忙抛出撒手锏:"作为你的军事教官,通知你。过几天,完成结业。"

郭换金心中很矛盾。从此不用再计较谁为谁负责的事了,一拍两散,眼不见心不烦。这与自己刚才制订的明哲保身策略,大方向基本一致。但想从此后,再无与军事教官名正言顺正大光明交往的机会了,矛盾惆怅。

这份情愫,一晃而过。士兵的情感,不是个人能决定的事。郭换金镇定道:"景参谋,我等您通知结业。"

"我处理完这一阵养伤积压下的工作,会让通讯员通知你。"景自连沉稳答。

郭换金以为这个结业式,会很快来临,却不想,等了很久。

景自连是真忙。工作好不容易告一段落,阳云天政委又找他谈话。

进到办公室,景自连坐下。阳政委和蔼可亲道:"伤势恢复得如何?"

景自连道:"现已一切正常。"

阳政委满意四顾,道:"我看也是如此。你的脸膛,还和从前一样英俊。"

景自连答:"政委说笑了。军人,看的不是脸。"

阳政委:"如果派你到一线哨卡任职,你认为如何?"

景自连霍的一下站起来:"政委,真的吗?"

景自连一直很想当基层指挥员。多次向魏盾远表决心,但从未获得批准。问的次数多了,魏司令说:"你知道毛岸英牺牲在朝鲜战场上以后,彭德怀元帅是什么心情吗?"

景自连茫然:"不知道。"

魏盾远答:"我也不知道。"

景自连惊奇,道:"我以为您知道。不过,您怎么联想到这个?"

魏盾远道:"不是联想,是不得不想。我可不愿让彭老总的经历,在我身上重演。"

景自连忆起这段交谈,不放心地问:"司令员同意这个决定吗?"

阳政委说:"决定,是我同他一道做出的。"

景自连略微拉长了声音,说:"哦——是这样。"

阳云天道:"你一定奇怪,为什么不是他来跟你谈这个决定。"

景自连道:"政委说得对,我奇怪。"

阳云天说:"他之前阻止过你多次,现在出尔反尔,不好意思,故换了我来。这是最后决定,不会更改。"

景自连终于踏实了,眉目舒朗笑起来,问:"哪个卡?"

"橙卡。"阳云天道,"那里地势险要,形势错综复杂,战略地位非常重要……我不多谈了。你重担在肩。"

景自连站起身道:"政委,自连明白。我立即将手中工作交接,最快速度赶赴橙卡。"

临分手,阳云天说:"你就不问问魏司令为何改变主意?"

景自连略带憨直道:"您如果能告诉我,必定说了。您不说,就是我不宜知道。"

阳云天说:"那我告诉你,是你老爸要求的,让你到基层锻炼。"

景自连恍然大悟道:"我小时候,我爸就说,为什么给你起名叫'自连'? 就是让你从连长做起。"

阳云天笑道:"那你应该叫'自排'啊。你老爸打算让你一入伍,就跳过班长排长?"

景自连低下头说:"我哥哥就叫'自排'。景自排。"

阳政委说:"想必他也很优秀吧?你从军校出来,这次下到站卡,高配代职,让你积累更多高原作战经验,你是个好苗子。"

景自连更深地垂下头,说:"自排已殉国。"

阳云天半天没吭声,末了长叹一声道:"你老爸心大。让你上高原不说,还要让你到最艰苦最危险的一线哨卡去。"

景自连敬礼道:"这是我的光荣。"

待下橙卡的准备工作基本完成后,景自连让路弯去卫生部,通知郭换金下午到战区训练场会合。

郭换金一直在等待这个召唤。久等无消息,生出浓郁不解。说什么负责,谁对谁负责?说是要结业,为何拖延?炸伤之后,不但信口胡说,还得了健忘症。不过,又想到逐渐疏远,不正合了自己心愿?听到路弯口信,心怦怦急跳,好像得了高原阵发性心动过速。

她找到龙一笙请假。龙一笙说:"军事训练还没结束?我看你最近好像并没参加训练。"

郭换金答:"今天是最后一课。"

龙一笙半开玩笑道:"你是战区军事技术最棒的教官训练出来的,将来打起仗来,卫生部要是有险情,我指靠你了。"

郭换金说:"我肯定像黄继光堵枪眼一般,全力掩护您。"

龙一笙说:"你还是掩护楚军医吧。我老了,做手术的时候手会发抖,楚军医风头正健。你救他,相当于救了很多官兵。"

郭换金说:"楚医生个子那么高,我就是扑上前,也只能护他上半身。腿脚什么的,估计还得残废。"

龙一笙故作生气道:"你是变相讽刺我个儿矮吗?"

郭换金说:"小兵不敢。我赶紧去训练场报到,不然教官发起脾气来,雷霆震怒。"

郭换金到达训练场时,景自连难得地先到了。他把结业仪式地点,选在过人深的坑道工事中,一旁还有个双人掩体。郭换金腹诽:真打算把女兵当狙击手使吗?

"你准备好了吗?"景自连今天换了一身新军装。与从永冻土层刨出的狠厉野战工事,并不相符。太潇洒英俊了。

尴尬的是,郭换金也穿了一身新军装,以示对结业式的重视,让她添了飒爽风采。

两人曾无数次近距离接触。今日,簇新军装搞得双方煞有介事,让他们反倒生疏。

"今天,还进行哪方面的考核?"郭换金心虚地问。若是不得不匍匐前进,荼毒了新军装。

平日训练中,每完成一个科目,景自连都曾考核。难不成今天还要算总账?

"今天并无全面考核安排。"景自连看出她的顾虑,干巴巴说。

郭换金心下一安,问:"可有结业典礼?"

"结业典礼?"景自连轻轻重复。这丫头还真会琢磨,两个人的结业典礼?

他抿嘴乐道:"要不要请司令员过来,给你颁个结业证书?"

两人距离很近,高原的阳光,恰好斜照到景自连脸颊,给他镀上耀眼金光。郭换金清晰地看到,景自连右颊上,缓缓旋转着一个轻浅酒窝,犹如盛入一滴硕大露水的酒杯,让他的面容,刹那间灵动温柔。

"哎呦喂……"郭换金忍不住惊叫。

"怎么啦?镇定!"景自连轻声斥道。酒窝立刻消遁,那个位置,变成了紧张隆起的表情肌,面庞显出坚毅果敢。他以为出现了危险情况,立即伸出一只臂膀,欲将郭换金揽入怀中。

郭换金怕他误会,赶紧退后一步,道:"教官你……怎么会有一只酒窝?"

景自连泄了气,哭笑不得道:"你看到了?"

郭换金说:"对呀,就在刚刚。当徒弟那么久,为什么第一次看到?你平常把它藏哪去了?"

景自连被迫解释:"这个能藏吗?你一直未曾看到,是因为我几乎不笑。"

郭换金点点头,疑惑得解。跟随楚军医,学过人体面部解剖。"酒窝",是面部表情肌融合时,与皮肤形成的涡旋。这东西,实在可遇不可求。若长在女孩脸上,是难得娇俏,不过概率很低。比如八人建制的女兵班,没一人脸上有酒窝。却不想,魁伟彪悍的男子脸上,竟然旋出个酒窝!

酒窝伴着景自连罕见笑容出现,灿若星辰浮出大海,郭换金几乎看呆,下意识重复问道:"你怎么会有一只酒窝?"

景自连完全没体会到郭换金惊羡之意,略显垂头丧气道:"爹妈给的。准确地说,是我妈给的。她有俩酒窝,给了我一个。"

郭换金打趣道:"你别遗憾,我有一法儿。"

景自连如获至宝,说:"真的?快快告诉我。"

郭换金一本正经道:"有一种手术方法,可以帮你再造另一个酒窝。如此你笑起来,一笑倾军。"

郭换金若是男子,景自连会横空赏她一拳。就算不打掉她一颗牙,最起码让她鼻血长流。从小到大,这个酒窝,是他耻辱。唯一能弥补的方法,就是不笑。

景自连压住满腔愤懑说:"你能再造酒窝?"

郭换金以为师傅真有兴趣,详解道:"我是不行,但楚军医有这个本事。战区卫生部,没遇到过有这类需要的人。你若想做,楚军医动刀,我打下手。尽职尽责,力保成功。让教官您的个人魅力,起码增加一倍。"

景自连咬牙切齿:"这个……可以做手术?"

郭换金只剩没对天盟誓:"手术千真万确。只是卫生部从没做过这类手术。但你不必灰心,没做过,不等于不能做,不等于不会成功。"

景自连强咽下胸中闷气,继续道:"那我问你另外一个手术,是否也可做?"

郭换金为自己能帮景教官大忙,十分开心,说:"只要我知道,肯定知无不言言无不尽。若不知道,一定多方打听,求得答案。"

景自连一字一顿道:"给我把这个酒窝填平,你们可有办法?"

郭换金几乎跳脚,说:"为什么呀?多少人想长还长不出来。酒窝,多招人喜欢多风流倜傥啊!"

景自连没想到,昔日看似冷清持重的徒儿,竟如此顽劣不堪!他恶狠狠道:"郭换金,不要忘了你的身份,你还没结业呢!听我命令——原地做三十个俯卧撑!"

郭换金经过训练,体能有所进步,勉力可完成三十个俯卧撑,只是可怜了刚上身的新军装。要知道,列兵服装有限,能把一身新衣保留到结业式,容易吗?!

她赶紧换上笑脸,说:"对不起,教官。我回去就问楚军医,看他可有办法把酒窝修补。应该不太难吧?既然能挖一个,想必也能填坑……"

景自连这才转怒为喜,没勒令必须当场完成指令,给自己找了个台阶:"回去做五十个俯卧撑。"

郭换金长出一口气,新军装保住了。本应气氛严肃的结业式,还没开张,就被景自连的酒窝,搞得微醺。

景自连见酒窝有救,轻松看向郭换金,再一次展露无敌笑靥。反正已被郭换金看见,一次也是看,更多次也不过尔尔。酒窝,既然藏不住了,光天化日之下,索性自在浮动。

郭换金一时无语。不是没话说,而是生怕自己脱口而出的话,泄露好不容易掩饰起的心声。穿着特号军装的男子,眉峰峻拔,黑眸沉亮,下颌线清俊刚毅,口唇型轮廓完美,身姿如冰山挺立,长腿矫健有力踏于永冻土之上……

战区里,很多男子容貌出色,郭换金素以平常眼光视之,古井无波。今天,这是怎么了?!

郭换金惊叹自己迟钝。相识许久,由于军训,耳鬓厮磨时刻,不在少数。但她似乎从没发现景自连作为男人,如此出类拔萃风姿绰约。

以往每次军训之后,她都可以将他淡忘。也许师徒鸿沟,太过严厉。但此刻,似有烧红火钳在她体内缓缓移动,将此人的身形眉眼,勾勒并烫烙于脑海之屏。一种生疏而极为猛烈的情感,如雪山崩塌般毫无征兆卷地而来。一种自下而上的轻轻酥麻感,自脚跟向脑瓜顶蔓延。她不由自主咬紧牙关,力图抵御愈演愈烈的战栗。

这个……就是荷尔蒙的瞬间高速分泌？就是男女间古老而神秘的吸引力？这就是恋爱吗？

郭换金猛然意识到这一点,三魂七魄顿时碎了一地。这可如何是好？怎么能对一个年轻男子心怀觊觎之心？她是班长,全班表率。她必须将心中的蠢蠢欲动,斩杀在萌芽状态。不然,只怕万劫不复！

想定,她调动理智的洪荒之力,将内心躁动毫不留情压下。轻嗽一声,清清本来趋近嘶哑的喉咙,说："景参谋,有一招无往不胜。"

景自连危险地眯起双眼,半信半疑道："还有什么招数,比手术缝合起来更好？"

郭换金不苟言笑道："这方法,你早就知道。就是永远不笑。教官不笑的时候,一切,很好。"

闻言,景自连一时不知脸上作何表情,嘴角抽动,红潮覆脸。不过,高原上红血球增多,加之紫外线强烈,脸膛本来就发紫绀,此刻看不大出来。再说,就算他反应失常,郭换金紧张,自顾尚且不暇,哪里观察得到他的神色变化。

两人心潮澎湃,又都强力压制,一时竟不知谈话如何继续。

景自连选的这段战壕,看似随意,实则位置精当。它于交通壕拐弯处,面敌方向呈特定角度。战时,敌人无论从哪面扑来,战壕中的人都很易发现异常。近旁还挖有防身用的双人掩体。真是天造地设好场所。他人若靠近,很远即会被发现。双人掩体更胜一筹,人进入其内躲藏,来人除非到极近处,难以察觉。

景自连见郭换金手足无措,放肆地让酒窝缓缓旋起,道："走,去掩体。"

郭换金不明所以道："有什么话,站在这里也可以说。"

景自连摆头道："还没彻底出师,就不听师傅的话了吗？小心我不让你结业。"

郭换金无奈,只得进入掩体。双人掩体外上方,并不是平坦土地,而是兵士们用挖出的战壕土垒起的坡梁。已用铁锨戗高砸实,用以抵挡子弹和炮火攻击。这样,标准一米五的堑壕,就更深了。为了利于矮个士兵向外观察射击,战壕底部留有大约半尺高的土台。景自连示意：

"你可以坐下。"

郭换金看了一眼土台,迟疑着没有落座。

高原地表,薄薄一层浮壤下,是亿万斯年的永冻土层。厚的地方可深达百米,如同水泥浇灌的整体筑件,寒气彻骨。

郭换金瞄到战壕被削剁开的立面中,沙土细石间遍布细微冰晶,如一簇簇细小利剑。虽极微小,但锋芒尖锐,针砭无敌。

景自连看得分明,郭换金一是怕冻土染脏军衣,二是女娃怕着凉,故踌躇。他从衣兜里抽出一块淡蓝格子的手帕,铺在战壕一侧的土台上,说:"坐。"

手帕能隔灰,但并不能隔寒。郭换金见教官说了两次,才坐下了。

景自连也坐了下来。两人距离很近,要在平时,已是让人感觉紧张的范围。此刻周遭壁垒森严,像在战斗间隙里硝烟弥漫中,幸存的士兵谈心,并不觉太突兀。

难耐的沉寂。

郭换金看着战壕壁,没话找话道:"你说,高原有没有蚂蚁?"

景自连心中千言万语,正欲找火山口爆发。关键时刻,姑娘你干吗非要说起蚂蚁?!可他也不知满腹心里话如何吐露,只好也违心地说蚂蚁。好在心爱姑娘近在身旁,说蚂蚁也行。

"为什么想到蚂蚁?"

"我觉得这里没有蚂蚁。"郭换金不回答他的为什么,继续沿自己思路走。

"你确认此地没有蚂蚁?"景自连认真追问。

"我确认。自打我到了高原,没见过一只蚂蚁,也没见过蚂蚁窝。下雨之前,也没看到蚂蚁浩浩荡荡搬家……我总在想,蚂蚁会不会有高原反应?会不会有红细胞增多?会不会也患上心脏扩大?会不会……"

景自连纵有丰富的高原经验,也瞠目结舌。他从未想过蚂蚁的身世,因为它们与作战无关。涌上心间的第一念头,是敲开徒弟脑袋看一看:蚂蚁和他本人,到底谁占的地方大一些?

可眼前的话题也得应付。他承认:"此地我也从未看到过蚂蚁。"

郭换金沉浸在思绪中,用手画圈道:"你看,战壕的立面上,居然看不到任何小生物存在过的痕迹……"

姑娘对蚂蚁如此上心,景自连不想惹她不开心,只好就事论事,调动知识储备分析道:"蚂蚁是不能单独生存的,它们是一个整体,叫作蚁群。"

郭换金说:"这个我知道。就像士兵,不会单独存在。集合在一起,叫作军队。"

景自连憋屈,再这么聊下去,跟蚂蚁缠斗不清,离题万里。又怕扰了郭换金兴致,只好强迫自己,畅谈蚂蚁。

"如果以蚂蚁做比,军人就是蚁群中的兵蚁。"景自连道。

郭换金说:"你我毫无疑问是兵蚁。一般人以为兵蚁都是雄蚁,其实并不准确。兵蚁里是雌雄都有的。"

景自连心中诅咒蚂蚁,嘴上还得步步跟进,绝不敢跑题,应对道:"兵蚁除了勇猛杀敌以外,无论雌雄,都没有繁殖能力。"

郭换金略微皱了一下眉头,心说,怎么从英勇作战,一下子说到了繁殖能力?真够跳跃的。

景自连继续道:"除了兵蚁,还有数量极其庞大的工蚁,也没有繁殖能力。"

郭换金只好顺着话题道:"我从书上看过,蚁群要想繁衍,全靠蚁后了。"

景自连说:"一只蚂蚁如能选择,先做一个阶段的工蚁或是兵蚁,然后,脱离蚁籍。"

郭换金听得忍不住笑起来,说:"看来你对蚁群的繁衍耿耿于怀。若是实在想不开,你可以选择做蚁后……"

景自连俊目圆睁,黑曜石的眸子杀气隐现,郭换金赶紧纠正道:"错了错了。教官可做蚁王。"

景自连收敛凶相,叹了一口气说:"蚂蚁王国没有蚁王,只有蚁后。"

郭换金说:"嗨!反正意思差不多。"

景自连好像鼓足很大勇气说:"我有个想法:做个会唱歌的兵蚁。"

天啊！这叫什么想法？"蚂蚁会唱歌？唱什么歌？"

"唱情歌啊。"景自连说。

空寂无人的战壕，突然有怪诞的硝烟弥漫。郭换金完全不知话茬如何险峻地拐入雷区，防不胜防。感觉失控，只得无语地望向远处天空，那里有一道道竖排的云彩，如同漫天琴弦。

景自连眯了一下眼睛，好像在慎重判断敌情。在蚂蚁圈子里兜兜转转太久了，他要重新掌控谈话主导权。顿了一下，他说："从今天开始，我不再是你的军事教官了。"

郭换金也识相地从蚂蚁窝折返，规规矩矩道："谢谢教官。不单教我本领，还曾救我一命。"

景自连说："我今天来，除了结业式，还要告诉你，我马上就要离开总部，到橙卡任职。"

郭换金本想就算不再当景教官徒弟，彼此都在机关范畴内，总有相见时光，并无太多伤感。现在突然听闻景自连要远走边防线，陡然一惊。难道，从此后，很长时间内，再也看不到这张英俊夺目还有一个浅浅酒窝的脸庞吗？顿生万千惆怅。

她的神色变化，自然逃不过景自连目光。他小小得意：姑娘，看来你还是很在意我。

他又说："郭护士，你的服役期快满了吧？"

郭换金答："还有几个月。"

景自连说："服役期满后，打算怎样？"

郭换金有点不明就里，说："不是我打算怎样就能怎样的。这要看上级打算让我怎样我才会怎样。我服从决定。"

这话虽绕，但景自连听得懂。他强调说："领导决定归领导。我问的是你自己的打算。"

郭换金轻轻拍掸衣服上并不存在的尘土，说："我，没打算。"

景自连说："如果你没打算，那我为你打算一下，可好？"他说得理所当然，好像郭换金早已将未来托付于他。

郭换金一下子气笑了："你是我的谁啊？凭什么你替我打算？"

景自连说："以前，我并不能替你打算。但那天，我说过，你要为我负责。自那以后,我就有资格替你打算了。"

郭换金大骇。原来,那个负责的允诺,并不曾时过境迁。原来,那个负责,就算她不想为他负责,他也义不容辞地要为她负责了。

怎么这么乱?!从蚂蚁到战壕,从酒窝到服役期满后的打算。

郭换金无奈地捋捋军帽说:"教官,我能就地免了你的责吗?"

景自连不容分说道:"当然不能。君子一言驷马难追。"

郭换金狡黠一笑:"我是女子,并非君子。"

要赖到这地步,教官还有何话说?

景自连俊目微微眯起,好像聚焦远处的一座假设敌堡。过了一会儿,又回眸眼前。一身戎装的女子,细眉入鬓,亮眸如水。乌发虽被军帽遮掩,檐下碎发随风起舞,发丝缕缕,沾在白皙脸庞上,好似一道道蜷曲的黑丝线。小巧红唇张翕,音调婉转……他心里对自己说,若不乘胜追击,大获全胜,景自连,你枉为七尺男儿。

"你非君子,但我是。我要负责。天下可逃避的事有万千,唯有这责任二字,生死无赦。无任何方法可免去,在你在我,皆是如此。"景自连掷地有声道。

郭换金发觉自己稀里糊涂掉到坑里,不知不觉搞到被逼发誓的地步,遂想起:"山无陵,江水为竭。冬雷震震夏雨雪,天地合,乃敢与君绝。"一时恍然走神。

此地为万山之祖,山外有山。任何时候,都不可能山无陵。说到江河水,汹涌澎湃,不知流淌了亿万斯年,劈开群峰,直插印度洋。哪里就能"为竭"呢?冬雷震震,高原冬季零下几十度严寒,倒是没有冬雷。唯有这夏雨雪,虽说寻常意义上的"夏天",和高原毫无干系,但相当于平原夏季的时光,六月飘雪,极为常见。至于天地合,不知是什么景象。旷野之上,天和地在远方交织一片,毫无芥蒂融合一处,可算天地合吧。

不过,天上地下想了一溜遭,正面反面都有例子,那么,此誓言一发,到底是敢不敢与君绝呢?

景自连见郭换金由不知所措发展至魂不守舍,赶紧尽量柔和声调道:"你顾虑自己是战士,有不能谈恋爱的军纪约束,对不对?"

郭换金可怜兮兮地点点头,轻声道:"你都知道,还这样?!"

景自连笑嘻嘻说:"我怎样了?"

郭换金迷乱中保持清醒,不上他的圈套,说:"你自己当然明白。"

景自连不忍心再逗她,郑重道:"我可以等。"

郭换金近乎明知故问:"等什么?"

景自连一言九鼎道:"等你,不再受这条纪律约束的时候。"

郭换金怅然:"那要等多久?"

景自连抬头看向朗澈天空,说:"我也不知道。但我想,总有尽头那一天。我在尽头那端等你。咱们,一言为定!"

郭换金突然有点迷糊,到底发生了什么,就一言为定了?她很想问一问,但又觉得似乎一切都尘埃落定。问了,反显得故意要人家重复,欲盖弥彰。便默不作声了。

景自连突然换了话题,说:"你父亲是军区干部灶上的郭大厨?"

这个话题也不轻松,不过总算比刚才好应对些。郭换金答:"是。"

景自连眉峰微蹙,说:"那我在军区大院里,怎从来没见过你?"

郭换金摇头道:"我……从没到过军区大院。"

景自连略一沉吟,问:"你在哪里长大?"

郭换金流利回答:"西北的小山村。我是郭大厨乡下妻子生的孩子,后来,母亲病故。再后来,收养我长大的亲戚说,找你亲爹去吧。我到了军区大院,只停留了很短时间,就当兵了。那时,你已在高原。"这个答案,她已练过多次,不打磕巴。

景自连怕郭换金多心,便说:"我随便问问。我喜欢的是你这个人,与家庭无关。"

"喜欢"两字,就像两颗黄豆,如此平淡地镶嵌在这句话里,磨碎后如豆浆般流畅淌出。郭换金读过很多爱情小说,曾设想过,如果哪一天,有个男子,向自己表达他内心的情愫,会如何开口?每本书中写到爱情发轫,各不相同,但无一不让人缠绵悱恻热血沸腾。她设想不出自己将来面对的男子,会说出怎样动人心弦的情话?就算惊天地泣鬼神肝胆欲碎说不上,总要美好而寓意深刻,令人回味无穷吧。却不想,面前的景教官,把"喜欢"顺口说出,理所当然,平淡无奇。

她不知如何回复,也没法子回应"我也喜欢你"的话,便陷入无边沉默。

景自连没有丝毫不自在,他不曾寄希望于郭换金会即刻回应。女孩子嘛,总是害羞的。

郭换金本想刁难一下景教官,哪能就这么轻易答应他的喜欢啊!总要推托总要迟疑,甚至跑开吧?虽然堑壕中只能直线奔跑,且他腿那么长,三脚两步就会被捉到,可起码也要做个样子吧?再不然,就说:我还没考虑好。拒不回答也行,让他干着急!起码逼着他再多说几句温暖贴心的话,让自己的耳朵,也好好享受春风化雨的迤逦……

郭换金这厢正浮想联翩,景自连已飞快跨越了言语告知阶段,觉得一切都顺理成章水到渠成了。军人的爱,一经说出,便是泰山压顶。天崩地裂后,绝不可能云淡风轻回到原点。

郭换金还在再三斟酌,不由自主地将这句话轻轻说出来:"喜欢和爱,是一回事吗?"

景自连笑了。这姑娘热血沸腾时刻,还咬文嚼字。他胡噜了一下她的军帽。如果她没戴帽子,就是抚摸她柔软的头发。但是,军人在一般情况下,军容整肃。他触到的是冰冷硬挺的布料。

"喜欢不是爱。长久的喜欢就是爱了。"他柔声回答。

若是这样定义,郭换金很想说:我也喜欢你。

但是,她说不出口。不能人家说个什么,自己像鹦鹉似的重复一句,这也太没创意了。可是,若是她不回应,景自连会不会伤心啊?郭换金突然涌出一计。她对景自连道:"你说什么?我没听清楚。重复一遍。"

景自连愣怔了一下,这么近的距离,不可能听不清。他开言:"军人的爱,不说第二次。"

"不。我一定要你再说一遍。"郭换金坚持,"因为,就算你的喜欢,咱们也并没有太长时间。"

景自连坚定地说:"从那个星光璀璨的夜晚算起,已经很久了。"

郭换金说:"哪个夜晚?什么时候的事儿?"说着,她伸出手指,想准确计算时日。

景自连轻轻将她的手指打开,说:"你承认了?喜欢是从星空下开始的。"

郭换金心想,糟了!又一次着了他的道,漫天星辰下的喜欢。

景自连又说:"你可知有这样一句话?"

郭换金这回提高了警惕,问:"哪句话?"

"山中只一日,世上已千年。"景自连坦坦荡荡说,还俏皮地眨眨黑曜石般炫目的眼睛,表示绝无陷阱。

郭换金说:"知道。"

景自连说:"我们四野的山,无穷无尽。在这里一日,抵得世上万年。所以,我喜欢你很久很久,早已变成了爱。"

郭换金被深深感动,说不出其他的话,放弃了所有浪漫想象,喃喃回应:"我……也是。"

景自连本想要一个明确表态。后又想,容这姑娘缓一缓。他不舍地说:"我这次一去橙卡,不知何时才能相见。"

郭换金装作豁达:"你走吧。"

景自连说:"你会不会想我?"

郭换金摇头晃脑道:"不知道。一想到你再不能训我,我开心还来不及,估计是不想的。"

景自连稍感遗憾地叹了口气。

郭换金马上于心不忍。将士就要出征,自己没心没肺的,不够仗义,赶紧说:"如果橙卡有伤病员,需要卫生部接诊,我主动要求去。假公济私一回,去看你。"

景自连赶紧摆手,阻止她,说:"橙卡地势绝险,有一段根本不通汽车,只能骑马。马道只有一线,吊在悬崖边。万丈悬崖之下,是深不见底的咆哮江水。万一坠落,绝无生还之可能。你不要去。"

郭换金说:"你都能去,我为何不能去呢?你别忘了,我也是……一只兵蚁。"

"兵蚁……兵蚁啊。"景自连轻声重复,无法反驳。

两人有一搭没一搭地扯着,把原本严肃的结业式,变成了无遮无拦的聊天。

景自连突然道:"分别在即,我送你一个礼物。"

郭换金四处打量,战壕中,空无一物,便说:"礼物何在?"心想,景自连不会事先来过,藏下了礼物?

景自连绕到战壕侧角的单人掩体处,变戏法似的拿出一个罐头盒,摇晃着朝郭换金走来。果然提前有埋伏。

郭换金说:"闹了半天,你送我一瓶罐头。苹果的还是菠萝的?但愿不是雪花梨的。我们司务长,最爱给大家发雪花梨。"

景自连说:"你放心。既不是苹果也不是菠萝,更不是雪花梨。罐头的问题,不能错怪司务长。梨和苹果,也不是他种的,要怪,只能责怪后勤部运上来的品种单一。"

郭换金惊喜道:"莫非是极少见的香蕉罐头?或是我不知道的神出鬼没新品种?"

景自连摇晃一下手中的盒子,说:"没那么复杂。这个罐头盒是空的。"

郭换金假装生气道:"你居然拿了个空罐头盒装作礼物?"她之所以没太伤心,是不信景自连会如此恶作剧。

景自连敲敲罐头盒,发出风被挤压的空洞声音。他说:"罐头盒千真万确是空的,但内里有名堂。"

说着,他把罐头盒盖子取下来。郭换金这才发现,这个开罐方式有讲究,并不是像平日那般,以刺刀戳开,遗留犬牙獠齿的尖锐边缝。而是用锉刀细细打磨,直至焊缝中的焊料全部脱落,盖子完整褪下。这样虽麻烦,但盖子毫发无损,轻取轻放,还可再盖上去,基本严丝合缝。一言以蔽之,罐头筒变成一口简易小锅,盒盖摇身一变成了锅盖。

郭换金将空空如也的罐头盒拿在手里,端详半天,看不出奥妙何在。充其量,就是开罐头的人,想显示自己的手艺吧。

"这个罐头盒子谁开的?"郭换金想揪出这个无聊的人。

"我。"景自连回答。

"吃饱了撑的?"郭换金追问。

"当然不是,我吃饭从来不吃撑。军人,要始终保持一定的饥饿感,才有斗志。"景自连朗声回答。

当然了,郭换金相信景自连这等思虑周全的人,不会闲到把空罐头盒子精心打磨成工艺品。只是琢磨不出其中深意。

"为什么?"她问。

"这关乎军事秘密。"景自连沉稳回答。

罐头盒有啥秘密?故弄玄虚。郭换金不上当,姑且听之。她不打算再开口,让景自连自惭形秽。

景自连不理会她的小脾气,说:"真是秘密。至于理由,暂不告诉你。过些日子,你就知道了。所有的秘密,都和时间有关。军事秘密,保密期并不长。"

郭换金似懂非懂,说:"对你这个礼物,我是说礼轻情意重呢,还是说鹅毛?"

景自连把中指竖到优美唇形正中间,道:"什么都不要问。到了那一天,你自会明白。"

郭换金半信半疑道:"要等多久?"

景自连说:"用不了多久。不过,那时我已离开高原战区司令部,只能在橙卡,遥感收到你的谢意。"

郭换金轻轻呸了一声,说:"想得美!谁会感谢一个空罐头盒。"

按说这个空罐头盒,较一般罐头盒,有所不同。内层,不是常见的锡白色,而是少见的金黄色。郭换金揭开盖子,盒子内壁,金灿灿地反射着业已偏西的高原暖阳,恍若真金打造。在金光夺目的映照中,她想,如果将罐头盒剪开延展,盒皮会像一块金箔吧?以景自连做锅的巧技,剪裁成一朵金灿灿的玫瑰花,是否更像一个礼物?

可是,她不能对景自连说。

礼物这事,只可意会不可言传,女孩子没法张口索要。不知景参谋,若亲手剪出一朵金玫瑰,该怎样惊艳出尘?

郭换金甚至想,这口精致小锅,算不算世界上最高的礼物呢?如果不确定,起码,是世界上最高的一个罐头锅。

此掩体呈直角,他俩亦呈九十度角,坐在冰冷战壕内的土墩上。景自连不觉有异,但郭换金毕竟是女子,坐久了,肚腹之下,冷意上沁。怪得很,上半身如围在火炉边烤热,好像景自连是一块从太阳落下的金砖,闪光发烫,让她热血沸腾,但下半身是持续寒凉。

山风在战壕内肆无忌惮地遛过,像是看热闹的多事之人。夕阳已经坠落到战壕边缘,半个下午,在不知不觉中度过。

真快,太快了。还没说几句话呢!

"你什么时候到橙卡去?"

"不知道。尽快。你问这个干什么?打探重要军事情报?还是,想送我?"景自连脸颊上的酒窝,若隐若现浮动起来。

"我若送你,你敢应下来吗?"郭换金乜斜着秀美眼眸,挑战景自连。

"这个……当然希望你能送我……但是,怕对你有影响。所以……你不能送我。"景自连克制住心旌摇动,前半段话稍显犹疑,说着说着,后面转为坚定。

郭换金心中苦味泛起,好像在胃的深处,碾碎了半片黄连素,烽火连天地苦着,向上冲舌,直抵牙齿缝隙。她咽了一口唾沫,希图将苦味冲淡。还好,真的淡薄了些。她说:"你送了我礼物,我也送你一件礼物吧。这样,你在橙卡的时候,也许会想起我。"

景自连立马纠正她:"不是也许会,是一定会。"

郭换金发现景自连特别不会说话,一张嘴,能把天儿聊死。就这话,让人如何接茬?

郭换金只好说:"你想要什么礼物?"

景自连黑眸闪耀星星:"你送我什么礼物啊?快拿出来看看!"贪婪模样,简直像要跳起来抢糖的小孩。

郭换金来得匆忙,身上哪有什么礼物?纵是提前准备,也是一大难事。小兵一个,有什么东西,是身居要职的景参谋没有的呢?不过,她不能暴露狼狈,底气不足地问:"你想要什么做礼物?"

景自连的酒窝又一次在脸颊旋转,说:"我要,你就会给吗?"

郭换金诚挚地说:"只要我有,一定会给你。"

景自连说:"我要的这个东西,你肯定有。至于舍不舍得给,就看你对为师是否真心了。"

此话一箭双雕,但郭换金来不及细细思索,只想自己有什么东西,被景自连惦记上了?忙说:"啥东西,你说。"

景自连伸出了顾长手指,摸向郭换金额头。这个年纪的女孩子,对异性有天然防备,郭换金机敏闪开。景自连原本想抚摸她额头的手指,在空中捋到凛冽空气,如同被风吹熄的打火机。

景自连并不难为情,收回手,说:"我想要把你眉毛砍出伤痕的那块手榴弹弹片。你一定保留着,对吧?"

要天要地都可,郭换金没想到他要弹片。她说:"你要这东西干啥?还嫌自己身上弹片少啊?"

景自连深情说:"那枚弹片,曾经深深揳进你的眉骨。我不敢跟你要别的东西,这弹片曾与你肌肤相亲。我想留在身边,纪念咱们的生死之交。"

这是否世界上最惨烈的情话?郭换金不知道,只知道自己无法拒绝。便从贴身衬衣口袋中,掏出那枚弹片。也许由于摩擦时间久了,弹片已褪去最初的狰狞,闪着银光,真像一枚秦汉朝的刀币。

景自连大喜过望,双手接过来,摩挲不停,问:"怎么还随身带着?"

郭换金答:"那是我的滑铁卢,还差点要了你的命。我要随时提醒自己,从此事事不可疏忽大意。"

景自连说:"能得到这块弹片,太高兴了。"说着,把弹片也装进自己贴身衬衣口袋。这块弹片带着姑娘的体温,且不断增温,把自家胸口灼得滚烫。年轻而雄健有力的心脏,在弹片之下,猛烈跳动。

郭换金说:"我还有一块弹片。"

景自连恶作剧道:"你有收集弹片的癖好?准备攒多了,卖给废品收购站,换点零花钱?"

郭换金也不答话,又从衬衣口袋中,掏出一块弹片。

景自连好奇,不作声看向姑娘。

郭换金把弹片摊在手心,问:"认识它不?"

景自连仔细端详后说:"它和你刚才那块弹片,都来自我军的手榴弹。"

郭换金点头道:"看来你认识它,它也认识你。"

景自连聪慧之人,立即悟道:"这是从我身上取出的弹片?"

郭换金说:"正是。你看它,像不像一颗七芒星?"

景自连又看了一番,说:"果然像。这块你打算一直带在身上?"

郭换金说:"从此,你身上带着我的弹片,我身上带着你的弹片。弹片和弹片,互相吸引。"

景自连轻轻道:"好主意。即使我们化成了灰,弹片也会找到弹片。"

郭换金说:"这是我们的信物。"

天色晚了。高原上的太阳,坠落得非常迅疾。

"咱们该走了。"

两人相处时,从来都是景教官发号施令。这是第一次,郭换金主导提议。她明白若是自己不说话,结业现场,估计要进入夜间演习模式。

22

景自连万般不舍。可是,必须结束。

他说:"我离开的那天,你别送我。但我最后一眼会看向卫生部方向。无论你在干什么,会感觉到的。记住!"

郭换金忍住惆怅道:"别那么伤感。我会到橙卡去看你。"她没有嘱咐景自连若回战区述职,便来看自己。这个自不必说。

景自连道:"我一定抽时间回来。"

"好。我等着你。"郭换金回答。她相信他,胜过相信自己。

天光还有最后的余亮。远处的雪山显出玫粉色,夕阳用最后的胭脂,涂抹自己的恋人。

整个下午,除了远处哨兵的剪影,没人打扰他们。两人就是整个世界。

终于,必须分手。

他们似乎都在等待。等待什么?天知道。彼此充满了躁动的希冀和按捺不住的激情。二人几乎同时站了起来。他们都是很有自制力的青年,越是感觉到某种澎湃冲击,越是警觉地控制着自己的冲动。

由于战壕角度,两个人呈丁字形站立,而不是面对面。

郭换金心想,既然和教官分别,握个手吧。她伸出右手,高原风拂指尖,有一丝冰寒,不由得蜷了一下手指。动作之轻,犹如蝴蝶触须轻轻抖动。

景自连心疼了。他伸出宽大手掌,将郭换金的素手包裹自己掌中。用灼热体温,烤暖她的手。两手交握,连带着身体也变成了面对面站立。郭换金突然感觉眼前一暗,好像天空飘过了一朵乌云,遮住了阳光。她微微扬起头,向上方张望乌云。

哪里有什么乌云?是景自连高大的身影,覆盖在她头顶。景自连微微弓起劲腰,英俊坚毅的脸庞,携带一个缓缓旋转的酒窝,在距离郭换金如此之近的距离,俯瞰着她……距离实在太近,郭换金两只眼珠无法聚焦,看他如笼罩在朦胧光环中。恰似一颗脱离轨道纵身扑向地球的小行星。它奋不顾身地俯冲着,飞快缩短着彼此的距离,直到马上就要迎面碰撞。

景自连不断俯身同时,手中力度也渐次加大,一把将姑娘拉进怀抱。即使是在这种关键时刻,他的目光,依然机警地睃寻两侧战壕纵深处,以防有人潜入。还好,战壕空空如也,只有呜咽的罡风,从宽敞的山巅,一下扑进缩窄的坑道,憋出呼啸锐声。

景自连的头颅前倾,不断缩小着他和郭换金之间唇的距离。别提多想一个猛子扎过去,将红艳艳的樱桃,整个吞入唇齿。不过,即使在极度渴望的燥热中,他也深记着不能吓到她。他竭力控制着力度,一毫米一毫米地贴近。先让自己的气息扑打过去,像在温和地请求她的允许,恳请最后的理解,虔诚到了极致。

近在咫尺的安静、纯洁的红色菱唇,紧抿着。正确地讲,是紫色菱唇,高原红血球无所不在地增多。军帽已部分滑脱,黑发编成的小辫子如墨藻闪亮,辫梢处稍微内弯,如弯曲的小瀑布。

他像一只忠诚的雪橇犬,眼巴巴地看向姑娘。

多想迎头而上回应他啊!可是,郭换金的矜持阻止了她,铁律在耳边咔咔绞动。

郭换金既害怕又渴望,冲击到近乎爆裂。她从来没有发觉,自己身体内潜伏着一个陌生的女人,燃烧着熊熊烈火般的欲望,几乎将她的稀薄理智粉碎。这个女人要取而代之,夺去她对自己身体的控制。惊骇察觉后,她当务之急重新夺回对身体的主导权。她以残存理智,逼迫自己躲开势不可当的青春诱惑。她全力后仰,拉远彼此间的身体距离……

意识到怀中人欲挣脱,景自连加大了手臂延揽的力度。郭换金呼吸紧促,靠近景自连的那半边身体,通电般地战栗痉挛。离得稍远的那半边身体,晚风吹拂下,继续保持着冷硬僵直。

郭换金气恼了。既然不放她走脱,非要抱,那就不由分说,整个抱住好了。像这样只抱半个身体,让她半侧火热半侧僵冷,实在难忍。

为什么要这样含混磨蹭呢?该发生的已经发生,再继续小心翼翼地试探,对彼此都是煎熬。你是打算让女孩子更勇敢吗?

两人均是拥抱的生手,紧张而不知所措。彼此间的距离,倒是不可遏制地靠拢,再靠拢。从最初的几十厘米,到十几厘米,几厘米……

包绕郭换金的阴影,不断浓黑加深。终于,她被景自连高大身躯制造出的人工暗夜,扎扎实实罩住。

这一刻,郭换金感觉到的不仅仅是温暖稠密的暗影,更是被一种类乎远古冰层的气味,浸染得近乎眩晕。

冰有神秘深奥的气味。这种气息,独属景自连。除了清寒凛冽,还有生疏的植物气息,来自高原茂密林海的前世今生。一闻之下,永难忘怀。郭换金永远搞不懂,人,怎么能散发出冰和植物混合的味道呢?

现在,这种独特味道,如席卷一切的暴风,倾泻而下。就在无与伦比的俊脸越来越逼近,郭换金以为冰凉的吻,顷刻会覆盖到她面颊和嘴唇之上,两张年轻的面庞,就要合二为一的时候,突然,一切都静止了。

这个吻,如同高原上最初的雪,注定要走过无比遥远的时间和空间。

景自连不由自主闭上眼睛。

人在接吻的时候,为什么会闭上眼睛?郭换金突然醒悟到这是个问题。也许,是古老法则在起作用。两人距离实在太近,近到人的双眼无法适应如此狭小的距离,只得先眯起来,然而,还是不行。眼前的形象还是晕染，重叠，模糊……

如果不闭起眼睛，晃动的东西太多了。蓝天白云的远景，太阳渐渐暗淡的光芒，冰峰在某个特定角度的反光，风中浮动的沙尘颗粒，军装上放大的皱褶和帽徽侧面的闪烁，最重要的是自己的眼睫毛，变得像玉米须子般粗长……

这些景象和一心一意的接吻，剧烈冲突。接吻需要纯粹的感官感受，倾心投入的细微触知，全体身心的战栗抖动，一次次冲上巅峰的蓄积和沸腾……无所不在的眼睛啊，让这一切，难以全神贯注。

在人类遗传密码中，最纯粹优美的接吻，一定是花好月圆，紧闭双眼的。郭换金理论上完全不懂，实践更是空白。但她的身体，精确地引导她走向唯一正确的答案。

景自连的状况，也好不到哪里去。平日英朗如石倨傲如冰的军事参谋，被骤起的激情袭击，难以自制。所有的身体感官信息，都急剧放大加强，濒临失控边缘。他全身绷直，闭着眼睛，扶着郭换金的帽顶，将自己的头颅势不可当地倾轧过去。每一个细胞都啸傲山林，欢呼雀跃，靠近靠近，再进一步！

距离不断缩窄，就在肌肤相撞的那一瞬，景自连突然睁开了双眼。他想起了军人天赋职责，作为一名士兵，在任何情况下，都不应该，也绝不能闭上眼睛！

劲健峭拔的身躯昂然屹立，铁血肃杀的神圣责任，从眼底倾泻而出。面前是微合双眼满腔等待的姑娘紫色的唇……刻不容缓的紧急刹车，他陡然侧移了自己的身体。军纪不允许，他只能、他必须、他一定要收束起奔涌而下的似水柔情！

大脑号令一动，训练有素的身体，便无条件服从了。他的双唇，停在了距离郭换金唇边，直线距离零点一毫米的位置上。

无论从哪个角度看，都是贴在一起的两张烈火之唇。然而，没碰上就是没碰上，相距零点一毫米，也是毫不相干。日月为证，天地可鉴。

景自连感受到郭换金唇边细小的绒毛，已轻抚到自己嘴唇。但这不是皮肤黏膜间的接触，毫厘之间，流动着高原坚韧的空气。两个人的气息，都如火焰山一般炙热，狂野有力。但其间，有冷硬气体，如同一把水晶刀,硬生生齐刷刷隔绝开两张柔软的想要碰触的唇。

景自连实在难以排解,抬起头,仰望苍天。他的乌眸清澈寒冷,眺望极其高远的天际,只是目光由于刚才极近距离的凝视,暂时无法聚焦。

人的眼睛和理智,有某种神奇的联络。炯炯眸光,牵引理智复位。神明在短暂昏乱之后,渐次清醒,终于重新执掌了躁动的神经中枢。清醒的觉察力,是从小腿的后侧开始恢复,一厘米一厘米向上爬升。清醒升至胸膛,他重新复原了坚稳的心律,抬起手臂,万分艰难地轻轻推开了郭换金的肩头。

郭换金茫然失措的身体,如同汪洋中漂泊的无舵小船,遇到一股强大逆风。伴着肩部传来的强大力道,她同面前那具火热躯体的距离,一毫一分一寸……不可挽回地错开了。

郭换金惊骇不已。第一个感觉是适才昏了头,会错了意。她以为景自连打算吻自己,实际上,人家根本没那个意思。什么都不曾发生,她羞怯难当,深悔自作多情。这个觉察,让她极其狼狈,脸腾地红了。她不知说什么好,第一个念头是捂着脸,飞一般奔出战壕。

景自连第一时间发觉了她的情绪,紧紧攥着她的手,心疼地抚摸着。如果说,不能亲吻亲爱的姑娘,已经耗竭了他引以为傲的全部自控力,那么,他要积聚起最后的勇气,朗声告诉她,自己就是想那样做的啊,她没有错啊!可是,此刻的他,笨嘴拙舌,万般窘急,不知怎么开口。

"你让我走啊……"郭换金轻声念叨。眼眶涌上一层浓厚泪水。她生他的气,埋怨他,恨他不由分说就将自己带上渺无人迹的峰峦……就在她焦急地等待,等待他带着她展翅飞翔的时候,却毫无理由抛下她。居然什么解释也没有。

放下他!远远离开!立刻跑远!再也不见!郭换金的双脚,已经投入迅疾奔跑的预备姿势。

"不!你站住!"景自连嘶哑着喉咙,用极低声音吼道。

"为什么?"郭换金盯着他。景自连的下颌线绷紧,刚刚刺破皮肤的青黑胡茬,根根分明,喉结急遽地滚动。

他们,彼此靠得实在太近,又分明隔着万水千山。周遭,弥漫着天翻地覆的黑暗,四面八方皆是骤起的风暴。

"因为……我喜欢你。"景自连说。年轻的小伙子,把爱看成非常神圣的感情。他对自己的感情,没有丝毫质疑,却不敢贸然说出,怕吓跑心中的姑娘。所以,他先用"喜欢"搭个台阶,意欲搀着姑娘蹒跚走过后,才一道直逼顶峰。

"你既然……我,干吗在训练中那么凶?"郭换金不知所措,胡乱找个借口。她也不能自如说出"爱"字。那个字,实在太涩口了,整个人生中,从未对父母以外的人说过,只能遮掩延宕敷衍。

"凶你,是为了将来在战场上,最大限度地保你安全。"景自连道,目光中是无尽怜爱。

"既然爱我,为什么要到橙卡去?"郭换金嘟着嘴。话一出口,便觉出自己在无理取闹。关键不是这句话,而是她成功地把"喜欢",变成了"爱"。虽轻声,虽只有身边人能听到,然而千真万确。

景自连大喜过望。心爱的姑娘,跋涉万水千山,自己跑过来了。他明白郭换金不舍自己离开,会心一笑道:"我到橙卡去,是执行命令。等我完成了任务,就会回来找你。"

郭换金也收拾起心情,不敢重复那个字,呢喃道:"那我想你了,怎么办?"

景自连为难:"这个……我没办法。"

郭换金半仰着脸说:"我有办法。"

景自连不信她,说:"你不能打电话。橙卡根本不通电话。哨卡和战区司令部的联络,只能靠机要电报。我不信你能打通机要部门,单独给我发一封密电,哪怕只写一个字。"说完,悲凉又恶作剧地浅笑,这一次,没有酒窝。

郭换金知道他揪住了自己刚刚说的那个字。她不敢重复,只得不理睬,道:"我的确没本事发机要电报。"

时间有限,景自连只好拣最重要的说:"短期内,你也没办法给我写信。战区送给养时,才将信件送过去。哨卡谁收到信,都是公开的。"这个短期,指的是郭换金没有正式提干之前的日子。短期有多短?谁也不知道。

郭换金说:"我有办法,越过这些同你联系。"

景自连想不出还有他不知道的法子,足以跨越地理与人为的阻隔?

郭换金说:"每天晚上整十点,我们互相想念,可好?"

景自连悟道:"每天那个时间,我们心里都默念对方,把心里话,说给对方听?"

郭换金说:"咱俩想到一块啦!"

景自连点头,陪她痴想,说:"好!只是,每次要说多长时间?"

郭换金露出向日葵一般明灿的笑容,捅着他的胸脯轻声道:"傻瓜。有话则长,无话则短呗。"

景自连与之相对,如沐春阳,说:"那我在心中,默念你到天明。"

郭换金偏要逆着他道:"我呀,只说三十秒!"

了解一个人有多种方式。倾听他的童年,从父母、祖先、亲属、师长讲起,直到朋友和所有的爱好,种种故事,热闹而有趣。高原军人,没有这般从容。你的历史我不知道,甚至连了解也没有时间。你的将来,我现在也不能参与。看到的只是这一瞬的风姿,享受彼此的短暂相伴。一瞬万年。

两人笑闹着,情绪从刚才的烈焰蒸腾,渐渐降为温暖的相知。

"我真得走了。"郭换金望向暗色天际。

"你先走。我再做一些收尾工作。以后见面时,我给你唱歌。"景自连说,笑容朗如星辰,酒窝若隐若现。

两个人就此分开。郭换金走了很远,回头看向景自连方向。景自连可能正沿着拐弯的战壕走动,她什么也没看到。包括刚才的所见所谈,似只存在于想象中。

青年男女一生的盛开与怒放,都在短短片刻中完成。

于是,他们便在没有告别之中,真正地告别了。

郭换金短暂人生中,这极为重要的一天,虎头蛇尾过去了。想象中,怎么也该金戈铁马,驾深灰浅灰,并驾齐驱驰骋高原。战马振鬃扬蹄追风长嘶,轻蹄健马,披挂烽烟纵横天地……人马合一,所向披靡。可是,没有,这些都没有。只有蚀骨寒气自地心上涌,愈来愈浓重的暮色,将记忆一层层掩埋。

她若再次回头,一定会看到他凝视着她。可惜,她以为他隐在战壕中。其实,他只是不愿她伤感,便怀着最不舍的心境,在目光抵达之处,与她缠绵告别。他从未吻过一个姑娘,今天,也终是没有吻成。我爱你,排山倒海,只是不能涉过这零点一毫米的天堑。

郭换金回到卫生部,刚好赶上晚饭。司务长说:"到哪儿去了?今晚羊肉。你不能吃,就到炊事班库房领点原料,自己做吧。"

郭换金说:"得令。我这就去炊事班。"

司务长说:"慢着。大灶正开饭,门班长忙,你再等等。"

郭换金笑意盈天,道:"好嘞!我想吃大枣。"

司务长不解道:"几颗大枣,乐成这样?"

郭换金兴奋地摇头晃脑:"这跟大枣没关系。"

司务长说:"跟啥有关系?说出来,让我也跟着乐和乐和。"

郭换金摆头道:"独自傻乐,军纪还不许吗?"

司务长无话可答,说:"军纪才不管那么多事。你就自个儿偷着乐吧。"

郭换金回到宿舍,见叶雨露躺在床上迷糊。她摸了摸叶雨露的头,还好,不烧。赶紧抽空把新军装换下来,又将军挎包里藏着的罐头小锅收好。再看叶雨露饭碗,不见一丝水迹。显然,她也还没吃饭。

"哎,小叶子,醒醒,吃饭啦!"郭换金轻推裹在军被中的娇小身躯。

"我头痛,不吃饭了。"叶雨露齉着鼻子说。

"感冒了?那也得吃点饭。"郭换金刚想拿上叶雨露的碗,帮她打回饭来,不想有人在门外喊:"郭换金,楚医生找你。"

郭换金应了一声。心想,楚医生传帮带的兴致一起来,谈话简短不了。先把吃饭问题解决,再听师傅授业为好。

郭换金去找门可闩,炊事班长打量着她说:"今天有喜事儿?"

郭换金心下一愣,心想自己太沉不住气,脸上挂相,天下任人皆知?忙打岔道:"今天的事儿就是,叶雨露没吃晚饭。"

门可闩关切问:"她怎么了?"

郭换金说:"她有点不舒服,在床上躺着。班长能不能做点病号饭?"

门可闩摸着头说:"她爱吃什么?"

郭换金道:"中原人,当然爱吃面条。"

门可闩说:"这个好办,挂面现成的。"他顿了一下,"也没见你打晚饭。"

郭换金说:"我不能吃清水羊肉。你若批准,给我发碗红枣。若不给,我干吃馒头也行。"

门可闩没说行也没说不行。示意郭换金等一会儿,兀自走了。

郭换金去找楚军医,楚直上下左右目光如炬打量她一番。郭换金纳闷,说:"楚医生,你有事儿说事儿,盯着我干吗?"

楚直拍了下挂在脖子上的听诊器,说:"我看你有种不正常的亢奋。"

郭换金忙遮掩道:"我没吃饭,也许低血糖,也许心动过速。"

楚直打开药品柜,取出几支高渗葡萄糖,一言不发拿过小砂锯,精细地将小药瓶沿脖子锯开。顾长手指,将瓶子掰开,瓶身递到郭换金手中。晶莹而黏稠的葡萄糖液,轻微晃动。

"喝掉。"楚军医言简意赅命令。

"不用。"郭换金觉着自己并没虚弱到那份上,拒绝服从。

"别逞能。你不是低血糖了吗?"楚直道。

"我还能坚持。"郭换金执拗答。

"你的小算盘是找门班长要大红枣。他正忙着,没有半小时四十分钟的忙不完。等他得空给你把红枣翻出来,得多长时间?这个时间差,足够你的血糖一路走低,低到你头昏眼花心慌气短说不定还会一过性昏厥……"楚直医生声音不带波动地描绘地狱场景。

郭换金恨他乌鸦嘴,但也没法否认他的判断。接过葡萄糖瓶,一仰脖喝下。喝完后说:"谢谢。下回不劳驾您了,我自己能行。"

楚直说:"第一次喝高渗糖吧?"

郭换金嗯了一声说:"平时低血糖,也能扛过去。糖水给病人省着吧。"

楚医生说:"今天这糖水,是直接喝下肚的,不能有玻璃碴子。"

郭换金不服,说:"平日是输到静脉里去的,不比喝下去的标准更高吗?"

楚军医说:"输入静脉,器械上有一个微细的过滤网,把好了最后一关。你直接入口,没这个步骤。万一混进了玻璃碴,轻则,把你的舌头或食道,拉个尖锐小口。重则直接入胃,不停蠕动摩擦……明白后果了吗?徒弟。"

郭换金喝下几支高渗糖,精力得以恢复,声音都变得有劲了:"今天我既没昏过去,又学了知识。谢谢师傅。"

楚直今天并没有要紧事找郭换金,只是不晓得她下午到哪儿去了,这么晚才回来,莫名心慌。现在见她好好待在近旁,心总算落回胸腔。

许是葡萄糖加油,郭换金来了兴致,问:"楚军医,有个问题。"

楚直道:"问。你平时的问题还少吗?"

郭换金讨好地说:"你对酒窝有啥研究?"

两人距离,足以让这句话字正腔圆传达到,楚直却没听懂,讶然道:"哪个酒窝?"

郭换金指指腮帮子,道:"脸上的。一笑,就会出现圆圆的,转来转去的那个凹陷。"

楚直定睛瞄住郭换金,说:"问这个啥意思?"

"就是单纯字面上的意思。酒窝也叫梨涡,诗中写过'像一颗露珠,颤动的,在荷盘中闪耀着晨曦',指的就是它。"郭换金道。

楚军医充满狐疑说:"什么人作的歪诗?我怎么从未听过?"

郭换金说:"是徐志摩。诗的名字叫《她是睡着了》。你天天忙着像开拉锁似的在病人身上动刀子,没听过也正常。"

楚军医狐疑之色反倒更加浓重,说:"你们西北小县城的图书馆里,还有徐志摩的书?"

郭换金一惊,赶紧避开要害,反问:"你不是医学师傅吗?梨涡,难道不是医学问题?"

楚直记下疑惑,随后道:"严格说起来,这算医学问题,和解剖学有关联。只是,你问这个干什么?"

郭换金一时语塞。是啊,冷不防问酒窝,居心何在?找不到理由,只好说:"我就不许做个酒窝好看吗?楚医生,干脆点说,会不会做这个手术?"

楚直说:"没酒窝的人,想要个酒窝,一般来说,的确是为了让自己更好看。不过,你的卖相已经很好了,何必多此一举。"

郭换金大惑道:"啥啥?卖相?我也不是摊上摆的货。"

楚直说:"对不起,我一时没找到合适的词,急眼了拿来家乡话用用。卖相,是我们那儿的俗语。嗯……就是说,还不错。"楚军医稍有紧张,词不达意。

郭换金窘道:"你的意思是,我看起来还不错?"

楚直翻了个大大白眼道:"你自己不知道吗?明知故问,就是想让人夸你。"

郭换金觉得这两个答案都不能承认。本不知卖相是啥,也并不想让人夸奖。只好另辟一路道:"我想锦上添花。"

楚直觉得郭换金今日大反常,饶舌外加不可理喻。似有恒动不息的活力,在女孩子身上潮起潮落。是高渗葡萄糖,刺激她大脑异常放电?不能吧,葡萄糖似乎没这大神通。不过,和心仪的姑娘聊天、斗嘴加抬杠,让他欣愉。楚军医自我开解,既然她让自己一下午心神不宁,收点福利不为过。

他清清嗓子道:"严格说起来,酒窝是一种'生理缺陷'。"

郭换金满脸惊愕。缺陷?若把这信息告诉有酒窝的男子,他脸上会出现怎样表情?大吃一惊还是纹丝不动?起码酒窝吓得再也不敢现身吧?

楚医生继续道:"酒窝一词,确和酒精有关。"

郭换金问:"是有酒窝的人,特别能喝酒吗?"如果此条为真,以后要勤管着点,不能让他多喝酒。

边问边想,他若不刮胡子,更显骁勇异常。这样的男子,也有一副好酒量吧?

楚医生一字一顿道:"酒窝,和一个人能否喝酒,并没有必然联系。古时酿酒,用的是烧锅或是酒缸。为了舀酒方便,掏出来一个小圆坑。

便于用酒舀子盛酒,故此得名酒窝。"

郭换金轻点头。她已察觉了楚医生眼光中的探究之色,此时不敢反应太热烈,安静了几分。

楚直接着说道:"从解剖来说,酒窝是面部颧大肌、颧小肌和笑肌这几块肌肉,闭合不完全而留下的肌缝隙。"

"明白了。"郭换金回答。

楚直说:"你若想做个酒窝出来,我就用针线在你腮帮子内侧勾扯一番,当然具体步骤比我说的复杂,原理大致如此。完成之后,你就会像个花痴似的,成天脸上酒窝深深。"

郭换金赶紧声明:"楚医生,不是我想做。"

楚直说:"哦,关于解剖,就到这里。"

郭换金下意识伸出手,拦住楚医生话头,说:"我的问题还没完呢。"

楚直疑惑道:"一个酒窝,居然生出这么多问题?我就算诲人不倦,也烦了。"

郭换金赶紧道:"最后一个问题。"

楚直抱着双肩道:"说吧。记着,不许再问了。"

郭换金鼓起勇气说:"有酒窝的人,不打算要酒窝了,你有何法?"

楚直医生皱起眉峰说:"你没搞错?"

郭换金就差赌咒发誓:"千真万确,没错。"

楚军医鄙夷道:"这个人有病吧?"敲敲脑壳。

郭换金急切回答:"没病。就是单纯不想要酒窝。"

博学多智的楚军医,第一次被个医学问题,难到张口结舌。他坦诚道:"对此,我真没研究。按说,人长了酒窝,不疼不痒,并不碍事。为何要动刀剪,把酒窝消除?这个人,建议先拍个颅脑片看看。"

郭换金立马反击:"你脑子才有毛病呢!你才该拍颅片呢!"说完,气哼哼地走了。

被残酷打击的楚军医,发了半天呆。好好一堂医学课,叫酒窝引发了爆炸。

楚直觉得,那个有酒窝的人,一定是个男人。这男人嫌自己太帅,想扮丑？但思来想去，目所能及之处，不记得哪个男人有酒窝。总之，今日晦气。

高原上的面条病号饭，殊不易。

高原水开，只有七十多度，寻常锅子，煮不熟面条。若用高压锅煮面条，煞费苦心。水雷样的锅，足有半人高，米饭要出上百人的量，馒头要蒸三五屉……病号饭太少，难以操作。面条娇弱，高压时间稍一过，打开锅盖看到的是完美糨糊。

若压力和时间欠火候，出锅后"面不改色"。用力咬断，内芯冥顽不化，夹生硌牙。

大灶上，几乎不吃面条。万一尝试，门班长一定提前备好几箩筐馒头。若面条败走，馒头们前赴后继候补上来，大家不会饿肚子。

现在，给一个人单做面条，若不是门班长，没人敢揽这个瓷器活。

现和面擀面条，自然来不及。门班长私藏了几把挂面，还是上任炊事班长移交给他的，干燥得和竹签子有一拼。不过，脱水加之严寒，挂面没坏。

光有挂面不行，还得有菜码。门可闫找司务长，想请领鸡蛋。

高原没有蛋，因为没有鸡。平原养大的鸡，无论公母，上得山来，都会引发严重的高原疾病。最后，羽毛脱净，鸡冠皲裂紫黑，口角渗血而亡。据说这种死鸡不能吃，若吃了，也会得高原病。人在高原，经年累月的缺氧，高原病如影随形。再加上可怖的病鸡传说，大家避鸡唯恐不远。从此后，绝了人们在高原养鸡的梦想。

没有鸡，自然没有蛋。关于先有鸡还是先有蛋的永恒争议，在高原得到了完美诠释——既没有鸡也没有蛋。

有人曾说，请山下后勤保障部门，运点鸡蛋来。

此议甚好。供给部门也做过美好尝试。鸡蛋的跋涉无比艰难。雪山冰河，搓板路尽情颠簸。倒霉的蛋，先是被低温冻成琉璃球。途经峡谷处温度稍缓，又融成黄白混淆的半固体状。热胀冷缩后，鸡蛋爆裂数瓣，碎出满车泥泞。受此暴击后，从此绝了向高原战区输送鸡蛋的念想，鸡蛋成了椭圆形的神话。

据说内地科研单位,研制出冻蛋罐头。将鸡蛋磕开,蛋液倒入罐头容器中,密闭消毒。使用时,将盒盖打开,蛋液倒出便大功告成。

不知出于什么原因,冻蛋罐头却迟迟不能供应部队。很少几罐,作为试验用品,十分稀罕。门可闩知道司务长有这样一罐宝贝,打上门来索要。

司务长说:"谁病了?"

他揣测部领导病了,门班长要表现一下。

"是战士。"门班长看出司务长的小心眼,一语道破。

"哦。"司务长索性不问了。僧多粥少,这瓶冻蛋罐头,留在手里,惦记的人多了去。早早发出,少了麻烦。具体谁吃,他不管了。

司务长将冻蛋罐头交与门班长,说:"尽量一次吃完,不要打算留着以后吃。罐头容易坏,整出食物中毒,板子你吃。"

门班长老兵了,此等差池,应该不会出。司务长多叮嘱一道,以防万一。

有了挂面,有了冻蛋,缺点绿色。在高原,没什么比绿色蔬菜更稀罕了。

门班长记得老乡安扣分上士屋里,养了一丛蒜苗。上回见时,蒜瓣蠢蠢欲动刚冒芽,这么多天过去,蒜瓣们应发愤图强。他找到正在洗衣服的安上士,第一眼却不看向他,而是瞅着窗台。两寸高的一盘蒜苗,艰难地探脖生长。

"门班长,有事儿?"安上士暂停手中揉搓,问。

门班长笑道:"你衣服真够脏。"

安上士说:"你那衣服也没好哪儿去。有啥事?"

门班长开门见山:"我看上你这盘蒜苗了。"

安上士说:"不只你。看上我这盘蒜苗的人,多了去啦!"

门班长说:"那正好。为了让别人不惦记,你也省心,我把它齐根剪了。"

安上士恼了,道:"你恁馋!长这丛绿,让我想起家。你一口吃了,我想家时咋办?"

门班长说:"看几根蒜苗就想家,不怕人笑话。我剪之后,剩下的蒜瓣缓过劲来,还能接着长。你对着它接茬想家,不耽误。"

安上士无奈道:"你下了狠心,非要吃我蒜苗?歹毒啊,不怕我咒你,得绞肠痧?"

门班长说:"你咒错人了。我是做病号饭用。"

安上士知道了缘由:"早说,我就早给你了。"又道,"谁这么有福,能吃掉我的蒜苗?"

门班长说:"反正不是我吃。你管那么多做甚?谁吃还不一样?"

安上士哀怨道:"古诗里都说过我这类冤情。"

门班长不理他多愁善感,四下趔摸:"剪子在哪儿?"

安上士递过剪子,心疼道:"千万别剪太苦,好歹留下寸把高。"

门班长嫌弃地看了看剪刀,问:"老实交代,你剪过脚指甲吗?"

安上士心虚回应:"剪过又怎么着?庄稼地里还浇大粪呢!"

门班长想了想,弃用身世不清白的剪刀,用步枪军刺,将蒜苗割下来。大巴掌攉花,基本上齐根裁下蒜苗。安上士心疼得如同截了肢。

门班长临出门时,想起刚才话茬,回头问:"哪首古诗说过剪蒜苗?"

安上士一板一眼背出:"谁知盘中餐,粒粒皆辛苦。"

门班长明白安上士关注的是"谁知",便道:"是女兵班病号,吃你蒜苗。"

安上士深仇大恨道:"好你个门大个子,拿我的劳动果实,去讨好姑娘。"

门班长说:"高原上,七尺汉子都熬不住,别说姑娘了。"说罢掐着绿莹莹的青蒜苗,忙病号饭去了。

病号饭做好,天已黑透。门班长找到郭换金,说:"端回去吧。"

郭换金有气无力道:"我还没吃饭。你欠着我呢。"

门班长忘了这茬,赶紧找补道:"我特地多做了点病号饭,你也伙着吃吧。"

郭换金摇头道:"我又没病,吃了病号饭,就是多吃多占。"

门班长说:"我这就让人给你找大红枣。"

郭换金说:"我这就去库房等着大红枣。病号饭,劳烦门班长给叶雨露端过去。我们住在部领导西边那间屋。"

门班长答应下,端着一小盆香喷喷的鸡蛋面条,朝着部领导住处走去。进了小走廊,敲门,没反应。再敲,还是毫无动静。按说,这女娃不待在屋里,大冷天的,一个病号能到哪儿去?

许是门可冄敲门的劲道大,女兵宿舍没反应,部领导的房间开了门。文协理员走出来,说:"门班长,你……"

门可冄用下巴点了下手中蒙着厚笼布的食盆,道:"女兵班班长郭换金,说战士叶雨露病了,让我做病号饭。女兵班怎么没人……"

文慎笔说:"今天党团活动,她们班的人,都开会去了。"

门可冄为难:"那这饭……"

文慎笔道:"病号估计没去开会。你开门进去吧。有人,你就叫醒她吃点东西。没人,你就把饭盆搁屋里,人总会回来。你的任务就算完成了。"

门可冄憨厚笑笑:"一个大老爷们,随便进女人屋子,怕不好。"

文慎笔说:"她们和部领导住邻居,能有什么事儿?你不用顾虑。"说罢,关门办公去了。

门可冄最后一次,像擂战鼓般,拳头砸向女兵班宿舍门。这下,终于有了回应。"谁呀?"音色喑哑,如同撕成缕的乱麻又搓了几把。

门可冄怕惊扰了协理员工作,不想在门廊里啰唣,道:"我是炊事班长,送病号饭。我进屋了啊。"

说着,他推门走进女兵宿舍。女兵来高原很久了,炊事班长天天掌勺给她们打菜盛汤,可宿舍什么样子,真不知道。

已到供电时间。灯线开关处于打开状态,此刻,倏然亮了。

病中的叶雨露不喜欢强光,但也不愿起身关灯绳,只得由着屋内明晃晃。

门可冄先是惊讶室内整洁。男子宿舍鸡飞狗跳,汗味体味加焦炭燃烧不全时遗下的呛人烟气……混杂交织,熟悉又沉闷。女兵这厢冰清玉洁,气味清新袭人。

门可冄对于气味的识别,缺乏能力。除了家乡的泥土味炊烟味,就是分到炊事班后,米饭、馒头和羊、牦牛等气味的大杂烩。进得女生宿舍,如入旷野花丛。

叶雨露卧在床上,烧得脸蛋通红。见有人进来,忙半坐起身。扰动肺腑,咳嗽不止。发烧的双眸闪亮如水晶球。

门可囶本想放下食盆,交代完就走。见这状况,不好贸然离开,端过炉盖边的军用茶杯,说:"叶雨露,你喝点水。润润嗓子。"

叶雨露接过水杯,大口吞咽,想来渴坏了。

门可囶道:"你们班人呢?也不说照顾一下病号!"

叶雨露剧烈咳嗽了一阵,好不容易缓过口气,说:"门班长,别瞎赖人。她们说了要留下照顾我,是我不肯。吃了药,烧慢慢会退的。"说着,她不由捂着上腹部皱眉。

门可囶说:"到底啥病啊?胃不舒服,不该发烧啊。"

叶雨露皱着细巧的小眉毛,说:"肚里没食,吃了退烧药,烧是退了,胃里火烧火燎。"

门班长道:"有些药,不能空肚子吃的。你当卫生员的,不知道?"

小叶子委屈说:"知道又怎样?烧糊涂了,顾不了那么多。再说,宿舍里又没啥零食可吃。"

门班长掀开食盆上的罩布,说:"小叶子,坐起来,把面条吃了。和胃里的药掺和掺和,就不那么难受了。"

叶雨露苦笑:"那些药,早泡化在胃里了。现在吃啥也不管用。"

门班长劝道:"话不能那么说。胃是空的,药就老泡在里头,不断伤胃。吃了热汤面,胃就缓过来了。再说,药又不是一回就管事,病没好透,你继续吃药,又会疼的。吃点东西垫底。"

门班长五大三粗,外不秀,中却有慧。在卫生部待得久了,也能说几句内行话。小叶子哑口无言。

关键是,那盆面条色香味俱全。袅袅热气虽因严寒而稀薄,余孽仍像活泼的小青蛇,钻到小叶鼻孔里。高烧而干涸的口腔内,有新鲜口水泌出。

面条用高压锅煮得恰到好处,醇厚的浆汁里,卧着两个滴溜圆的蛋。蛋白如冰雪初凝,蛋黄如坠落人间的小太阳。最要命的是面条之上,浮动着一小撮青蒜苗,翠绿叶片交织,如一把把精致的小剪刀,让人垂涎欲滴。

见了这幅美食图,叶雨露一下挺直了身子。这让她胸前的饱满,蹦跳着,呼之欲出。她一时没发觉,维持这个姿势前倾,惹得门可冄浑身燥热。

"你的碗在哪儿?我给你盛出来,趁热吃吧。"门可冄赶紧转移视线。

叶雨露虽未察觉,但为了吃面,调整了坐姿。让人热血偾张的动人景象,隐去。

她端起碗,呼噜呼噜开吃,完全没有淑女风度,甚至也不像个病人,狼吞虎咽。

门可冄心满意足看着小叶子吃饭。天下厨子,都对吃光自己手艺成果的人,心怀好感。他故作谦虚说:"饭好不好吃,和灶里的火很有关系。这面条若是在平原,用柴火灶煮出来,能鲜掉你眉毛。在高原,只能用汽油烧。对于锅来说,汽油是一味毒火。"

叶雨露已吃得八分饱,有了余力撇嘴。听罢,对火苗的品行不感兴趣。心想,不过是吃一碗面,却把眉毛吃掉了,那得多丑啊。

"还要。"她风卷残云吃净一碗,将空碗伸到门可冄鼻尖下。

门可冄默不作声接过碗,从盆里盛满汤面递过去。递碗时,稍稍迟疑了一下。这姑娘,吃得是不是有点多啊?但看到叶雨露眼巴巴如小兽般可怜可爱的眼神,只好递过去。

"还要。"叶雨露三下五除二又吃净一碗,将上述动作重演一遍。

门班长收起恻隐之心:"你不能再吃了。"假装严厉。

叶雨露撒娇道:"我还没吃饱呢。"

门可冄说:"这饭,不是为了让你吃饱的。"

有了食物垫底,叶雨露反驳:"炊事班长,竟敢克扣军粮啊?"

门可冄被逗笑,说:"我克扣你的面条,有啥好处?全高原,饿死谁,也死不了炊事班。"

叶雨露嘟囔:"你们不一定清白。难得吃回面条,谁知你会不会私藏?"

门可闩别的信息没放在心上,抓住小叶子话中"难得"二字,分辩道:"这面条是给你单做的。"

叶雨露抿嘴一乐道:"你的意思是,以后我若多多得病,就能常吃上你做的面条?"

门可闩一语双关道:"你想不想不得病,也能常吃上面条?"

叶雨露说:"当然想。不过,怎么才能常吃上?"

门可闩迟疑。他有了心中的盘算,但不能说。起码现在,万万不能暴露自己的心思,为时过早。

他的话,并非完全没谱。高原有挂面,虽说不多。以他的能力,兄弟单位拉拉关系,还是能搞到手。冻蛋罐头,麻烦点,部队并无稳定供给。不过,难不住他。门班长决定做寻找冻蛋的有心人。

最难办的,是夺人眼球的绿蒜苗。此次巧取豪夺成功,并不等于下次还有好运气。门班长眉头微皱,很快也想好了招数。难事儿,从源头抓。

没有蒜苗,但他有现成的"蒜苗爸爸"——紧实的大蒜头。高原战区,炒菜炝锅没法用葱。葱在运输过程中,会肝肠寸断,化成一腔软鼻涕,不可逆地失去原有滋味。

和它并肩的蒜,皱缩成团。成百上千头大蒜裹进一麻袋,外罩防寒草垫。虽说冻坏大部分,终有幸存者。大蒜头于是成为一枝独秀的调味品。门班长计划,从麻袋中挑出完好的大蒜头,剥开后温水浸泡两天,直到它们变得如同年画娃娃般白嫩鼓胀,再小心翼翼放进盘里,耐心等待它们抽出碧绿芽叶……

门可闩头脑中,成功勾勒出蒜苗茁壮成长的全过程,缓慢但具可行性。

他原本不屑于此,觉得蒜苗和蒜,本质上没区别,就像大人和小孩子,都是人。看到叶雨露如此喜爱面条上的这道菜码,大彻大悟。是的,大人和小孩没多少不同,但男人和女人,大大不同。

他决定养蒜苗。不是养一盆,而是养很多盆。形成梯队建制。哪怕小叶子姑娘三天吃一次面条,也能供应得上。

门班长这样想着,宽阔的大脸上,浮现憨厚笑容。

吃饱喝足了的叶雨露,有充分余力观察他人反应,说:"班长,你不厚道。"

门可闩吃惊,说:"我哪里不厚道了?"

叶雨露说:"我病得凄凄惨惨,你却满面笑容。幸灾乐祸啊?"

门可闩分辩道:"我在想今后怎么给你做病号饭,有了好主意,开心。"

叶雨露胃不再疼,烧也退下来,人轻松了不少,说:"你盼着点我好行不行?我宁可不吃病号饭,也不愿得病。"

门可闩信誓旦旦说:"我保证,你以后就是不得病,我也能让你吃上最好的面条。"

叶雨露大喜道:"当真啊?!"家在中原的人,无论男女,对面条的热爱深入骨髓。

门可闩雄赳赳气昂昂答:"军中无戏言。"

心里话是,我喜欢你啊,哪儿能骗你!

23

麦青青返回高原。

连续奔波,导致她回到平原时出现"醉氧"反应,终日嗜睡,萎靡不振。但公干不是休假,代表高原战区女兵班参加大军区表彰大会,时间紧张,安排不断。麦青青在吃不好睡不安的情况下,调动一切精力参加高强度活动,人病了,也清减许多。

重见麦青青,人们一下觉得她长大了。干练雅致,说话得体,语调不疾不徐,笑容恰到好处。需要杀伐决断时,也绝不拖泥带水。

麦青青找到文慎笔销假。文慎笔温和地说:"收获很大吧?"

麦青青习惯性地甩甩短发,说:"让大军区的首长和同志们,知道边疆有咱们这样一支英雄的高原部队,守卫着祖国最高的领土。尤其是其中还有女兵,是最大的收获。"她微微顿挫一下,继续道,"我们班的荣誉,归功于战区和部里领导,加上全体同志的共同努力。我只是其中的普通一兵,做得还很不够。为祖国守防,当继续努力,不惜生命。"

滴水不漏啊!文慎笔心中感叹。到底是老子英雄儿好汉。只是这话他不便说出声,公事公办道:"好好休息两天,再开始工作。"

麦青青装作随意道:"我出差归队途中,顺路回了趟家,看望了老父母。"

文慎笔说:"咱们也不是大禹治水,没有三过家门而不入的要求。回家看望老人,理所当然。"

他有意忽略麦青青父亲的职务,只言普通老人。两人都在强调一个"老"字,温暖亲切。

麦青青顺势引出想说的话:"我对老父亲说了文协理员对我的帮助,老父亲让我一定给您带好。希望您不断指导我,帮助我。我家人都从心底感谢您。"

文慎笔不知这些话有多少水分在内,心甘情愿默认为全是真的。他做感动状说:"也谢谢你的老父老母。我一定尽力。"

麦青青从随身背着的军挎包中,掏出一支钢笔,低垂眼帘双手捧上道:"老父亲送您一件小小礼物。"

文慎笔一眼瞥过,见是支派克,心中跃动不止,嘴上客气着:"哪儿能让你老父亲破费,给我送礼物?不敢当啊!"欲出手阻拦。

麦青青很有分寸地将派克钢笔放到桌面上。笔颇有些分量,与铁皮桌面碰出清脆声响。麦青青道:"我父亲从小当红军,没读过多少书。后来在部队上认了字,对文协理员这样的知识分子,一贯非常尊重。这支笔,是他当年参加解放战争时,从敌人一个师长手里缴获来的。他本说给我留着,听到文协理员对我帮助很大,就改了主意,让我代他送给您。老父亲的一片心意,您就收下吧。"

麦青青的话,半真半假。爸爸钢笔很多,有缴获敌人的,也有别人赠的,就是没有自己买的。至于这支派克是何来历,麦青青可不知道。想着不能空手见领导,就从老爸藏品中,随便挑了一支。老爷子的钢笔那么多,根本发现不了。

麦青青说完,敬礼,离开。文协理员拧开笔帽,抚摸着光滑笔杆,独自感动。

麦青青见到门可闩时,炊事班长正在大灶刷锅。他俯着身子,如长臂猿一般猛蹭锅底焦渣。麦青青无话找话道:"班长,您好像长高了。"

门可闩抬起头,甩甩手上水珠说:"我都这么大岁数了,还长个儿?你的意思是我借工作之便,多吃多占了?"

麦青青大叫冤枉,说:"我哪儿是那个意思。"

门可闩一笑道:"我知道你不是那个意思。说吧,找我什么事儿?"

麦青青说:"山下走一趟不容易。我给您带了个小礼物。"

门可闩吃了一惊外带感动,说:"你连我都送礼物,那你要送礼的人太多了。谢谢你还记得我这个火头军。"

麦青青莞尔一笑道:"您怎么知道我送礼物的人太多呢?我可没那么好心眼。再说,我也用不着巴结那么多人。"

门可闩想想道:"说得也是。咱们部里,最用不着巴结别人的人,真的要数你。"

麦青青道:"门班长为人,令我敬重。在山下时,常常想起您。"

啊?!门可闩闻之色变。这不可能!他迅速做着判断,一惊。这次麦青青想求的事儿,估计不小,不然何必这般大费周折!便做诧异状,说:"不能吧?我一个烧火做饭的炊事员,有什么值得麦班副想的呢?"

麦青青沉着应对道:"怪我没说清楚,主要是想您的手艺。能把干燥如柴火的脱水菜,做得好吃,全军都堪称一绝啊。"

门可闩再清醒,也心中大悦,面色和暖。脱水菜果然是高原特色,能做得勉强入口,的确要费功夫。

麦青青再接再厉:"那天在军区小灶,听说有种新调味品,叫七蘑菇粉,随便撒点到菜里,便鲜味大增。我想您不久后会参加炊事员大赛,有了这个粉,好比多了件秘密武器,您的厨艺定能如虎添翼。就求人找了一瓶,送给您。"

门可闩把手中刷锅布拧干放到一旁,又把手擦干净,接过比墨水瓶大不了多少的七蘑菇粉瓶,打开闻闻,连声说:"好东西啊!不知怎样谢你。"

麦青青说:"一点小事,不必言谢。一定要谢,您先欠着我吧。祝您参赛时,排第一。"说完,利落转身,离开了欢喜着的门可匕。

炊事班长掌勺,是关键岗位的关键人物。他人缘好,还是部里的支部委员,说话有分量。按"擒贼先擒王"的策略说,此人要笼络住。区区一小瓶调料,就可收服一颗人心,这个买卖划得来。

门可匕对高原战区的炊事员大赛,并没啥志在必得的雄心。他此刻欢天喜地想的是,有了七蘑菇粉帮忙,给叶雨露做面条的时候,能把小姑娘括号般的眉毛,鲜掉。

麦青青最想见的人,其实是景自连。她先把一应杂事处理完,心无旁骛来到司令部宿舍。敲门。景自连低沉而富有磁力的声音响起:"请进。"

麦青青拢拢头发,抻抻本已十分平整的军衣,缓缓进门。"景哥哥……"她叫道。

景自连吓了一跳,一眼看清满面笑容的来人,第一句话透出严厉:"别这么叫。"

麦青青好似突然发现口误,忙说:"对不起,景参谋。我刚从军区大院上山来,一时改不了口,原谅我。"说着,还顽皮地敬了一个礼。

这个礼,不是军礼。而是当初大院里小孩子打闹时,自创的一种认罚仪式。五指并拢向前方勾起,手掌竖在耳边,还不停地向下方扣动,如同一只小猴子调皮点头,以示服软……

景自连就算再不悦,在这种姿势的攻势前,也只得将眉头展开,说:"下不为例。"

气氛见缓。麦青青还是有些怅然,她想起景自连的酒窝。小时候,他还不像现在这般有自控力,虽然努力抑制着不笑,但开心时刻,酒窝还会若隐若现旋在脸颊……麦青青以为自己一个女娃,耍活宝到了如此天真活泼不计颜面地步,屋内又无旁人,可爱的酒窝,会惊鸿一闪。

然而,没有。一丝一毫迹象都没有。景自连声音不带任何起伏道:"麦青青,有事?"

麦青青觉出景自连的疏离排斥,较她下山时更甚了。按说不应该啊,自己刚从他们共同的"大院老家"归来,就是礼貌性地寒暄问候,也会应个景。

她只得自行挑起话头说:"我临上山的时候,特地去你家看望了伯伯和阿姨。"

景自连微不可察地点点头,说:"哦。"

麦青青不满道:"你就不问问你父母身体如何?心那么大?"说罢,她娇俏瞟向景自连,歪着头看他如何作答。

景自连说:"他们正值壮年,身体没啥大毛病。就算有小病,有保健医生照料着,不会有太大问题。"

麦青青见这个关子,没收到预期效果,只好自答道:"人上了年岁,就算看起来身体不错,谁也不敢保证一切平安。阿姨最近常常腰痛。"面露忧戚。

景自连终于动容,轻轻叹口气道:"老毛病了。每年换季时候,她都会不舒服。"情不自禁流露殷切挂念。

麦青青叹道:"阿姨说,这是生你的时候,伯伯不在身边,照料不周,才坐下的毛病。"

一句话,陡然拉近二人距离,亲昵之情荡漾。看来,景自连的母亲和麦青青没少聊家常。连这等隐私旧事,都翻腾出来。

景自连一时稍觉尴尬。不过,很快寻到解脱之术,说:"我母亲经常对别人这么讲,主要是想加深我父亲的内疚感。"

一个"经常",把麦青青意图列个特殊小圈子的念头,碾碎在萌芽中。

麦青青并不气馁,又挑起新话题,说:"你猜,我和阿姨聊天时,还说什么啦?"

景自连沉稳回答:"我不猜。女同志聊天的话题,我没兴趣。"

麦青青不恼,和颜悦色道:"虽是妇女间的话题,却和你这个男子汉密切相关。真不想知道吗?"

景自连磐石般应答:"就算和我有关,也不感兴趣。"

麦青青见此人油盐不进,黔驴技穷,只好单刀直入道:"阿姨果然问起了你的感情问题。"

景自连微含冷意道:"我的感情,何时出了问题?我怎么不知道?"

麦青青说:"景哥……参谋,不是说你的感情出了问题,是说你适当考虑感情这个问题。"

景自连立马反击道:"你们怎么知道我没有考虑?"

麦青青一下子雀跃起来,说:"景……参谋,你真的有考虑啊?"

景自连笃定回答:"有。"

麦青青追问:"你的考虑是……"

景自连立马封死麦青青的问话方向:"暂且保密。"

麦青青想,以景自连的沉稳,鉴于自己还是战士身份,自然不能明示于人。即使对当事人,也要严守秘密,以免失了分寸。这个韬略完全正确,理解。她展露了然于胸的神色,说:"我明白了。"之后又假装自言自语道,"我当时就跟阿姨说了,让她不用着急。天下的好事情,都是顺其自然水到渠成的。揠苗助长使不得。阿姨拉着我的手说,阿姨本来心急,见了你,就不急了。"

之前的聊天,景自连就算没兴趣,看在两家世交情分上,深为忍耐,不好直接下逐客令。话题一步步向深水区导去,前方即有漩涡出没。他忍无可忍,冷情冷意道:"麦青青,你可还有要事儿?"除了强调"要"字,就是颇有深意扫视周围。

麦青青这才注意到,景自连的宿舍,已收拾得干净利落,地上放着打好的背包,眼见就要人去楼空。

"你这是……"麦青青吃惊地问。她刚回来,还没来得及不动声色地向人打探景自连动向。

"我到橙卡任职。"景自连答,"马上走。"

"橙卡?橙卡……"麦青青轻声呢喃,脑海中迅速调出相关哨卡的情况。按说寻常女兵,对名目繁多的一线单位,并不十分熟悉。麦青青不愧军事指挥员后代,对前线常有留意。

有关橙卡,她想到的是:本战区最凶险的哨卡。海拔高,位于无人区腹地,环境非常恶劣。尤其哨卡五十公里内,没有公路,只能靠马匹运送给养。它离未定国境线很近,敌情频仍,擦枪走火事件时有发生。由于武装摩擦不断,需要哨卡指挥员具有很高的政策水平和丰富的作战经验。诸种因素叠加,"橙卡"成为人人闻之色变的前线中的前线。

"这橙卡……非要你……去吗?"麦青青腾地站起,修长手指欲抚上景自连军装上衣的第二颗纽扣。她知道,在这颗纽扣后面,是人的心脏。

"是。"景自连一边回答,一边不动声色退后半步,拉开了和麦青青的距离。

麦青青也觉失态,将伸出的手臂收拢,重新坐下。

"何时回来?"这是麦青青此刻最关心的问题。身为军人,她深知军令不可违,只能退而求其次。

"战区没有下达新任命之前,我一直会在橙卡。"景自连朗声回答。

"那我……怎么办?"麦青青拢了拢被齐耳短发遮住的小巧耳朵,失声问道。

"这和你,有什么关系?"景自连不解。不是装的,是真不解。

"这个……当然是没关系。不过,人家就不能关心你吗?!"麦青青毕竟是女孩子,无法把话说得更直白。

景自连说:"如果是战友关心,领情了。橙卡上那么多兄弟,都谢谢你了。"

说着,景自连走到门前,将原本虚掩着的房门彻底推开,也不顾屋外寒风凛冽,道:"我就不送你了。你刚上山,会重新出现高原反应,有可能比初次更严重。当心。"

话虽可圈可点,但这架势明摆着轰人。麦青青若再耽搁不走,有点死皮赖脸了。一向高傲的她,哪儿受过这等冷遇,很想甩个脸子,以示生气!又一想,今天和景哥哥聊得还凑合,该说的都说到了,该了解的事儿,也知道了几分。见好就收吧,她做出体谅表情,说:"景……参谋,你忙吧。到了橙卡,多保重身体。为了伯伯阿姨,也为了牵挂你的人。当然了,主要是为了祖国。"说罢恋恋不舍离开。

门嘭的一声毫不留情关闭。门里边,景自连谢天谢地,总算走了。耳边省却多少聒噪。

门外边,麦青青迟迟未动。她被自己的话所感动。今天的谈话,好像一个包子。伯伯阿姨是包子皮,祖国是热气腾腾的锅。包子馅,是——挂念你的人！景哥哥,你军衣上装第二颗纽扣后面的胸腔中,藏着的那颗心,可知道谁是最挂念你的人？

郭换金难以知晓景自连赴橙卡履职的具体时间。她没有理由贸然找上门去,也不敢打探。只能暗自祈祷——今天还能见到你！

可惜地老天荒的各方神祇,都听不到微不足道的小女子呼唤。郭换金孤寂几天之后,悲哀认定,景自连已在她不知晓的情况下,出发去了橙卡。最后得到了潘容证实。

他们在战壕掩体内的见面与分手,即是最后的相遇与告别。

她一次次回忆两人离开的时光,思维反刍的次数太多了,记忆混乱模糊,以至于真正的分手究竟是怎样的情形,已漫漶不清。

唯一记清的是,他情意绵绵地说,作为一只兵蚁,再相见时,他给她唱歌。

鲁迅说过,为了忘却的记念。郭换金为了忘却那张英俊面庞,只有拼命工作。将时间的细沙,填满思念的箩筐,期待没有空隙再想他。箩筐有洞。时间渗光了,唯思念不走。化思念为力量,郭换金倾情投入卫生部墙报事业,不可理喻地精益求精。

潘容已详尽考察过基层单位的墙报黑板报,择有代表性的抄记下来,准备汇总后写出详细报告。他不由得佩服阳政委找到的这个点,看似微小,却犹如细而锋锐的银针,刺入部队最敏感的穴位,举重若轻。

阳云天专门拿出整个下午,听他的汇报。潘容转述完战士们气壮山河的话语之后,开诚布公同政委谈了自己的看法。高原太孤苦了,战士们情绪时有低落。

阳政委不动声色听完后,无喜无忧道:"你可知道你现在干的这个活儿,体察第一手的民心,在汉代,叫什么？"

潘容是知道的,但想了想,还是隐下不说。收敛锋芒。

"在汉代叫作刺史。到了唐代,就叫御史。到了明代……"

潘容决定谨慎插言,不然会被领导轻睨,低声道:"叫巡按。"

阳政委转为微笑道:"对,是巡按。你懂得还不少嘛！"

潘容腼腆说:"偶然记得,谢谢政委鼓励。"

阳政委又道:"你这一趟走下来,单就墙报黑板报来说,全战区哪一家比较好?"

潘容不用深思,滔滔不绝报出一些单位名称。情况都在心中掂量多次,手到擒来不费事。阳政委把记录资料拿过去,说:"我抽空仔细看。这些材料宝贵啊!"

潘容告辞。边走边想,其实没完全说实话,给政委打了埋伏。

哪家墙报出得最好?实事求是说,卫生部。

他不愿告诉阳政委的理由,也说不出个明确理由,只是单纯的不想说。冠冕堂皇的理由是——高原战区,毕竟是以军事作战为最终目的。后勤单位抬得过高,有喧宾夺主之嫌。

他也知道郭换金不喜欢更多目光聚焦于她。他有些自私地想,她的好,希望只有自己知道,藏起来默默欣赏。

这样想着,不知不觉走到卫生部,见出了新墙报,习惯性地浏览起来。耳边突闻有人打招呼:"潘干事,可有事?"原来是柳赞轻轻走近。

潘容将目光从墙报上短暂移开,回答道:"没事儿,随便看看。"

柳赞抿嘴一乐:"没事到卫生部溜达的人,还真少见。欢迎常来。"

潘容说:"常来做不到,今天随便走走。"

柳赞不信说:"潘干事随便一走,就到了我们这儿。我们这里,真有那么随便吗?"纯粹没话找话,自个儿都听不下去了。赖谁?谁让潘干事好看呢!

潘容没兴趣和其他姑娘聊天,转移话题道:"我看这墙报上,你的诗写得不错。"

听到夸奖,柳赞眉开眼笑道:"你真心觉得我写得好啊?"

对方太热情,潘容俏脸稍感不自在,不想过多嬉笑。不过还是实事求是说:"不是一般的好,是很好。"

柳赞略带神秘地说:"我要是告诉你,除了我的名字之外,剩下的都不是我写的呢?"

潘容问:"那为何署你的名字?"他已知晓答案,但还想再确认。郭换金,你究竟藏起了多少能耐?

柳赞絮絮叨叨:"要说我一个字没写,也不客观。我还是写了几行的,不过,都让郭班长改了。改完之后,她说,要不我给你念念啊?我说,不用不用。我巴不得你给我改。鸡毛飞上天了。"

"郭班长说了什么?"潘容对郭换金的一切,都感兴趣。

"班长说,高原没鸡,也没鸡毛,所以上不了天。倒是你的名字,本来就应该飞上天。潘干事,你可记得我的名字?"说罢,眼波水淋淋。

潘容没敢接茬,虽然他记得,敷衍道:"你们班长的意思,是你的名字有寓意。"

为了继续引起潘容注意,柳赞道:"我并不喜欢我的名字。"

"为什么?"出于礼貌,潘容只得问下去。他觉得女子能有这个姓,该开心的。

"人人都以为姓柳有意境,但柳树,才疏质寡,性软多病,爱长虫子。我才不乐意。"柳赞是以前记住了有关自己姓氏的转词,特意卖弄。

这番话,成功起到了让潘容刮目相看的作用。不过,他还是无意多聊,做出专心看墙报的样子。

柳赞点着墙报最上方的小文说:"殷厚土的,写得也挺好。"

潘容端详着那些文字,心不在焉道:"挺生动。"马上疑虑,"这文章,不像他写的。"

"这篇,也很有文采……安扣分是谁?"潘容继续仰头看墙报,随口道。

柳赞惊讶:"你不知道安扣分是谁?"

潘容道:"我应该知道他吗?我又不是军务部门的,当然有很多人不知道。"

柳赞说:"他是门班长的搭档,做得一手好菜。"

潘容说:"我也不在你们灶上吃饭,不知道他的手艺。我知道门班长,等我看看他的稿……"找到了,看得潘容惊诧不已。他特地压低声音问柳赞:"门班长似乎文化水平不高,想不到写得锦绣文章。"

柳赞笑笑说:"我告诉你……"说罢,靠近潘容,要说悄悄话。

潘容赶紧闪躲,说:"柳护士,秘密您就自己留着吧,我走了。"心说:所谓秘密,不就是郭换金包办吗!

柳赞见他要走,说:"我不信,你知道我要告诉你的是什么?"

潘容速战速决道:"就是——墙报上登出来的稿,都是郭换金一人写的。"

柳赞再无话可说,讪讪道:"潘干事,你真聪明。"

潘容正色道:"聪明谈不上,但别人想什么,我有时能猜出。柳护士,其他的心思,别瞎想。"

柳赞再没什么拿得出手的话茬可以留住潘容,只得悻悻离去。

潘容说不出柳赞有何不好,只是不想交谈。恰巧看到一个熟悉背影,正眺望司政后机关方向。

潘容看在心里,知道她伫立的原因。又自我排解,景自连毕竟是她教官,师徒一场,也是情分,便善解人意地说:"挂职一般不会太久。回来后你还可以继续向他学习军事技术。"

郭换金无精打采道:"学不成了。"

潘容不解,说:"为什么?"

郭换金答:"我已经毕业。他不再教我了。"

潘容扑哧一声笑起来说:"他已经走了。如果你还想继续学习军事,我可以教你。"

郭换金沉默了。他已经走了,他已经走了!他已经走了……

虽不出意料,仍万分悲怆。许久,见潘容还眼巴巴盯着自己,忙掩饰道:"你是政治干事,军事技术有那么棒吗?"

潘容说:"甭瞧不起人。教你,绰绰有余。"

郭换金道:"我不信,不跟你学。你别收徒不成,反伤了哥们儿和气。"

潘容心下不悦,谁跟你是哥们儿啊!嘴上说:"我就不强收你为徒了。问你一小事儿,你们部里墙报,都是你一人出的吧?"虽是问句,但肯定意味十足。

郭换金被人捉了赃,愧疚道:"我好不容易把稿收上来,真不能用。让他们改,求爷爷告奶奶不说,逼得紧了,破罐子破摔。说不投稿了。所以,我一怒之下……"

潘容目光恳切,深表同情。

郭换金继续道:"我索性推倒了重写。本以为登出来,那些人会有想法,我会内疚。却不料,人人都在说,看了墙报上我的稿吗?怎么样?"说到这里,郭换金苦笑。

潘容珍惜来之不易的说话机会,唯一遗憾是没把胶片书签带在身上。他精心准备的礼物,还没来得及送出。

潘容突然跨前一步,郭换金不明就里,跟上去,边走边说:"你今天要借书吗?"

潘容说:"古墨那一箱子书,我基本看完了。"

郭换金奇怪道:"如果我没记错的话,应该有几本你没读过。比如泰戈尔,比如聂鲁达。"

潘容指了指墙报的某个角落,随口道:"都说人在高原,智力严重下降。这话不一定。"

郭换金不知二者有何关联,顺潘容目光看去,见是楚直的一篇小文。稿子还不错,关键是楚军医拒改,就全须全尾下来。只是,这与缺氧何干?

潘容说:"那你还记得我有书没读完?"

原来,在这儿等着她。郭换金道:"你也知道有些书,你并没有读完,是吧?"

潘容不置可否,说:"非要讲得这样清楚明白吗?"

郭换金真没搞懂潘干事的弯弯绕,道:"你耍心眼,有意思吗?"

潘容一本正经回答:"我没耍心眼,但觉得有意思。"

郭换金道:"意思在哪儿?告诉我一下呗。"

潘容气滞,说:"你真要我把谜底揭出来?"

郭换金诚恳道:"还望指教。"

潘容道:"告诉你后,不许笑话。"

郭换金虚心说:"我向你求教,哪里还敢笑话。"

潘容眼神望着别处说:"我把所有的书都借完看了,今后还能有借口,来找你吗?"

郭换金哑口无言。她不敢笑话潘容,但实在接不上话。

潘容见她语塞,赶紧开玩笑道:"咱血管中流着同样热血,是纯洁的战斗友谊。"

郭换金镇定下来,说:"我没误会,想来你也不会。既然当事人都明白,别人的看法不重要。即使不借书,你也可以找我,谈读后感什么的。"

潘容问了郭换金近来读过的书,感叹道:"你读得太快了。帕斯卡尔说过,书读得太快或是读得太慢,都将一无所获。"

郭换金反问:"就是那个说'人是一棵会思考的芦苇'的帕斯卡尔吗?"

潘容说:"好像就是他。"

郭换金反驳道:"那他老人家肯定是在平原说的这话吧?"

潘容抓耳挠腮道:"我不记得他是在哪里说的这话。这与地点有什么关系吗?"

郭换金强词夺理道:"他肯定是在山脚下说的这话。而咱这里海拔高,不可同日而语。"

潘容大惑:"海拔和读书速度,有啥关系?"

郭换金自成体系道:"这还不好理解吗?高原容易死,读书就得快。不然,这箱子书还没读完,眼睛闭上了,多亏。"

潘容举手投降:"服了。那咱们谈谈读后感。"

郭换金跃跃欲试道:"你预备谈哪一本?"

潘容道:"《八十天环游地球》,怎么样?"

郭换金冷哼一声道:"那是科幻。好不容易有点时间,说点实在的可好?"

潘容反问:"你不觉得在咱这个地方,最适宜谈科幻吗?"

郭换金说:"有何道理?"

潘容手臂向四周一划拉道:"你看看是不是特别像火星?"

郭换金旋着头打量了一番说:"像。咱虽然没去过火星,估摸着和这儿差不多荒凉。"

潘容又说:"半夜时分,你仰望晴空星斗,觉不觉得下一秒钟可能有外星人驾到?"

郭换金噎了一下,说不出话来。想起景自连观测星空,测量星的亮度,为的是战火硝烟。他肯定没想过外星人。心中抽搐。

潘容沉浸在自己思绪中,又说:"你再看脚下。"

郭换金遵嘱乖乖瞅瞅地面,说:"没啥特别呀,石块积雪永冻土。"

潘容道:"你说得对,没区别。但咱们这儿和地球上的绝大多数地方,是不一样的。"

郭换金顽劣一笑,说:"废话。高山和海洋,当然不同。"

潘容坚持己见道:"除了海平面,这里和普通的平原山峦峡谷,也很不相同。"

郭换金说:"你说你一政工干事,想假装地理老师,在这里给我讲五大洲四大洋吗?"

潘容说:"我不敢。只是我心里常常琢磨这些,也找不到个人交流。随便拉个人扯这些,人家会以为我缺氧说胡话。"

郭换金说:"我倒不敢那样埋汰你。只是你说这些没头没尾的话,也不是读后感啊。受了啥刺激?"

潘容一改谈天说地的闲散表情,严肃道:"咱脚下站着的地方,是地球的第三极。"

郭换金说:"明白了,你不就是想说,咱们身处地球的最高点。"

潘容眸光闪闪,仿若有星星坠落,神往道:"将来有一天,我想去看看地球上的那两极。"

郭换金应声答道:"南极和北极?"

潘容说:"俗话说,登高望远。站在地球之巅,守卫着世界上最高的国境线,这经历,不是人人都能有。"

郭换金轻轻重复:"经历?"

之前,她只觉得自己被时代潮流裹挟,被动地随波逐流。此时悟到,经历即是命运。

潘容神往道:"你说,咱怎么才能到达那两极?"

郭换金见他一脸痴迷,很想打击他一下,便说:"走着去。"

潘容未曾听出其中讥讽之意,说:"当然要走了。想到达某个地方,你得坐车或是乘船,有可能还要坐飞机……但总要亲自走,才算真正到达。咱们在北冰洋游个泳,在南极搂着企鹅照个相……"

潘容面朝远方,目光迷离,可看到了北极熊和企鹅?在这之前,郭换金真不知潘容还有如此陡峭浪漫的想象力。他的正脸和侧脸,都很耐看。高原风霜,都不曾折损他的完美轮廓。从后裔上溯祖先,想那潘安当年,真不是浪得虚名。

尤其让郭换金惊讶的是,当他说到不可思议的未来蓝图时,用的词居然是"咱们"。

"你说的'咱们',是谁?用你家乡话说,就是'俺们'。"郭换金假装恶作剧,实则一探究竟。

她以为潘容会改口,承认是口误。或者随意找个理由搪塞过去。却不料此人大言不惭道:"俺们,就是你和我。"

郭换金笑弯了腰,说:"要去你自己去,我可没那么多盘缠。周游南北极,估计我当一百年的兵,不吃不喝也攒不出路费。"

潘容倒是不愁道:"我不信凭咱们勤劳的双手,挣不出走南闯北的差旅费。"

郭换金扭着苦瓜脸道:"佩服!不过啊,你单打独斗去南北极吧。如果盘缠不够,到时候我可支援你点儿。不过,不太多。我起码得留够自己吃饭的钱。"

潘容并不灰心。看着郭换金,心想,你现在没打算跟我结伴走,但将来会,一定会。我会努力不止。

郭换金说:"时候不早了,你既然不借书了,那就再见。"

潘容说:"这么不耐烦我?"

郭换金急分辩:"咱俩今天说的话够多了。"

潘容说:"你怕别人会有看法?"语罢,他伸出手指,在墙报范畴内,缓缓划拉个圈。挥动手臂同时,对郭换金低声说:"你也指一下墙报。"

郭换金不明他用意,还是依样画葫芦,只是潦草。她也压低声音:"潘容你装神弄鬼,跳大神?"

潘容说:"我跟你不停说着话,希望盯着咱的人,以为在谈墙报。"

郭换金不屑道:"站在卫生部院里,风能把所有的话,传出五百米。"

潘容说:"闲话不多说了。你记住,咱今天说妥了这事儿。"

郭换金纳闷道："说啥就妥了？我咋不知道？"

潘容说："将来一道去周游世界，看看世界那两极，咱就三极走遍。"

郭换金不耐烦说："赶紧回屋睡觉吧。梦中别说三极，十极八极都有。"

潘容本已打算走了，听得这话，回身说："你咋这么没信心？"

郭换金本想告诉他，就算真的环游世界，她也不会和他，她心中所想另有其人。只是此话一说，天昏地暗。反正环游世界，是很久很久之后的事了，谁知能不能成行？郭换金道："你打算去那么多国家，会说那么多国的话吗？"

潘容老实道："不会。我可以学。"高中学霸的优异过往，让他毫不打怵。

"先学好一句话。切记切记。"郭换金叮嘱。

潘容欢喜郭换金加入梦想中，赶紧问："哪一句？我一定优先学会。"

郭换金说："听好了。这句话是'饿了，要吃饭！'不能让人前胸贴后脊梁周游世界吧。"

"放心吧。我饿了，要吃饭。记下啦！"潘容喜滋滋走了。他看到了灵魂共振的希望。梦想不再遥远，世界不再孤独。

是夜，郭换金又恢复了第五病区夜读。潘容习惯性地看着那扇窗户。烛光摇曳，星光灿烂。有柔软而静谧的雪花自九天飘落，且歌且舞。天地一片洁白，在他眼中，皆是斐然春色。

24

楚医生对郭换金阴阳怪气道："你单兵军事训练，结业了？"

郭换金答道："暂时告一段落。"

楚直说："差不多就行。你又不打算当穆桂英或花木兰，能自保就算优等生。"

对医学教官的军事指教,郭换金没吭声。

楚直难得略带犹豫说:"有个科目,我想了半天,不知教你还是不教。"

郭换金反问:"有关医学?"

楚直说:"那自然。莫非我还能教你擒拿格斗或煎炸烹炒?"

郭换金想,楚医生今天吃的饭,不是炊事班的寻常伙食,一定是军械库炸药。自己只有沉默等下文。

楚直多少也察觉失态,缓和语气道:"你先看看这个。"说着,拿出一个塑胶人体模型,约一尺多高,乳白色,做得还挺精致。郭换金定睛看去,脸就不由得红了。

这是一个女性医学模型,赤裸裸,各部位十分逼真。

郭换金不知道脸上呈现何种表情为宜。惊奇?羞涩?拒绝?……似乎都不合适。用力维持面部表情肌原状,类乎无动于衷。

楚直解释道:"这是医学教具。"

郭换金表示充分理解。心想若不是为了医学教学,摆弄这裸体小人,基本可以算作流氓。

楚军医自说自话:"这东西是我求了在内地医院工作的同学,特地找来的。内部出品,很精致。"

郭换金终于干巴巴吐出:"谢谢!"

楚直说:"不客气,谁让我是你师傅?!"

授课场所,在医生办公室,四周是医疗器械柜。郭换金站起身来,走到敷料柜前,抽出一卷纱布,手一抖,滚开了纱布卷。纱布间有黏性,虽因重力作用坠落,但速度不快,很不情愿的样子。

郭换金耐心看着纱布卷滚动,到了预想中的长度,收拢了卷轴。拿起敷料剪,咔嚓嚓将纱布从中段裁开。裁下部分如雪链,搭在她手腕。

楚医生不知这是搞什么名堂,无声注视。

郭换金也不解释,自语道:"好像短了点,凑合用吧。"说罢将裁下的纱布稍稍比量一下,然后抱起同比例精确缩小的小人,三下五除二,白纱布便缠在它身上。从上到下的躯干部分,裹了个严严实实。

楚直眼瞅着她把塑胶模型,制作成雪白的木乃伊状,总算明白了,调侃道:"你不好意思?"

郭换金板着脸道:"我知道这是医学,没啥不好意思。所以,我想好好对待这小人。高原严寒,怕它冷,我给它穿件裙子。"

楚直咋舌:"像死去几千年的古埃及人。"

郭换金道:"楚军医,你就甭管像谁了。开讲吧。"

楚直正面指导:"医者无男女。"

郭换金肃然回应:"我懂。"

楚直难得多说两句:"给你授这方面的课,我也有顾虑。不过,你将来主要的工作对象是女性,这方面的知识,你必须掌握。不必不好意思,不懂就问。"

郭换金连连点头,说:"楚医生,你就把我当成一个男人。"

楚直没回答。心说,我怎么能把你当成男的呢?那我一腔柔情,岂不错付?

郭换金见他没搭腔,怕惹师傅不快,转圜道:"楚医生,要不您就把自己想成一个女人。"

幸亏戴着口罩,不然会看到楚军医挺秀的鼻梁都歪了。把他当成女的?亏郭换金想得出!但这话似乎也无法煞有介事地纠正,只好充耳不闻。从郭换金手里拿过塑胶小人,将白色纱布条横扯下来。

郭换金愣了。给小人缠纱布的时候,很自然一件事儿。现在被楚医生暴力将纱布剥脱,塑胶小人无遮无拦裸露于光天化日之下。作为同性,深感狼狈气恼。

楚医生冷冷道:"不要往性别上联想。此刻,你我都是中性。"

郭换金总算找到个堂皇支点,心绪渐稳。

楚医生将小人背部机关轻轻一按,正面胸腹腔嘭地裂开。在菲薄的塑胶肚皮之下,呈现出各种脏器,心肝脾肺肾俱全,还显露不同颜色以示区分。肺是浅粉,肝是绛紫,心脏为正红……

郭换金一时噤声。她经历过真正的尸体解剖,但突如其来的复现,还是让她惊惧。

楚医生毫不理会她的不安,气定神闲指着小人下腹,说:"这是子宫,这是输卵管,这是卵巢……"

郭换金一言不发,只觉得自己小肚子,一下一下地抽疼起来。

她以为难堪不过如此,却不想楚直医生继续严肃说道:"这是女性的外性征。具体名称是……"

郭换金口干舌燥。她不知道正规医学院校里,女生学到这一部分时候,是否能安之若素听讲?可能学员众多,课堂庄严,自带殿堂感和仪式感。年轻的学子们,没有如此尴尬?

见郭换金走神,楚军医不满道:"想什么呢?"

"没……没想什么,你接着讲。"郭换金赶紧让自己庄严肃穆起来。

楚直说:"这是科学。希望你也拿出科学精神,认真听。"

郭换金机械复述:"这是科学。"

"女性分娩的过程,你也要了解。它像一个漫长的马拉松,需要很大的体力和耐力去支撑,医生是她的同盟军。如遇难产,你要做第二手准备。下面所说,你无法实操。但从理论上要了解,说不定哪一天用得上。"

郭换金以高度责任心,强令自己听下去。

楚军医接着道:"剖宫产,要切开七层肉。更专业的说法是,包括皮肤、皮下脂肪层、前鞘筋膜、肌肉、后鞘筋膜、腹膜以及膀胱腹膜反折,一共七层组织。七层之后,子宫壁千呼万唤始出来。子宫三层,分别是子宫肌层、蜕膜、羊水膜。加在一起,你的刀,要切开十层……"

郭换金已经不是单纯肚子痛,胃加上脑仁和胸腔,都一股脑儿粉碎性疼痛。惊惧交加中,总算上完这堂课。

楚直放下塑胶小人,拽起久置一旁的纱布条。郭换金还没完全复原,吃力问:"你干吗?"

楚直说:"制作木乃伊。"

郭换金道:"我来吧。"

楚直一脸嫌弃:"你裹得太丑。"说罢,他比量纱布块,有板有眼地从小人上半身裹起,一路向下。时紧时松,过了腰以下的收束处,用外科医生灵巧的手指,居然将白色纱布块,膨隆出纱裙曲线,直拖到小人赤裸脚踝处……

郭换金看呆了，结结巴巴说："你让它穿上婚纱？"

楚直把眼光从小人身上收回，乜斜着桃花眼说："想不到你们那个小县城，还有人穿这种西式裙？"

郭换金险些露馅，赶紧说："我们那儿有教堂。"

楚直说："你看过西式婚礼？"

郭换金只好继续圆谎："小时候看过。"

楚直话锋一转，劈头问道："想不想以后也来一场这样的婚礼？"

郭换金呆若木鸡。

婚礼？这也太遥远了吧？看来楚军医今日吃下的除了火药，还有致幻剂。

她从未想过此事。不知道是自己晚熟，还是纪律之下本能近于枯萎？命运多舛，想象高度受限。高原有无数个可能性，包括死亡，郭换金都想象过。唯独从未出现过婚纱。

楚直看到徒弟近乎呆傻的面庞，觉出自己造次。不过并不后悔试探。医学上有脱敏治疗，对于终究躲不过的刺激，一次次小剂量输入，直到安之若素。

郭换金直想逃跑，磕磕绊绊说："楚医生，没新课的话，我走了。"

楚直很想再聊聊，苦于实在找不到冠冕堂皇的教学点，沉着脸道："今天就到这儿吧。我也要研究蓝卡病例。"

战区最重要的一组哨所，按照"彩虹"系列命名。蓝卡和橙卡毗邻，虽然这个"邻"，少说有数百公里之遥。

"蓝卡，怎么啦？"郭换金问。

楚直说："蓝卡驻军生病，越演越烈。很影响战斗力。一直找不到病因。"

郭换金急迫地问："会不会是某种传染病？"

楚直说："这是一个方向。不过，有近在咫尺日夜相处的人，并没有发病。有些基本上从未接触的人，却突然发病。部长把难题交给我，我也没有头绪……"楚直苦恼摇头，这在他运筹帷幄的医疗史上，实属罕见。

郭换金手心冷汗涔涔，问："蓝卡附近的橙卡，可有人发病？"

楚直说:"未见报告。而且,发病和登卡时间,找不到正相关。"

郭换金追问:"啥意思?"

楚直解释:"就是发病与否和入卡时间,没有显著关系。"

郭换金抓住了要点,试探道:"如果登卡时间不长,发病率就很低。是这意思吗?"

楚直说:"基本可这样理解。"

郭换金不放心,又问:"那邻近的其他哨卡,有病例吗?"

楚直说:"很少。"

郭换金终于舒了一口气,拍着胸口说:"原来是这样。"

楚直狐疑道:"你在为什么人担心?"

郭换金回答:"为蓝卡所有官兵担心。楚军医你好生研究。怪病一日不除,边防一日不宁。"

楚直说:"你不要再给我肩膀上添砖加瓦了。部长天天见了我就问怎么样?我说,不怎么样。彼此都知道说的是什么。束手无策,一筹莫展。"

麦青青返队后,郭换金担子减轻。副班长俨然成为高原女兵班代表,无论是向领导汇报工作,还是在各种会议上发言,甚至工作上出了问题需要有人负责,麦青青均毫不推辞,一马当先。尤其她代表女兵班出席了大军区表彰大会,回来后向全战区机关做的精彩报告,更让她声望飙升。

郭换金生性喜静,特别是隐藏着身份秘密,令她忌讳抛头露面。她无意争功,也不觉被众人瞩目是可炫耀的美好时刻。于是,郭班长乐得悄无声息做具体工作,副班长则水涨船高风光大噪。各得其所,配合默契。

柳赞看不过眼,悄声对郭换金说:"外头人都以为她是班长,你是班副。"

郭换金淡然回应:"外头人,谁?"

柳赞说:"除了咱们班,再除了咱们部,其他人都算外头。"

郭换金淡然道:"那些人,和你我有何相干?"

柳赞嗫嚅道："是和咱没什么关系，但与事实不符。况且和麦青青，还是有关系。"

郭换金粲然一笑，道："全军还有比班长更小的官吗？"

这问题不用想，柳赞立即答："没。"

郭换金叹息道："那不得了？有啥可计较的。"

柳赞说："我是为班长你打抱不平。"

郭换金讶然道："我没觉得不平啊。"

柳赞只好缄口。她为班长仗义执言，但本人无动于衷，真是哀其不幸，怒其不争。算了，班长愚钝，还是琢磨着怎么讨好班副吧。功夫不负苦心人，柳赞琢磨出新发式。先从垂发内层下缘，梯次削薄。这样发梢不用任何打理，就会扣出妩媚内弯。麦青青的俏丽干练，不动声色更上一层楼。

郭换金更加忙碌。除了兢兢业业学医和复习军事科目，还有意识地加强身体素质锻炼。说到底，也并非全是为了女军医的培训而努力，她希望自己更强大。这样景自连某天自橙卡归来，会露出难得的酒窝。

楚军医的好为人师发展到魔鬼级别，他把医学院教材当成小儿书，要郭换金快速阅读，把重点铭记脑中。时不时抽测，严厉至极。郭换金终于抗议道："这背来背去，都是纸上谈兵。"

楚直说："讲具体点。没有具体指向的抽象意见，等同废话。"

郭换金说："比如说，你让我记住肺癌的病理解剖特征，周围没有肺癌病人，高原也做不了病理解剖。背这些体征，有啥用？"

楚直冷笑道："你不会以为，一辈子也碰不到一例肺癌？"

郭换金舌头打结，说："这个……我不能保证。"

楚直步步紧逼道："你遇到肺癌病人，难道说，对不起，请等会儿。我现在去查书？"

郭换金低下头道："我不能……这么说。"

楚直继续道："以其昏昏，使人昭昭，就不配吃医生这碗饭。医学是笨功夫，你必须牢记书中前辈的真知灼见。"

郭换金只好持之以恒地枯燥背书。

她缺氧而迷糊的大脑，吃力地想：世上有多少种疾病？每种病有多少组神鬼莫测的症状？每组症状背后，又有怎样匪夷所思的病理机制？再加上眼花缭乱的药理转归，无所不在的化验数值……更有难以计数的发热待查、腰痛待查、眩晕待查、蛋白尿待查、头痛头晕待查……

郭换金几近绝望。医学症状，有无数种可能性阴险地沉默着潜伏着，犹如深海浮冰，水下体积难以测量。

再忙，郭换金也会抽空读樟木箱子里的书，让自己从医学沼泽中透透气。她有了"小图书馆"之称。人们翻箱倒柜找出存书，找她换书看。这也使得她的阅读量显著增加。

她在院子中，被一位陌生男子拦住。那人说："你就是那个拥有很多图书的女兵吗？"

郭换金一时不知如何答复为好，高原似没进行过藏书量评比，她无法戴起这顶桂冠，迟疑道："我有一些书，不知道算不算很多。应该……不算吧。"

那个男子，身烙高原工作多年的痕迹。极瘦，肤色黑褐，犹如用一组钢丝编起来的铁锈人。郭换金以她日渐成熟的医学知识判定，此人血管里流动的血液，黏稠迟滞如浑沙。他的声音，也带着铁锈般的枯涩和零落感。

"应该，就是你，没错。人们说起过你的长相。还有，听说你很和善。"那人没什么表情地说着好话。

郭换金不知如何回应。人家都说你和善了，不能再板着面孔。只好温和地问："您有什么事儿？"

她以为，他想看病。不料那个铁锈人说："我想向你借几本书。"

郭换金心说，我也不认识你，口气也大，张嘴即是几本书。她略微收敛温和，道："我的书，是不外借的。"

铁锈人说："我知道你的规矩。谁想借书，必得拿一本书和你换。两人都看完了，再换回来。"

郭换金想了想，觉得这个说法基本属实。除了非常熟识的人，比如楚医生、门班长，她不会让他们拿书来换。顺便说一句，这两人从没借过书。前者不屑闲书，后者是没兴趣。若是其他人，比如安扣分和穆木春,那绝对一视同仁,必须等书交换。不是她小气,而是只有这样,她才能不断看到自己没有的书。

安扣分拿来的是本歌谱,翻得破破烂烂,有皮没毛。穆木春交换的是《赤脚医生手册》,她自己也有一本同样的。郭换金没说破,郑重收下了。

郭换金快速完成一系列思想活动,对铁锈人说:"是。"

铁锈人道:"因为心里有数,所以,我提前备好了和你交换的书。"

郭换金打量着他,好奇他把那本拟交换的书,藏哪儿了?他很瘦,衣服紧裹身上,看不出有任何夹带之处。那双枯槁的手,孤零零悬在身体两侧,除了十个指甲翻翘成汤匙状,手中空空如也。

郭换金失望。第一,此人就算有书,一定很薄。才能藏得这般彻底,看不出丝毫端倪。第二,这书一定不是精装的。精装书刚直不阿,无法弯折遁形,藏不住的。第三,就算这本书真的存在,盲人骑瞎马,估计也和这个人一样,不甚精彩。

郭换金有轻微洁癖,平素虽不以貌取人,但以貌取书。可能因为古墨传赠她的书,都仪表堂堂风度翩翩。如一门贵族,丰神俊逸。平日交换来的书,则大部分颜色猥琐,鼠目獐头者多。她能理解山路迢迢,翻阅者众多,书籍难葆好品相。但心里仍是嫌弃。

铁锈人既然有备而来,那他会拿出一本怎样的书?

想他慕名而来,都是爱看书的人,郭换金便柔和了自己的声音:"你想看什么书?"

"我想看童话故事。可有?"铁锈人也不客气,开门见山索要。

"有。"郭换金诚实回答。这在军营中,应算冷门书。她正巧有一本。

"借给我。"铁锈人不由分说伸出手。他的手心显露出高原红细胞增多症的特点,黑红肿胀,和细瘦的手腕不成比例。

郭换金以小人之心度他,道:"能让我看看你要同我交换的书?"

铁锈人有点不好意思。黑紫脸膛上看不出红,只是更深暗的黑。

铁锈人扭捏道:"严格讲起来,也许,我要拿出来的不能算一本书。"

郭换金露出果然不出我之所料的表情。铁锈人浑身上下,的确没有可藏匿一本体面书的地方。

郭换金温和地说:"你既然做了准备,拿我看看。"

铁锈人满是裂口的手,插进肮脏的外罩衣兜里。

郭换金想,那个兜,就算一本小人书藏在里边,都嫌逼仄。他带来的书,难道是举世罕见的古袖珍本?纸莎草写的?

铁锈人缓缓从衣兜掏出来一沓纸。千真万确,是一沓而不是一册。他轻轻将这沓纸展开,再展开……刚开始规模不算大的纸片,展平后,有一只胳膊那般长,还有最后一层没有展开。

郭换金愕然:这能算是书吗?

她没敢发出疑问,但铁锈人好像听到了她的心声,答道:"它也许不是惯常意义上的书。但它起到的作用,不比一本书的价值小。"

郭换金一只手接了过来。没翻开之前,她想象不出这个陈旧纸件,到底是什么东西?纸张颇有些硬度,类似很好的书籍用纸。但它太薄了。

她轻轻将最后折叠的那层打开。真相大白。

一张视力表。在墙上悬挂过,沾有高原无所不在的粒尘。

视力表,绝对千篇一律。大大小小的"E"字母,好似一把把简陋的小梳子,印在年代久远的黄涩纸面上,是不好笑的笑话。

"你想用它来和我交换一本书?"郭换金不可置信。

"这是一张标准对数视力表。它……也算广义的书了。"铁锈人收起不好意思,理直气壮地说。

如果他说点恳请的话,郭换金也许不再深究。现在,他板上钉钉地说那是——"书"。"书",能是这样吗?郭换金是爱书的人,铁锈人的话,成功激起她的不满。

她缓了口气,看向远处,高原不宜动怒。此刻正是黄昏,暮色初起。云的涡旋,美如海浪,竭力托举着急速下坠的夕阳。云层太美了,感觉可以站在上面,一辈子。

心绪平稳后,郭换金义正词严道:"它也能算书?!"

铁锈人很肯定地坚持:"算的。它是书。"

"它……有人看吗?"郭换金抖动着手中的视力表。由于年代久远,纸张发出脆弱的窸窣声,铁锈人不安地盯向她的手,生怕一不小心,将视力表抖断。

"有的。很多人看过的。"铁锈人毫无商榷地说。

郭换金顿觉自己失策。视力表贴在墙上,当然很多双眼睛看过。

不能轻易言败,郭换金接着问:"它能算印刷品吗?"

铁锈人高度自信,不苟言笑道:"它当然是印刷品了。"

郭换金发现又一次失误。视力表的确是印刷出来的,并不是油印件。当然,更不是手抄本。

略一思索,找到立足的反驳点,郭换金杀将过来:"它有内容吗?"

铁锈人利落反问:"那你说说看,它有没有内容?"

郭换金发现她给自己挖了个深坑。毫无疑问,视力表是有内容的。只是这内容很特别,但你不能因为它特别就否定它,说它没内容。郭换金只好无奈点头,说:"好吧,就算有内容。不过,我还有问题。"

铁锈人宽容道:"请问。"

郭换金终于找到了撒手锏:"既然它是书,那么,有作者吗?"

这一次,铁锈人沉默了。不是沉默几秒钟,而是沉默了几分钟。谁知道视力表的作者?虽然从原则上说,视力表也不是从石头缝蹦出来的。这一问,成功地难住了铁锈人。

正在郭换金以为胜券在握时,铁锈人低下头,面有惭色说:"对不起。"

郭换金以为他认输了。没想到铁锈人说:"视力表,是有作者的。我的医生朋友告诉过我,是中国一位姓缪的教授。我不是眼科医生,把他的名字忘记了。不过,这张视力表的确有发明人的。"

郭换金无力地敲敲太阳穴。

她相信铁锈人说的是真的。楚直在教学中,曾涉及眼科知识。楚直着重讲的是战伤后的眼球摘除术。至于视力,战士入伍时,均严格查验过。视弱者会毫不犹豫被淘汰。所有通过视力审查的人,只顾得高兴,没人关心视力表是谁发明。

郭换金彻底败下阵来。她万般无奈承认,视力表是"一本书"。它有内容,是用纸张印刷出来的,有作者。最重要的是,它被很多双眼睛看过……谁能说它不是书!

为掩饰败绩,郭换金好声好气问:"你打算用这本'书',换我的童话书吗?"

铁锈人说:"你定的规矩,在高原已经传开。咱们就以书易书吧。"

郭换金心里话,你借给我的这本书,怕是再也借不出去。她道:"好吧。你在这里等,我去找童话书。"说完,她先是把视力表还到原主手中,再将铁锈人撂在卫生部空寂的院落里,自己返回宿舍。她摆在铺板上的书,没几本。好在童话集在。她慢吞吞抚摸着书,不舍将它借出。她有直觉,这本童话,就此一去不复返。

答应了人家,就该言之有信。郭换金再三磨蹭,还是把童话书带回院子。铁锈人还像她离开时那样,歪斜站在原地,看着远方的雪山。

"喏,给你。"郭换金说着,恋恋不舍地把童话集,交与铁锈人。

"喏,给你。"铁锈人复诵一遍,把"标准对数视力表",递给了郭换金。

银货两讫。

郭换金多问了一句:"你在附近工作吗?"

"不。我在几百公里外的地方工作。"铁锈人说。

"那你什么时候来还书?对,正确地说,是咱们把书交换过来?"郭换金几乎不抱希望地问。

铁锈人说:"也许一个月后,也许,一年后。"

郭换金只得认命,叮嘱道:"爱惜书。别弄坏了。"

铁锈人不肯敷衍说:"不一定。我带回去,知道我有书的人,都来跟我借。我没法拒绝,管不住的。"

郭换金问:"你们那里有很多人喜欢童话吗?"

铁锈人说:"不知道别人是否喜欢。许久没见书,他们知道了,不管是什么书,就会借的。我只知道,我喜欢童话。"

郭换金奇怪:"你为什么喜欢童话书?"看着对方沧桑面庞,心想写童话的作者,再天马行空,也料不到此书在高原的命运。

铁锈人答:"人在这里,你只能喜欢童话。不喜欢童话,就没什么可喜欢的了。"

郭换金半懂不懂,只在心里做好了和这本童话书永诀的准备。

"你叫什么名字?"铁锈人问。

郭换金说:"你有必要知道我的名字吗?"

铁锈人说:"有借有还。要是我自己来还,不知道你的名字,也能找到你。要是我委托了别人来还,总得给人一个头绪。"

郭换金说:"我叫郭换金。"

铁锈人沉吟了一下,好像在记忆,然后说:"好名字。或者说,名字一般般,但配上这个姓氏,就刚刚好。让我试着想想,你应该还有个弟弟,叫郭换银?"

郭换金不置可否。她不想与萍水相逢的人,蓄起太多缘分。

铁锈人或许察觉了自己唐突,说:"告辞了。"

郭换金说:"稍等。"

铁锈人说:"你还有事儿?"

郭换金双手奉还视力表说:"请把它带走吧。"她知道,缺氧影响视网膜,高原人常查查视力,有必要。

铁锈人说:"它现在是你的了,就像童话集,现在是我的。"

郭换金知他怕自己反悔,便说:"童话集,你带走。视力表,你也带走。"

铁锈人明显不乐意了,说:"这哪里使得?好像是我巧取豪夺。"

郭换金说:"没其他意思。你这本书,我借不出去,留着也无用。你带回去,把它贴到原来的地方,它会高兴。"

铁锈人的面色这才转趋正常,低声道:"它即使钉到原来的地方,也没有用了。"

轮到郭换金不解,问:"为什么呢?它基本完好,还能用很久呢。"

铁锈人沮丧地说:"眼科医生走了,它成了摆设。以前,它立过功的。你学医,知道高原紫外线强烈,维生素缺乏,人坏了视力的概率特别高。很多人不觉得视力下降,等严重时,就太晚了。视力表,能帮忙的……"他停顿了一下,长叹一口气,表达缅怀视力表之意。

他苦笑道:"听说你是以书易书,我们那里到处找不到一本书。我没办法,就顺手把视力表揪下来了。"

铁锈人走了,到底没拿走标准对数视力表。那本童话书也再没人还回来。

郭换金哀叹损失了一本好书。她还没认真看完这本童话集,有些选入的童话,她之前知道。便预备把此书,留到日后实在无书可读的时候再翻看。总觉得,保家卫国和公主王子的童话,隔得太远。水晶鞋和战靴,天鹅蛋和雪山,亦几乎毫不相干。现在可好,她永远看不到那本童话书了。不知以后回到平原,能不能找到一模一样的?即使找到了,和这一本,也是完全不同的书了。

至于视力表,想到它几经风雨才到高原,立下过汗马功劳,应该善待。便把它钉在宿舍墙上。有事没事儿,瞄上几眼。视力表是有魔力的。白天,盯的时间足够久,就能魂魄归位,不再胡思乱想。晚上,那些类似"E"的缺口,呆看一会儿,相当于绝好的安眠药。视力表挂墙的唯一缺点是,郭换金从此将"E"的走向,倒背如流。这让她永远丧失了对视力表的敬畏感,体检视力时,所向披靡。

一日,橙卡卫生员封镇,到卫生部请领药品。本来每隔一段时日,救护车会到各站卡巡视,适当补充药品。因蓝卡怪病频发,情况特殊,怕波及橙卡,楚医生拟出药品清单,用电报通知卫生员速取。

老卫生员走了,新卫生员与众女兵不熟。完成公务之后,封镇拉住院子里偶然碰到的女兵问:"谁是你们班长?"

被拉住的女兵,恰好是麦青青。她淡然答道:"我就是。"

"噢,你就是,太好了。我找的就是你。"封镇说着,从挂包里拿出一个很严实的包裹,说,"这个,是我们站长带给你的。"

"站长?你哪个站的?"麦青青皱眉。记忆中,她和一线哨卡,没有密切关系。

"我从橙卡来。"封镇回答。

麦青青的心脏不受控制地跳动,好像患上致命的心律不齐。脚下的土地,陡然间上升数千米,空气变得极端稀薄。"你们站长是……"她竭力抑制住声音的抖动问。

"景自连。你们认识?"封镇说。

"认识认识。岂止是认识,很熟的。"麦青青忙不迭回答。

"那我找对人了。"封镇掩饰不住总算完成领导交付任务的喜悦。

"快告诉我,他有什么话带给我?"麦青青习惯性甩了甩短发,好像景自连就站在面前。

"班长,我把景站长的话,一字一句带给你。他说,不给你写信了,把话记住就行。"封镇淳朴地依样画葫芦。

麦青青轻跺了一下脚,道:"快讲啊,急死人。"

封镇把眼珠朝左上方翻滚,明显在回忆。之后把在心中默念了无数遍的话,字正腔圆复述出来。

"站长原话。'上次的那个有点小,你就留着煮水吧。这个比较大,可以做面条和焖米饭……'"

说完,封镇不由自主拂了一下喉部。像一只忠诚鱼鹰,将记忆中的语词之鱼,毫无保留吐了出来。

麦青青把这些话,一字不落记下。

"上次的那个有点小,你就留着煮水吧。这个比较大,可以做面条和焖米饭……"

这段话,每个字都明白,连在一起,完全不明白。麦青青狐疑地问:"你没记错吧?"

"没错。差一字,我抵命。"封镇举手对天发誓。

"我要你的命干什么用啊?!你骑马又坐车,不会颠糊涂了吧?"麦青青实在想不出个所以然,继续质疑。

"这就是全部,没遗漏和贪污任何一个字。"封镇觉得冤啊,从信使秒变傻瓜。

百密一疏的站长景自连,犯了一个低级错误。在他心中,郭换金是女兵班当仁不让的班长,实际情况当然也是如此。麦青青作为副班长,无比厌弃那个"副"字。最初,女兵们中规中矩称她为"班副"。看出她不喜,由柳赞始,自发地叫她"麦班长",她爽快应了。女兵班不是战斗序列,班长班副的,并不比列兵多领一分钱津贴,也没有任何其他物质优待。只要本班叫得顺口,无人在意。特别是麦青青到大军区受奖之后,"麦班长"之称,如日中天。班里人则直呼郭换金"班长",免去姓氏。

封镇哪里明白这个区别？麦青青便以班长身份,拿到了景自连带来的礼物。心中问号多多,麦青青表面上仍一如常态。她接过长圆形包裹,感觉分量很轻。

"班长,我走了。"封镇将礼物交付,身心轻快。

麦青青小心翼翼托着包裹,如同擎住景自连宽大而干燥的手掌。回到宿舍,正好无人。她用医用剪刀,精心剪开包裹,生怕有一丁点损坏。层层包装打开后,一个空罐头盒赫然展现。

罐体开口处完整平滑,看得出是经锉刀精细打磨。罐头盒的盖子非常完整,能严丝合缝盖上去。为了方便开启,在盒盖正上方,焊了个拉环。

麦青青轻轻摩挲,悲喜交集。她反复回味封镇带的话,知道是景自连亲手制作的小锅。她抚摸着冰冷的罐头盒皮,触摸景自连留下的指纹,感知景自连的温度。她用罐头盒轻轻蹭着脸蛋,不停呼唤:"景哥哥,青青想你了。"

她故意不去细琢磨封镇带话中隐藏的含义。那就是——在这锅之前,应该还有一个锅。两个盒子锅,一脉相承,都不是给她的。

那又怎样？谁拿到算谁的！麦青青紧紧抱着罐头盒,好像拥着强健澎湃的身体。正沉浸在旖丽遐想中,宿舍门被推开。郭换金问:"青青,你干啥呢？"

郭换金话刚出口,就注意到那个罐头盒。这个和她拥有的那个盒子,大同小异。如果一定要找出不同,就是麦青青这个盒更大,更精致。盖子也有所精进,缀有方便掀取的拉环。

郭换金甚至辨认出,那是一个手榴弹拉环。

她本意是想看看女宿舍有无闲人,棉签告急,需集体会战。正是上班时间,她没抱多大希望,却不想看到麦青青魂不守舍模样。

郭换金确认这个罐头盒,出自景自连之手。内心脆弱发暗,好像变成需要拔掉的灰指甲。而治疗特效药,是冰醋酸,一时间酸味熏天。她竭力拢住情绪,故意问道:"你刚吃完罐头？"

麦青青何等聪明,立即推断出内情。她绝不会把罐头锅还给郭换金,索性将错误进行到底。景哥哥不知何时才能返回总部机关,她有足够时间,将此事理顺。万一被追问,就将责任推给傻乎乎的卫生员。

景自连不以任何文字为凭,怕的是郭换金为难。千算万算,弄巧成拙。

麦青青毫不忌讳说道:"这个盒子是景参谋,对了,现在要叫景站长,特意给我做的。"

郭换金强压住心中冰醋酸味道,说:"做得挺精致,手艺不错。"

麦青青画龙点睛:"任何东西,只要上心,就会不同凡响。"

郭换金问:"只是不知道这空罐头盒,干什么用?"她不是故意装傻,是真傻,的确不晓得。

麦青青破解道:"高原战区马上要进行军事演习,重点训练单兵独立作战的能力。别的还好说,只是要在高原上做熟饭,难度很大。但这非常必需,才能保证打起仗来,我军坚守国境更长时间。那么多人自己做饭,没有那么多锅。改装过的罐头盒,最实用……会派上大用场。"

原来如此!景自连早就知道演习的部署,职责所限,他不能告诉她。他为她提前准备了一口小锅,郭换金当时虽很感动,但不明就里。

麦青青继续展示她的情报,郭换金能看到她嘴唇翕动,却听不到声音。痛啊,痛到耳鼓暂时失聪。

此刻,她把感动收回来。送给麦青青的锅不是锅,是警钟长鸣,让她在痛楚中清醒。此人四处播种,处处留锅。

"你若闲着,做棉签吧。咱们一块动手,可早点装满一高压锅消毒,临床上等着用。"郭换金把目光强行从精致小锅的锅盖拉环上撤离,维持着声音的四平八稳。

麦青青听得出她音色中的荒芜,哪肯善罢甘休,做出恋恋不舍的神情道:"稍等一会儿啊,我要把这个景站长做的小锅放好。"

郭换金临出门时,背对着麦青青问了一句:"你什么时候拿到这锅的?"

麦青青实话实说:"今天。橙卡来人,还带了话。"

郭换金只有背对她,才有勇气问出这句话。她脸上的抽搐和悲伤,无人看见。

25

高原战区进入冬季野营拉练。与往年注重大部队的运动作战不同,今年主训单兵野外生存战斗能力。口号是:"拉得出去,住得下来,吃得上饭,走得了路,打得了胜仗。"

这前四条,如果在平原上,对于年轻军人来说,不是问题。但在海拔五千米以上的高原,成为莫大挑战。

至于最后一条,那是不言而喻。

先说"拉得出去"。队伍从营区出发,在高原徒步行进,拟定一个月。这期间,没有一天住在营房内,没有一天睡在铺板上,不能洗脸,不能脱衣……加上难以计次的急行军、冲锋、夜袭……就是它的简单定义。

"住得下来"。看似平淡无奇,对军人来说,四海为家,自然哪里都可以住。不过,高原上的"住",有特殊含义。你不是住在屋里,不是住在土地上,不是住在火炉旁,不是住在防寒设备中……你,住在冰雪中、旷野中、荒漠中、危厄中。夜间达零下四十度,蚀骨冰寒。

"吃得上饭"。初听类似废话。要活着,当然要吃饭。不过,高原"吃饭",内有乾坤。一个月的时间内,士兵们将和真正的饭菜彻底告别。发给大家的是一根楦着原粮的干粮袋。连抗美援朝时引为标志性食品的炒面,都不在配给名单中。取而代之的是生面粉和囫囵大米粒。至于怎样把这些粮食变成能果腹的食物,全凭同志们的想象力和行动力完成。

"走得了路"。这话乍一听,好像没道理。当军人的,谁不会走路?不过,放在海拔五千米以上,会走路就成了决战决胜的第一要务。没有地图的情况下,一个单兵,能准确识别方位吗?酷寒中,穿毡筒和毛皮鞋,怎样保持行进速度?发起冲锋,能在片刻间换上解放鞋,风一般杀入敌阵吗?如果你停止奔跑,你的脚,在几分钟内可保持前进活力?没有保暖措施,如何避免脚趾不冻黑冻脱落?徒步急行军,二十四小时内不眠不休,你能在雪野中挺进多少公里?

……

极高海拔地区单兵作战数据,在世界战争史上,均无记载。对于我军来说,也是非常宝贵资料。所以,今年的演习,非比寻常。司令员在上级军区开会。阳政委主持发起并亲自指挥的演习计划,雷霆万钧向前推进。

若认真分析,第一、二、四项,和单兵个体,并无太直接关系。拉出去,路线是司令部设计的。住下来,考验的是后勤保障功能。第四项,涉及铁血意志,是政治部门的重头戏。唯有这"吃得上饭",和每个人息息相关。后勤部只管分配原粮。至于如何吃下生米生面,考验每个单兵的智慧。

众人磋磨,一时间,哀鸿遍野。唯有炊事班轻松惬意。这意味着自行动开始后的三十天内,他们集体放假了。

人人开始谋划为肚子而战。首先,你要有一口锅。

高原,没有任何铁器作坊。山下供给部门,也从未给单兵配过小锅。凡此种种,都让"单兵做自己吃的饭",成为难以完成的任务。

出发时间已确定,以服从指挥为天职的军人们,不再有任何侥幸想法。第一步,千方百计为自己准备一个"锅"。

人们瞄上罐头盒子。将它打磨一番,变成简易小锅。有人用此锅做试验。先将大米以雪水浸泡,放入罐头盒子。继而用野牦牛粪将罐头盒包围,点燃……烟熏火燎之后,罐头盒冒出丝丝白雾。若干时间后,盒内米粒膨胀,逸出属于夹生饭的煳香味。

大功告成!迅速蔓延。预备出征的军人们,纷纷用罐头盒造锅。

人人均为锅忙,唯麦青青悠闲自在。她终于懂得了来自橙卡的礼物,具有怎样深重的情谊和巨大的实用价值。虽然,那份情谊,并不是给她的。实用价值,也是她李代桃僵而来。但,那又怎样?她明目张胆收入囊中,便成了她的。何谓真相?世上并没有那种东西。一切皆可引导,可涂抹,可瞒天过海。

麦青青将精致的罐头锅,展示给班里同志们传看。

女兵们赞不绝口。天呀!青青,你的手怎么这么巧?

麦青青亲切地抚摸小锅,犹如那是一匹钢铁小羊,谦逊道:"废物利用,我琢磨出来的,还有待改善。"

围观的战友说,你怎么恁有先见之明?这边刚公布要自己做饭的指令,你的锅就做出来了。

麦青青矜持回答:"不战而屈人之兵。"

大家一时搞不通,罐头锅和屈人之兵,是何关联?

楚医生过来办事,听了个话尾巴,便明白内涵,忍不住刺道:"麦青青,你是在变相夸自己有先见之明吗?"

麦青青一口否定:"我可没这么说。"

楚医生继续追问:"那么是你提前知道了战区将进行训练的消息?做了相应准备?"

这顶帽子太沉重。泄密推断,麦青青才不会上当。她索性转守为攻,冷笑道:"你以为上级军区的军事主官,会将这等事提前告知他人?"

楚直医生被噎得不作声。他无法怀疑大军区军事长官。他没有证据,只是单纯看不惯麦青青狐假虎威。

郭换金听到争执,一言不发。她并没有拿出自己的小锅。并暗自决定,让那口锅,永不见天日。现在,她没有锅,需要另做打算。

郭换金找到楚直说:"师傅,你的罐头锅做好了没?"

楚军医伸出手说:"你看吧。"

郭换金顺着他的手看过去,以为能在他手中,看到锅或起码是锅的半成品,却见手上几道血痕,忙问:"师傅,咋啦?"

楚军医说:"做锅挂的彩。"

郭换金疑惑不解道:"你做手术不是棒着呢嘛,指哪儿打哪儿,何曾这般狼狈?"

楚直鸣屈,大叫道:"打铁匠和外科圣手,能是一样吗?!"

郭换金想不通:"不都是用刀?"

楚军医沮丧地说:"手术刀是切人皮用的,罐头盒是铁皮。刀和刀的差别,比人和猴子的差别还大。"

郭换金不想听他啰唆,决定拔刀相助,说:"楚医生,你等着,我给你一只罐头锅。"

楚直手指上的伤,让他一时半会儿无法再续造锅伟业,只好接受徒儿馈赠。

郭换金找到门可闩说:"班长,有一事相求。"任务越艰难,越要交给最忙最灵巧的人。

门可闩粗大手指捏着破布头,正在打磨罐头盒子,头也不抬说:"你来求我做一只罐头锅?"

郭换金清晰回答:"不是。"

门可闩闻言,停了手,抬起头来:"只要不是这事儿,就不好说。今天又不吃羊肉,你甭想要大枣。"

郭换金笑得谄媚,说:"不是求你做一只罐头锅,而是求做两只。"

门可闩露出果然不出我之所料的笑容,说:"行,两只就两只。不过,你得等。"

郭换金说:"我看你手中这锅快得了,我先拿走这只。"

门可闩又埋头继续忙活,说:"这锅有主了,你不能加塞儿。"

郭换金不甘心地问:"我能知道这锅是谁的吗?"

门可闩直言:"叶雨露。"

郭换金只好说:"她厉害,我不争。我排叶雨露后面。"

门可闩又拿起锉刀打磨罐头盒上的小毛刺,说:"叶雨露后头排的也不是你。"

郭换金心叫倒霉,问:"谁?"

门可闩边回忆边说:"好像是钟护士长。"

郭换金这个气啊,憋着火说:"那我排钟护士长后面。"

门可闩说:"他后面也不能是你。"

郭换金几近绝望,问:"谁?"

门可闩把打磨出的光滑盒盖安稳放在一边,道:"是束化验员。"

郭换金终于抑制不住,愤然道:"门班长,不会整个卫生部的自制小锅,都你一个人揽下了吧?"

门可闫安然回答:"那没有。起码麦青青那小锅,就不是我做的。"

猝不及防被撕开伤疤,郭换金心尖滴血,一时说不出话来。过了好一会儿,她才归拢起精神,淡淡问了句:"门班长,你做的锅,比麦青青的那口锅,如何?"

门可闫道:"这俩锅,根本没法比。"

郭换金脱口问:"你做的锅好?"

门可闫说:"我做的差得太远喽!麦青青那锅,不知什么高人所做,实用不说,精巧得简直像工艺品。"

郭换金心中的痛,又重重刻下深可见骨的刀痕。她看着门可闫刚刚脱手的小锅,不走心地夸道:"门班长手艺不错。"

门可闫大言不惭道:"这锅是不错。可后头再做的锅,就不能和它比了。这锅是专为小叶子做的。"

郭换金惊问:"给我们做的锅,没这个好?"

门可闫道:"那当然。要是都像给小叶子的锅这般精雕细琢,只怕锅没做出一半,拉练都走完了。"

郭换金压抑气愤,假装随意问道:"你后面做的锅,和小叶子的精品锅,哪儿不同?"

门可闫用沾满金属碎屑的手指肚,在绛紫色的肥厚嘴唇中端,竖着比画了一下,警告郭换金别乱说。

郭换金噤声,索性不问了。原打算观察一番找出差异,可眼拙,一时半会儿看不出所以然。门可闫道:"你们的锅,差在这几点。"

天啊!炊事班长还总结一番。

门可闫虽文化水平不高,但爱学习,脑子活泛,慢慢便成了让人刮目相看的老兵油子。

门可闫说:"第一,你们的罐头盒盖子,不能用刀锉开,那太费功夫。我会改用菜刀沿罐头边儿砍开。不美观也漏气,但能用。第二,罐头盒盖子,让它直接连在罐身上。好处是不会丢盖子,坏处嘛……"门班长呵呵一笑,"就是谈不上严丝合缝。第三,我可不在罐盖上特地做提梁,就着罐头盖,凑合捏就是了……"

郭换金总算明白大众版的罐头锅,就是个开得完整些的废盒。

她心有戚然道:"这样的锅,会漏气。"

门可闩心平气和承认:"没错,肯定漏气。"

郭换金道:"高原上气压低,拢不住蒸汽。简陋版的锅,做得熟饭吗?"

门可闩诚实回答:"根本做不熟。"

郭换金说:"那所谓吃得上饭,就没法落实了。"

门可闩抹了一把脸:"实话说吧,在高原上,就算你用象牙雕出个锅来,也是做不熟饭。我一年到头倒腾高压锅,把这事儿整明白了。没有高压锅,神仙也没招儿。这所谓的罐头锅,不过就是……嗯,聊胜于无吧。"

郭换金惊叹炊事班长已经会用"聊胜于无"这词了。同时也彻底搞清楚所谓的罐头锅,自欺欺人。她放弃催促门班长赶工的心思,反倒劝他:"您就慢慢敲打这些锅吧,留神别伤了手指头。我走了。"

回到班里,见麦青青又在展示炫耀她的锅:"这个锅,是用菠萝罐头盒子做的,又轻又结实。"

女兵们眼红,说:"战区发的菠萝罐头很少,就是偶尔来点儿,也优先发哨所了。咱们一直无缘见,今天算开了眼。这盒子看起来,也比别的罐头精致。"

麦青青说:"菠萝罐头是亚热带生产的,比来自河北的雪花梨罐头,走的路更远。物以稀为贵。"

大家起哄:"咱们打上山就没吃过菠萝罐头,你这盒哪儿来的?"

麦青青避开锋芒,道:"听过菠萝的故事吗?"

女孩子都爱听故事,注意力马上转移,异口同声道:"啥故事?"

麦青青说:"话说这菠萝,出身高贵。十五世纪时,有个航海家叫哥伦布,在美洲第一次见到菠萝,很稀罕,就带回了欧洲。万里迢迢的,菠萝便非常昂贵。据说当时的人,为了买一个菠萝,能拼得倾家荡产。爱好虚荣的贵族,兴起了一门新买卖——租菠萝。谁举行家宴,会在明显位置上,摆上一只菠萝。这菠萝不是买的,是租的,只能看不能吃。宴会完了,再还回去。只有皇室,才能当场把菠萝切开,让客人们尝尝鲜……"

女孩子们被菠萝的传说,惊得目瞪口呆。顺便对持有菠萝罐头锅的麦青青,心生羡慕。

郭换金安静地听着,心里做了个决定。景自连的锅,不值得珍重。先藏起来,再找个地儿把锅扔了。

门可闩把叶雨露秘密叫到炊事班库房,递给她一块大白兔奶糖。

叶雨露惊喜:"哪儿来的宝贝?"

门可闩悄声道:"我老乡也是炊事班长,在小灶上,搞点这东西,不太难。"

叶雨露剥开一张糖纸,将大白兔吞进嘴中。高原严寒,奶糖梆硬,和她贝壳般的牙齿撞出脆响。

"别那么急,一点点用口水暖软了,再抿化。"门可闩笑眯眯叮咛。

"忍不住。太甜,太香了。"叶雨露含含糊糊说,大白兔部分融化,黏在舌头上,口齿不清。

"这么喜欢吃,以后我再给你搞。"门可闩说着,轻轻舔了一下自己的厚唇。他不是贪恋又甜又软的糖块,而是想吸吮包着糖块的红唇。

只是,他不敢。那是大逆不道的罪。

叶雨露完全没意识到危险在头顶盘旋,哑巴嘴说:"你老乡恁大能耐,能把首长吃的糖,接二连三偷出来?我不信。"

门可闩反驳道:"怎能叫偷?首长的吃食,都在我老乡手里攥着。再说,首长不爱吃糖。"

叶雨露这时已将糖块囫囵吞枣咽进肚子,欲罢不能瞄向门班长手中的第二颗大白兔。门可闩看穿她的小心思,把第二颗大白兔剥开糖纸。乳白色柱形糖体,在他的手中,好像短短的白粉笔。

叶雨露眼巴巴看着,不由自主哑巴嘴,嘴唇又甜又香。这个动作,在门可闩眼中,充满诱惑。

他把拿着糖的手指探过来。大白兔在他圆滚皲裂的指肚上,上下颤动,好像有自己的生命。"你过来……"门可闩轻声说。

"这颗糖也给我吗?"叶雨露雀跃道。

"你过来,啥都知道了。"门可闩嗓音嘶哑。凡个子高大的男子,声音大都低沉。这一激动,更哑得不成调。叶雨露轻轻凑了过来。

门可乕将短短糖棍,抹进了她的嘴巴。撤回手指的时候,擦过叶雨露的唇。天啊,女孩子的嘴唇,竟不可思议的柔软!门可乕觉得手指尖嗖地被热油溅伤。

"你快走吧!"门可乕困难地说,声音喑哑到几乎听不清。

叶雨露边嚼大白兔边问:"班长,我的罐头锅,做好了没?"

门可乕拼命将动荡激情按下,含糊道:"马上就好。"

叶雨露追问:"马上是多大会儿?"

门可乕眨眨分得很开的双眼说:"我刚开始想用青椒香干罐头盒。"

叶雨露不解道:"为什么是青椒香干罐头?不是糖水梨?梨多好闻啊,做出的饭,有水果香。"

门可乕说:"任什么罐头盒,煮上一两次水,味道都会散尽。我选青椒香干,因为它是所有罐头盒里最大个儿的。盛的水多,煮出的饭也多。"

叶雨露噘着嘴说:"我才不要大盒,挂在身边难看。我想要麦青青那种盒,糖水菠萝。"

门可乕皱眉,说:"糖水菠萝太少了,连我老乡都摸不着。"

叶雨露还不死心,说:"比菠萝稍大一点儿的罐头盒,也凑合。"

门可乕想想说:"那就是糖水香蕉罐头,好看点。"

叶雨露乐了,说:"那就它吧。"

门可乕全力控制着情绪,渐趋正常说:"糖水香蕉的罐头皮,很薄,容易烧毁。还是青椒香干好,皮厚经得住火烤。"

叶雨露此刻对罐头盒的兴趣缺缺,突然问道:"还有没有了?"

门可乕懂,遗憾地说:"暂时,没了。"

叶雨露穷追不舍:"那以后呢?"

门可乕翻了翻牛眼般的大眼,说:"多久以后?"

叶雨露说:"今天以后。"

若有人听到以上对话,一定不大明白。只有他俩知道,是大白兔。

门可乕仿佛下了很大决心,说:"如果你跟我在一起,一辈子都有大白兔吃。"

叶雨露一时没反应过来,问:"你家有人在大白兔厂里上班?是上海人?"

门可闩心里道,姑娘,你傻!但嘴巴不敢放肆,怕惹毛了幼稚女孩,含糊其词道:"甭管我用什么法子,保你一辈子吃得上大白兔奶糖。"

叶雨露摆手说:"别啊。总吃一种糖,也许我就烦了,想换口味呢。"

门可闩宠溺道:"好好,那咱想法换别的奶糖吃。"

叶雨露羡慕地说:"门班长,你怎那么有法子,能搞到各种好吃的?"

门可闩咧开嘴,露出军棋子一般大的牙,道:"我有一身手艺在,还怕搞不到吃的?"

叶雨露不信道:"你有什么手艺?会木匠活儿还是会叮当打铁?会下河捕鱼还是会翻一串跟头?会雕刻还是会裁衣服?或者比楚军医更了不起,能治头疼脑热背上长疮?能做手术掀人天灵盖儿……"

这种时刻,提别的男人名字,简直怄死人!门可闩却也不敢发火,压住心中反感,说:"你说这一大堆,哪和哪啊。别的不说,雕刻就顶不了饭吃。"

叶雨露说:"不对。若会在象牙上雕刻,就是工艺大师。"

门可闩不屑道:"饿了能吃象牙吗?再说,你想在象牙上雕刻,得先要把大象放倒杀了。这事儿谁来干?工艺大师行吗?"

叶雨露没想到炊事班长除了做饭,还挺能搅和,她可不愿为一个八竿子打不着的象牙大师,和刚刚给了自己一嘴甜蜜的班长闹别扭,就半仰着脸问(门可闩实在太高):"你会捕鱼吗?"

戳到门可闩软肋。他灰头土脸道:"不会。我老家早得不行,喝水都不够,哪能有鱼?"

叶雨露得意道:"既然没本事,就别吹牛。大白兔奶糖,是糖稀加牛奶熬出来的,不是吹出来的。"

门可闩反扑:"我不会捕鱼,但我会做鱼啊。"

叶雨露奇怪:"你家连鱼都没有,怎么会做鱼?"

门可闫说:"做鱼这本事,是在咱高原战区练出来的。河里有一种裸鲤,怎么做怎么难吃。"

叶雨露摇摇头说:"咱大灶上的红烧鱼,我并不觉得难吃啊。"

门可闫得意道:"那就是我的本事了。我琢磨出怎么做裸鲤,有滋有味又不腥。"

叶雨露央求道:"我最爱吃鱼了!快告诉我。"

门可闫说:"这手艺,你就不用学了。我会就够了。"

叶雨露说:"你会我信,可你不能一辈子跟我一个单位啊。哪天我想吃鱼了,上哪儿找你呢?"

门可闫信誓旦旦说:"我一辈子给你做鱼吃。"

叶雨露奇怪,粗粗拉拉的炊事班长,今天怎么总说一辈子的事情?一辈子多长啊!她实在没把握活到白发苍苍。

门可闫看今天聊得差不多了。好的火头军,深谙掌握火候这件事,便说:"小叶子你不要动窝。等我一下。"说完走出去。

叶雨露舔着嘴唇等着,唇上的甜味,渐渐淡了。

门班长带着罐头锅回来,说:"小叶子,收好。这个锅,是咱全战区拉练部队最好的单兵锅。"

"真的呀?"叶雨露喜出望外,接过后端详了半天,半信半疑说,"看着还不错。但麦青青那个锅,可好看了,好像比你这个漂亮。"

门可闫不为所动,道:"那个锅,费的功夫不少,花拳绣腿。选的罐头盒子太软,煮几次饭,很可能会熬化。我给你做的这个锅,最后选的是红烧猪肉罐头,它的罐头皮最厚。个头虽比青椒香干稍小一点,但它经得起火焰折腾。"

一个罐头锅,讲究恁多啊!叶雨露心怀惊叹加感激,拿了锅就走。临出门时,补了一句:"门班长,不许给别人也做这么好的罐头锅!我得独一份儿。"

门可闫重重点点头,什么话也没说,脸色越发显出棠紫。或者说,他的话,在肚子里响亮地说过了:"给媳妇做的,别人哪儿能比!"

往年冬季演习,都是魏盾远司令员指挥。今年改由政委掌舵,除了创造性地提出以单兵训练为主的战略方针外,还要求所有演习人员,出发前写下遗书。

此令一出,人们都感到非比寻常。

文慎笔在卫生部动员大会上,传达指令,并规定了遗书上交的最后时间。

整个战区,被悲壮和紧迫的氛围笼罩。

麦青青找到正咬着笔杆苦思冥想遗书写法的柳赞道:"你抽个时间,给我剪剪头发。"

柳赞龇牙花说:"班长,千钧一发了。你还不忘剪头发?"

麦青青晃晃短发,说:"长了。不剪,无以保证军容整肃。"

柳赞说:"我去找俩皮筋,先帮你把头发扎成小鬏鬏。"又问,"你遗书写好了?"

麦青青说:"一个字没落笔。"

柳赞大不解,说:"那你还有心情剪头发?"

麦青青捋了一把靠近脖根的短发说:"理发比写遗书重要。"

柳赞不明白:"若是出了意外,人都死了,还管头发长短?"

麦青青道:"女兵,什么时候也得注意仪表。死不足惧,但邋里邋遢死了,做鬼都丑。"

柳赞不明白这想法,但决定服从麦班长的指示,说:"等我遗书一写完,就给你理发。"

宿舍里,叶雨露趴在铺板上写遗书。写了一张又一张,军被旁散乱堆积众多纸片,如翩翩蝴蝶。

同样伏在铺板上急速书写的郭换金,偶尔抬头一看,惊愕问:"小叶子,你写什么呢?"

叶雨露说:"遗书啊。班长你忘了?今天是最后截止日,熄灯前每个人都必须上交遗书。"

郭换金说:"规定我知道。只是,你写这么多,啥情况?"

叶雨露眼圈泛红道:"一想这可能是最后的家书,我有数不清的话要和家里人讲。只怕今天熄灯前,写不完。"

郭换金没好气道:"提醒你,这是一封信,不是一本书。"

叶雨露不理她的打趣,反问道:"班长,你写完了?"

郭换金答:"写完了。"

叶雨露拍着脑门道:"班长,让我看看呗?参考参考。"

郭换金板脸:"不让。"

叶雨露不服,说:"你一个大头兵,遗书又不是啥重要情报,还保密啊?"

郭换金说:"主要原因是,你不是我家人。"

叶雨露说:"我与你情同姊妹。"

郭换金道:"那也不行。遗书是写给血亲的,你不是我家人,没理由看我遗书。"

叶雨露恨恨道:"真够小气的,遗书有什么了不起?等我写完了,一定让你从头到尾一字不落看,允许你看三遍。"

郭换金把头摇得军帽几乎掉下来,道:"想得美!还看三遍,我一遍也不看!"

叶雨露拉着她的军装袖子说:"班长,我非让你看不可。求求你。"

郭换金几乎嚷起来:"放开!求也没用,坚决不看。"

叶雨露义愤填膺道:"为什么呀?一点感情也没有,还讲不讲战友情了?"

郭换金说:"我不看,是希望你好好活着。收上去的遗书,希望所有家人,都永远别看到。等到胜利了,就暗无天日地毁了。"

叶雨露恍然大悟道:"原来是这样!对啊,班长,咱相互祝福——祝遗书永远不让家人看到。"

叶雨露忍不住问:"班长,我看你遗书只写了一张纸?"

郭换金说:"眼挺尖。"

叶雨露说:"想不到你写遗书还偷懒。"

郭换金说:"写得越多,家人看的时候,就越难过。干脆少写几句,告别的意思说到了,就搁笔。心里无数话,多少是个尽头?不如就此打住。"

叶雨露说:"我不这么想。如果我战死,家人在以后日子里,会一次次看这些文字。所以,我要文采飞扬,要用最好的信纸,最漂亮的信封。还有墨水,不能用纯蓝的,会掉色。要用蓝黑的,如果有可能,就用碳素墨水……可惜碳素墨水,咱这儿一滴都没有。"叶雨露先是神采飞扬跃跃欲试,继而懊恼沮丧。

郭换金不知如何安慰,只好干陪着。

叶雨露又强调:"遗书用蓝墨水,是不是太普通了?"

郭换金不明何意,说:"不用它,你用什么?莫非用锅底灰?"

叶雨露不理她的插科打诨,说:"我想用红色。"

郭换金吓得一激灵,说:"红墨水?血书?你的遗书这么长,都用血写,估计仗还没打起来,你先血流如注,出师未捷身先死啊!再说啦,有朝一日,若你家人看到你用血写的遗书,悲伤程度至少翻倍。"

叶雨露嫌弃道:"班长你这么傻?红色,并非只有血。"

郭换金试探道:"据我所知,绝交才用红墨水。这时候了,你不能让家里人误会。"

叶雨露神往道:"我想用红药水,朝霞般艳丽,好看!"

郭换金用五个手指,夸张地拍打左胸部位说:"小叶子,一个遗书,搞那么恐怖干吗?不过是拉练前的规定动作,按部就班完成就是。"

叶雨露嚯了一下干燥的唇,说:"它真有可能是我留给家人的最后一封信,不能马虎。"

郭换金见说服无效,道:"万一红药水褪色,家人看到的是一张张白纸,无字天书。"

此话杀伤力甚强。叶雨露发了愁。是啊,红汞虽好看,但时间一长,容易烟消灰灭。"那怎么办?"叶雨露没辙。

郭换金扬扬自己的遗书,说:"蓝黑墨水挺好。据说能保存几十年,够了。谁会老拿着遗书反复研读?"

叶雨露迟疑着道:"但我很想死之后,让人看着我的遗书,感动一下。"

郭换金哑口无言。让遗书颠倒众生,是小叶子独有的梦想,不忍抨击。

叶雨露沉思半晌,突然说:"我想到一个经久不衰的颜色。"

郭换金提醒道:"那也得是高原有的东西。比如朱砂,经久不衰,可咱这儿没有。"

叶雨露非常肯定道:"有! 多的是。"

郭换金不知高原可有什么颜料,当得起"多的是"的盛赞? 小叶子直截了当说:"龙胆紫。"

郭换金重复出它的小名:"紫药水?"

叶雨露双手拍掌,欢呼:"正是它! 写成遗书,全高原战区独一份。那颜色,抗磨抗蒸抗煮,百折不挠。"

郭换金半信半疑道:"你连续擦洗过龙胆紫,确定不改色?"

叶雨露成竹在胸,嚷道:"班长,你没吃过猪肉吗?"

郭换金服了小叶同志跳跃性思维,从龙胆紫,一跟头翻进炒菜锅。她没好气回答:"我当然吃过猪肉。那又怎样?"

小叶同志诱敌深入道:"你一定吃过盖着紫色合格戳的肉皮吧?"

郭换金还是没明白,说:"好像你没吃过似的。"

叶雨露嘻嘻一笑道:"那章就是紫药水盖上去的。怎么样? 抗折磨吧?"

叶雨露论据充分,无法反驳。但郭换金一想到家人打开一卷紫色遗书,多么残忍的玩笑。也许,这就是年纪最小的叶雨露,面对死亡的独特方式。不过,作为年长的姐姐,她友情提醒,甲紫溶液会堵塞笔尖。

叶雨露说:"我有对策,用蘸水笔。"

郭换金无奈,在心中对紫遗书方案投了赞成票,最后说:"提醒你一句,你遗书太长,用甲紫还蘸水笔抄,很费时间的。"

叶雨露一跺脚:"我立马动手,赶在夜里两点前完成。"

郭换金说:"你这遗书规模太大,一般信封装不下。"

叶雨露急了:"莫非我自己糊个信封装遗书? 这也太不正规了。"

郭换金拼命忍住不笑。甲紫溶液都当墨水了,还在乎糊的信封不正规? 见叶雨露真心焦急,说:"你速去找司务长领个公文袋。去晚了,若还有人跟你似的,洋洋洒洒写万言遗书,只怕袋子都不够分。"

叶雨露腾地站起身,埋怨道:"班长,这么要紧的事儿,你怎么不早说! 我这就去找司务长。"

后半句话,是从石头走廊传来的。风风火火走之前,叶雨露还记着把写好的遗书草稿揣在身上。预备找到袋子后,先比量一下是否放得进去。实在不行,就得央门班长打点面糊子,自己糊个信封。

郭换金呆呆坐在空无一人的宿舍内,发愣。她的遗书,表面上是写给郭大厨,内里的话,是说给真正的父母。一般人看不明白,但郭大厨会懂,父母会懂。

麦青青第一个上交遗书。

文慎笔接过轻薄信封,几乎没有分量。见遗书敞着口,他看着面前美丽威武的女兵,问:"可以看看吗?"

麦青青一甩短发,仰着紧扣风纪扣的优雅脖颈,缓声道:"可以。"

按规定,遗书信封上,要尽量详细写明遗书接收人的地址姓名,信封口可封可不封。麦青青信封上简明扼要写着:军区麦××。拢共五个字。

文慎笔心想,高原战区遗书地址中,估计这是最简单的一封。人家,有这个底气。

文慎笔虽已不年轻,但好奇心,尤其是对美丽女兵的好奇心,依然旺盛。他小心翼翼抽出信封中的纸。标准的信函折叠方式,边缘对齐。

折痕被打开,信中内容一览无余。文慎笔以为字字惊雷,却不料……洁白如雪的纸上,一字皆无。既没有称呼,例如"亲爱的爸爸妈妈"。也没有内容,例如"这是女儿最后给你们写信"。更没有结尾,诸如"致以布尔什维克的敬礼"等等。甚至连日期也没有,干干净净一张纸,如同无涯大雪下的旷野。

"你这是……"如果不是麦青青秀美脸庞上没有丝毫玩笑意味,文慎笔会直接断为恶作剧。

"为什么?"作为政工干部,面对任何出格事件,第一时间要查个分明。

"这是我的遗书。"麦青青一丝不苟回答。

"为何空无一字?"职责所在,文慎笔必须问个水落石出。

"千言万语,也写不完心中的话。既然写不完,索性不写了。我父亲是职业军人,完全能明白我的心意。我就不留下诸多儿女情长,让老人家徒增伤悲。再说,多长的遗书,一遍遍咀嚼,最后也会倒背如流。纸短情长,终是容纳不下,不如索性不写。我的心意,亲人们自会明白。普通人不明白,但遗书是私密之物,外人也看不到它。"

文慎笔嘴巴空张几下,到底没发出声音。面对这种逻辑和气度,他除了惊叹,无话可说。幸好一般士兵,并不会这般写遗书。否则,战备动员中非常重要的一环,岂不收一堆白卷?

"你的遗书,我收下了。"文慎笔一字千钧说。

麦青青敬了一个标准军礼,打算离开。

文慎笔叮嘱道:"关于你的遗书是怎么写的,暂不要告诉别人,每个人想法不同。你希望遗书保密还是公之于众?"

麦青青清晰回答:"我希望保密。整个高原战区,估计只有我一人这样写遗书,不要影响别人。"目光如炬,明亮果决。

文慎笔的思绪一下飘得很远。若麦青青牺牲,她的无字遗书,真的可以当作典型材料上报。不过,这么姣好灵动的女兵,好好活着吧。

叶雨露找司务长,想领大号文件袋,以稳妥收纳她的长篇遗书。

整个营区,人们各自为战,秉笔直书遗书。有下笔千言的,有惜墨如金的。有写着写着泪湿衣襟的。有写数张均不满意,撕揉成团,脚下废纸成堆的。更有甚者,绞尽脑汁也写不出满意遗书,心生"奸计"。

束开颜招呼钟铭:"到检验室来一下。"

护士长正忙着给遗书结尾,说:"没有十万火急的事儿,别打扰我。没看见我忙着呢!"

束开颜严肃道:"此事正与你的遗书有关。带上遗书,速来。"

工作关系,护士长比一般人更具执行精神。随化验员来到检验室。一屋子瓶瓶罐罐锃光瓦亮,加上显微镜和分析天平等器械,有种科技感。

到了自己的主场,束开颜沉着脸道:"把你的遗书,拿来看看。"

他俩年纪军龄都差不多,平日关系不错。护士长没想到其他,递上只差签名和日期的信纸。

束开颜客气道:"护士长,你坐边上等一下,时间足够。"

啥意思?钟铭不解。好在没用他等多久,答案揭晓。束开颜坐在桌边,铺好纸,操起笔,看着护士长遗书,一笔一画抄起来。

护士长大惊失色,怎么会有人连遗书都照抄?!他一个箭步扑过去,伸手夺笔。"太无耻了,你!遗书是我的,咋能咱俩的一模一样?!"护士长声嘶力竭。

束开颜怕遗书扯坏,冷静地放了手,不疾不徐道:"护士长读过卫校,虽算不上高级知识分子,'天下文章一大抄'这话,想来也是听过的。"

护士长抢回遗书,心下略安。他抗拒道:"遗书是个例外,万万抄不得。"

束开颜拍拍护士长的肩膀,打感情牌说:"咱哥们儿关系不错吧?"

护士长才不上当,说:"关系归关系,遗嘱是遗嘱。亲兄弟也没商量。"

化验员虽急,但对方思想工作做不通,计划就是镜中月水中花。磨刀不误砍柴工,徐徐图之。

"你估计咱俩会一块战死吗?"他用狼外婆哄小红帽的口气说。

钟铭想了片刻后认真答道:"不至于那么巧吧?只要不是全军覆没,咱俩之中,死一个差不多。"

束开颜正中下怀,问:"你说,人要是还活着,会把遗书发给家属看吗?"

钟铭毫不含糊答:"万万不能够。仗打完了,人还活着,遗书就一把火销毁。这东西难道还留着解闷不成?"

束开颜旗开得胜道:"英雄所见略同,我也是这么想的。既然咱俩只死一个,就是说,最终只有一份遗书见天日。所以,我抄你的,怎么会露馅?"

理歪,但雄辩。护士长放弃了口头抗议,但捂着遗书的手宁死不撤,狠下心说:"咱俩一块殉国,也说不定。"

遗书近在咫尺,却拿不到手,干着急。束开颜深表遗憾又充分理解地点头道:"是啊,都死,有这个可能。"

钟铭扳回一局,道:"若这样,你便不能抄我的遗书。"

束开颜苦口婆心开导:"真如此,遗书仍是可以抄的。"

钟铭不得其解,愤然问:"天理何在?"

束开颜悠然荡开一笔,问:"你家乡哪里?"

钟铭说:"你不是不知道。江苏。我们那里出才子。"

束开颜笑问:"可曾出过一辈子只写遗书的才子?"

钟铭一下语塞,说:"这个,真不知。"

束开颜双手一拱道:"恭喜!你若战死,遗书就会一见天日,从此你就成为家乡的骄傲,成了靠写遗书出大名的第一人。"

钟铭耷拉脑袋道:"我可不愿出这个名。"

束开颜诱敌深入道:"如今你是这么想的,可日后真出了事,你爹妈不会这么想。自家儿郎,能以任何一种方式被人记住,当然了,不是遗臭万年那种,是流芳百世,都是好的。他们悲伤之后,深感自豪。"

钟铭细一琢磨,似乎真是这么回事儿。那时他已驻扎九泉之下,能让父母家人有点宽慰,应是心中不灭的念想。理应助力才是。

两人相对无言,沉默好一会儿,束开颜突然道:"礼尚往来才对,特别在关键时刻。你怎么没问我是哪里人。"

钟铭说:"我不多此一举,知道你老家东北。"

束开颜破颜一笑,说:"既然知道我祖籍,那你还担心什么?"

钟铭立驳:"知道你老家和我的担心有关系吗?"

束开颜说:"当然有。你家江南,我家东北,差着十万八千里。就算咱俩阵亡,两封遗书都有机会重见天日,你家乡的人,不可能看到我遗书。我家乡的人,也不可能看到你遗书。咱俩遗书一模一样这事儿,神不知鬼不觉。所以,你安心吧!放心大胆让我抄你遗书,有难同当肝胆相照。对吧?战友!"

这一席话,逻辑严密推理完整,护士长钟铭无话可说,他在心中腹诽,你小子这么油嘴滑舌,却写不出像样儿的遗书?非得抄别人的?天理不容啊。连这事都作弊,品行太恶劣!这样想着,五个手指还是渐次松了开来,让束开颜得以掠走劳动果实,有板有眼照抄不误。

叶雨露不顺利,司务长不在宿舍,大公文袋一时没着落。她想遗书草稿,还需用紫药水重抄一遍,费时不少,不敢久等。又担心若自己走了,恰好再来人讨公文袋,存货有限,自己就亏了。几步后,她又折回来。

"小叶子,有事找我?"门可闩晃着高大身躯,途经此处,乐呵呵问。

"事儿是有,但不是找你。我等司务长。"叶雨露回答。

"领什么物件?这么着急?"门可闩见到小叶子就满心欢喜,好心问。

"想要大公文袋。"叶雨露如实相告。

"干啥用?"

叶雨露不想说得太详尽,道:"告诉你也白搭,你也不能用面糊出个公文袋。"

门可闩老实回答:"那是不能。世上有用面糊的袋子,叫口袋饼。咱这儿,别说这么讲究的饼,就连最普通的芝麻饼,也做不成。没芝麻。"

叶雨露无奈道:"你忙吧,门班长。"

门可闩又说:"公文袋子,巧了,我正好有。你要几个?"

叶雨露一下子高兴起来,说:"我只要一个。"

门可闩说:"我这就去拿。现在,你能告诉我,公文袋子干啥用吗?"

叶雨露实禀:"装遗书。"

门可闩两只距离很宽的眼睛,朝眉心快速聚集,说:"大伙都在忙活这事儿,但遗书厚到要用公文袋子装,你独一份儿。"

叶雨露说:"别人用不用,我管不着。我的遗书就是长,就是厚,不用公文袋,装不下。我不想让遗书,挤得憋屈。"

门可闩眉眼重新分开,说:"有理。你跟我去拿公文袋吧。"

叶雨露几乎跳起来:"好嘞!"

两人走向炊事班。叶雨露说:"公文袋和油盐酱醋待一块,将来我家人打开遗书,以为我是趴在小饭馆写的。"

门可闩解释:"袋子在小库房。旁边都是生粮干菜,没味儿。"

叶雨露挑剔道:"粮食味菜味,也算不上好味。"

门可闩从裤腰带上解了钥匙,领着叶雨露,开锁进了库房重地。

库房分门别类摆着各种给养,整齐规矩。所有的人,似乎天然对库房感兴趣。自远古以来,库房就是财富和安全的保障。

"这是什么?"看过大路货后,叶雨露东张西望,忘了找公文袋的初衷,指着一口精致的小麻袋问。

按说麻袋和精致不搭界,不过这个袋子只有半人高,袋口用纯黄麻绳虚虚缠绕着,和一般傻大黑粗的麻袋不同。

"你打开看呗。"库房窗户窄而高,光线暗淡。门可闩很想留姑娘多待会儿。

叶雨露轻轻打开。天呐!最上等的金钩海米,弯着身躯,好像金中带红的小问号。

叶雨露有亲戚在海边,带来的礼物就是金钩海米。叶雨露记起童年的美味和快乐,想起亲人。她攥起小拳头,擂着门可闩胳膊说:"死班长啊!这么好的东西,为什么从没做给大家吃?"

门可闩胡噜一下油浸浸的帽檐说:"我从别人那儿,只知它名叫海米。但不会做,你教教我。"门班长已从郭换金那儿完成了海米扫盲,只是他不敢打没把握之战,还没来得及大灶尝试,山下又送来成色更好的新货。

叶雨露道:"我只会吃,不会做。"

门可闩松了一口气:"看来会吃不会做的人,是大多数。"

叶雨露心有不甘:"我不会做海米,情有可原。你当炊事班长不会做,实在说不过去。"

门可闩说:"我老家黄土坡,从没见过这东西。会做才见鬼。"

叶雨露看这海米成色甚好,便道:"生着也能吃。"

门可闩不屑:"生的就算能吃,也不好吃。就像生肉生骨头,若不是野人,谁吃?"

叶雨露不理他,掏出一把金钩海米,嚼糖豆般填进嘴里。珠贝白牙,上下翻飞,嚼出满口橙红。门可闩看得发呆,不在迸裂的海米,而在水润红唇。

门可闩阻拦道:"你这么爱吃,拉练回来,我煮上半锅海米,给你盛一大碗,管够吃!"

叶雨露不歇气地咀嚼,口齿不清道:"说……话,要算话……"

门可闩忙不迭表态,说:"算话!算话!你若不放心,我现在就找个小布袋,舀出几碗海米藏起来,专门留给你。行了吧?!"

叶雨露已将口中的金钩海米,基本咽净。满嘴大海味道,心旷神怡。赶紧又伸出小巴掌,从麻袋中掏了一大把。指缝里的小海米,扑簌簌掉落出来。海鲜的味道,充斥库房。

"没人跟你抢,慢慢吃,小叶子……"门可闩看姑娘吃相可爱,舔着嘴唇说。

"等会儿,你把房门一锁,仓库又成重地,我哪儿能再吃到?"小叶子嘟起嘴。

"不许拦着我,我得多吃点儿!不然拉练回来,金钩海米就成了庆功宴上的一碟小菜,我才能轮到几颗!"叶雨露匆匆咽下,坚信吃到肚里才算数。

门可闩神思扰动。高原,所有将士,无论男女,都被层层叠叠的衣服,裹成粽子样。你根本不可能光天化日下,盯着异性,看个没完。此刻,在散发腥气的冰冷库房,看小女子摇头晃脑红唇鼓噪,门可闩只觉腾腾热气,从下腹笔直冲击脑门。

他勉强不离开话题,说:"你还惦记着庆功宴的食谱?"

叶雨露反唇相讥:"难道你想着烈士陵园?"

门可闩板起面孔道:"人在高原,马上又要进行实战演习,人人写遗书,不想陵园不可能。"

叶雨露不语,想起公文袋,低落道:"别净说伤心事儿,说点好听的,行不?"

门可闩说:"庆功宴肯定跑不了,烈士陵园也一定会有。只是谁站着吃谁躺着睡,说不一定。"

叶雨露被海米填了个半饱,拍着手,打着海鲜嗝说:"但愿咱俩都能站着吃庆功宴!"

门可闩看着她柔若无骨的小手上下翻飞,突然来了气,说:"吃吃吃!你就知道吃!"

叶雨露瞪着句号般圆滚滚的大眼睛,不解道:"我要连吃都不知道,岂不傻了?你没见临床上看病人术后恢复如何,头一句话就是,'排气了吗?想吃点什么?'"

门可闩可不管临床不临床的,直截了当问:"你若是战死了,可有什么遗憾?"

叶雨露一点磕巴都不打地回答:"遗憾没吃够金钩海米。过油炸的。"

门可闩说:"这有什么难办?明天,我给你炸一锅。"

叶雨露乐得蹦个高,说:"真的呀?"伸出纤纤素手,杵到门可闩眼前。

门班长不知何意,好在很快反应过来。伸出蒲扇大掌,和叶雨露小手击掌,发出噗噗声响,不像相击,而是大手包小手,道:"一言为定。"

不料叶雨露的手抽回时,遇到阻力。门可闩将她小手团在掌心,不肯放开,轻声道:"小叶子,难道不问问我,若是战死了,可有什么遗憾?"

叶雨露想,的确该礼尚往来,依样儿画葫芦重复道:"门班长,你若战死了,可有什么遗憾?"想想又补充道,"炊事班战死的概率,应该不太大。"

门可闩不理她的后半句,针对前半句,非常肯定回答:"有。"

叶雨露只好问:"遗憾什么?"

"没娶媳妇儿。"门可闩回答。

"啊?!"叶雨露把逗号样眉毛聚起来说,"这可难办。不像金钩海米,眼前就有现成的。此时此地,到哪儿给你找个媳妇儿啊?"说着,她拍拍半截麻袋,麻袋发出沉闷声音,仿佛同意她的看法。

门可闩的声音,突然憋得细弱起来,说:"这媳妇儿……眼前也有现成的。"

叶雨露吃惊,四处张望,狐疑地说:"在哪儿?我怎么没见你媳妇儿?"

门可闩伸出长臂,将她揽过来,说:"你就是我媳妇儿啊。"说着,把厚厚嘴唇,敷到叶雨露的樱红小嘴上。顿时,两人都像触电似的,嘭的一下贴近又弹开。然而片刻之后,又窸窸窣窣重新寻找对方,找到了,就像涂了胶水般粘到一块。年轻久旱的躯体,一触即发。

滋味真美妙啊! 甘甜醇厚,无限诱惑,无限美好……两个人都被这突如其来的神秘感觉,击溃到无法自制的地步。

这在门可闩,自然是无可比拟的幸福。原本迟钝的叶雨露,被门可闩身上的强烈荷尔蒙气息吸引,奇异的开关被打开,快感如银瓶炸裂,醍醐灌顶般倾泻而下。

两人突然想到无所不在的纪律,同时猛地离开对方。但是,巨大的吸引力如同磁石,又让两张唇重新飞快黏合,如胶似漆。

门可闩后面的动作,行云流水。他迅速褪下自己的衣服,然后去剥叶雨露的衣服。他庆幸都是统一的军队制式服装,大同小异。虽然是第一次拆解女子衣服,却并无太多生疏感。叶雨露整个人被引导着,亦步亦趋,浑身瑟瑟发抖。一是冷,二是怕。

"你冷吗?马上就不冷了。抱紧我……"门可闩引导着女孩,在一堆麻袋上,完成了和女孩身体的锁合。

他的动作非常快。但并不是生理上有什么毛病,而是这个地点和这个时间,实在是容不得从容不迫、和风细雨。叶雨露先是被动地被牵引着疯狂一番,惊涛骇浪之下,未及细细体味,又被炊事班长像清洗锅碗瓢勺一样,将她收拾得整整齐齐……整个人还没反应过来,一切就电光石火般结束了。于门可闩而言,极大的快感夹杂着极大的不尽兴。

叶雨露愣愣地眨着大眼睛,抚摸着门可闩健硕的胸膛说:"你这样,就不遗憾了吗?"

门可闩轻微喘息道:"如果我们战死,我不遗憾,你也不遗憾了。死之前,我们应该做点什么。"

叶雨露忍着身体上的强烈不适,说:"我们若是死不了呢?"

门可闩说:"那你就嫁给我。"

叶雨露说:"我若是不嫁呢?"

门可闩粗糙的手指,捏起身下一粒染血的金钩海米,说:"我就把这个,给你未来的婆家看。说,你是我的人。"

刚才的风驰电掣加上饥不择食,叶雨露不知身体倒在了仓库里的什么物件上,但觉位置高矮适宜,只是有些扎人。狂风暴雨的激荡之下,也不知是什么接应了她。这会儿才看明白,原来是半麻袋的金钩海米,敞开袋口在她身下承接了一切。叶雨露说:"没想到你这么……"她一时找不到合适的词,本想说"如狼似虎",又觉自己也没好到哪儿去,闭了嘴。

门可闩理直气壮地说:"这就是爱。要上前线了,生死未卜,为什么不赶紧爱?这会儿不抓紧爱,如果战死,我们就是没尝过爱的人。"

叶雨露想不到粗犷的炊事班长,居然说出寓意深长的情话,一时无言以对。只好机械俯下身去,捡拾麻袋里位于表层的金钩海米。

门可闩一腔孤勇,得偿此愿,死而无憾。小叶子,轻挑柳眉,如火如荼的眼眸,似可融冰。门可闩伸出手,接过叶雨露手中的染红海米,说:"这些给我拿吧。你好接着拣。"

叶雨露心疼说:"这袋子海米,都不能吃了。在身子底下……揉搓过。"

门可闩说:"也好,找个没人的地方,扔掉。不过想想怪可惜的。"

叶雨露说:"那你想怎样?莫非做个书签,夹在书里?"

门可闩憨厚一笑,道:"我没读过什么书,没用过书签。我只想把它们好好存着,放在贴身口袋里。每天想起来就看看……"越说声越低,结尾几乎听不到了。

叶雨露嗔怪说:"你脑袋里是不是有毛病?长了瘤子,要早点切。"

门可闩说:"你若喜欢,别说是敲开脑袋,就是掏出心来,我也乐意给你。"

叶雨露没想到笨嘴拙舌的汉子,说起这种话,手到擒来。自知不是对手,不再斗嘴,环顾越发暗灰的小库房,自言自语道:"这就完了?"

她的本意是,一个姑娘,变成妇人,就这么简单?这么快?这么水到渠成?除了身上某处隐隐不适外,并没有天翻地覆的改变。既没山崩也没有地裂,一切如常。

这话落到门可闩耳朵里,不禁大喜,说:"你不想完?我有劲,还能……"

叶雨露羞惭道:"谁是那个意思!"

门可闩真不懂,刚才两人还欲仙欲死,怎么眨眼风云突变,就不是那个意思了?忙问:"那你是哪个意思?"

叶雨露说:"我的意思是,赶紧走。我得在熄灯之前写完遗书。"

门可闩身贴冰冷库房的石壁,好不容易降下温来,说:"有了你,我不写遗书了。"

叶雨露说:"那你的家人想你了,怎么办?"

门可闩说:"我把他们最挂心的事儿,办完了。我和他们都死可瞑目。"

叶雨露发现这样聊下去,没个完,果断抬脚,说:"我走了。"

门可闩不敢拦,只说:"等等。"说罢,走到角落里,捧出一大把红枣,说:"给你。以红补红。"

叶雨露羞怯道:"那一点点血,用不着的。"

门可闩脸红了,好在他本就赤棠脸,看不大出来,道:"你在库房这半天,若空手出去,别人会疑心。"

叶雨露收下,说:"你想得周到。"双手捧着大枣,出了小库房。门可闩在屋内金钩海米袋子上,回味无穷地呆坐了一会儿,无比美好。

叶雨露出了门,想起并没拿到公文袋子。若返回去,重与门可闩相见,她怕双方都把持不住。转身找到殷厚土,说明来意。

司务长并不诧异,说:"今天有好几个人找我要这种公文袋子,本来存货就不多。"

叶雨露吓了一大跳,惊呼:"发完了?没了?"

司务长说:"你运气不错,剩最后一个。"

叶雨露把大枣塞进军装口袋,伸手道:"司务长,赶紧给我。"

司务长递过公文袋,说:"拿好。你到底给家人说了些啥?得用公文袋装。"

叶雨露说:"你也不是我的谁,打听那么多干啥?"说完扬长而去。

回到宿舍,正巧没人。她一人枯坐着,猛然间淡了将遗书用紫药水重抄一遍的心思。自己的亲人,人世间从此多了一个。如果战死,家里人还不知道今天的亲密事,有点遗憾。如果能活到凯旋,还有漫长时光可计议。纵是写再多的话,也没个尽头。如果不是面临生死一线,她也许还会在很多男子间徘徊挑选。现在,尘埃砰的一声,落定。

她不是传统意义上的保守女孩,也并不觉得落了红,如虹霓破空,一定要从一而终。她感到的无比快乐统辖了感官,她喜欢门可臼的强壮伟岸,对她温柔周到。什么英俊美男子,什么老乡家乡人,什么医术高超神医圣手……在门可臼的男子原始魅力面前,在肌肉虬结的躯体面前,在迫在眉睫的死亡面前,一一淡了颜色。

叶雨露将原本已写好的遗嘱,看也不看,封入公文袋。赶在熄灯之前,上交领导。

26

战区机关所在地,如从极高处鸟瞰,仅仅相当于宏大山系中的一粒豌豆。若出发,无论向哪个方向行进,都飞速陷入雪山和冰峰共谋的旷古寒寂中。

拉练,正式开始。

晴朗的清晨,像梨一般清脆。梨的味道,突如其来地闯入行进中的郭换金脑海。抵达高原三年,除了罐头,她从没有舔过一口真正的梨。除了记得梨这个词,不能确保记忆中的味道,来自新鲜的梨。

高原最寒冷的日子。千川雪凝,万山冰封。它们无动于衷,大智若愚。或许偶尔困惑沉思,在完全不适宜生存的地域和时间里,渺小人类,究竟要做什么?

数千人的队伍,呈双列向高原腹地挺进。郭换金左肩右挎红十字药箱。右肩左挎,手枪。又一个左肩右挎,是鼓鼓囊囊的干粮袋。再一个右肩左挎,军用挎包里装有弹夹和红宝书。再然后,左肩右挎,绳索上坠着罐头锅。身后,是被子捆扎成的背包。它的正上方,横捆着毛皮鞋。

行军中,毛皮鞋沉重坠脚,影响进军速度且极其耗费体力。若穿单薄的草绿色橡胶解放鞋,唯有片刻不停行走甚至奔跑,才能让脚趾不致冻僵冻黑以至远端小关节凋零。

残酷而危险的悖论。穿毛皮鞋,双脚相对安全,但根本无法完成每日近一百华里的长途跋涉。穿解放鞋,走路时较为轻便快捷,但脚趾和脚掌,陷于冻伤的极大威胁中。

拉练指挥部给出的应对策略是:行军时,穿解放鞋。中途短暂休息时,哪怕只停留十分钟,也要立即将毛皮鞋从背包解下,换掉解放鞋,抗御严寒。

继续行进的号角再度吹响时,各单兵务必在第一时间完成这两种鞋子的互换。如此,才能最大限度地保护脚,又能把每一分体力,都注入令人绝望的长途跋涉中。

高原行军,极为单调。眼盯前方行进中的战友后背,双脚机械跟进。血液由于寒冷和缺氧,循环缓慢,人体进入黏滞迟钝状态。行进中最怕无声无息。当然,你可以大声喊叫,让你身前或身后的人听到,也算交流。不过缺氧让人舌根僵硬,发音艰难。大喊大叫这种伤敌一千自损八百的招数,不到万不得已,没有人这样做。

前面是一道峡谷,道路奇窄,队列已变成单人行进。听到身后鬼哭狼嚎,郭换金吃力回了一下头,见是楚军医在做鬼脸,他原来不在这个位置的。

"你……为什么……跟在我……后头?"郭换金断续问。回头加上扭着脖子说话,十分困难。

楚直没理她。傻丫头!不跟在你后面,我怎么能第一时间帮你?不过这理由,他不打算说出口,谅她也想不到。好在行军中人经常喘不上气,所以有随便不搭理人的特权。

"今天要走多远……才能……宿营?"郭换金上气不接下气问。

楚直毕竟是男子汉,体力较好,清晰回答:"一百华里,或者说五十公里。"

郭换金嘀咕:"那么远!"

楚直开解道:"不算远。红军长征时,飞夺泸定桥,一天一夜赶了二百四十里。"

郭换金恨,一个医生把历史学得那么好! 她又问:"大渡河有咱这儿的海拔高吗?"

楚军医只好说:"没有。"

沿峡谷下行,海拔下降,郭换金缓过气来,说话稍连贯些:"那没可比性。大渡河那儿不缺氧。"

楚军医答:"氧气与海拔相连。世界上所有的地方,除了喜马拉雅,没什么地方能跟咱这儿比缺氧。"

郭换金陷入矛盾中。说话,费气力。不说话,漫漫长路。缓了一会儿,她蓄积起力量,偏头问:"走多远了?"

楚军医说:"我也不是军事参谋,哪儿能知道还有多远。"

郭换金说:"你估计。"她压缩字词,节省气息。

"大约……一半。"楚医生答。

黎明出发,此时已走了五小时。

麦青青在郭换金之前,间隔一人。

最新出炉的"景氏罐头锅",悬在麦青青左腰侧。随着她矫健的步伐,有规律地摆动着,好像闪闪发光的小炮弹。

行军初走动时,郭换金不敢看这个小锅。它上蹿下跳,像一根巨刺扎入心房,让她痛不欲生,又无力拔除。景自连朝三暮四,移情别恋,郭换金觉得有充分理由。门当户对,青梅竹马,谈笑甚欢,礼轻情意重……

你算什么? 厨师的女儿,对他的经历一无所知。他教你,是任务。他救你,是本能。他不理你,才是他真心。一切的一切,都是你自作多情。你的痛,纯属自找。所以,错的不是他,而是你。

郭换金不知不觉泪流满面。

酷寒高原,流泪是件奢侈事。泪水即刻凝成冰痕,皱缩在脸上,像焗钉一般,把泪痕周围的皮肤抽紧。

郭换金恨自己流泪,不去盯看麦青青腰侧。其实只要不是队列拐弯,前面隔着一人,是很好的障碍物。只要按部就班,她可以逃避看到那个罐头锅。可郭换金反其道而行之,逼着自己怕什么就直面顶上去。她特意和前一人形成角度。这样,那个无与伦比的罐头小锅,就像啷筒,将她的泪水汹涌地吸出来。高原的罡风,又像不知疲倦的永动扇,瞬间便将泪水吹干。

郭换金用笨拙而残忍的方法,快速疗愈自己。下手狠,力度大。她不肯要丝毫缓冲,不是一分一秒凝视小锅,让思维和意志有个适应过程,而是命令自己只要不痛到昏厥,就绝不停止凝视。

她是队列中的一员,无论内心怎样不堪,必须向前。她没有权利哭泣,更不能停下脚步。

这种情感冲击,导致极大的精神苦痛。好在酷寒拯救了她。令她思维缓慢,痛觉迟钝……她在杂乱无章思绪中,跌跌撞撞行走。悲痛破胸而出,步伐凌乱不堪。

身后的楚军医,分分秒秒担惊受怕。既不敢问,也不知如何帮,只能亦步亦趋,保着郭换金不出危险。

恋爱会死人吗?会的。比如少年维特,比如于连,比如梁山伯与祝英台。不恋爱会死人吗?不知道。但高原战区这么多将士,不恋爱,仍旧活着坚守边防。可见,死不了人。深山古刹出家人,多半也不恋爱吧?那么,失恋会死人吗?罗密欧与朱丽叶?还有半死不活的许仙。哈姆雷特的奥菲利亚,看着是溺死,实则是自杀。但更多的人,依然活着。陆游和唐婉。还有简·爱。悲欢离合的牛郎织女,脚踩喜鹊翅膀,隔着浩瀚银河,都不曾寻死……

很久之后,物极必反。她终于能够冷笑出声,意识到不过是个微不足道的空罐头盒,不配赌上自己的深情。纵有千般辜负,她也绝不该被击倒。眼泪,总算不再肆意流出,而是在泪腺内成冰。

队伍逶迤向前,又向上攀山。随着山势增高,狂风大作。

风大好啊!风有迅猛改善人的坏情绪作用,荡涤天地,摧枯拉朽。席卷激荡,横扫一切。郭换金几次差点儿被吹倒,又顽强挺立。再看到妖娆跳动的小锅时,渐渐趋于淡然。为了乘胜追击,郭换金对身后楚军医说:"咱俩换个位置。"

楚直说:"是要我走你前面?原因?"

郭换金说:"更好保护你。"

啼笑皆非。楚直看郭换金神情认真,不再多问,快撵几步,赶到郭换金之前。现在,那枚定时炸弹一般的小锅,距郭换金间隔两个身位。加上楚直身影颀长,隐匿不见。

心痛的感觉,衰减至最淡。连根剜出,恐做不到,暂且留在那里吧。当情绪不再泛滥,她有了余力再来看待这个问题。

景自连不曾给她片言只字。就算和麦青青暗通款曲,也是自由。自己伤心动肺,不单无效,而且可笑!从此,不惦念,不牵挂。你在我生命中出现过一段,就算刻骨铭心,但骨头断了,都可愈合。路还长,她还有生死叵测的父母,有重担在肩的学业,有士兵不容推卸的责任……

午后的高原阳光,明亮而不温暖。它稀薄轻盈,几乎像羽毛般飘浮空中,随风荡漾。狰狞的白色山峰,在远处大智若愚地伫立,潦草地嘲笑着虫蚁般的人们。

郭换金理顺纷杂的情绪之后,脚步艰难向前。从此,她要孤独而用力地活着,在没有教官的日子里。

冬天酷寒,原属于"藏"的季节。边防军一年四季都是冬季,都需要"藏"。而他们现在做的唯一事情,是将自己毫不留情曝于严寒。

郭换金暗自计算,还剩五十华里,合二万五千米。人的步伐,因为要上下山,步幅缩短,大约要走近五万步……这个数字,吓坏了郭换金。她想,走完它,腿会断吧?

看她越走越慢,楚医生回头说:"把背包给我。"

郭换金梗着脖子道:"不给。"

楚直说:"你是害怕一会儿休整时找不到我,丢了毛皮鞋后,大脚趾冻黑脱落吗?"

楚军医有一特长,描绘任何惊悚景象时,安之若素。郭换金反驳:"背包给了你,我还算士兵吗?"

楚直道:"士兵,不是靠背包。你掉了队,才真给士兵丢脸。我时刻盯着你,放心吧。"

郭换金已被背包压得近乎吐血。若能甩下它,幸事啊。郭换金动摇了,她将背包卸给楚医生。

减轻负担后,压缩成团的肺部变成风筝,大张旗鼓放肆喘息,脚步也随之不再沉重。楚医生借取背包当儿,说:"你不要总盯着我脊梁看。"

郭换金愤然道:"你后背又没有长眼,凭什么说我盯你?"其实,她为了躲避小锅,的确目不转睛地看着楚军医后背。

楚军医说:"直觉。"

郭换金无言以对,强词夺理道:"你的后背好看还不成吗?"

楚直自傲道:"前面也很好看。"

郭换金斗嘴不过,人不要脸则无敌。只好沉默。

楚直解释道:"总盯着人的后背看,凝视近距离内不断移动的物体,很快会进入恍惚状态。越发觉得路有无限长。"

郭换金无奈道:"就算你说得有理,那我看哪儿?闭着眼睛走路?"

楚直说:"你抬起头看远方,天边有云。"

郭换金试着卷起眼帘,眺望极远处。

那里,耸立着高高的灰褐色的云塔,堆积着,仿佛随时都要崩塌。郭换金不喜欢它的摇摇晃晃,便把眼光挪向中间地带。正确讲,应该叫"中间天带"。那里有精致的半透明状排骨云,如同一条透明的大鱼,被择净了鱼肉,只剩洁白的骨骼。边缘处,卷云优雅缥缈,如老仙女低垂的白发。一旁有少许低垂的丝绦样云缕,有点像孝子高举的"白幡"。云彩充满了活力,形状快速扭动变幻着。可能它们也想变得整齐划一,却劳而无功。突然间,柔美卷云间,不知闹了什么纠纷,没来由地增厚,在半个天空中堆积耸立,好像怒发少年甩着头咆哮。

果然,看云让人生动活泼。

再低头看去,近处的雪原并不安稳,好像潜伏着无数银狐雪貂,蜷缩的身体,便是沟壑起伏。相比之下,还是看远处心胸较宽阔。

高空的阴森云塔,卑劣地变成一座铁砧。它积聚着邪恶能量,蕴含着不可一世的野心。奶油蛋糕般的云团,成群游动。它们是天空的美丽仙妹,诱惑着疲惫至极的女战士,笨拙地生出飞翔的愿望。郭换金很想像个二踢脚,嗖地蹿到云端。不,她不要站在那里,而是坐在上面,舒展双腿双脚。不,她也不要坐在上面,而是躺在上面……

郭换金毫无章法地胡思乱想。昏眩感减轻,道路也仿佛不再看不到尽头。强风和缺氧,如两道锋利剪刀,将情绪的杂乱枝蔓横扫一空,只留下粗茎的麻木。

已过正午时分,太阳和高原仍在冰冷地炯炯对视,到了单兵造饭时间。谁鼓捣不出自己的饭食,谁就饿肚子。第一天适应性行军,总部将营地布在一条小河边。

说是小河,其实是一道冰川。没有一滴液体水,更不要说流动。做饭的第一回合,砸冰化水。俗话说,冰冻三尺非一日之寒。高原的寒,已千百万年。这道河,如一块蓝钢。它的表层,在风的塑造下,泠然翘起,锻打出了锋利的冰斧冰刃冰舌。

水变成冰,是水的死亡,高原冰,凝结着远比人类历史古老的时间。

好在水与冰,可以互相转换。水和冰的最大差别,一流动,一僵死。只是,景自连的身上,为什么会沁出冰的味道?

见鬼!为什么又想起他?

郭换金狠狠地用借来的工兵镐,砸向冰面。冰碴取够后,收入罐头锅里,用几块河滩上的石头,将锅支起。在石头搭建的狭小空间中,填入牛粪,燃起火焰。锅内的冰屑,不情愿地极缓融化。

女兵们首战告败。其他人开始煮冰化水时,她们还在冰上胡乱凿冰碴。镐尖磕到冰上,只留浅白薄痕,溅落冰屑,寥寥无几。按规定,单兵操练,他人不得相助。

预留的午饭时间,已过去大半。且牛粪火慢热,就算融出水撒入米粒,能吃到嘴里也遥遥无期。女兵们大概率是还没吃上饭,就会听到激越的出发号角。

怎么办?大家目光聚向郭换金。班长,你得拿出应对方案呀。

郭换金看到楚军医没有凿冰做饭,走过去问:"你怎么吃?"

楚直说:"我备有干粮。"他一拍干粮袋,哐当作响。一般装入生米生面后,袋子呈服帖的圆柱状。楚军医的干粮袋,疙里疙瘩不规则凸起,好像装了一袋小蛤蟆。

"你装的啥?"郭换金问。她无法回应大家问询的目光,想找楚军医讨个主意。

楚直压低声音道:"我可以告诉你,但你不得外传。"

郭换金瞪眼。按说一条旧干粮袋,能藏啥秘密?她说:"记下啦,不告诉别人。"得到承诺后,楚军医很小心地把干粮袋解开,掏出内容物——绿纸水果糖。

郭换金认出这是每人每月都配发的硬糖块。除了齁死人的甜,没有任何其他味道。平日没觉出它的好,此刻,简直像看到回阳救逆的千年老参,巴不得立卷入嘴。

楚医生看着郭换金狂舔嘴唇的小红舌,伸出手说:"给你。"

郭换金立刻毫不客气地将绿皮硬糖夺过来,生怕楚医生反悔。把攥了糖的手背到身后,棉衣绒衣加在一起很厚,胳膊肘几乎弯不过去。

楚直竭力不动容,怕泄露内心怜爱。郭换金剥开糖纸,将糖块塞进嘴里。虽迷恋甜味,还是毫不留情把硬糖嚼碎,好似有深仇大恨。

"慢慢吃。没人抢。"楚直医生难得细声缓语。

郭换金含糊说道:"不是怕你抢,是我有了低血糖先兆,怕晕过去。"

看着郭换金如嚼碎冰碴样吃糖,楚医生不再说话。三块糖嚼下肚,郭换金缓了过来,她又伸出手掌心,摆了摆。

楚直问:"干啥?"

郭换金道:"继续。拿糖来。"

楚直抗议:"我还没吃饭。"

郭换金说:"你的饭就是糖。对吧?"

楚直说:"知道还问。"

郭换金道:"你这整个干粮袋里,塞的都是糖块?"

楚直说:"正确。"

郭换金气得大嚷:"你打算看着别人都饿死,独自一人迎接胜利曙光吗?"

楚直说:"错。我并没有吃糖,不是先救了你吗?没想到你得寸进尺,贪得无厌。"

郭换金想想自己是挺没风度的,口气稍微缓和了点儿说:"你这一袋糖,相当甘蔗园主。女同胞看来做不出饭了,急行军马上开始。你把糖块拿出来,打土豪分田地。"

楚直说："各人肚子各人管。你是她们的班长，又不是我班长。指挥不动我。"

郭换金故作和颜悦色："这不是命令，是请求友军炮火支援。到了宿营地，我会召开班务会讨论明天的吃饭问题。眼下你必须救急。"

"巧取豪夺的班长同志，我真是拿你没办法。"楚直不忍她为难，忍痛将自己半截干粮袋抖空，让郭换金捧着硬糖，分发给女兵班战士。

出发的军号，响了。

全靠糖块救急，女兵班才将将跟上大部队节奏，准时出发了。

感激拔刀相助，行军途中，郭换金好声好气问："楚军医哪里来的那么多糖？"

"请示上级，特领的。"楚直回答。

"咋不教教我？我也把干粮袋装满糖。所有的米面，骨子里都是碳水化合物。糖，更是最纯粹的营养。不应该舍近求远。"

楚直说："看你学医能活学活用，为师再奖你两颗糖。"

郭换金欣然领受，吃完以后，斗志更昂扬了。她不死心追问："你咋领出那么多糖？是不是贿赂了司务长？"

楚直冷笑道："你高看了司务长。把他那儿的硬糖连锅端了，也填不满我半截干粮袋。"

郭换金继续猜："糖从哪儿来的？千万别跟我说，你在军工造糖厂有亲戚。"

怕她猜得伤脑，楚直如实招来："糖，是我直接找后勤部长争取来的。"

郭换金虚心讨教："后勤田部长是出了名的老抠，你怎么说动的他？"

楚直说："这个不难。第一，后勤部长病了，我当然要乘人之危。"

郭换金把肩上的红十字包带子挪了下位置，喘口气说："这像师傅你能干出的事儿。"

楚军医说："第二，我问病势沉重的后勤部长，对战场医生来说，什么最重要？"

"部长怎么回答？"郭换金问。

楚直道:"部长呼哧带喘说,这不废话吗? 当然是救人。我再说,那你配给我大米白面,让我学做饭,啥意思? 说轻了,对我那是大材小用。说重了,就是瞎指挥。"

郭换金困难地喘息着,问:"后来呢?"

"后来田部长说,我老命都快没了,你还讨价还价。废话少说,到底要干什么? 我说,找你领糖。田部长说,我也不是开幼儿园的。我说,糖是我干粮。我可充饥,伤员可续命。"

"再后来呢?"郭换金追问。

"再后来田部长剧烈咳嗽。好不容易缓过来之后说,你要多少糖? 我把带着的干粮袋拍到他眼前,说,装满就行。部长就让警卫员拎着干粮袋,到战区库房填装硬糖。袋口的几块,在你胃里快化完了。"

郭换金反击道:"楚军医,你要谢谢我。"

楚直纵是万般狡黠,也想不出谢郭换金的理由。他索性停了脚步,等到郭换金走上来,凑近她戴着皮帽子的耳边,说:"谢你啥?"

郭换金说:"谢我和班上同志们,帮你卸载干粮袋。现在是不是感觉轻快点了?"

楚直这个气啊,嗤声道:"强盗逻辑。我是忍痛割爱。"

郭换金生出疑惑道:"糖这么高效,干吗还要背又重又麻烦的干粮? 背糖行军,岂不方便?"

楚直回到原位,说:"打仗,是天下最不方便的事情。糖,可以救急,却不可当主食。你老老实实背干粮。"

两人有一搭没一搭说话,虽然费气力,总比一个人埋头赶路,要活跃些。

天黑了。拉练第一日,在严寒和枯燥中度过。宿营地,是白雪皑皑的山间小平地。号令传下来,就地露营。

"睡哪儿?"郭换金看着被风抚平的雪地,铁板一块。突然想起铁锈人的话——高原,适宜读童话。

"睡雪上。"司务长说。

郭换金迟疑:"雪,能睡吗?"

司务长说:"能睡。躺上面,跟躺棉花上似的。没让你们在冰上宿营,是指挥部想得周全。"

郭换金第二个问题接踵而来。每人背包里,只有一床被子。铺到雪地上,就没得盖。若盖在身上,就裸躺雪地。

司务长说:"两人打通腿睡,还能互相取暖。"

郭换金和叶雨露搭档。她携带全副武装入睡。手枪在触手可及处,另一只手伸展处,是红十字包和干粮袋。她脚蹬毛皮鞋,以确保醒来时,十个脚趾依然与脚掌紧密相连。她甚至想戴上雪镜,不是为了避光,而是觉得这物件,或可对御寒有帮助。戴上一试,实在不舒服,才忍痛摘了下来。

半夜里,郭换金被冻醒,叶雨露把被子都裹到自己身上。郭换金看着满天星光,感觉骨头缝都被寒冷焊死,成为一块钢板。她想把被子朝自己这边抻抻,却不想叶雨露裹得极紧。除非将她整体掀翻,否则根本无法扯动被子一分一毫。

海拔五千米之上,人睡着了,所有规矩,都丧失理智,只会粗暴地遵循人的本能。

星光下,看着叶雨露并不安宁的睡颜,郭换金不忍搅醒她。睡不着,只有仰望星空。漫天星斗形成一道巨大弧度,银河横亘天际。天当央的月亮,不慌不忙地移动,每一秒都比上一秒苍老。想起《列子·汤问》中说,"凉是冷之始,寒是冷之极。"想那列子,虽有御风之术,但一定无缘来过高原。面对寒以上的冷,理屈词穷,无以命名。

借助从景自连那里学到的野外生存知识,郭换金卧雪眠雪,不停轮番活动肌肉。风,停了,浩渺无际的星空,感人至深。郭换金的脑海,如同被冰雪擦拭过的水晶,晶莹透亮。冰与雪,既是宿敌,也是老友。睡在雪上,确实比冰上暖。野外露营,军人可以入睡,但绝不会脱下一件征衣。死亡日夜相伴,他们随时准备一跃而起,以不可思议的速度投入战场。入伍以来,郭换金之前并未有过真正露营。对高原的感知,从未这般丝丝入扣。

她突然间明白了何谓生死"置之度外"。以前觉得太夸张——人怎能完全不考虑生死呢?

在黑水晶般的暗夜中,郭换金大彻大悟。此情此景,你必须"度外"。因为你明确知道：根本没有任何能力，掌控生死。只能被迫豁达。

头顶，星河湛湛。每一束星光都如此古老，它们出发后，不屈不挠射向四方。其中有一束在此刻，清晰映入郭换金眼帘。

它们跋涉了千万年，不疲倦不褪色，不拐弯不迟疑，只是持之以恒地拼以高速奋勇向前。这束光，经历了怎样的孤独，有着怎样诡谲的经历？这一切，它们绝不会述说。地球上的人们，也永远不会知道。

人们看到并记住的，只有锋利的星芒和睥睨一切的勇气。人们会在它的闪烁中，重生般大彻大悟。每一个人最终都会认识到，与星光相比，你多么短暂和微不足道。

此刻，有零下四十度吧？幸好，无风，雪原一如远古寂静。

郭换金惊奇地发现，冻彻心扉时，突然感到后脑勺如遭火烤，局部奇异地呈扇状暖热起来。黏稠而沉重的灼热感缓缓流淌，并不难受，只是让人生出极大困倦。带点醉意的暖流，从后脑勺涌向皮帽子罩住的额头，继而缓缓驰流全身每一角落。

不可抑制的乏意席卷而来，清醒一寸寸退散。

郭换金最后的理智突然有一瞬清醒。楚军医曾讲过，人冻死前，会出现异样感觉，是特殊的回光返照。死亡之神用毛茸茸指爪，柔软地抚摸你。身体不敢就范，拼命反抗，调动最后力量，极力扩张全身血管，挣扎着发出温暖的光和热，生命徘徊在崩溃的断崖边。郭换金万万没想到，冻死并不痛楚。诡异的柔和，带给人虚妄的甜美之感。垂死时，身体确知大势已去，乖乖束手就擒。送给你的最后礼物，是渐渐感觉不到痛苦。

郭换金记起楚医生讲过，对抗失温的唯一方法，只有让肌肉狂躁收缩，疯狂提供残存能量。她调动起最后的意志力，抵抗邪恶温暖的致命诱惑，拼尽全力从雪上跃起。

整个营地还在沉睡中。郭换金恐惧地想到，如果不是她未曾入眠，很可能在不知不觉中，毫无痛苦地离开人世。她很想发出警报，可她是微不足道的小兵，有什么办法警醒大家？此刻能做的唯有自救。

她逼迫自己，在荒原上疯狂奔跑。速度并不快，只是跌跌撞撞扑向前方。她挥舞手臂,甚至连舌头都不断地卷缩和绷直,以驱动每一块哪怕再微小的肌肉,都疯狂制造热能。

不知多长时间后,天快亮了。郭换金发现帽檐四周和口罩外围,附着很多片状结晶。大脑迟钝,想不出这是什么东西。好像睡梦中,曾有一只白色巨鸟,在她头部停留。飞走时,不慎抖落了贴身羽毛……这揣测无聊无解,吃力跑跳中执着于此——白晶,你究竟是何东西?从何而来?

身体恢复到冻死阈值之上,她找到了答案。白羽毛样的东西,来自她的肺腑。更正确的说法是——她昨天晚上到今天黎明的所有呼吸,都化成冰晶黏附于此,是呼吸的遗骸。酷寒中的每一次呼吸,没有消失,也不曾走远。它们眷恋地留在近旁,就像曾经的宫殿,变成面目全非的废墟,却一步未曾移动地方。郭换金伸出戴着皮手套的手,笨拙地把一簇簇冰晶扒拉开,将它们丢弃旷野。与自己的喘息,彻底告别。

白昼终于莅临,天光敞开,陡峭的山峰轮廓渐次浮现。

郭换金唤醒叶雨露。由于整张被子裹在身上,她像一只蚕蛹,好不容易才清醒,喃喃道:"班长,你睡得可好?"

"好。"郭换金简短回答。忽略快被冻死的那一段,她睡得不错。

叶雨露说:"我们还要自己做饭吗?"

郭换金依然以单字回答:"是。"腮帮子内侧软肉,硬如铁皮核桃。多一个字,都说不来。

叶雨露说:"班长,你再去央告楚军医,讨点糖来。咱们就不用破冰煮水,吃半生不熟的大米粒了。"

郭换金拒绝:"不去。"

叶雨露撒娇道:"你求求他。"

郭换金道:"他不会给。"

叶雨露说:"楚军医对你挺好,或许能卖你个面子。"

郭换金吃力地说出更长的话:"那我更不能求他。"这不是求不求的事,楚军医除了救人,已无多余存糖。

叶雨露以为郭换金拿糖,气哼哼不吭声了。

郭换金不解释,几近绝望,望向远山。

渺小的单兵,壮阔的高原。天地间持续不断释放压迫感和威慑感,带来无比浓重的苍凉。

女兵们胡乱把大米粒生填进嘴里。米粒将略温的嘴唇冻结,难以下咽。聊胜于无。

再次出发。楚直走前,回头观察郭换金,见她萎靡不振,道:"你全身所有零件,都在吗?"

郭换金低落回答:"在。"

楚直说:"部队情况不容乐观。你得打起精神来,眼下战友们尤为需要你。"

今日征程,尤为险恶,将穿越无人区。无人区,不仅无人,且无水,无活物,无柴草……

途经最后一道冰河时,指挥部命令单兵们凿出冰砖,覆在背包上。确保无水时,融冰化水维持生命。

无人区无燃料,生火要用事先备好的野牦牛粪。粪有限,每人分得巴掌大一块儿。郭换金看着那块如植物标本的丝缕状粪便,心里嘀咕,就算它全力以赴贡献所有热量,大概只够把百十米粒煮个半生不熟。

行军。在蓝天和狰狞岩石间的缝隙,穿插。自己做饭,已通过班务会强调,自力更生。

一天又一天。

27

平原上的国人,基本身处北温带。对酷寒,没有太多感知和敬畏。同等纬度上,高原会轻而易举地修正你对大自然的轻慢。

爬山。整整一个上午,一直在向上倾斜的坡度中跋涉。登山这事儿,伟大之处或许正在于,只要坚持,终能攀顶。好不容易到达顶峰后,旋即下山。下山时,不停重复膝盖全方位扭曲,鞋腔里的脚趾,抵死抓握地面。每一寸骨头都在黏结和撕裂中打滚,换来山脊高度的寸寸降低……之前辛苦爬升数小时积攒起来的垂直高程,在腰椎、膝盖、踝骨、趾骨粉碎般疼痛中,悄然流失。

越来越浓的雾,越来越刺骨的冷,除了紧紧跟随前人背影,无法辨识方向。路也是毫无章法,时而冻土,时而岩砾。最令人胆战心惊的是,大片冰碛石,漏斗般铺开在山麓。杂乱的黑岩砾,如史前巨蟒,狞恶地从山顶铺陈而下。在高原,冰碛石并不罕见。凡有雪峰,必有此怪如影随形。但这斜面规模之大,形状之恶,令人胆寒。石块层叠,黝黑锃亮,是冰川千百万年心血磨砺而成。

雪峰簇拥,巍然挺立,尖锐的峰顶,分裂的冰川,令人窒息无涯征程,令人呆滞茫然。

郭换金的背包,已由楚医生背负。但十字包、手枪、干粮袋、军挎包等负载物,仍极其沉重。裹身缠绕的各种带子,像一根根烧红铁丝,透过重重衣物,勒进皮肉,深达骨骼。在颈前交叉而过的手枪带和十字包带,就像赭色绞架,钉揳入胸膛和后背。肺,被极度压缩,变成了一摞被水浸过又黏结的残破黄表纸,溃烂皱缩,没有一丝换气功能。万般低落中,感觉神经却异常灵敏,每一丝痛苦都被无限放大。绝望成群结队绵密紧凑,携手并肩倒海翻江而来。又起风了,狂风怒躁嘶吼。风的褶皱中,埋伏着亿万面紊乱钢鼓。不,那不是钢鼓,是人的心脏在极端苦难中,已从胸腔逃逸而出,碎成一万片,潜伏在每一寸皮肤之下,蹦跳不止,准备彻底逃出千疮百孔的躯体。

郭换金无望地抬头看看高原太阳。阳光出奇的好,光线中没有温暖,甚至也没有尘埃,只含凌厉杀意。

郭换金一个趔趄,险些跌倒。俯身时,看到近在身旁的那块石头,犹如漆皮公文包般闪闪发亮。突然想到,若是死了,可把这块石头,竖于尸身之旁,充当墓碑。

死的念头一经诞生,见风就长,牢牢盘踞大脑。

没有爬过高山,尤其没有徒步负重攀登过海拔六千米以上高山的人,谈不了极限。人在攀爬中,多以为难的是登顶,几乎把所有气力都用于此。殊不知,最难是下山。连续的征战,已让郭换金的身体陷入崩溃边缘。

远方连绵的山群成逶迤的素白锦缎。这里高寒、清洁、空旷、渺无人烟,除罡风猎猎,余皆无声无息。她萌生让这匹锦缎,将自己严严实实包裹起来的迤逦想象。祈愿从此安歇,成为白雪丝绸中的一缕细纱,让所有苦痛,顷刻消遁,无知无觉。

刚开始几天行军时,郭换金还特别留心数字。今天是第几天了?要走多少里?已走了多少里?还剩多少里?甚至折算一共要走多少步。此刻,她已放弃了关注数字。滋生蔓延的绝望,让她感觉关注这些,没有意义了。

高原之阳,渐渐西斜。落日在山脊后隐去身形,脚下被巨大的扇状阴影覆没。

山道崎岖,形成弯度。楚军医身影斜斜,跃动不止的罐头小锅凸现真容。它已丧失最初的精美无瑕,带着使用过的焦黑。郭换金的心,如同失重般坠落。

麦青青在前方目不斜视快步疾行。父亲强迫她从小进行的严酷体能训练,此时,让她大出风头。夜晚,她和柳赞打通腿。被子分配中,她出演叶雨露的角色。只不过,叶雨露是当真睡着了,出于本能紧裹被子,浑然不觉。麦青青则保持最低限度的清醒,有分寸地给柳赞留下小半被幅。她是精确思考后,才做此安排。被子留得太少,柳赞冻得熬不住,会不管不顾将她拍醒。被子重新分配,必得二一添作五。为了维持形象,兴许还要多劈出几寸被幅给柳赞,岂不得不偿失?她要维持着柳赞不会冻伤,又不好意思叫醒她的分寸感。才能在高原之夜尽可能恢复体力,以利再战。

每逢天快亮时,柳赞果然会被冻醒,顷刻觉察到被幅不公。正如麦青青预料,柳赞自小照顾一众弟弟,视多吃苦为正常。麦青青又是副班长,于公于私,她都不宜叫醒她,麦青青得以最大限度安睡。

久之,柳赞终于抵不过困倦,迷糊过去。醒来时,双脚被麦青青搂在怀里。她很感动,说:"你不嫌我脚有味?"柳赞是女孩子中罕见的汗脚,从小就被家人笑话。

麦青青说:"我不嫌。战友是比亲人还亲的存在。"心说,多虑了。高原有能力将一切气味,都改换成冰雪味道。

柳赞从背包中,掏出一把小剪子,麦青青见状吃了一惊。要知道,高原行军,多一根头发丝,都难以承重。这剪子,怎么也有一百克吧?带着它跋山涉水……

柳赞善解人意道:"野外行军这么久,头发会长。咱戴皮帽子,头发长了,乱如鸟窝。"

麦青青苦笑道:"完成任务最重要。鸟窝也罢,凤凰窝也罢,没事儿。"

柳赞说:"我特地带着剪子,想着你头发长了,给你剪剪。"

麦青青感动不已,说:"战友的意思,除了战场上为你收尸,还有一种,就是我头发长了,你给我剪发。"

两个姑娘,紧紧抱在一起。

队伍直行,楚军医的身影,成功挡住了跃动小锅。就在这看似平常的一瞬间,郭换金做出了万事斩断的决定。放弃一切,水到渠成。命运的出口裸露,一死了之,何其简单!它在身边匍匐着,之前只觉得尚有心事未了。现在,放下了。

年轻的躯体,再不用忍受非人的折磨。所有的感官,马上就能和蚀骨痛楚作别。她甚至不再回忆短短一生,不去想父母和亲人,还有他……回避所有。

巨大苦难袭击她,浸泡她,荼毒她,剿灭她。她束手无策,不知如何逃离深渊。唯有死亡,才能封闭所有感知痛苦的渠道,丧失记忆无比轻松。唯有死亡,她才能还自己自由。人不是毫无情感的机器,而是活生生的血肉。在想到"活生生"这个词的时候,她感觉莫大讽刺。为了证实她有活着的自由,她选择义无反顾去死。

生死边缘,她的双腿,依旧不由自主地向前行进。人在队伍中,不可擅自停滞。每一秒的顿挫,拉开的距离积少成多,后续队伍势必以急奔做出补偿。在高原,忌讳速跑,弄不好要出人命。

在行将告别人世间的时候,善良和责任感,让郭换金有牵挂。她不能不管他人死活,欣然赴死。队尾有伤病员,呼叫楚军医抢救。此刻他不在,正好。寻死,他人干扰越少越好。至于其他人,自顾尚不暇,不会注意到郭换金准备诀别。千钧一发关头,她居然非常不争气地想到景自连。

得知自己死讯,高傲的景教官,会不会低下头颅,有片刻默哀?他可会生出悔意?早知徒弟如此脆弱,不堪造就,就不枉费那么多精力和时间训练她了。对不起,教官。我实是忍受不了这种折磨,决定不再坚持。景教官,永别了。我不怨你,也不祝你幸福。你肯定会幸福的,无数人会祝福你,少我一个,你不会发觉。

想完这事儿,郭换金猛醒到严重问题:自戕的善后工作需准备妥当。

她强行驱动越来越僵硬的头脑,完善对策。自己的死,尽量少给他人添麻烦。

首先要把死亡,也就是自杀,伪装成正常死亡过程。好在只要精心设计,这个问题并不太难。高原上,有无数种死亡方式。每一种都顺理成章。

失足坠下,是行军中最明智又不会牵涉他人的上好死法。下山途中,雪多冰滑。单兵无任何防滑装备,磨秃了花纹的旧解放鞋,滑落坠崖。

死于训练途中,估计能评上烈士。想到这里,郭换金早已冻僵的嘴唇,微咧了一下。不知嘴角是否完成了上翘弧度,但在郭换金心里,千真万确,那是一个由衷的微笑。完成这个死法,无论对郭炊事员,还是亲生父母,都是上好交代。

郭换金又一次想到景自连。即使是苛刻的景教官,也无话可说吧。

死的方向确定后,其后步骤也需缜密。找到狞厉悬崖。要足够高,深达百米以上,一摔必死。崖下岩石要犬牙交错,锐锋无比,绝不可覆盖厚厚积雪。有雪垫底,能把你摔得脑震荡,摔裂四肢百骸,却不能保证你一摔必死。部队有优良传统,有人落崖,必千方百计寻找救护。牵连战友们劳顿,实为最后的罪过。

综上分析,郭换金最终谋定,上等的自戕之地,必须具备以下条件:

第一,悬崖足够高,坠下必死。

第二,崖下犬牙交错,能一举戳透心肺,血流成河。

第三,无法实施任何形式的救援,所有人都望洋兴叹。

第四……

没有第四了。准确地讲,用不着第四。以上三条,计划成功的把握,当在百分之九十九之上。剩下的就是寻找万全场所,圆美实施自戕。郭换金本以为活着不易,死相对简单。却不想,真要寻死,也是周密工程,无法一蹴而就。

前进中,视野相当有限。麦青青随楚军医去救治伤员,郭换金跟在门可闩身后。想越过这具臃肿高大的身影,一览周围地形,几无可能。迷雾来袭,能见度很差,再不赶紧赴死,白白耽误时间,积攒无谓的痛苦。

终于,她寻觅到理想的死亡之地。左手边,是深不见底的冰崖,看不清具体深度,但百米以上没问题。右手边,是壁立雪峰,摇摇欲坠的积雪,让人不敢久视,甚至害怕投来的目光造成压力,导致大规模的雪崩。

好了,就这儿吧,天造地设,佯作脚滑,就势坠崖……极不可能被人发现。即使有人瞥见,也不敢大声呼喊,怕共振引得积雪坠落,发生雪崩。

万事俱备,只欠东风。这个东风,就是她坠崖的万分之一秒双脚滑落。

距离死亡如此之近,脚下一歪,身体随之趔趄,便大功告成。下落过程,会有轻微失重感吧?片刻之后,即是永恒。席卷全身的苦痛,即将豁然消失。多么令人神往的前景!摆脱一切苦难的终极大法,原来唾手可得。死之念头一旦孵化成羽,便生龙活虎所向披靡。

郭换金被死亡诱惑,充满飞翔向往。

时间不等人。高原夜色迅猛袭来毫不拖泥带水。幸好险路并非稍纵即逝,颇有长度。一边是深不见底的冰崖,一边是壁立千仞的雪山。贴着山根的"小路",如同抖落的羊肠,细窄蜿蜒湿滑。也许,尖兵开辟此路时,只是路面蹇涩。随着重重叠叠脚步碾压,如同铁杵磨出的针,表层晶亮,熠熠生辉。踩踏上去,如同在玻璃上舞蹈,完全找不到脚掌附着点。

道路仅容单兵侧过,且彼此间距较远。也就是说,纵使郭换金以非常明显的自戕姿态主动坠落深崖,也没人看得清。就算有人生出疑虑,也一定以为是自己缺氧导致的眼花。

绝好的觅死之地啊! 郭换金本来还想面对父母方向,稍稍点下头,算是告别。但四野迷茫,路阻且长,根本无法判断方位。想想还是算了。

要说一点遗憾也没有,也不尽然。曾想过的,千军万马前,与君并肩立。九曲黄泉中,陪君生死行……那个人,举重若轻地放下了。虽然,也曾有念头一晃:会不会是误会?但不断跳动的菠萝罐头锅,扰她混乱。现在,命运即将画上句号,这些都不再重要。原因不重要,结果亦不重要。我和你,就此别过。

好,到此为止,绝不迟延。正当她义无反顾抬起脚,马上就要踩空时,猛然想到:不顾一切地坠落,砸撞猛烈,会不会损毁随身装备?

念头甫一出现,她炮烙般缩回已探出悬崖的半个脚掌。

她以最后的清醒,盘点将随之坠崖的物件。干粮袋,这个不管了。大头鞋,无所谓。军用雨衣,可丢。手枪和红十字箱……她踌躇万分。这两大物件的皮带,斜叉胸前。落崖后,它们飞速下坠,极易受损。若将它们放在路边,自己再纵身跌下,这说不通。梦想成为烈士的苦心,很可能付诸东流。自杀的士兵,既无法全了郭大厨和父母的体面,也免不了连累卫生部带兵无方。

深知高原物资极端匮乏的郭换金,就算抱定必死决心,也不忍让千金难买的军用品,为自己殉葬。

手枪插在枪套内。不用看,也知它线条刚硬,轮廓优美,蓝光灼灼。

红十字箱,坚定地护卫着内里乾坤。大小药瓶,如生命的定海神针。注射器尖锐的针头,等待刺穿皮肤救人一命。五颜六色的药片,像糖豆般惹人爱怜。

难道它们都要随着她,千疮百孔,粉身碎骨?

郭换金仍机械前行。吃力地想着用什么方法才能既保存物资,又能赴死后不被诟病?

她灵机一动：坠崖时，将交叉肩带一把摘脱，手枪和红十字箱，留在山路上。生命闭幕一切皆可忘，唯职责和使命不可辜负。

　　不过，危机又扑面而来。这操作，必须完成于电光石火间。红十字箱和手枪，只能二选一。都护卫着，自杀企图定会露出破绽。一旦被人察觉，定性就是叛徒。

　　枪的气味，带着机油和曾经击发过的残余火药味，顽强地冲入郭换金鼻孔，像在强调自己的重要性，搏杀的最后屏障。

　　红十字箱，是医务人员安身立命的家伙，重要性毋庸置疑。

　　天，一寸寸变黑。路，一步步走过。这雪山悬崖的险恶路程，还有多长？若突然走到尽头，郭换金的大计，将功亏一篑。

　　必须当机立断。郭换金最后决定，保留红十字箱。内中药械，虽说不上多稀有，但都是治疗高原病所必需。拉练部队，条件越发艰苦，伤亡不断增加。药是将士们的生命绳索，万分宝贵。

　　枪就随身。理由：坠崖后，收容部队必会寻找。生要见人死要见尸，这是铁令。即使今日暗黑，找不到她，明天也将持续寻找尸骸。此地人迹渺茫，配枪不会丢失。枪套本就牢固稳妥，她坠落时蜷起身体，以肉体为障护枪，枪被摔坏的概率就极低。

　　谋定后，她要做的最后一件事——调整皮带背拷方式。

　　原本为保持武器在随时击发状态，便于摘脱，枪带置于最上方。既然决定最后关头要完成红十字箱的卸载，须调整为枪带在下。

　　行路极艰，思考又煞费脑力，郭换金心衰力竭。她驱动残存的精气神儿，将肩上斜挎的皮带顺序，调整完毕。红十字箱带，疏松潦草置于最上方。坠崖时，装作无意地挣扎，全力将此带甩脱，留箱子于冰径之上。

　　所有准备工作，均已完成。郭换金悠长吐出一口气，看口罩边沿的稀薄白雾，先是四散逸出，再袅袅散去。

　　别了，我亲爱的父母。

　　别了，侠肝义胆的老郭厨师。

　　别了，楚军医，我辜负了你的培养，抱歉。

　　别了，尊敬的龙部长。

别了,我朝夕与共的战友们……

她感到前所未有的放松,甚至跃跃欲试。她非常肯定,很快,她就再也不用吃力呼吸,全力隐忍,百般痛苦都会在死亡面前,握手言欢。

她轻轻将脚尖探向悬崖,脚失去支撑点,陡然腾空。她再接再厉,迅即将整个脚掌蹬离冰径。现在,只剩下最后一个动作——将肩上红十字箱皮带一把撸下,甩至一旁。

就在她以为马上可以纵身一跃,品尝飞离滋味时,身体被一股极大力量,狠狠拽向山峦一侧。眼前似有岩浆爆发,殷红一片。

"你做什么?!"狂躁呵斥,震耳欲聋。

郭换金回头。之前,她已放弃观察周围的人。她已无丝毫能量,生命漂浮于浊浪之上,像水银珠般无意识滚动。

高原用仅存的微亮暮色,将眼前的俊颜极度放大。这张脸距离自己如此之近,简直像是从天而降。

楚直!

不知何时,他医治完伤病员,返回队列。为了更好保护郭换金,楚军医默不作声跟在她身后。郭换金因极度倦怠,一直没有回头。

"我……"郭换金欲言又止。总不能如实说——"我寻死"。

楚直火眼金睛,无须回答,已全然明白她的用心。

恰逢此时,前方传来就地休息的军号声。越来越浓的夜雾扑来,如灰纱覆面,看不清彼此表情。

行军途中,小休息仅十分钟。时间长了,怕静止不动的单兵被冻伤。路面极窄,只能背靠雪崖,将僵硬的双腿伸直,稍作歇息。穿着胶鞋的脚,悬在半空中,瞬间冻僵。

按照规定,休息时的第一个动作,便是换上毛皮鞋。

楚直换好鞋,才看见郭换金一动不动坐于小路上,脚上依然蹬解放鞋。

"换鞋。"楚直强硬说。

"不换。"郭换金答。她抱着必死决心,脚是否冻伤,完全不在考虑范围。脑海中盘旋的唯一念头,就是赶快结束休息,队伍继续前行。她会在前方不远处,干脆利落地完成死亡计划。

如果说刚才楚直看到郭换金试图摘下红十字箱,滑向悬崖边缘的危险动作,还只是怀疑,此时拒绝换鞋的举动,让他确认无疑。

楚军医二话不说,俯下身去,凑近郭换金。

"你……?"郭换金虽万念俱灰,但楚军医行为,仍让她一怔。

楚军医拒不回答。郭换金闪身道:"干什么?"

楚军医言语冷峻:"别动!再乱动,你就掉崖底下了。"

郭换金根本不在乎掉崖,持续受冻使她嘴唇青紫,身脉瘀滞,几成僵尸,求生欲全无。

楚直将郭换金的解放鞋脱下,再将毛皮鞋给她换上。郭换金凝冻的双足,被楚军医大手捉挟,塞入鞋中,好似进入鸟的羽毛中。

"换上了鞋,还要脱下来……"郭换金嘟囔,声音极轻。楚直在侧旁,也听不清。不过,他明白她的意思。

楚直说:"这是今日夜营前的最后一次休息,脚不能冻伤。"

郭换金无动于衷。今晚的营地,是她永远抵达不了的远方。

换好鞋子,楚军医和郭换金并肩而坐。此处凹洼,相对避风,战友相隔较远,话语随风飘逝。见她寒战不已,楚军医将军大衣解下,披到她身上。

"我不要……"郭换金奋力推辞。

"穿上吧。不要嫌弃。"楚直回应道。

"你会冻死。"郭换金说。

"我死不了。倒是你,刚才想自杀?"楚直逼视。

郭换金不屑辩解,直言不讳答:"是。"她相信他不会告密。

楚直并不惊奇道:"哦。死很容易。但是你想过没有,你死了,我怎么办?"

这个问题,确实不在郭换金考虑范围内。她淡漠应道:"没想过。"

楚直说:"那我告诉你,我不会允许你死,会在第一时间抓住你。"

大衣让郭换金稍稍暖和了些,有点精力作答:"你抓不住一个决心要死的人。"她勉力将话说得透彻,希望再次实施计划时,楚军医不要徒劳阻止。

楚直发誓般说:"抓不住,我也要抓。我不可能看着你死,而我什么都不做。"

郭换金不回答。生和死,每个人自己选择。

楚直明白沉默即反抗,问:"你想过之后会怎样?"

郭换金说:"我会死。"语调平直,不见丝毫波澜。

楚直说:"我抓你,抓不住,我也会死。"他语调平直,没有丝毫波澜。

郭换金闻听此话,有些生气,说:"你不能死。"

楚直看也不看她,淡然道:"你能死,凭什么我就不能死?"

郭换金难得撩起一丝怒火,说:"你没权利死,高原需要你。"

楚直重复道:"你也没有权利死。高原也需要你。"加了一个"也"字。

郭换金知道说不过楚直,道:"我就是想歇歇,彻底。永远。太累了。"

楚直毫不含糊接茬说:"我陪你,一道歇歇。"

郭换金费力反问:"你陪我?一个人死了,还可算失足。咱俩一道摔死,没法解释。"

楚直说:"我有现成的解释。"

郭换金咬牙切齿道:"说!"

楚直一字一顿道:"殉——情。"

纵是从容赴死,纵是万念俱灰,纵是虚与委蛇,纵是百无聊赖,郭换金还是忍不住辩解道:"怎么会?!我是殉国。"

楚直正色紧逼道:"若高原全体将士,都似你'殉国',会怎么样?"

郭换金缄默,无以作答。全体都轻飘飘坠崖?不待敌袭,自我覆灭?!无以逃避的愧疚,油然而生。

楚直绝不善罢甘休,乘胜追击道:"你连带着我一道殉国,是仁慈还是残忍?"

郭换金无力地否认道:"你不会不死吗?"

楚直严正道:"奋不顾身抢救战友,是做军人的基本准则。我当然要伸出援手,等着我的就是被你拽下悬崖!什么叫临死还拉上一个垫背的?说的就是你这种人!有预谋的谋杀!"

郭换金连翻白眼的气力都没有了,艰难吐字:"你,怕我死?"

楚直应道:"我只是不想让自己死。"

当一个人的死,和另外一个不相干的人的死,紧紧搅缠一处时,死,就从轻而易举,变成举步维艰。

要么倒下,被冰雪无情覆盖。要么向前,让雪花匍匐脚下。

正说着,行军号吹响了。郭换金觉得所有号声中,唯独这个号音,有呜咽悲怆之感。

郭换金赖着不想动。楚直侧身蹲下,将她的毛皮鞋脱了,换上轻便的解放鞋。安顿好后,他伸出双手,将郭换金缓缓拉起,说:"走吧。"

郭换金极不情不愿地随之起身。

"不要死。"楚直摸摸她的脸。实际上,他戴着皮手套,她脸上有口罩,彼此根本没有任何实质接触。但随着楚军医的手指移动,郭换金还是感到面庞一寸寸蔓延起温热。

"给我一个不死的理由。"郭换金无望争辩。

"你没有理由死。活着,是祖国赋予军人的使命。"楚军医斩钉截铁地说道。

一死了之的黑色潮汐,缓缓退却了。郭换金感觉到被楚军医牵过的手指,逐渐灵活。随着温度渐起,知觉复苏,身体锥心痛楚。

不知道是休息恢复了体力,还是不想被人指为殉情,抑或楚军医的大义凛然情深意切,让郭换金一心求死的欲望,淡了下来。她重新迈步向前。楚直不敢有丝毫放松,紧傍郭换金外侧。路极窄,他相伴而行,让郭换金根本无法独自赴死。不管她如何小心,只要重心一歪,楚直势必伸手拦截。结果就是两人不由分说结为一体,飞身而下,并肩坠落,砰然砸地,千真万确坐实"殉情"。

郭换金万般无奈。悲莫大于——想死,死不了。

楚直心中哀叹,时刻防范一个大活人自杀,又是在险象环生的冰刀雪刃之处,实为不能完成的任务。幸好重新出发后不久,地形改变了。队伍脱离悬崖区,进入相对平坦的高岗。雪山依然狰狞,但一摔即死的可能性,大为减小。再想独自寻求必死之地,难度很大。

楚直这才觉出周身冷汗如浆,几近虚脱。郭换金求死不得,只能勉力活下去。这是比死要难的事情,郭换金隐忍一天未曾落下的泪,飘落成冰。

连续急行军的打磨,部队渐趋沉默乃至鸦雀无声。队伍昼行雪地,夜卧雪中,雪溅风吹,不成队形。众士兵不洗不涮,状同野人。

今日宿营地总算到了。雪山脚下一小片丘陵区,由于大军驻扎,给亘古荒原带来稀薄人气。

士兵们默不作声卸下背包,用军用雨布搭起简易帐篷,以罐头锅化冰煮米。之所以悄无声息,是因为所有气力都被漫长行军耗竭。发出声息需要氧气和能量,而这些都已经山穷水尽。除万分必要,人们绝不轻易开口。

拉练已渐成习惯。一定要找意外,便是自制的罐头锅,已无法使用。

罐头盒的主业,毕竟不是做锅。尽管在高原上,野牦牛粪燃起的火焰,被狂风掠走大部分热度,焰温很低,但铁皮薄,架不住屡屡熬煮,焊缝熔化,锅底脱落。直接后果就是,倾巢而出的半融冰水,将锅底火焰浇灭。半熟或都没来得及泡涨的米粒,极不情愿接受倾覆命运,被盖于牦牛粪上,如死鱼的狭长白眼,凝视着饥寒交迫的士兵。有人还想从灰烬中抓把米粒充饥,终因与粪土搅成一团,没法入口。

士兵们只得放弃吃饭,饿着肚子躲进狭小的雨布帐篷中,幕天席地。尽量蜷起四肢向心而卧,以助要害部位抵抗严寒。

有人将干粮袋里携带的生米生面,囫囵入口。明天如何应对,不知道。缺氧极大损毁了思维能力,士兵们唯一的心思,是先熬过今夜。

远处呼唤医生。楚直背着红十字箱,尽量加快跌跌撞撞的脚步。见郭换金把掉了底的罐头锅,安放在一块石头下,说:"你打算给它立个碑?"

郭换金说:"毕竟跟了我这么多天。"

楚直说:"晚饭怎么解决?"

郭换金说:"生面。"

楚直道:"明早上呢?"

郭换金说:"生米。"

楚直掏出几颗水果糖,说:"给你改善伙食,最后的几块,都在这儿了。"

郭换金从水果糖中扒拉出一半,欲还。楚直道:"你都留着吧。好不容易拯救回来的一条小命,省得半夜又被阎王索去。"

郭换金说:"糖都给了我,你怎么办?"

楚直道:"阳政委不适,我去给他看病。那里总会有些吃的。"

郭换金说:"你若需要护士,别忘了让警卫员喊我。我也想吃一顿正经饭。"

楚直说:"你怕以饿死鬼的身份殉国?放心吧,阎王不会剖开你的胃。"

郭换金愤愤道:"阎王肯定没你嘴毒。"

通往阳政委帐篷的路不长,但楚直走得艰难,被各处伤病员拦截。红十字箱,打开了又合上,合上了又打开……到后来,他索性敞开箱子锁扣,半挂在身上,以备随时取药。手指僵冷,做精细动作开合箱子,费时费力。

马上要到阳政委帐篷,潘容过来将他拦住。

"哪里不舒服?"楚直张口问。此人性命,也是他好不容易从鬼门关夺回来的。虽不喜此人,但有关他的身体,格外关注。

"她……怎么样?"潘容问。

楚医生明知故问道:"谁?"

"你知道我说的是谁。"潘容道。行军中,他无时无刻不在牵挂郭换金。只是军务在身,间不容发。指挥机构鞍前马后奔忙,无暇他顾。再者,队伍拉出营区后,行踪再无秘密。女兵们的一举一动,都有无数眼睛围观,实在难以暗传信息。

男人间的较量,彼此心知肚明。真人面前不说假话。潘容直言:"郭换金。"

楚军医先用目光如 X 线机,将潘容来了个全身大扫描,确定他身体无恙后,方把潜藏敌意凸显出来,冷冷回应:"潘干事如此这般惦记郭护士,很感人啊。"

对于挑衅,潘容早有对策。他说:"您救过我,我感恩不尽。我身上还有郭护士的血,念念不忘。"

楚直反唇相讥:"哦。你不提,我都忘记曾救过你。只是郭护士的血不是长生不老药,你可知道?"

潘容不明所以,愕然道:"您这是什么意思?"

楚军医冷笑道:"你可记得,从她的血抽出来输进你身体,到现在,多长时间了?"

潘容立刻回答:"两年×月零×××天。"

潘容,你小子真不可小看!他把输入郭换金血的时间,精确到天!

楚直颚肌紧绷,眼睛眯成一条缝,脸色变得比天气还要冷硬,说:"潘干事,你虽不学医,但也算才子,博览群书。那我考考你,一个红血球,能活多久?"

"这个……"潘容语塞。饶是读过再多书,作为非医务人员,这知识点也太冷门了,他完全不知道。但他绝不能在不怀好意的楚医生面前示弱,毫不含糊答:"人活多久,他的血球,就有多久寿命。一个红血球活的时间,就是人的一辈子。"

楚直叹为观止。医学高才生的他,打死也想不出这等耸人听闻的答案。他不得不稍作停顿,缓解受到的惊吓,镇定下来有板有眼说:"潘干事,给你科普一下最简单的医学常识。人的红血球,由骨髓制造。一旦生产出来,进入血管,就成了外周血液。寿命呢,只有一百八十天,也就是半年。当然了,在高原,还没有更确切的医学统计数据。不过,我判断此地环境恶劣,红血球的存活时间,只少不多。高原,狠着呢。"

潘容傻了。原来,人身上的血球,跟庄稼似的,一茬茬收割,生生不息。看起来一模一样的红血球,已在不知不觉间,繁衍了多少代。

看着潘容丧失回话能力,楚直毫无恻隐之心继续道:"所以,潘干事,你身上此刻没有一个红血球,来自郭护士。你血管中流的每一滴血,都是你自产自销的。不要再跟我扯什么因为输血,她和你共振。早在数百天前,她和你,便没了丝毫干系。"

楚直雄赳赳气昂昂说完这番话,留下失魂落魄的潘容,扬长而去。

阳政委的帐篷就在不远处。

震惊中的潘容第一反应,是不放楚军医走。他快步向前,挡住楚直去路,不容推诿说:"就算我和她没了血脉上的关系,你也要告诉我,她怎么样?"

楚直被他的强硬撼动,回了一句:"她不好。今日急行军时,差点摔到悬崖下。"

潘容震惊,结结巴巴问:"这……怎么……真的?"

楚直道:"拉练太苦了,女娃娃,有些顶不住,就……"

他不能说出真相——郭换金不想活了,决然吞下话尾。真相,永远隐藏吧。

潘容聪慧,听出其中危情。酷烈训练,连久经摔打的男儿都熬不住,姑娘们的惨状可想而知。

可是,他有什么办法?!

潘容又问:"楚医生,整个部队的伤病怎样?"

楚医生怨怼道:"你问我,我问谁?你在中枢机关,难道不比我更清楚?"

潘容体谅楚军医的愤怒,他自然是知道的。此一问,只想得到更多确认,道:"部队冻伤严重,高原病袭扰,人困马乏。在这种情况下,大自然成为扼杀战斗力的凶残敌人。"

两位青年军人,面对面站着,不由自主地交换眼神。缄默许久后,剑拔弩张的男人,放下情仇,在大局面前,达成灵魂默契。

"楚军医,请仔细诊察阳政委身体状况。"潘容颇有深意道。

楚直昂头说:"我一个小小军医,能说话的地方有限,别高估了我。"

潘容说:"我和你一同进指挥部。"

楚直冷哼一声,一语双关道:"潘干事,咱俩尿不到一个壶里。"

潘容识出他语气中的不屑,温声回答:"尿不尿的事儿,大局面前,姑且放下。"

暗藏机锋的话,有待琢磨。只是耽搁的时间不短了,楚直进入阳云天宿营处。

阳云天半卧在睡袋上歇息。他苍老的面庞,在闪闪火光中,似乎镀了一层紫铜。魏司令不在,阳云天独掌帅旗。

毕竟是政委,也不是老高原,他对野外地形地貌并不熟稔。不过,这并不妨碍他想创造高寒部队作训典型经验的热血雄心。他将拉练视为展现能力的绝好机会,把艰难困苦层层加码,制造鏖战气氛,把部队的耐受性逼到极限。功夫不负苦心人,现已显现骄人成绩。在世界范畴内,酷寒中的行军和驻扎保障,是冷门,也是一大难题。单兵作战训练的骄人战绩,会让高原战区异军突起,独秀一枝。

他年龄大,白天行军骑马,深感困乏。龙部长担心他的身体,平素保健均亲力亲为。无奈近日部队发病者甚众,龙部长必须深入基层,并召集军医会议,研判下一步治疗方略。实在脱不开身,才让楚军医前来诊治。

见两人进了帐篷,阳云天首先发问:"部队士气怎样?"

今天均为陡峻山路。战场上是否多山,是非常重要的考量因素。部队全天在山地跋涉,异常酷烈。

潘容艰涩回答:"还……可以。"

他底气不足,很想告诉他部队已陷入困境,如果继续苦练加缺乏饮食,士气或呈断崖式下滑。不过,他深知政委喜"喜",如何把"忧"报上去,还需仔细斟酌。

严酷的行军,使阳云天的身体不可抑制地衰垮下去。他不断给自己打气,并想当然认为,一个老头子都尚能坚持,年轻力壮的小伙子们,理应不在话下。

他巡视部队时,战士们看到首长来了,都打起十二万分精神,目光尽量炯炯,精神尽可能抖擞。这使得他对整体状况的判断,偏向乐观。当然,基本情况他还是胸中有数,但执着坚信——每坚持一天,都是在创造有记录的史上新篇章。

史无前例的长途跋涉壮举,军史留名,这是独属于他的高原荣耀。强烈的英雄主义精神,支撑着他绝不能倒下。

刚刚喝了些热茶。水温无法高,茶叶不是被沏开,而是被泡开。

随着肚腹和暖,政委的精神头儿稍见恢复。

潘容和楚医生并排站着。略显拘谨。他一眼瞧过去,心想,这两个兵,若在平原部队,唇红齿白长身玉立,该是风流倜傥的俊美男儿。可惜,高原之上,拉练途中,均口唇皲裂皮肤黑紫。

楚医生开始检查阳云天的身体状况。

阳云天答:"我的身体,就像部队的士气一样……还行。"

楚军医道:"首长谦虚了。"

阳云天不解:"你指我的身体?还是部队士气?真实情况比我们看到的更好?"

楚直检查完毕后,直起身道:"首长若不怪罪,我就直说了。"

阳云天说:"我从没怪罪医生的毛病,你尽管直说。若医生都假话连篇,那事情恐怕到了无可救药的地步。"

楚直笑道:"政委的意思,是发我一道免死金牌?"

阳云天回以朗声大笑:"医生嘛,当然免死。你说。"

楚直装作不甚放心,对一旁若有所思的潘容道:"潘干事,你可愿做个见证?"

潘容一板一眼道:"好。我愿做证。无论楚医生说出什么话来,阳政委都不怪罪。"

阳云天严谨修正道:"也不尽然。楚军医,你不能说违背原则和纪律的话,我的免死金牌,在大是大非面前,无效。"说罢,眸中精光一闪,显出高位者的凌厉与滴水不漏。

楚直默了默,接言:"政委放心,这个分寸我有。"

阳云天抻了抻压在身底下当垫子用的皮大衣,让骨头舒展了些,道:"讲吧。"

楚医生瞟了一眼潘容,潘容不动声色盯着他,示意你放心。

楚医生身形微倾,拉近了和政委的距离,说:"这两天,我在各单位巡诊,发现冻伤非常普遍。战士们虽痛楚难熬,还在坚持高强度行军。个别严重者,已达二度冻伤。如不赶快救治,并发感染后只能截肢。"

阳云天心底吃惊,面上不动声色,问:"有这么严重?"

楚直挺直脊梁答:"是。严寒不断加深,士兵的抵抗力呈递减性下降。面临的局势越来越险恶,这个趋势也会愈演愈烈。如不及时止住,全员崩溃很可能在不久后爆发。到那个时候,整个部队的伤亡,难以预料……"

阳云天鼻翼偾张,全力压抑情绪。儒雅面孔上,多了几分戾气。他不悦地挥挥手,截断楚军医的话:"危言耸听!"

楚直顽强辩驳:"政委,这并非吓唬人,是部队此时此刻正在发生的真实情况。作为医生,我掌握第一手伤亡资料。您作为主官,兼听则明。"

阳云天被楚直的话语激怒。他阴沉喝令:"你,出去!"

楚直继续说道:"政委,您不可以不顾事实。任何训练,都应以提高部队战斗力为出发点。现在的方式,只会削弱战斗力……"

楚直离开后,阳云天恢复不动声色。他并非不知道部队正在经历极大磨难。但他更明白,现在每坚持一天,都是在创造高原军人的光辉历史。零下数十度酷寒,单兵自给自足行军、野炊、露营……他所率领指挥的铁军,将以逶迤足迹,在高海拔旷野山峦上,书写史上奇观。

为此,就算付出一定代价,都是允许并且必须接受的。这一切代价,终将被突破极限的光环所覆盖。

想到这里,阳云天儒雅的面部线条,变得冷硬,浮现若有若无的微笑。

他一扭头,见凝神思索的潘容,表情柔和了一些。政委,通常都以云淡风轻的儒将风格,给下级留下醇厚的安定感。

"小潘,你对刚才楚军医的话,怎么看?"阳云天语调平和。

潘容跟在阳云天身边,已有足够长时间。他知刚才楚军医的话,成功地激怒了他这个最高指挥官。

说心里话,抛开个人情愫,潘容对楚直充满钦佩。

不过,以他对政委的了解,此刻硬碰硬,无异于以卵击石。能够改变政委决定,挽救整个部队于颓势的决定性力量,并不在他们这等普通将士手里。但位卑,也要有气节,不可临阵脱逃。

想定,潘容字斟句酌道:"楚军医一直在基层忙着救治伤病员,他所说情况,句句属实。"

阳云天皱起眉头,不置一词。丰富的政治智慧,让他知道楚直的确是据实以报,并未夸大伤情。但古往今来的杰出指挥者,要看大局,看整体,看长远,看此举在历史中的位置。否则,便是妇人之仁,慈不掌兵!

潘容见阳云天没有反驳,试探着说下去:"如果一切控制在现有幅度,部队尚可死撑。如果数字继续扩大,雪崩般的塌陷极有可能出现。"他的声音很轻,但所涉及的前景,极为严峻。

阳云天缄默无语。他预想创造历史奇迹的计划,未完成之前,天机不可泄露。他吃力起身,微合双目,淡淡地说:"我想休息一下。明天的路程,会更艰巨。"

这不是命令,是比命令更令人难堪的驱赶。

潘容走出了帐篷。

朔风劲吹,又一个极端寒冷的冬夜苍临。一座座用战士雨披搭起的简易帐篷,在狂风中不堪一击。整个营地声响皆无,但潘容千真万确知晓,每一座暗黑篷布下,都有四肢蜷缩护卫着的年轻心脏,在艰涩跳动。

何去何从?他不知道,脸上现出清晰痛色。深感无能为力。

一道颀长身影,屹立雪原之上,如暗夜幽魂。"楚军医?"潘容试探发问。

"是我。"楚直声音晦涩变调,声带被冻得打了结。

"等我?"潘容吃不准。不过,若不是等人,此等暗黑之夜,在野外看风景?

楚直道:"我有话对你说。"

潘容稍怔。隔行如隔山,应该没什么共同语言。不对,他们有共同语言的,一个女孩的名字。

潘容惊喜道:"是她,有话对我说?"

楚直冷笑一声道:"潘干事你自作多情了,她一句话都没对你说。我俩之间,也没有一个字谈过你。"

杀人诛心不过如此。潘容兴致缺缺问:"那楚医生等我何故?"

楚直质问:"除了她,咱们就没什么可说的吗?"

潘容道:"有什么话,直说吧。我想不出冰天雪地中,一个干事和一个挂听诊器的军医,有什么闲天可聊。"

楚直用手指划拉了一下四野的土帐篷,说:"我想,你还有军人良知。"

潘容颔首道:"有话直说。"

楚直继续说:"军人良知这种东西,凑巧,我也有一点儿。"

潘容试探:"楚军医的意思是……"

楚直字字清晰道:"咱俩把良知加在一起,就多了力量。携起手来,阻止阳政委让战士们走向枯竭的指令。"

潘容警觉地看向四周,几乎想用手堵住楚军医嚅动的嘴巴。

楚直淡然一笑道:"别担心。我刚才看了,周围没有固定哨。"

潘容压低声音说:"万一有巡逻至此的哨兵呢?"

楚直说:"那也无妨。只听片言只语,他不会懂。若能完整听完咱俩的话,他只要不是傻子,便不会去告密。大家都心知肚明,我们不过说了出来。再损耗下去,部队的有生力量,会埋葬在高原。"

潘容无望道:"你说得对。可咱们空有一腔想法,却毫无办法。"

楚直倔强坚持:"位卑未敢忘忧国。"

潘容说:"你我纵是念念不忘,又有何法?政委,是此时此地的最高军政长官。就算同行的参谋长和政治部主任,说了也不顶用啊。"

楚直嗤声道:"我就不信,他一意孤行,就没人管得了?!"

"官大一级压死人。他的官,比我们大很多级,咱们登上天梯也难以撼动啊。"潘容近乎绝望。

楚直开动脑筋道:"如果直接向更高一级首长反映呢?如果求助于集体领导机制呢?"

"楚医生,我们无法动用军用电报,就算你想方设法将问题反映上去,上级还要核实情况。一来二去,急迫中难以很快完成。部队的实际情况,支撑不了太长时间。"潘容止不住叹息。

"再也没有办法了吗?这是对人民、对军队、对生命的极端不负责任!"楚直不甘心地低声怒喝。

潘容紧皱眉头,破釜沉舟道:"我想出一法子,或可挽狂澜于既倒。"

"快说!"楚直近乎咆哮逼问。

"这个方法,要用到你。"潘容冷峻肃然道。

"我……你难道不行吗?"毕竟干预指挥机构决策的事儿,与军医日常业务,风马牛不相及。楚直冷静反问。

潘容说:"我不能毫无理由地无声无息离开。但是你,能。"

"我离开?去哪儿?"楚直百思不得其解。

"你找正当理由,借故离开拉练部队,以最快速度返回战区司令部。找到司令员,他去山下开会,按时日推算,大概率近日已返回高原。你将部队拉练的真实情况,向他做详尽汇报,请他下最后决断。"潘容低声但异常坚定地说。

"他……会相信我?"一贯自信满满的楚军医,此刻心虚气短。

"通常情况下,他不会相信你。"潘容实事求是道。

"那你的主意,岂不天方夜谭?"楚直一脸厌弃,虽然星光下看不大清楚。

"我这就起草一封信,向此次参训的同志们,征询意见。如果他同意,就请信上签字。如果不同意,也不强求,但请他暂且保密。你速速把这封有众人签字的信,面呈司令员。"潘容道出他的设想。

"时间紧迫,你暗地能征集多少签名?若被政委发现了,你身败名裂。"楚直难得为潘容着想,感同身受道。

"我不确定。签名也许多,也许只有几人。我不想征集太多签名,司政后机关和基层单位,各有代表即可。事不宜迟,我连夜着手此事,明天一早,你找理由返回战区,第一时间求见司令员。"潘容有条不紊地安排。

惨淡星光下,两个人的身影靠得很近。他们体内的荷尔蒙,因为一个女子的关系,冲得剑拔弩张。高原的风,将他们的影子吹得抖动破碎,好似天上星辰都在战栗。星星没有边界,但国家有。年轻军人的魂魄,这一刻,因为责任和担当,因为勇气和智慧,分离开又靠拢来。

沉默一阵后,楚直扭过头,语气骇冷地问:"几点钟?"

潘容问:"什么几点钟?"

楚直眼睫微眯,道:"你给我签名信的时间。"

潘容大喜过望,捶了他一拳,说:"你答应了?"

楚直梗着脖子道:"我从未拒绝。"

一万颗星辰过境,都比不上这一瞬潘容眸底的明亮。胸中暖意喷涌欲出,他顾不得高兴,说:"我马上写信,征集签名……清晨五点,可准备完毕。"

楚直说:"一言为定。明天一大早,我以急需某种药品为由,尽快插近道返回战区总部。单人双马,交替赶路。如此,最迟后天晚上,我会见到司令员。"

潘容伸出双手,紧紧握住楚直的双臂道:"太好了。如果一切顺利,司令员会有新的指示……"

楚直给他泼冷水道:"甭想那么乐观。你我小兵,能做的只有这么多了。剩下的……"他没有勇气将话说完。

潘容关切道:"你赶快休息。出发后,换马不换人,万分辛苦。"

楚直冷峻五官布满严霜,道:"我几乎怀疑这是你巧设奸计,想要不声不响除掉我的一个阴谋。"

潘容苦笑:"若真那样,伤病员会杀了我。你是我的救命恩人,也是他们的恩人。我岂能恩将仇报?!"

楚直根本不为这掏心窝子的话感动,鹰眉紧蹙,冷冷道:"你我的仇隙,原因不足为外人道,但心知肚明。"

潘容赶紧示弱:"我哪里斗得过你?就算我身上有她的血,也拼不过你们的耳鬓厮磨。"

楚直话锋转为陡峭,道:"潘干事知道分寸就好。顺便重复提醒一句,你身上现在所有的血,都是自产自销。不要自作多情。"

潘容长叹一口气,刚想反驳,又记起当务之急,忙说:"五点。"他抬眼看去,只见一颗流星坠落,摇曳着长长尾巴,坠落旷野,再不可能复还天庭。

他们很明白,开弓没有回头箭。若是走漏了风声,政委禁止楚军医回总部。若是有人不签字反告密,若是路上出了意外,若是……任何差池,动摇军威蛊惑军心的帽子,会将年轻的军人,打入万劫不复的深渊。

他们都万分清楚这一点,清楚到完全避而不谈。

楚直叮嘱道:"我走后,有件十分重要的事,托付与你。"

潘容郑重回应:"请讲。潘容受你之托,当万死不辞。"

楚直笑笑,故作轻松道:"没那么严重。你要时刻关注她,不能让她做傻事。"

这个"她",不言而喻。

潘容心中酸苦,真想反唇相讥:甭做出一副托孤的嘴脸,你是她的谁吗?!但时间不早了,间不容发,重任在肩,不可为儿女情长分心,便道:"记下啦,你放心。"他挥挥手,手指甲反射着月色如银。

情敌之间的关系,并不都是雷霆万钧惊世骇俗的。有时只在平缓瞬间,闲云野鹤,就敌意暗结或冰释前嫌。荒冷孤寂的高原上,冰冷征衣后的胸襟里,有个人情愫更有军人责任。

二人仰望天际,星光之下,身影似远古战神。处在他们头顶正上方的,是星空灼亮辉煌的部分——天蝎之心,银河之脑。楚直最后一句话是:"就此别过。希望再见之时,你我都还好好活着。"

收到对方来自肺腑的祝福,潘容回以重重颔首。他们身后的黑暗如此浓烈,狼烟动地,寒空寂寥。

28

深夜,楚直找到率队出征的龙一笙,说急需某种药品,要回总部补充。

龙一笙纳闷,出发前曾再三强调做好各方面的充分准备。怎么这么快,药品告罄?不想楚直先发制人:"能怪我吗?谁能想到这么大比例的人员病伤?药品急剧消耗,太意外。"

龙一笙无以对答,这是地狱诘问,道:"如果不补充该药品,还能坚持多久?"

楚直故作无所谓说:"这个时间,可长可短。如果不在乎伤病员是否有截肢危险,还是能坚持一段时间的。"

龙一笙道："若拟电报,让战区留守的医务人员准备好药品,速给咱们送来,是否更快一些?"

楚直暗自叫苦,感叹龙一笙虽疲于奔命形容枯槁,可脑瓜一点不糊涂啊。表面上看起来,送药来和派人回去取药,似乎半斤八两。实质上,对于潘容的征集签名计划来说,南辕北辙。要让龙一笙接受派人回去是最佳抉择,理由并不充分。但如果送药来,就无法将潘容征集的签名信,亲呈司令员。

那封身系千钧的信,相当于高原战区官兵,直言劝谏的折子。

楚直心生一计,故作淡然道:"送药来,自然也行。不过我在拉练中,摸索出一种治疗冻伤的有效方法,需多种药物配比。我直接回去操作,比较稳妥。若让别人配制,万一出错,会造成二次伤害。这……"他隐下话尾,留给龙一笙自补空白。

果然,部长关切问:"你跑一趟,拿药又配药,会不会太辛苦?"

楚直一看此事有门儿,朗声回答:"为人民服务!"

这本是受阅队伍呼喊的口号,楚直移植过来,以示守土有责。龙一笙见他去意坚决,开始最后斟酌。楚直再添一把火,补充道:"您若心疼我,我把药配好后,可让其他同志送来,我留在总部好好睡一觉。说真的,太怀念温暖的床和热腾腾的饭菜啦……"

这说辞,龙一笙不好阻拦。请示后勤部长,正式批准楚军医天亮后,策马赶回总部。

楚军医有惊无险,心愿得偿。谈话遇阻时,他百般无奈下,生出索性把底牌摊给龙一笙的想法。转念一想,这事儿牵扯的人,越少越好。龙部长是前辈医圣,事若不行,不忍看他丢盔卸甲。为保他,必须瞒他到底。

清晨差五分五点整,楚直去找潘容。

帐篷外,正是高原最黑暗寒冷的黎明前时刻。潘容彻夜未眠,一脸倦容。青黑胡茬戳破下颌赤铜色皮肤,陡然苍老了十岁。他把一封信函交到楚直手上,什么话也没说,垂手肃立。孤独身影,狭长细弱。楚直不放心,问:"都写清楚了?"

潘容道:"是。"

楚直继续问:"征集到了签名?"

潘容简短道:"是。"

楚直刨根问底:"是什么?"

潘容紧握着他的手说:"都有。第一时间,交到司令员手里。士兵危亡,在此一举。"他彻夜未眠,不敢有一秒松懈。持续劳心劳神,此刻力竭。

楚直接信,揣入大衣内,说:"人在信在。哪怕人不在了,信也会在。临咽气前,我一定委托同行人,将信交到司令员手上。放心吧,万无一失。"

潘容紧握着他的双手,摇了摇,又顿了顿,万千话语,埋藏其中。

"没了?"楚直又追问。

"没了。"潘容回答。黑暗中,他轻轻笑了一下,由于寒冷,这个笑,牵拉着生铁般紧张的面部肌肉,像哭泣的前奏。他本能地想到两个近义词——"蚍蜉撼树""螳臂当车"。此刻,再说什么,都多余。

"我还有话对你说。"楚直字正腔圆发声。忙里偷闲睡了几小时,精神不错。

"说。"潘容简短回道。

"照顾好她。"楚直叮咛。

"你已说过。"潘容低声答。

"咱们俩的账,等我回来后再算。前提是,你一定要保她活下来。"

潘容说:"好,我答应你。你也要活下来,不然,如何找我算账?快走吧!"

他们的身影,融在一处。他们的头顶,是即将隐去的荒芜星空,抬头远眺的眼底,是横亘天际势不可挡的星河。

楚直率几名士兵,一人双马,驰骋而去。一路上,马歇人不歇,以最快速度赶回战区总部。

"我要见司令员!"楚直闯进总部。狂奔无歇,抵达时已是第二天傍晚。

楚直满目赤红,脸颊布满冻疮,头上青筋暴跳,四肢关节僵直,衣服浸透冰雪泥尘,活像传说中的野人。若不是警卫员火眼金睛,认出他是楚军医,几乎马上将他当奸细绑缚。

"司令员刚回来,连续奔波,身体非常虚弱。"警卫员小声告知。

楚直抬了抬眼皮,算是回应。多一句话,没气力说。

但魏盾远知道拉练队伍来了人,赶紧传进。阳政委率队出征,不断电报联络,尽是捷报。但司令员心中藏匿不安,见到楚直,明显吃了一惊。好在将军百战,经得住打击,情绪看不出异样。

楚直二话不说,将潘容收集签名的信件,双手呈上。

司令员迅速看完,并没有看第二遍,折叠起来,道:"所说部队情况属实?"

楚直答:"伤亡完全属实。我以我母亲的性命担保。"

司令员沉吟道:"不必起那么大的誓,我相信你。"

楚直并不知道自己母亲的姓名。之所以祭出此话,是因为这句话被视为重誓。

魏盾远的脸上,没有丝毫起伏。作为高原战区最高军事长官,他有足够坚强的意志,对抗和战争有关的一切变化。对于任何不确定性,都一往直前。

楚直说:"请求司令员,快发急电致阳政委。停止驱动单兵,停止自杀性的魔鬼训练。"

魏盾远抬手示意,道:"我知道了。只是目前还有更重要的事。"

楚直惑然,问:"什么事?"

魏盾远说:"你立即吃顿热饭,好好睡一觉。"

楚直目眦俱裂:"前方将士们,在风雪中苦苦挨着……"

魏盾远沉声说:"我立即开会。"

楚直听罢,扑通一声,颀长身躯,像一段砍伐松木,轰然倒下。司令员知道他没有生命危险,只是极度困乏。叫来警卫员,安顿军医休息。

楚直一觉醒来,过去了整整十小时。

对于军事掌兵者来说,最危险的不是战斗打响的那一瞬,而是之前的一系列抉择。司令员紧急召开重要会议,经过激烈讨论,党委做出决定:战区拉练部队,立即向距离最近的简易公路靠拢,等待与总部派出的给养供应部门会合。

电文发出后,阳政委急电回复,提出异议。司令员再回的电文只有几个字——"服从组织决定"。

司令员接下来的命令,出乎所有人意料。命各单位留守的炊事员,全部集合,携带高压锅及各种食物原料,乘汽车赶向旷野,速与阳云天率领的拉练部队会合。然后,要求他们使出浑身解数,给拉练部队做一顿热腾腾的饭。

楚直醒后,迅速收拾好必需药品,搭乘运炊事员的车,挤在锅碗瓢盆中,再次回归野外训练队伍。

此时,阳云天率部业已创造了高原酷寒中裸兵训练奇迹。这个纪录,估计若干年内,在世界军事领域内,无人能打破。阳政委内心潜藏着的建功立业岩浆,终于沸腾喷薄。阳云天很冷静,没有被胜利冲昏头脑。他不希望以惊人的伤亡数字,做这个光辉纪录的暗淡注脚。服从组织决定,就此收手。

部队的士气,在得到充足的热饭热菜补充营养,又配备正规的野战帐篷得以安眠后,当然最主要的是各级干部们的鼓舞激励,终于得以蓬勃。冻伤的同志,在楚直配置的专用药物治疗下,也趋向好转。一切渐次回到正轨。没人知道,一群正直的青年军人,举起若干臂膀,完成了不可思议的挡车使命。

屡遭变故后,郭换金变得沉默寡言。楚直故意逗她,说:"那天若不是我强拉着你,你现在已得偿所愿,成为新鲜烈士。"

郭换金沉稳道:"以后,我不会轻易放弃生命。"

楚直抚心说:"但愿如此。你要谢我的拼死一拽,我是你的救命恩人。"

郭换金拱拱手道:"楚军医,我不会忘记你的恩德。日后找机会报答。"

楚直道:"别说虚头巴脑的话,我要你一个郑重承诺。"

郭换金眼珠一转,预先跳开陷阱,说:"当然郑重,不过要除却什么以身相许的玩笑话。"

楚直暗想,死亡果然有魔力。此女大难不死,出落得如此狡诈。索性撒开伪装,单刀直入,道:"我若单单要相许这条呢?"

郭换金已算定楚直伎俩,回答:"若你坚持,抱歉,不可能实现。"

楚直说:"不要又拿战士不能谈恋爱这一条堵我。我可以等。你不可能一辈子当战士,我却可以等你一辈子。"

郭换金没想到情话也可以说得这般硬邦邦。为缓解尴尬,只好重新开玩笑,说:"楚军医,你是不是旧戏看多了,受才子佳人影响太大。"

楚直薄唇直鼻,修眉凤目,一副儒医模样,说出的却是冷冰冰的医学术语:"笑话。我根本不看那玩意儿。如果一定要找原因,就是我体内荷尔蒙爆炸,多巴胺肆意横流。"

郭换金吓了一跳,心想学医的人,言谈中都弥散福尔马林味道。为防爆炸,最简单的就是把火药和导火索分开。两者绝缘,爆炸就无从谈起,忙说:"我心里已有他人。"

楚直并不气馁,觉得不过是女孩子托词。心里有人,谁?谁能抵得过自己!自视甚高的楚军医,提醒自己沉下心来。今日进展神速,不可操之过急,吓坏了女娃娃。

别人眼里的楚军医放任不羁,只有他知道,生平第一次告白,惊惶失措。好在最难说出口的话,已然破冰。姑娘说有人,就算有模糊影子,他也有十足把握将那人连根抠出,取而代之。

他有足够耐心。什么抵得过抬头不见低头见?抵得过朝夕相处?抵得过二人这层师徒关系?近水楼台先得月。况且,他不是月亮,是光焰正盛的太阳啊!

部队自此进入正规野外训练过程。每天有专门炊事人员,用高压锅做出热饭。生米煮成熟饭的味道,美妙动人啊。晚上虽说仍是露营,大自然以冰雪和酷寒,亲吻高原士兵生满冻疮的脸颊,但毕竟可在帐篷中入睡。卫生部也派出救护车,追随队伍步伐,官兵们的安全感大大增强。

麦青青被文慎笔重新安排在救护车上,待命抢救重伤病员。这任务看起来很重要,但一直乘坐汽车,艰苦程度冲淡不少。

帐篷中,叶雨露嘟囔道:"数青青运气好。咱们两条腿跑,她坐在四个轮子上。"

郭换金已将很多事儿看淡,说:"人不是在比较中存在的,没人能代替你。你所有的感受,都是你之所以是你的特征。"

叶雨露诧异道:"班长,你脑子让冰碴冻住了?说的话,我听不懂。"

郭换金微笑道:"听不懂就对了。我自个儿也是刚懂。"

叶雨露说:"咱拉练回去,就服役期满。你觉得,会不会马上提干?"

郭换金说:"这个问题,咱说的不算。你这么在意提干,为什么?"

叶雨露显出你别揣着明白装糊涂的样子,说:"这还不明摆着?当干部多拿钱,工资是战士津贴费的七倍。"

郭换金说:"算了多少遍,这么清楚!"

叶雨露放低声音,凑近说:"还有一条,我告诉你,你可不能告诉别人。"

郭换金保证:"我不告诉别人。"

叶雨露道:"我想大张旗鼓光明正大轰轰烈烈惊天地泣鬼神地谈一场恋爱。"

郭换金明知旷野中,人类发出的声音像风中蛛丝,易断易飞,不会留下丝毫痕迹,还是不由自主压低嗓门,道:"小叶子,这个话,你可不能随便乱说。"

叶雨露争辩道:"我可不是随便乱说。除非你是个随便的人。"

郭换金只好被迫捍卫清白,道:"我当然不是随便的人。"

叶雨露说:"那不就行了?我没和别人说过这话,你是唯一一个。将来若传出风声,就是你嘴不严。"

郭换金就差赌咒发誓,说:"我绝不会出卖你。放心吧小叶子!"

叶雨露压抑不住春心荡漾,说:"猜猜看,我瞧上谁了?"

郭换金兴趣不高道:"我又不是你肚里蛔虫,哪儿能知道你的意中人是谁?"

叶雨露鼓起腮帮子说:"蛔虫那么低等的生物,怎么会知道这么机密的事情?再说,我平常特注意饮食卫生,肚里根本没蛔虫。"

郭换金说:"蛔虫没有发言权,我比不上蛔虫。行了吧?你愿意说就说,不愿说,就烂在没有蛔虫的干干净净肚里吧!"

话不投机半句多!拉练已步入正轨,行军的距离和速度,咬咬牙可以坚持。今日宿营早,摸黑聊天。少女们的私房话,也不适合在光天化日之下交流。

"班长,你觉得景自连怎么样?"叶雨露问。

郭换金的心脏,突然不受控制地疾跳起来。幸亏黑暗,叶雨露沉浸在自我畅想中,没发现异常。

"他是我的军事教官。除了跟随他摸爬滚打外,我不做任何评价。"郭换金尽量控制呼吸,让声音不要出卖自己。

叶雨露顾不上别人,兀自说:"我倒是喜欢他,但他不喜欢我。"

郭换金不动声色地问:"你如何知道?"

叶雨露说:"他从来不用正眼看我。好像看我一眼,会得雪盲一样。"

郭换金难得笑出声。想起景自连炯炯有神的双眸,如同宝石闪亮,一眨不眨地盯着自己,恍然就在面前。她迅疾沉了脸。

叶雨露不知内里转折,问:"班长,你笑什么?"

郭换金清清嗓子道:"敢把自己比作白雪,胆挺大。你是褐版白雪公主。"

叶雨露不服气道:"我原本皮肤可白,被染上高原红,再次也是个'红雪公主'。"

郭换金不愿伤小叶子的自尊心,转移话题道:"说说你的第二人选。"

叶雨露说:"潘容潘干事如何?"

郭换金又一次不知如何作答,道:"你喜欢潘安后代?"

叶雨露在暗中耸耸鼻子,说:"谁不喜欢美男子啊?要不潘安能那么经久不息吗?!男人们嫉妒还来不及,主要是一代代女人们都投他的票!若是能和美男子成一家,日后生下孩子,也是个顶个的俊俏啊!不论男女,抱出来,亮瞎眼!"

明知暗中谁也看不见,郭换金还是不惧严寒,从被窝里探出大拇指,晃了晃,说:"你对遗传基因什么的,还挺上心。"

叶雨露说:"班长你少装天真。我就不信你一点没考虑过?"

郭换金坦白交代:"说来惭愧,真没你想得那么长远。"

叶雨露失望道:"我不信。班长,你心眼多。我掏心掏肺把秘密告诉你,你藏着掖着,真人不露相。"

郭换金抗议道:"又不是我求你说的,是你自觉自愿。赖不着我。夜深了,你带着秘密,早点睡吧。没准能在梦里和他们相逢。"

叶雨露正说得兴起,哪里刹得住车?滔滔不绝:"哎,还没完呢。说完了最后一人就睡。你……觉得楚医生如何?"

郭换金真是倦了。她迷迷糊糊道:"嗯,他医术不错。"

叶雨露和她共盖的半边被子,不合时宜地抖动起来,说:"你有没有搞错?我又不是疑难杂症病号,求他救命。他医术好坏,跟我看上他这个人没多大关系。"

郭换金被迫作答:"我不信。当医生的,医术不怎么样,基本算废物。"

叶雨露反驳道:"就算他是个废物,我也照样喜欢。"

郭换金用睡梦前最后的清醒说:"喜欢这事儿,一个人不行,得两个人相互喜欢。"

叶雨露才不服她,说:"班长,好像你多有经验似的。"

"红海米事件",让叶雨露觉着就像上学跳了级,比其他姑娘高出一大截儿。

郭换金被人戳了短处,蒙眬中分辩道:"我没实战经验,架不住看书多啊。所有的名著,都少不了爱情。我不听你的单相思,睡了。"

正值花季的女孩子,说着春意烂漫的话题。可惜啊,冰封万里,酷寒高原。好在两人已默契,找到了既冻不死又能睡着的被子分配方案,相安无事。

叶雨露预备和梦中情人相会,率先响起轻微鼾声,郭换金反倒清醒起来。

她知道,这里距离橙卡不远。当然了,在高原上所说的远与不远,动辄都是要以百公里为计算单位。不过,这的确是景自连下卡之后,他们相距最近的距离了。

这个时间,他睡着了吗?因为没有钟表,郭换金不知到没到十点。她曾严格遵循时间表,在规定时间,心中默念着对景自连说的话,很久很久。但看到精致菠萝锅之后,她果断停止惦念。可惜,此刻万籁俱寂,她的心,不由自主飞越重峦。

他是不是半夜从温暖被窝中爬起,视察哨位,为战士掖好被角?他会不会到炊事班灶前巡查,看明早的柴草原料都准备好了没有?他会不会正在彻夜开会分析敌情?一大早出发,驰骋雪原?

她不知道这叫不叫爱情。作为班长,她服役期满后,提干是大概率事件。到那个时候,她就可以堂堂正正谈恋爱了。只是,没有了爱的对象。

不受意志控制的想象,即使在零下几十度的严寒中,还是让郭换金脸庞发烫。她生自己的气,明明已经想通了,为什么又生反复?

她被楚直医生熏陶,凡事喜从医学角度分析。估计青春荷尔蒙卷土重来。

那只菠萝锅,如同定时炸弹,横亘在他们之间。就算从此一刀两断,她也需要一个解释。无边旷野中的机械走动,让她清醒平静了许多,难以自拔的苦恼,很久不再出现。它并不是消失,只是躲藏,在黧夜神出鬼没。

郭换金无奈,晨起还要行军。白天再说吧。黑夜苦恼的事情,到了蓝天下,会发生奇妙变化。阳光会把问题不由分说绑起来,分门别类。繁杂的混乱,就能条分缕析。

第二天行军中,郭换金还没来得及"捆扎"混乱,麦青青走来。

由于一直蹲在救护车上留守,受到的风霜雨雪侵袭少,麦青青军容端庄,仪表清洁,不像郭换金等,九死一生的狼狈。

"今天不坐车吗?"郭换金淡淡地问。

"今天的行军路线,距离简易公路比较远。如果一直在公路上跑车,部队万一出现伤病员,怕救治不及。所以,我背着药箱随队行军。"麦青青三言两语交代清楚。这安排是麦青青特意为之。不然,整个途中,都是郭换金带领女兵班走在大部队中间,麦青青不想让自己在"身先士卒"方面,输了阵。

郭换金没什么谈兴地低下头,发现麦青青的鞋子不太合适,问她原因。

麦青青说:"鞋子大了一号。我在鞋底垫了双层毡垫,御寒更棒。"

郭换金担心道:"还是换双合适的鞋吧。鞋子大了,走长途很吃力。"

麦青青心想,这大一号的鞋子,是好不容易找司务长换来的。你没这门路,嫉妒我啊。但她不会戳穿,只是平静说:"我找机会回到车上,换小些的鞋子。"

队伍开拔,路面稍宽,可容两人并行。

麦青青指着远处山峦道:"你知道那是什么方向?"

郭换金道:"知道。未定国境线。"

麦青青失望道:"这回答,跟没说差不多。"

郭换金不解:"不对吗?"

麦青青说:"对是对的。不过,在咱这儿,背靠祖国内地方位外,其他任何方向,这回答都适用。"

郭换金说:"哦,我知道。"搞不清麦青青绕圈子的目的。

麦青青很肯定地说:"我谅你并不完全知道。"

郭换金不愿生事端,意兴阑珊说:"不知道就不知道吧。"

麦青青高傲地回答:"这就是家世的区别。"

正值妙龄的姑娘,并肩交谈,窃窃私语。不晓得内里的人,以为闺密谈心,却暗藏狼烟。

郭换金没吭声,这一回,她无以作答。

麦青青不等她回答,径自说:"你爸啊,做红烧肉很拿手,但对于国境线,所知就有限了。"

郭换金继续保持沉默。

麦青青说:"我告诉你,那边是橙卡方向,景哥哥在那里。"

原来,绕了那么大圈子,她守株待兔等在这里。

郭换金萌生反抗意识,稍露锋芒:"部队里,不得称兄道弟。"

麦青青见她不快,甚为得意。她就是要刺激郭换金,小战告捷后,变本加厉道:"你别有意见。这一声哥哥,并不是我们到了战区才叫起来的,是我俩从小就习惯的称呼,和彼此的大名一样。那个时候,你还在西北小县城捡垃圾吧。"

麦青青说完,仄过身子,挑衅地看过来。在她眼里,郭换金不堪一击。

郭换金并不气恼,从容接下话题:"你孤陋寡闻了。西北小县城,基本上没垃圾。人能吃的,都吃了。人不吃的,给畜生吃。"

麦青青吃了瘪,不思悔改,直言道:"你配不上景哥哥,理应知难而退。"

郭换金驳道:"配得上配不上,不是你说了算。讨论这个话题,为时过早。"此话绵里藏针。"为时过早"一语双关。既有她们身为战士,军令禁忌的规定,也有这事儿并不是麦青青就可定夺。起码,景自连要正面表态才是结论。

麦青青大受刺激,怒气冲冲地问:"那谁说了算?"

郭换金不慌不忙道:"当然是景自连站长说了算。"

麦青青自得道:"这个有答案。你看到我背的罐头锅了吗?"

郭换金平静对答:"你天天背着四处显摆,估计想看不到都难。好心提醒一句,现在不用自己做饭了。你的锅,没用了。行军,多负重一两,都是负担。"

麦青青自豪地挺了挺胸膛,说:"这个锅,要说轻,无数锅中它分量最轻,是景哥哥特意挑选亲手做的。要说重,在我心中重于泰山。它是锅又不是锅,是一个回答。"

郭换金不为所动道:"不过空罐头盒而已,加那么多含义,锅没有意见吧?"

麦青青一时语塞:"锅会有意见? 笑话!"

郭换金反唇相讥:"锅不能有意见,那微言大义也不存在,对吧?"

麦青青无奈,只好再次扔出撒手锏:"这是景哥哥专门为我制作的。"

郭换金反问道:"是景站长做的又怎样? 你理解出什么含义?"

麦青青被逼入死角。她不能说得太直白露骨,落下把柄,反问:

"你说呢？"

郭换金被问住。她直觉景自连不会喜欢麦青青，但又无法肯定。人家青梅竹马之时，她虽不在西北，也不是捡垃圾，但也相隔十万八千里，掺和不进他们二人独有的历史。况且这种谈话让她烦躁倦怠，只求早早结束，索性退一步道："也许，什么意义都没有。也许，什么意义都有。你若对景站长有意，大胆追求就是了。"

麦青青见郭换金认怂，得寸进尺道："今天第一个大胆行动，就是和你说明白。"

郭换金兴趣寥寥道："讲吧。"

麦青青说："我嫁景哥哥，不说对我有多好，对景哥哥来说，是一大助力。你可知景哥哥的最终理想，是什么？"

郭换金老老实实答："不知道。"她本想说，是当将军吧？又一想，既然所有的好士兵，都想当将军，既然他的父亲，已然是将军，这话，不说也罢。

麦青青说："做一个比他父亲更功名显赫的军人。"说着，习惯性地甩甩头发。某日到达宿营地略早，天光尚存，柳赞飞快修剪，在狼狈不堪的拉练队伍中，麦青青的俏丽短发，比平日更显鹤立鸡群。

郭换金从未把"显赫"这词，与军人职业联系起来。现在，听麦青青脱口而出，才第一次感觉到，自己和职业军人家庭出身的女生，云泥之别。她可以把军人的一生，当作阶梯来攀登。而自己，只想到流血和牺牲。

的确，在这道天梯上，麦青青和她的家庭，能给景自连插上一对翅膀。

郭换金不再说话。肩上的红十字箱和手枪，沉重无比。肩带变成交叉的铁索，揳入骨缝，肩膀随之倾斜侧仄。

郭换金没来由地想起郭大厨说过：做个好厨子，能炒出好菜，必得学会应付各种刁难。从人到食材，都有坏脾气。她不是厨子，也不想炒出好菜。可是，刁难挥之不去。

麦青青占了上风，很是得意，步子也轻快起来，干脆不再两人并排，跃步向前，将郭换金甩在后面。

这段行军路途,雪峰林立,山如天劈,错错重重。犬牙獠齿的岩石相互咬合,人只能挑着它们之间的缝隙曲里拐弯地走。天空很低,开始飘雪。

郭换金踯躅前行。戛然斩断的爱情,最后一次蠢蠢欲动。也许是书中的爱情所害,她曾希冀,一生得此一人。人要赏心悦目,性格英勇忠诚。对女子(具体就是对自己,不是对所有女人)温润如玉。对敌人,铁血无情。既能杀伐决断,又大气沉稳。大可卫国卫民,小可保家护亲。人前威武雄壮,私下里视她如珠如宝……寻寻觅觅,他并不十全十美,但郭换金已倾心。

随着她的脚步挪动,离橙卡方向越来越远,心意也越来越淡。这一次,彻底放下了,对己对他,都是明智选择。

下雪了。漫天皆白,覆盖一切。

29

拉练终于结束,边境局势陡然紧张。

双方各有伤亡。营区内,每天将士们都炯炯有神地听新闻报道,公开信息中,并没有剑拔弩张的报道。更高层面上,有全局考量。作为最底层的士兵,神圣使命极为明确——卫护每一寸国土。

这一天,通知有牺牲将士遗体,将送到卫生部。

卫生部是抢救活人为主的部门。但战区幅员广大,士兵受伤后,在出血、断肢、寒冷、缺氧的重重夹击下,能活着送到部里接受抢救的人,并不多。

前线牺牲者,都送回总部烈士陵园安葬。尸体也暂时于卫生部太平间安放。卫生部除了是给伤员治疗的地方,也是阵亡者安息的大本营。

死人的事经常发生,后事处理已形成一整套规制:

一、清洁尸身。洗净血迹污浊,身体破损处,缝合并妥加包扎。

二、穿上新衣。里三层外三层,共计六层。高原寒冷,最外层罩上军大衣。

三、将牺牲者身上的所有遗物,登记造册,记录在案,永久保存。

四、将牺牲者安放棺椁内。

五、棺椁安置在太平间,专人守卫站岗。

六、各单位赶制花圈……

七、一些琐碎但重要的事情,比如将牺牲者换下的衣物,打包安放等等。

考虑到料理后事的工作,残酷且多有不便,所以长久以来都是由卫生部的男医生护士完成。现在人手不够,龙一笙把正在手术室清洗医疗器械的郭换金,叫到办公室。

"有个工作,和你商量一下。"龙部长和颜悦色道。

郭换金被部长的和蔼可亲吓了一跳,答道:"部长分派任务就是,怎说得到商量?"

龙一笙固执坚持:"的确是商量。你可以拒绝,因为它不比寻常。"

郭换金想不明白,啥工作,神神秘秘?

龙一笙直奔主题:"前线又有阵亡将士尸体,马上运到卫生部。"

郭换金不动声色。这种消息,经常传来。

"尸体必须马上清洗入殓。明天一早,战区烈士陵园进行安葬仪式。夜里,要加班。"龙部长继续说。

卫生部连轴转,无论是救治还是收殓,都是前线紧张最明确的指征。

"人手不够。本来我不准备把这工作分派给你。准确地说,是不会派给你们班……"

郭换金已明白了任务内容,立正道:"女战士也是战士,以服从命令为天职。您说。"

龙一笙说:"那我就下达任务了。一会儿,烈士遗体入手术室。你们班的同志,帮他换尸衣。之前,要清洗遗体,任务艰巨。"

郭换金说:"这项工作的具体流程,我们没干过。请派有经验的同志,具体指导。另外,请您放心,保证圆满完成任务。"

龙一笙心稍安。若郭换金畏难,他还真不知道怎么说服。毕竟都是未出阁的大姑娘,更换尸衣,和一般的手术前备皮、手术室看到赤身裸体的男人,有本质上的不同。现在,他不用动员了。很好。

郭换金有疑问:"您确定是要在手术室里更换尸衣?"

龙一笙道:"我确定。"

虽然可能性几乎不存在,郭换金还是问:"人真牺牲了?"

龙一笙很肯定地答:"确实牺牲了。"

"如果是那样,任何肃静场所,都能更换尸衣,为何一定要在手术室?"

郭换金出言还算委婉,没说出的话是——人都牺牲了,还有必要进手术室吗?

手术室是救治活人的地方。就算手术进行到一半人不行了,起码进入的时候,还是活的。现在,把千真万确已经牺牲的人送入手术室,为什么?

龙一笙无奈道:"具体原因,我也不清楚。这是牺牲者的遗愿。"

虽说死者为大,还是战死,不应亵渎,但郭换金觉得这牺牲者也够矫情。他知不知道,尸身占用了地方,若真来了急需手术的伤员,便没有办法及时进入手术室抢救,也许耽误救命。虽说卫生部并非只有这一个手术室,但万一重新消毒未完成,耽误大事。

郭换金想不明白,看来部长也不清楚。不明白就算了,工作要紧。郭换金火速找到护士长,请教了收殓的大致步骤。护士长交代完一应程序后,郑重提醒:"告诉班里所有人,整个过程要高度严肃认真。面对牺牲战友,万分尊重。"

郭换金心里话,面对尸体,姐妹们胆战心惊,哪儿敢有不尊重的举动?!

回到班里,她对麦青青说:"一会儿有将士尸体运抵部里,安放手术室。你同我到那里去,一起更换尸衣。"

麦青青一点磕巴都不打地说:"是。"顿了一下,她又问,"一会儿的说法,有点笼统。具体多长时间后抵达?"

郭换金说:"具体时间我不清楚。可能很快,也可能要等。不管多晚,我们必须在天亮之前,完成任务。"

麦青青说:"明白。那我待命,等你通知。"

郭换金又找到叶雨露,说了差不多的话。

叶雨露惊跳起来:"我的妈呀!战伤致死,面目狰狞,血肉横飞?很可怕吧?"

郭换金说:"具体是哪个部位的战伤,我也不清楚。应该是很重的伤,且伤了要害部位,才失去性命。"

叶雨露战战兢兢问:"会不会是一枪爆头?真是那样……"

郭换金说:"有可能。不过,想到都是战友兄弟,也不用太害怕。"

叶雨露心有余悸道:"战友感情是一回事儿,鲜血呼啦,脑浆迸裂是另一回事。班长,要真是那样,我吓得捂着眼跑出手术室去吐,你别批评我。"

郭换金体谅地说:"小叶子,你若实在受不了,想跑出去,就跑吧。"

叶雨露道:"谢谢班长!要不我拉着你一块跑吧?"

郭换金说:"我不能跑。你先别忙着谢我,话还没说完。"

叶雨露央告道:"好班长,求一口气把话说完,一惊一乍的。"

郭换金说:"你跑出去后,想吐,就吐个干净,吐完,冷静下来后,跑回来继续工作。"

叶雨露两手不由自主握拳,想了又想道:"不能一跑了之?那你也不跟我一块跑,外头黑灯瞎火的,多吓人啊。我决定了,不跑了,好歹你在我身边。"

郭换金又通知柳赞参加这个特别小组。四人聚在手术室,等尸体到来。

这一等,就没了时辰。刚开始说牺牲者很快到卫生部,但直到天色黑透,也没见人来。看来挑灯夜战是跑不了的,为保存体力,省得半夜打不起精神,郭换金说:"你们三人先回宿舍待命。我在这里等候牺牲战友。人到了,我叫你们来。"

三人惴惴不安走后,政治部潘容干事来到手术室。

郭换金说:"咦,你是受伤了还是得病了?"

潘容说:"好久没见,一见面你就咒我?"

郭换金道:"战事这样紧张,你若无病无灾不会闲逛的。"

潘容郑重道:"的确不是闲逛,我来配合你们工作。"

郭换金不懂,说:"你会开刀还是会抓药?如何配合我们工作?"

潘容道:"牺牲将士会在你们这儿入殓。牺牲者的所有遗物,要有专人当场清点登记,记录在案。这个工作,政治部派我来完成。咱们共同陪牺牲者走完最后一程。"

郭换金拍着胸口说:"有熟人在,我胆子也大一些。"

潘容没说话。他得知,卫生部人手紧张,女孩子们出马帮助烈士更衣,特地请领了这个任务,以助郭换金。

见她十分疲惫,潘容道:"你先找地方歇会儿,我候着。运送牺牲者的车,遇到积雪太深,抛锚了。好不容易才修好,耽搁了时间。不过,估计快到了。"

郭换金说:"班里其他同志都在宿舍歇息。我若回去,她们一个激灵猛醒过来。一动不如一静,我待在这儿。"

潘容想想说得也是,何况自己还有私心:郭换金如果回了宿舍,他就看不到她了,便说:"这样吧,你在手术床上迷瞪一下。外面的事儿有我,不耽误工作。"

郭换金迟疑道:"手术床一会儿安放烈士。我先躺上了,不大好吧?"

潘容说:"人来了,你就赶紧下来,不耽误。赶紧休息吧,今晚有你们忙的。"

"那你呢?"郭换金对潘容说。她可不想自己躺在手术床上,还有个旁观的人。

潘容道:"我就等在手术室门外。你若害怕,就叫我。"

郭换金嘟囔了一句:"人还没来,我怕什么?"说着,爬上床伸直了双腿,把胳膊枕在头下方。手术床虽然窄小,但僵立了很久的肢体得以舒展,还是松快许多。

不知道迷糊了多久,郭换金听到门外有声音道:"牺牲将士到了。"

郭换金一个骨碌坐起来,揉着眼问:"人在哪儿?"

潘容这才推开半掩着的门说:"在外面担架上。叫你班里的人速来。"

郭换金抬腿从手术床下地。腿僵了,差点摔倒。好在潘容一个箭步抢上来,将她扶住。

"哪里的牺牲者?"郭换金问道。

"……橙卡方向。"潘容斟酌着说还是不说,最后决定还是如实说出。

果然,郭换金脸色骤变。不过,她很快宽慰自己,那个方向有多个哨点,不会那么巧吧?容不得多想,郭换金说:"潘干事,我去宿舍喊人。你叫人帮忙,先把牺牲战友抬到手术床上。我们马上到。"

潘容低沉回复:"嗯。"

郭换金走出手术室,扑面而来的砭骨寒风,将她吹个趔趄。她看到不远处地上安放着一副担架,担架上的人,身上裹着被子,脸上蒙着一块白毛巾,看不见眉眼,只见白毛巾被吹得鼓胀,险些被刮走。担架旁,肃穆地僵立着两个士兵,想必是护送牺牲者的随行人员。

明知牺牲的人并不会感觉到寒冷,郭换金还是忍不住叮嘱道:"手术床已经备好,赶紧把战友请到屋里。外面太冷。"

却不想那个随行人员,突然握着郭换金的手说:"你是女兵班的郭班长?"

郭换金不明就里,回答:"我是。"

随行人员急迫道:"可找到你了!"

郭换金急着喊人,忙问:"什么事儿?"

那人哆哆嗦嗦道:"我是橙卡的卫生员封镇。"

郭换金忍不住催促:"什么事儿?快说!"要不是看到来自边防哨卡的战士一脸凄凉悲伤的神色,她真没耐心。

封镇说:"我上次来卫生部领药,把站长托付给我的小罐头锅子,送错人了。站长详细问了相貌,狠狠批评了我。站长从没发过那么大的脾气……对不起……"他羞惭地低下头。

原来是这样!郭换金心头一阵战栗。只是重任在肩,不敢耽搁,她点点头算答复,抬脚欲走。潘容走过来道:"快去喊人,这里交给我。"

几分钟后,众女兵跑步到达手术室。此刻,室外担架已空,牺牲战士已转移至室内,静卧手术床上。他个子很高,脚悬在床尾。可能因为搬动后刚放妥,有只脚还在轻微晃动。这个晃动,让人产生错觉,仿佛他还活着。

只是他脸上覆盖着的白毛巾,没有一丝气息拂起的飘动,这名士兵已彻底泯灭了呼吸。

"从清洁面部开始吧。"郭换金说着,走到手术床床头,欲掀开罩在烈士脸上的毛巾。

"等一等。"潘容突然声嘶力竭喊了一声。郭换金吓得手抖,差点将准备揭起的白毛巾,扯落到地上。

潘容发觉自己失态,忙压低声音道:"我来掀开毛巾。"

郭换金狐疑地看了潘容一眼,不明白自己打开毛巾和潘容打开毛巾有什么根本性的不同。略一思索,估计是死去的人,面部兴许变形,潘容怕吓到自己。便领了他的好意,稍稍退后一步,说:"你来。"

这番推让,让紧随其身后的麦青青不胜其烦,觉得太啰唆。战友牺牲,有什么可怕的?!她上前一步,说:"潘干事,你就做好本职的登记工作,其余事儿,我们可以完成。"说完,果断揭开了蒙在牺牲者脸上的白毛巾。

柳赞和叶雨露同时退后一步。唯有郭换金,像被自头顶至脚跟揳入钢钉一样,凝然不动。

没有血污,没有破裂,没有弹孔,甚至没有任何瑕疵的坚毅脸庞,扑面而来。只是脸色白到令人骇然,宛如纯白大理石的雕像。鸦羽般的眉毛,飞入鬓角。高高的鼻梁,坚挺峭拔。轮廓美好的双唇,紧紧地抿着,好像将一腔喷薄欲出的话语闭锁。让人怀疑下一秒钟,双唇就会轻轻启动,吐出磁性声音。如果一定要找出遗憾,就是嘴唇如雪花般惨白。英俊绝伦的脸上,给人留下最深印象的,是他的睫毛。眼睛微合,闭目养神。看不到眼珠,好像在小憩。黑亮而纤长浓密的睫毛,拢在一起,即使在手术室无影灯照耀下,仍在眼睑下方,打出弧度优美的深邃暗影。好像下一瞬间就会猛然睁开,展露出漆黑双眸。

潘容并没有看向牺牲者,而是屏住呼吸盯着郭换金。他完全想象不出下一秒会发生什么……

不承想,郭换金身形还未动,近旁便有人扑通一声,倾身倒下。她嘴唇中,喃喃吐出三个字:"景哥哥。"是麦青青。

直到这一刻,郭换金才最后确定,这个无声无息俊美无俦的牺牲者,正是她朝朝暮暮思念的景自连!

她狠命掐抓自己的手腕,留下道道紫痕。这是真的吗?不是!手术床不是真的!白毛巾不是真的!大理石雕像般的死人,更不是真的!她一定是严重的高原反应,导致感官混乱思维癫狂!这是一个噩梦,马上就会醒来!醒来之后,霞光万道,岁月安在,一切归回正轨,万物都是原状!

郭换金呆若木鸡。

那边,柳赞和叶雨露赶忙将麦青青扶起,搀到一旁。

潘容也做好了随时搀扶郭换金倒地的准备。护送人员向他报告牺牲者名字时,他除了万分悲痛震惊,就是完全想不出应该怎么对郭换金说。痛苦斟酌后,他决定,让郭换金自己,直面景自连之死。

郭换金肝胆欲碎,天旋地转,她双膝发软,几欲跪地。好像身边雷霆万钧,搅起十二级的冰雪暴!她多么希望自己也能够立刻昏厥,意识全无!那样,她就可以逃避锥心之痛,堕入永恒黑暗。她要昏厥,要死寂,要永不苏醒!

可是,她连昏厥的权利都没有。她是班长,必须尽快凝聚起全部心神,来应对猝不及防的惨烈牺牲。她必须身先士卒,指挥班上同志,清洗景自连身体,更衣入殓,料理他的一切后事。这需要怎样的意志和坚强啊!可她,没有一丝一毫的气力,宛若一张洗过无数次的稀疏纱布。

郭换金径直木僵,进入精神的高度抑制状态。她不言不语,不动不哭,面部像戴了面具一般,表情固定不变。她听不到任何声音,也说不出一个字。片刻中,她丧失了任何反应能力,化作一根千年朽木。

可是,使命如警钟,在她耳畔尖锐鸣响。她没资格一直僵下去。她是班长,她的任务就是入殓他。他正等着她带领同志们,为他清洗、更衣、入棺……

世上还有比这更残酷的事情吗?她原以为失去了他,刚刚才找回来,还未来得及宽心,未来得及欢笑,未来得及和他重温一切美好,就毫不留情地再次失去了他。这一次,是永远。她将亲眼看见她所爱的人的尸身,被一丝一缕如精美瓷器般擦拭得不见丝毫污垢,然后穿戴一新,平稳妥帖进入棺木,再无相见。

郭换金完全不知道下一步做什么。大脑一片空白,泪水积蓄眼眶。唯有意志力强令她不能昏迷,保持清醒,按部就班完成入殓步骤。她能做的第一件事,就是把目光从景自连尸身上硬生生挪开,转向站在一旁的潘容。

潘容,不仅仅是她的熟人,也是上级机关派遣至卫生部的代表。每一步的工作,都要遵从他的指示。潘容一言不发盯着郭换金。她身形清瘦,背脊挺直。戴着的白口罩,剧烈抖动,遮挡之下正经历狂风骤雨。她的眼睛,上下羽睫变得浓密和粗重了许多,每一根睫毛上,都黏附着大量水分。水珠剧烈抖动,岌岌可危地随时可能坠落。郭换金半仰起头,让泪珠无论怎样增加体积,都顽强地保持不至落下。

"你们先到外面等一下。"潘容示意其他人离开现场。

现在,屋子里只剩下三个人。景自连、潘容、郭换金。更准确地说,是两个人。

郭换金梗着颈项,目光呆滞地重新凝向景自连。她至今没有见到,那个残忍地置他于死地的伤口在哪里。她生怕看到的那一瞬,自己轰然倒地。她不想让军事教官觉得徒弟不够坚强,她不间断给自己打气,但仍不能保证下一分钟,还能站稳脚跟。

潘容对接下来的一应程序,心中有数。他对郭换金说:"我们两人可以完成后面的事。等抬棺时,再叫大家进来。"

郭换金木然点头。痛苦来得如此晴天霹雳,如此绵密紧凑,让人完全丧失判断力和反应力。唯有残存的意志,岌岌可危地坚守。

"先把他的外衣脱下来。"潘容道。

"他会冷。"郭换金迟迟不动手。

"我把炉火烧旺。"潘容温和地想出对策。

他将大块劈开的红柳根,放入铁皮凿打而成的土壁炉里。红柳根非常干燥,顷刻间火苗跳跃着燃烧起来,滚滚烈焰炙烤着铁皮,火焰喷薄而出。

郭换金和潘容两人协同,轻轻扶起景自连的身躯,将他的外衣缓缓褪了下来。罩衣里面的棉衣,也以此方式,褪下。

没有了臃肿的棉衣,景自连的躯体,更显宽肩劲腰身材干练。他一如生前般骁勇,只是周身皮肤骇人的冰冷。透过衣料传至郭换金指尖,她不由颤抖起来。

所有有生命的东西,都是柔软温暖的。冰冷,是不可逆转的生死大限。

现在,景自连坐着,潘容扶着他。屋内已然很热了,郭换金双臂交叉互抱,紧紧拢住自己身体。无影灯下,没有影子的她,异常孤独。

"下一步,做什么?"她低声问。

只剩衬衣,再脱下去,景自连上半身就不着一物。

"稍等。我把景站长的遗物,登记造册。"潘容说完,轻轻把景自连躯体,放平在手术床上,覆上白单子。

普普通通一句话,像爆破了堰塞已久的堤岸,郭换金的眼泪,倾泻而出。何时,橙卡边防站站长景自连的物品变成了遗物?!

然而,千真万确,是遗物了。他傲然远去,身后是遗留下的贴心物品。

景自连的衣兜,被一个个彻底抖开,兜底积攒着细碎沙石。没有钱。别说成张的钞票,连一分钢镚都没有。郭换金和潘容对这个现象,一点不吃惊。高原绵延,除了冰峰就是石头,没有任何用得到钱的地方。军人出征,除了枪支弹药,不会带钱。

潘容从口袋中,找到了一贴半的伤湿止痛膏。郭换金知道,这种牌号的伤湿止痛膏,完整包装由两贴组成。潘容在笔记本上清晰记下:"伤湿止痛膏。一贴半。"

"还有半贴,一定……在他的膝盖上……"郭换金哽咽。如果众人都在场,她无法肆意流下泪水。此刻,当着潘容的面,她不再遮挡。

"你怎么知道?"潘容下意识发问。此刻,景自连的长裤还在身上,看不到他颀长赤裸的双腿,更不见膝盖。

"左膝。他有关节炎。"郭换金低垂着眼帘说。是或不是,一会儿就能见分晓。潘容没答话。

他们携手将景自连上半身贴身衣服,彻底脱下。置他于死地的伤口,阴森森赤裸裸不可一世地暴露出来。

一颗罪恶的子弹,从他背部骶尾椎部分,射进了他年轻的肌体,贯穿了整个腹腔,从他下腹部迸出,炸飞了海碗大的爆破口。肚子里的肠管涌流而出,盘成了一大垛……

是的。只能用"垛"来形容。肠子盘根错节,搅缠在一起,更由于酷寒,已冻成磐石般的冰体,略呈坚硬的不规则鼓状。

当时他近旁的战友们,进行了紧急救治。估计先是想徒手将流出的肠管,填回迸裂的创口中。但伤口太大,肠管流出的速度太快,像决口的堤坝,完全塞不及。慌乱的同志们,立刻想起另一条腹部战伤急救原则。他们取来一只饭碗,倒扣在汹涌溢出的肠管之上……士兵的饭碗虽说不算小,但连续流出的肠管,盘延而成的体积更大。于是,一大捧粉红色盘曲的肠管之上,倒扣着一只军绿色的铁质饭碗,好像一个魁梧大人,顶着一顶小孩毡帽……

此情此景,郭换金痛得心脏失跳,冷汗淋淋。她难以想见,在那个悲惨危急的时刻,景自连忍受着怎样的痛苦,经历着怎样的绝望。她问:"橙卡的人……在哪里?"

"应该……在手术室外面……"潘容不很确定。他完全没顾及那两个随行的战士。

郭换金二话不说,走出手术室。

她强忍住浑身抖动,嘶哑着喉咙道:"进来。"两个守在门边的人,迟缓地弯腰挪着脚步走进。悲伤,压得他们形同老人。

"你们景站长,是怎么牺牲的?"潘容问出了郭换金的心里话。

"敌人犯我边境,我们反击。把敌人驱逐出境的过程中,景站长身先士卒,为救战友,不幸被敌人流弹击中。"封镇说。

"既然是追逐敌人,为什么子弹从背后射入?"潘容问。他绝不相信景自连会是逃兵,以脊梁背对正面战场。但事关重大,必须用铁的战场逻辑和现实说话。

"景站长骑战马,手持冲锋枪,冲杀在前。判断敌情,果断处置。

我们乘胜追击。他弹无虚发,将敌人打得无还手之力。胜利在望,敌人发起最后反扑,疯狂射击。站上一个小战士,只顾闷头向前。景站长发现他进了敌人的伏击圈,非常危险,立即驱马掩护他。正在这时,埋伏的敌人,把本来瞄准小战士的枪,直接射向了景站长的马。子弹入了马眼,马剧痛,腾空而起,在空中扭了一百八十度,变成了马尾向前,马头在后。景站长控制着惊马大声命令道,全力追击!就在此时,又一颗流弹射到,从景站长背后击中了他……如果不是战马跃起,这颗子弹会击中他的腿……现在击中的位置,非常致命。景站长跌落马下,我们围过去,帮他捂住伤口。他挥挥手说:'不要管我,全歼敌人!'"

封镇说到这里,泪珠滚滚而下。那些泪珠如此之大,像一串串摇落的透明枣子。

"后来呢?"郭换金喃喃问道。后来,她其实已经知道了,答案就在手术床上。

"景站长下令所有将士,全力杀敌。等我们全歼来犯之敌,赶回他负伤的地方,才见到他的肠子,涌出了那么大一坨。"封镇用手比画着。

"留下救护他的战友,想把肠子塞回肚里,没能成功。肠子太多了,也越来越冷,冻硬后,再也塞不回去了。肠子太长,他的肚子几乎流空了……鲜血涌出来,马上冻成冰……"那个战士说。

两人互相补充着。他们的泪水,接连落下,滴在手术室地上。

郭换金一动不动听着,失去所有理解能力。

"后来,我在站长肚子上,扣了一个碗,想堵住他的肠子往外流。碗没有任何用,可我也没有其他办法啊。我们就哭起来了……"封镇又一次发出来自胸腔深处的呜咽,类似野兽哀鸣。

郭换金曾听说过,射出的子弹为了保持在空气中平稳飞行,在离开枪管后会旋转前进。这致命的子弹是国际上禁用的达姆弹,爆炸后会形成巨大创口。

"景站长用最后的气力说,胜利了,你们哭什么?我们说,胜利了,可你却受了这么重的伤……"小战士痛苦补充。

"景站长,他还说了什么?"郭换金问。她倏然严令自己,再不能浑浑噩噩,头脑要像水晶清澈透亮。她要记住战场上的景自连,说过的每一句话。

"景站长笑了笑说……"小战士道。

"他笑了?!"郭换金错愕重复。不是不相信,是想不通怎么会这样?!为什么?肠子都流空了,他还笑得出?

"是,千真万确,他笑了。景站长的笑容特别好看,脸上还有一个酒窝转啊转。我们看呆了。他平日很少笑,我们都没看见过他脸上有个酒窝……"封镇怕郭换金不信,急得跺脚,以证所言不虚。

郭换金轻轻闭上了眼睛,眼前浮现出景自连夺人心魄的灿烂笑容。是啊,战士们没有说错,在生命无可挽回的瞬间,景自连肯定笑了。不然,他们看不到罕见的酒窝。

"景站长……他……还说什么了?"郭换金忍不住声颤,断续问道。

"他说,哭什么?我都不哭……听了这话,我们哭得更厉害了。"封镇抽噎着道。

"景站长一字一顿说,'我们大捷,保住了祖国领土,应该笑啊。'他说得很清楚平静,一点儿都不像重伤在身。"封镇接着说。

"我们怕他费力,拼命止住了哭声。他安静地看着我们,第二次又笑了。"小战士补充。

"他……又笑了?"郭换金嘴唇抖成筛糠,艰难重复,心变成汪洋泪湖。

"是,又笑了。我看到了,你也看到了吧?"小战士急赤白脸要封镇做证。

"我看到了,实实在在的笑,好看极了。虽然情况万分危急,我还是忍不住想,景站长笑起来这么美好,平常日子里,为什么不对我们多笑笑啊?"封镇就差把心捧出来做证。

小战士又插言道:"景站长好像知道我们在想什么,说,我平常对你们笑得太少,现在,来不及了。我们赶紧说,来得及,站长来得及啊!"

"接着,景站长深深地看向我们,好像要把我们的样子,都刻到他的脑子里。也许是体力不支,他停了一小会儿,说,我……都不怕……你们……也不要怕。"

"我们都知道他没说出的那个字,是死。他说他不怕死。"封镇哭咧咧道。

"我们说,站长,我们马上送您回战区总部卫生科。他们一定能救您,医好您的伤。"小战士接过话头,说。

"听我们说完这些话,景站长的目光突然投向极远天边。然后,第三次微笑起来。说,'你们记下,无论是我清醒,还是我昏迷,哪怕是我……'他顿了一下,还是把话说完,'哪怕……是我死了,都一定要把我送到战区卫生部,必须送进手术室……记下了吗?'他一口气说了这么长的话,累极了。我们抹着泪回答,站长,记下了,无论您怎样,我们都把您送到卫生部手术室。"

两个人互相补充着,艰难地说完了当时的全过程。

郭换金的泪水,万丈瀑布泻下。她明白了,他的最后时刻,想到的是——与她告别。

"后来呢?"她忍不住追问两个战士。

他俩异口同声道:"后来景站长第四次笑了,说,'扶我,看一眼……山河。'"

郭换金用力点头,这太像他说出的话了。

封镇道:"我们把他扶起来,从后面顶着他的背。他的血基本流干了,脸白得像天上飘的雪花。只是眼珠像最黑的石头。他脸上的酒窝旋啊旋,像白色高原湖。"

战士们磕磕绊绊叙述着,还原景自连的最后时刻。

"再后来呢?"郭换金声音没有任何起伏地问。结局不可更改,她再也不想知道任何细节了。可是,作为景自连的徒弟和恋人,她再痛苦,也要知晓他留在人世间的最后时光。

"景站长没有再说任何一句话,只是满怀深情地望向周围河山。他脸上的笑窝,转着转着,慢慢消失了。我趴在他胸前,听他的心脏,再也没有任何声音了……"封镇哇哇大哭。

郭换金泪眼婆娑看向他,无以劝解。在旁边记录的潘容,含泪拍拍两个战士的肩膀,说:"景站长,还在那里躺着,别惊扰了他。他带着笑容离开你们,想来,也不想看到你们哭。"

战士们连连点头,好不容易止住了哭声。潘容说:"你们到外面喘口气,这里交给我们。"二人离开。

潘容说:"时间不早了,咱们给景站长换新军装吧。"郭换金机械地点头。

二人吃力地将景自连全身衣服脱掉,只留贴身裤头。屋内炉火烧得极热。景自连身躯高大壮硕,浑身都是肌肉。人已去,身躯极沉。

"啊……"当把景自连上身衣服全部剥开时,郭换金忍不住惊叫。

景自连背后,和正面的苍白完全不同,是浓重的黑紫色。所有皮肤下沉处,淤积着惊心动魄的紫蓝斑块。

"他这是受了什么折磨?"郭换金悲痛已极加大惑不解。

潘容缓声道:"尸斑。人死后,残存血液由于重力作用,压向身体低处。血管破裂后,就成这样了……"

郭换金学医,对这种死后现象能够理解,但她绝不肯相信,这是"尸斑"!目不转睛盯了许久,这种骇人颜色,才让她真真切切感知到——景自连,她丰神伟岸的恋人,整个战区最有威望和最年轻的指挥员,英俊凌厉的景司令之子,强劲的心跳永不复苏,肺叶再也不能扩张,眼帘不会再打开,口唇再也不能吐出一个字……他真的是……死了!化成一缕黑色光尘,投向虚无缥缈的太空。

郭换金一个趔趄,险些扑倒在地。潘容急切问:"你还好吗?要不然,我叫别人来接着给景站长收殓。你歇一下。"

郭换金剧烈晃摇,终于扶着近旁的无影灯杆,止住了跌撞。她咬紧牙根说:"我必须……在。他说一定要送他到卫生部手术室,就是为了和我告别。我要陪着他……"

说完,郭换金把口罩摘下来。用口罩芯,拭去脸上泪水,把口罩丢在地上。从现在开始,她要素面相对,以钢铁战士的姿态,和亲爱的恋人告别。

她打来一盆温热水,将手指轻轻探入水中,确定水温是否相宜。后找来大块脱脂纱布,将它叠成条状,没入水里。纱布经过脱脂处理,迅速被温水浸泡,像蓬松发糕。

郭换金开始用纱布细致地为景自连擦脸拭身,动作极为轻柔,好像不是身高一米八七的汉子,而是个酣睡中的小婴儿。

潘容本想帮她,想想,觉得还是让她一个人,完成最后的仪式。

给景自连洗好脸,擦净上半身,到了那一大摊膨出的肠管处。虽然屋内已被红柳火焰烧得胜似平原盛夏,但凝固成冰的血肉肠腔仍无动于衷地凝结一团。

"怎么办?"郭换金无声看向潘容,用眼光征询他的意见。

潘容说:"就这样吧。"

就这样是怎样?郭换金不明白。她只是用自己的手,紧紧攥着景自连的手,十指相扣。她想将全身热量,源源不断输到他体内,将他暖过来。直到暖得他被迫睁开双眼,用英挺眉峰下深如墨海的黑眸,再看自己一眼。修眉凤目粲然一笑,旋出梨涡。结果是许久的努力,以她手指冻僵告终。恍惚中,她看到有半透明的七彩光柱,自他的身体逸出,穿透手术室的房顶,射往遥远的天际。

"我的意思是,保留这个碗。"潘容见郭换金没反应,第三次字斟句酌说。

郭换金迷惘睁大双眼。不明白保留这个碗,怎么保留?

潘容见她已失去正常思维能力,只好更直白说:"就是不把碗取下来。让它和景站长的遗体,一道下葬。"

"怎么……能这样?"郭换金缓声发问。

"因为根本取不下来。"潘容解释,"碗和肠子凝冻一体,难解难分。如果硬性分开,会让景站长身体遭受第二次损伤。"潘容放慢说话的速度,留给郭换金充分理解的时间。

"把炉子烧得更热,室温上升,是不是碗就能拿下来?轻轻把肠管送回去,再然后,我把他的肚子缝起来,一针一线……"郭换金喃喃说。

"你看,现在手术室温度已达三十度。可这么久,血冰有一丝融化的迹象吗?景站长牺牲后,驮着他遗体的马匹,在冰天雪地中走了两天,他全身都冻透了。后来送他的汽车,也一直处在严寒中。冰冻三尺非一日之寒,解冻,也非一时之工。明天早上,现在说起来,就是今天早上,战区就要开追悼大会,烈士陵园入土为安……"潘容掰开揉碎地缓慢说明理由,怕郭换金艰涩的大脑跟不上节奏。

郭换金终于听明白了,说:"这么大一摊肠管,不送回到腹腔,穿衣服,怎么套得上去?"

潘容说:"实在穿不上,可从衣服背后剪开。这样从正面看起来,仍可保军容整肃。"

郭换金想起景自连生前军装笔挺,军姿威武,精干挺拔。他若知道死后自己军装,从背后剪开口子,少壮军人情何以堪?她顽强争取道:"如果局部加热到更高温度,是不是可以让血冰最终融化?"

潘容小心翼翼反问:"用什么方法局部加热?"

郭换金尝试道:"热水浸泡?"

潘容说:"高原上的开水,只有七十度,能融化多少冰块?再说,你忍心用这么高的水温,浸泡景站长?"

郭换金痛苦地捂住了脸。眼泪,从手指缝中不绝涌出。

半晌之后,她说:"如果用酒精喷灯,直接喷到那个碗上呢?碗,是金属的,会快速导热。粘住碗沿的冰化了,碗就会脱落……"

潘容从心里不接受这个方案。但见郭换金如此执着,心想如果不试,她一定懊悔不止。便转身出了手术室。回来时,带了汽车兵严寒中烘烤发动机的汽油喷灯。

两人相视无语。潘容紧锣密鼓一通操作,将汽油喷灯点燃,精准对上了凝冻在景自连肠管垛上的那只碗。

汽油喷灯喷嘴蹿出锐利的钢蓝色火焰,蛇芯子般卷向血泊中的铁碗,发出令人恐怖的呼啸声。潘容极为小心地避开碗下盘绕的肠管。

"快停……停!"郭换金声嘶力竭叫喊,夺下潘容手中的汽油喷灯。

潘容赶紧一个箭步闪开,关闭了喷灯,问:"怎么啦?"

郭换金手足无措道:"金属导热。你烧的虽是饭碗边缘,但碗身很快也会热起来,他的肠子会痛的,再不能加热了。"

潘容乖乖将汽油喷灯放下,静待郭换金的神志,恢复正常。

"让这只碗和他一起走吧。"郭换金下定决心。

上衣换好了。所穿军装均从背后剪开,正面方可勉强包住凸起的铁碗,扣上衣扣。

景自连的下身,旧衣褪净,现只着军绿色短裤头,上覆白单,看起来基本如常。

该给景站长换下衣了。"你换？还是我换？还是咱们一起换？"潘容征询郭换金意见。

郭换金虚弱地背倚无影灯灯杆，说："让我想一想……怎么做才好。"

潘容说："你先想着。我再把景站长的遗物，整理一下。"

已经清查过遗物，但潘容不放心，重新细细捏着景自连换下军服的每一个皱褶。

他有了新发现。景自连贴身衬衣口袋里，有一张纸。叠得四四方方，一看就是精心保存下的。那张纸，细腻菲薄，绝非部队常用的粗糙信纸。难怪潘容第一次搜索时，竟没能发现。

郭换金不曾留意到潘容的新发现，呆呆看着恍若睡梦中的景自连。泪水流淌不息，好似全身所有的生机，都化作眼泪汩汩而出。

潘容将那张纸，缓缓展开。他看了一遍，又看了一遍，然后再看第三遍……

这时，郭换金沉重地抬了抬眼皮，舔了舔嘴唇。无尽的哭泣，大量水分流失，让人极度干渴，问："该干什么了？"

潘容道："你先看看这封信。"说着，把那张薄而韧的白纸递过来。

"哪儿来的？"郭换金木讷问，记得刚才没见这张纸啊。

"他的信。"潘容说。

"他……写给谁的信？"郭换金说。

"我想，是写给……"潘容没有把话说完，寒眸一凝，转了话题方向，"你先看看吧。"

郭换金哆哆嗦嗦打开了信纸。她看到了景自连帅气的笔迹，撇如兰叶，钩如铁丝，点如坠石……近似于魏碑体。好像不是来自挥洒自如的钢笔，而是刀剁斧劈而成。

一字字看下去，听到景自连低如大提琴的声音，在四壁回荡。

亲爱的姑娘：

我爱你，排山倒海。

对不起，军纪不喜恋爱，甚或禁止。恕我擅自爱你，至深至远。

知你一无察觉,但我无法自拔。若你看到这信,我的爱,便已从人间移到了天上。

恕我把绝大部分的忠诚献给了祖国。服从命令,这便是我爱你的方式。留下最后一点点爱,未经允许,私自赠予了你,绵绵无尽……

当你看到这些肺腑之言时,我已策马行进在赶赴下一场战斗的路上。请不要为我流泪,亲爱的姑娘。那样我会即刻拨马而还,用滚烫的吻熨干你洒泪的面庞。之后,再次踏上征程。我从未吻过你,但在梦中,已经历千百次。你,能回吻我一次吗?我会带着微笑,还有你喜欢的酒窝,为你祝福。

亲爱的姑娘,唯愿下世还能相逢。我们的信物,是记忆中的彼此弹片。我们,在平原上,做老百姓。这一世,我们已尽完万世之责。

永别了。原谅我上一次未和你郑重告别。此后,我再也不会失诺,直至每一轮生命的始终。

自连绝笔
××年×月×日

郭换金没有像潘容那样看了多遍,她只看了一遍。就把那字迹和内容,镌刻脑海中。悲痛穿胸而出,噬尽百骸。

许久,方寸大乱中想起一个重要细节,她道:"落款的日子,是他牺牲的前一日。难道,他已预知,自己会战死吗?"

潘容推测道:"你不觉得他是早早拟好了这信。那天得知边情危急,又重抄写了一遍?"又揣摩道,"或许,他抄过很多次。"

郭换金微不可察地点头,觉得他说得有道理。

"你刚才问我什么?"郭换金说。

潘容一时忘了曾问过的问题,说:"哪一个?"

郭换金说:"换衣服。是你是我还是咱们一道。现在,我有了答案了。我独自给他更衣。"

"好。我在门口等你。"潘容离开。他一直对郭换金和景自连的关系有所察觉,这一刻,眸光剧震,终是彻底明白了。他选择成全。

此刻,屋内只剩下他和她,两个人。

如此安静,如此接近,如此……氛围缠绵。

他静卧在那里。

郭换金轻轻打开蒙在景自连身上的白布单子。然后,一寸寸褪下他的军绿色内裤。于是,他的下身,完整而洁净地呈现在年轻女孩面前。他的面庞安详而沉稳,没有丝毫的不好意思和忸怩。这具身体,堪比最完美的雕塑,由于血已流尽,他身体正面的皮肤,呈现出不可思议的洁白,有一种致命的英俊,如同晨光中踏雪而出的太阳神。

郭换金给景自连换上了号码更大的白色内裤。之后,又给他换上了白色军用衬裤。

郭换金从来没有看到过穿通体洁白裤子的景自连,真是俊俏啊。

她一寸寸看向他。注意到他的脚,身材高大,脚却瘦长。足弓形状优美,显示着极好的弹性和力度,每一枚趾甲都修剪得圆润整齐,如雪白的小铲子。

只是这一切,还有什么意义?到了早上,到了烈士陵园,都永不复存在。

无尽的悲伤,又一次潮水般卷来。但郭换金不能放任自己沉溺于悲痛,开始有条不紊地将全身衣物为景自连一一穿戴好。现在,只要忽略脸色,景自连就是一个帅气英武的青年军人,在安睡中。只要军号吹响,他定会眉目英朗地一跃而起。

郭换金俯下身子,用纤长的手指,穿过他黑油油的密发。漆黑如高原最久远暗夜的青春发丝,被郭换金以纱布蘸水,一根根擦拭得如鸦羽锃亮。

我们,不能以这种最残忍的方式告别啊!她摸着他眉眼的轮廓,嘴唇嚅动,无声地说。

然而高原太多的分别,都是遽然离去。

丰神俊朗的你啊,宽阔肩峰,顶天立地。只是自此之后,你灿如星辰的眼眸,再也不会闪烁。暖如晨曦的笑容,永沉黄夜。洁白如贝壳的牙齿,紧紧闭合,再也不肯翕动。电光石火般跃动的大脑,不能荡起一丝涟漪。年轻而蓬勃的心脏,沉寂若亘古荒原……你的双手再不能斜插在大衣袋里,让我的掌心可从中微微取暖。你的双腿再不能笔直地在雪原屹立,用步伐去丈量祖国的边防。你的嘴唇,一定像蒲公英的飞絮般柔软,却永远不可能微笑着张开了。再也不能如你未了的心愿,亲吻你心爱的姑娘。

　　景自连啊,从此,我再也见不到你。我相信你绝不会走远,只是再无法言说。你许我世世代代,可是这辈子余生还么长,我该如何熬过?

　　郭换金大睁着眼睛,雷达般一厘米一厘米,掠过景自连伟岸的身躯。她要把景自连身上的所有细节,都刻入脑幕,好在漫长岁月,无数次重温。

　　景自连,你纵是再也不能睁开眼睛看我,我们也要有一次重新告别。让我们的记忆,保有最后的温暖。让无尽的美好,在今后所有的日子里,化为永恒的记忆。

　　看着仿若沉睡的景自连,鹰眉紧蹙,冷冽挺拔。郭换金忍不住轻轻呼唤,景自连,你醒一醒,快快醒来啊!啪的一下睁开眼睛,让我看到你的眼,那双用最黑的暗夜洗过,内藏星月光辉的眼睛啊!你温暖澄澈的眸光,用白雪滤过,清澈透亮,宛如高原黎明的第一道霞光。难道,你的双眸,从此再不能反射浩瀚星光?你的胸膛,再不会激烈如鼓地跳荡?你的双臂,再不能拥抱你亲爱的姑娘!

　　你不能就这样一声不响走了啊!一走了之!遗我孤零零在人间,留我无尽思念……

　　郭换金心底涌上剧痛。太痛了!痛到无法呼吸,满目尽是血光地狱。

　　对于年轻的你来说,死亡不过是片刻。可对于我来说,便是此生所有的朝朝暮暮!

　　极端疼痛中,她奇异地闻到了冰雪的气息,那是从景自连的嘴唇上发出来的,好像他嘴巴里含着一口冰。

　　郭换金想到了什么。是的,他们从来没有接过吻,虽然,曾经靠得很近很近,然而终究有着不可逾越的零点一毫米阻隔。

她再次想到了那封被不断重抄的信,想到他的愿望。她轻轻俯下身去,一点点靠近,终于,她的唇碰到了他的唇。像两棵干净的美人松,摇曳的针叶边缘,彼此在风中靠拢贴紧。这个吻,类乎小鸽子的轻盈一啄,又如丝绸薄如蝉翼的抖动。

她以为他的唇会很冷很冷,就像万古不化的寒冰。但是,完全不是这样。他的唇,不但柔软,还带着些微的温度。这绝非幻觉,千真万确啊!既是这样,你要还我一吻。独属于你的,柔软清逸的一吻,满载冰雪的芳香。

这个要求,有点高了,景自连真真做不到。郭换金非常遗憾,不甘心啊。报复的手段就是又一次吻他,从他的唇到他的眼,深深复深深……她薄唇扫荡,他岿然不动。她胸有沟壑,飞沙走石。他以不变应万变,散发蚀骨寒气。

不知道是不是冷凝的肌肉,受到少女温热口唇的刺激,抑或这些滚动的吻,具有翻江倒海的力量。景自连脸上,仿佛浮现出了不可思议的淡淡笑容,随着少女之吻不断加深,这笑容,越发璀璨起来。若隐若现的梨涡开始出现,继而缓缓旋动……他不笑的时候,世界冷寂。他一笑,春风万里百花盛开。

郭换金惊呆了。盯着他的俊眉星目,宽肩劲腰,梨涡浅笑,忘却了一切。每一寸念想,都化作绷直的弓弦,铮铮作响。时间,就在这一刻静止并凝为永恒。

他如成熟谷粒般饱满的额头,飞扬入鬓的漆黑剑眉,微微合起的眼睑,高挺的鼻梁,自信而迷人的唇部轮廓……加上完全失了血色的皮肤,使得他不像个人,而似一尊战神,感人至深。

郭换金泣涕雨下。她没见过雪花大理石,只是在书上看到过这个词,喜爱并铭记。在悲怆无比的时刻,毫无征兆地想起——他是雪花大理石雕像。

俊帅的伟岸男子,将他最后的笑容,隐秘地留给了心爱的姑娘,只给了她一人。有始无终的粲然一笑,山河失色,繁星黯淡。

人一落泪,心便澄清。柔美决绝又粗粝黑暗的爱,淹向郭换金,将她从头到脚包裹。

30

不知过了多长时间,郭换金终于把景自连拾掇得干干净净清清爽爽,无比英俊帅气。他伟岸的身体,静卧在手术床上。强大的灵魂,此刻栖息何方?

郭换金已无数遍打量,视线仍不忍移动。景自连黑发如云,郭换金迟迟没有给他戴上军帽,只为更全须全尾地看清他在人间的痕迹。

记得第一次月下相见,他踏着银河碎屑而来,遍披星斗之光。双眸如最深的高原湖,不是幽黑,而是墨蓝。

郭换金凑近手术床,把他的罩衣角轻轻虚折了一下,好像被高原无所不在的风吹皱。平素见他时,时常这般模样。他酷爱军纪严整,但偶尔的俏皮,也是有的。万物皆暗,唯他独辉。

她轻轻闭了一下眼睛,再睁开,圆眸锐利,紧抿唇线,积蓄起决绝的告别力量。

亲爱的自连啊!没有得到你允许,我第一次这样呼唤你,却不会是最后一次。我坚信,这一刻的永诀,在下一世,下下一世,我们必将以种种神奇方式,一次次重逢。

此刻,我不要你变成人人皆知的天上星辰。那样,我还活着的时候,你距离我太远。若我死后也变成星辰,那我们之间的距离就更远了。恒星与恒星,动辄是以多少光年计算。我和你,岂不亿万年也不得重逢?我和你,还是立刻就变成地球上活灵灵的生物吧。变成两朵流云,击打电闪雷鸣?要不变成两片绿叶,一起萌芽,一起飘落,同化一抔泥土?再不然,就变成两束朴素的麦芒吧,碾成粉,成为一只白胖胖的馒头?一碗你中有我我中有你的面条?要不,变成两朵野花也好啊,在春风里开放,互相摇曳点头,一朵是红的,一朵是蓝的。我突然发现,怎么没想到变成动物?那好吧,就成为两只追逐的小獐子。只是,你不能跑得太快啊,不然,我追不上你的脚步……

我思故你在。我想你——景自连,你就永不会消失。你活在我的思想里,长在我心当中。你如风,在我今后的每一刻生命中,吹拂。因为我的思念,你就生机勃勃。因为我的追忆,你一直栩栩如生。怀念便是你我的团圆。

郭换金看了一眼窗外,虽拉着窗帘,但高原黑稠的夜色,还是有了丝丝裂纹。天就要亮了,入棺时间,不能再拖延。

郭换金将精力凝成灼热焦点。她知道接下来的举措,会因距离过近而无法聚焦,该闭上眼睛。可她双睑稍合,刺骨疼痛遽然而起。她陡地明白,这是景自连不喜她合眼啊。便竭力大睁双目,再一次俯身亲吻景自连干燥而微温的唇……他全身皆冷,唯嘴唇是个例外。在剜心剖骨之痛时,有灿烂的赏心悦目之美。

突然听到潘容声嘶力竭的阻喝声:"你不能进去!"然而,无效。门,砰的一声被撞开。

"我为什么不能进去?"麦青青大叫着横闯进来,"我昏过去了很久,刚刚醒。景哥哥,你不会怪我吧?景哥……"

麦青青嗓子被狠狠扼住,她看到郭换金和景自连的口唇,紧紧黏合一处。她疯了般一个箭步跳到手术床前,将郭换金猛地推开,怒喝:"你怎么敢这样?!"

郭换金猝不及防,被推出几米远,险些撞翻无影灯。幸亏潘容赶来,扶住了她。

"你下贱……太不要脸了!"麦青青浑身发抖,口唇乌青。

郭换金亵渎了景自连的遗体。

潘容紧跟其后,亦完整地看到了郭换金俯身拥吻的情形。不过,现在不是争论此事的时候,他面向郭换金,力求平常口吻问:"景站长的遗体,都安顿好了?"

郭换金整理情绪,竭力让声音无异,回答:"按照您指示,所有更换的军上衣,背部布料,都剪开了。全部被服穿戴完毕,可以……"她不忍说出后续步骤,面色肃冷,心中却是滚沸。

潘容道:"我叫你们班和橙卡的同志们都进来,入棺。"

麦青青原准备大肆渲染看到的骇人景象,重刺郭换金。却不想政治部派来的潘容干事,熟视无睹,如常推进安排。她窝火且恼怒,但一时没想出最佳对策。时间不等人,只能听从潘干事指挥,暂压愤慨,和大家一道,将装殓完毕的景自连,用担架抬出手术室,室外入棺。

景自连身材高大,棺腔稍嫌狭小。郭换金将垫在他头部的枕头,对折了一下,往棺壁靠了靠,空间才稍宽裕,景自连躺着舒服些。

紫红色棺木的盖子,泰山压顶般落下。郭换金如同一座雕像,凝然不动,心中万千沟壑,地动山摇。从此,她再看不到那张英俊面庞,再不能抚摸他盛满星光的双眸,再听不到他低沉而动人的嗓音了。

刚刚受到的惊吓太剧烈,此刻连眼泪也不会流淌,咬唇竭力忍耐。一想到嘴唇上还遗有景自连的气息,又猛地将齿根松开。让景自连在人间的最后味道,再多保留一会儿。

橙卡来的小战士,俯下身子,一头扎进棺腔,差点掉进去。他将景自连脚上的大头鞋鞋带,松开后更紧系上,念念有词道:"站长,紧点系带子,鞋更跟脚。路上走得快,您早点托生,回来还做我们的站长。"

之后,巨大的钢钉,被铁榔头揳入棺板。一声声喑哑而沉重的声音,在高原黎明的罡风中,被无限放大,好似巨人踩踏离去的脚步声。

郭换金痛到几近窒息。

潘容站在她身后,随时准备扶住她坍塌的身体。好在郭换金顽强支撑住了自己,她不能倒下。景教官,一定不希望徒儿倒下!

潘容凑近郭换金,用只有两人能听到的声音说:"给我。"

郭换金木然问:"什么?"她眼中,有荒芜、无垠、孤寂……就是没有一丝波澜。

潘容说:"景站长的遗书。"

郭换金用哀绝的语气说:"我想留下。这是他在人世间最后的绝笔。"

潘容解释:"牺牲者的文字遗物,已记录在案。不能私自藏起来。"

郭换金说:"这是写给我的。"

潘容硬着心肠道:"那上面并没有收信人的姓名地址。"

郭换金还不死心,说:"不管用什么法子,你要把这封信给我留下。我手里没有他一个字,这是唯一。"

潘容说:"我抄一份给你。"

郭换金点头。潘容走时,把从景自连贴身衣袋中找到的刀币状弹片,留给了郭换金。烈士遗物清单上,没有这块弹片的记录。

刀币状弹片和七芒星弹片,归在一处。这是景自连和郭换金重逢时的信物。

高原战区举行隆重的追悼大会,将牺牲将士们,在烈士陵园落葬。

整个过程,郭换金没有说一句话。该脱帽就脱帽,让默哀就默哀。棺木落入连夜挖掘出的巨大穴坑内,由战区领导,掩盖了第一锹冻土。人们依次走过,默默无言往墓穴内覆土。

郭换金覆完土,脚步实在不忍离开。然而,无法久留。她背诵着景自连的遗书,每个字,都铭刻脑海中。只要这些话在心底回响,他就未曾离开。

她默诵无数遍,心底渐从无限哀痛中,滋生怨怼。

你既爱我,为何要死?

你既已爱我多年,为何不早早告诉我?

你既然想吻我,为何不早点动作啊?

你……

她这样想着,怨恨着,终于头也不回地离开了渐次填满的墓穴。

身后,传来撕心裂肺的呼喊:"景哥哥啊!你怎么能就这样走了?你说过,我们一同回家……"

是麦青青,她毫无顾忌地放声哭泣。人们都知道她和景自连青梅竹马,看到一同长大的战友,惨死在敌人枪弹下,怎能不肝胆欲碎?!

掩埋好烈士遗体,人们默不作声返回营区。

麦青青痛定思痛,怒不可遏。她冲进卫生部办公室:"报告!我有重要事件报告。"声音冷厉决绝。

屋内就文慎笔一人,他缓声道:"麦班副,冷静点,慢慢说。"

麦青青虽悲愤压顶,仍不忘甩甩齐耳短发,道:"若是战士亲吻,算不算违反纪律?"

文慎笔情绪还沉浸在边境冲突中,忽然又爆出惊悚话题,缓冲片刻后,竭力保持平静道:"谁和谁?接吻?没看错吧?"

文慎笔心中,接吻是男女间的私密事,尤其在高原战士中,实属大忌。谁不检点且胆子太大,居然让一个女娃娃撞见了?!

麦青青说:"是郭换金和景自连!"

文慎笔骇然,不由自主重复了一句:"谁?郭换金……景自连?"

"对!就是他俩!你不知道他们是谁吗?"麦青青怒目切齿道。

文慎笔辩解道:"郭换金,我自然知道。但景自连,今天上午,刚开过他的追悼会。"

麦青青万分笃定:"正是他。"

麦青青说出景自连名字的时候,心里掠过一丝不忍。她本意,并不想把亲爱的景哥哥扯到旋涡中。但那个吻,她看得太清楚。他们之间,定有私情。若不然,依景哥哥脾气,断不会要求必须到卫生部手术室停留。她不恨景哥哥,但她恨把景哥哥夺走的女人!更不消说这个女人,还是她的劲敌。虽然自己声望日隆,自己又在别人面前竭力显示对班长的尊敬与服从,博得好感。相比之下,让郭换金更不受好评。但这个厨师之女,一有机会就爬到她头上。几个月之后,所有女兵的服役期就满了。天高任鸟飞,海阔凭鱼跃。发展的无限可能性若隐若现浮动。一山不容二虎,她和郭换金必有一争。她没有郭换金那么能干和知识丰富,她也没有叶雨露那般喜笑颜开惹人爱怜,甚至连柳赞的小心逢迎巴结讨好也做不来……甚至连她时时引以为傲的老爸,在以平民子弟为主要成分的部队里,也先天不得人缘。她深知自己的弱点,已尽力,但无力做得更好了。比起郭换金的学医,她已处于劣势。先输一局之后,要想扳回一城,只有自己奋起直追,变得更优秀。可惜,她已尽力,做不到了。还有最后一招,就是釜底抽薪,打压他人。她还没思谋完全,机会就猝不及防地来了。

从那个吻可以看出,非常生疏,可见他们之前没有吻过。吻一个死人,相当于没吻!景哥哥依然纯洁,该死的是亵渎他的女人!麦青青在心底,蹚过了对不住景自连的这道关。

想到这里,麦青青柳眉倒竖:"战士不准谈恋爱,这是铁的纪律!

对不对,协理员?"

文慎笔已恢复镇定,说:"当然是,铁的纪律。"

麦青青又道:"吻异性,算不算恋爱?"

文慎笔陷入两难。说不是,岂不意味着可以随意吻他人,军营还不大乱?若说是,那么,一方既然已战死,就不算违反纪律了吧?

文慎笔权衡再三,万分慎重地说:"麦青青,你看清楚了吗?会不会眼花了?"

麦青青冷笑一声道:"我若没看清,不敢到您这里告状。自然是看得一清二楚。"

文慎笔不疾不徐道:"除了你之外,还有谁看到了?"

麦青青真没想到还有这个茬,张了张嘴,口干舌燥反问:"您不相信我?"

文慎笔说:"我不是不相信你。但这种事情,多一双眼睛做证,自然更有说服力。处理时,更有依据。"

麦青青想想也是,道:"当时我一个箭步冲了进去,别的人都跟在我后面。"

当时班里其他女兵,按潘容指示,不得留在手术室内。她们心中害怕,待在宿舍照顾昏厥过去的麦青青。

文慎笔说:"别的人?都是谁?我查一下。"

麦青青回忆起来:"政治部潘干事,和我前后脚进的手术室。后面的人,离得有点远,不一定看清。但潘干事,一定完全能看清。"

文慎笔说:"麦青青,情况我基本清楚了。我这就找潘干事核实。"

麦青青说:"您抓紧。时间长了,再好的记忆,也会模糊。"

文慎笔说:"我知道,事不宜迟。"

麦青青走到院里。她看四周景色,似乎和昨天一模一样。只是她痛切晓得,一切,不一样了。景哥哥,从此不在这个世界上。一想到这里,四周像被漂白水洒过,分分秒秒失却颜色。她无数次预想过今后的人生,所有设想,都有英俊无俦智勇双全的景哥哥,陪伴在身边。现在,景哥哥去了永冻土层之下,阴阳两隔。景哥哥生前,她没能入住他的心。虽是失败,但那时她不急,来日方长,她坚信胜券在握。郭换金,哪里配和自己平起平坐?景哥哥已口不能言,替他讨回公道,是她能为景哥哥做的最后一件事儿,还景哥哥清白!让郭换金身败名裂!

更深层,她憧憬一个辉煌前景:我麦青青,是当之无愧的佼佼者!让没有在第一时间选择她的景自连,深深后悔。这悔,要他从人间悔到天上,悔到地下!她满腔的震惊、怀念、不舍和巨大不甘,都化作了对郭换金的怨恨。

为无望的爱情挽回尊严!为今后的发展扫清障碍!

麦青青决心已定,梳理前因后果。当务之急,是找到另外的目击者。最有力的证人,当然是潘容,她坚信他看清了。退一万步讲,就算由于角度和时间差,潘容确实没看清,在自己启发诱导下,也可说曾经看见。

麦青青并不觉得这有何不妥。毕竟,那个吻,是真的。

麦青青三脚两步到政治部找潘容。"请进。"潘容面无表情开了门。

"有什么事吗?"潘容公事公办问。将门扇特意留出寸把长的豁口子,不曾关严,屋内保暖因此大受影响。随时送客的意思再明显不过。

"有件事情,我想请教您。"麦青青温和开言。作为女军人,她自认飒爽英姿美貌无敌,但面对中国古代第一美男后裔,到底也有几分底气不足。好在潘容一脸正气,美貌不美貌的,估计也起不到什么作用。想到这里,她心态回归正常,聚焦主题。

"请讲。只是我今天要完成烈士遗物的报告,很忙。"潘容委婉表示时间有限。

麦青青道:"潘干事,为景站长清理遗体时,您可一直在场?"

潘容点头道:"是。政治部分配我的职责,所以一直在现场。"

麦青青偏头问:"不一定吧?"

潘容道:"什么意思?我要是没记错,麦副班长倒是因为身体不支,有相当一段时间,并不在手术室内。"

麦青青卡了壳,稍作愣怔,马上应对道:"您说得不错,我是有一段时间不在场。但重要时刻,我是在的。倒是您,关键时刻并不在。"

潘容秀美的长眉蹙了个疙瘩,说:"麦副班长的话,我有些听不懂。给景站长清理遗物并登记在册,均经过我的手。清洗伤口、换里外的衣服时,我也一直都在,这些都算关键时刻吧?"

麦青青好言道:"那我提醒您一下。我走进手术室时,您跟在我身后。可见,在之前,您并未坚守岗位。"

潘容做恍然大悟状,说:"那个时间,我到屋外查看棺木情况,出来了片刻。我做别的与收殓相关的事儿,也很正常。况且,不过只是几步远,不知道现在麦副班长查我的岗,有何深意?我不是你班里的女战士,就算要知晓我当时的一举一动,也是政治部主任的工作范畴。"

潘容一席话,攻防得当,有条不紊。并无丝毫剑拔弩张的意味,但强烈不悦,蕴含其中。不过,这吓不倒麦青青。为了亲爱的景哥哥,为了自己的前程,她一定要把事实真相,查个水落石出。还景哥哥光明磊落形象,让郭换金露出原形。往大里说,还高原战区风正气清。往小里说,她要义正词严凌驾于郭换金之上。

麦青青略一沉吟:"我们不在枝节问题上争论不休。"

潘容绵里藏针道:"我不知道麦副班长的主干问题,究竟是什么?"

麦青青紧逼一步:"潘干事随我进入手术室时,可看到了什么?"说罢,紧盯潘容,不遗漏一个表情微变。

潘容平淡回应:"我,看到的是你的背影。"

麦青青紧追不舍:"透过我的背影,你还看到了什么?"

潘容安静回答:"我还看到了穿戴整齐,遗容肃穆,静卧在手术床上的景自连站长。"

麦青青闭了一下眼睛,当时情形浮现出来。铭心刻骨的哀伤,摧枯拉朽般袭来。她的眼帘,被溢出的泪水打湿,睫毛黏成一缕缕。她叫着自己的名字暗说,麦青青,你不可软弱。为了祭奠尚未走远的英魂,你要不懈追击。

"除此之外,你还看到什么?"麦青青追问。

"我看到景站长,换下的带血征衣……"虽竭力控制,潘容还是忍不住声音断续。

麦青青很哀伤,但她绝不能沉湎于此。她接着问:"还有呢?"

潘容说:"我记得当时情况就是如此。不知麦副班长还想让我说什么?"

麦青青轻轻冷笑道:"不是我想让你说什么,而是你看到什么,理应说出来。"

潘容做回忆状:"哦,我还看到了你们班长郭换金。"

麦青青如获至宝,道:"说的就是她。她当时在做什么?"

潘容说:"你挡在我前面,我看到的不大周全。她好像在给景站长整理军帽……"

麦青青不甘心地问:"只是整理军帽这样简单吗?"

潘容不悦反问:"麦副班长口气这般肯定,我想知道你想让我说什么?"

麦青青本想让潘容不知不觉中,成为另一位现场目击证人,却不想此人稳扎稳打,并不上套。话已至此,图穷匕见,麦青青不再遮掩,索性单刀直入:"我看到郭换金亲吻景自连站长。"

潘容心中一沉,来不及多想,立即否认道:"我没看到。"

麦青青斩钉截铁道:"我看得非常清楚。"

潘容正色回应:"我没看到就是没看到,这个不能信口开河的。"

麦青青急了,厉声道:"什么意思?莫非你觉得我诬陷郭换金?"

潘容沉着回答:"我并没有那么说。只是觉得非同小可。讲出来,要负责任的。"

麦青青毫不迟疑说:"我讲出来,当然会负责任。现在的问题是,潘干事也是要负责任的。"

潘容驳斥:"你看到,你说出来,你负责任。我没看到,负哪门子责任?"

麦青青口吻已带威胁意味:"明明看到了,却说没看到,这是做伪证。身为政工干部,自然知道关键问题上说假话,在政治上,意味着什么。"

潘容心想,这话谈不下去了。多说易错,少说为佳,便道:"你是女兵副班长,并非上级部门,有何理由调查我?我对我说过的话,当然负完全责任。无论走到哪里,我都会这么说。"说完之后,他毫不留情地将门扇大开,送客。

麦青青孤独站在冷风中,从没认过输的她,惆怅惘然。事关尊严,事关情感,她绝不善罢甘休。如此想着,她步履坚定地再次走向卫生部办公室。

文慎笔听完后,沉思道:"潘干事确定他什么都没看见?"

麦青青说:"他是这么讲的。我敢肯定他说了假话。"

文慎笔慎重道:"有没有可能,他确实没看见呢?这种存在性也并……"

麦青青劈头砸断文慎笔的话,说:"绝无可能。我们前后脚走进手术室,当兵的人,一进门就会立刻观察四周情况,这是军人的基本功。"

文慎笔道:"潘容是政治部门派来登记烈士遗物的工作人员,严格讲起来,虽然是发生在咱这儿的事儿,但他并不归我们管。我向战区领导汇报,请求调查此事。你要保密。"

麦青青说:"您放心,我一定保密。"

话谈到这里,已近尾声。文慎笔说:"问个稍微涉及隐私的小问题。你也可以不回答。"

麦青青留有余地说:"协理员请讲。如果可以告知,我一定会说。如果实在不便,也请您谅解。"

文慎笔说:"我想知道一下,你为什么对接吻这件事,这么在意?"说完,他眯缝起眼睛,让目光变得不那么探究。

麦青青并不扭捏,说:"我和景自连站长从小相识,他就像我亲哥哥一样。看到他死后,尸身还要被人这样肆意对待,我心中非常难过。再者,郭换金这样做,践踏了军纪。我作为军人世家出身的战士,为捍卫纪律,为了替景自连站长挽回尊严,无法容忍。"

说罢,麦青青走出卫生部办公室。待到无人处,蹲在地上,双肘抱住瘦削肩头,深感倦怠。这样做,是否遂景自连心愿?她不愿去想,也不敢去想。开弓没有回头箭,她现在要捍卫的,是自己的尊严!

阳云天政委听完文慎笔的报告,半晌才说:"这个死人之吻,是真的?"

文慎笔低声道:"麦青青再三汇报,似乎属实。"

阳云天将一支铅笔,在手中捻得飞转几圈,问:"还有谁看见了?"

文慎笔嘬着牙花子说:"据现有情况调查,再无人看见。"

阳云天反问道:"孤证?"

文慎笔道:"据麦青青说,政治部潘容干事,应该也看到了。"

阳云天敏锐抓到文慎笔话中含混之处,问:"什么叫'应该'?"

文慎笔答:"按照时间地点和站立方位,潘容当时会看到这个吻。"

"那么,潘容怎么说?"阳云天问。

"据麦青青汇报,她问了潘容。潘容一口咬定,他并没有见到任何异常情况。"

"哦,潘容矢口否认了。"阳政委自语。手术室,拢共就那么大点地方,军人经过训练,警觉性高,目如鹰隼。如果确实发生过此事,的确理应看到。那潘容为何说没见?

文慎笔难掩困惑道:"据说潘干事否认时,回答很干脆,毫不迟疑。"

"如果是这样,倒有点意思。"阳云天停止了捻转铅笔,说,"你走的时候,到政治部叫一下潘干事,说我找。"

文慎笔说:"这个事儿,要不要和司令员报告?毕竟,景自连身份不一般。"

阳政委长叹一声道:"司令员正不知怎么向景自连父亲说这事,他这两天总叨叨,当年在朝鲜彭老总难啊……暂时,先等一等。"

潘容刚完成景自连烈士的遗物报告,就见文慎笔前来通知他见政委。潘容一看通知的人,并不是通讯员或政治部的人,便料到此行不善。文慎笔本想做个顺水人情,透露一下政委找潘容的事由,让他提前有个准备。不料潘容脸色不豫,文慎笔便什么都没说。

进了政委办公室,阳云天劈头问:"知道我为什么叫你来?"

潘容毕恭毕敬答:"不知道。"

"真不知道?见文慎笔传话也不动动脑筋?你不会这么不机灵吧?"阳云天不想让谈话过于严肃,打趣道。

"报告政委,我本来就不算太机灵,更不敢妄自揣摩政委用意,请您明示。"潘容知道表面上笑嘻嘻的政委,并非真的一团和气。谨慎拉开距离,以策安全。

阳云天看出他的疏远之意,索性一语挑明,"卫生部麦青青反映,她看到郭换金,在清洗烈士遗体的时候,亲吻了景自连。"声音平缓,不辨喜怒。

潘容没有搭话。他不能表示惊讶,也不能表示对此谈话早有预见。最好的方式,缄默。

阳云天对潘容的反应,意料之中。训练有素的军人,在骤然降至的信息面前,应置若罔闻。

"麦青青说,你也看到了。"阳云天直抛撒手锏。好小子,不是沉得住气吗?我就把炸弹直接扔过去。

潘容回应:"报告政委,麦青青副班长,已找我核对过相关情况。"

"你怎么答?"阳云天问。他知道潘容的回答,但要亲耳听潘容如何说辞。

"我对麦副班长说,我并不曾看见。"潘容简明扼要回答,情绪亦无波动。

"按照她提供的现场方位,你理应看到。"阳云天犀利的目光,注视着潘容。在这种久经考验的老军人视线下,一般人很难维持谎言。

"报告政委,我的确没看到。"潘容坚不改口。

"我想知道一下为什么?"阳云天温和地问。

"什么为什么?"潘容佯作不懂。其实,他懂。只是拖延时间,以求思考出相宜回复策略。

"就是你明明看到了,却说没看到。"阳云天目光如炬,察看潘容面部的细微表情。在这等老辣目光锥刺之下,潘容险些败下阵来。但想到所爱的姑娘,声名在此一役,便转守为攻反问道:"政委,您是要我把没看到说成看到了,屈打成招?"

政委没想到潘容倒打一耙,好在很快反应过来,道:"做老实人,是军人的基本准则。"

潘容皮笑肉不笑道:"兵法还教给我们,兵不厌诈。"

阳云天一针见血说:"你的意思是你在要诈?"

潘容说:"我的意思是,我没有必要在这个问题上欺骗您。我没有动机。"

阳云天微笑道:"若我猜,你想保护郭换金这个女战士呢?"

潘容风雨不动说:"您当然可以这样猜想,但也要给出根据。我一个政工干部,冒着欺骗领导的大帽子,要保护她什么呢?"

潘容有心得,当你一时想不出好理由为自己开脱时,不妨试着祭出反问。与你相搏之人,马上要为自己而战,你就赢得了宝贵的时间,思考应对之法。

果然,阳云天的逻辑被打乱,不得不站在潘容角度,替他琢磨一个合情合理的解释。

"你或许爱她,这就可以成为理由,以保护她的名声。可有道理?"阳云天几乎佩服自己,转瞬就想出如此精湛说辞。

潘容的心,猛地抽动一下。姜还是老的辣,阳云天击中了他的要害。

他不能束手就擒,那样伤得最重的不是自己,而是郭换金。"我并不爱她。"潘容咬着牙,一字一顿说。

他听到自己的心,破成几瓣的碎裂声。但为了郭换金,只能自断后路。

阳云天若有所思地沉默了。

"如何证明你不爱她?你做证说她没吻,明显是在保护她。你现在应该找到有利于己的证明。"阳云天中立地下着判断。

"如果我不能证明呢?"潘容拼命挣脱这个危险命题。

"那么,你所说的未见接吻,就没有说服力。人们可能更倾向麦青青的举证。毕竟,她当时处于最有利的观察位置,没人能否认她所看到的事实。"阳云天冷冰冰地推理。

"我……我……"潘容平日自诩还算能言善辩,此刻一败涂地。

"我说没看见,麦青青说看见了,一比一。您不能偏听偏信,轻易给一个战士治罪。"潘容口不择言。

阳云天老辣之人,见潘容如此气急败坏,心中已然有了分寸。不过,这事究竟怎样处理,还需和司令员从长计议。毕竟,牵一发而动全身的事儿,要格外慎重。他对潘容说:"说得很对,你们是一比一。只是你的这个一,弱一些。你很可能挟私,拒不做证。"

潘容急得结巴起来,说:"我挟的什么……私……私?"

阳云天不慌不忙笑说:"刚才不是已经提到了吗?你很可能单恋上了郭换金,这样就让你证词的可信度,大打折扣。一来,我帮不了你,二来,我不能帮你。"

潘容眼看着局面朝不利于郭换金的方向急转直下,不由得慌了,说:"政委,请相信我。我真的没单恋郭换金,完全秉公而言。"

阳云天似笑非笑道:"潘容,要我如何相信你?"

潘容无奈,想不出过硬的理由,只好老生常谈,说:"凭我的忠诚和责任感。"

阳云天说:"那么,我现在给你一个证明并不爱郭换金的机会。"

只要能让郭换金远离是非,潘容恨不能当牛做马,说:"请您给我机会,我立刻证明给您看。"

阳云天原没想到事情有这种发展,乐见其成。从办公桌抽屉里,拿出一个信封。抽出一张照片,对潘容说:"看一看。"

潘容实在整不明白这唱的是哪一出,遵嘱接过相片。照片上的姑娘,胖嘟嘟脸庞,细长眉眼,齐刷刷的刘海,嘴唇大而厚……透着一股憨劲儿。

潘容一颗心,都在郭换金身上,对别的女子,毫无兴趣。因是政委递过来的,立马还回去不大好,拿在手里也嫌硌得慌,只好尴尬地放在桌面一角。一时间,屋里气氛微妙起来,好像从两个人,变成了三个人。

阳云天淡淡道:"这是我大姐的女儿,叫黎欢喜。"

潘容机械回应:"那就是您的外甥女,黎……"

潘容窘迫。姓倒是记住了,名字转瞬忘了。阳云天佯作无感道:"我姐姐托我给外甥女,在部队里找个男朋友。"

潘容敏锐猜出谈话方向,十分头疼,只好大智若愚道:"家里人信得过您的眼光。"

阳云天说:"我觉得你是个不错的人选。"

潘容微微合了一下眼皮,眼珠子在眼皮下剧烈颤动。他本为洗脱郭换金而来,却不料邪火燎到自己身上。第一反应是,绝不答应!斟酌如何开口拒绝。

阳云天似乎早已料到潘容的反应。见他俊美脸庞上,浮现不自然的红晕。那可不是羞涩和得到垂青的欢欣喜悦,而是剧烈反抗的前兆。

阳云天对于潘容,自是十分满意。文化水平高,写得一手好字。工作出色,人际关系融洽。穿上军装,那叫一个帅!阳政委从爱才角度出发,喜爱他。

阳云天自幼丧母,长姐将他养大。长姐嘱托,自是责任重大。这个外甥女婿,一要人好,二要有本事,三要长得好。阳云天在脑海中,把战区未婚的青年干部,通通过了一遍筛,潘容自在备选前列。只是听闻这个帅哥,满腹经纶,眼高于顶,估计自己那个各方面都平平的外甥女,胜算不大。讨不到一流人才,又不甘心。正举棋不定时,不料峰回路转,潘容自己送上门来。当然要抓住时机,因势利导,打个漂亮仗。

他缓缓开口道:"小潘,先不要急着拒绝。我知道你会说,之前不认识,彼此没感情。这很客观,我充分理解。不过,我更赞成用发展的眼光看问题,从今天开始,之后就算认识了。感情是培养起来的,顾名思义,要培土生根,要养护长叶。我这个外甥女啊,心地善良,手脚勤快,对人极好。她在小学当教员,有国家编制。人呢,长得也不错,照片不怎么上相,真人要好看得多……"

潘容什么也没听进去,只见阳政委嘴唇一张一合……脑海中,持续浮现的是郭换金倔强而清丽的脸庞。

"你的意见呢?"阳政委结束了冗长的介绍词,盯视潘容。

潘容的苦笑牵动嘴角,说:"阳政委,您外甥女很好。只是,我目前不想考虑个人问题。"

阳政委似乎并不觉意外,说:"那你何时考虑?在等郭换金提干?"

"没……完全不是……我们不是那种关系……"潘容竭力撇清。

"这么说,你和郭换金,并没有恋爱关系?"阳云天立即跟上,不给潘容以丝毫喘息之机。

"是。"潘容只能毫不拖泥带水表明立场。况且,这也是目前实情。

"证明你和郭换金没有任何牵连的唯一办法,就是你和我的外甥女,确立恋爱关系。简单明了,对大家都好,尤其对郭换金好。这样吧,小潘你先考虑一下,尽快给我个回复。要知道,关于死吻事件的处理意见,马上摆上日程。"

"此事关键,都在你了。"阳云天果断结束了谈话,示意潘容拿上黎欢喜的照片离开。

潘容机械照办。心像被一只巨掌,捏碎了又重新缝起,然后被更强大的力量,再撕扯开来,鲜血淋淋。这一次,糟透了,连缀不起来了。

他失魂落魄走出政委办公室。踌躇满志而来,满以为可以成功说服政委,让郭换金死吻案尘埃落定。却不想,问题的解决方向,突然调转枪口,直指自身。

进屋时候,他还是对爱情充满憧憬的多情男子,想着如何帮郭换金走出危机,重新唤起她对爱情的向往。他知道这很难很难,需时很久很久。但他有信心,陪伴姑娘走出阴霾。不料,他走出屋时,变成了对某陌生女子负有男女朋友义务的木偶。

当然,他可以拒绝。他有充分的自由,可以随心所欲。政委虽位高权重,但他的话,并不具备法定效力。可是,如果他不和政委交易,那么,悬挂在他真正爱恋之人头上的那把剑,就会铿锵落下,斩个血肉模糊……

她输不起了。他赌不起。

潘容走到营区附近的无人旷野中,孑然一身。他想仰天长啸,他想长歌当哭。他想拍案而起,他想秉笔直书。他想破口大骂,他想以头抢地……乘人之危巧取豪夺!杀人不见血的软刀子!仗势欺人倚强凌弱!人所不齿的屈辱和威压……

心头激愤万千,但一声未吭。如果他爱郭换金,那就只有一条路,今生与她无缘!为了她的静好,他必须挺身而出,答应政委城下之盟。这笔交易,将彻底扼杀他爱恋心中女子的资格。只有失去她,才能保护她。只有做一个负心人,才能保她安宁。曲折而荒谬的悖论,将他撕扯得千疮百孔,欲哭无泪。

唯一可安慰的是,政委大概率会信守承诺。若自己妥协,郭换金就安全了。

他如这样做,必招致巨大误解。比如攀高枝,比如离心离德,比如他今后所有的努力和进步,都会蒙上仗势欺人吃软饭的可能性等等,他都要委屈咽下。最重要的是——他渴望已久惊世骇俗的爱情,尚未及开放,便零落成泥碾作尘。

唯有如此,她才安全。他与她分道扬镳,才能最大限度为她遮风挡雨。离开,是为了灵魂相伴。只望她,永不知晓内情。

潘容想通之后,怀揣着政委外甥女的照片,辞了荒野,走回宿舍。相片贴着衬衣相对应的那一块皮肉,一阵阵发麻发冷。

31

除了政委、司令员和潘容,没人知道景自连有遗书,潘容将抄件给了郭换金秘藏。善后工作在有条不紊进行中,和景自连父亲的沟通并没有想象中那样困难。魏盾远从景司令身上,看到了悲怆的大将风度。

"是他自己对我再三请求,要到一线去。牺牲在战场上,无论是他还是我们,都有思想准备。军人的使命,生死同责。"景司令电文回复。

景自连的牺牲,是公事。两位司令员的对谈,也走公对公途径。

没有比死亡更神速的学府。郭换金在手术室景自连尸体旁,猝不及防毕业。

麦青青和她的关系,表面还同之前一样,看不出大波折。麦青青在耐心等待,伺机出手。唯一让她不安的是,战区机关有个消息像机枪般横扫而过:战区最有文采最英俊的干事潘容,和阳云天政委的外甥女,谈恋爱了。

麦青青敏锐感觉到博弈的天平倾斜,她见潘容,说:"你动作挺快。"

潘容说:"不知麦班副指什么。"

麦青青冷笑道:"潘干事那么机灵,你哪儿能不知道我说的是什么。"

潘容木然道:"本人愚钝,真不知你所言为何。"

麦青青说:"你和阳政委的外甥女,什么时候谈的恋爱?"

潘容说:"我谈恋爱的时间点,没必要向麦班副汇报吧?我不是你们班战士,这还要几次三番提醒?"

麦青青不理他的狡辩,质问道:"之前怎么从没听说过?"

潘容反唇相讥:"全战区那么多干部谈恋爱,麦副班长都一一调查起止时间吗?没想到你官虽小,手却很长。"

麦青青凛然道:"潘干事,我提醒你,不要以为来个攀附,真假之争,你的胜算就大了。"

潘容说:"不知你我间,有什么真假可争。"他毫不心虚。全力保护郭换金,是他最大的真实。

麦青青愤然道:"潘容,红嘴白牙撒谎!你等着吧!"

麦青青为折损郭换金的名誉,殚精竭虑。郭换金却全然不觉,血雨腥风正在酝酿中。她一丝不苟履行班长工作,为转移彻骨哀痛,比之前更加认真。班上同志们,她一一找来谈心。之前对叶雨露、柳赞等关心较多,对其他几个女兵相对少些。广泛交心的结果,是班上同志们觉得班长虽淡然,但心很诚。只有郭换金明白,只有不间断地工作,她才能勉力维持表面上的镇定。

即使这样,每逢夜晚来临,她还要大把吞下安眠药。卫生部一大便利,就是吃药如吃饭般便捷。因需求量大,她怕引起怀疑,分别向不同医生求药。医生们不知内情,漫不经心铺开处方笺,随手开药。

安眠药是一大家族,各有脾气。有管入睡快的,有贯穿夜晚始终的,还有专治黎明易醒的……五花八门。郭换金已初具医学能力,将各类药物组合叠加,才保住基本睡眠。从而不至于天天顶着黑眼圈,昭然若揭出现在众人前。

这一天,她和叶雨露做棉签。两人都心不在焉,做出来的棉签不会说谎,效率奇低,样子奇丑。郭换金叹口气道:"小叶子,别磨洋工。"

叶雨露愁眉苦脸看向平日产量一半的成品说:"班长,你不能属手电筒,光照人不照己。你的果实也少得可怜。"

郭换金沉默无言。叶雨露索性把手中脱脂棉一丢,说:"不做了不做了!烦死了烦死了……"说着,竟抽噎起来。

郭换金呆滞。做棉签是小事,嫌她慢,也算不得批评。她还没想好怎么劝,叶雨露突发呛咳,接着连续干呕,憋得满面通红,细弱的脖子上青筋暴起。

"随口两句话,你反应这么大?"郭换金淡然道。

叶雨露无心斗嘴,干呕缓解后,总算能说句囫囵话,抱住郭换金大哭:"班长,救我!"

郭换金傻了。这话来得委实太重,从何说起?

她轻拍叶雨露肩背,好声好气道:"怎么回事?慢慢讲,别一惊一乍的。"

叶雨露稍平静,抹抹脸上的鼻涕和泪,把宿舍门关上。又特地把郭换金扯到距墙根最远的位置,大家都知道那墙不隔音。

郭换金直觉到事情来势汹汹。"班长,我月经迟了好多天。"叶雨露下了极大决心开口,"平常很准的,三十天一次。"她罕见地没有用"倒霉",换上正规的医学名词。

郭换金不在意:"不过是月经不调,下个月再看看。要是还不准,找医生调理下。"

叶雨露哭丧着脸道:"要是月经再不来,我可怎么办啊?"

郭换金语调平缓:"什么都不用办,等着它来呗。"

叶雨露泫然欲泣:"要是等不来,可有什么法子?"

郭换金道:"那就吃点妇科药,益母草膏藏红花什么的。"

叶雨露愁苦万分道:"战区都是男人,山下根本没送过这种药。就算有药,我吃了也没用。"

郭换金驳:"药还没吃,你就断定没用?药的事儿,我代你到地方医疗机构打探……"

话还没说完,被叶雨露打断,说:"班长,千万可别!那些药的事儿……"

郭换金善解人意道："找人淘换妇科药,你别不好意思。放心吧,我不说是谁用,替你保密。这下总行了吧?"

叶雨露吞吞吐吐道："这样,也不行。"

郭换金真搞不明白了,问："一个'倒霉'延期,把你吓成这个样子,至于吗?想法治,你又推三阻四。小叶子,你……"

叶雨露恨铁不成钢道："我的好班长,你真不明白吗?"

郭换金一脸茫然："真不明白啊!你想说啥,直接告诉我。"

叶雨露破釜沉舟,毅然决然道："班长,你不是学习做女医生吗?"

郭换金说："学是开始学了,没出师。"

叶雨露生无可恋道："那你总知道月经延期,除了不调,还有别的事儿。"

郭换金五雷轰顶,骤然开窍,但又不敢相信,结结巴巴问："小叶子,难道你……居然……不能吧?"她没胆量将脑海中一晃而过的猜测说出来。

叶雨露艰难吐露："就是……你想的那样,我很可能……怀孕了。"

天啊!郭换金听了这话,右手食指和拇指下意识捻动,缠出一个硕大无朋的愚蠢棉签,如同擂向心扉的鼓槌,只是不管多么用力,鼓槌也是哑的,敲不出任何声响。

"你……"郭换金哀叹不止。很想让叶雨露再说一遍,但其实用不着。咫尺之遥,小叶子声音虽极低,但并不含糊。她完全听清了。

"我说,我……可——能——怀——孕了。"倒是叶雨露明白了她的难处,主动一字一顿重复。

郭换金久久沉默,给自己消化爆炸性消息的时间。许久,她怕惊动了什么人似的,悄声问："你确定吗?"

叶雨露说："不确定。"

"那就好,那就好!"郭换金如获大赦,扔了脱脂棉,拍着胸脯,长舒一口气。

"……大约有百分之九十九的可能性。"叶雨露咬牙,将话说完。

"你一个人……怎么可能怀孕?"饱受惊吓的郭换金失声发问。

叶雨露虽年龄小,此刻以一个女人身份,鄙夷郭换金所学到的所有医学常识。她不屑说:"你真幼稚,怎么会是我一个人!"

是啊是啊,这事,真是一个人完不成的。"那个人是谁?"郭换金满腔义愤。为什么要让一个女孩子,面对如此滔天巨变?

"我不能说,班长。你先帮我想想怎么办吧。咱们就按最坏的情况考虑。"事到临头,叶雨露反倒比郭换金镇定。

经此提示,郭换金总算明白了什么是重中之重——先把情况搞清楚。如虚惊一场,所有的操心劳神,皆可勾销。如果是真的,那……就麻烦了。一时半会儿,哪儿会有主意!

"除了经期延后和干呕恶心之外,还有什么感觉?"此刻,女医生的素养,渐渐升起在郭换金身上。她强迫自己从惊骇中落地。

"还有……困得不行,总想睡觉。再有就是……胸前胀痛。"叶雨露嗫嚅。

完了完了!这些症状,都是早孕特点!郭换金不忍加剧紧张局势,厘清思绪后说:"小叶子,你先不要慌。不管怎样,事情业已发生。我先向相关人员了解一下情况……"

叶雨露紧紧抓住她胳膊,带着哭腔但很执拗地说:"不要啊……"

郭换金安慰道:"我理解你心情。可是,纸里包不住火。起码,第一步要确诊。单凭你我,这事儿做不了。你放心,我绝不说你名字。现阶段,严格保密。"

叶雨露这才把浑身细抖,化成烂泥般的瘫软。

"如果月经来了,立即告诉我。咱就此打住,万事大吉。"郭换金还不忘最好的结果。"记下啦!"叶雨露点头如捣蒜。平常管这事叫"倒霉"。此时它若驾到,喜之不胜。

吃饭时,叶雨露颇有深意地盯了掌勺的门可闫一眼。门可闫不知何意,不避嫌特地多给了叶雨露一块上好的牛腱子。叶雨露不领情,手腕一翻,将牛腱子肉甩到地上。后边排队的人惊呼:"可惜了!可惜了!"

从旁人角度看,是叶雨露不慎把牛腱子掉地上了。只有门可闫明白,小叶子是故意的。嗯,一定是嫌他这些日子冷落了她。可他难道不想吗?想得肝脾都一跳一跳疼啊。只是工作太忙,没有相宜时间。

这两天一定要找个空当儿,和小叶子单独好好相处,疼她、爱她无数次。人多眼杂,此刻不是说悄悄话机会。门可闫公事公办道:"端碗当心点,浪费可耻。"

叶雨露冷笑一声道:"我不想吃,不行吗? 谁可耻,谁知道!"说完,端着半碗牛肉汤,气冲冲离开炊事班。

门可闫丈二和尚摸不着头脑,憋住一腔疑惑,继续掌勺分菜。只是素来极有准头的手,此刻多一勺少半勺的,几家欢乐几家愁。人们纳闷:炊事班长这是半身麻痹了? 中风吗?

叶雨露食欲不振,闻着肉腥味就恶心。半碗牛肉汤没喝完,就回宿舍和衣躺下。幸好今日她休息,不然还真难以坚持。

郭换金找到楚军医。

楚直最近一直在前线巡诊疗伤,景自连牺牲的追悼会,都未能参加。郭换金情感上的波峰浪底,也不曾知晓。

"楚军医,可好?"郭换金简短打招呼。

楚直知道景自连牺牲,必定给郭换金以重创。也许当军医日久,对军人的生死已看淡,也许因他一向不善说宽解人心的话,楚直淡淡应道:"我还好。你怎么样?"

郭换金不加掩饰地回答:"我不好。"

楚直抬起眼帘略作打量,说:"你看起来,的确不好。"

郭换金本以为楚军医会安慰几句,却不想他什么也没说,拉开医生办公室的铁皮椅子,示意郭换金坐下谈。

"我想请教你点儿并不复杂的医学知识。"郭换金故作轻描淡写。

楚直冷哼一声道:"看起来不像不复杂,而是很复杂。你神色十分不安。"

郭换金不由自主地摸摸脸庞,心虚道:"你看出来了?"

楚直直言:"不仅我能看出来,估计所有人,都能看出来。"

郭换金无言。景自连牺牲,让她九死一生,夜夜吃药,自然挂相。叶雨露又爆出定时炸弹,好脸色才怪。既然被点破了,索性就直说吧。把复杂事情尽量简单化,是死亡带给她的醒悟。

"楚军医,在高原,有什么法子能迅速判断怀孕?"郭换金单刀直入。

楚直险些将刚刚吃下的炖牛肉,悉数吐出。我的天!不过出差月余,他钟爱的姑娘,就怀孕了?一时脸上风云突变,浊浪滔天。

郭换金纵是对察言观色并不在行,还是惊骇莫名。普通医学问题,您老人家至于五内俱焚吗?

"怎么怀孕的?"楚直深恶痛绝。

轮到郭换金迷惑。她无辜道:"你不是讲过生殖原理吗?这是问我吗?那我回答一下?"

楚直狂飙震怒道:"我还用得着你来给我上课?!说,那个人是谁?"

事情尚未定论,郭换金不能把叶雨露供出来,含糊其词道:"不管是谁,你无须知道。但请告诉我,以现有方法,如何判断早孕?"

楚直气得吹胡子瞪眼,虽然他下巴上是铁青胡子茬,并没有一根成形的胡子可供他吹起来,眼睛倒是名副其实瞪得极大。就这还好意思美其名曰请教?居然还保密!好,你不说就不说,看你能保密几天!

他竭力压下心中怒焰,厉声问:"多长时间?"

郭换金茫然道:"什么时间?"

楚直说:"不是问怀孕吗?距离最后一次经期,多长时间?"

郭换金愣了一下说:"这个,我大致知道。保险起见,还得问清楚,才能准确答复你。"

楚直如同溺水之人捞到一根稻草,忙不迭说:"问谁?"

郭换金虽想掩饰,但医学问题容不得马虎,照直说:"当然是问当事人。"

楚直顿觉手中稻草,被喷了仙水,以肉眼可见速度见风就长,片刻膨胀成一根硕大浮木。他压抑住心中狂喜的战栗,问:"当事人是谁?"

郭换金问:"男的还是女的?"

楚直快言快语:"都问都问。"心中是洪水滔天的欣喜。

"男的,我也不知道是谁。女的,我虽然知道,暂时也不能告诉你。"郭换金如实作答。

"好,你继续保密好了,我不问了。"楚直兴奋得几乎跳起来,又想到要保持医生仪容,就势一屁股坐到桌子上。大长腿耷拉到地,脚尖不由自主地点着欢快的拍子。

郭换金心想,这么悲催的事,楚军医居然幸灾乐祸!实在看不惯,又不敢发火,没好气地说:"你还没有回答我。"

楚直沉浸在失而复得的欢快中,竟然忘了刚才的问题,只好眨巴着无辜的凤眼道:"什么问题?"

郭换金压抑住心中焦躁,重复道:"如何确诊怀孕问题?"

楚直赶紧令自己回归严肃的医学范畴,清了清嗓子道:"最直接的方法就是做妇科检查——手诊。"

郭换金明白,问:"这个……谁来做?"

楚直答:"我可以做。"

郭换金想也没想否定道:"万万不行。"

楚直还沉浸在自我愉悦中,问:"为什么?医学无分男女。"

郭换金说:"她认识你。不好意思让你做。"

楚直也不强求,说:"还有一个法子,利用动物做诊断,准确度也很高。"

郭换金虽说学过妇产科相关知识,但不精通。毕竟战场救护和生孩子之关系,不那么密切。

"用什么动物?"她好奇地问。

"可以用活蟾蜍。"楚直回答。

郭换金面露惊骇,喃喃重复:"癞蛤蟆?"轻微打了个寒战。

"怎么?害怕?"楚直打趣道。

一想到蟾蜍满身的疙瘩包,郭换金不寒而栗。但持枪边防战士,哪儿能怕癞蛤蟆!鼓起勇气道:"我不怕。不过,万里高原,遍地冰封,哪儿能找到活着的癞蛤蟆?"

楚直道:"高原辽阔,咱们并没把所有的犄角旮旯儿都走遍。个别低海拔的沼泽湿地中,或许有蟾蜍生存。只是现在天寒地冻,就算曾有活蟾蜍,也冬眠了。"

郭换金发愁道:"这法子,说不说没差别。还有别的小动物可用吗?"

楚直说:"青蛙也行。"

郭换金失望道:"大同小异啊!青蛙无非长得好看点,身上没那么多癞包。但冬天,癞蛤蟆睡了,青蛙就清醒吗?快想想,楚军医,还有别的动物能干这活儿吗?"

楚直忆道:"我学医时,只学过用青蛙类查验是否早孕。至于别的动物,让我想想啊……"他敲敲脑袋,"好像鼠类和兔子也行。方法是把疑似有孕的妇女尿液,注射到这类动物体内。过一段时间,好像是多少小时……我记不清了,还要再查书。总之,在规定时限内,将动物杀死,观察它们的卵巢状况,以判断该女子尿液中,是否含有大量孕早期激素……"

"兔子和鼠类,高原地区偶尔有的。"郭换金听得似懂非懂,好在抓住要领,看到一线曙光。

楚直继续边回忆边说:"为了保证结果准确,要准备五只实验动物。"

郭换金跃跃欲试,说:"这个不难。找五只兔子和五只高原鼠,应该能做到。"话虽说得轻松,但她知道,在生物匮乏的高原上,想抓活兔活鼠,估计跑得会让人吐血。

楚直继续补充:"记住,都要雌性。"

郭换金想,够为难的,还有性别要求。那么抓活鼠活兔的数量,至少加大一倍。奔跑时,"安能辨我是雄雌"?估计还得打出余量,以防运回途中,动物死伤减员。算下来,少说也得按三倍的量抓捕。想到无助的小叶子,她斟酌后说:"就算难,努力也可完成。"

楚直难得地显出难为情,吭哧着说:"讲课时,教授说过,为了保证临床结论的准确,最好是在实验之前两到三周内,抓来的雌兔雌鼠,没有和雄性有过性活动。"

郭换金彻底崩溃,兵败如山倒地溃败下来。好不容易逮住雌鼠雌兔,它们的性活动既往史,如何查证?她愤然吼道:"教授变态啊!这个谁能查清楚?"

楚直清白辩说:"在医学院,实验动物都是单独饲养,兔鼠有没有性生活,并不难查证。"

郭换金绝望道:"除了人工手法检查和这雌性小动物,再没其他方法?"

楚直双手摊平道:"战区从没有备下检查早孕的试剂。"

郭换金没答话。想到很可能有个小生命,在叶雨露身体里,见风就长,此一刻的体积,比前一刻要大,鸡皮疙瘩滚了一身。

"那怎么办啊?"郭换金沮丧至极。

楚直跳下桌子,长腿支地,置身事外道:"反正不是你。"

郭换金忧心忡忡:"是我班的人啊!"

楚直再次请缨:"你急成这样,就做她工作。我呢,见义勇为一次,可做检查。"

郭换金还是断然拒绝:"她不好意思,不会同意。"记起小叶子曾把楚军医列为候选男友,她一定丢不起这个人。

楚直正色道:"既然知道不好意思,就别做那种危险的事儿。既然做了,又有后果,就速诊断,才好决定下一步应对策略。"

郭换金想想也是,这不是可以保密到底的事,便说:"除你之外,还有什么人能做这个检查?"

楚直说:"这事儿,医生们平日没交流过。我想,龙部长应该有这个技术。"

郭换金拒绝道:"别人和你一样,她都认识。她不想让认识的人,诊断此事。"

楚直思谋道:"还有一个方法,请地方医生支援。"

郭换金说:"此法倒是可行。你能邀请地方医生私下做检查吗?"

楚直毫不迟疑拒绝:"我,不能请。"

郭换金恳求:"楚医生,你要想法子帮她。"

楚直摇头,太过用力,帽檐都甩歪了,说:"我如果亲自出马请求地方医生帮忙,人家一定以为肇事者是我。"

郭换金遗憾道:"为了战友,你就不能两肋插刀?"

楚直脸色微僵,继而说:"如果这个友是你,刀,也不是不能插。"

郭换金诧异反问:"有何区别?你能帮我,自然也可以帮她。"

楚直正色道:"这当然不同。我说的友,不是普通朋友。"

郭换金做恍然大悟状，说："明白啦！的确是这个理。这忙，你的确不能私下帮。好，谢谢你。咱再从长计议。"

楚直心想，郭换金啊，你还不明白啊！不过说到底，他也不知希望郭换金如何作答，总之失望。淡淡道："我的意见，供你参考。你速找龙部长汇报一下情况，要如实。问题的严重程度，超出了班长的职权范围。"

郭换金眉头紧皱。楚直看得入迷，年轻的女孩，就是紧锁眉头，也自有动人之处。

郭换金与叶雨露商议，小叶子直接放声大哭，抽噎到几乎因上气不接下气，引起呼吸性碱中毒。郭换金抓下军帽，倒扣在小叶子口鼻处，许久才纠正过来。吓得不敢马上报告部里。思考再三，决定再观察几天。百般蹉磨之中，甚至想到如果景自连在，会怎样？他是为了保护战友牺牲的，自己也要尽量保护叶雨露。思谋后，辅以她有限的妇产科知识，做出如下对策：

第一条，按兵不动。如果叶雨露"倒霉"，万事大吉，天下皆安。如果她一直不"倒霉"，那可真真是倒了霉。这个时间点，郭换金拟掐在叶雨露停经后的第五十五天。为什么要预定截止时间？也许这是读《红与黑》落下的后遗症。郭换金不想惯自己延宕的毛病，凡遇难办之事，就像书中的主人公于连，给自己规定个最后时限，相当于自我通牒。

第二条，到了第五十六天，小叶子若还不"倒霉"，无论她怎样哀告，绝不迟疑，向龙部长汇报。

第三条，如果真有个小宝宝在叶雨露体内滋长，对不起了，孩子，你不能留。原谅我们。

第四条，若孩子终不能留，则必须尽早动手术。越往后，母体风险越大。想到这里，郭换金面色阴郁。什么时候，小小的叶雨露，和"母体"这种庞然大物有了关联？

第五条，高原没有进行此类手术的条件。若到了不得不手术的地步，必须立即下转平原……

第六条，到达平原之后的事情，就不是她小小班长能考虑的。打住打住,不再推想。

第七条……或许这算不上一条对策,但郭换金就是挥之不去——那个男人,是谁?谁?谁?

猜不出。将叶雨露身边出现的男人,细细琢磨。直烧到脑浆沸腾,还是不得要领。回忆以往聊天时,叶雨露吐露过的有好感的男军人,其中似乎也无可疑人员。无奈放弃寻找。吃下安眠药,期望梦中与景自连相遇。

叶雨露一天到晚跑厕所,不知道的人,以为她得了痢疾或膀胱炎。只有她自己知道,很多时候,既无大解也无小解,只是探查大姨妈可否来访。

失望压着失望,积累得多,终成绝望。

叶雨露无数次想找门可闩,诉苦发飙。但每次闪念,都被压下。他一个大头兵,能有什么办法?况且,一切尚未成定局。她痛下决心,从此后,再不偷嘴,不贪便宜。不进食堂小库房,不给门可闩以两人单独相处的机会……这一套操作下来,让伺机想发现那个男人是谁的郭换金,线索全无。

好不容易等到第五十六天。

大清早,郭换金迫不及待地问:"来了吗?"

叶雨露无比沮丧:"没……"话未落地,一连串干呕,成群结队将她扑倒。

郭换金绝望地闭了下眼,拒绝看面前现实。脑海中所有的相关医学知识,都在哀号不已——是了!别幻想,就是了!她安抚叶雨露后,猛敲部长的门。

"有事?"龙一笙头也不抬地问。他在做重要的医疗统计汇总报告,不希望被人打扰。

废话。谁没事来部长这儿聊天?龙一笙不过借此话,希望来人尽量识相,长话短说。

郭换金说:"有非常重要的事汇报,刻不容缓。"

龙一笙知道郭换金性情,不会轻易大惊小怪。现在神情紧张,想必真有事情且很棘手。他合上资料,说:"讲。"

郭换金垂下眼帘。她马上要吐出口的话,不直视部长为好。

"我们班,有个战士,可能……怀孕了。"郭换金一鼓作气将话说完。不能打磕巴,怕说不下去。

龙一笙的笔杆,啪地在手中断裂。他把断笔搁置桌上,道:"质量太差。"

郭换金不知这话指的是笔还是人,也许两者兼而有之,不知如何答话。

龙一笙也无须她回应,问道:"确切?"

郭换金答:"不确切。只有停经和胃肠道早孕反应。"

龙一笙说:"需要确诊。"

郭换金没吭声。确诊这事儿,她理论上明白,但无能为力。

龙一笙声色不动地问:"谁?"

郭换金答:"叶雨露。"

龙一笙再一次问:"谁?"脸色和声调,都沁出怒意。

郭换金明白这后一问,指的是那个男人,答:"不清楚。"

"是叶雨露不清楚?还是她清楚,不说?"龙一笙脸黑得能拧出墨汁。在他眼皮子底下出了这种事,叶雨露,胆大包天!

郭换金迟疑道:"她知道是谁,只是不肯说。并非连是谁的孩子,都搞不清楚。"

要真是后者,该见诸军事法庭了。

龙一笙略一沉思,开口发出第一道命令:"从今天开始,你不要上班了。"

郭换金诧异。明明犯事的人是叶雨露,为何先罚她?

龙一笙没空顾及郭换金反应,发出第二道指示:"你要一刻不停盯紧叶雨露。"

郭换金没听懂。或者说,字面上的意思都懂,就是不知具体干什么,等待部长进一步说明。

龙一笙强调:"你要寸步不离叶雨露。"

郭换金答:"我们同住一个房间,能够做到寸步不离。除了上厕所。"

龙一笙说:"就连上厕所,你也要同她时时在一起。"

郭换金不解,说:"两人膀胱也不是一般大,这个没法一致呀。"

龙部长不容置疑道:"这是任务。你贴身跟随叶雨露,她去厕所,你就是不想去,也得去。"

郭换金嘴上说:"我服从命令。"心里话,这么麻烦,为什么啊?

龙部长解释:"怕发生变故。已经出了这么大意外,不能再添乱。"

郭换金想不通,问:"还能再出什么变故?"

见小女兵实在不开窍,龙一笙只好掰开揉碎了细说:"你设想一下,如果叶雨露确诊怀孕,她会怎么样?"

之前,郭换金总寄望于虚惊一场,云开雾散。现在雷霆震荡,狂风暴雨。实在想不出小叶子究竟会怎样,无措道:"她会哭、会闹、会不吃饭、不……"

龙一笙见她仍未得要领,急道:"这些并不是最可怕的。"

郭换金茫然:"还有什么更可怕?"

龙一笙怕吓到小班长,放低声音说:"她有可能自杀。"

郭换金深吸一口气,认可了部长的话。这个,不是危言耸听,真有可能。

郭换金认命道:"明白。好,我与她,形影不离。"

龙一笙接着安排:"我抓时间和地方妇产科医生取得联系,尽早确诊。别的,再议。"

郭换金鼓足勇气道:"部长,求您一定给叶雨露保密。"按说她无权说这个话。

龙一笙并未计较,说:"这有难度。就算我暂时不说,地方医生也会猜测是女兵出事。"

郭换金略一思忖,说:"多去几个女兵,他们就无法具体确定是谁了。"

龙一笙说:"人不能太多,难以操作。你愿意跟着去做妇科检查吗?"

郭换金知道,天下没有不透风的墙。如果她和叶雨露一道去检查,很可能谣言传出,自己脱不了干系。谁愿意背黑锅?想到自己是班长,理应负起责任。又想到两人是打通腿的朋友,便说:"我愿意去。"

龙一笙从笔筒里找到一支新笔,说:"等我通知。"说罢,俯身看统计资料。

郭换金临出门的时候,龙一笙在背后补充:"记住,别穿军装。"

郭换金刚开始没听懂,心想不穿军装,穿什么?后来才醒悟,部长要求她们到地方做检查时,不要穿军装。

叶雨露可怜巴巴看向郭换金。她走投无路,全指望班长了。

郭换金心中窝火,本想找人宣泄,见叶雨露原本略显婴儿肥的小脸,因连日呕吐加心境恶劣,已变作蜡黄瓜子脸,顷刻间老了十岁。便生生将焦躁咽下,吐出另一句话:"从今天开始,咱俩在一起。"

只有和小叶子摊牌,让她定心,才能保证安全。

叶雨露精神萎靡,脑子并不傻,道:"你跟部长说了?"

郭换金答:"说了。不跟他说,无法得到相关检查。"

叶雨露垂闭眼帘:"我知道。不怪你。"

郭换金说:"部长让我从现在开始,一直跟你在一块儿。直到……"郭换金没把话说完,她自己也不知怎样收尾。

叶雨露思路较前清晰,说:"直到警报解除,或是去做手术。"

郭换金点头补充:"咱们先去地方上诊断。"

叶雨露听闻,敏锐察觉到话中的"咱们",扑过来抱着她说:"班长!有你跟我在一块儿,我就不那么害怕了。"

郭换金长叹道:"我倒巴望你早点知道害怕,就不会出这么吓人的事儿。"

叶雨露上唇紧咬下唇,封死千言万语。

龙一笙将相关事宜联系妥,让郭换金和叶雨露随他同行。高大苍老的男子,领着两个小姑娘,慢吞吞走出卫生部营房圈,站住脚。

"远吗?"郭换金问。叶雨露一言不发,心里也在琢磨这个问题。

"不远。"龙一笙答。

"走过去吗?"郭换金问。

"可以走。但我们今天不走,坐车去。"龙一笙抬头看了看天,平淡回答。

"等车?"郭换金说。

龙一笙没回答。

"有这个工夫,走着也到了。"郭换金说。周围有前来看病的人,目光投向他们。

"走过去,看我们的人会更多。"龙一笙答。

郭换金无言,叹服部长周全。车来了,普通的军用吉普。"怎么不是救护车?"郭换金下意识问。

龙部长答:"咱们坐救护车走,动静太大。"

郭换金再一次佩服。

众人来到地方医院。"老龙,她们两个吗?"头发花白的女大夫问。

郭换金无法判定她的年纪。高原上,白发苍苍并不代表年纪大,只是高原反应的一种妖魔表现。它能毫无规律地把人打造成诸般可怕模样。

"姜大夫,你什么都不要问她们,检查就是。"龙部长叮嘱。

"跟我来。"白发女人对两个女孩说。她们的棉衣外,罩着不合身的黑外套,不知打哪儿找来的便服。

女人们一并走进检查室。室内安放着妇科检查床,很新,但不干净,落满尘灰。看得出,极少有人使用。郭换金和叶雨露两人,愣着不敢动。

"谁先来?"白发姜问。

叶雨露一个劲儿往后退,郭换金上前一步:"我先。"

"取膀胱截石位。"白发姜吩咐道。

郭换金迅速在头脑中,复习楚军医传授过的课程。

这个体位,常用于泌尿外科、妇科手术。具体姿势是人仰卧检查床上,臀部靠近床边,两腿放到支腿架上,尽可能分开……

记得当时她不懂,问楚军医:"这个体位和结石有关系?"

楚直回答,最早做膀胱结石手术时,医生会在此部位做一个横切口,将结石取出,故名。"妇产科为什么也用这个姿势?"她问。

"好用。"楚直敷衍回答,不想多费口舌。

战区卫生部,并没有截石位手术床。郭换金在现实中第一次见这床,觉得羞耻。预感到会很冷,此屋内没有任何取暖设施。

叶雨露被床的张牙舞爪吓坏了,再加上温度低,瑟瑟发抖往后躲。郭换金挺身而出,穿着军绿色大裤衩,颤颤巍巍爬上此床。

"内裤脱下。"白发姜语气比屋内还冷。郭换金瑟瑟照做。叶雨露怕她着凉,赶紧把卸下的棉裤,盖在她长腿之上。

"把腿架起来。"白发姜冷冰冰发指令。

腿架是不锈钢的,光腿一撂上去,如同搁在冰上。郭换金竭力忍住,才没惊叫出声。紧接着,白发姜用冰凉长钳,夹着蘸了消毒液的棉纱布,大刀阔斧消毒。

寒冷刺骨入心。郭换金突然想到,这或许可升级为一种刑罚。不着边际的胡思乱想,让她在不堪的检查准备程序中,基本镇定。

白发姜开始工作。第一步,睒视外部概况。本是例行公事,不料白发姜突然生气地扯下手套,丢弃一边,扬长而去。手套,像报废的气球皮,半鼓着被遗弃在地。

郭换金不知发生了什么事儿,惹得白发姜勃然大怒。她不知是该爬起来,还是勉为其难地坚持膀胱截石位。

叶雨露也不知所以然,赶紧把衣物覆盖在卧躺着的郭换金身上,怕她冻感冒。

白发姜离开时怒气冲冲,检查室的门便没关好。走廊内声音不可遏制传进来。

"我说老龙,这俩女孩子,是你的兵吧?"白发姜语调颇不善。

"这个……你就不要问那么明白,赶紧检查吧。"龙一笙回答。不是平日做指示的那种权威感,带着少许求告。

"外面套着衣服,假装老百姓。里面的内衣裤,都是军品。你以为我看不出来?"白发姜不屑道。

"姜还是老的辣!"龙部长一语双关,"具体情况怎样?"他着急问。

"你不问还好,这一说,我就来气。老龙你怎能拉来个处女,让我检查是否怀孕?"白发姜愤然,"藐视我的专业素养?还是不信你的兵?"白发姜道出缘由。

"原来是这样。你查了几个人?"龙一笙稍稍理出头绪,试探着问。

"我刚查了一个姑娘。准确说,只看了一下,就忍不住冲出来骂你。"白发姜道。

"人都说妇产科医生火暴脾气,真不冤枉。你检查的这个姑娘,叫什么名字?"龙一笙赔着笑脸问。

"你不是不让我问名字吗?只能告诉你,是高个儿的。"白发姜答。

龙一笙说:"赶紧回去继续检查。再看看矮个儿姑娘……"

听到这里,郭换金坐起来,默默开始穿衣服。"你来上检查床,照我刚才那姿势。"她说。

叶雨露情知躲不过了,只能依样画葫芦,脱好衣物,躺上检查床。白发姜回屋后,麻利地完成了对叶雨露的检查。整个过程,所有人都缄口不言。

叶雨露眼巴巴看向白发姜,几乎把白发姜的头发,瞪成了黑色。她不敢开口问询,让噩耗来得迟些吧。

郭换金被似铅氛围逼得喘不过气来。无论怎样残酷的真实,也好过这种迟钝的混沌。

"是吗?"她小心翼翼开口。

"你是谁?"白发姜稍稍缓了口气。也许是郭换金的行为让她滋生些许好感。

"我是……班长。"郭换金回答。偷听到了对话,郭换金知道再佯装老百姓,也是徒劳。

"是。"白发姜肯定回答。

"您……会不会有误诊可能性?哪怕百分之一?"郭换金深知怀疑医术,天下医生都视为冒犯。为了小叶子,只能虎口拔须。

果然,白发姜大为光火,说:"信不过我?"

郭换金恨不能赌咒发誓,说:"不!我哪敢……只是……太怕……"

白发姜冷笑道:"这并不是你的事儿。"

郭换金急得眼泪快掉下来,道:"我们是战友。"

白发姜似笑非笑道:"战场上,你可以代她挡枪子。但这事儿,你管不了。"

郭换金哑口无言,万般无奈道:"怎么办呀?"

白发姜说:"有关后续事宜,我是和你这个班长说,还是和龙部长说?"

答案不言而喻。郭换金和穿好衣服的叶雨露,一道出来。

走廊里不停踱步的龙一笙,见诸人脸色,便明白了。他不看叶雨露,对郭换金说:"你们先坐车回去,我和姜大夫有话说。"

在众人看不见的阴影中,龙一笙用口型对郭换金比画:"寸步不离。"

俩女兵一路无话,回到宿舍。叶雨露一头扎向铺位,拉开被子蒙在身上。只见被子剧烈起伏,却听闻不到一点声响。郭换金知道小叶子痛哭,也不去劝。过了许久,见被头平日抻得稍薄处,有几处洇痕。被里被面,再加上棉絮,这得多少眼泪!

不知多长时间后,郭换金用叶雨露的军用瓷缸凉好水,推搡铺位上隆起的鼓包,说:"起来喝点水,再接着哭。"

鼓包听到这话,停止了抖动,缓缓掀开军被。郭换金看到一张被泪水浸泡后苍白肿胀的脸庞,别过头,将缸子递去。叶雨露颤颤巍巍双手接过水,仰头喝下。如沙漠中干渴欲疯的旅人。

"还有吗?"小叶子嘶哑嗓音问。

郭换金把自己的杯端过来。她有先见之明,多凉了一杯水。

又是一饮见底。"还有吗?"小叶子似乎只会说这句话。

"没了。再喝,你会水中毒。"郭换金说。

她喝下了一千毫升水,还觉口渴难耐,流了至少一千毫升眼泪吧。叶雨露决定不再哭了。再无休无止地流淌,涌出来的只能是脑浆。而她的脑浆,每一滴都宝贵,还得预备马上到来的险境。"我怎么办?"叶雨露嘴唇翕动,却发不出声音。这一问,郭换金不是听见是看见。

郭换金不答话,因为不知道。

"我要去见他。"叶雨露喃喃说。

"谁?"郭换金说。此刻的她,已不是好奇,只是例行询问。好奇心,是奢侈品。危难会磨平它。叶雨露紧闭双唇,拒不作答。

"你没法单独行动,甩不掉我。这是我的职责和工作。你所有的行动,我必须知道。"郭换金坦诚告知。叶雨露把肿胀的眼皮合上,她也明白。

郭换金补充:"你还是先让我知道的好。信不过我?"

叶雨露想起打通腿时,严寒中的唯一温暖,下决心说:"我告诉你,但你千万不能告诉别人。"叶雨露睁开双眼,眼白通红,但眼眸,亮如被围困的小兽。

"这个人的名字,只要你不说,我绝不会说。"郭换金郑重承诺。

"门可日。"叶雨露极轻的声音。话一出口,便热泪盈眶。

郭换金凝冻如冰雕,目露不可置信的惊惧。觉得一片血蝴蝶,断翅飞过。真相只有一个。它潜藏时,人们迫不及待地掘地三尺抠挖寻觅。它破土狰狞而出时,多少人想的是——再次就地掩埋。

两人都明白,白发姜确诊后,会向龙部长如实汇报。身体的秘密,再也无法隐藏。叶雨露第一个念头,就是快快找门可日商议。天下虽大,此刻只有他俩是拴在一起的蚂蚱。郭换金是派来"监视"叶雨露的,所有的秘密,她们间都不是秘密。

"你什么打算?"郭换金也嘶哑了喉咙,好像刚和谁声嘶力竭大吵了一架。的确,她内心刀枪相搏,对这双苦命鸳鸯又恨又怜,心境崩跌谷底。最后,恻隐之心,略占上风。

"想早点见到他。"叶雨露期期艾艾答。

"每天打饭时,你不都能见到他?!"郭换金无奈怼她。

"那种见,不算见。除了让他知道我还活着,别的都说不了。"叶雨露了无生机道。

一句"活着",让郭换金陡然警醒,万不敢大意。此等重创,叶雨露不会寻了短见吧?赶紧道:"你是想找个机会,单独和门……说话?"她不知如何称呼那个男人。

叶雨露道:"班长,我全听你的。时间最好长点儿,三言两语说不清。"

郭换金点头,保住叶雨露的生机,重中之重。况且,事情业已发生,当事人总要有个商量。转念一想，帮二人暗通款曲，是自己尽责还是失职？最对不起的人当数龙部长，辜负他信任。又想，此刻对他保密，也是为了更好保护龙部长。

她起身叮嘱道："小叶子，不管以后发生啥事儿，顾好自己的身体最重要。我这就去找门……"

知晓前因后果后，郭换金对门可闩侧目而视。再不肯叫他班长，简称"门"。郭换金来到炊事班，门可闩正用大刷子，全力刷锅。炖牛羊肉后，都要碱水洗锅。

"门……班长，我找你有事儿。"郭换金迟疑了一下，还是像以前一样，叫出了"班长"。

门可闩舞动锅刷，道："没看我忙着？有啥非说不可的，你就站锅边儿说吧。小心别溅上刷锅水。"

郭换金低声道："不是我，是小叶子找你。"

门可闩一下停手直起腰，道："她让你来找我？"

郭换金答："是。"

门可闩把才刷了一半的锅，晾在那儿不管不顾。锅刷子撇一旁，滴滴答答淌着浑汤。忙不迭问："她在哪儿？我这就去找她。"

看门可闩态度不错，郭换金缓口气道："你找个僻静地方。小叶子要说的话，会很长。"

门可闩不解，但也没继续问，道："十分钟后，到炊事班小库房。"

郭换金回到宿舍，见叶雨露洗了脸，梳了头，端端正正戴好军帽。把之前的狼狈相，抵消得差不多。她说："门让你去小库房。"

叶雨露一听地点，太阳穴血管乱跳。她想说不去那地方，又一想，高原战区能避人眼目的地方，实在不多，便道："走吧。"

郭换金迟疑："我也去吗？"

叶雨露说："你的任务，不是寸步不离吗？"

郭换金被赤裸裸说破，不好意思，违心道："也能离开几步。"

叶雨露说："班长，你不跟着去，我不敢耽误太久。你权当放个哨。"

郭换金想只有如此，方能最大限度两全，便应承下来。两人同行去小库房,果然,库门虚掩。

"进去吧。我在门口。"郭换金道。叶雨露也不多说,迈步上前,时间宝贵,须分秒必争。

进了小库房,闻到海米腥气,一阵干呕。门可闩闭了门,伸出长臂想揽过姑娘,抱住娇小身体亲吻,被叶雨露猛地推开。门可闩想不出这是为何,搓着两只大手,手心满是汗,不知所措。

叶雨露说:"你干的好事儿!"

门可闩深陷情动,没听出正反话,嘿嘿笑着说:"我还能干更多好事儿。"

叶雨露直奔主题,说:"我有了你的孩子。"

门可闩双膝一软,身高顷刻缩水近三分之一,弓腰惊道:"小叶子,这话当真?"

叶雨露说:"我月经早过了,天天干呕。今天龙部长和班长,带我到地方医院查了,确诊了。"

门可闩挺了挺腰板道:"想不到我这么棒!"

叶雨露气得要死,说:"你棒不棒,眼下不重要。重要的是,我怎么办?"

门可闩这才意识到问题的严重性,叹道:"这孩子,来得不是时候。"

叶雨露原本平躺括号的眉毛,皱成破碎断续的省略号,说:"你就说,怎么办吧?"

门可闩慌乱中迅速择出头绪,说:"这孩子咱不能要。"

叶雨露说:"这我知道。"

门可闩接着问:"你可有法子,把孩子弄掉?"

叶雨露说:"我没法子。这几天,我跑啊跳啊,喝冰水乱砸肚子……能想的招儿都想了,试了个遍,全没用。看来,只能动手术硬拿掉。"

门可闩倒吸一口凉气,道:"非得手术?这么吓人!"

叶雨露握紧拳头捶打他:"都怪你不要脸!怪你!"

门可闩心疼道:"怪我怪我。要是我能代你受苦,绝不含糊。"

叶雨露感动道："有你这话,再大的苦,我也能熬过去。"

门可闩想起可怖问题,说："人家问起这孩子爹是谁,你咋个答?"

叶雨露说："我不知道。除了班长,我谁也没说。她答应保密。"

门可闩沉思道："郭换金这个人,倒是靠得住。她既然说了保密,估计不会乱说。"

叶雨露苦恼地说："若是龙部长问,我也不说吗?"

门可闩决绝道："记住,你跟任何人,都别说我的名字。龙部长,也不能说。"

叶雨露被他脸上的冷肃之色吓蒙了,吃力道："我硬不说,别人就不知道吗?"

门可闩很肯定地说："你不讲,郭换金不讲,别人就绝不会知道。"

叶雨露半信半疑道："就算我不讲,别人猜不出来吗?"她眼前闪过一个个人影,领头的是部长和协理员。

门可闩硕大无朋的脑袋垂下来,又抬起,重复了一次。最后他胸有成竹道："这种事儿,只要当事人不开口承认,别人没法子。我是坚决不会说的,就看你的了。"

叶雨露一下子急了,本是来兴问罪之师的,现在一下子变成了自己的责任。她说："事儿是你做的,不能一推了之,让我承担后果。门可闩,你有男子汉的担承吗?"

门可闩吓得四觑,确保除了门口的郭换金,没人听到,信誓旦旦说："我的担承,就是对天发誓,一定会娶你。你想过没有,把我供出去,对这事儿,一点补救都没有。说句糙话,你一人掉进去是死,加上我,也是死路一条。咱俩都会背个处分,处理回老家。地方上安排工作和今后发展,讲究的都是根正苗红。咱俩都会大受影响,很可能都没了着落。若是保全了我,我绝不会放弃你!你有我可依靠,熬过这段时光,咱们照样有好日子过。这回掉了孩子,以后咱还会有好多孩子。我身大力不亏,又有一身好厨艺,县城里开个馆子,实在不行当个红白喜事的乡厨,也不少挣钱。天无绝人之路,小叶子,咱一定会有好光景……"

门可闩边说,边整理脑中念头。这些说辞,并不只是片刻间的急中生智,而是自打和小叶子有亲密关系后,就筹划长远。只是由于这个不该出生的孩子杀将过来,让一切仓促提前。

"记住,无论如何,你都不可供出我。"

"无论如何。"叶雨露像鹦鹉般重复。

两人正计议,听到库房门外有人说话。

"郭班长门神似的,杵在这门口半天了。是自个儿想拿点什么,还是防着别人进库房啊?"司务长殷厚土声音。

"您怎么想都成,就是您想的那个样子。"郭换金不知如何作答,胡乱支应。

"郭班长不吃羊肉,想到小库房寻点代替的东西吧?"安扣分插嘴。

郭换金打心眼里感谢上士,无法圆的谎,被轻轻带过,道:"是啊,我不吃羊肉的日子,是我们班小节日。我让叶雨露跟着门班长,到小库房里挑点爱吃的。"

妥帖。不但让自己的愚蠢行为,得到合理解释,就连一会儿叶雨露从小库房钻出来,都有了正当理由。

其后果然顺理成章。郭换金推了推门,看似用力,实际上只起到知会作用,门扇依然保持着原来的开阖尺度,看不清内里情形。她朗声问:"小叶子,挑好了没?"

"好了好了。"叶雨露赶紧收尾,转身欲走。

门可闫一把拉住她,说:"就这么走不行。你没听郭班长说要拿点东西出去吗?"

叶雨露说:"拿点什么是好?"

门可闫道:"两手捧着。"

叶雨露乖乖把两手窝成碗状。门可闫飞速打开一只小布袋,捧出一把奶油眉豆,说:"补气补血。泡开了,煮成豆泥。女孩子吃,好处大了。"

叶雨露心慌意乱捧着奶油眉豆出了小库房,对郭换金说:"班长,我挑了眉豆,行吗?"

"行。"郭换金满口应承。别说这豆有个好名字,叶雨露就是捧出一窝牦牛粪,她也说好。

两个姑娘慢吞吞往宿舍走。门可闫站在门口,一言不发,面色沉凝。只剩下安扣分想不通,说:"今儿晚上郭班长可正常打饭,为何开了小灶?"

门可闩惊魂未定,但还得及时灭火,说:"明天中午吃水煮羊肉。她们这是提前准备。"

安扣分说:"我记得明天中午的食谱是洋葱炒粉条。"

门可闩的大腮帮子,像宽幅门帘般沉了下去,说:"明晚上是水煮羊肉。"

安扣分狐疑道:"明晚上的食谱也不是这菜啊,我记得……"

门可闩不耐烦切断他的话,说:"改了。我一炊事班长,连这点权力都没有吗?!"说罢,表面愤然内里心虚而去。

安扣分不明所以,望着门可闩快步离去的背影道:"您当然有……有权。"

32

龙一笙难得垮着脸,回到部办公室。

"碰到啥疑难杂症了?"文慎笔问。他开个玩笑活跃气氛,真正的疑难杂症,并不会使部长面带沮丧,反会愈战愈勇。文慎笔间接表达关切之意。

龙一笙说:"我正好有事要同你说。"

文慎笔不接他话茬,道:"吃完饭再说。"

龙一笙看向文慎笔消瘦身板,说:"好。不然你一会儿晕了,我还得找人给你推糖水。"

文慎笔说:"越是麻烦问题,越要吃饱饭,再做商量。如果能吃点好的,想出的办法或越多。"

龙一笙说:"好吧,先吃饭。借你吉言,看馒头米饭里藏着何许灵丹妙药。"

两人吃饱了饭,文慎笔沏了一缸子酽茶,放到炉盖边缘温煮着,道:

"老伙计,说吧。"

龙一笙笑笑说:"你这法子果然有效。饭前我觉得一筹莫展的事儿,现在也没那么糟心了。"

文慎笔说:"我猜,是女兵班捅了娄子。"

龙一笙讶然:"怎么猜到?"

文慎笔说:"别的难不住你。唯有这帮丫头,轻也不是,重也不是,让人劳神。"

龙一笙说:"现在的问题,不是轻,也不是重,是重影了。"

文慎笔并不吃惊,说:"有人怀孕?"

龙一笙意外道:"你怎么知道的?"

文慎笔正色说:"我并不知道。只是,养着一帮如花似玉的姑娘,久在河边站,难免不湿鞋。你这两天神神秘秘地和地方医生联系,又特地派车出访,估计是不可对人言的麻烦事。"

龙一笙也不恼,开玩笑道:"老文你跟踪我?"

文慎笔道:"方圆就这么大点地方,我想不看见你,都难。好吧,谁?"

龙一笙说:"你猜对了前头,后面不妨再猜一下。"他倒不是非要把严肃的问题诙谐化,而是文慎笔的洞若观火,出乎意料。不知这个搭档,还有多少深藏不露的本事。

文慎笔说:"我不猜。老龙你直说,是谁?"

龙一笙也严肃起来:"叶雨露。"

文慎笔接着问:"还有谁?"

龙一笙不满道:"一个还不够?还嫌乱子少?"

文慎笔说:"怀孕这事儿,一个人是干不成的。那人是谁?"

龙一笙丧气道:"叶雨露不说。所以,目前还不知道。"

文慎笔说:"你问了?"

龙一笙说:"我联系地方姜医生给叶雨露做了检查,在这之前,因为不确定,就没直接问叶雨露。不过,我已安排郭换金贴身陪伴叶雨露。一是为了保证安全,二是调查情况。据郭换金说,叶雨露绝不肯暴露那个人是谁。"

现在,紧锁眉头的人,换成了文慎笔。

"坚贞不屈?"文慎笔摇头晃脑道。

"咱也没动刑法,谈不上不屈。只是僵持在这儿,难办。"龙一笙发愁。

"你跟上头汇报了吗?"文慎笔问起重要问题。

"还没。这不和你先商量。咱俩意见统一了,才好报告。不然,领导一个反问,你们打算怎么办?咱就傻眼了。"龙一笙虽说是技术干部,但位置坐久了,想得也很周密。

文慎笔思忖说:"一个人的智慧总是有限的。"他处事,长于引而不发。

龙一笙果然着了道,说:"你的意思是开个神仙会?听听大家意见?"

文慎笔补充道:"神仙,不必太多。龙多旱,人多乱。"

龙一笙明白:"直说吧,拟邀请哪路神仙?"

文慎笔说:"咱俩当然得在。再把女兵班的正副班长,扩大进来。"

龙一笙直嘬牙花子,说:"两个未出阁的姑娘,讨论这个问题……怕不好意思吧。"

文慎笔说:"她们班的战士,孩子都快生出来了,当班长的,有什么不好意思的?再等等,这班里,能开托儿所了。"

龙一笙扶了扶眼镜,怕它掉下鼻梁。协理员不鸣则已,一鸣惊人。道:"就这几个人?"

文慎笔说:"范围先小一点。易转圜。"

龙一笙一时没明白转圜啥意思,也没心思细问,接着说:"什么时候开?"

协理员道:"越快越好。开完了会,早向上汇报。"

夜色铺染之时,部领导宿舍召开会议。办公桌横放,充当会议桌。麦青青和郭换金坐在桌子两侧,部领导坐桌子两端。两个女兵虽然不知议题是啥,直觉和班事有关,忐忑不安。

文慎笔开门见山,将状况提纲挈领说完,然后道:"大家畅所欲言。"

与会的人,三人多少了解情况,唯麦青青第一次听说此变。到底是将帅之女,她大吃一惊,面色并无显著变化。甩头的动作,无意识做了好几次,暴露出不宁。

"谁先说?"文慎笔道。

大家看向龙一笙。龙一笙本想让协理员先谈意见,但一想此人风格,喜后发制人,只得开口。他道:"地方上的姜医生,很有经验。她明确判断叶雨露怀孕约八周。诊断,可说没问题。"

麦青青插言问:"那个时间点,我们在做什么?"

文慎笔说:"正在进行拉练前动员。我记得那几天的主要任务,是写遗书和准备出发物品。"

麦青青冷笑道:"一边写遗书,一边浪漫,有诗意。"

郭换金盯了麦青青一眼。她不喜欢隔岸观火,更厌烦幸灾乐祸。况且,门可闩是有诗意的人吗?小叶子浪漫吗?只是她想得再多,也不能直接表现出来。

目光聚焦龙一笙。部长说:"当务之急两点。第一,男人是谁?尽早搞清楚。再一个,叶雨露的身孕,如何处理?"

郭换金觉得自己于公于私,都不能推诿,道:"我的看法是,先解决叶雨露的当务之急。胎儿不等人,若是月份大了,手术风险和对母体损伤都比较大。只是不知这个手术,能在高原完成吗?"

龙一笙说:"这问题,我请教了姜医生。她说,高原怀孕很困难,地方干部一旦出现这种情况,都是保胎。确诊后,女方迅速回到平原待产。所以,尽管流产手术在理论上不困难,但高原不做此手术。"

郭换金自言自语道:"这么说,小叶子要下山到平原做手术。加上路途时间,更要速决,等不得。"

麦青青不甘示弱,道:"孕早期手术,相对安全。但并不是说月份大了,就完全不能做。我觉得第一位的不是手术,而是揪出肇事者,整肃军纪,警示后人。对一个人来讲,身体重要。对一支军队来讲,纪律更重要。"

文慎笔不禁微微颔首。将门之后,看问题角度非同一般。炊事员的后代,真是不可同日而语。

郭换金不安,觉出从麦青青嘴里吐出的气息不祥。

"那个人,究竟是谁? 一定要查。"麦青青说,内心有面对违纪的愤慨,更有说不清道不明的不甘。装作天真烂漫的叶雨露,不声不响偷吃了禁果,还为那个男人死守秘密。此例绝不可开,必须杀鸡儆猴。

"肇事者,完全找不到方向吗?"文慎笔看向郭换金。

郭换金道:"叶雨露抵死不说。"她脸色如常,未露破绽。这淡定,并不是从天上掉下来的,她早做了几番演练,才能从容不迫。

"这个好办。不是抵死不说吗? 那就明确告知叶雨露,不说,就不给她联系手术。等她把孩子生下来,看看长得像谁,不就真相大白了吗?"年轻女孩脸上出现的残忍微笑,纵电光石火闪过,也让众人心凛。

屋内仿佛无人,炉火上的茶缸水开了,噗噗作响。

两个老男人,交换眼色,不得不惊叹此韬略的狠准。这个要挟,并不难设计,且奏效概率甚高。只要会议时间足够长,此方法一定会摆上桌面。只是麦青青这年轻女娃,率先甩出冷血撒手锏,令人意外。

郭换金浑身滚过轻微鸡皮疙瘩。同班战友,朝夕相处,张口就能出此下策。让叶雨露赌上个人安危,赌上门可闫的前途,赌上两人今生的名誉与出路……

"不可以!"郭换金忍不住惊呼出声。

"你认为哪里不行?"文慎笔紧逼。

"不能这样胁迫叶雨露,会出人命的。"郭换金忧心忡忡。

"那你说如何是好? 总不能把一笔糊涂账,转给上级领导。更不能让歪风邪气得以蒙混过关。郭班长既认为不可以,你有'可以'的方法?"文慎笔问。

"这个……我还没想好。好好引导她,说明利害,也许她会交代。再有,我申请陪同的人双班倒。叶雨露如果打定主意不招,逼太急怕有危险。原本是违反纪律的事儿,变成了人命。那时候,面对上级领导,更不好交代。"郭换金从景自连那里潜移默化学到韬略,正面不成,就从侧面迂回。威胁人,谁不会?

屋内死寂。麦青青打破沉默,道:"郭班长说的问题要考虑。我建议将叶雨露关到一间小屋内,撤去一切可能引发危险的物品。这样,她的安全就有了保障。"

郭换金愣了。这看起来是为叶雨露安全着想,实际上是关她禁闭。

文慎笔开言:"麦班副这个建议,可以考虑。安全有保障,大家都放心。"

"这样不妥。"郭换金出言反对。无人赞同她的意见,眼看反对无效,郭换金只好说:"责任太大,我难以……"于是,便提出"罢工"。

两位部领导稍感意外。郭换金不是威胁,真是万般无奈。她无法面对被囚禁的叶雨露,只有拼力一搏。

麦青青心下一笑。郭换金,你也太自大了!你不干,有人干。她早就对自己一直被蒙在鼓里,深觉不满,抢着说:"我愿挑起重担,接手照看叶雨露的工作。人员紧张,我可一人担当。"

郭换金一败涂地。本想伺机保护叶雨露,却黔驴技穷。若麦青青接手,叶雨露和门可闩交通的可能性,丧失殆尽。

郭换金不知再说什么好,事态实在由不得她。

"今后陪同叶雨露的工作,由麦青青接手。"龙一笙一锤定音。

"那我……不用加人了。我比较了解情况,还是我吧。"郭换金不为自己,只为"囚徒"。

文慎笔说:"郭班长也辛苦了几天,就由麦青青接续你的工作。"

部里两把手,都明晃晃做了指示,郭换金知大势已去。

散会后,龙一笙说:"是否向战区领导报告?"

"越早汇报越主动。不然……"文慎笔话没说完,但结论已出。

郭换金走回宿舍。开会这段时间,陪叶雨露的任务,交给了柳赞。柳赞虽不明就里,但直觉有重要的事正在发生。为防惹火烧身,诸事不问不说。叶雨露心情沮丧,加之妊娠反应,十分懒散,人缩得像一团旧棉花絮,两人基本没有交流。

见郭换金回来,柳赞一溜烟离开。叶雨露刚要问询,麦青青大步进屋说:"小叶子,今后咱俩就同吃同住同劳动了。"

叶雨露十分敏感,马上说:"班长呢?"

郭换金尴尬:"我另有任务。"

麦青青不容分说:"小叶子,你简单收拾下物品,咱俩搬到一间空屋去住。"

叶雨露疑惑反问:"就咱俩?"

麦青青说:"是啊。比这儿宽敞。"说罢,先回了自家宿舍。

叶雨露见屋内无人,低声道:"班长,你不管我了?"

郭换金说:"我管。但暂时没法管了。我会去看你,你有什么要传递的消息,写纸条给我。写的时候,避人。"两个"管"字,意思不相同,好在都懂。叶雨露明白大势已去,眸光黯淡。

郭换金接着说:"估计你会尽快下山,去做手术。我不能陪你了,多多保重小叶子。"

叶雨露噙满泪水,说:"班长,我怕,怕极了……"

郭换金说:"别怕。多想想以后,想想父母,想想你心爱的人……"

叶雨露说:"顾不得想他们,我怕疼……"

郭换金难得地笑了,心想劝了半天,牛头不对马嘴,人家怕的是疼,便说:"依我的半瓶醋医学知识,教你一个法子应对疼痛。"

叶雨露拉住郭换金袖口,说:"快告诉我,班长!怎么才能不疼?"

郭换金强笑道:"你刚感觉到一点疼,就大叫大嚷,说受不了。医生为了手术能顺利完成,必得想法让你安静,就会给你镇痛。想要说完全不痛,现在还没那能力。让人能基本上忍得了,还是有法子的。小叶子,别太悲观了。一切都会过去的。"

叶雨露说:"谢谢班长,我记下了。等我回来了,咱还住一起,打通腿,聊天到天明。"

郭换金还没来得及回答,麦青青走了进来:"说什么呢?这么高兴?"

叶雨露撇嘴道:"我哪儿有高兴的事!麦班副,这就走吗?"

麦青青决绝说:"早走早安心。"

到底由谁向战区领导汇报这事?龙一笙看向文慎笔,半晌没说话。

文慎笔也不催问,安心等待。许久之后,龙一笙烦躁地抽出烟点燃。几个深吸,就把烟嘬到了尾巴。

"老龙,太猛,伤肺。"文慎笔劝慰。

"伤肺不怕,怕的是伤脑。"龙一笙气馁,"治个高原肺水肿,外加脑水肿,再添俩心衰,都没这么……"他没把话说完。

"老龙,别那么愁眉苦脸。这事儿,我去吧。"文慎笔见火候到了,决定停止煎熬龙一笙。按照分工,这也是他的工作范畴。

龙一笙不是推卸责任的人,但这一次,实在张不开口。见文慎笔勇于担当,深表感谢。

"关于肇事者,若还没任何进展,我只能据实汇报。毕竟不能撬开叶雨露的上下牙。"文慎笔临出门说。

"实话实说吧。"龙一笙道。麦青青也是一无所获。

整天,龙一笙都在忙业务工作。好不容易挨到晚上两人见面,龙一笙问:"说了?"

文慎笔镇定作答:"说了。"

"如何?"龙一笙问。

"我向阳政委做的汇报。"文慎笔回话。

按照程序,确该如此,毕竟这不是军事范畴的事儿。看来,自己往后溜,也并非拈轻怕重,龙一笙为自己开脱。不过,很多工作,上头分得清,到了下面,基本眉毛胡子一把抓。龙一笙关切问:"阳政委作何指示?"

文慎笔突然说:"会背老杜的诗吗?"

"老杜?他还会写诗?侦察科那个大胡子?他好像会写几句顺口溜,我不敢品评。"龙一笙不知这焦心时刻,跟大胡子参谋的歪诗,有何关联。

"我说的不是这个老杜,是那个老杜。"文慎笔似笑非笑道。

"战区还有一个会写歪诗的老杜?估计他一向身体好,没怎么到咱这儿看过病,不熟。"龙一笙想不起这人。

文慎笔长叹一口气说:"这个老杜,你是没见过。唐朝的。"

龙一笙悟道:"原来是杜甫。你把他老人家掺和进来,啥意思?"

文慎笔说:"老伙计,不是我故意卖关子,是我汇报完了,阳政委背起了老杜的诗。"

龙一笙诧异道:"诗还管这个?说来听听。"

文慎笔说:"老杜最有名的诗,是哪个?"

龙一笙对人的心肝脾肺肾,比对唐朝熟多了。不过当年读过大学,也算才子,历史文学了解一点,说:"三吏三别。"

文慎笔说:"会背吗?"

龙一笙惊讶:"你不会丧心病狂让我背吧?"

文慎笔吃了一惊道:"看不出,你还曾有过这本事?"

龙一笙道:"当年能背八九不离十。现在还剩百分之五。"

文慎笔说:"行,就背《新婚别》吧。"

龙一笙耸耸眉峰:"文协理员,要不要我给你瞧瞧病?"

文慎笔道:"我等着向你传达阳政委指示。就算重病,也鞠躬尽瘁死而后已。别废话,开始'新婚别'。"

龙一笙完全搞不懂这是啥来势,看在文协理员见义勇为的高风亮节上,悻悻开始背:

"兔丝附蓬麻,引蔓故不长。嫁女与征夫,不如弃路旁。结发为君妻,席不暖君床。……"

龙一笙叽里咕噜背,文慎笔摇头晃脑听。龙部长背两句瞅三眼老文,没看到叫停的意思,勉为其难继续吟诵:

"勿为新婚念,努力事戎行。妇人在军中,兵气恐不扬。……"

"停!"文慎笔突然叫停,吓龙一笙一跳。

"把刚才最后一句,再背一遍。"文慎笔说。

龙一笙脑筋乱了,怔怔地问:"哪一句?"

"就是妇人那一句。"文慎笔急切重复。

"妇人在军中,兵气恐不扬。现在你该告诉我,阳政委到底啥意思?"龙一笙严肃问道。

文慎笔一本正经道:"阳政委就停在'妇人'这句,说女娃娃怀孕,有啥了不起。"

龙一笙点头如捣蒜。希望大事化小,虽不能小事接着化了,但事态不宜扩大。"政委还说什么?"龙一笙追问。

文慎笔说:"政委之后的话,就不那么好听了。政委说,女娃娃算不了什么,只是老杜都说了,怕兵气不扬。这古诗里,写的还是正经老婆,你们部里出的问题是——未婚先孕。传至整个战区,不仅兵气不扬,还会动摇军心。"

龙一笙的脸和心,一道拧起来。文慎笔接着道:"政委让尽快从严处理。这样,高原将士们上一分钟听到怀孕传闻,下一分钟就听到严厉处分决定。无缝衔接,才能最大限度挽回恶劣影响。敲山震虎,杀一儆百。"

龙一笙拍拍额头,有气无力地道:"这一杀,儆成千上万啊。政委还说什么了?"

文慎笔道:"政委指示,一定要找到肇事者,把他和女兵同处分,从快从严。善后工作要抓紧,速速下山打胎。让所有将士,体察到绝不姑息纵恶的决心,感受到绝不手软的力度。"

龙一笙深知,千锤打锣,一锤定音。此事再无任何和风细雨的商量余地。铁锈般沉重的敌意,必将弥漫军营。

精明强干的麦青青"照料"叶雨露,想找到突破口,拿下肇事者名字。却不想用尽解数,软磨硬泡,晓之以理动之以情,叶雨露就是油盐不进,丝毫不露口风。麦班副铩羽而归,失落地向文慎笔汇报。

"你的意见怎么办?"文协理员礼贤下士问道。在他眼里,麦青青不是一般小卒,头上有光环。

麦青青头发长了,甩动时没法潇洒如初。近日一直同叶雨露厮混一处,不得空闲。麦青青说:"我的意见可能有点偏激。说得不当,您权当童言无忌。"

文慎笔温和笑道:"知无不言,言无不尽,是我们的好传统。"

麦青青说:"今天是第七十四天了。"文慎笔一下子没反应过来,反问:"什么天?"

麦青青解释:"从理论上说,叶雨露腹中胎儿,已经整整两个月零十四天了。"

文慎笔恍然大悟道:"你的意思是,手术不能再拖了。"

麦青青说:"正是。现在的选择是:先处分还是先手术?"

文慎笔反问:"你的看法?"

麦青青说:"手术要到山下平原地区完成。若先行手术,手术一旦完成,叶雨露就无官一身轻。当然了,这个官另有所指。到那时,如果她还不肯交代同谋,砝码就不存在了。"

文慎笔点头道:"不错。正是如此。"

见协理员投了赞成票,麦青青越发放言:"如果先开会,可视她的态度再来决定。坦白从宽。她能交代出同谋,可考虑较轻程度的处理方式。如果她啥都不说,那么对叶雨露的处分,必须从严。到时候,小道传闻和正式的严厉处分,前后脚地传达到战区基层,互相冲抵,可将这件坏事的负面影响,降至最低。整肃了军纪,才能将坏事变成不那么坏的事。"

文慎笔抑制住频频点头的冲动,以显老成。这姑娘运筹帷幄,有大将风度。尤其是结尾,并没有直接说能把坏事变好事。既留了分寸,又亮出略有光明的尾巴,有水平。他说:"讲完了?"

麦青青谦逊道:"在协理员面前班门弄斧了。暂时就想到这些,未经周密考虑,您多指正。总之,此事万万不宜拖。"

文慎笔不言。麦青青补充道:"这些天,我和叶雨露朝夕相处,她保护那个男人的想法固执坚定,一时半会儿难以转变。再等下去,时间越久,影响越大。当断则断,方为上策。您原谅我一个小兵,不自量力说了这么多。"

文慎笔说:"麦青青,你的意见不错,我们会参考的。"心里话,这般稳如磐石滴水不漏,假以时日,前途不可限量。

卫生部研究并请示上级后,召开全体党员会议。叶雨露是刚入党不久的新党员,孤零零坐在一张板凳上。郭换金进场,看到另外方向聚满黑压压人群,走向叶雨露身边。"班长,这边来。我给你留了座位。"麦青青招呼。她很希望正副班长同仇敌忾,象征高度一致。

郭换金淡然道:"这边正好有地方。"说着,坐到叶雨露身边。叶雨露低声说:"班长,谢谢你。"

郭换金叫了声："小叶子。"就没了下文,只是不想让她太孤单。郭换金用眼光睃寻,见门可闩蹲坐在暗影中,面色不清。与会的人,均默不作声。会议主旨,略有耳闻,气氛压抑。

龙一笙率楚直到一线哨卡抢救病人,部里由文慎笔全权负责。他的开场白,言简意赅："叶雨露同志,违反了战士不准谈恋爱的纪律,造成了严重后果,已经怀孕两个多月了……"

闻之,众人一片唏嘘之声。私下传说是一回事,在会议上正式摊开,性质不同。

"今天主要讨论两个问题,两个问题密切相关,第二个问题,要看第一个问题解决结果,最后定论。"文慎笔待私语声停顿,说明会议程序。

这话拐弯拐得有水平,众人一时搞不清什么意思。

文慎笔成功地吸引了所有人的注意力,接着道："第一个问题是,叶雨露和谁怀的孕?现在不知道。俗话说,一个巴掌拍不响。这个话,有点绝对。一个巴掌如果愣往墙上拍,还是能拍响。但怀孕这个事儿,一个人的确完不成。所以,那个男同志,我不知道是否在场,如果在,应该站出来,承担责任。叶雨露出于保护对方的目的,将一切责任自己扛起来。实质是包庇掩护,说得更严重一点,是藐视纪律的严肃性为虎作伥。他是谁?不能肯定就是咱部里的人,也许要在司政后更大范围内找人。这一点,需要叶雨露同志说清楚。"

大库房内鸦雀无声,落针可闻。

文慎笔继续道："第二个问题,讨论叶雨露同志处分事宜,人人都须表态。她坦白得好,可适当从轻处理。如果不好,就要从严。好与不好,同志们独立做出判断,以维护党纪军纪为重。要像爱护眼珠一样,爱护军人的节操与荣誉。"

文慎笔讲完了,有人按惯例拍起巴掌。见气氛降至冰点,作罢。

"叶雨露同志,请告知,那个人是谁?"

"协理员,我不能说。您直接进入第二个问题。我的态度,大家都看到了。按照我犯错误的程度和表现,讨论给我的处分吧。我给战士的荣誉带来了污点,给我什么处分,我都接受。"叶雨露声音很小,但咬字清晰,在场的所有人,都可听到。

"叶雨露,别一个人扛。那个男人,站出来!"有人说,有人附和。

叶雨露丝毫不为所动,现出凄凉的微笑,说:"大家的好意我领了。只是如果他站出来,就不处分我了吗?"

众人语塞,眼光汇向文慎笔,文慎笔按兵不动,不予回答。

叶雨露见状道:"既然说出他名字,也保不住我,只会再添可怜人。那我说与不说,对我对他,有什么好处?"

人们细一琢磨,还真是这么回事,没有人再说话了。文慎笔眼看着氛围变得诡异哀伤,和他既定的义愤填膺方向不符,冷峻发声道:"叶雨露,请你最后明确回答一下,你拒不交代那个人是谁?"

叶雨露还没来得及回答,阴影中有个低沉嘶哑的声音开了腔:"叶雨露,你这样固执己见一意孤行,不后悔吗?"

大家循声看去,是门可闩。

叶雨露因了这声提问,顺理成章明目张胆望着阴影中人,平静反问:"门班长,你从哪里看出我会后悔?"

门可闩缓缓回答:"我并没看出来,但不知你心里究竟怎么想的。马上要讨论对你的处分意见。现在是你的最后机会。"

门班长兵龄长,又掌勺,受尊敬,还是支部委员。这话,说出了大家不安的心声。最后会是怎样的结果,不知道。但协理员说了,叶雨露的态度很重要。

叶雨露面向门可闩方向,平静地说:"你问我心里怎么想的?我早就想好了,就不劳门班长操心了。这件事,是我做错了。我愿为自己的错误承担所有责任。至于那个人,我保他下来,就是希望他不受牵连,平安无事。希望他不要忘了我。只要我不说,世上就没有人知道他是谁。能让他在太阳底下,理直气壮做好人。"

这番话,近乎大义凛然加情深意切。众人本是批判叶雨露,被她说得傻了眼。

文慎笔问:"门班长,你的话讲完了吗?"

暗影中,门可闩说:"这就完,协理员。最后一个问题,假如一切重新来……"

人们都以为照前面路数,叶雨露会斩钉截铁地说"我依然……"却不料叶雨露难得抽噎了一下,说:"我再也不会那样做了。"

大家忙问:"他强迫你了吗?"若是这样,只要交代出那人姓名,事情或许迎来大转机。

叶雨露说:"他并没强迫我,是我意志不坚定。如果能够重来,我不再违反纪律。"

门可闩低闷道:"我没问题了。"

整个对话过程,郭换金一言不发。她心乱如麻,不知立场何在。

会议到这会儿,第一个问题,尘埃落定。叶雨露铁了心护那男人安全过关,毫无疑问加重了她被处理的分量。既然当事人一意孤行,后来的程序,便没了悬念。

与会人员的意见,先统一后分歧。统一的是:严肃处理,绝不纵容姑息。分歧部分是处理尺度。是"留党察看",还是"开除党籍"?持两种意见的人,各占一半。

争执中,文慎笔点名:"女兵班的正副班长,发表一下意见。毕竟,她是你们的兵。"

从刚才开始,没人再关注叶雨露了,仿佛她已透明。

麦青青看向郭换金,谦逊道:"班长,你先说。"

郭换金道:"我还没想好,青青你说吧。"

细眉亮目乌发红唇的麦青青不再推让,抑扬顿挫道:"我主张,开除党籍。叶雨露同志不但违反了战士不准谈恋爱的铁律,还继续犯错。导致她怀孕的人,不知道是谁。他有可能是战士,这就是双人违纪,但由于她的包庇,这个人逃脱纪律惩罚。就算对方是干部,但明知叶雨露还在服役,怂恿她违反纪律,也是严重违纪。他置身事外,依然做正人君子,欺骗组织。高原战区的重要性,大家都知道,我就不说了。经受考验的兵,应该严格遵守纪律,服从大局。到了叶雨露这儿,知错不改,执迷不悟。出于以上原因,我提议,开除党籍。"

一番话,掷地有声,如沉重铁锚,将船锚定。

既然她的班长都这样说了,别人还能有什么意见?很多人闻风附议,一时间"开除论"占了上风。

人一旦成了群,情绪很容易被裹挟、绑架、腐蚀。

有人开始吸烟,很快烟雾缭绕,令人烦躁。

趁火打劫落井下石,雪上加霜墙倒众人推,猎奇好玩幸灾乐祸……乃人类天性。与男女无关,与海拔无关。很多人,看到叶雨露对私尝禁果的那男人,一往情深维护,嫉妒不爽。

议论四起。

"估计是女勾男。所以,她不能说。说了,男的一喊冤,供出实情,愈发见不得人,水性杨花。"

"要不就是男的给了她大好处,见钱眼开。好处到了手,认栽也得忍。"

"女人不能上战场,添乱还来不及。搞乱军心,遗臭万年。"

……

对叶雨露的不屑,渐渐演变成对女性的攻击。郭换金压抑不住,腾地站了起来。这一站,才发现烟雾已将库房上半截,完全笼罩。她瞄了眼暗影中的门可冈,见他眯缝着眼睛,遮挡了内心情愫。钳闭的双唇,如贴了封条,看来绝不打算再发声。叶雨露则如老僧入定,神游天外。

郭换金深深吸了口气,再三告诫要冷静,冷静!她知道以她的身份,讲出的话无异杯水车薪。可是,还是要说。

刚要张嘴,文慎笔双手提起,又往下按了按,道:"郭班长有话,坐下慢慢说。"

郭换金执拗道:"我站着讲,让大家都能听清。"

室内寂寞,听清应无问题。郭换金的特意强调,引起了人们的高度注意。

郭换金说:"我想先问个问题:男女到底一样不一样?我说的不是解剖上的不同,指的是精神和品质。"

会议开到这会儿,一直沉重压抑。突然出现提问,还要现场作答,气氛显出松动活跃,有人跃跃欲试。

司务长殷厚土温声细语道:"这个要举手表决一下吗?"他有个本事:一本正经说玩笑话。

文慎笔不置可否。他猜不透郭换金要搞什么名堂,也不打算替她兜底,先由她临场发挥。

郭换金看出文慎笔的袖手旁观,便顺水推舟道:"同意男女不一样的举手。"

大家愣了。这算怎么回事?民意测验?开无伤大雅的玩笑?人们一时没反应过来,竟没有一只臂膀举起。

郭换金并不意外,说道:"所有没举手的同志们,我就认为同意男女都一样了。"

大家难得笑起来。是的,男女都一样,这话谁敢不赞成。

郭换金轻轻抬手,压下众人细碎的笑声,说:"我们这八个女孩子,和你们男子一样。如花年龄,来到高原。从此,和你们一道,再没享受过温暖的大地春回,再没呼吸过城市的繁华气息。爬冰卧雪救死扶伤,与你们肩并肩站在一起……"

人们不由自主鼓掌。是的,在守卫祖国神圣领土的战斗中,女兵们,未曾退后过一步。坚守初心,信仰弥坚。

郭换金顿了一下,留出缓冲时间,让自己激烈的情绪,稍稍平抑。待屋内氛围重归沉静,她说:"我们在高原慢慢长大了。如果说刚入伍时,还是含苞待放的花骨朵,如今已到盛放年华。由于高原和军装,我们从花蕾,直接冻成了松柏标本。纪律束缚了我们,也成就了我们。但是,天性压抑不住,就像到了春天柳树发芽桃树开花,大自然没有例外……"

说到这里,屋内的人,好像被某种魔力掳走,空无一人,只剩下郭换金孤零零的声音回荡。

"叶雨露就是这样一个姑娘,她犯了错误,没错。这个错误究竟有多大,我想在今后岁月里,她会用余生去想明白的。她马上要踏上漫长的求医之路,她要遭受难以言说的痛苦。她将要付出的代价,肯定会影响她一生。这些,只有她自己默默承受了,任何人都无法替代。现在大家开会,讨论对她的处分,我想说,违反纪律,有一说一。迄今为止,她并没有给战场造成不可挽回的损失。她供不供出那个男人,是她的私事。迄今那个男人也没主动站出来,想来都有各自的心思。"

郭换金缓了一口气,继续说下去:"路归路,尘归尘。不应该把那个男人应负的责任,一股脑儿都压在叶雨露头上,这不公平。她的错误,是人类从伊甸园带来的弱点,你可以看不上,可以鄙视,但应该理解。鉴于叶雨露并没有造成无法弥补的严重后果,我建议给予警告处分。完了。"坐下。

叶雨露抬头,满眼感动。门可闩看了郭换金一眼,在她侠肝义胆面前,深深低下了头。

有人嘀咕道:"军中有妇人……"

郭换金又腾地站了起来,说:"不要拿死了千年的老杜说事。他说的妇人,撑死了是随军家属。而我们不是!我们和你们一样,是义不容辞的战士,是所向披靡的军人。"她重又坐下,一席话,几乎耗尽所有气力。

之所以敢把看来大逆不道的话说出,源自将心比心。郭换金不可遏制地想起了景自连。景自连倾心爱她,情到浓处,难以自抑,她会害羞,但不会拒绝。既然下定决心,雪峰崩塌时,并肩而立。万里旷野中,驰骋疆场。爱情滋生勇气,勇气在所不辞。她说出的话,想来景自连会同意。叶雨露和门可闩与他俩的情况不同,但那罪过到底有多大?十恶不赦吗?!

文慎笔剧烈咳嗽起来,深咽一口浓茶,还是于事无补,呛咳不止。文慎笔好不容易平静下来,声音低沉说:"鉴于叶雨露所犯错误的严重性,我们只有在留党察看和开除党籍两档处分中,二选一。不再提出其他处理意见。"

此话将郭换金的"警告"说,彻底堵死。不过女兵班长这席话,成功叩击了参会者的死穴。恻隐之心的小泉眼破冰而出,细小但持之以恒。

表决时,相对较轻的"留党察看"占了优势。

文慎笔属严厉派,唯有如此,才能最大限度挽回丑闻的破坏力。现在的局面形势,令他不满。

文慎笔叫麦青青一谈。麦青青将看管叶雨露的任务,暂时交给其他女兵。

"麦青青,状态不错。"文慎笔示意女兵坐下,随口夸赞。以他的经验,对下级的表扬虽未必都出自真心,鉴于领导身份,依然有很好的鼓舞作用。

"如果大会做出结论是开除党籍,我更赞成。"麦青青劈头说。

"战友受到严厉处分,你作何感想?"文慎笔不掩探究之意。

"从一个班的角度来看,的确是非常令人痛心的事。从战区大局看,利弊都有。只是现有结果,让人不满意。"麦青青知道领导喜欢下级坦率,故不遮掩。

文慎笔道:"开会结果,并非最终结论。要看上级组织的批复。"

麦青青插言道:"今天郭换金的发言,起了很不好的破坏作用。"

文慎笔装作意外问:"为何这么说?"

麦青青说:"我发言后,能看出同意开除的意见占多数。郭换金说什么伊甸园等话,扭转了大方向。人民军队,扯封资修的弯弯绕做什么?"

文慎笔说:"你讲得有理。"

麦青青接着道:"女兵班在整个高原战区,是非常特殊的存在。"

文慎笔颔首说:"这一点,上级和部里,一直有清醒认识。"

麦青青道:"女兵班一着不慎,就有满盘皆输的可能性。"

文慎笔又一次对面前的女孩子刮目相看,道:"作为单位政治主官,我当然希望女兵班平安无事,再创辉煌。"

麦青青说:"如果想达到这个目的,我有个不成熟的建议。"

文慎笔说:"讲讲看。"

麦青青说:"那我就斗胆说了,供您参考。协理员应该还记得郭换金死吻景站长事件吧?"

文慎笔说:"记得。"

麦青青义愤填膺道:"作为亲眼所见者,我天天在等事件的处理结果。可这么多天过去了,一点动静都没有。这酿成郭换金的有恃无恐,大放厥词。您在会议上也看到了她的异样声音,是兔死狐悲的表现。这事儿,应尽早严厉处理,该撤就撤,以正视听。"

文慎笔说:"我也想快刀斩乱麻。只是死吻一事,你是孤证。不像叶雨露事件,有铁证。"

麦青青冷笑道:"政治部潘干事,当时在场,他绝不可能没看到。希望组织上再找潘容核实。期待战区的舆论环境,进一步清朗。这一切,都与您的努力息息相关。"

文慎笔没说话,但主意已形成。赶紧请示阳政委,死吻事件不可久拖不决,恐生后患。

阳云天不动声色看着文慎笔,待他闭口半天,才缓缓答道:"死吻,此例不可开。问题,的确不宜久置。"

文慎笔谦恭道:"政委指示,如何处理?"

阳云天说:"司令员到军区开会,还没有回来。你把经过和处理意见,写个材料。如实写,该严则严,尽快交与我。"

文慎笔回去后,紧锣密鼓写好材料,让麦青青先看了一下。毕竟她曾目击死吻。

麦青青看后,斟酌道:"您可否将死吻和叶雨露怀孕,联系起来,才会让上级更加重视。女兵的成长,现在是关键时刻。严肃处理,无论是对我们班,还是对战区风气,都有正面引导作用。"

文慎笔说:"意见很好。"

麦青青又道:"您在报告中,强调一下潘干事目击的重要性。提到纪律与忠诚的高度看问题。"

文慎笔生疑道:"潘干事徇私舞弊?"

麦青青说:"我有怀疑,但无证据。他和郭换金的关系,不一般。"

文慎笔吃惊道:"他俩暧昧?"

麦青青答:"暧昧与否,我不敢擅下结论。若说一点私情都没有,可能也并不客观。"

文慎笔拱起食指和中指,双击半秃的发际线,疲倦道:"我会在材料里,点出潘干事,希望他光明磊落。"

麦青青敬礼退出。待走到院内老远,才吐出长长一口浊气。景哥哥,这是青青能为你做的最后一件事儿。保你在天际,依然庄严纯洁,永远只是青青一个人的哥哥。

麦青青牢记父亲的话,对于军人而言,要像地主老财攒金子一般,积累履历。部队里,经历万分重要。在高原奋斗过的女兵,全军罕见。班内诸人,都无足挂齿,无法与自己抗衡。唯有郭换金,乃是劲敌。此役若能成功,郭换金的优势就永远不复存在了。

龙部长抢救完病人从哨卡回到部里,正好文协理员伏案疾书,写完了给政委的汇报资料。"老龙,你辛苦了。喝口水,看看材料,有什么意见,我修改。"话虽热情,但那几张纸,纹丝不动。

龙部长说:"我就不看了。按你的意见办吧。"哨卡出现的怪病,让他焦躁不安。女孩子们的事儿,有协理员担待着,他全力考虑保障部队全员战斗力的大事吧!

33

阳政委唤潘干事速到。

"卫生部文协理员,刚走。"阳政委似无意中提到。

潘容刚进屋,略感意外。政委办公室人来人往,政委没必要说明。不过,"卫生部"字眼,强烈触动心弦。

桌上摆着一份材料,可能是文协理员留下的。潘容心想着,眼珠却一动未动。"非礼勿视"是合格军人的基本素养。阳云天随口道:"坐下吧。"潘容直觉鸿门宴之感,扑面而来,迟疑着不肯落座。

"你急什么?"阳云天发问。

"不急。我怕耽误政委工作。"辩解着,潘容不情愿地把半个屁股落座于桌对面的椅子边缘。

"我不忙。"阳云天说完,补充道,"你看看这份材料。"将文慎笔留下的几张纸,推至潘容面前。

潘容说:"这材料,让我看……"

阳云天温和一笑道:"我让你看,你看就是。"

潘容再无延宕理由,只好一字一句看下去。看着看着,纸上字迹,变成火红炭块,炙烤着他的眼睛和胸膛。好不容易,看完了。他记性极好,字句烙在脑海中。为了显示对政委的尊重,又从头至尾看了两遍。

阳云天道:"感觉如何?"

潘容不好意思笑笑:"这是卫生部写给政委的汇报材料,我不敢擅自发表意见。"

阳云天说:"很好,知道分寸。不过,是我命令你看,命令你发表意见。你服从就是,直说无妨。"

阳云天口气并不严厉,但自带千钧分量。

潘容知道躲不过,只有正面前迎。如果目光化作刀剑,空中有叮当作响。

阳云天说:"你看到拟对郭换金的处理意见了吧。"

不是问句,是陈述句。潘容没出声,轻点了点头。

阳云天说:"卫生部已开过会,讨论了对叶雨露的处分。"

潘容说:"知道。"

阳云天说:"他们报上来的意见是留党察看,后勤党委还没最后批复,有可能是开除党籍。"

潘容失声道:"这么重?"他忆起那个眉毛弯如俯卧括号的老乡。

阳云天沉痛道:"相比战区官兵的情绪波动来说,这处分并不重。卫生部为了防微杜渐,整顿风气,再接再厉,又提出要处分死吻事件的主角郭换金……"

"不能!"潘容忍不住惊叫。

"为什么?"阳云天暗自得意:潘容啊,你终于无法再扮无动于衷。

"因为……因为这不是事实。"潘容找到了反击的支点。

"麦青青说亲眼所见。"阳云天淡然重复事实。

"我也在现场,并没有看到!"潘容手中只有这一棵稻草,拼命摇曳。

"当时麦青青位置在你之前,且无私情。她的证言,似更可信。"阳云天继续冷漠强调事实。

"麦青青和郭换金,面和心不和,麦青青很可能挟私报复。"潘容慌不择言。

"可有事实根据?"阳云天逼问。

"这个,我并没有根据,只是猜测。"潘容无奈道。

"哦,那就难以作数。我们一贯讲究用事实说话,用证据说话。如果我现在说你和郭换金有私交,所以你隐瞒了重要事实,你可服气?"

"不服气。"潘容斩钉截铁答。

"这就对了,潘容。你既能提出没有事实根据的指控,又怎能禁止别人对你的猜疑?防民之口,甚于防川。这话可改一字:防兵之口,甚于防川。赞同吗?"阳云天循循诱导。

话至此,机警的潘容,明知是坑,也要纵身跳下,说:"我赞同。"

阳云天说:"郭换金是否冤枉,我不清楚。但你内心想帮郭换金的意思,很明显。"

这一次,怕再入套,潘容梗着脖子,头颅端正向前,面无表情,拒不发表看法。

政委也不着急,说:"按照卫生部报来的资料,初步意见给郭换金的处分,掌握在警告和严重警告之间。具体怎么上报,要看召开大会的实时表决情况而定。"

潘容纵有千般定力,意志也在这一瞬轰然崩塌。眼前出现郭换金满面泪痕的脸庞,盖着红印的处分决定,郭换金牛皮档案袋封口处缠绕的白线绳……一张薄薄纸片,如同五行山,将镇压郭换金一生。直到她化成一捧骨灰,纸枷尚在档案柜中安放……

"不!"潘容声嘶力竭嚷出来。

阳政委倒好一杯清水,放在潘容面前,说:"别激动,小潘。现在这一切,还不是最后定论。喝点水,冷静一下。"

潘容顺从地喝了一口水,苦!政委不会在水中放了黄连吧?潘容特意看了一眼杯身,水色澄清,不见丝毫黄染。潘容把剩下的水,一仰脖喝完。

苦涩让潘容清泠下来。他用手指抹去唇边水渍,问:"政委的意思是……?"

阳云天好像对刚才的话题不感兴趣了,换家常语气问:"黎欢喜最近可给你写信了?"

潘容一怔,下意识反问:"黎欢喜是谁?"

阳云天一点也不恼,温言提醒:"你收过她的照片。黎欢喜,我的外甥女。"

潘容无奈以手击额,说:"我忘了。她给我来过一封信,我还没回。"

阳云天慈爱之情溢于言表,说:"没想到欢喜还挺主动,很好。"

潘容无言以对。

阳云天道:"你若和欢喜早点定下恋爱关系,一些有关你和其他人的谣传,自然不攻自破。"

潘容轻轻重复:"谣传?"

阳云天昏明未定道:"是啊,谣言私下流传,谁还会信你说没看见的证言?别人不相信你,对你没有多大影响,你依然是英俊少年。可她,会厄运当头。你已经看到叶雨露的处分,多么惨重。这事如果发生在平原,或者说是个老百姓,都不是这种下场。可这里是高原,国防第一线。士气,容不得丝毫折损。更不可亵渎成笑柄。所以,我们无路可走,退无可退啊……"

潘容终是听进去了。眼前血色飘动。尤其那句"退无可退",振聋发聩。他和她,也到了无路可走的地步吗?

阳云天继续苦口婆心劝道:"我知道你不认识欢喜,没感情。感情不是天生的,都是大好革命青年,回去先写封信吧。来而不往非礼也,这是老祖宗传下来的礼节。我姐姐和外甥女都很喜欢你,她们满意,我也高兴。但这事的主动权和决定权,掌握在你手里。"阳云天不急不缓,娓娓道来。都以为他戎马征战,脑子里想的都是建功立业。其实,老军人的内心,有极小的空间,藏着他的亲情。那是多少功劳也填不满的死穴。他不能把自己创造的高原军事纪录说给姐姐听,不能让姐姐参加表彰大会,也不可能把军功章给姐姐一半(只能让她看看摸摸)……他知道外甥女是姐姐的命,那在军队找个又能干又英俊的小伙子当女婿,便是送姐姐最好的礼物。况且这并非坑害潘容,日后多关照,小伙子的未来不可限量啊!

阳云天觉得这于国于家都是好事。军人也是人,战神都有个脚脖子弱不禁风,自己看上潘容,是他的福气啊!

政委一番说辞滴水不漏。潘容心墙高筑,坚守底线,作困兽斗。讨价还价道:"是不是我若写了回信,卫生部的这份报告您就可以先不批复?"

阳云天正色道:"这是两回事。你不要生拉硬扯牵到一块儿,公私不可混淆。"他稳健站起身,表情比斜挂在墙上的枪身,还刚正板硬。

潘容知败局已定,政委既施了压,又片甲不留,显然深思熟虑。他苦笑道:"政委,我这就回去写回信。您等等我。"

阳云天道:"卫生部的报告,我会反复斟酌,不会很快批复。"

潘容失魂落魄走出阳政委办公室,依稀听到远方军号嘹亮。痛心疾首地想到,郭换金真的会受到严惩吗?唇线紧抿,身心俱疲。恨自己卑微如尘,既不敢反抗,又不能捍卫!

叶雨露确实该做手术了,刻不容缓。胎儿不可抑制长大,门可闫看在眼里,疼在心里。但他不能有丝毫异常表现,埋头做饭。不能去看,也不能传话。一日三餐,都是麦青青代为打回宿舍。门可闫连借吃饭之机,看一眼心爱姑娘,都成奢望。

无奈,他下令大力改善伙食。爆炒羊肉、清炖牛排、大肉罐头烩脱水洋葱……卫生部全体官兵,大打牙祭。

"咦,咱们部打算改编或撤销编制吗?"有人一本正经打哈哈。

"没听说啊。你咋想的?"另一人大惑。

"猜呗。你没见咱部的伙食,快赶上首长灶了。一副吃光喝净,来年不打算过的败家子作风。"第一人解释。

第三人搭腔:"是不是要上阵杀敌,打仗前先犒劳三军?"

第二人狐疑道:"不能吧?战前打牙祭,司政后机关应一荣俱荣,哪儿能偏安一隅,把后方卫生部,推到风口浪尖上大吃大喝?"

莫名其妙大笑后,人们端着饭碗,放开肚皮,大快朵颐。

这一切,当然都是为了叶雨露。只可惜,叶雨露已进入半绝食状态。之所以还勉为其难吃点东西,不是为了腹中胎儿安危,而是给自己将要进行的妇科手术，攒点力气。麦青青已彻底放弃让叶雨露供出肇事男子的打算，思谋重心，转移到"死亡之吻"的后续处理。

门可闩思来想去，唯一能得见叶雨露的位置，是女厕所附近。麦青青看管再严，也不可能不让叶雨露如厕。男女厕所都相对僻静。

门可闩不断跑厕所，耗时颇多。殷厚土几次找门可闩商议工作，都被炊事员告知班长上茅房了。起初，殷厚土没在意，连续找不到人，才开始纳闷。逮住正在挥铲炒菜的门可闩，说："你是得了红白痢疾，还是一般的跑肚拉稀？"这类事，司务长的确要问明白。炊事班长若肠胃有病还坚持工作，容易引起就餐同志们食物中毒。

门可闩恶声恶气反击道："你才红白痢疾！你才跑肚拉稀！"

殷厚土不为所动，说："要不你前列腺肥大？尿频尿急？不过，按说不会啊，你还这么年轻，媳妇还没娶，哪儿能得老年病啊？"想了想又道，"不过，高原鬼得很，什么稀奇古怪的毛病都能找上来。得空让楚军医给你查查，有病早治。以后干啥的，都不耽误。"

门可闩一挥堪比行军锹的大锅铲，说："司务长，你要不是我上级，我就一铲子剁了你的头！叫你满嘴喷粪！"

殷厚土摸摸脑袋，被炊事班长的戾气吓到了，说："真不识逗，老门你还急了？食材造表赶紧给我，报晚了，后勤部不给咱发……"

门可闩不耐烦打断说："真啰唆。知道啦！"

门可闩炒完菜，转身赶赴女厕所。功夫不负苦心人，叶雨露和麦青青在远处款款露面。门可闩估摸了一下距离，头也不抬地斜插过去。"咦，你们到哪儿？"他笨拙地张口问，装成偶遇。

麦青青嘲讽一笑，说："门班长，你可真逗。人都走到这儿了，你说我们能上哪儿呢？"

叶雨露原本低头走路，数自己脚尖，目不斜视。猛然听到门可闩声音，立刻颤抖起来。千思万想的人儿，在几近绝望时刻，天神般降临面前。她声音哆嗦着说："你总算来了……"

麦青青大感不解，见火头军，至于这般激动吗？又一想，这些天来，卫生部的男人们，怕惹上麻烦，避之唯恐不远。主动和叶雨露打招呼的人,几乎没有。看来门班长自知不在可疑人选之列,生性憨厚,为表明不是落井下石之人,不避嫌。麦青青生出些许感动,能理解。

门可闩目光落在她俩肩膀间的空当处,不敢有丝毫倾斜,结巴问:"这些天,没打饭……饿了吧?"话无主语。

麦青青道:"瞧班长说的,我每天打两份饭,你忘了?叶雨露,你要给我做证,我每天都给你打了饭的。"

叶雨露有气无力道:"门班长,麦班长每天都给我打了饭,我都没吃完。以后,我会好好吃饭。"

门可闩说:"我也没啥别的本事,只会做饭。不过,不论出了什么事儿,保养好自己的身体,是最要紧的。人是铁……"

麦青青不客气打断门班长的陈词滥调,说:"除了饭是钢,你还能说点别的了吗?"

门可闩被戗得愈发不知说什么好,道:"别的,我不会说。就一句话,吃饱了不饿,别的以后再说!"

麦青青突然打趣道:"门班长,你看前面是哪儿?"

门可闩抬头道:"不是茅厕坑吗?"

麦青青说:"你还知道方位啊?别在这儿老说吃什么的,犯冲!"

门可闩说:"天大地大吃饭最大。千万记心里啊,小叶子!"他紧紧互扣着长满厚茧的双手,不断自己摇晃。

麦青青听得不耐烦,说:"怎么这么婆婆妈妈?我以后不叫门班长,改叫门大妈。"

一直没说话的叶雨露开了腔,说:"不是门大妈,是门爸爸。"说着,她踏前一步,将麦青青眸光,暂且遮挡在身后,稍微挺了一下看不出任何端倪的肚子。在那里,有一个小小的生命胚芽,完全不知危险将至,日新月异成长着。现在,他或她,是和亲生父亲,做最初的晤面和最后的告别。妈妈,肝胆欲碎啊。

门可闩厚貌深情,明白了这层意思,心如滚石砸下。又不能有丝毫表示,只得干涩地说:"小叶子,我……你多保重。"万语千言,皆在这看似语无伦次的话中。

饶是麦青青冰雪聪明,也参透不了其中深意。她扯一把叶雨露,说:"赶紧吧。我……忍不住了。"

叶雨露只得离开。本想回头再看一眼门可冉,但一想到麦青青敏感多疑,只好决然走向女厕所。

时间不等人。强留叶雨露在高原,随着妊娠月份增大,危险性成倍增高。交通线,时断时续,近几日是个小窗口期。阳政委拍板,尽快实施叶雨露的下送。

须有人陪同。这人,不仅要胆大心细,还要有独立处理意外情况的能力和决断力。阳云天叫来潘容。

潘容一百个不愿意到政委办公室,心理阴影浓重。

阳云天倒是和蔼可亲开了腔:"欢喜回信了吗?"

"没有。可能还在路上。"潘容淡然回答。

"是你给她的信在路上,还是她给你的信在路上?"阳政委好似没倾向性地询问。

潘容知道话中暗藏杀机,据实回答:"我给她写的信,刚刚发出,在路上。"

"哦,刚……写啊。"阳政委拉长了声音说。

"是。前一段忙。"潘容解释。

"你忙,是必然的。我也忙,卫生部公文等我批复。"阳政委说。

潘容无言。阳政委也不看他,道:"有个艰巨任务,派你去完成。"

潘容说:"保证完成任务。"心里想,没什么任务,比给黎欢喜写信这事儿,更为棘手。

阳政委道:"组织上决定将叶雨露送到山下做流产手术。手术一完成,就把开除她党籍的处分决定,传达至所有单位。这样可把负面反应,降至最低。当然了,尽快手术,也是出于对叶雨露的身体负责。关山迢迢,女子情绪不稳定,加之手术也存在诸多不确定性……万一有事,现场请示来不及,随行人员要当机立断妥善处理。再三考虑,这个任务,交由你承担。"

潘容秀目瞪如牦牛眼。他风姿绰约的祖先,估计直到被朝廷砍了脑袋也不曾遇到这种情况吧?刚夸下"保证"的海口,反悔来得及吗?

潘容窘得红头涨脸。

"司政后那么多人,为什么偏偏是我?"潘容满腔悲愤。

"组织决定。"阳云天言简意赅。

"这和我有什么关系?"潘容的英俊面容像沙漠旁的吊干杏,蒙满晦暗且皱缩无形。

"想让你赶快见到黎欢喜,抽时间把你们的婚事办了,这个理由,可说得过去?"阳云天毫不隐讳说出他的精心计划。

潘容直觉眼前泰山崩塌,焦躁喊道:"我根本没见过她!"

"回去马上就能见面。"阳云天云淡风轻回答。这完全不是问题。

"政委,您这是包办婚姻!"潘容顾不得上下级关系,怒火中烧。

"对,是包办。包办是咱们老祖宗的传统,并非罪过。天造地设的一对,包办就是功德无量的事儿。"阳云天志在必得。

"可是,我不同意!"潘容险些咆哮起来。

阳云天出奇冷静,道:"那么,我是否可以认为:你赞同给郭换金警告以上处分?如果确实如此,我马上跟姐姐说,欢喜不必等了。你给她的信,欢喜也不必回。这事,就当从未发生过。如果这是你深思熟虑后做出的最终决定,我完全赞同。马上,你可以离开。不过,陪同叶雨露到山下医院尽快完成手术,你是唯一人选。"

如果这里不是战区政委办公室,潘容会捶胸顿足拍案而起。他闭了一下眼睛,又马上睁开。他看到了郭换金的背影,像泡在水中的墨迹,渐渐模糊消散。那个如琥珀般透亮的女子,融化在水中,无可挽回地离开。

爱一个人到极点,便是竭尽全力地成全。远离,是为了保护你。我什么都不会再说了,并不代表忘记。从此之后,你我必将渐行渐远。唯愿你的历史,保持如素绢。只是我永远不能光明正大拉着你的手,站在你身边。

你可知道?你可知道啊,我的姑娘!潘容像个受尽委屈的青涩少年,双手蒙住双眼。

阳政委不劝慰,亦不询问,连看都不看潘容一眼。一切,均在他掌握之中,世上万般事物,尤其是在钢铁集体中,一切皆有定数。许久,潘容把双手从眉骨处取下,桀骜不驯最后一问:"我要是偏不答应呢?"

阳云天面露诧异神色,说:"你刚才答应过什么吗?"

潘容一时语塞。是的,迄今为止,他并没有答应。可是,他无从选择,他不能不答应。他不能眼看着她额前烙下"红字",一生不得舒展。

"如果我答应了,您会相信我的证词吗?"潘容要把结论夯实。

"那要看群众的意见。我个人相信你。如果你不答应,事情会背道而驰。"阳政委仍是无懈可击地回答,不带任何倾向性。

"那——好——吧。"潘容一字一顿说。

"你到相关部门开出证明。"阳政委步步紧逼。

"什么证明?"潘容不明白。

"结婚证明。男方名字写:潘容。女方写:黎欢喜。"阳政委口气放缓,但毫无商榷之意。

"这个……我们连面都没有见过啊……"潘容为难至极。

"相貌并不重要。你倒是常和郭换金见,有什么用?处分面前人人平等。"阳云天设身处地说。

潘容果然毫无悬念地退缩了:"我去开结婚证明。"声调没有起伏,没有温度,脸上亦无表情。

"快去吧。我已经和干部部门的同志打了招呼,有人在等你。"阳云天轻描淡写道。用最温柔的方式,表达最强硬的态度,是政委强项。

到了干部部门,陈干事打开登记卷宗,问潘容:"这么着急?"

潘容说:"我有任务待命,随时可能下山。提前开好,省得忙起来再给你们添麻烦。"

陈干事说:"哪里话。我最喜欢开结婚证明了。不过大部分人来,很少有提前写女方名字的。都是先回到家,骑驴看唱本走着瞧。也许女方一见咱高原兵,傻大黑粗的,翻脸不干了。男女之前基本没见过面,光靠几封信联络感情,太薄弱。像你这般胸有成竹的,不多见。以前就知根知底吧?这样最好。"陈干事边说边写手续,两不耽误,笔下挥洒。

潘容不动声色道:"我俩相知多年,青梅竹马,自然不会出现你说的那种意外。"

陈干事艳羡道："那敢情好。回来时,别忘了给我喜糖。要那种黏得像浓鼻涕似的太妃奶糖。"

潘容说："别说那么恶心行不?!"

陈干事坏笑道："你恶心了,才记得住。"

潘容无意识地重复着："是啊,恶心了,才记得住。"回过神,补充说,"陈干事放心。黏黏的太妃糖,你等着吃吧。"

走到室外,阳光冷寒青黄。潘容绝望地伸出手,向阳光繁盛之处,挥挥手,虚攥了一把。光是永远攥不住的,但毕竟曾经灿烂照亮过。

揣着结婚证明,他漫无目的走着。待神志清醒,发觉已到卫生部辖地,看到郭换金在院里出黑板报。天很冷,姑娘的手,冻得通红。

潘容劝道："到屋里烤烤火,再写不迟。"

郭换金说："你是来借书的吧?我马上就写完了,回宿舍搬铺板,给你拿新书。"

潘容有些恍惚,以前的日子,一去不复返了。

他小声说："今天,不借书。"

郭换金掸掸身上的粉笔灰说："古墨的书,全都看完了?你好像还有几本没读过。"

潘容无力道："你好记性。不过,今天还是不借了。"

郭换金说："嫌等的时间长?我先给你拿书去。"说着,停下手中书写。

潘容忙阻止："就不许我故意留一两本书没看完,以后找个理由到你这儿转转吗?"

郭换金嘻嘻笑起来："你就算没有理由,也可到卫生部来啊。你身上还流着我的血呢。"

潘容颇有深意看了她一眼说："我最近要下山了。这一走,要几个月。"

郭换金说："祝你一路平安。毕竟山高水险,路上不太平。多多保重!"说完,开始完成黑板报的收尾工作。

潘容不舍道："这就算说完了?"

郭换金不解:"都祝福过你了,还要怎样?"

潘容伤感地说:"你也不问问我下山干吗去?"

郭换金道:"若是军事秘密,我问了你,你也不会说。若可以说,你自己就会告诉我。看你欲言又止,想必有难言之隐。你就忍了吧。"

潘容五内俱焚。有些话,不说,以后再也没机会说了。他鼓足勇气道:"我这次有任务要执行。"

郭换金没心没肺道:"祝你圆满完成任务。"

潘容说:"任务完成后,还要探家。"

郭换金觉出气氛沉重,不知何故,想大家轻松些,便道:"回你们那个盛产美男子的家乡,高兴吧?"

潘容舔了舔干燥的嘴唇,困难地说:"还要……"

听潘容音色异样,郭换金把目光从黑板上移过来,说:"完成任务带探家,一鱼两吃了。难道还有第三吃?"

潘容艰涩无比道:"还有。"

郭换金说:"第三吃是啥?油炸?水煮?"

潘容说:"火上烤。"

郭换金道:"越说越玄。实招吧,第三吃是什么?"

潘容下了破釜沉舟的决心,说:"结婚。"

郭换金一惊,手中的红色粉笔头滚落,洇在脚下一团小水洼中,半边浸水,颜色变深,好像一块凝固的血迹。她问:"和谁?"

潘容说:"你不认识。"

郭换金说:"你的未婚妻,我当然不认识。你认识就行了。"

潘容愁肠百结道:"我也不认识。"

郭换金意外道:"开啥玩笑?你不认识,结的什么婚?现在也不是封建王朝,搞'拉郎配'的。"

潘容痛心疾首:"比拉郎配还荒唐。"

郭换金大惑:"那你傻呀!这么离谱的事,你也能答应?赶紧悔婚!退婚!"

潘容用极低语调说:"不能悔。我有求于女方家庭。"

郭换金不安,上下扫视他说:"合着你把自己给贱卖了?你不像能干出这种事儿的人啊！你身上还流着我的血,那血也得冒着泡反对啊。趁还没下苦海,赶紧上岸走人。你看过那些书里,哪个好男人,不追求自己幸福啊!"经过学医,她已经知道了红血球的寿命,开个玩笑。

潘容说:"你骂得对!我就是软骨头,不敢坚持原则。可我不是为自己,是为了一个人,不得不这样做。"

郭换金愤然:"那人把你逼成这样,也太可恶了。"

潘容正色道:"不许你这样说她。"

郭换金说:"维护起来力度很大嘛!好好,我留点口德,就不理他了。你看着办吧,只是将来不要后悔!"

潘容强硬争辩:"我绝不会骂她,也绝不后悔。"又说,"但我会骂自己。"

郭换金说:"越说越乱。那你何必委曲求全,违背自己良心呢?"

潘容看着郭换金,太想说出真相。但是,不能!绝不能!他用极大毅力克制住吐露真情的冲动,说:"不说这些了吧,我已经决定了。今天,是正式向你告别。"

郭换金长叹一口气说:"你哪天走不是还没定下来吗？这么早就急着告别,你得有多不想见我啊?"

潘容将头扭到一边,说:"我没有不想见到你。只怕你将来会不想见到我。"

郭换金说:"瞧你这话说的。我纵是不想见你,也不会不惦念着自己的血啊。所以,潘干事,如你所愿,咱们今日就彻底告别。"

潘容看着自己心爱的姑娘,目光澄澈。唯祝福她一生清清爽爽地干净活着,净白无瑕如从没下过水的纱布。

潘容痛不能哭,所有的话,悉数封于唇齿之间。心脏有呼啸而过的穿堂风,却无一滴血流出,只是极冷。曾几何时,他想着与喜欢的人,一道在高原沐风搅雪,成就世上海拔无双的风花雪月。现如今,他亲手把爱她的资格粉碎。生命中纯真开始的情愫,结束得这般荒唐。恋人擦肩而过,本该相伴一生的人,却为了不能言说的缘由,就此永远别过。身心崩塌,咽喉凝噎。唯有用尽气力向姑娘粲然一笑,举重若轻挥手告别。

郭换金没看到这些,发现板报上有个错字,赶紧回身涂擦修正。

魏盾远知道女兵怀孕事件后,面色极难看。待阳政委拿出处理意见后,说:"两个快!"

阳政委道:"哪两个?"

"处分快下达。问题快解决。"

阳政委道:"这两项,都在加急办理中。明天有车,把女兵送下平原做手术。"

司令员说:"要保障安全。谁陪同?"

阳政委说:"政治部潘容。"

司令员道:"小潘办事稳妥,政策水平高。他去,是合适人选。"停顿一下,又问,"还有谁?"

阳政委说:"再派个女同志随行,照顾方便些。"

司令员说:"孕妇下去,就不要上来了,就地办理复员手续。"

阳政委道:"放心吧老伙计,我会把这件事的恶劣影响,降至最低。"

阳政委略有迟疑说:"还有一件事儿,想听听你的意见。"

司令员揉动太阳穴的手指,变成了猛叩,说:"什么问题,能难得住政委?"

政委说:"是卫生部女战士亲吻牺牲烈士的问题。"

司令员停了手指,问:"事关景自连?"

政委说:"正是。景自连还写了一封情意绵绵的情书,只是无法确定是否写给该女战士。"

司令员说:"查的结果呢?"

政委说:"有人证明说看见亲吻了。有人证明说没看见。各执一词,难以定论。"

司令员说:"为什么难定?"

政委没搞明司令员的倾向性,留有余地说:"人证一比一。"

司令员说:"直截了当否了这事。"他下山开会时,见到景司令夫妇,抱着负荆请罪的心理,惶恐不安。老两口虽极为悲伤,并没有难为他。"上昆仑山,是连儿自己的选择。为国捐躯,也是当尽的义务。没有说农民的孩子就该死,老景家就不能死人……"景司令掷地有声。

好歹平息下去,谁还敢再揭伤疤?

阳政委虽不明就里,但乐见其成,说:"司令员,那这个主,你就做了。我把卫生部的请示报告驳回去。"

司令员的结论,在阳云天预料之中。他对潘容说的那番话,不过是虚张声势,虚晃一枪。这样才好把这个德才兼备的精干小伙子,板上钉钉成为姐姐家的女婿。成亲后,将潘容调至平原单位,从此后小夫妻便可过安宁日子。生个孩子,也如年画娃娃般可爱。

一切有序推进。卫生部接到指令,让叶雨露带全部行李,明日下山,麦青青随行。

是夜,大风吼叫。叶雨露有气无力收拾着简陋用品。

"你再也不准备回来了吗?"郭换金看叶雨露收拾得很仔细,发问。麦青青也要做出发前准备,临时换人陪伴。

"我前脚走,后脚就会公布对我的处分,我不会再回来了。"叶雨露声色枯槁。

郭换金说不出劝慰的话。停了半晌,郭换金小声道:"你要不要写封信,我一定稳妥转到。"

一簇明亮的火花,在叶雨露死寂的眼眸内燃烧。一瞬后,惨淡熄灭。

"还是不了吧。保全他,就是保全我们的以后。我不能冒险,不能留下任何把柄。输不起啊。等我走后,你若看到他,在万分安全的情况下,替我捎个话……我等着他,别为我担心。我不怕疼,只怕他忘了我。别的,都不用多说了。再多的话,也说不尽我心里想的。可若有一句话泄露,会害了他……"说话时,叶雨露一直扭着脸,看不清她的脸色和表情。

呜咽了一夜的高原风,早上停了。天蓝得令人心酸。麦青青领着叶雨露,预备上车。没人送行,只有郭换金提着叶雨露的挎包,站在一旁。卫生部的早饭,无与伦比的丰盛。除了过年才能吃上的诸等好食,还破天荒做了红糖包子,众人欢喜异常。叶雨露哀戚地对麦青青说:"我还想吃红糖包子。麦班副,能帮我到炊事班拿两个吗?路上吃。"

麦青青心里嘀咕,做下这等丢人现眼事,还有脸面指使别人当丫鬟服侍?可她注重在众人面前形象,忍住不快温声道:"小叶子,你好生歇着,我这就去拿。"

麦青青一溜儿小跑,到炊事班寻红糖包子。

这当儿,潘容赶来上车。对站在一旁的郭换金低眉敛目道:"郭班长,我走了。"

郭换金痛心道:"为了一个不爱的女子,急赤白脸赶回去成亲。封建余孽,还挺忙活。"

潘容辩解:"我是心甘情愿的。"

郭换金哀其不幸怒其不争道:"古墨那么多的中外爱情小说,都喂狗肚子里了?起码也像保尔·柯察金和冬妮娅吧,道不同,不相为谋,互生情愫还行。但你倒好,面都没见过,还心甘情愿?!真不知道你图的是什么!"

潘容道:"我所图,你不知道最好。我的故事若写出来,或许感人!"

郭换金嗤笑道:"吹牛吧,你!大家都说你攀上了阳政委的亲戚,坐等出人头地。"

潘容咬牙道:"你说得对。女方若不是阳政委亲戚,这门亲事,成不了。"

郭换金正色道:"这话说的,我的血在你身体里流,都不洁净了。"

潘容很正式解释:"你的血,已经死光了。这么长时间过去,你的血球,已被清除得一干二净。"

潘容接着说:"楚军医告诉我的。他是你的医学教员,难道没跟你说过吗?"

郭换金不敢吭声。楚军医讲过,她知道,但她不知道他也知道。血球死了,之间的情分,也寿终正寝了。

麦青青拿着糖包回来,对叶雨露说:"你好运气!"

叶雨露说:"炊事班好不容易做了稀罕吃食,大家去抢,剩的不会多。"

麦青青说:"今天早饭,大伙连吃带拿,扫荡一空。门班长忙得没顾上吃饭,炊事员给他藏了两个包子。听说你要带干粮上路,门班长把自己的糖包,匀给你了。"

叶雨露道:"这是门班长的糖包啊?"

麦青青说:"别不信。你一吃,就信了。炊事班有私心,这两个包子里的红糖,比别的包子,至少多放了百分之三十。"

一句话惹得人们笑起来,纷纷说:"炊事班特权,多吃多占。""麦班副,你说得也太精确了。为什么不是百分之二十五?测过吗?""炊事班集体发了神经病,给大老爷们吃红糖包子?红糖是给女人补血的……"

叶雨露没说话,只是睫毛渐渐湿漉。郭换金怕别人生疑,赶紧和叶雨露拥抱告别。

"班长,我会常常想起你。今生今世,不知还能不能打通腿……"叶雨露哭起来。

"小心。为自己,也为了……"郭换金故意没把话说完。

见二人难舍难分拥抱完,潘容对郭换金说:"拥抱,我是不敢想。握个手,总可以吧?"

郭换金余怒未消,道:"血球都死光光了,恩断义绝。手也不必握了。"

若是平日,潘容清矜,会知难而退。但今日,他不甘,很认真地说:"我记得你说过,从此后,每一次战友分开,你都会认认真真地告别。"

郭换金的确讲过这话。高原如此无常,每一次分别都可能是永诀。用心道个别,表达眷恋与珍惜。

又想到,潘容是书友加战友,这一路,山高水险前途漫漫,意外随时横亘其中,便说:"好吧,握手言别。"

这个手,握得格外缠绵深沉。潘容借握手之机,将郭换金带至一旁,低声说:"之前,我觉得自己还有机会。我这一走,便再无机会了。我会永远记得你。我知道,你很快会把我忘记,希望在将来的岁月里,偶尔,你会想起我……忘了我迫不得已的不好……"

郭换金用力抽出手,不屑道:"祝你一帆风顺步步登高,终有一天,好风凭借力,送你当上是个士兵都想当的……将军。"

车子开走了。

叶雨露就这样消失在大家的视野中。随后,马上传达了有关她的处分,震动了整个战区。人们对于纪律的严肃性,有了进一步认识,风气变得更纯洁。

人们不再谈起那个由精巧括号组成的面庞,对于肇事者的猜测,也渐渐淡化。

也许,留有深刻记忆的,唯有郭换金。她常常望着叶雨露曾经的铺位,怔然。那里现在是简易铺板,上面一无所有。

美丽女子,爱上心仪男子,在所有神话传说中,都象征美好。唯有在这里,是启动了一个危险按钮。最后,这一切后果都由女子承担,无论是身体还是精神上的伤害。

麦青青下山后,班内工作,都压在郭换金肩头。楚医生在哨卡巡回诊治疑难病人不归,她的医学学业,陷于停顿。

楚直回来后,对郭换金的学习进展很不满意,说:"只要我不在,你就偷懒。你这种坏学生,应当留级。"

郭换金反唇相讥:"像你这样动不动就消极怠工的老师,是不是也该领个行政记大过的处分?"

连续奔波,过度劳累,楚直脸色不好。他强打精神说:"中国最好的医学教育是八年制。你这样的,估计得十五年才能毕业。"

郭换金怏怏道:"你以为我多愿意学呢?"

楚直疑惑道:"我不在这段时间,发生了什么事,让你这个骄傲自满自以为是的学生,产生厌学?"

郭换金忍不住道:"同一屋的战友,如此悲凉,心里放不下。"

楚直说:"好吧,今天复课,就从她讲起。"

郭换金吓了一跳,以为楚医生猜到了某个人,警觉说:"你知道了啥?"

楚直疑惑道:"听你这话,好像你知道啥?"

郭换金一激灵，说："老师先说。"

楚直不疑有他，说："我把这件事儿，从医学角度给你分析一下。"

郭换金道："我先给你介绍一下情况？我和她同屋，知道多……"

楚直摆手道："不必。所有细节，传遍了漫长边防线。"

郭换金打个寒战："这么吓人？边防线上，不好好盯着国境对面，对我们班的事儿这么清楚，不累吗！"

楚直不以为然，道："什么叫好事不出门？下半句，我就不说了，不刺激你这个当班长的人。记住哦，魔鬼吹的曲子，无孔不入。"

郭换金愤然，继而无言。楚直说："发生这事，很正常。"

汹涌舆论场中，郭换金第一次听到这种平常心的话，对楚军医放下戒心。

楚直接着说："孤男寡女，正值最好年华，荷尔蒙分泌旺盛，激素不可压抑……情有可原。"

郭换金说："前些日子讨论处分小叶子的时候，你要在就好了，我也不会孤掌难鸣。"

楚直微微一笑道："甭高估我。我若在，肯定不发表以上言论。大势所趋，自然明哲保身。"

郭换金失望道："那你也是个小人。"

楚直说："时过境迁，再说什么都没用。咱从医学上阐释一下。她和不知名男子发生亲密关系的具体时间，应该是女子危险期。"

郭换金脸上有点挂不住，说："这个，我知道。你不必细说。"

楚直坚持道："你学习过相关知识，你们班其他人，不一定懂。"

郭换金惊愕道："你的意思，我们班还有可能出这事儿？"

楚直一本正经道："这是你班长的工作范畴，不怕一万，就怕万一。所以，从理论上讲，每个固守高原的年轻人，都要和自己的荷尔蒙长期并存，树立长期较量的决心。激素这个古老敌人，很顽固很强悍……"

郭换金突然幻化出女战士要和性激素拼刺刀的图景。一团面目不清的庞然大物，轰隆隆杀将而来，抵抗它的女孩子，惊慌迷惘且力不从心。

楚直接着说："告诉你班里的同志们，实在抵挡不住，适当屈从也是可以的……"

郭换金气急败坏道:"楚军医,这不是唆人作恶吗?"

楚直说:"别冤枉好人。我的意思是实在挡不住,也要保护好自己。一是防人,这点小叶子他们做得不错,至今大家连那个人是谁都不知道,可见防护有方。第二是防己,特指女方。关于女性受孕危险期的计算方式,我就不讲了,书上都有。告诉你们班的女孩子,要懂得自我保护。"

郭换金红脸点头。楚直故意不看她。越看,她会越不好意思,这课没法讲了。

楚直说:"还有……"

郭换金终于按捺不住了,道:"还有完没完啊?"

楚直不计较她的态度,说:"女子未婚先孕,第一胎就手术终止,损伤很大……"

郭换金挺直腰板说:"楚军医,你调个课。这部分,我刻苦自学。"

楚直从善如流,说:"好。对外科医生来说,要有好的空间感。把逼仄的脏器腔隙,看作一长串广袤屋宇,像阿房宫……"

34

潘容和麦青青陪同受了处分的叶雨露,从高原赶赴平原,以尽早完成妇科手术。

潘容本以为麦青青是副班长,又同性别,理应照料周全。却不想,麦青青对陪伴叶雨露,早已心生厌倦。再说此人戴罪之身,又不肯老实交代,还有脸等人服侍吗?而麦青青和潘容二人,因"死吻"风波,势同水火。她得知潘容摇身一变,成了阳政委亲戚的东床佳婿,一肚子邪火。叶雨露冷心冷面,三人间沟通甚少。

一路劳顿,总算到了平原。大家在兵站安顿好住处,又在商店买了老百姓衣物,给叶雨露换上。找到地方人民医院,联系手术事宜。先向院领导,出示了高原战区的介绍信。

院长身宽体胖,貌似弥勒佛,十分客气道:"这个手术,在技术上不是难事儿。只是要做的话,须出示结婚证明。"

麦青青快人快语:"我们就是缺这东西,但妇科手术要抓时间做。我们的介绍信,难道还抵不过一纸结婚证明?"

弥勒佛赶紧说:"抵得过。有效力。"

麦青青说:"那就赶紧办入院手续吧。"她的小私心是快快办完手续,便可回家团聚。

弥勒佛说:"我能多问几句吗?部队医院也有妇产科。完全可以胜任这个手术。举手之劳的事儿,你们为何舍近求远,到我们这座小庙来?"

兹事体大,回答不当或有风险。麦青青便不吭声,瞟向潘容。

潘容直视弥勒佛眼光,并不回避道:"为了保密。实话对您说,要手术的女同志,未婚先孕。这种事情的影响面,自然越小越好。如果在部队医院,恐难以保密。选择在你们这儿,打算让她扮作老百姓,低调完成手术。还望您大力配合,帮我们这个忙。"

潘容俊俏诚恳,且说的话,逻辑上无懈可击。弥勒佛稍作思考后说:"好吧,带上你们的人。我姑且称她为病人,一道去相关科室。"一行人,来到院内妇产科。

妇产科女医生,高瘦韶秀,长手长脚,像柄大号产科钳。她攻杀凌厉的目光,看了眼弥勒佛,口气不屑道:"又来了没结婚证明的黑孩子。真不知道我这是作孽还是救人?"

弥勒佛笑脸道:"救人救人。赶快检查一下,安排手术。"

产科钳面向两个年轻女孩说:"你们谁是?还是……都是?"

麦青青赶紧退后一步,把叶雨露向前推搡,说:"她。"

"跟我来。"产科钳冷冰冰说。妇产科似有不成文传统,对所有未婚先孕的女子,都强烈不耐烦,觉得她们不应该被拯救。

叶雨露进了妇科检查室。几乎一眨眼工夫,产科钳就旋转而出。人们以为一切尚未开始,她无波无澜道:"检查完了。"

麦青青忍不住惊呼:"这么快?"

产科钳淡然说:"如果打算做,自然不会这么快。因为不能做,所以,快。"

麦青青一时没搞明白,潘容更是摸不着头脑。两人首先想到的是任务没法落实,不由心焦。同声问:"怎么了?"

产科钳答:"月份太大。贸然做,会有风险。到时候,不是丢人现眼的事儿,而是一条,哦,不对,两条人命。"

弥勒佛听到这里,忙说:"同志,我只能帮你们到这里。业务上的事,手术适应证什么的,要以医务人员意见为准。我还有事儿,就不陪你们了。"说罢,身子虽重,手脚快速摆动离去。

麦青青不作声。为逼出叶雨露实话,在山上拖延太久了。现在,后果在科学面前可怕呈现。"那怎么办?"她不无心虚地问。

"最安全的方法,是等这个黑孩子一天天长大,然后自然分娩。"产科钳冷冰冰地说。

"那不安全的法子是什么?"麦青青迫不及待地问。

产科钳说:"冒着风险做。顺利最好,不然,轻则大出血,重则一尸两命。"

麦青青和潘容,同声倒抽冷气。

几个人说着话,没注意叶雨露何时从检查室走出。也不知她究竟听去了多少话。

她安稳站定后,心平气和地说:"潘干事,麦班长。我要求做手术。"

潘容安慰道:"情况和预想的有些出入。咱们再慎重考虑。"

麦青青劝阻:"潘干事,你不要感情用事。"

潘容强硬道:"这不是感情,是科学,必须尊重。"

叶雨露插言道:"别争了。我的事儿,我想自己做主。"

麦青青冷言提醒:"这不单单是你的事儿。"

叶雨露难堪地噤了声。

潘容说:"情况有变,我要请示战区相关领导。"

麦青青说:"明白。毕竟责任重大,生命第一。"

叶雨露看向潘容道:"你说请示领导,一来一回,要多久时间?"

潘容无法回答。山路迢迢,万千冰雪,谁知要费去多少光阴。

叶雨露又看向产科钳,说:"医生,如果耽搁了时间,结果会怎样?"

产科钳没好气地说:"这还用问吗?那就是手术解决几乎不可能。耐心点,等着生孩子吧。"说完,她对搓手心,"你们慢慢商量。如果要手术,明天就上台。如果决定不做了,就回家养着。十月怀胎,一朝分娩。喜事啊。"

产科钳扬长而去,剩下三人,大眼瞪小眼。潘容默不作声。将在外,军令有所不受。可是,不受军令又如何?他能负起这责任吗?

麦青青也没了主张。只想着无论是生还是手术,速速定下最好,这样她就可以回家看父母。

陪同人员皆不语,主动权似乎回到了当事人叶雨露手上。她轻声叫道:"潘干事、麦班长。"

两人被点了名,挺了挺腰杆,注视着原本萎靡不振现在坦然自若的叶雨露。

"我决定了,做手术。所有风险,我一身承担。即使出了大问题,要了我的命,我也不后悔。单是我说,恐空口无凭。今天晚上,我写一个书面证明,签字画押,按上手印。不管出了什么事儿,都和你们无关。这样行吗?"

叶雨露面色蜡黄,疲弱无力,但话说得果决清晰。陪同二人近在咫尺,听得一清二楚。"如果我坚持要请示上级呢?"潘容于心不忍。产科钳"一尸两命"的话,吓住了他。就算把孩子生下来,算多大的罪?叶雨露已领了重罚,一生的轨迹都有可能弯弯曲曲,这惩罚够了吧。对这个女老乡,他说不上有多少好感,但他做不到冷血。毕竟人命大于天啊!

叶雨露道:"如果潘干事执意拖延,让我做不成手术,那我会在生了孩子后,带着孩子一起去死。到时候,还是两条命。是潘干事你断了我活下去的唯一可能,你一辈子脱不了责任。"她向着脑海中一晃而过的门可闩面孔,凄然一笑。多么希望他能在身边啊!但纵使他在,又有何补?一个死结。

潘容从叶雨露如句号一样圆滚滚的眸子中,看到了悲痛欲绝后的凛然。

他不再发声。

麦青青只求此事速决,这时候,随波逐流、明哲保身为上策,她选择保持缄默,静观其变。

叶雨露决定执掌命运,就此一搏。

办完入院手续后,叶雨露留院,潘、麦二人回到兵站。

"潘干事,明天手术,您多费心。"麦青青客气道。

潘容意外,麦青青这是打算离场吗?吃惊道:"你……"

麦青青甩甩头发说:"我父亲的警卫员,刚才找来。说我父亲近来身体不好,急需我回家照顾。"

潘容本想说:"咱是执行任务,不是休假。"但又想到对方老父亲,就算撇开首长身份,单凭年纪,也到了该有子女照料的岁月。平素远隔关山顾不上,无话可说。现在人在身边,不回去服侍,于情于理都说不通。至于医院这边的事儿,主要靠医生,便道:"那好,你回家吧。"

麦青青向潘容行了个军礼,说:"潘干事辛苦。如有急事,速速叫我。"说罢,跑走了。按照惯例,潘容应该回个礼,但他始终没打算抬胳膊。两个人的责任,现在都落他一人肩上,面对复杂情况,心中着实无底。

晚上,潘容不放心,又去了趟医院。小医院,管得不严,也不拘探病时间,家属可随时进出。卧在床上的叶雨露见他来,淡淡道:"潘干事,你回兵站休息吧。今天晚上,我还是正常人一个,你不必担心。"

潘容想想也是,便说:"休息好。实在睡不着,找护士要个安眠药。我走了。明天你是第一台手术,我一大早会赶过来。"

叶雨露面色不动,话语中稍有温度:"一路上,你也辛苦了。早点歇息吧。"

两人客气告别。病房内的其他女人,一时也分辨不出他俩是啥关系。

可能路上辛苦加操心不止,晚上潘容睡得不省人事。第二天早上,竟起晚了。这差池发生在训练有素的军人身上,简直不可思议。潘容估计是醉氧作祟。人刚从高度缺氧的环境中来,直接浸进平原氧气中,全身细胞都醉了。

来不及吃早饭,潘容三脚两步赶到医院。病房里,叶雨露床上空空。

"她呢?"潘容慌张地问。

旁边床位的女人说:"已经推去手术室了。真没见过这么心大的女孩,昨晚睡得死沉。刚才推走人的时候,护士还问家属来了没。真不怪我说你,不是一家人不进一家门,你这小伙子心也忒大。"

潘容心知肚明。醉氧,不会放过任何久居高原刚下来的人。

"谢谢!我马上去手术室。"潘容顾不上多说,冲出病房。到了手术室外,他一把揪住看见的第一个护士,"我找叶雨露。"

"谁?哦,想起来了。她已经进去了。你在外面等。对了,家属的手术知情同意书,你签一下。"护士公事公办道。

潘容稍稍迟疑了一下。他不是家属,但这个担子,责无旁贷。空张了张嘴,否认的话没出口。

"你们什么关系?"护士抖着笔,预备在表格上画钩。

"这个……上面都写了有什么关系?"潘容问。

护士头也不抬道:"父母、夫妻、兄弟、姐妹……差不多就这些选项。"

可惜,一个也不适用。潘容开口想说:战友。不过,在保密情况下,不宜报出。"我是她干哥。"稍思忖后,潘容回答。

"只有亲哥才有资格填这个表。不然万一出了事儿,找谁负责啊?!"护士铁嘴钢牙不松动。

看着手术室门楣灯箱上的"手术中"红字,潘容咬咬牙,一字千钧道:"亲哥。"

护士将诸项填好,说:"签完字,一旁等着。若顺利,一会儿人出来后,就直接回病房。"

潘容没有陪人手术的经验,听出话中有话,便问:"如果不顺利呢?"

护士答:"不顺利,什么情况都能出。"不肯详说。

"最坏的情况,会怎样?"潘容不想打无准备之仗,执拗追问。

护士不耐烦地翻给他一对白眼。她们对白眼的掌控,训练有素。翻瞪后,一般人马上自惭形秽,自动闭嘴,再没脸打探。

不想护士翻眼皮,看到的是年轻男子的帅气美颜。惨白一片的医院,顿时百花盛开,心下生出体恤之情,缓了缓语气答:"最坏的,当然是……死。"

潘容后退一步,锁了双唇。这护士,忒大胆!怎么能张嘴胡说?叶雨露大好年华,不过是个小手术,哪儿能扯到死不死的。

潘容不搭理小护士,枯坐在手术室外的长条椅上,心神不安等待着。

大约四十分钟后,一个护士直身撞开手术室外门,急匆匆吼道:"叶雨露亲属,在吗?"

潘容砰地站起身,答:"在!"

护士道:"快随我来。"潘容大步流星跟进。

手术室门内有一缓冲区域,陈设极简,四处白垩。两把椅子面对面放着,楚河汉界般。估计是供手术出现危急状况,与家属谈话时专用。

产科钳穿着手术服,半举着手肘,走过来道:"你是叶雨露什么人?"

"亲哥。"这一次,潘容毫不迟疑回答。

"好,亲哥。我们开门见山谈。昨天讲过,孕妇月份太大,手术风险很高。我们已是万分小心,但胚胎骨骼已经形成,断骨缘锋利尖锐。过程中,刺穿了患者的子宫壁和大血管……"

潘容虽听不懂这一堆医学说辞,直觉感到局面严重,急切恳求道:"医生,救救她!"

产科钳说:"这个无须你说。我们正在全力抢救。"

潘容急得口不择言,怒问:"你站在手术室外面,怎么救啊?!"

产科钳也不恼,估计歇斯底里的病患家属见多了,练就大将风度,平稳回答:"已经输上血了,一时半会儿没有生命危险。现在,我要和你这个……亲哥……"产科钳顿了一下,她根本不信这层关系,但生死攸关,也不想深究。就算出了大事,此人既已在表格上签了字,责任便不在医院了。

潘容晓得其中利害关系,但他毫不犹豫地说:"我是她哥。有什么,您直说。"

产科钳直言:"患者子宫壁已经破裂,大出血势不可挡。目前输血和止血措施,都是治标不治本。为保全她生命,唯一方式,是子宫全切。"

潘容只觉得口舌如沙漠干涸。原本一个不算大的手术,竟然和生命直接挂上了钩。他嗫嚅道:"救命第一。"

产科钳见潘容答得飞快,不像深思熟虑过,为防此人日后装傻,不得不郑重强调道:"你知道子宫全切,意味着什么?"

"这个……"潘容虽料到几分,还是要听医生说分明。

产科钳一字一顿道:"意味着从此以后,你这个妹妹,今生今世,不可能再有自己的亲生孩子了。你听清听懂了吗?"

潘容终于彻底明白了这句话的惊人意义。他一把抓住产科钳胳膊,说:"这太……残酷了!"

产科钳说:"还有比这更残酷的事儿……丢掉性命。"

潘容很想拔腿逃出四面森白的房屋,如此便能躲开艰难抉择。他无法替一个花季女孩,做这种无以挽回的决定。虽在平原,四周风平浪静,但潘容觉得面前是高原风雪卷地而来,背后是深不见底的血色深渊。

他算叶雨露的谁啊?谁也不是!没有血缘,没有恋情,没有上下级关系,甚至连朋友也算不上。凭什么让他来承担如此惨烈的责任?!

真想拔腿就跑,逃之夭夭!天崩地裂不管!土崩瓦解不管!血流成河断子绝孙!通通不管都不管!一切的一切,本和他潘容毫无干系!

可是,他不能走。他们是……战友,来自同一片高原,同一支部队。他强力稳住情绪,问产科钳:"再无其他选择?"

话还没落地,手术室内跑出一个满手血污的护士,冲着产科钳叫道:"主任!病人血压不断下降,输进去的没有涌出来的多,出血根本止不住啊……"

产科钳倒是基本保持镇定,有板有眼吩咐道:"再向血库请领两个血单位,立刻加压输血。大块纱布填塞,急救针……"

医嘱罢,她看向潘容,道:"请火速定夺。我这儿最多还能坚持三分钟。"

潘容一跺脚,铿锵说:"不用三分钟。我现在告诉你——切!"

说完,他跌坐在硬邦邦的木椅上,发出落夯般重响。

叶雨露回到病房时,麻醉尚未苏醒。脸色如同高原湖表层寒冰,惨白透明。因为是女病房,潘容不宜久留。他交代护士多加照料后,步履沉重离开。

他请示了军区,调用紧急电话,同阳云天政委取得联系,将情况如实汇报。

政委很快给出指示:

一、他的处置合规合法。紧急情况下,以保全生命为第一要务。

二、待叶雨露身体恢复后,第一时间向她本人宣布处分决定。

三、有关叶雨露复员回原籍的决定,相应手续尽快办理。

四、告知麦青青,立刻回医院照料叶雨露康复,并负责后续工作。务必保证叶雨露的健康与安全。

……

潘容一笔笔记下阳政委指示,核对完毕后,突然发现,后续工作主要由麦青青负责,自己反倒没什么事儿了。

隔着千万里,阳云天好像看到潘容的疑惑,说:"你的工作到此结束。"

潘容不解,说:"事情没处理完。"

阳云天说:"关键部分已经完成,后续的事儿,麦青青可以胜任。你去完成新工作。"

潘容一时没反应过来,问:"新工作是……?"

阳云天说:"见黎欢喜。准备结婚。"

潘容顿时木僵在地。"听到了吗?"阳云天面对没有丝毫声音的听筒,怀疑掉了线。

"听到了。"潘容机械回答。

"有什么困难吗?"政委声音亲切。

"报告,有困难。"潘容不甘心,困兽犹斗。

"有困难,想办法克服。这里的工作,都在有条不紊进行着。当然了,出现反复,也有可能。毕竟,任何事情,都不可能一帆风顺。"阳云天似无所指,很笼统地说着,但语调森然。

潘容顿觉排山倒海的压力,顺着电话线,汹涌而来。

"政委,我……明白。"潘容最后的反抗,以丢盔卸甲作结。为了爱他所爱,他必须不爱。

"你到景司令员家,给我带好了吗?"阳政委另辟话题。看似不相干,其实和上一个话题,密不可分。

"我……我暂时还没有去。叶雨露的事情,尚未处理完。"潘容答。

"没关系。"阳云天说,"等你结婚回来,再到司令员家里带好也不迟。希望那时,都好。"

是的,都好。郭换金,希望你军装上,没有一丝尘埃落下,洁净如高原初雪纷扬。

第二天潘容到病房,与叶雨露告别。

叶雨露脸色苍白,像一粒在地上踩踏过的桑蚕丝茧。底色还是白的,但皱缩肮脏。两只眼如蚕壳上被剪出的黑洞,毫无光泽。潘容避而不看她圆而黑的暗眸,说:"叶雨露,我要回去探家了。今后,不能再来看你了。"

"谢谢你,潘容……哥。"叶雨露毫无血色的嘴唇翕动,声音极低微,最后无声。潘容靠口型,才分辨出结尾那个字。

"你都知道了?"潘容吃惊。

"刚开始是局部麻醉,我听得到。后来,上了全麻,就人事不知了。"叶雨露低声解释。

潘容看了一眼守在床边的麦青青,说:"有什么事儿,以后再说。你先把身体养好。"

麦青青玲珑剔透之人,拎起暖瓶道:"我去打开水。"

待麦青青走远,潘容说:"可有什么话,要我带给郭班长?"

叶雨露一下红了眼眶,说:"你告诉郭班长,告诉那个人,孩子没了,我今后也不会再有孩子了。他若愿意,便到我家乡找我。战士复员,没有别的去处,我老家不能不要我。他若不愿意,就不用找我了。我会……记着他。"说罢,一滴滴的泪水,如同正在输液的点滴管,扑簌簌落下。想一个人,便会不断美化那个人,心会疼痛到抽搐。

潘容声音略带不安道:"小叶子,你再说一遍。有些,我听不大懂。"

叶雨露摇头道:"不说了不说了。你不懂不要紧,只管把我的话,原原本本学给郭班长听。她能懂的。"

潘容便点头,说:"叶雨露,小叶子。今天这一分别,我也不知今世咱们是否还能相见。你多保重。"

做完手术后恢复知觉,感到的不是疼痛,而是弥漫全身的疲乏。叶雨露挣扎出一个勉强算笑容的表情,吃力说道:"那会儿我在手术床上,觉着自己飘起来了,趴在无影灯的罩子上。我想,这怕是死的感觉了。突然听护士说,叶雨露她哥,签了手术单子,求咱们全力抢救……我心里突然就不害怕了。谢谢你,哥。"

她对腹中曾经驻扎过的那个孩子,感情复杂。从没有天生的母爱降临,有的只是无尽的烦恼和忧愁。作为孩子的妈,她还是起了个名字——小海米。也不知小海米是男是女,是丑是俊……她并不觉得自己对不起小海米,因为没有任何办法保全它。她也并不觉得小海米孤单,因为有妈妈的子宫和它裹在一起,不会分离。子宫,是小海米的棺椁。小海米和自己的子宫,被怎样处置了?她不敢问。会埋了吗?估计不可能。肯定是当垃圾丢了。小海米是透明的吧?她的子宫应该是粉色吧?原本应是鲜红色,因为出血太多,颜色就淡了。粉红色的子宫裹着透明的小海米,小海米便不孤独也不冷。子宫最后进了医疗废物垃圾桶,她不难过。可小海米不能入土为安,怎么托生呢?想到这里,她庆幸有自己的子宫,给小海米殉葬。她再也不会有孩子了,小海米是她唯一的孩子。所以,小海米啊,你别怨妈妈,妈妈给了你粉色襁褓。你此后可得一辈子温暖呵护……而妈妈的青春,则永远留在冰雪中,独享挫骨分筋之痛。想到这里,她的眼泪缤纷落下,犹如透明的珊瑚碎裂。

她想到门可冄,希望他能守在自己身边,用宽大的手握着自己的手。但这绝不可能了。从门可闫最后的表现看,她再也不敢寄托希望。特别是得知自己再也不能生孩子后,她毫无悬念地推断出,门可闫在重重压力下,一定会放弃她。她甚至不会给他写信,一是怕人察觉,二是无话可说。

她曾久久迷失找不到出口的黑暗,再一次卷土重来。她与黑暗相撞,几乎流干了所有的血,九死一生。知道自己怀念的那个门可闫,不是真正的门可闫。她对他的感情,是自己美化过的。就是男女相吸,过去就过去了。犹如暗夜中的篝火,熄灭为灰烬。

好在浓厚黏稠的漆黑之夜,也有点点星光。温良和煦的老乡哥哥,让她感受到暖意,成了绝望中的安慰。

正说着,麦青青拎着水瓶回来。"两人还挺能聊的嘛!"麦青青打趣。

"我走了。"潘容起身,眉头紧锁,敬个礼算作告别,怅然离去。枯瘦显骨的叶雨露,吃力地将右臂右手在枕头上,摆成了一个角度,算是回礼。她预感到,麦青青马上要代表组织,向她宣布最终的处理意见,这很可能是她名正言顺行出的最后一个军礼了。虽然,很不标准。

刚入院睡在旁边床上的老大娘,忍着化疗输液的恶心咋舌道:"两口子还互相敬礼?生分啊。"

潘容与黎欢喜顺利成婚。到了该归队的日子,妻子恋恋不舍。看着潘容俊美无俦的平静面容,百般伤感。

"不能……不走吗?"黎欢喜明知故问。

"不能。"潘容回答。他说不上多喜欢黎欢喜,但人家全心全意爱自己,依赖自己。你又说不出她有什么不是。按照潘容善良的天性,安稳、隐忍,只是没有激情。

"我跟我舅说说,你可以晚归队一段日子。理由嘛,我早就想好了,就说我妈病了。"黎欢喜是个浓眉大眼的胖姑娘,这番话说得毫不忸怩,看来已思谋多时。

潘容已在妻子家住了多日,尽管阳云天的大幅照片,贴在白墙最显眼处,潘容还是无法在第一时间,联想出"舅舅"是谁。他脑海中,浮动的是遥远边陲,有个炊事员的闺女,正在看书?出墙报?打针?做手术?

那个傻姑娘,还在生他的气吗?潘容很坚定地回答:"你不能和政委说。作为军人,我一天也不能晚归。"

黎欢喜不高兴了,扭住他的胳膊,说:"那人家想你怎么办呢?你说啊……"

潘容说:"那咱们认识之前,你是怎么办的?就照那时的办法过呗。"

黎欢喜脸上羞红,娇嗔反问:"那能一样吗?"

潘容说:"能一样。你会习惯没有我的日子,就像之前一样。"

黎欢喜耍赖道:"当然不一样。我偏不让你走,你能怎样?"

潘容面色不豫道:"超假的人,会受处分。"

黎欢喜不以为然道:"我舅舅才不会处分你。有我妈,有我,你不用怕。"

潘容说:"你们不怕,我怕。"

黎欢喜就弄不明白了,问:"你怕什么?"

潘容说:"我怕的是所有探亲回内地的人,都找各种理由超假,都不按时归队。那样边防线上,就会出现漏空的哨位,敌人有可能乘虚而入。"

黎欢喜一下抽回了手,受了惊吓道:"你不是坐机关的人吗?怎么扯到哨位上?我舅向我妈一千个一万个保证,说你绝不会有危险。只要他在一天,就会把你安置在绝对安全的岗位上。"

潘容嘴角抽动,道:"国境线上,没有任何地方是绝对安全的。就连我们上级军区景司令的儿子,都壮烈牺牲了。"

黎欢喜胖脸上的软肉,耷拉下来,不再言语。心里想的却是:就是哭晕,也要缠着妈去求舅舅,一定要把英俊的如意郎君,永远调离高原战区。

潘容说:"为了祖国,我们错过了无数风花雪月……"

黎欢喜重又抱上他的劲健腰身,补充道:"还有假期……"

潘容仿佛没听见,轻轻推开她。他忆起,他和她,从没有风花雪月,那里,有地球上最狂野的罡风出没,有粉红诗篇一般的红柳花盛放,有铺天盖日的骇人暴风雪席卷,有世上最大最纯粹的一轮皎月普照……他们从未有一天共度假期。戍边的战士,没有假期。

潘容探亲回来,路过上级军区。遵阳政委指示,要去景司令家中,传达问候和致意。说实话,潘容十分怵头。他曾眼睁睁看着景自连入殓,烈士的音容笑貌,栩栩如生。此刻要到他家中嘘寒问暖,每说一句话,都如炮烙。

景司令的家,是单独的平房院落。要在城市,会被称为"独栋别墅"。部队大院里,它更像一座独立的战时指挥部。潘容在约定时间到达,没早一分钟,也没晚一分钟。

警卫员开了门,门后,站着一位端庄的中年女子。服饰得体,面容平静,声音温和。"我是景自连的母亲,甘黄连。你叫我甘阿姨吧。"女人说着,引导潘容到客厅坐下。

潘容不动声色地打量,入眼是极端简洁,简直可说简陋。除了极为必要的配发家具,靠墙矗立着一排书架。虽说不上家徒四壁,但一件多余饰物都没有,干净至极。

女人再老,只要她和她的环境整洁清雅,就会让人不敢小觑,推断她曾有过年轻时的卓越风华。

"老景在书房,还有一些公务没处理完。咱们先坐。"甘黄连说。

可能为了打消潘容的不安,甘黄连递过一杯白开水,抱歉道:"我们家没茶。老景不喝,觉得军人不应喝茶,要永远保持对清水的热爱和敏感。毕竟,在战场上,你会喝到井水、河水、溪水、泉水甚至雪水,但不保证有茶。"

声音低沉,语速安缓。潘容却在娓娓道来的叙述中,察觉着潜藏的坚定逻辑。想到景自连在这样的母亲熏陶下成长起来,潘容艳羡叹息。

甘黄连个子很高,少说有一米七。这在同时代女子当中,基本算鹤立鸡群。他记起景司令的绰号,唤作"景矮子"。看来,景自连的高大帅气,继承了母亲的基因。

正想着,景司令来了。真是矮啊!潘容估计最高也就一米六二,军装要穿最小号的。不过,这指的是长度,宽度肯定不够。看他一身军装笔挺合身,肯定是定制的。

潘容涌上的第一印象颇不恭敬:甘黄连和他成亲,不觉得冤吗?还没容他细想,景司令走过来,伸出手,说:"阳云天叫你来的?"

"是。"潘容略显拘谨。不管怎么说,眼前是执掌庞大边防线的最高军事长官。手上有雷霆之力蕴藏,胸中有无数雄兵埋伏。

"回去告诉阳云天,我都好。景自连的事儿,他用不着自责。这是连儿自愿的,保家卫国是他,也是我和他母亲的心愿。好,你和他妈妈聊天吧,我还有工作。"说着,正了一下原本就非常端正的军帽,雄赳赳气昂昂地出了司令宅。

潘容一时愣怔。不知道自己是随之离开,还是和甘黄连拉家常。好在他的困惑并没有延续多长时间。

"潘干事,听说,是你给自连最后穿的衣服?"甘黄连干涩开问。

"我和另外同志一道……给他……穿的衣服。"潘容也以同样干涩的声音回答。在失去儿子的母亲面前,任何希图减少她悲哀的努力,注定徒劳。

"穿得可暖?"甘黄连问。

"暖。里三层外三层。背心、衬衣、绒衣、棉衣、罩衣、军大衣……"潘容一边回忆一边说,不敢有丝毫遗漏。

"可都是新的?"甘黄连继续干巴巴发问。

"都是新的。刚从被服仓库领出来的,都是他平日穿的特号军服,十分合体。他穿好后,宛若生前一般威武。"潘容稍稍加了一点形容。他想,这也是一个母亲想知道和想看到的。

不料,甘黄连叹了一口气说:"贴身穿的军衬衣,应当洗过。一是干净,二是,也软和些,不那么硬挺扎人。自连看着是威武男儿,其实他皮肤很细很白。粗糙的布料,会让他感觉不舒服的。"说到这里,她好像记起什么,抱歉地说,"我不是怪你们。那时候,顾不上这么多。总不能把衣服洗干净,等晾干了,再给他穿上吧……"

潘容不知道说什么好。是啊,来不及。把衬衣等贴身衣物洗干净晾出去,天亮时,收衣时将是满袖筒满裤腿的莹白冰碴。

看潘容不吭声,甘黄连自我开解道:"都是新衣服,我们就放心了。"

潘容知道这个"我们",包含了他的父亲。景司令员并不像看上去那么淡然。

又是半晌沉默。作为老到的政治干事,面对牺牲将士家属谈话这事儿,还是有经验的。沉默,是此刻唯一能做的姿态。陪伴就是一切。他本以为司令员家,多少会有些不同。现在方知,失去孩子的双亲,普天下尽是一样。

不知过了多久,甘黄连游走八荒的意识,才恍然记起身边还有一个年轻军人。

她用纤长手指,在发际拢了一把,又从面庞上方轻轻拂下来,好似用一张无形的棉纸,将悲哀收束。待眉眼再看向潘容时,除了眼圈发红,大体恢复了平静。

"据说,连儿的贴身衬衣兜里,有一封他的亲笔信?"甘黄连问。

潘容略有些吃惊,目光还停留在甘黄连的鬓角,那里有一绺白发。难道,这封绝笔信,没交到他父母手中吗?难道,贵为司令员之子,他的信也被扣押或遗失了吗?这不可思议。但事实终是事实,他不能当着烈士母亲说瞎话。

"是。"他很肯定地回答。

"你当时在场?"甘黄连目光转为犀利。

"在场。"潘容不容置疑回答。

"亲眼看到?"甘黄连的眼眸,简直像两枚极大瓦数的灯泡,盯得潘容难以对视。

"是。"潘容本想说亲手将遗书,上交给了高原战区。但他觉得以甘黄连的位置,早已洞若观火。自己说不说的,并无太大价值。甘黄连一再问询,不过是再一次确认事实。

"他这封信,是写给一个女孩子的?"甘黄连追问。

潘容略微迟疑了一下,思忖是谁将信件内情告知了景自连母亲?甘黄连对他的沉吟,心生不满。她拿出司令夫人的权威与霸气,说:"这个问题那么难以回答吗?是,还是不是?请你如实答来。"

"是。是写给一个女孩子的。"潘容觉得自己于公于私,都没有隐瞒的必要。特别是面对失子母亲的探究目光,他无法沉默。

"你可知道,他是写给哪个女孩子的?"甘黄连层层剥茧,步步紧逼。

"这个……"潘容此刻真不敢答。面对烈士母亲的灼灼目光,他也没胆量隐瞒。情急中,他解释道:"那封信,并没有抬头。所以,无法确认到底写给谁的。"

甘黄连虽陷入极端悲痛,并不糊涂。她看出潘容说的不是假话,便不再为难他,问:"你可知道这封信,现在在哪里?"

潘容松了一口气,这个可以回答,说:"当时,我把信交给了上级部门。应该还在保密室中封存。"

甘黄连说:"可我问过阳政委,他说并没有这样一封信。"

潘容愕然。啊?!这封信,千真万确存在。阳政委一定看过这信,但矢口否认,是何用意?潘容想不明白,也不敢贸然猜测,只好说:"也许政委没有亲眼看到这信。我看到过,可以背诵。"

此话一出,无异晴空电闪雷劈。甘黄连身体猛晃几下,靠双手撑住沙发扶手,才将将稳住身形。她喃喃道:"小潘,你真能背出来?"

潘容说:"我能背。您现在要听吗?"

甘黄连两手捶着沙发布面说:"背!你背吧。我听!"

于是,潘容站起身,背对甘黄连,开始背诵景自连的绝笔信。

亲爱的姑娘:

我爱你,排山倒海。

对不起,军纪不喜恋爱,甚或禁止。恕我擅自爱你,至深至远。知你一无察觉,但我无法自拔。若你看到这信,我的爱,便已从人间移到了天上。

恕我把绝大部分的忠诚献给了祖国。服从命令,这便是我爱你的方式。留下最后一点点爱,未经允许,私自赠予了你,绵绵无尽……

当你看到这些肺腑之言时,我已策马行进在赶赴下一场战斗的路上。请不要为我流泪,亲爱的姑娘。那样我会即刻拨马而还,用滚烫的吻熨干你洒泪的面庞。之后,再次踏上征程。我从未吻过你,但在梦中,已经历千百次。你,能回吻我一次吗?我会带着微笑,还有你喜欢的酒窝,为你祝福。

亲爱的姑娘,唯愿下世还能相逢。我们的信物,是记忆中的彼此弹片。我们,在平原上,做老百姓。这一世,我们已尽完万世之责。

永别了。原谅我上一次未和你郑重告别。此后,我再也不会失诺,直至每一轮生命的始终。

自连绝笔
××年×月×日

潘容尽量音色平稳,竭力不去模仿景自连的声调语气,生怕让烈士母亲更加万箭穿心。不知自己这样做,是否相宜?情急中,也不知如何是好。始终不敢抬头,始终背对。他做不到看着母亲的眼睛,背诵她儿子的绝笔。

好不容易背完。停了半天,潘容才缓缓转过身来。

果然,他看到甘黄连的眼泪,从眼底倾泻而出。脸庞完全被泪水覆盖,好像竖起的深潭。

无边无际的沉默。不知又过了多久,甘黄连递过纸笔,说:"帮我写下来。"

潘容很快将信默写出来,双手递交甘黄连手里。他以为这位母亲,一定会仔仔细细反反复复看这些文字,却不料甘黄连立即将信纸折叠,好像里面封印着一个活泼精怪的灵魂。她不让他淘气,不让他随意溜出来游玩。

她消耗完了所有气力,颤颤巍巍问:"那个女孩,到底是谁?"

潘容迟疑。不是他思谋着要不要将郭换金供出来,而是判定甘黄连并非一无所知。留了个心眼,他反问:"您觉得是谁?"

甘黄连说:"我真不知道是谁,但我知道不是谁。"

潘容明显感觉话中有话,但首长夫人的心思,他不敢也不能刺探。他说:"您既然有了大致猜测,查一下,并不是太难。"

甘黄连说:"连儿不在了,他喜爱的姑娘,我很想见一见。见到她,也像见到我的连儿一样。连儿喜欢的人,我们也喜欢。知道在这个世界上,有个和我们一样痛彻思念连儿的人,心在万分悲苦中,也多一份宽慰。"

潘容黯然中亦有安然。为了景司令一家,也为了郭换金。他知道郭换金的痛苦,无人可以分担。现在有了可共同长久缅怀他的人,彼此都不再孤单。自己已失去了站在她身边的资格,无法将臂膀让她依靠。世上能有人与她同气连枝地哀伤,泪水再多再汹涌,也会生出同舟共济的感慨。

甘黄连痛楚中,头脑仍很清晰。她问:"连儿的绝笔信,究竟在哪里?"

潘容恨不能赌咒发誓说:"这个,我真不知道。"

甘黄连看来信了他,又说:"那个姑娘,不用你告诉我她是谁。我能找到。"

潘容赞同道:"我坚信您一定可以找到她。"

甘黄连突然压低声音道:"要是有人冒充,可怎么办?毕竟连儿没写出姓名。"

潘容已约略猜到有可能冒充的人,说:"冒充并不容易。"

甘黄连说:"你说得这样肯定,可有佐证?"

潘容说:"信中有句话,不知您可注意到?"

甘黄连说:"哪一句?"其实她只要展开信件,轻而易举就能找到那句话。但她并没有打开折叠好的信纸,只是看向潘容。

潘容低声说:"我们的信物,是记忆中的彼此弹片。"

甘黄连微微闭了一下眼睛,重复道:"弹片。"

潘容要说的话,基本都已说完。正沉默着,景司令员回来了。他低矮的个子,因为悲伤,似乎变得更矮了,加之壮硕,如同铁砧,呈坚硬的四面体。"你还没走?"司令员略感意外。

"我这就走。司令员。"潘容站起身。

甘黄连说:"老景,你扶我一下。我……站不起来了。"

景司令走过去,躬下身,用肩膀充当夫人的支撑。甘黄连摇了几下,终于直起身。稳住后,她对潘容说:"潘干事,希望还会见面。"

潘容真诚地说:"我一定再来看您。"

甘黄连说:"不是在这儿,是在高原。"

35

潘容探亲结束返回高原后,向阳政委汇报到景司令员家的"慰问"经过。用"慰问"这词,他理不直气不壮。"慰问"乃安慰问候之意。他何德何能,能安慰司令员和他家人?就算打着阳政委旗号,终是惴惴不安。忆起整个过程,潘容觉得灵魂受荡涤,被慰问的是自己。

"景司令一家,的确没有埋怨?"阳政委半信半疑地问道。

"没有。起码我没感觉到。"潘容如实作答。

"司令夫人,也无愁苦幽怨之情?"阳云天不放心,继续盘问。

潘容很肯定答道:"甘黄连夫人非常哀痛,可说痛不欲生,但没有怨恨情绪。只是母亲失去儿子后的锥心之痛和极度不舍。"

阳云天这才彻底放下心来,道:"你的任务,圆满完成。休息吧。刚上山,身体要重新适应,这个过程也不容易,"又似无意中提到,"怎么样,欢喜不错吧?"

潘容顿挫了一下,才干巴巴回答:"不错。"他不愿说出黎欢喜的名字。虽然,这点小小阻拒,什么实际用处也没有。

阳云天也不计较,优秀高原军人的忠诚感,毋庸置疑。无论是对祖国,还是对家人。他看着潘容因在内地休假回来,在充裕氧气和温润气候的滋润下,唇红齿白,丰神俊朗,涌起浓烈喜意。正值午后饭饱神虚之际,不由联想,将来潘容和姐姐孩子的孩子,要叫自己舅姥爷,想必也是非常出彩的娃娃。寒眸深沉的政委,露出温煦笑意。

潘容见状,猜出政委所想,恨不能逃离。他想速去卫生部,见郭换金。内心想见又愧见,但他有重要的事儿须落实。

"政委,死吻一事,最终怎样决定?"归队后,未见此事有何巨澜,内心甫定。但总要从政委口中得到确切信息,才能彻底放心。

阳政委轻描淡写道:"你既开具了结婚证明,你的证词,就杜绝了私人恩怨这个漏洞。无法认定你证词的有效性,也无法确认麦青青所言不虚。一比一,相互抵消了。最后结果是,此事按下。"潘容淤积心中数月的忧虑,长长吁出。

"还有一事,景司令夫人十分关切。"潘容欲抛出心中疑团。

"说。"阳云天眸色不明。

"景自连烈士的遗书,现在在何处?记得是我亲手造册登记,亲手交与您的。"潘容非常肯定地说。

"不错。是你造的册,是你把遗书交到我手中。遗书边角浸满了血,血液干涸之后,纸张又硬又脆,折痕处几乎断裂。"阳云天平静作答。

"您可保存着?"潘容急切问。

"我保存得很好。再也不会比我的保存更好。"阳政委说着,给茶杯内续了一些冷水,继续熬煮,顺口道,"小潘,你要不要喝茶?咱们是亲戚了,没外人时,你不必拘谨。"

潘容不喜欢"咱们是亲戚"的说法,但又无力反驳,便说:"不了。政委,我临来时刚喝了水。景司令夫人,想要看看她儿子留下的最后字迹。"

阳云天深呷一口刚开的茶,闭上了眼睛,享受地缓缓咽下。许久,才睁开眼皮道:"景夫人看不到她儿子的遗书了。"

潘容大惊,不可置信道:"遗书哪里去了?"

阳云天决然说:"根本就没有遗书。你说不存在的东西,它能到哪里去?"

潘容完全不得要领,说:"您刚才不是还说我把遗书交给您了?"

阳云天说:"我有那样说过吗?我从来没有见到过遗书。"

潘容完全蒙了,觉得两人当中,至少有一个人疯了。他难以置信道:"政委,您的意思是景自连烈士没有留下遗书?"

阳政委说:"正是。你理解得很正确。"

潘容说:"可是我明明把它交到您手中了。"

阳政委说:"如果咱俩各执一词,你以为大家会相信谁?"

潘容无言以对。他已经在和麦青青的对垒中,丧失信誉。现在再和政委对质,根本不会有胜算。他并不太慌。政委难道能一手遮天?

看到遗书的,并不只有他们二人。他不甘心道:"麦青青也看到过遗书。"

阳政委说:"鉴于你和麦青青的争执,她现在的话,也没人信。"

潘容绝不妥协,说:"那还有郭换金!"

阳政委阴寒如铁道:"不错,还有郭换金。刚从死吻一事中,全身而退的郭换金,还要再一次卷入遗书事件吗?"

潘容抓住最后一根救命稻草,说:"我给政治部上交了详尽的烈士遗物清单。那上面清清楚楚登记有遗书。"

阳政委面露一切尽在掌握之中的泰然神色,悲悯地看了一眼潘容,说:"政治部上交来的登记表中,并没有遗书。"

潘容彻底崩溃。他模模糊糊感到一个黑色漩涡,绕着圈旋转而来。他竭力拢住思维能力,理出一点头绪。

他进屋后原本站着,想汇报完了就走。此刻主动拉动椅子,跌坐其中。刚刚回到高原,再次不适应缺氧状态的身体,支绌乏力。连喘几口粗气后,他吃力说:"您是觉得景自连的遗书中,有不太昂扬的文字出现?所以,否认这份遗书的存在?"

阳云天温和地说:"你累了,孩子。先回去休息吧。"

潘容悲愤难抑:"遗书千真万确啊!这是景自连烈士对他心爱的姑娘,最后的肺腑之言!"

阳云天苦口婆心道:"你想过没有,如果把景自连这些话,让所有高原将士都听到,对士气将是怎样影响?景自连,他不仅生前是戍边军人,即使死后,他的这一身份,也不会有丝毫改变!我可以肯定地说,即使是他本人,也不希望更多的人,看到这份遗书,对吧?"

潘容说不出话。周身像个空罐头盒,装的都是无奈与疲惫。朝着面甜心苦的政委,微不可察地点头。不是无条件服从,而是想到壮烈牺牲的景自连——他的肺腑之言,的确是想仅对郭换金一人倾诉。

"孩子,回去吧。好好睡一觉。醒来后,你对这件事情的看法会起变化。没有遗书,对烈士,对家属,对整个部队,都不是坏事。该看到的人,已经看到了。"阳云天慈和地说。不仅是爱惜优秀的部下,也满怀对亲人的矜恤。

潘容虚弱站起身来,道:"政委,我走了。"

阳云天说:"你刚上山,对高原重新不适应。我看你迷迷瞪瞪的,千万小心。"

即将迈出办公室那一瞬,潘容问出最后一个问题:"您能告诉我,那封遗书,哪儿去了吗?"

阳云天说:"没有遗书。"遗书在只有他知道的地方,是火焰和灰烬。

潘容走了。他本来是想找郭换金,有一件重要的事儿,要告知她,顺便把还没看完的书,借出来。但此刻,他心乱如麻,诸事只有留待以后再说。

几天后,潘容觉得稍微平静后,到卫生部找到郭换金。

郭换金消瘦了很多,以往还算合适的军装,空空荡荡。腰间扎了一条草绿色腰带,让她窈窕腰身,如风中红柳。看到潘容,她没露出一点意外神色,淡然道:"你探亲回来了?"

潘容对和阳政委外甥女结婚一事,无以解释,只是说了句:"我还完成了护送叶雨露下山及其后续的工作。"

郭换金说:"总想问问你,她怎么样?"

潘容说:"手术不太顺利。和胎儿一起失去的,还有她的子宫。"

郭换金又问:"宣布对她的处分和复员的决定,你都参与了?"

潘容说:"那是麦青青负责完成的。我那时……政委要我速去完婚。"他坚持把困难的话说完。

叶雨露的情况,广为人知,众口铄金积毁销骨。郭换金都知道,只在内心深处不肯相信,才再次问询潘容。哀伤悲悯,如鲠在喉。小叶子的眼,在面前无辜眨动。她的眼睛两端钝圆,黑眼珠多,圆圆如杏仁。那段日子,是否噙满泪水?又想到潘容婚事,区区小干事,哪儿能对抗战区政委的意愿,平静道:"恭喜成家。"

潘容涩然:"不过是新时代的包办婚姻。"

郭换金不愿在这话题上纠缠,急切问:"叶雨露后来怎样?"

潘容说:"我见她的最后一面,是手术后。知道她没有生命危险,就离开了。之后的事儿,我也不清楚。"

郭换金说:"我得到的消息是,她复员回老家了。按说她学医,属于技术工种,继续分到医疗口,顺理成章。但因她受了处分,工作无法落实。她十分虚弱,在家休养。"

叶雨露的情况,潘容还未及打听,不过和预料的差不多。如此狼狈地从部队退役,难有好归宿。他下意识地向四周睃寻一番。

谈话位置,在卫生部院落中心处。大隐隐于市,空旷之地,周圈房屋内的人,只要有心,都可从玻璃望来。见二人像两杆枪,笔直立于那里,相隔很远说着话,就无好奇心围观。二人都谙众人心理,说话时间便长些,也不致引起非议。缺点是彼此相距较远,声音较大。好在四周空旷,没法不显山露水地窃听,反倒安全。

潘容说:"我有话想与你单独说。"

郭换金身形不动,道:"此处很安全,你说吧。"

潘容确定谈话无人能听见,开口道:"叶雨露有话让我带给你。"

郭换金陡然绷紧身体,急切问:"她说了什么?"

潘容道:"临手术前,叶雨露告诉我说,那个人是谁,你知道。"

郭换金未置可否,只是追问:"小叶子还说了些什么?"

潘容由此断定,郭换金知晓内情,便道:"小叶子说,如果她死了,请转告那个人,她不后悔。"

郭换金说:"小叶子不是没死吗?这个话,我也就不转达了。你接着说。"

潘容不赞同道:"你既然知道那个人是谁,请还是转告吧。这也是一份生死情谊,你不该自作主张瞒下。"

郭换金辩道:"我并不知那个人是谁。"

潘容说:"难道小叶子还能胡说不成?人之将死,其言也善。当时的情形,我完全相信她说的是真的。"

郭换金冷笑一声道:"你的意思,不相信我说的是真的。"

潘容僵立原地,内心苦涩。就算你的红血球在我身体内都死光了,也不用如此生分啊。他坚定反驳:"我绝不会怀疑你。"

郭换金也察觉自己不该意气用事,缓缓道:"你当然应该怀疑我啊。关于那个人,不告诉你,是为了你好。你知道的越少越好,既然小叶子没告诉你，我也不能告诉你了。"

潘容绝望地说："永远都不告诉我吗？"

郭换金很肯定道："永远都不告诉你。让这个悬案，成为高原上消失的秘密。连无所不在的风和万古不化的雪，都不会知道。"

潘容退后了一步。他看到附近窗户上，有几双眼睛有意无意瞟向他们。他已成婚，警报解除。但郭换金仍是众人瞩目的未婚女兵，他要全力保护她。

他真切感觉到，郭换金变了。景自连牺牲的最初日子里，这种变化并不明显。在极其巨大的打击下，呆若木鸡。那时的她，机械地维持着惯性，不了解的人，以为那是镇定。只有潘容知道，郭换金内心分崩离析，徒留虚壳。漫长的痛定思痛时，他不在高原。现在，一个半新不旧的郭换金，正在艰难蜕变中。

两人距离不算远。但潘容看到，远方的山峦中，另一个显得陌生的郭换金，一袭白衣，孤独立于生死交错的缝隙中。

潘容还有件小事要做，说："我在高原与平原过渡处，捡到一件东西，带回来给你。"

他以为郭换金会好奇，追问到底是什么东西，没想到郭换金无动于衷说："你想拿，就拿出来看看。你不想拿，我就忙去了。"

潘容反倒急着说："喏，就是它。"从军挎包里取出一个小纸包。

郭换金仍然身姿笔直站着，连个前倾的角度都没给。

潘容小心翼翼打开纸包。如同小动物残破骨骼般的旧物，裸现。

长度大约二十厘米，肮脏到看不出颜色，边缘依稀可见齿样凸起，风化严重……

潘容说："我不能确认，这是否古墨在自己墓前，留下的那把梳子。大方向是对的，只是一把塑料梳子，能在高原恶劣条件下，保存住吗？"

听和古墨有关，郭换金接过梳子，端详一番，说："塑料是非常难以分解的物质，多年难朽。也许，这把梳子在冰天雪地中，等待着被人捡到。"说罢，将它递还潘容。

潘容彻底认定那个美丽单纯的文艺少女，翩然远去了。他说："不管这是不是古墨的那把梳子，我想把它送给你，做个纪念。"

潘容本觉得自己没资格再和郭换金过多牵扯,不能像以前那样自由而热烈地爱着她,哪怕是单相思。但他渴望有个信物,就像他们的弹片,留个念想。却不想郭换金并不伸手,说:"我不能确认它是古墨的梳子。还是你保留吧,就当它——是。我们一生,会认识很多人。有些人,一丝痕迹也留不下,就像从不相识。有些人,融入骨血中,直至变成我们精神的一部分。只要思念在,他们就活着。我已经有了两块弹片的纪念品,这个,就保留在你那儿吧,作为我们共同读过他们留下的书的怀念。"说完,郭换金仰头看看天,以控制泪水涌出,耐心地等待眼中的泪雾,被风掠干。

阳光正好,光华中没有一丝尘埃。罡风猎猎,如噎如泣。

潘容还没来得及回答,郭换金就转身离去了。古墨,曾是她心底不可触碰之死穴。现在,在历经更惨烈的生离死别之后,她已渐趋平静,喜怒不形,眼神也常常无波。

初恋的毁灭,挫骨之痛。但也会让人飞速成长。郭换金已走出几米开外,才听到潘容破胸而出一个字:"好。"

这个"好"指的是什么?潘容也说不清。但他在心中默想,只要生命还在,就无法停止我对你的眺望。这无关情欲,只是一厢情愿地想和你相伴。郭换金啊,有了可思念的人,就不会孤独。你念不念我,我无法强求。但我思念你,你就永远和我在一起。

"你速下山,接到首长后,偕同上山。首长年纪大了,身体差,你一路上,多加小心。"政治部领导给潘容分配了新任务。将相应手续,交付于他。

快速上山下山,让身体机能目瞪口呆,无法适应骤冷骤热的剧变,损耗极大。潘容没有二话,立即执行命令。待见到首长,吃了一惊,原来他认识。不过,首长没显露丝毫认识他的意思。长期工作素养,让潘容深知在森严的上下级关系里,低阶不可主动相认。上级做出不认识你的姿态,不管是单纯的贵人健忘,还是出于其他种种原因,都属正常。他没有贸然出言,将情绪掩饰得滴水不漏。

"一路很艰难?"首长问。

"比较难。但也不是难于上青天。"潘容小心斟酌词句。既实事求是,又略带诙谐。

首长若有所思,道:"我们坐军用吉普车,还算舒适。大部队上山的时候,都是大卡车,想必非常辛苦。"

潘容谦恭道:"首长很了解一线情况。"

首长说:"我也只是听说,纸上得来终觉浅。这一次,亲身实践一下。我也很想乘坐军用卡车。"

原来是这个意思。首长看起来约五十岁,身体羸弱。

潘容道:"首长这样说,我作为高原战士,非常感动。不过为安全考虑,您不能乘坐大卡车。"他没说年龄的原因,怕首长不爱听。

首长叹一口气,只好认可现实,坐进潘容提前打开的吉普车门,落座于驾驶员后方。一名警卫人员,坐副驾驶位,潘容也坐后排。座位安排,有讲究的。出了事故,驾驶员出于本能,危急时刻会选择自保,一系列避险动作,都会朝着有利于他所在的方位。那么,落座在驾驶员身后的首长,理论上讲,安全系数最大。警卫员在前排,视野开阔,有利于观察情况预防万一。潘容的位置,则要求在危机爆发时,贴身卫护首长安全。前方,还有一辆小车同行,互为接应。高原行车,单车是大忌。

短暂的平原路程之后,汽车开始爬坡,道路蜿蜒逶迤。

这条路,潘容不知走过多少次,对景色毫无兴致。看到首长目不转睛盯向窗外,就说:"上山的路,十分单调。雪山、旷野、冰河……在相对海拔较低处,能见到低矮的草木和苔藓。您要保存体力,这一路,需跋涉六天。"

首长沉吟道:"这些景色,战士们上山时候,可曾都看过?"

潘容回答:"理论上说可以看到。但实际上,战士们大概率看不到。"

首长不解,问:"为何?"

潘容刚要答话,汽车剧烈颠簸,人从座位上几乎弹起半尺高,头顶撞到车棚上,尘土呛人。

"小陈,小心些。首长身体不好。"潘容忍不住提醒司机。

"是。潘干事。刚才路面有个大坑,实在避不开。我一定小心。"

司机全力扭打着方向盘,回答。

由于速度放缓,第一天到达兵站的时间较晚。潘容安排好首长饮食住宿后,自己倒头便睡。第二日,只见首长面容憔悴,眼下如墨汁打了戳。

"您休息可好?"潘容关切地问。

"不够好。但是,没关系。我挺得住。"首长安然答。

潘容从气色和音调判断,首长虽有不适,但大体情况尚可,便说:"那继续出发了。"

车开后,首长两眼炯炯有神,紧盯窗外,不愿放过任何稍纵即逝的景色。

潘容想起昨天那个问题,自己未曾回答完整,便说:"普通战士看不见车外景色,是有原因的。"

首长道:"讲。"

潘容说:"运兵车为了防寒和战备,要在车顶和四周,覆盖军用伪装篷布。这样,蹲坐在大厢板上的士兵,除了位于车辆头尾和两侧的个别人,能在篷布缝隙处,侥幸看到外面景色,其余位于车厢板中部的士兵,都是两眼一抹黑。对了,是两眼一抹绿。天光透过篷布洒下来,会呈现淡绿色。"

首长轻声重复:"淡绿。"

看到首长感兴趣,潘容觉得自己有义务,向第一次上山的首长,多介绍点情况。他说:"我们今天,将入山。昆仑山。"

首长说:"有名的山。"

潘容说:"我们明天,也就是整个行程的第三天,将继续翻越昆仑山。"

首长不动声色地说:"知道了。说第四天吧。"

潘容声调无异说:"第四天,我们还将翻越昆仑山。"

首长微微惊诧,说:"我知昆仑山雄伟阔大,但连续翻山四天,还走不出它的范畴吗?"

潘容说:"到了第五天,我们终将跨越昆仑山,进入更加高耸的旷野。第六天,也是这样。"

首长说:"那就是说,进入高原战区防区?"

潘容解释:"我们此刻,已经处在高原战区范畴内。昆仑山,在这里,不仅指一座山脉,更是一系列极其高耸的山脉统称。它们都属我们的战区。"

首长道:"高原战区很大啊。"

潘容不说话,心想,首长虽是军人,到底是在和平环境的机关里养尊处优,对高原战区的博大与重要性,认识不足。

首长听闻介绍后,来了兴趣,说:"昆仑山,在古代文化典籍中,是神山。"

潘容说:"记录昆仑山最早的文字,见于先秦时代的《山海经》。"

首长缓缓道:"《山海经》里说,昆仑山是天帝在人间的都城。如果把昆仑山比作城市,这个城市的市长,名叫陆吾,掌管九域。"

潘容一愣,首长对古典文化并非一知半解,而有相当造诣。他收起惊讶,尊敬回应道:"陆市长的样貌,差点意思。脸还马马虎虎,身子却是老虎,外带九条尾巴。我在山上巡逻时,总害怕何时一回头,碰到这模样的地方官。"

首长顺着他的话说:"有点意思。若见了陆吾,你会说些什么?"

潘容说:"先问问它,这么大的领地,您巡狩一圈,要多长时间?是骑马还是坐车?您老虎身躯,再加上九条尾巴,分量不轻。估计一般的马,会被您压趴下。"

首长难得地笑了,说:"按照级别和工作需要,陆吾应有配车。"

潘容说:"首长坐的小车,估计拉不动它。只能让它蹲在战士们乘坐的大厢板上。首长,您说,是不是啊?"

潘容难得讲了这么多话,其实他别有目的。海拔开始跃升,缺氧症状会逐渐显现。缺氧,有不可理喻之特性。神经越紧张,它反应越强烈。闲扯些五行八作的题外话,分散注意力,缺氧反倒容易糊弄。一向谨言文静的潘容,特意勉为其难,饶舌不止。

果然,首长被逗乐,说:"潘干事不应仗着英俊,便嘲笑陆吾,不够厚道。"

潘容没料到一番好心,引火烧身。心想缺氧让首长分不清好赖人了,赶紧自我洗白道:"长得异象,才是当神仙的特质。我等凡夫俗子,入不了仙班。昆仑山上的怪鸟怪兽,古书中不胜枚举。"

首长也不再开玩笑,说:"好的,潘干事。继续讲昆仑山。"

潘容不想再被调侃,侃侃而谈:"昆仑山上,长一种树,高有四丈。很粗壮,五个人才能合抱。山上还有很多井,玉石栏杆。山上每个方向,都设有九道门。山下环绕弱水,啥东西,都不会在弱水中浮起来,必然沉没。昆仑山外,绕着一圈火焰山,烈火熊熊燃烧……"

首长没有惊讶,估计博学多识,见过古书上的描述,不为所动。潘容也不管,自顾说下去,不让首长发觉高山反应悄然袭来。"美女娘娘西王母的老家,也在昆仑山上。"他继续胡侃神吹。

首长瞧向窗外的目光稍显疲惫,说:"这你说差了,西王母不是美女。她老虎牙,豹子尾,披头散发呼啸而行。她的模样,比陆吾市长还差。加上身高尾长,咱这小吉普,也坐不下。"

潘容略带夸张笑起来。上山之路,特别是对于第一次走高原的体弱之人,如果闭口不言,不说不看,一味沉睡,最危险。不是噩梦中爆发急症,就是睡眠中陷入昏迷。甭管什么话题,只要能活跃气氛,便是第一等重要。

首长又把目光投向窗外远方,叹道:"古书上的它们,都在哪儿呢?"

潘容正色答:"首长,哪儿都没有。有的是漫天冰封,万里雪飘。四处荒漠,酷寒难耐,寸草不生。大片无人区。"

首长说:"亲眼所见,确实如此,这里基本上不适宜人类生存。"

潘容道:"所以这里只有神话。人人都看得见的地方,想象力会被压缩,没有胡思乱想的空间。唯有遥远到不可抵达之处,才能允许人在精神世界里,自由驰骋。"

首长喟叹:"所以啊,你们驻守在这里,便是陆吾,便是西王母,便是钦原和鹞鸟……都是不死的神仙。"

潘容心中一颤,被"神仙"和"不死"撼动。看首长出现口唇乌青,知道高原反应如期袭来。万不敢大意,继续没话找话。不过,面对知识渊博的首长,也不敢妄说。这"钦原"和"鹞鸟",潘容刚才并未提及,首

643

长却信手拈来。两位神仙,也是昆仑土著。钦原长得像蜜蜂,个子却有鸳鸯那么大。想想看吧,若被这么大的猛禽击中,肿起红包,有篮球那么大吧?至于鹑鸟,长相倒是温和秀美些,有点像凤凰。重要的是该鸟权力极大,主管天帝一应生活用度,外带负责天帝服饰,相当于天帝的管家婆吧?首长居然连这等杂官,都烂熟于心,潘容告诫自己不能班门弄斧了。不过,只要首长有兴趣,潘容也不在乎要宝活跃气氛。

第四天,海拔更高,汽车发动机不停开锅,速度显著减慢。

"人有高原反应,车子也有。"首长萎靡地说。

正说着,车子又呼哧带喘停下来。司机内疚,掀开引擎盖,等待车辆冷却,再将冷却液加入水箱,降低温度。

此刻,人和车子能做的唯一事儿,就是等待。

潘容向首长解释:"高海拔,一直在爬坡,发动机长时间大负荷行驶。气压低,冷却液的沸点也降低。车,就很容易开锅。"

首长艰难地喘息说:"我感觉到,海拔在不断升高……"

潘容如实回答:"已经在四千米之上了。"

首长问:"还要等多久?"

潘容苦笑:"不知道。车子闹脾气,勉强不得。"

四周寂静。好像天地间只有这一辆车独处茫茫山野。伴行的车,停下张望,爱莫能助。人们下了车,活动蜷缩的四肢,勉强走动,唯一景色,除了山便是云。

各式各样的云。远处极高山峰处,云层耸立成阴森塔状。不过众人头顶,是精致的成丝缕状的半透明排骨云。二者之间,一大堆杂乱乌云,胡乱堆积着。底层好似已经凝结的火山岩浆,坚硬如铁。绵延皱缩的灰云,好像疯子乱糟糟的头发。越到四周越蓬松,略有弯曲,好像被一把横扫天涯的梳子潦草拢了一圈……

首长喃喃自语道:"道路迷离,终日瞑行,无里程,无地名,无山川风物可记。但漫天黄沙,遍地冰雪而已。"

潘容不敢离首长太远,故能听清,赞美道:"首长好文采。"

这并非有意逢迎。对初上高原之人,但凡那人有兴致说话,都要大张旗鼓地夸赞鼓励。

首长叹道:"这不是我说的,是唐玄奘取经路上,看到西域荒野,惨淡异常,有感而发。我想,这高原较之取经走过的路,更为凶险。"

潘容佩服首长博学,心里话,我们比孙悟空还要神通广大。

见首长神态不振,潘容道:"从此地远眺,可见须弥山。"

首长精神果然抖擞起来,问:"佛家圣地?"

潘容道:"佛家的世界构成,以须弥山为中心。日月所照一方天地,为一小世界。一千个小世界为一小千世界,一千个小千世界为一中千世界,一千个中千世界为一大千世界。从这个方向看过去,那就是须弥山……"

首长凝神远视,频频点头,说:"万千气象。果然是神仙的家。"

就这样,为防缺氧,两人胡诌八扯,海阔天空聊个没完。昆仑山不动声色地把壮阔的美和冷厉无情的严酷,毫无遮挡展现出来。这一天,前路莫测,险象环生。走走停停,到达兵站时,已是深夜十一点三十四分。

兵站人员已入睡,被汽车灯光晃醒,离开好不容易才焐热的被窝,实在没好脾气。

"我们还没吃饭。可有什么吃的?"潘容搀扶首长下车,驱动僵硬的腮帮子,力求温和地说出心中愿景。

"这么晚才到,也不提前打个招呼?根本没有备你们的饭。半夜了,啥吃的都没了。"兵站炊事员没好气回应。

他的不耐烦,有理由。本来所有上下山需要住宿兵站的人员,都要提前打招呼。上个兵站一旦有人出发,就会通知下个兵站知晓。一是让下兵站有住宿和饮食准备,省得临时抓瞎。二来,也是出于安全考虑。出了意外或遭遇暴风雪,车子人员不能按时到达,下兵站就要第一时间关注到,组织救援。半夜三更不打招呼自行闯入的车,对兵站来说,无妄之灾。

此等局面,实在赖不着潘容,归结于首长的执拗。"不要通知下一个兵站。"从第二天开始,首长便做出明确指示。

"为啥?"潘容知道首长有权一意孤行。但险峻高原,容不得不按常理出牌的冒险举措。

"我想亲身体验普通士兵,在一般情况下的处境。"由于不适,首长气息不稳,但语气坚定,带有久居上位者不自觉的威严。

潘容只能执行,一路领受兵站白眼。今天这么晚才贸然抵达,对兵站人员构成惊吓。

"无论如何,请搞点儿吃的来。"潘容口气中有央告。一定要保首长平安,人不能饿着,一饿百病生。

兵站有提供过往将士食宿的硬指标,虽多有不甘,还是给一行人马,安顿了住宿房间和晚饭。

只是这个时间段的饭,应叫"夜宵"。

夜宵提过来了。的确不能用"端"这个词,只能用"提"。

一只洋铁皮桶内,装着小半桶米饭。先闻嘭的一声,接着是哗啦啦响动。半闭着眼皮的炊事员,将桶和几个饭碗外带一把湿淋淋的筷子,丢到看不出颜色的油腻饭桌上,说:"齐了。"

首长高原反应格外明显,跌跌撞撞早就站立不住。看见有张板凳,顾不得油腻和饭粒,不管不顾跌坐下来。潘容好声好气问炊事员:"菜呢?"

炊事员答:"没菜。都吃光了。"

潘容又问:"白饭,如何下咽?"

炊事员看看半桶冷饭,许是想到职责,默不作声离开。

一会儿,他拎来一只污浊塑料桶。人们动作缓慢地扭头放眼看去,搞不清桶内是何宝物。待桶放在桌上,由于适才挪移震荡,漾起细碎黄黑泡沫,方辨认出此为酱油。

"菜。"炊事员言简意赅。

"把酱油浇到米饭上吃?"潘容确认。

"对头。"炊事员好心补充,"用酱油膏兑的。雪水的量没掌握好,加少了,咸,很咸。浇饭上的时候,省着点。浇多了,咸得吃不得,我也没法。晚上就剩这些米饭,再没处找。"说着,他把皮大衣领子,紧了又紧,跑回凉透了的被窝。

潘容无言看向首长。如果老人家不坚持微服私访,不会这么狼狈。

首长坐在长条凳上,休息了会儿,神气略有恢复。

"首长……"潘容不知说什么好,但什么都不说,也不好。

首长勉强笑笑:"虽没有青菜,没有鸡蛋,没有香肠,没有胡椒粉和各种调料……但它仍然可以叫酱油泡饭。"

潘容几乎落泪。什么都不论,起码首长这么大年纪,吃冷米饭浇上酱油膏兑出来的咸汁,实在不过意。

好在首长从容,一粒米一粒米嚼咽酱油泡饭。常听人说,做合格高原人的基本功,就是必须吃得下饭。才能积聚力量,对抗高原反应噬人。

潘容突然想起郭换金曾说过:"所有的食物,都有自己的脾气。"

记得他当时挖苦道:"这么有哲理的话,不像你能想出来的。你爸说的吧?"

郭换金不好意思道:"真是我爸说的。我不吃羊肉,羊跟我有仇。"

潘容想起自己戏谑道:"你前世可能是狼。"又说,"作为中原人,我最爱吃面条。说说看,面条啥性格?"

郭换金略思忖,说:"面条柔顺坚韧,看起来普通,但适应性良好,能和许多浇卤密切配合,清汤也行,百变风味……"

潘容当时哑然失笑,此刻突然想起,疼痛难言。回到当下,这酱油泡饭,是何性格?暗黑,冷硬,巨咸。

不过,"巨咸"只是偶发,不能算性格吧?那就改成"冷漠"。

胡思乱想着,吃完了酱油饭,回房安歇,冷衾如铁。不知多少人盖过,倒是没气味,寒冷驱散一切。像一块木板,罩在身上,支棱起四角,顽固不肯贴身。好在潘容上上下下多次,照样睡得着。

苦了首长。酱油饭加铁皮被褥,遥相呼应,难以成眠。但一想到它们不知为多少战士果过肚腹,御过风寒,便生出亲近感。缺氧和疲倦携手袭来,很快进入昏沉状态,蒙眬睡去。

终于,潘容卫护着两眼乌青嘴唇紫绀蓬头垢面的首长,到达了高原战区所在地。

魏盾远司令员和阳云天政委,并列挺立,迎接首长。潘容搀扶着首长下了车。几天相当几十年,首长已苍老衰弱得不成样子。

"报告……"潘容的话还没说完,肩膀一坠,首长便昏了过去。

高原部队的严酷环境,超越了首长的承受极限。

这一路,白天是看不尽的万物死寂,江山喑哑。晚上是星抖云巅,冻雪翻飞。多少年代过去了,昆仑山从古到今,并没有发生变化,战争也没有发生变化。边境线上,依旧是出生入死,血流成河。当两个国家对面而立时,战争便是巨人间最好的语言。打仗昂贵啊。有国力,拼国力。有军力,拼军力。最后什么都没有了,拼的是热血和生命。边防军,不可以不勇敢,不可能没有生离死别。

卫生部马上紧张急救。

36

楚军医和龙部长,此次巡诊边防线,受命于危难之际。

一种奇怪疾病,在一线哨卡流行。

起病非常缓慢,无人能说出从何时发病。最早症状是恶心。这个症状没有任何特异性,起码有一百种疾病的首发症状是恶心。尤其在高原,因为缺氧,恶心简直是家常便饭。

但是,和高原反应引起的恶心时重时轻不同,这种不知缘何而起的恶心,只要一旦开始,就不动声色地缓慢吞噬胃口,越来越重。终会在某一天,杀死所有食欲,引发呕吐。

呕吐如此剧烈顽固,吃什么吐什么只是最简单模式,要命的是什么都不吃,依然持之以恒地呕吐。从最开始的食物残渣,到有强烈酸味的胃液,带着丝丝缕缕的鲜血。再往后,是絮片状的血凝块和黄绿色胆汁。

到这个阶段,最坚强的人,或还能保持最后的镇定,之后发生的现象,就算钢铁战士,也骇然失色。呕吐,不再是一口口涌出,而是飙射而出。这种吐法,似乎不应属于人类,更像某种爬虫类动物的致命毒液……令人胆寒的呕吐之后,人便陷入昏迷。肌肉痉挛,全身抽搐,呓语不断,大小便失禁。无论曾经多么魁伟的汉子,都如一摊烂泥被放倒在床上。

没有人能听清患病的人,说的是什么。可能忆旧,可能谵妄。可能爱什么人,也可能恨什么人。有人高声喧嚣,有人痛哭流涕。一定要找出共性,那就是体力的极度衰退。发如衰草,成片剥脱,脸色如吸血鬼般惨白,生活不能自理,失去任何战斗力。

致死症状是出血。若看过这种病人死去,将不会害怕世上任何形式的临终。人身上所有孔隙,都狂放失血。两只眼睛冒血,两只鼻孔喷血,嘴角溢血,耳孔蹿血……更不消说人的排泄器官,血液如同水管崩漏,争先恐后倾巢而出。

就算龙一笙和楚直这种见惯生死的资深医生,也在毫无回旋余地的必死之症面前,战栗不止。如果是单个将士,如此暴毙,还可解释为体质特殊或某种天灾人祸偶发。但短时间内多次出现形式高度雷同的非战斗减员,便是前线部队要紧急对待的重大隐患。人前,医生们保持着权威感,人后,两人呆坐,惘然对视,理不出半点头绪。

龙一笙打开地图,说:"我用红笔标出的区域,就是连续发生此类恶疾的哨卡点位。"楚直不看,说:"这张图,已烙在我脑海中,不知想了多少遍。"

龙一笙眉头紧皱,继续钻研地图,说:"我发现了一个规律。"

楚直说:"您不要跟我讲,这种连续聚集性发病,疑似传染病。"

龙一笙摇头晃脑道:"正相反。我不觉它是传染病,而是觉得发病区域,有某种地理特殊性。"

楚直板直腰杆,说:"您怀疑它是地方病?"

龙一笙说:"我不能确认。如果是地方病,为什么之前没有大规模发病,偏偏在最近时间,密集出现?"

楚直说:"咱沿着这个思路捋捋。这段时间内,发病的人,有无相似行为?"

两人开始了周密调查。结果,一无所获。不同的边防站点,大家吃同样军粮,有人发病,有人却安然无恙。核查住宿条件,也毫无发现。同一房间内,有人发病,有人如常。继续追踪,武器弹药一应装备,全都找不到发病原因。

两人殚精竭虑，仍是米汤洗芋头——糊里糊涂。

"会不会某种动物携带未知病毒，在特定情况下感染了人类？"楚直哭丧着脸，边皱眉头，边敲太阳穴，好像里面藏着答案。

龙一笙冷冷道："你那头盖骨，也不是属于北京猿人的。小心碎了，无人修补。咱这儿冰天雪地零下几十度严寒，什么动物能有如此强大的生命力？"

楚直又道："会不会是敌方投毒？"

龙一笙说："没有证据，且发病规律不支持。投毒，必致大范围大面积发病，现有情况，不支持这个判断。"

楚直继续推测："会不会饮用水受到强烈污染？"

龙一笙说："如果是水源污染，不可能蔓延数百公里。有病例发作的哨卡，相互隔着广阔的山峦旷野。中国的数条大江大河，都发源于高原'水塔'，水质非常清洌，几十万年都没变异。偏偏这几年，摇身一变成了妖魔？"

两人相对无言，又陷入苦思冥想中。最困难的任务，交给了最有担承的肩膀，仍是一团乱麻。

龙一笙坚信，越是诡谲的答案，越是藏在最基础的资料搜集中。于是，他和楚直分赴不同哨所调研。

楚直爬上蓝卡最高处的观察哨，鸟瞰四方。圆形堡垒，分上下两层，大气清澈时，数十公里范畴内，如有敌来犯，均可发现。只是哨兵在碉堡外的观测时间，每次不会太长。时间过久后，眼睛会被冻得失焦，要返回碉堡内暖和，恢复敏感性。

楚直因攀爬呼哧带喘，气还没喘匀，碰到范锁子执勤返回碉堡，脸冻得如猪肝般赤紫。

范锁子的病，当年是楚直治好的。他忠犬般凑过来："楚军医，您……在咱卡上……住得可好？"磕磕绊绊问候着，只因腮帮子冻僵说话不利索。

"还行。"楚直敷衍道。他的使命是秘密调查病因，普通士兵并不知来意。

"楚医生啥时回总部？"范锁子问，腮帮肉活泛点了。

"快了。"楚军医有一搭没一搭回着话。何时返程？谁知道。怪病查不出缘由，无言班师。只是和普通哨兵，没法深说。

"楚医生回去的时候，我给您带点哨所土特产回去。探家时，您再带回老家。留个念想。毕竟这是咱国最高的领土，对吧？"嘴巴暖过来，范锁子马上饶舌。

"这儿有什么东西能当纪念品？"楚医生对此话题无兴趣，又不忍打击小兵好意，应付道。

"我有主意。"范锁子没察觉楚医生心不在焉，兴致勃勃说。

楚直鹰眉紧锁，看向碉堡外侧。俗话说"登高望远"，但登高，能看出怪病的来去踪影吗？他没抱希望，只想在这儿站会儿。人们都以为艺术创作需要灵感，殊不知一个好医生，也需要天马行空的想象力，才能把潜伏于烦琐混乱表象下的真相，抽丝剥茧揭露出来。

究竟是什么病原体，在边防线上，肆无忌惮地凶残致病？

范锁子又一次观察。返回后，揉着冻僵的嘴巴，锲而不舍问："楚医生……想出来了？"

沉思中的楚直吓了一跳，以为范锁子问怪病事，茫然答："没想出来。怎么，你有什么想法？"

范锁子很高兴，说："带狮子石。"

楚直这才意识到两人谈的根本不是一码事。闲着也无聊，他有一搭没一搭问："狮子石是什么东西？"

范锁子说："就是长得像狮子一样的石头。"

楚直对用自然之物，生拉硬拽对应某种动植物的说法，深恶痛绝。高原上，连蚂蚁都罕见，遑论狮子。他不忍对热心战士毒舌，略微和善地攻击道："估计拿到这种石头的人，从来没见过狮子。"

范锁子并不在乎，说："其实，像不像真狮子不重要。比如我叫锁子，生我的时候，我们家连个锁眼都没有。穷啊，没有啥东西值得锁起来。"

楚直觉得好笑，说："范锁子，你这名字，寄托了对美好生活的向往。"

范锁子兴高采烈道："楚医生你说对啦！我爷爷给我起这名字，就是巴望打我起家里有值得锁的东西。是不是很有远见？"

楚直承诺："范锁子，我离开哨卡时，把提包上的锁摘下来，送你。"

范锁子喜出望外，说："真的呀，楚军医？"

楚直道："要是不放心，等你下了岗，我今天就把小锁给你。"

要不是身在高原，蹦起来太费氧气，范锁子要平地蹿起三尺。不料，乐极生悲，他叫一声"晚了！"一个箭步冲到碉堡外，举起望远镜四处巡视……

这回，他待在碉堡外的时间比较长，将功补过。再次回来后，缓过冻透的身体说："您送我锁，我给您什么回礼啊？"

楚直看着范锁子皲裂的嘴唇和爆皮鼻尖，说："你健健康康，就是给我的好礼。"

范锁子说："楚医生，我送你一块狮子石吧。"

楚直对"狮子石""狐狸石"之类的玩意儿，没丝毫兴趣。但他知道，接受别人送的不喜欢礼物，也是仁慈，便道："哦，'狮子石'，很难找到吧？"

范锁子说："难。跑几百里地，也不一定能找到。是山里的宝贝。"

楚直不置可否。既不想鼓励他跋山涉水，也不愿辜负他一腔热情，便说："找得到就给我，找不到，心意领了。"

范锁子胸有成竹："我知道哪个地方有这种石头。"

几天后，范锁子来到哨所卫生室，还没进屋，就嚷起来："楚军医，看我给你带什么来了？"

楚直淡淡一笑，道："狮子石。"

范锁子像泄了气的皮球，说："不兴这样。你就算猜出来了，也别说嘛！太伤人了。"

楚军医看到小兵一脸沮丧，赶紧弥补道："你先看看这个锁怎么样？"

楚直掌心黄灿灿的小铜锁，耀花了范锁子的眼："像金子打的。"

楚直用两根指头把小锁溜起来，举高，然后直直落进范锁子指甲翻翘的掌中，道："好好锁住你的津贴。攒够了，回家娶媳妇。"

范锁子说:"在咱哨所,根本用不着锁。不过,我还是把这锁,牢牢锁上。包里装上我的家信。"

楚直大笑抚胸,说:"家信,是家人写给你的信,别人没兴趣,偷也不稀罕这东西。"

范锁子说:"那我就锁个空提包,图个吉利。"

两人说笑完,范锁子显摆道:"楚军医,你看这块'狮子石'怎么样?巡逻时,我特地绕了很远山路,快到山那边,才找到它。"

楚直看到范锁子手心,躺着一块晶莹剔透的蓝石头,大约半掌大,为六方柱形晶体。石体极其细腻,泛着油脂般的光泽。尤为特别的是,断口呈现出奇异的贝壳状,泛着莹莹宝光。

楚直素来对自然科学感兴趣,多少也了解矿石。这模样的石头,确实是头回见到。拿在手里掂了掂,颇有分量。

"它叫啥?"楚直问。

"狮子石。前几天,还有刚才,不是都说了吗?"范锁子怪楚直不走心。

楚直道:"这是小名。我问的是大名。"

范锁子梗着脖子道:"它就这一个名字,还是山那边哨所起的。"

楚直若有所思道:"也就是说,除了咱边防军人,没人见过这种石头?"

范锁子说:"咱们守的这条边防线,是无人区,从没地质上的人来测过。就算来过人,也不一定见过'狮子石'。据山那边哨所说,第一次见到这石头,恰巧长得像个狮子,随口起了这名。后来的人,喜欢它蓝幽幽的光芒,也不管它像不像狮子了,就叫起来。说真的,哪儿有蓝毛狮子啊?"

"是,是蓝毛……没有。"楚直应着,问,"那个最早发现狮子石的战士,叫什么名字?"

范锁子说:"你算问对了人,你要是问别人,真没人能说清楚。谁让他是我老乡。"范锁子报出一个名字。

楚直倏然一惊。这个人,是战区怪病发作后,逝去的第一人。周身寒彻!紧接着,令人毛骨悚然的念头,在脑海中如燧石般火星四溅。他双手接过狮子石,道:"锁子,谢谢你。这块石头我收下了。"

楚军医将自己关在哨所医务室,反复探究狮子石。闭关几天后,他找到刚从另外哨所查怪病无果归来的龙一笙,急赤白脸说:"我需要一份名单。"

龙一笙问:"什么名单?"

楚直说:"怪病患者名单……"

龙一笙打断他的话说:"这名单有的,你看到过。"

楚直说:"现在我想确切知道,怪病发作的士兵当中,有多少人保存过狮子石?"

龙一笙纳闷,说:"咱这儿,连狮子毛都没一根。狮子石是啥玩意儿?和狮子什么关系?"

楚直道:"喏,就是这种石头。"他递给龙一笙,"它和狮子,一点关系都没有。"龙一笙看着蓝莹莹的石头,猜测道:"它是蓝宝石一种?"

楚直说:"您可真有发财的想象力。它若真是蓝宝石,这么大块头,估计能买下一座城。"

龙一笙纳闷:"既然不是宝石,研究它做什么?"

楚直说:"现在还只是猜想。等琢磨出点眉目,我向您汇报。"把石头从龙一笙手中夺回。真的,是夺。似乎龙一笙多拿一会儿狮子石,都会对狮子石造成不可容忍的损坏。

龙一笙说:"好吧。我等你的结果。不过,要快。刚才接到战区电报,得怪病的人数在增加,死亡率也在增加。"

楚直神色冷峻说:"我明白作为军医的职责所在。"

晚上,楚直仔细研究着狮子石,横看竖看,用手电筒从不同方向,照向各个侧面,简直入了迷。临睡前,他做了一个决定:将狮子石放在枕头下方,枕它入睡。

这一夜,楚直睡眠质量极差,噩梦连连,冷汗涔涔。晨起,头痛欲裂,很想把狮子石扔到十万重大山背后。但是,虽有万般不适,也不能抛弃狮子石。他用冰冷刺骨的高原雪水,狠狠扑在脸上,祈望自己也同万古不化的寒冰般,清冽稳定,找出诡秘中的内在联系。

穷尽记忆,以往的医学知识,极少这方面论述。他也不可能动用战备电台,以密码传送医学书籍。

他没有相应的仪器检测设备。就算他即刻向上级机构发出十万火急求援信息,求助的设备不知多长时间才能找到,更说不准因道路阻塞,何时才能运抵高原战区。然而时间不等人,延误,便会有更多人患病,更多战友逝去! 不能想! 不敢想!

无计可施啊。如果说,楚直昨晚的枕石入眠,还有一时冲动的原因,加之医生对怪病的好奇,那么,此时,他面临着抉择。

此病不除,边防难安。对于致病原因,盲人摸象。查清疾病转归,是军医义不容辞的责任。没有资料,没有器械,没有设备,没有可供借鉴的经验……除了这些令人绝望的不利条件,时间又刻不容缓。此刻延宕的每一分钟,都在扩大疾病范畴,损毁着战斗力,甚至危及战友生命。

为验证推断,必须有实物证据。这里没有小白鼠。蓝卡海拔极高,周围没有活物。站内有生命的物体,除了人,就是两头拉水的马。因为只有到海拔相对稍低的河谷,才能凿冰取到水。这两匹马肩负重任,万不能有任何闪失。退一万步说,就算用马做实验,狮子石用绳挂在马脖子上,马能干吗? 马也无法叙述不良感受,岂不抓瞎? 最重要的是,马的体重比人大,它的反应,能有说服力吗?

罢了。

目前可资利用的唯一验病设备,就是自己的身体。现在,只有"以身试法"。哦,正确说,是"以身试医"。这是找出病因,制止疾病蔓延最直接快速的方法。

屋内烧了一夜炭火,室温还算过得去。楚直脱了外衣,审视了一下自己的身体。虽不像勇士那般壮健,但匀称精干,似一株挺秀白椴木。他轻轻拍了拍自己见棱见角的腹肌,对它说:"老伙计,估计要对不起你了。但愿不是,你就可以逃过一劫。若真是,你就会受苦。我保证,尽量不让你付出不可挽回的代价。你可明白? 你可答应?"

身体大智若愚地沉默着,突然肚子不争气地咕噜了一声,算是不甘的抗议。

"好了,我马上就去吃饭。"楚直轻轻捶了一下自己的瘪肚皮,整理好军姿。临出门的时候,他把刚才放在一边的狮子石,搁在贴身的衬衣口袋里。石头有点大,显得一向精干的楚军医,胸前窝里窝囊。

惊世骇俗的决定,做得有点快。但楚直知道,就算自己冥思苦想三天三夜,估计也是这个结果。既然如此,为何不早一点挽狂澜于既倒?他明白,自己为了医学,为了职责,在所不惜。

浮想联翩中,想到郭换金,不知她近来怎么样。他本想回本部后,就向她彻底表白,让她接受。或许是狮子石的猛烈魔力?山水寂静中,思念尤为喧嚣。他充满希望地看向远处,那是总部的方向。山峰交错处的低垂阳光,将冰雪染作橙粉色。

高原之上,绿色罕见。范锁子已是老兵,以培育绿色为寂寞中的兴趣和奋斗方向。先是和炊事班长套近乎,帮着刷锅砍柴,牵骡马到冰河取水。想获得的利益是——得到几头大蒜。

大蒜耐储藏,且独具防治感冒效力。山下军需机构,慷慨输送大蒜。可蓝卡太偏远,蒜在运输过程中,遭受不同程度冻害。冻伤惨重的,自然不能吃了。伤情尚可的,勉强入口,官兵们也不特别挑剔。

此类蒜,均不入范锁子的眼。他要找的蒜,负有重要使命。蒜瓣,必须肥硕。俗话说,母肥儿壮。这个道理,无论植物界还是动物界,颠扑不破。必须不曾遭受冻伤荼毒。道理极简单,受冻的果实,不会发芽。范锁子要的是能长出蒜苗的种蒜。

高原单调,蒜苗几乎是战士唯一能种的庄稼。范锁子阿谀之举,终得隆重回报。炊事班长给了范锁子饱满无恙的蒜头。

温水浸泡几天后,蒜瓣白生生膨胀,挣开淡紫蒜皮后,被范锁子在盘中,摆成螺旋阵。再将盘子置于距炉火相宜位置,等待发芽。见到绿色努嘴后,白天,把盘子移到窗前,接受太阳沐浴。天擦黑,重新搬回火炉边温暖着。蓝卡官兵们一致认为,范锁子复员后,可到幼儿园谋份男阿姨当差。

蒜苗终于以肉眼可见的速度,不断拔高,眼见有小半尺了,成了哨卡上的风景点。军人们轮番观赏蒜苗,从这一小丛绿色中,看到春天,看到家乡,看到姑娘。

这天，人们扑了个空。盘子里的蒜苗不见了。更彻底的是，连盘子都无影无踪。

青蒜苗失踪的最大可能性，自是——被吃。

大伙如丧考妣，质问范锁子："虽说蒜苗是你养出来的，可我们天天来看，就成了公共财物。你让它说没就没了，这不是贪污吗？"

尤其炊事班长，气势汹汹声讨："范锁子，你吃独食？我原打算借你的手，把蒜苗养大。过节吃饺子时，给大伙添点绿。现在可倒好，都填进了狗肚子！"

范锁子叫："冤枉！我跟窦娥似的，六月天要下大雪了。"

大伙哄堂大笑，说："是你偷吃的无疑了。咱这儿六月天，天天下大雪，雪不能证你清白！"

范锁子想，不把蒜苗的去处如实交代，估计每天吃饭，炊事班长都会下毒手克扣。别人吃一大块牛腱子，自己怕只有小块牛脖头。他赶紧坦白："我把蒜苗当成花，送楚军医了。他救过我的命。"

人们便不再说什么。

蒜苗是楚军医前几天偶然发现后，向范锁子讨要的。蒜苗刚到卫生室，搁在窗台上绿油油的，赏心悦目。

楚军医开始实验：白天狮子石在蒜苗盘边。晚上，枕着石头。他觉得自己和蒜苗，一个动物一个植物，不同实验物品。狮子石连轴转，夜以继日。

十天之后，楚军医身上未见明显异常，但葱绿蒜苗，仿佛被人施了邪恶魔法。先是蹿起四寸高，只是细弱，不胜秋风模样。紧接着，颜色从葱心绿，蜕变成污黄色，叶脉渗出缕缕紫红色，好像有血丝缠绕其上。若到此为止，虽让人心惊肉跳，终不失蒜苗基本形态。紧接着出现的变化，令人咋舌。蒜苗开始无规律局部膨大，生出植物肿瘤。肿瘤之上，孵化出奇形怪状的爪牙，匍匐在丑陋的茎叶上，如同邪恶戳记。

"楚军医，你用的是啥法术，好端端的蒜苗，成这鬼样子？"作为"生父"的范锁子，大惊失色，质问"养父"。

楚直目不斜视道："除了换水，晚上端到炉子边暖和着，我一个手指头都没乱碰过。"

见楚医生襟怀磊落,不像说谎,范锁子赶忙把炊事班长找来,以证自身清白。班长的目光,绕着盘子盘旋了若干圈,问范锁子:"你确定这还是原来那盘蒜苗吗?"

范锁子发誓,说:"这盘蒜苗,就是原先那盘蒜苗。就跟我妈是我妈那样板上钉钉。"

炊事班长没吱声,万般无奈相信了范锁子,说:"赶紧把这玩意儿,连盘子一块丢了。"

范锁子不死心问:"你不打算把它掺饺子馅里,让大家尝尝鲜吗?"

炊事班长恶狠狠道:"你想把全蓝卡的人都毒死吗?"

一旁的楚直插嘴道:"蒜苗成这样,我没料到。也没法儿让它复原,大伙的饺子尝鲜是没戏了。我很抱歉。"

炊事班长又问:"它有毒吗?"

楚直非常肯定地说:"有。"

炊事班长和范锁子提心吊胆地走了。楚直默默看着蒜苗,脸上晦暗不明。龙一笙走进来,打量着他说:"楚直,你脸色不好。"

楚军医摸摸脸,笃定道:"现在应该还算好的。之后还会更不好。"

龙一笙道:"哪儿有这么咒自己的?"

楚直说:"部长,您看看这盘蒜苗,得了什么病?"

龙一笙说:"我给人看病都顾不过来,哪儿顾得上蒜苗。"

楚直若有所思道:"这盘蒜苗得的病,应该和咱们边防线上的怪病,有某种密切关系。"

话锋冷不丁升到如此高度,龙一笙警觉。他仔细打量畸形蒜苗,问:"要用它做毒理试验吗?"他们携带着总后勤部下发的战地快速检验毒品化验箱,楚直懒洋洋道:"用不着。"

龙一笙不解,说:"这蒜苗如此怪异,你为何不同意检测?"

楚直风雨不动道:"因为没用,查,白费工夫。它没含常规毒物,检验箱会无功而返。"

龙一笙直言:"你有事瞒着我。"

楚直面容转为凝重,道:"龙部长,您火眼金睛。虽没有最后确诊,恕我直说了。咱们要尽快离开蓝卡,返回总部,联系军事医学的最高部门。"

龙一笙何等敏感,立刻说:"你查到了怪病端倪?"

楚直说:"不是端倪,是基本确诊的可靠证据。"

龙一笙下意识四周打量,惊问:"证据?在哪儿?"

楚直轻轻推了一下蒜苗盘子,说:"在这儿。"

龙一笙半信半疑。这盆蒜苗像不祥之物,但它口不能言足不能动,如何祸害官兵?

楚直惨然一笑,道:"我会一路端着这盘蒜苗,保管好它。您尽可能离我远一些。做好准备后,咱就出发。晚了,我怕来不及。"

龙一笙说:"就凭这盘蒜苗?"

楚直苦笑道:"除了蒜苗,还有我,做证据。"

龙一笙越发大惑,急问:"到底出了啥事儿?你讲清楚。"

楚直说:"好。请您倒退着向后走。"

龙一笙虽不明其中道理,仍一步步退后,直至门扇,退无可退。楚直当然希望部长离得越远越好,但再退,就出屋了。考虑到保密需求,勉强接受这个距离。

龙一笙站定。楚直拿出枕头下的狮子石,说:"部长,您不是奇怪蒜苗为什么变成这个样子?就是因为我白天都把这块狮子石,放在蒜苗盘子旁边。"

龙一笙何等通透之人,立刻追问:"你说这块叫狮子石的标本,让蒜苗发生了变异?"

楚直说:"姜还是老的辣!您一下猜中了答案。"

龙一笙沉思道:"这样说来,狮子石具有放射性?"

楚直肯定:"这是目前为止,最接近真相的判断。"

龙一笙说:"难怪在检查患病将士的随身物品中,屡屡出现这种奇怪石头。人们都传它是宝石,找到的人拿它当宝贝,没有的人,到处托人找到,准备带回家去显摆。却不知它具有强烈放射性。这样一来,临床上怪病的很多症状,都能解释通了。"

说到这里,龙一笙突然警悟道:"你刚才说,白天,你把狮子石放在蒜苗周围。那么晚上,你把它放在哪儿?"

楚直医生抿嘴一乐,说:"龙部长是医学界福尔摩斯,一下抓到了我话中漏洞。每天晚上,我都把它放在我枕头下面。"

龙一笙紧张万分,双手死死捏紧,问:"你放了多久?"

楚直说:"从我有了狮子石富含放射性的初步推断开始,我就枕着它睡觉。蒜苗是我几天后找到的植物试验品。"

龙一笙愤怒了,说:"你如果说不知道,我再生气,还能原谅你。可你知道它的危害!作为知识丰富的医生,你怎么这么笨?傻了吗?疯了吗?"

楚直平静答道:"疯,肯定是没疯。傻,多少有点。我只是想早一天找到确切证据。"

龙一笙绝望地仰天长叹:"楚直,你太傻了。我们还有其他的方法可想。"

楚直说:"部长,我不傻不笨,但有什么方法,能在最短时间内,诊断出放射病?没有。要尽早让这种危险性极大的伤害,确诊。诊断一日不出,狮子石就一日毒杀将士。它在无声无息中造成日益严重的非战斗减员,战区承受不了。时间就是生命,就是战斗力。趁情况还没恶化到难以挽回的地步,我必须……"

这番话说得楚直上气不接下气,咳嗽不止。

龙一笙想走过去拍拍他后背,楚直厉声道:"不要靠近我!退后!再退后!"

龙一笙不敢忤逆,退回门扇处,说:"你已到什么程度?"

楚直说:"基本可以确诊。不过,当医生的训练,让我不能把话说得太满。我现在有九成把握,证明狮子石富含放射性。全面破坏人体各系统,是这种怪病的后果。"

龙一笙虽然非常震惊,但表面上尚没慌乱无措。他关心楚直身体:"你现在感觉怎样?"

"疲乏、无力、胃纳差、轻微腹痛……还有口腔溃疡加轻度失眠。"楚直平静地叙说,又补充道,"这些症状单独出现,都没有什么特殊的。但它们加在一起,我认为诊断可成立。"

龙一笙看着自己的爱徒,眼里快滴出血来,哀叹道:"我几天不在,你怎么就把自己当成了小白鼠?"

一个如此训练有素的优秀医生,在明知此举有生命危险的时候,奋不顾身地以血肉之躯试病,何等的勇敢忘我!这是神农啊!居里夫人啊!可他为什么对自己这般冷血!

可龙一笙不能再批评他,说与不说,说什么,都来不及了。也不能表扬赞美,楚直对任何嘉许,都置若罔闻。龙一笙只好继续谈病情:"你现在遭受的辐射,已达何种程度?"

楚直摇头道:"您真高看我了,以为我是某种射线测量仪吗?我受到的辐射程度,主观感觉应该可控。在诊断基本做出之后,我把狮子石放到远处了。"

龙一笙迅速在头脑中思忖着对策。他想先听听楚直意见,想年轻而博学的军医,已经思谋出了应对措施。

楚直捋了捋脑袋,一大把头发,衰草般落下,镇静地说:"它来了。"

龙一笙没答话。脱发,是急性放射性损伤的首见症状之一。

楚直不在意地把乌黑发丝从指端解下,抖落一旁,道:"我们返回战区后,进行集体会诊。如无疑义,须在最短时间通知下去,把所有狮子石妥善封存。战区内所有已发现狮子石的位置,设警戒线,以保证主力部队的安全。"

龙一笙说:"这些都会马上实施。我现在最想知道的,是你怎么办?"

楚直说:"我作为一个病例,有研究价值。我会及时向您和卫生部相关人员,汇报身体状况。我会是个好病人。"

龙一笙万分痛惜道:"我最关心的是,你如何治疗?"

楚直徐缓说:"您知道,放射病,在全世界都没有特效治疗措施。只能对症治疗,兵来将挡水来土掩。剩下的,就看我的运气了。"

龙一笙确知楚直所说均是事实,一切从长计议。无论是战区全局,还是楚直的身体状况,当前最重要的是尽快赶回总部。

龙一笙拍板:"明天就走。"

楚直说:"要把狮子石带回战区。"

龙一笙看了眼地上放置的狮子石。不知险恶之前,它是一块美丽的石头。现在看去,简直是妖怪剜出的眼珠,莹莹蓝光,邪恶异常。

"怎么带走?车子里屁大点地儿,将它放在哪个角落,都不稳妥……"龙一笙犯难。

楚直说:"想一切办法,屏蔽射线。"

龙一笙思忖道:"辐射源,通常使用金属做容器。放射 α 射线和 β 射线的物体,可用金属铝封闭装入。如果是放射 γ 射线的物品,可用铅、铁组合成的罐子装入。你判断下,狮子石主要放射哪种射线?"

楚直清浅一笑道:"部长,您太高看我了。我能有那本事,早就不在您手下混日子了。"

龙一笙说:"我们没有铅罐,怎么办?我记得汽车零件里,好像有含铅的。"

楚直说:"发动机的火花塞就含铅。但是,附近能找到废弃车,让我们摘零件吗?"

龙一笙哭丧着脸道:"那……没有。"

楚直开玩笑道:"我记得爆米花还有炸油条,似乎也含微量铅……"

龙一笙说:"那是爆米花的容器富含铅,沾染的爆米花也有铅。"

楚直神往地说:"若这会儿能吃上一把爆米花,真是幸福,要撒糖的。"

悲凉中的龙一笙,也被逗笑,道:"楚直你这梦想真够卑微,想吃爆米花,还加糖……回到咱的问题,用什么包裹狮子石,能将辐射减到最小?"

楚直脸色回归淡漠如水,说:"既然没有爆米花,狮子石四周,用油条填充,能不能阻挡辐射,姑且不论。用来防震防碎损,油条有很好功能。"说罢,楚直想到狮子石从油条堆中探头探脑,带着香喷喷的味道,不禁失笑。

"油条四周再如何包装?"龙一笙问。

"从炊事班找两个铝盆对扣,制成简易的包围状防护装置。外面再以铁皮包裹。"楚直思谋着说。

龙一笙道:"我这就去安排车。再找铝盆铁皮。最后布置炸油条……"

楚直不过意道:"部长,您辛苦。这些事儿,本该我跑腿办。但……"

龙一笙悲从中来,眼眶被热辣辣的水汽充盈。他不会放任感情外露,平静说:"你好好休息。一切才刚刚开始,会逐步加重。但愿你接受的剂量,尚在可以挽回的尺度内。千万当心。"这嘱咐,对楚直来说,多此一举,但他不得不说。

这一夜,楚直睡眠极差。狮子石携带的放射线损害,逐渐积攒,终于跨过了临界值,露出狰狞獠牙。

天刚蒙蒙亮,楚直忍着四肢百骸的酸痛和头脑昏沉,走出门。

高原上的黎明姗姗来迟。东方天空,有两颗亮星。一是启明星,一是木星。还有一弯素月。楚直朝向特定方向肃立。边防军人的方位感均极强,每人心中都镌刻钢铁地图。对外科医生来说,空间感更胜一筹。在病人脏腑翻江倒海,哪儿能容丝毫差错。

楚直面对的方向,多天之前,曾常常眺望。和狮子石相处后,一次也未曾放眼看去。世界上只有极少地方,仍局部保留着地球初凝时代的风貌,蓝卡尚有这种荣幸。远处有一座高山。黎明时分汹涌的气流,经过高耸的山峰,云被吹向山顶一侧,很像一面绽开的旗。在那座山的后面,无限延长线的终点,是高原卫生部的方位。

他近来不再想起过郭换金。没有,一次也没有。他很奇怪为什么有这种骤变。是成心抑制住思念吗?并非。是工作太忙无意间遗忘吗?亦不是。他驱动被射线损害的大脑,困难地思索着,终于明白了。在做出以身试病的决定之后,他不能想起她。想起,哪怕只有一次,哪怕稍纵即逝,都会让他退缩动摇。

他想仰望更多次星空,沐浴更多回霞光。医生,通常徘徊在他人生死之间,这一次,他开始徘徊在自己的生死之间了。他比任何人都珍视自己的生命,本能当前,逻辑简单。渴望男欢女爱,繁衍生息。

晨风凛冽,彻骨生寒。触目荒野,倍觉冰风拂面的苍凉。所以,郭换金在他做出试病决断后,必须销声匿迹。

此刻,试病水落石出。他如此思念她,要把之前所有的疏漏,加倍补起来。如果说一层思念是一朵雪花,脑海中万丈冰崖,周天寒彻。

只是,一切的一切,还来不来得及补救?

楚直医生面前,山高而峻,冰山无路。罡风扑面,前景渺茫。太阳升起来了,阳光扑面而来,但身后的黑夜,毫无屈服之意。

他墨眸冷凝,目光悲沉,内脏血气翻涌。他知道自己将要遭遇水深火热的灭顶之灾,是比穿肠刮骨五脏溃烂更甚的酷刑。一身的腱子肉已然松散,虚脱感笼罩全身。眼不聚焦,视线散淡,飘忽如风……他英俊而荒远的身影,孤注一掷地站在阳光与黑暗交界之处。为了击碎黑暗,他一往无前。喜爱早上的阳光,至纯至美的柔软。

37

文慎笔接到电话,说刚上山的首长晕倒了。他说:"我们马上派最好的医护人员过去抢救。"龙部长和楚军医,下边卡还没回来,他琢磨谁的医术更高?

魏司令员补充道:"让女医生一块过来。"

文慎笔一时没反应过来,说:"我们……没有女医生。"

魏盾远说:"不是早就培养郭换金了吗?速来。"

文慎笔介绍:"她还没完全出师,医术并不……为什么一定要她?"

魏盾远说:"首长是女的。"

医生们很快做出诊断:急性高原反应,引发各系统的应激状态。马上给予加压吸氧,辅以一系列对症治疗。女首长虽然没马上苏醒,但危情化解,极为缓慢开始恢复。

政委和司令员,松了一口气。此刻已是深夜,急救医生说:"请放心。首长目前不会有大危险。需要时间,她会苏醒的。"

魏盾远依旧沉默,阳云天关切问:"具体什么时间可以醒过来?"

"这说不准。每个人身体状况不一样。首长体弱,可能需要更长的时间。明天早上之前,大概率会醒过来。"急救医生说。

肩负整个战区的指挥职责,两人无法久留。魏盾远对到来后一直缄默的郭换金说:"养兵千日,用兵一时。你今天晚上看护首长,都是女同志，照顾起来方便些。"

郭换金答："是。"

阳云天道："首长孤身一人到达高原，你陪着聊聊天，分散一下注意力。对她的精神和身体，都有益处。"

郭换金又答一句"是"。

众人退去。急救医生在暂做病房的招待所套间外屋写病历，郭换金在内屋，守候昏迷不醒的女首长。

郭换金细心看顾女首长，观察病程。雪白的被子半掩首长胸腹处，虽看不到腿脚，仍显出身材颀长。因为输液打针，她脱去了外衣，内穿纯黑色高领羊绒衫，衬托着清瘦脸庞，越发苍白。黑眉入鬓，睫毛密卷，鼻梁高直，嘴唇的轮廓极为端正。虽同为女性，自己还有年龄优势，郭换金还是惊叹女首长美貌。

孤零零一半老女子，只身闯入高原战区，为什么呢？郭换金知道这涉及军事秘密，还是疑窦丛生。不过，这不是她一小兵该操心的事儿，便凑向盈盈若豆的蜡烛，专心看医学书。

突然听到窸窣声音，床上被子险些滚落。郭换金轻轻将被子掖好，听到轻柔声息："谢谢。"

女首长已然醒来，眼神清明。郭换金欣喜，说："我赶紧告诉医生。"

女首长轻轻握住她的手说："我不会再昏过去了。晚一点告诉，也没大碍。"

郭换金想想也是，若是将刚刚苏醒过来的女首长，一个人留在昏黑陌生的房间内，估计是恶性刺激。她没有拔出手，任由首长握着。

首长觉察到她的不安，松开了她的手，问："你叫什么名字？"

郭换金报出姓名，补充说："首长哪儿不舒服，第一时间告诉我。我去叫医生。"郭换金从门缝向外看了一眼，见急救医生伏在桌上，头部低垂，似睡着了。

女首长说："小郭，不是说高原没女战士吗？"

"首长说的是以前。我们班现有八名女兵，已经在这儿服役三年了。"郭换金答。女首长声音很低，郭换金也不由自主压低了声音。

女首长说:"你叫我阿姨吧。"

郭换金觉得这称呼不伦不类。不过病人为重,一个称呼,随她吧。她服从道:"阿……姨这么大年纪上高原,不容易。"

阿姨闭了一下眼睛,不知是腾跃而起的烛花,影响她的瞳孔,还是讲话让她体力透支,总之静默了相当长时间。郭换金以为她已睡去时,阿姨睁开眼睛,清亮透彻,宛如高原晴朗夜色。

"小郭,你几岁了?"阿姨问。

"我二十了。"郭换金有点自豪地说。从十几岁进入二十岁,是道分水岭。

"哦,大姑娘了。"阿姨有些走神,扶了扶鼻腔中的氧气流量管,想起了自己的二十岁。

郭换金自然不知女首长的九曲回肠,按自己的思绪拉家常:"我们班,我排中不溜。大的二十一,小的十九岁。"

"听说麦副司令的女儿,也在这儿?"阿姨不动声色又问。

郭换金觉察悖论。既知麦青青在这儿,刚才为何装作不知有女兵?又一想,也许阿姨刚才大脑缺氧,此刻因氧气持续输入,恢复了记忆。她便不计较,答:"是。"

阿姨又问:"大好年华啊。可有交男朋友?"

郭换金心想,首长也八卦啊,机械回答:"阿姨在部队机关工作,应该知道军纪规定战士不能谈恋爱。"

阿姨说:"是我疏忽了。等服役期满,若提干了,就能谈恋爱了吧?"

郭换金答:"原则上可以,但也需找到喜欢的人。"她一边回答,一边想,病人神志看来完全恢复,都能关心八竿子打不着的他人私事了。

阿姨说:"那么,你找到了吗?"

郭换金心想看起来弱不禁风的女首长,有不屈不挠当间谍的特质。认识没几分钟,三下五除二便能深入到如此层次,不简单。本不想搭理,又觉得陪病人聊天,也是治疗一部分,便镇定答道:"以前曾以为找到了。但很快,他就不见了。"

阿姨不肯善罢甘休,紧追不舍问:"不见了,是什么意思?"

极深的哀痛,猝不及防升腾而起,席卷郭换金整个身心。悲凉一寸寸在血管中蔓延,让她近乎无法呼吸。郭换金喉头堵塞,腥甜的窒息感汹涌上溢,热泪盈眶,身躯细碎抖动,几欲倾倒。

床上阿姨目光冷冽,盯视着郭换金,完全不像个病人。

"不见……的意思,就是我再也看不到他了。"郭换金不愿在素不相识的病患面前失态,稳住精神,平静作答。声音里,充斥颤抖。

幸好,女首长终于识趣地不再追问。

可能是为了让郭换金从极度凄凉中走出,女首长说:"你想听听我的爱情故事吗?"

郭换金不想听。她沉浸在无以平复的伤痛中,几乎粉身碎骨。

然而,听刚刚苏醒过来的女首长,絮絮叨叨讲陈年往事,也是病人为大的职责所在。郭换金忍住自身哀痛,平和地说:"您想讲什么,就讲吧。"

女首长在暗夜中,徐徐开口:

"我出生在一个中医世家。祖父是中医,父亲是中医,再早的先祖,也是中医。从我记事起,院内就弥漫苦涩药香。以至我以为天下人家,都应是这种味道。我闻着这种味道长大,初次闻到西医消毒水时,简直觉得大逆不道。医生的味道,难道不应该充满花草气息吗?

"我祖父喜欢他第一个孙女,给我起名黄连。我母亲一听就急了,跟我父亲嚷起来。说女孩子,叫'黄连',听着,嘴里就泛苦,只怕将来说夫婿也会把人吓跑,谁敢娶一个从头皮苦到脚后跟的女子?

"我父亲,既怕祖父,也怕老婆。但还是鼓起勇气,将媳妇的话,委婉转达给了祖父。祖父说,我甘家子嗣,都要以中药为名。一是不忘本,把医术传下去。二是向成就家业和生活的药材致敬。

"我父亲战战兢兢说,既要用中药为名,中药有无数种,为何单单挑这天下至苦之物,为女孩子起名?您就不怕孙女,今后身世苦不堪言吗?

"祖父说,从你这番话,就可看出你的医术,须不断精进。你可知道,黄连救人无功,人参杀人无过。父亲讪讪道,这句儿子是知道的。祖父说,你可知道这话的下一句是什么?父亲说,这个儿子不知道。

"祖父告诫,它的下一句是——不知好歹。我看你就属不知好歹。《本草纲目》里说,黄连'泻肝火,去心窍恶血,止惊悸'。它不动声色救过无数人命。可惜,因味道极苦加之普通易得,即使救活人命,人们也不认为它有功。和它运道相反的是人参。因它长于深山老林,难得而贵重。就算医家用错了药,吃死了人,人们也从来没想过它是凶手。我的话,听明白了吗?

"父亲诺诺而退。我猜他当时心里想的一定是,祈愿女儿改叫'甘人参',富贵而稀少。"

郭换金对女首长的陈年旧账,并没太大兴趣。可这是工作,就善解人意反馈道:"您家另外的孩子,叫什么名字?"表明自己在认真倾听。

女首长答:"我母亲连生四个女儿,三个妹妹的名字也是来自中药材。可能因为父亲转达了母亲的抗议,她们的名字,便没有我这般寒苦。"说到这里,她有意停顿了一下。也可能是呼吸受阻,缓过气才能再接着说。

郭换金也不催。半晌过后,觉得阿姨大概率恢复过来,才问:"您妹妹们都叫什么名字?"

"我告诉你。她们都已不在世上,几乎没有人知道她们的名字了。"甘黄连吃力地说。

原来不只是身体难以坚持,还有挥之不尽的哀伤。"对不起,我不知道这样……您可以不说。"郭换金深感不安。

"我愿意同你说起她们。很久了,没有人再称呼过她们。"甘黄连说。

"您说吧。我会记住她们和您的名字。"郭换金诚挚地说。既然不慎撕开了素不相识之人的伤口,自己该在她们的精神墓碑前,献几束雏菊。

"我大妹叫甘菘蓝。是味中药的大名,小名叫板蓝根。"

记住了。郭换金想,以后在处方上开板蓝根时,也许会想起很久之前,有个出身医学世家的美丽女子。

"二妹呢?"郭换金问。她尝试进入老中医的思维,会给宝贝孙女,起个怎样古色古香的名字?

"我二妹叫青黛。"

郭换金联想起林黛玉。暗自揣测,这二妹除了俊美之外,略带孱弱吧?

果然,甘黄连道:"二妹体弱,加之样貌极为清秀。祖父初见她眉眼,张嘴就叫出了'青黛'二字。小郭,考考你。你可知道,这青黛来自哪里?"

西医出身的楚军医,曾传授给郭换金零散的中医药知识,哪能经得起这等盘问。郭换金勉为其难答道:"青黛好像来自多种植物,清热解毒、凉血消斑、泻火定惊……并不确切知道它具体出自哪里。"

甘黄连满意道:"小郭,你学得还不错。青黛来源之一,即是菘蓝。"

郭换金终于笑道:"那您大妹会笑话二妹吗?辈分有点乱。"

甘黄连说:"大妹极为厚道,从没说过'我是你上家'这种话。"

郭换金对甘家四姊妹来了兴趣,主动问:"小妹妹叫什么?"

甘黄连答:"紫苏。"

郭换金边想边道:"四个女孩的名字,含着四种颜色。黄、蓝、青还有紫。"

甘黄连说:"是啊。"

郭换金道:"您还没说到您的爱情。"

甘黄连说:"当时,追随我祖父学习中医的弟子中,有个年轻人,相貌堂堂,头脑与学识都很出众。祖父对他寄予厚望。"

郭换金猜测:"您对他很有好感?"

甘黄连说:"我不喜欢他。但他锲而不舍,因为有祖父这层关系,我也没有严词拒绝。年轻时,总以为今后还有很长时间,可缓缓说出想说的话。其实,命运远没有那般温良从容。很多时候,稍纵即逝。"

郭换金猛然一惊。是啊,年轻稍纵即逝。如果当初她吻了他,会不会有所不同?她悲痛欲绝中并不糊涂。她知道——他的命运不会有任何改变。他仍旧会毅然决然地走上前线,依然会在前线身先士卒地壮烈牺牲……只是,他的信,不会那样写啊。写下的信,会更热烈奔放,更情意绵绵……没有那么多遗憾……郭换金的心脏,像猛然被撒下一把火红炭渣,灼烧得千疮百孔。

四周昏暗,两个人的身影,被烛火连在一处。甘黄连没有注意到灯影中的女孩神态失常,接下去说:"后来,我当兵了。"

"中医世家的女儿,为什么当兵?"郭换金轻声反问。

甘黄连说:"我想到外面闯一闯。要说中医传钵,我三个妹妹都颇有心得。加上祖父爱徒,并不差我一个。那个年轻人,名叫杜仲。"

"杜仲也是一味中药材。"郭换金说。

甘黄连道:"他的名字,并非我祖父所起,本意也不是特指药材。他姓杜行二,碰巧了。但我祖父,认为这是天定缘分,倾心传授于他。"

郭换金低声呢喃:"黄连性苦,杜仲补肝肾,强筋骨。"

甘黄连道:"这话,祖父说过,杜仲也重复多次。我知道他们的意思,以为是天意。我对杜仲说,我要穿军装。杜仲再三劝我不要去,我执意要走,就进了解放军的野战医院。"

"后来呢?"郭换金问。她想象不出中医世家的小姐,在军医院里,是怎样一番光景。

"刚开始,很不习惯。中医,伸出三指手把脉,药罐子文火煎药,讲究的是慢工细活。野战医院,疾风骤雨。中医见血的病,多是跌打损伤。野战医院,接收一场战斗的伤员下来,血流成河。甚至味道都大不相同。中药是植物花叶香,西药是化学品的冷清味。我努力适应,发奋努力,终于工作有成,后来被人称为野战之花。"甘黄连平静讲述着,好像人和事,与己无关。

郭换金看向床上静卧的女子,被高原反应折磨得萎靡不振。但她的美丽端庄,仍遮掩不住。遥想当年风采,定是惊艳。

甘黄连继续缓缓道:"某天,院长对我说,来了一位特殊病人,指定要野战之花参与治疗。"

郭换金忍不住插嘴问:"您的医疗技术非常出色?"

甘黄连说:"可能有家传,我医术不错。"

郭换金做出了然于胸状,道:"病势非常沉重?"

甘黄连说:"我也这样认为。跟随院长,来到特殊病房。我第一眼看到他,惊讶不止。"

郭换金说:"他昏过去了?"

甘黄连看向跳跃的烛芯,说:"他神志非常清醒。"

烛芯将郭换金的身影拉得很长。她一动未动,但影子把她变成绕圈的精灵。

郭换金又问:"他行动不便,身受重伤?"

"他灵敏如同猎豹,每寸皮肤都完整无缺。"甘黄连答。

"那他患难言暗疾?"郭换金飞快在脑海中寻觅,想着还有什么遗漏。

甘黄连不忍见她猜得这般辛苦,说:"他得的是看不出来的病。"

郭换金费解:"到底什么病?"

甘黄连说:"我给他完成了望闻问切等一系列检查,郑重对他说,首长,恕我直言,你,完全没有病……"

郭换金在椅子上弹跳起来,说:"装病?"

甘黄连道:"我斗胆说完,当下万般后悔,然而晚了。"

郭换金也被惊吓,问:"首长如何作答?"

甘黄连说:"首长道,你长得还行,医术却不高。看不出我得的是心病,相思病。"

话说至此,郭换金心中猛地一颤,忙问:"这位首长,多大年纪?"

甘黄连说:"我当时不知道。人们传他是野战军中最年轻的师长。"

郭换金沉默。

甘黄连接着说:"我回他话,心病还须心药医,这不是我治病的范畴。首长若无其他事,我先告辞了。"

"后来呢?"郭换金约略猜到某种走向。

甘黄连抻了一下被子,似乎觉得冷。郭换金站起身,将被头妥帖地围拢在她顾长的脖子四周,塞严实。

"后来,年轻师长说,我的事儿,你能管。你便是我的心药。"甘黄连说罢,长久默然。郭换金明白了。

"您是说,年轻的师长……"她轻声嘟囔,没有把话说完。

"就是你想的那样。"甘黄连说。

671

"再后来呢?"郭换金问。大脉络已然清楚,只是,她还得再问下去。长夜无涯,说者有心。她就此打住不问,似乎不礼貌。

"再后来,我走了。正确地说,是跑了。我找到院长报告说,您让我去看的病人,他根本没病。我以为院长会吃惊,没想到他一点也不意外。说,我知道他没病。我怪院长,说您明知道此人无病,却开出单人病房,浪费医护精力,我有意见。院长说,你不会想让他跟你说的话,被大家都知道吧?我说,您知道他跟我说了什么话,对不对?院长一点也不心虚回答,也对也不对。我帮你挡了很久,可我只是个医院院长,不是大兵团司令员。况且,就算是司令,怕也会偏向他的常胜师长,而不是个白袍医生。

"我冷静下来问,他到底想干什么?

"院长说,他没告诉你吗?

"我说,我没让他把话讲完。

"院长很肯定地说,他想娶你。

"我很生气,对院长说,我是来当兵的,不是来嫁人的。

"院长苦口婆心道,当兵和嫁人,并不矛盾。

"我气得口不择言,说,院长,您收了他多少好处,革命部队还干跑媒拉纤的事?

"院长苦笑着告诉我,这个师长,上次来医院看望他的战友某旅长。某旅长,打仗不要命,几乎被炮弹碎成八瓣。好不容易把他缝起来,救回他的命。师长从旅长病房窗口看出去,你正好在场院里晾绷带,他一见钟情了。

"我冷笑说,在一串串血绷带中,还能钟情,这人得多稀罕女人啊。

"院长本来向着我,听了这话变了脸。说,师长不是那种人。野战军司令给他介绍过对象,都被一口回绝。他说,我走在子弹中,身上无数伤痕,不要吓坏姑娘,别让人牵挂。等红旗插遍了中国,您做媒我就答应。就这样,师长单身至此。

"听院长这么说,我的心拧了一下。嘴上仍是不服,说,他舍不得吓别人,却狠下心来吓我吗?

"院长说,到底是不是存心吓你,你直接问问他……"

听到这里,郭换金忍不住插言:"您问过年轻师长吗?"

甘黄连说:"我本不想问他。可那天之后,院长就不给我安排其他工作。病历夹上,只有他一个病人,我也不去查房。过了三天,院长对我说,师长明天就出院了。我回应,没病装病,早该归队。院长说,他最后还有几句话,想跟你说。我想了想,人家也没大罪过,还是常胜师长。我一个后方人,理应表示尊重。就到单人病房去了。师长很平静地说,我料到你会来。不过比我预想的,要早一点。

"我说,我本打算吃完饭来的。

"他说,想我胜过吃饭了?不像啊。

"我说,你能牵着敌人的鼻子走,算计我却是外行。

"他皱眉道,我并没算计你。既然追不到手,我不追了,改追敌人去。

"我说,你不是有话要对我说吗?快说吧。说完了,我好吃饭去。

"他听了我的话,说,那我就不说了,别影响你吃饭。

"什么话这么厉害?我好奇。要知道,面对胳膊折腿断,我还能吃两碗饭。我说,别看不起人。无论你说出怎样的话,午饭我都照吃不误。

"他很郑重地看了我一眼,说,你若当真,我就当真。

"我说,你尽管说吧。

"年轻师长道,那我就说了。我说完,你不必表态,一句话都不用说。

"我心想,什么话这么厉害?还能让我赴汤蹈火不成?

"师长道,我是跟着三个哥,一道当的红军。他们都战死了,只留我一个独苗。我出院后,马上要打一场恶仗。可能会战死,死,我一点不怕。只是我家香火,就断了。我只求你认我为你的鬼丈夫,以后给我家四兄弟偶尔烧个纸。这件事儿,你别告诉别人。革命部队不信鬼神,但我们家乡的老风俗,讲究这个。我少小离家,想念父母和哥哥们,这事儿上,就不反对迷信了。说实话,我这辈子,只对绷带丛中那个人动过心。我也不想动心,可当时心就是动了,也没法再动回来。革命战友,帮我个烧纸的小忙。我说完了,你去吃饭吧。我姓啥名啥,估计你没记住。好在病历上有,你还是记一下,烧纸时不要搞错,多了不用,念叨一句就行了。你吃饭去吧。我说完了。"

郭换金听傻了,一时分辨不清"我说完了"这句话,到底是当年师长说的,还是女首长此刻的意思。

"后来,您吃午饭了吗?"郭换金问。

"吃了。只扒拉了一口饭。"甘黄连答。

郭换金又问:"然后呢?"

甘黄连说:"那场仗,他打赢了,他没死,连皮都没破一点,也没住院。我以为这件事儿,就这样翻篇儿了。没想到,我是年轻的英雄师长喜欢的人,消息四处传开。"

郭换金望向窗外,夜已深。苍穹处,如同打翻了钻石库,光芒四溅。盯着盯着,钻石的数量便增加了好几倍。泪水让人有了灵蛇样的眼神,如果站在旷野,风会很快吹干一切。可惜在屋内,没这个条件。看向窗外的眼睛,沉重潮湿,久久不干。

故事感人,但困意难挡。看出唯一的听众走神,女首长说:"有些事情,在你以为结尾的时候,其实刚刚开始。"

郭换金凛然一惊,不知指人生哲理还是指故事。揉揉眼睛,抖擞精神听下去。

甘黄连说:"后来,我家被灭门。"

郭换金一时未明白,惊诧问:"谁家?"

甘黄连眼眸中跳动着烛火,答:"我全家连三个妹妹都被杀了。"

郭换金的心直坠千尺,道:"发生了什么?"

甘黄连说:"有人出卖我家。向敌方告密,说我是让他们魂飞魄散的铁军将领的心上人。我家所在地,是双方拉锯的交错地带。敌人卷土重来时,将我家斩草除根,我最小的妹妹被拦腰斩断。我家药铺白墙上,有人蘸着我亲人的鲜血,写下'血竭'二字。我找到了血案源头,是祖父的徒弟杜仲。"

暗夜中,郭换金再也忍不住泪水。

"院长把消息告诉我时,我一滴眼泪都没掉。不是没泪,是泪水还没落下,就被怒火烧干。我对院长说,我没有家了……院长说,你有家。

部队就是你的家。我说,我没亲人了。院长说,我们都是你的亲人……

"从此,我拼命工作,成了出类拔萃的女医生。当再次碰到师长时,那时他已是副军长。他说,你一直没遇到心动的人?我说,是。他又说,我也是。如不嫌弃,我就耽误你一辈子吧!军人,要忠诚。我已跟黄泉下的哥哥们说起过你,我不能换人。不然,他们会觉得小弟骗了他们。

"血海深仇堆砌胸中,让我无法呼吸。我说,我可以嫁你,但聘礼是你要杀更多的敌人。他说,你若要别的,我不一定有。若要这个,好办。我给你一笔盛大聘礼。他超额做到了,杀了杜仲,杀了敌军。我便嫁给了景军长。这并非我少女时代所想象的爱情,但我知道,风云变幻中,没有什么爱情能游离时代之外。"

郭换金沉默。血色迸溅的往事,任何语言都无比苍白。在朦胧烛光中,突然看到甘黄连的脸上,缓缓旋起一双梨涡。她记起这女子所嫁之人,姓"景"。

"您是……"她半张着嘴,不知如何把句子补完整。

"我丈夫是军区的景司令员。"甘黄连平淡和蔼答。

"那您也是……"郭换金哽咽,再一次无法把句子说完整。

"是。我是。景自连是我儿子。"甘黄连极轻声音回答。

顷刻间,郭换金泪如雨下。她扑倒在病榻前,双泪长流,只是无声。甘黄连轻轻拍打她后背,好像她是个极小婴儿。

过了不知多久,窗外渐渐发白。高原上最寒冷的黎明前黑暗,逐渐退去。

"我和连儿的感情极好。很多话,他不同父亲讲,但和我说。所以,我从他的信中,知道了你。"甘黄连声调毫无起伏地说。她所有气力,都用来控制情绪了。

"您……知道我?"郭换金惊诧之极。

"我知道。连儿说你是天下最好的姑娘,说下次探亲时,会和你一道看望我们。他说,他教你骑马、打枪、投手雷……还说你臂力小,举枪不稳。说你投掷时慌里慌张,怕你炸了自己……我说一个姑娘家,学这些干什么啊?他说,你将是军医,也是军人的妻子,一定要学会在战场搏杀……"甘黄连的声调,如昆仑山万古不化的冰潭,无一丝涟漪荡起。

"哦,他这样说我的……"郭换金不由得羞怯,不知景自连曾向母亲介绍过自己,已用到了"妻子"这个词。羞怯之后,便是深不见底的哀伤。

"我这次拼死到高原来,一是要看看连儿战斗过的地方,二是要看看你。"甘黄连温声细语说着毁天灭地的话。

郭换金的眼泪,从滴落化作奔涌。甘黄连接着说:"还有,连儿走了。我有个请求……"她迟疑着,久久没能接续说出。

"您说,只要我做得到。"郭换金恨不能掏出心来,以满足景自连母亲的心愿。

"我想让你……叫我一声……妈妈。"甘黄连断续说。

郭换金抱住甘黄连,呼唤着"妈妈……妈妈……妈妈……"

甘黄连一声声应着"哎……哎……哎哎……"脸上满布悲伤微笑,颊中又旋起美丽梨涡,侧颜安详静美。直到两人喉咙几乎再不能发出声音。

守候屋外的值班医生走进来,装作什么也没听到,稳稳吹熄了蜡烛,说:"首长的精神,看起来比昨晚要好些。"

甘黄连喑哑说:"医生休息吧。我也要睡一会儿。"

待首长睡着,郭换金走出临时病室。恰逢晴空日出,光华普照,晨光正盛。卷动的朝霞中,景自连英俊的脸庞,如火炬一般,放射着无尽的暖意和光芒。在太阳的万丈射线中,生出一种更为灼目的光芒。炙热明亮,烘得她身上热起来,生出力量。

自连啊!

我愿你永生不灭,暖如灿烂晨曦。

我愿你如千万面旗帜,前赴后继高高飘扬。

我愿轻轻吻遍你的额头,还有深深的梨涡荡漾。

我愿冰天雪地地老天荒陪伴你,贯穿所有时光。

郭换金心无旁骛照料甘黄连,班里的工作由麦青青全权负责。医学课更是顾不上,一切围着甘黄连转。这天,被龙一笙叫到卫生部办公室。本以为领导要问首长病情,正想着如何汇报为好,不料龙一笙开门见山道:"楚直已报病危。"

郭换金腿一软,不由自主身体后仰。恰好落座于龙一笙办公桌对面拉开的椅子上,她的陡然失态,显得不那么触目惊心。

"怎么……会?我前些日见他从一线哨卡回来,还跟他说了两句话。虽然人看起来很虚弱,面色苍白一步三晃的……但他身体素质一向很好……病危?"郭换金不敢质疑龙一笙的诊断,也绝不相信谁会拿这种事儿开玩笑,只觉山摇地动。

龙一笙顾不上注意郭换金神色,往下讲:"他的病,确诊为急性放射性损伤,已伤及骨髓和各脏器。全身血细胞急剧减少,很可能出现致命的大出血。身体的其他系统也濒临全面崩溃……"

龙一笙的嘴巴,仍一张一合,但郭换金听不清他具体在说什么。那个生龙活虎诙谐幽默,又时不时爆出毒辣冷言恶语的楚直,怎么能猝然同"病危"联系在一起?这不可能!

"他到底怎么了?楚直不是部里最好的医生吗?他没能把自己的病及早诊断出来?他怎么能一下就到了如此危险中?"郭换金惊愕、大惑不解,抑制不住怒火中烧。她甚至觉得一向多作怪的楚直,怎能开出如此荒诞不经的玩笑。它一点都不好笑啊!赶紧告诉他,这是奇耻大辱的谣言,快快澄清!

龙一笙沉痛地说:"他非常清醒。从始至终,他一直十分明确地知道自己在做什么。"

郭换金依然怒火冲天,道:"他不知放射病是怎样吗?!"

龙一笙说:"除了最开始的极短暂接触放射源时,他不能确诊此病,仅是高度怀疑。很快,他就判断出,高原战区长久以来出现的怪病,是某种未知放射元素引起的致命伤害。在医学上,他有着整个战区最智慧的头脑和最冷静的判断。"

郭换金火更大了,嘶吼道:"他既然最先怀疑了此症,为什么不努力保护好自己?"

龙一笙说:"按照常理,的确应该尽全力保护自己。但楚直,是不按常理出牌的人。"

郭换金无话可说。楚直的确是这样的人。

龙一笙说:"战区很多人都保存酷似宝石的狮子石,还变成回家乡的礼物。石块大小不一,放射强度也不相同,随着接触时间的长短,症状千奇百怪。当楚医生高度怀疑它是未知病源后,为了尽快确诊,他把狮子石极近距离长时间地放在自己身边,短期接受了高强度的放射辐射……在最短时间内,锁定了狮子石是怪病元凶。为挽救战区无数将士的生命,赢得了最最宝贵的时间……可是他自己……"龙一笙力求从医学角度阐述过程,叙述平稳,只是完全抑制不了颤抖。只好转身背光,让郭换金看不到他的脸。眼泪如硫酸滴落,将心扉洞穿。

楚直病情危重,只能完全卧床,入院特护。他挽救了无数人,把自己送入绝境。

郭换金泪眼氤氲,眼前滚滚黑雾,悲伤无际无涯。明知高原没有树,还是固执认定楚直是一棵孑然而立的孤独白杨。傲然挺立在世界尽头。他的身躯,即将被自己呼唤来的暴风雪压垮。

郭换金招呼也不打,站起身欲跑出办公室。龙一笙说:"干什么去?"

郭换金说:"这些天,我忙着看顾女首长,没来得及探望他。我马上去。"

龙一笙语重心长道:"部里派给你的新任务,是照料楚直临终。"

铜锤贯顶,郭换金浑身僵直定在地上,吃力重复:"临终?"

龙一笙沉痛低下了头,说:"病危之后,便是临终。一切,已不可逆转。"

郭换金歇斯底里大叫:"部长您肯定搞错了!就算报了病危,以前也有这样的例子,抢救之后,见了疗效,病危就解除了。再过些天,人就慢慢康复了!"

龙一笙保持冷静道:"的确有过你说的这种例子,医学不排除奇迹。但楚直身上,不会有奇迹了。他体内所有系统都破坏殆尽,此时全凭输血勉强续命。他危在旦夕。"

郭换金强忍悲痛与震惊,问:"他现下神志怎样?"

龙一笙说:"他神志非常清醒,估计会一直清醒到生命结束前的最后一分钟。他的病程转归,和受到狮子石放射损伤的一般人陷入昏迷不同,也许是基因使然。真是另一种残忍,他清醒之极地走向深渊。医学上什么办法也没了,只能眼睁睁地看着他熄灭。从这个层面上说,我真希望他早早人事不知……"说着,龙一笙无望地闭上老医生睿智的眼睛。

郭换金迟疑着问:"他可还认得人?"

龙一笙说:"认得。请你去护理,伴随他走完生命最后一程,是他本人提出的。"

郭换金说:"既然如此,那我这就去陪他了。您还有什么话要交代我?"

龙一笙说:"没有了,什么话都没意义了,他也知道战区采纳了他的意见,全面封闭了狮子石,从实物到发现原地,再不会有泄漏,他放心了。我们能做的事儿,就是顺着他的心愿,让他走得安心。这是我们活着的人,能为他做的最后一点事了。部领导想守着他,不过他再三提出,希望你能陪着他走完时光。我们就尽可能不打扰了。你大概不知道,楚直是孤儿。"

郭换金貌似认真听着龙一笙指示,一颗心早已飞进病房。

第一眼看到楚直,几乎觉得龙部长夸大其词了。他除了面色极为苍白外,并不曾显出多么形销骨立。也许病程进展得太快,魔鬼还来不及吞噬完年轻医生精壮的骨肉。总之,他看起来不像病入膏肓,只像用了超量利尿剂的人,有些脱水枯萎。他身着洁白衬衣,安静地躺在病床上,甚至增添了几分温文尔雅的风度。他温和内敛,几乎没有任何动作,克制到令人心痛。

想到不能给病人恶性刺激,郭换金强迫自己脸上浮出发自内心的微笑。尽管由于口罩遮挡,笑容只在额头和脸庞边缘浮动。

"你来了。徒弟。"楚直平静地说。

郭换金故意打趣道:"师傅,人们都传说你病得很重。我看,不像啊。"

楚直笑笑道:"人们传说得不错,我的确病得很重。你乍一看不像,这是假象。你多看一会儿,就像了。高原最不缺的,是猝不及防的死亡,好在我不是。我的死,会像花开一样,有个缓慢过程。不过,现在花已盛开,我的生命已到了尾声。"

郭换金拼命抑制住鼻酸,执拗道:"我不信。你一定会好起来。"

楚直声调如常道:"记住,一个好医生,不要给病人以不切实际的希望。这是师傅要教给你的重要知识点。以前,没找到合适的机会说,以后,估计也没机会了。现在说,还不算太晚。"

郭换金听出这话蕴含的不祥之兆,楚直依然顽强地保持着口无遮拦的风格,也不去计较,说:"师傅,记下了。以后多多传授徒儿重要的知识点。"

楚直轻声笑道:"我倒希望如此,只怕,时间不允许了。"

郭换金不想让话题向危险荒寂的方向滑动,说:"你精神还不错。"

楚直疲惫又伤感地说:"我现在唯有这一条优点了。精神尚在全力支撑,整个身体已彻底朽坏。它们不听我的了,只听死神的。"

又一个危险方向。郭换金赶紧再次掉转话题:"师傅,你感觉怎样?"

楚直说:"刚输完了血。依我经验,仰仗这些新鲜血液,大约二十个小时内,我应该还在这里。"

郭换金完全不知如何接话,说:"师傅,你需要我做些什么?我马上去做,你怎样才会觉得舒服一点?"

楚直意味深长地看着她说:"我需要的是你什么也不做。"顿了一下,积攒了一些气力,接着说,"整天师傅长师傅短的,说明你还没出师,这是不自信的表现。"

郭换金勉力语调如常,依着他的意思,改了称呼,说:"楚医生,若是我什么也不做,那你叫我来,就没意义了。我走了啊,到别处忙去。"说罢,作势离开。

楚直一下急了,指骨分明修长如竹的手,一把抓住郭换金白大衣下摆。手背青筋蹦起,生怕她走,用足了气力。郭换金只感到一缕若有若无的力道,软绵绵拂在衣襟上。

这微不足道的细节,让郭换金终于深切感觉到——执掌手术刀时,臂力超群风流倜傥妙语连珠的楚直,生命之火已濒临熄灭。

她来不及伤感,赶紧扶住他的手臂,忙不迭地说:"我不走。我会一直陪着你。和你一道……"她本来想说"走到最后",觉得不祥,隐下了。

楚直的手,这才啪嗒一下掉下来,好像被击落的断翅白鸽。他说:"徒儿,你不能对师傅言而无信。"

郭换金强忍悲痛,故作轻松道:"师傅,我不会骗你。你一定会好起来。"

楚直信了她话的前半部分,略微支起身子,温和地说:"把床给我摇高一点,我想看着你。"

卫生部的设备,这两年有所增加,起码床有改善。郭换金遵嘱,将病床中支配上半身的机械关节,缓缓摇动。楚直的头颅和脖颈逐渐升高,他一直不叫停止,直到上半身近乎直立。他极端惨白的半身石膏像,触目惊心。嘴角溢出的血缕,刺眼碧鲜。

郭换金找话道:"师傅,你想不想吃点什么?"

楚直吃力摆头:"不想。我的胃肠道上皮细胞,全部溃烂脱落,没有丝毫食欲。消化器官除了持续出血,根本不分泌消化液。饮食对我来说,没有任何意义,只有痛苦。"

郭换金想不出还能说点什么做点什么。在医术精湛的医生面前,没人比他自己更清楚将要发生的一切。放射病终末期,不可逆转的悲惨境遇。

"那……要不要喝点水?"郭换金又问。

"水也不必,摄入任何液体,都像在喝硫酸。"楚直吃力地舔舐干燥爆皮的嘴唇。

蚀骨哀痛,贯穿心脉。郭换金尽量保持表面上的波浪不兴,用棉签小心蘸上生理盐水,轻轻涂擦楚直嘴唇。将干燥翘起的表皮,细心抚按下去。之后,又用棉签蘸着医用凡士林软膏,缓缓擦拭楚直嘴角的血渍,直到洁净。楚直美好的唇形,如同早春的浅樱,渲染着极为稀薄的粉色,在洁白被单和他的白衬衣间,悄然绽放。刚烈清新,妖娆美丽。

可能是感到唇间温润的舒适,楚直由衷喟叹:"真好!"

郭换金一时没懂,下意识问:"什么真好?"她想知道"真好"具体是指什么,尽量为他多做一些。

楚直突然莞尔一笑,剪水秋瞳潋滟风华,那清丽俊美的笑容,令郭换金看呆。说实话,她几乎不曾见过楚直如此欢快且不带任何攻击性的笑容,美好儒雅温暖。

鉴于他传授给她的医学知识,郭换金明白,楚直活在世上的时间,只能以小时和分秒来计算了。正像他本人所说,明天这个时间,他肯定不在这里了。悲怆万分时刻,他倾城倾国一笑。调动起所有气力发光发热,争取在生死之间多徘徊一会儿,将甜美的回光返照尽量延长,延长……

郭换金忘记哪本书上写过,人是唯一能够觉察到自己死之将至的动物。楚直迎接死亡到来的仪式,是比平常任何时刻,更多笑容。

郭换金想通了他的笑容,只遗锥心之痛,面上依然平和。

楚直轻声说:"棉签带着油水交融的触感,好极了。就像是……"话到这里,他惨白的面容,荡漾出稍纵即逝的轻粉色。如果他血脉充盈,此刻是脸红了吧?他喘了几口长气,费力地将那句话说完,"……恋人的亲吻。"说完后,呼吸陡然粗重,气息混乱。

距离如此之近,郭换金听得清晰明白。从这一秒钟开始,她真正意识到楚直的生命旅程,看得到终点了。他不再桀骜不驯,不再恶语伤人。改弦易张,对这个世界温柔以待。

若是平常,郭换金闻听此话,会脸红心跳。但今天,她不会了。楚直字字珠玑,倾吐着他在人世间最后的眷恋。

郭换金说:"能跟我谈谈你的恋人吗?"

楚直的眼睛突然变得雪亮,好像有墨色水晶注入眼眸。他遗憾地说:"我的恋人,从没有亲吻过我。"

郭换金开解道:"她是害羞。姑娘在心里,一定亲吻过你千百遍。"

楚直对此说法,看不出赞同与否,但充满了极端向往。两眼发出磷火般的光,反问:"你怎么知道?你又不认识她。"

郭换金胸有成竹道:"你这么好的一个人,长相好,医术好。性格嘛,算不上顶好,但刀子嘴豆腐心。她怎能不喜欢你?!"

楚直听了,半晌没回答。当郭换金以为这话题不宜深入之时,一向凉薄冷情的楚直突然开腔:"你若能这么想,我高兴极了。"

郭换金由衷祝福:"那个女孩子好幸福!"

楚直叹息:"可惜,我给不了她一生的幸福了。"

郭换金没有回应。对于知道生命结束征兆的医者来说,无谓的安慰,都是多余。将它们咽下,便是贴心。

整个白天,在两人断断续续的交谈和楚直时而清醒时而昏睡的状态中,缓慢又飞速地过去了。夜幕降临,战区开始发电。病房灯线,处在关闭状态。郭换金站起身,想把灯线扯亮。楚直的手指吃力地在暗中拨动了一下,说:"不要开灯。"

郭换金确认:"咱们一直待在黑暗中?"

楚直轻笑道:"从黑暗走入黑暗,比较起来,容易接受。"隔了一会儿,待气喘匀,他又补充道,"黑暗中,生和死的界限,不那么清楚。"

郭换金感觉到他的滔天哀伤,还有一点点恐惧,就说:"你很难过?楚医生。"

无论楚直看起来对即将到来的死亡多么从容,多么举重若轻,内心终是汪洋苦海。

楚直却说:"我不难过。关于我的病,关于以身试石,我事先都周密想过了。这是挽救更多战友最快最准确的方法。为国舍命,为战友担责,我无怨无悔。这辈子,我能做医生,是至幸至美之事。能以这种方式,尽了我对医学的责任,心中宽慰。只是,我对得起所有的人,却对不起我心爱的姑娘。"黑暗中,他修长的颈线傲然挺立,再往上是无比聪慧的头颅。由于头发脱净,像一颗宝珠。

郭换金说:"楚医生,你要对你的姑娘说什么话,如果信得过,请告诉我。我一定原原本本转告你的姑娘。"她轻轻握着他的手,轻轻摩挲着。只觉楚直十指像枪管一样冰冷。

天彻底黑下来。两个人都默不作声时,会以为这是间空屋子。

暗色屋宇中,楚直发出轻轻笑声。他说:"郭换金,请你告诉我的姑娘,我一直深深爱着她。我从没有对她说过,是因为怕她回答不爱我。我不想强求,只想守护在她身边,看着她快乐地去爱别人。但是,那个人牺牲了。我想,此后,我便得到了让她爱我的可能性。只要时间足够长,我相信她一定会爱上我。可惜,时间不够了。我没有时间将美好计划付诸实施……"

说到这里,楚直眼前突然闪现一道五彩炫目光芒,其后拖曳着黑洞般的长尾。他明白,这是一个人濒死前的光感幻觉。郭换金不知道他看见炫光,单听他声音,仍是干净清冽的。郭换金看不到他的病容,想不出这天籁般的声音,出自垂危病人之口。她险些误认为,黑暗中半坐着朝气勃发的阳光青年。

猛然间,有念头霹雳闪过。郭换金失措,一时不知如何接话茬。楚直察觉,暗夜中发出戏谑笑声,问:"哦,你慌了。在想什么?"

"我在……我在想她……你的姑娘……"郭换金语无伦次,也不知这些话确切代表什么意思。

楚直掌握起谈话的主动权,说:"你就不必想她了。想想你自己可好?"

郭换金说:"我……这和我有什么关系?"

楚直不知为何一反常态,变得那么爱笑,轻轻笑道:"我要是说,这个她,就是你呢?"

郭换金似听到半空中有金石对撞声。她说:"楚医生,我不懂你的意思。"

楚直说:"我有点冷。你帮我把被头拉上一点,再把肩膀旁的缝隙堵下,那儿漏风。"

郭换金赶紧照办,这样她的身体就伏在了楚直头部附近。楚直一把拉住她的手,牵向自己,微微喘着气说:"原谅我诈你。不用这个法子,我没有气力靠近你了。"

郭换金本想挣扎,这个姿态,太过亲密。虽在暗中,她仍然不好意思。听到楚直艰难喘息声,知道他体力,已是强弩之末,于心不忍,不再闪开。选了个在他身边侧身而卧的姿势,贴近他。让他在自己耳边讲起话来,不那么费劲。

楚直对此心领神会,欢愉地说:"很好,像女朋友的样子了。"

话说到这个份上,郭换金纵千般自我开解,也明镜般知晓了楚直心意。如果说在和甘黄连一席谈之前,她会很正式很坚决地向楚直表明,这不可能,是误会。但此刻,她深感没有必要了。楚直的身体渐渐冷却,他毫无疑问走到了生命的终点。此时任何话语,几乎都可倾心说出。任何话语,皆是他溃败不堪的肺腑,吐出的诚挚之言。楚直再也没有任何机缘,唯一能做的事,就是倾情说出。很可能下个一呼一吸之后,他的整个人生便会终结。

郭换金飞快将这一切想通透,附在楚直耳边悄声说:"楚医生,我知道你的女朋友是谁了。"

楚直艰难地吞噬掉嘴角溢出的鲜血,说:"你……可愿意?"

郭换金重重点头,怕黑暗中的楚直看不清楚,以一种麻木而坚强的语气说道:"我愿意。楚医生。"

楚直大喜过望,滔天喜悦下,说了长长一段话:"我接下来说的话,郭换金,你要听清楚。任何一句话,你不乐意听了,马上告诉我,我会立刻……闭上嘴的。"他又咽下了一口血。黑暗真是好啊,姑娘看不到他的痛楚。

郭换金不知七窍玲珑心伶牙俐齿的楚直,在生命辞别的时刻,会说出怎样惊天地泣鬼神的话。不管如何,她必会义无反顾陪着他,毫不踌躇走下去,便道:"你尽管说。如果我实在不好意思听了,一定告诉你。现在,你放心,我很愿意听,继续说吧。"

楚直用尽胸臆之力,发出断续的诙谐笑声,说:"好啊。这才像我的徒儿,我的女朋友。"他一洗既往的冷漠锋锐,变得明亮,美好,纯真,活泼。

郭换金温柔地拍拍楚直骨架很宽但几乎没有任何肌肉的肩头,极轻一按,示意他可以信马由缰畅所欲言。

室内安静了很长一段时间。当郭换金以为他已经改了主意,这场谈话中止时,楚直开言。刚才的停顿,只是为了积攒力量,他想一鼓作气把话讲得完整周密。

"我……想娶你。"他的话语中,透出深深的犹疑和终极疲倦,但非常清晰。

"哦。"郭换金没有诧异,安然应答,"什么时候?楚医生。"

她在想,楚直的生命,能否支撑到看见明早的朝阳?

经过漫长的储备气力,楚直清晰无比地回答:"就现在。"

郭换金继续安静发问:"在哪里?"

楚直又一次清晰无比地回答:"就在这间病房。"

他确知自己的精气神,如洪水泄闸般狂放流逝,他要竭尽所能,把心里话说完。

郭换金不知接下来会发生什么,无法想象将是怎样场景,只有顺势而问:"你想怎样娶我?"

楚直说:"让你成为我的新娘。"

郭换金沉吟了片刻,坚定回应:"好,我愿意成为你的新娘。那下一步,咱们要做什么?"

楚直好一会儿没回话,郭换金以为他昏过去了。实际上,他也确实是昏过去了。好在昏迷不深,时间短暂。无与伦比的欣喜和坚不可摧的意志力,将他在行将远航时刻,强拉回来。楚直不确定自己的意识丧失了多久,但从郭换金未曾改变的姿势推算,应只是片刻昏厥。心上的姑娘,很可能未曾察觉吧?楚直为自己庆幸。他再次竭力凝聚心力,稳定气息,沉浸在无比的欢乐中。他要把埋藏心底很久的话,一气呵成。

他深情的目光,淹没在黑暗中,强撑住以尽量饱满的声音道:"我要给你下聘呢。"郭换金吃惊:"这么正式啊?"

楚直说:"那当然。我可不想有丝毫马虎。"

郭换金下意识地看向四周。四壁昏暗,哪儿有东西可供下聘?她想,这不会是临终谵妄吧?

楚直用严谨有度的叙述,打破了谵妄推断:"我已别无长物,就以雪山为聘吧。不,雪山属于更广大的存在,我不能擅用。那以漫天飞舞落入我手心的雪花为聘。它来自九天,那是家乡。"

郭换金肝肠寸断,灵魂颤抖。她拼命掩饰住哭腔,说:"好好。我收下你的雪花为聘。"

楚直无声地笑了,黑暗中只见贝齿闪烁:"除了聘礼,我还要送你礼物。一件最美的礼物,世上所有的新娘,都不曾有过。"贝齿继续闪烁,偶尔也有断续暗色,那是被出血沾染的地方。楚直兴致甚好,居然能连贯说出长串的话。

这一次,郭换金不再打量四周。她确知,屋内什么也没有,楚直已彻底进入弥留状态中,信口开河了。

"好啊,什么礼物啊?"郭换金竭力让声音饱含好奇和热望。

"我送你高原彩虹一条,你可倚在上面休息。以后每当看到彩虹,你就把它当作我的肩膀。休息好了……你冲入无尽的风雨中,独自远行。"楚直说着,眼底星芒闪烁。

郭换金从"独自远行"中分辨出,这不是虚幻,而是饱含深情的嘱托。

"我记得彩虹,记得你的臂膀,记得独自远行。"郭换金发誓般说。不是她陪伴楚直临终,而是楚直将不竭的力量注入她。

之后,是长到无边的沉寂。当郭换金险些以为楚直就这样无声无息离去时,突然重新响起楚直清朗的声音:"我想抱抱你。"

郭换金本想满足他的最后愿望,但眼前一晃而过景自连的面容,她还是放弃了拥抱的念头,说:"我听着呢。摸着你的手,就相当于我们拥抱在一起。"

楚直饶是再聪明敏感,在生命弥留之际,敏锐的察觉力也已消弭。他没意识到郭换金的刹那走神,按照自己思绪说下去:"我还想亲吻你……"

郭换金安静地答应他:"我知道,我明白。现在,我们……已经在亲吻了。"

楚直非常满意地挪了一下头,说:"哦,我可以感觉到你的嘴唇。"这个当儿,他的意识渐渐稀释,但仍清晰喟叹,"真甜美啊!你的嘴唇,像一枚饱满的红樱桃。"

郭换金说:"我也能觉得你在。"话语双关。的确,此时此刻,楚直尚在人世间。

他继续道:"叫我楚直。我还想抚摸你的身体。"

郭换金温声道:"楚直,你想到什么就做什么吧。"她明知,楚直除了用最后的气力喘息外,什么都做不成了。

楚直得陇望蜀道:"你也抚摸一下我,可好？郭换金。"

郭换金本以为濒死之人,方方面面都渐行渐远,趋向虚无。却不料楚直如有神助,他眸色澄澈,音域醇厚,并无虚弱。

郭换金掩饰惊愕,归于从容,毫不迟疑答道:"好。"说着,郭换金轻轻抬起身体,俯在楚直身旁,用纤长手指,一寸寸抚摸楚直英俊的面庞。高耸的鼻梁,挺秀的眉峰,宽广的额头,还有轮廓分明的唇。他的上嘴唇略薄,平日伶牙俐齿,不给人分毫留情。下嘴唇略饱满,好像提防着,怕一不小心,让深藏不露的豆腐心,从刀子嘴里吐出来。如果真出现那种情况,最不好意思的人,是他自己吧。当郭换金的手指,在楚直的上下唇瓣间久久停留时,楚直突然嚅动了一下因为沾染血迹而滑腻的双唇,将郭换金的手指噙在口中,轻轻地吸吮一下。轻如蝉翼,霸道而轻灵。又若有若无舔舐一下,以期将肺腑深处最后的温暖,度给亲爱的姑娘。然后,毫无征兆地崩溃般松开了……

俊朗如斯的楚直,此刻什么话都说不出了。他正奋力独泅死生契阔之河,眼瞳散射星光。

靠得太近,楚直最后的气味,冲向郭换金。医学告诉她,人在临死时分,会吐出独属于自己内脏的气味。有的像烂苹果,有的像辛辣的芥末。记得白头翁是一股铁锈气,好像他变成了废品堆积场。她以为楚直最后的气味,可能是狮子石的味道。虽然,她并不知道狮子石是什么味道。

但是,没有。楚直徐徐吐出的,是凛冽干净的独属医学的气味,是消毒水掺杂着酒精的警醒气息。郭换金终于悲伤认定,医学的味道,渗透到楚直的骨髓和细胞里。现在,细胞落花坠地,锵然破碎。百骸崩解散落,内蕴气味奔逸而出。

冷肃俊雅的楚直,并不甘心就此告辞,他拼死一搏。拼命加深郭换金的手指与自己口唇的这个吻。挟雷霆万钧之势,势不可当。

他一心一身一意,贪心不足地品尝着爱情令人着迷又气象万千的魅力,虽然有点晚了。

郭换金知道,随着死亡临近,人的口腔肌肉会变得松弛,积聚在喉部的分泌物发出咯咯的怪异响声,被冷静地形容为"死亡咆哮声"。

楚直并没有发出死亡咆哮声,只是全力延长这告别一吻,感天动地。

郭换金勇往直前地陪伴着楚直,走进至深至暗时刻。

这个难解难分的深吻,无可挽回地一丝丝松弛下去。郭换金一时无法分辨吻是否结束,迟迟没有退出手指,怕楚直伤心。她希望这个指吻持久不衰,以证明楚直还活着,踏踏实实存在于此病房之内……

楚直嚅动着嘴唇,似有话要讲。郭换金轻轻转动了一下指尖,似在征得楚直的同意。楚直无比微弱地回应之后,郭换金缓缓退出手指,将耳朵凑到他的嘴边。

她听到他在说:"这辈子,就当我娶过你了。我们入过洞房,我们颈项相交……我从没有碰过你,但在我心中,你已是我同枕共眠千百次的妻……记住,千万别在我的墓前落泪,我会判你学习不及格……"

他声音清徐,依然幽默。

人临终时,颇不容易。从世界离开的冲击非常剧烈。力大无比的死神和身体残部正面相撞。身体在彻底损毁中,与寓居其中的精神最后诀别。

楚直的口腔温度渐渐低落。灵活的舌头,无力懈怠下来,口唇丧失了张力,变得如同牵拉过度的橡皮圈。

死亡是一连串摧毁的过程,它不慌不忙地井然有序地收走了当事人所有的生命体征,瓦解挚爱他的人们一切幻想,遗留徒有其表的废墟。

彻底失守。这一瞬,乾坤颠倒,毁天灭地。

她抚摸着他冷冷的脸,确认他挥手远行了。他和她片刻前唇指相亲,贴得如此之近。但此刻,形体虽在,人已永不能相见,一别万年。

郭换金的手,不相信地抚摸楚直左胸,那是心脏的部位。如同碰触到一块岩石,坚硬冰冷。她用手指,触至颈动脉处。那里一片沉寂,好像从来没有过搏动。

眼中干涩,心中泣血,然而她必得有所行动。郭换金站起身,拉亮了电灯。今夜,卫生部灯火长明。发电房接到指令,因有重要医疗事件发生,持续供电。

高瘦韶秀的楚直,安静地睡在病床上,腰身劲瘦。素日冷峻的下颌线,由于死亡的安抚,模糊柔和起来,嘴角微微翘起,那是留存的微笑遗址。双眉如鹰翼舒展,锐利而不失风情的清朗眼眸,只闭合了三分之二。半合的缝隙中,仍可见清亮的黑眼球。瞳孔已然散大,显得格外深邃,铺满细碎晶莹的光。他的脸上,依旧写满骄傲。他给龙一笙提出的最后要求,是穿上洁白的工作服,以尽享医学给予他的荣耀与残酷。他的恃才狂放,他的矜持和不可一世,他骨子里的仁爱和对工作的倾情投入,都在呼吸停止的这一瞬,消失殆尽。从侧面看过去,楚直英俊的面庞,带着心满意足的舒展。他正在度过他的新婚之夜,和他的妻子相拥而眠。他的幽默感,竟然完好无损地保持到了最后一句话。

死亡像一卷黑纱,将人间分隔出一块飞地。这方飞地里,此刻只有他和她。

郭换金看向窗外,送别那个骄傲的灵魂逶迤而去。泪眼里,横亘天际的银河,又多了一颗星。星的光芒如此畅远璀璨,经过泪水折射,变作亿万颗钻石闪烁。

38

天光终于大盛,清晨绲着红边的金云,让人很想撕下一缕藏起来,四周静谧得令人发疯。郭换金走出病房,对守候在外的龙一笙凝噎着说:"楚医生……回家了。"她甚至勉力拉扯嘴角,企图完成惨淡的笑容。楚直走前,不停歇地笑着。但那一瞬间,她感觉到楚直的目光在侧,目不转睛地瞅着她,毫不留情地指出:"哦,真正的微笑,会让你的眼轮匝肌运动,导致你的眼睑稍稍闭合,让眼角周围产生抑制不住的皱纹。但是,你的这个区域,此刻不见任何纹路。所以说,毫无疑问,这是一个假笑啊……"声音一如他平时的调侃不逊,将拗口的医学术语,说得理所当然。

想到楚直意志锋利,绝不妥协的性格,作为徒儿的郭换金,只好依从,将笑容顷刻收起。他潇洒走远了,像个穿着军服的绅士,去赴蓝莹莹的狮子石,为他一个人摆下的旷世盛宴。

龙一笙面呈黝黑的幽厉之色,淡漠至极,貌似无动于衷。他给郭换金留出了足够的时间悲伤。从医经历如此漫长,心肠早已磨硬。越粗粝的东西,越看不出折损。谁能理解他痛失爱将的锥心之痛!何况他知道楚直是个孤儿,并无家可归,倍感凄凉。

郭换金眼球干涩。她很想放声哭泣,却无法流出一滴眼泪。短短一生,她用尽气力去爱,至此,泪水弹尽粮绝。她枯燥地看向浩瀚远山,看万年不变的静美冰川,与她冷酷对视着,不置一词。

楚直头也不回地决然远去了。龙一笙不知道的是,楚直已经有了家。从此他和心中挚爱的姑娘,并蒂戎装,两袭白衣。相互携手,友爱地立于生死交缠的冰山缝隙中,相视一笑。

楚直病逝后,很快落葬,终结了他回肠荡气的一生。他的死,震惊了整个边防线,将士们万分悲痛,无数人忆起吃过他开的药,经由他做手术……如今,楚直到天上,给神仙们看病去了。消息传到蓝卡,范锁子爬到瞭望堡垒外,手里捏着金灿灿的小锁,捶胸顿足,向着远山呼叫:"楚医生啊,我千不该万不该把狮子石送你啊!你为什么要拿自己做试验?你用我试不行吗?我心甘情愿,我愿意替你去死,为国家去死啊!你活着回来,看看这山……它们等着你保卫啊!"

狮子石被列入极危险物品,彻底封存,并呈报上级各机关。因遭受放射辐射致战斗力减员状况,第一时间被有效控制,重回全员可即刻冲锋陷阵的良好状态。

楚直一系列的后事处理,郭换金都没有参与。她只做了一件事,就是陷入无边无际的昏睡之中。由于之前对甘黄连的持续照护,加之陪伴楚直走完生命最后一程,身心极大磋磨。无休无止的混沌,排山倒海的萎靡,如同黏稠的高原风雪暗夜,找不到出口。她紧紧裹着被子,像是最后一道弱不禁风的盔甲,持续不醒。

龙一笙看望诊治。在细致详尽的体检之后,轻弹着听诊器的金属臂,沉默良久。陪同的文慎笔,拉了一下他的白大衣,示意有话回办公室说。

回去后,龙一笙扑通跌坐铁椅上,继续缄默。文慎笔不安,问:"小郭病得很重吗?"

龙一笙摇摇头说:"很严重,好在不致命。她年轻,底子好,只是积劳成疾,精神受到重创,内环境陷入极端紊乱状态。进行一系列治疗,加足够的休养生息,能缓慢恢复。"

文慎笔安下心来,说:"年轻就是好。"

龙一笙纠正道:"年轻也有很坏的地方。"

文慎笔问:"此话怎讲?"

龙一笙说:"年轻的心,太敏感了。也许对老头子不构成致命打击的事,在他们那儿,有可能肝肠寸断,魂魄皆伤。"

文慎笔有些不解,说:"老伙计,讲详细点。我本就不机灵,再加缺氧和忙乱,转不过弯。"

龙一笙压低声音说:"比如连续的至亲之人死亡。"

文慎笔顿悟:"死人的事,是经常发生的。年轻人,只有加紧磨炼。见得多了,就麻木了。"

话本是顺着龙一笙说的,但龙一笙并不领情。站起身,乱步昏蹀道:"死亡并不能使人麻木。我见过一百次死亡,见到一百零一次的战友死亡,还会撕肝裂肺痛不欲生。只是,我有经验。我不会让悲伤向自身发起攻击,尤其在高原,如果所有的痛苦,都化作箭矢,回射自身,人就成了血刺猬。在某种程度上讲,就是完成自杀。"

他从楚直以前的汇报中,知晓郭换金企图自杀过。楚直逝去,不是压倒骆驼的最后一棵草,而是如椽巨木。

文慎笔听得半懂不懂,应对道:"她还是太年轻,又是女孩。要真明白你说的这番话,或许还要很多年。"

龙一笙点头说:"只有等待时间和她精神的康复力了。不过有件事,却不能等。上级医务部门发来通知,军医大学要招生,给了咱们战区卫生部一个名额。究竟派谁去,咱俩先务务虚。"

文慎笔说:"咱们不是拟过送学备选人员名单吗?照单子上的顺

序,往下捋着名字派就是了,谁排上就是谁。一来不必为此事兴师动众费周章,二来也最公平。"

龙一笙说:"我想推翻一下这顺序,先和你通个气。"

文慎笔意外,问:"老龙,你有何考虑?"

龙一笙说:"记得不?咱们那个拟定名单中,没给女兵留位置。"

文慎笔说:"记得。当时反复讨论过,说高原战区以男军人为主体,主要培养男医生。如果派女娃娃出去学习,她们若在外单位找了对象,很可能不回战区。咱岂不是竹篮打水一场空?"

龙一笙说:"这番话,我也记得。只是我这些天常想,咱这个决定,是不是太狭隘了?"

文慎笔驳道:"哪里狭隘?咱们是战区的县官加现管,考虑问题,当然要从此时此地实际情况出发,管不了太多。"

龙一笙语调深沉道:"当初女孩子们穿上军装,立志保家卫国的时候,并没有因为男女有别,而心生退却。"

文慎笔咂嘴,不得不承认:"倒也是。"

龙一笙继续说:"我们不可以只因她们的性别,就厚此薄彼,剥夺了她们的机会。那跟封建社会没区别,对她们显然不公平。"

文慎笔无言以对,索性也不再争论,径直问:"那您打算怎样?"

龙一笙也不掩饰,直言道:"我打算让郭换金插个队。"

文慎笔惊问:"插到队伍哪儿?"

龙一笙说:"名单最前列,也就是排名第一。"

文慎笔沉吟半晌道:"部长,这事您要谨慎。一是把之前集体议定的程序,擅加推翻改动,要有足够充分的理由,才可服众。第二,即使改成女兵,也应公平竞争。名额未必一定花落郭换金,比如麦青青也不错。第三,还需经过上级领导批准,须格外稳妥慎重。"

龙一笙知道提此动议,必遭逢文慎笔阻挠,却不想这般有理有据,几乎无懈可击。一时间,也想不出更完善的理由回应,只得说:"咱们再讨论。我先给郭换金开药,加快她的身体恢复。"

龙一笙来到魏司令处,给领导做例行身体检查。魏盾远见他形单影只,不由想起之前经常一道前来的楚直,悲从中来。不过,毕竟是身经百战的老军人,面色凝然不动。他说:"楚直功勋巨大,以最快速度,圈定病源,挽救和保存了战区的有生力量。"

整个检查在沉闷气氛中完成。"您身体状况不错。还是要高度注意劳逸结合,毕竟年龄在那儿摆着呢,不可过劳。"龙一笙叮嘱,说罢欲起身。

魏盾远说:"知道啦,老伙计。你这就要走?"

龙一笙缓缓道:"那要看您忙不忙了。"

魏盾远说:"当主官,只要不是炮火打到家门口,自然是可忙也可不忙的。"

龙一笙道:"既是这样,我有件事儿,想私下听听您意见。"

魏盾远笑道:"何时我的意见,变成了私下的?这么见不得人吗?"

龙一笙说:"那我当官方意见听,也未尝不可。只要您不怕我说出去。"

魏盾远说:"老伙计,别绕圈子,说什么官方私方的话。直说,什么事?"

龙一笙便把想派送郭换金上军医大学的想法,竹筒倒豆子般说出。

魏盾远明白了,说:"你想让我来做决断?替你挡这雷?"

龙一笙说:"别把我想得那么狡诈,我不怕承担责任,只是想听听您的看法。"

魏盾远道:"既是如此,我只说几句话。"

龙一笙回应:"您不用说几句话,一句话——成与不成?"

魏盾远做惊诧状:"莫非你还有权限制司令员讲话?"

龙一笙忙洗白道:"不敢不敢。您说吧,几句话几十句都使得。"

魏盾远说:"第一句话,女兵也是兵。"

龙一笙心领神会道:"明白。"

魏盾远接着说:"老龙,你是哪里人?"

龙一笙实在想不通,这宝贵的第二句话,居然扯到自己头上,还调查籍贯。但前车之鉴,不敢再质疑司令员之问,如实报出家乡地名,南方某偏远省份的小村落。

魏盾远第三句话是:"你回一趟老家,来回路上要二十多天吧?"

龙一笙摆头道:"不够。即使最好的季节,一路上不耽搁,也要走上三十多天。"

魏盾远的第四句话,又是问句:"是谁把你培养成医学圣手?"

龙一笙暂时忘了郭换金事由,赶紧谦虚道:"圣手可谈不上。只不过当医生年头长了,见的病人多了,经验和教训都攒了些。"

魏盾远第五句话:"你最初当医生时,在哪个部队?"

龙一笙报出另外大军区名称。

魏盾远说:"你现在到了我手下,我成了摘桃子的老财。你宝刀不老炉火正红,为高原战区立下丰功伟绩。"

龙一笙顾不上计数司令员到底说到第几句话了,略带激动道:"无论在哪里,作为军医,都是为祖国服务,为军人服务。不过是工种不同侧重点不同地点不同罢了。"

魏盾远说:"对头。女娃娃也是部队宝贵财富,理应一视同仁。"

龙一笙试探道:"她们若是学成之后,不回高原战区可咋办?我们也不能到军医大学去,把人押回来。"

魏盾远说:"这个可能性,极大存在着。不过,她们终将在我们军队里。就像你,不也是另外军区培养的吗?!"

龙一笙继续下探司令员的底儿:"她们翅膀硬了,年纪大了,转业到地方的概率也是有的。"

魏盾远不假思索道:"这个完全有可能。"

龙一笙说:"那您还会坚持让女娃娃们,占用这个宝贵名额吗?"

魏盾远说:"她们就是飞得再远,估计也还在咱中国境内。"

龙一笙想,再问下去,司令员有可能说,她们飞得出地球吗?罢,不问了,便说:"司令员,我明白了。别嫌我啰唆,最后一个问题。麦青青和郭换金之间,您更倾向谁?"

魏盾远说:"郭换金的两位老师,无论军事教官还是医学师傅,都长眠在高原。背负这种责任,她会学习得更好。"

龙一笙明白,告辞。临走时,司令员突然冒出一句:"你说的这个军医大学,在哪里?"

龙一笙答出城市名字。

"那里,产不产西瓜?"司令员又问。

"西瓜?"龙一笙反问,虽然他听得很清楚。

司令员不习惯重复自己的话,只是严肃看着他。龙一笙只好正式回答该问题:"我没到过这城市。按照常理推断,位于温带的平原地区,应该产西瓜。"稍停片刻,又补充一句,"基本上国内所有地方,都产西瓜。当然,除了高原。"

魏盾远放心吁出一口气,说了句:"产西瓜,那好。"心里道:丫头,老汉到底失信于你了。想吃西瓜,自己买吧。

龙一笙莫名其妙,要不是面对面,知道司令员一切如常,险些以为司令员嘴巴馋了。

郭换金从沉睡中醒来,几乎模糊了近期发生的所有事,只觉得身重如石,视线所及之处,都是血色飘动。她全身每处器官,都委顿不堪。合在一起,就是整体濒临崩溃。唯一让人稍稍放心的是,她的视线并不畏缩躲闪,只是单纯深切地直面他人,若有所思。不然,简直让人疑心她坏了脑子。

郭换金清减到枯瘦显骨,沉浸在自己的回忆中。总觉得怀念便是与逝去的人们相逢。早前被强行压下的对景自连的怀念,蜂拥而出。叠加楚直的惨痛离世,如两股搅缠的钢索,几乎将她扼死。缺氧更是时时产生让人无望时刻,万念俱灰。

郭换金只觉感受到的一切,和之前大不同。她孤零零站在天地间窄窄的一线里,方明白什么叫作幸存。雪风悲旋,苍穹四垂。之前被封存压抑起来的景自连之死,加上楚直的死……还有殉国的战友,被狮子石戕害的同志们,那么多的血啊!堆积在一起,汇成血瀑,流淌过浩大江山。

龙一笙每天看望她,惊痛地想,这姑娘,恐怕连灵魂都碾成粉末了吧?不知道还能不能重新黏合起来?他相信,睡眠是人类最原始的治疗方式。药石罔效时,试试深渊般的睡眠吧,他用药加深了她的安眠。

终于有一天,郭换金彻底醒来了。屋内很冷,宿友忙着上班,炉火熄灭了。她想起小叶子,若是她在,会把炉火照料得如同炉膛内永远有一只火红的小狐狸。

　　冷有冷的好处,让人警醒。她抬眼望去,屋内狭小,她的视线,总是被墙壁困死。这一次,她能够直视远方,看向窗外亘古不化的雪原。

　　一般人眼中,雪千篇一律,除了飘落,就是成堆成垛,雪崩时一落千丈。餐风啮雪过的郭换金知道,雪分很多层。上层的雪最冷,因为风一直吹,雪没有任何产生热量的能力,只有被刮走或是始终原地战栗。中间的雪,孤单压抑,它们看不见天日,永远蜷缩,永生不得舒展。下层的雪,被无数年代的重压挤扁了,却永不言重。

　　不同层次的雪,音色不同。最年轻的雪,会发出曼妙的沙沙声。中层的雪,偶尔咯吱叫,像是争先恐后的小鸟。最深的雪无言,是地狱最冷的灵魂。你轻轻踩过表层的雪,像抚摸雪的头发。你脚下重重踩,相当于踏上雪的胸膛。你陷入深雪,倒霉了,那是雪的报复。你长眠雪中,是雪给你的最后仁慈。司空见惯的雪,都如此千变万化,何况远比积雪要丰饶的生命。

　　严寒有非比寻常让人镇定的功能。脑海凝冻,就不会掀起无谓的怒涛。郭换金漫无边际地联想,如果变成雪,她飘向哪里?

　　她不要做上上雪,也不要做中层雪,更不做底层雪。她做一片在时间中不断疾飞的雪花,坚持鸟瞰人间,期望永不融化。

　　她极其缓慢地把内心整理好,让思维在躯壳里重新运行。

　　在饱受命运撕裂棰楚后,她会牢牢铭刻着她和他们,曾经共存于世的日子。祭奠与他们曾经看到过同样的风景,为同样的事物欣喜或悲伤。

　　没有比死更好的教员。郭换金在至哀至痛的灵魂极刑中碎成破烂渣滓,在恍若死亡般的沉睡里顽强重组。那个清脆如梨的女孩永远消失了,再无满怀温情的活泼和爽直的随心所欲。变成脱水的洋葱皮,苍白干燥,但充满强大的膨胀系数,能抗万里颠簸,能补能量缺乏。重新弥合的灵魂,外壳坚硬冷淡。内核,还是一泓泉水。

龙一笙通知她以高原战区唯一名额,速到内地军医大学读书,语重心长说:"之前由于你体力一直没恢复,已向上级单位申请了延期报到。但即便如此,延长的期限也要到了。你必须马上准备走了。"

他以为郭换金会激动,起码会兴奋加适当的谦虚。但是,没有。郭换金极其安静地听完相关安排,不动声色地沉默。龙一笙不得不将说过的话,又重复了一遍,补充道:"这是领导和组织上对你的信任,希望你不负众望,认真学习本领。将来,有可能的话,再回到高原。"

郭换金还是一句话都无回应。连此情此景下,下级应该说的面上的客气话,都无只言片语。龙一笙想,这姑娘八成在睡眠中脑筋搭错了弦。不过看她晨星般冷彻的眼神和静如止水的脸庞,又不似傻相。那只有一个可能,她在睡眠中,完成了脱胎换骨的改造。

龙一笙只好继续说下去:"卫生部给你开个欢送会。"

郭换金总算回话了,音色略带沙哑。她道:"大家都忙,就不必欢送了。我去上学,一定会回来,等将来一道开欢迎会吧。"

龙一笙多么欢喜听到这种说法!虽然,不太相信。世事多变,现在的允诺,很可能难以作数。不过,女娃娃临走时还有这个心,也难能可贵了。

他缩了缩瞳孔,暗了下眼神,不想给郭换金太大压力,注视着一旁道:"现在军医大学的学制缩成三年了。如果没有意外,三年后,我还在卫生部任职。我等你回来,那时候,我这个部长,给你主持隆重的欢迎会。"

他本想和姑娘握个手,又怕郭换金误以为这是某种程度的一言为定。他的眉眼无力地垂下来,被一圈圈枯燥的皱纹包绕。三年后,谁也说不定会在哪里。也许自己战死?或因其他原因,牺牲在高原?还是别让女娃娃有太大的压力吧。

郭换金面色如常,说:"部长,不会有什么意外的。所有的意外,都发生过了。我,一定会回来。"

是啊。这里,发生过最悲壮的故事,显露过最深邃的人性。展现出最锋利的欲望,揭示过最嶙峋的真相。为了普天下的盛世平安,有一些人,永远留在这里了。高原!为了他们,我一定会回来的。郭换金暗自下了决心。

麦青青求见甘黄连,甘黄连在招待所接待了她。

"阿姨,景哥哥不在了,您要节哀顺变。"麦青青声音软糯,像是半融化的酥油。

甘黄连无所回应。这个姑娘,这几年只要有机会下山,都会黏在景家。她的心意,不言而喻。现在,自连已经远行,剩下的便只是例行公事了。

"你也多注意身体。"甘黄连捋一捋新增的白发,轻缓回应。

麦青青被郭换金要去深造的消息,打击得体无完肤。这一局,毫无疑问她又输了。但她知道,军人要看得更久远,不在一城一地的得失。委顿之后,迅速振作起来。年纪尚轻,路还很长。她要像儿时攒美丽糖纸一样,积攒她宝贵的基层奋斗经验。大学的女学员,千千万万不可胜数,但在高海拔艰苦环境中长期奋斗过的女兵,屈指可数。她要将金箔一层层镀厚,将来某个时刻,抖搂出来,卓越的从军经历,闪亮傲然。人的一生,谁更胜出一筹,长路漫漫,一切尚在未知之数。她相信自己的美貌,自己的坚韧果敢,自己的雄韬伟略与家世铺垫,自然会有脱颖而出的那一天。至于景哥哥,想起来,心还是会一抽一抽地痛楚。但人不可复生,死人没有价值。不过,景伯伯尚在高位,这个关系不能搞僵。她要让甘阿姨对她的好印象持之以恒地保存下去,每当想起景哥哥时,爱屋及乌,今后也会对她青睐有加。

甘黄连始终客气有余,亲近不足。麦青青也不强求。毕竟她自认和景自连青梅竹马,又在同一块土地上,共同战斗过。这份情谊,谁人堪比?就算竹马烧成灰,青梅晾成了干,景自连已逝,但景家重情,定会不看僧面看佛面,加以照拂。关键时刻,如她需鼎力相助,老人定会出手。她不在意冷淡,只求长流水不断线,维系着和他们的情感,来日方长。很晚,她才做恋恋不舍状离开。

甘黄连临下山前,在招待所约见郭换金。

这段时间,甘黄连奔波在边防第一线。凡是景自连走过战斗过的地方,她都要亲临探访。这一走才知道,军事干部景自连非常敬业,走遍了战区的所有哨卡。甘黄连毕竟年纪大了,身体受到极大摧残。随同她深入一线的潘容再三请求,说她若再不答应回来,就直接请示大军区领导,命令她返回。

甘黄连暗想,领导,不就是老景吗?她上山,老景就不同意,她硬来了。如她执意不回,谅老景也没招。想到老景纵是再坚强,失去两个儿子之后,再没了老伴,估计也顶不住了。这才同意先返回高原战区,择时下山。

好在她精神较前舒朗。痛不欲生的哀戚悲绝,终是淡些。

甘黄连说:"走了这一趟,我理解了连儿。"儿子目光曾经扫视过的地方,妈妈此次都看到了。

郭换金无声点头。只要曾走过这块祖国最高的领土,就会明白泰山般的担当无以推辞,生死瞬间的唯一选项,便是勠力向前。

甘黄连用金属般刚硬的眼神,看向郭换金,说:"我也懂了,他为什么选择了你,并万分喜欢你。"

郭换金再次沉默。景自连喜欢她这件事,她绝大部分时间确定,极少时间又不确定。真有"万分"吗?现在,他妈妈这样说了,该是无疑的吧?

想到这里,悲从中来。她忍下哀痛,打开随身携带的军用挎包,拿出纱布包裹的小纸盒。盒上印着"维生素 B_1 注射液"。

甘黄连静静注视着秀美的女孩子,不明白她随身携带维生素针剂有何用处。要给自己打针补维生素?

郭换金极其小心打开针剂盒。盒子内部,原为防止小药瓶相互碰撞的纸质隔离层,已被小心剔除。盒内,躺着两块相依偎的弹片。

郭换金轻抚弹片,久久不肯放手,也不说一个字。甘黄连耐心等待。

郭换金好似下了决心,摸出其中一块弹片,对甘黄连说:"这个,是从景自连身上取出来的。"

甘黄连颤巍巍地接过那块有七个锯齿般断缘的弹片,滚烫眼泪落下来。弹片打湿处,颜色变深,熠熠闪光。

郭换金又拿起另一枚弹片,说:"这是从我身上取出的。"

甘黄连的泪水又滴落在刀币状弹片上。

郭换金说:"这两块弹片就送给您吧。我们不能陪伴在您身边尽孝,弹片上,有我们的体温,与你们在一起。"

甘黄连知道这是儿子的纪念。想对姑娘说,你留下。但看着这并排的两块弹片,强烈想给老景看看。最终,她觉得和这姑娘一定会相见,从长计议。就把小纸盒,珍藏起来。

"连儿的遗物,你还留有什么?"甘黄连问。她想知道儿子的所有往事。眼前姑娘,曾无比深入地揳进儿子的灵魂。

"除了这两块弹片,再没其他东西了。我曾经有过他给我做的一个小罐头锅,当时闹了别扭,丢了。还有,就是我背下了他写给我的那封信。只可惜,没有原件了……"郭换金垂下眼帘,抑制着泪水。

甘黄连:"那封信,我也背下来了。政委说没有那封信,可我知道,是有的。时时想起他,他就没走远。"

郭换金抱住甘黄连道:"妈妈,他名字中的那个'连'字,不是连长的意思,是来自您。可对?"

甘黄连说:"我和他爸,对这个字,说法不一样。你就按照自己的意思想吧。"

郭换金说:"这两个说法,我都喜欢。"

许久之后,甘黄连注视着郭换金眼睛说:"你真是郭炊事员的女儿吗?"目光灼灼,带着探究。

郭换金没想到谈话陡然撕开裂隙。面对考究和威严的景司令夫人,她坦然回答:"我,不是。"

甘黄连不动声色点点头。很好,这灵动如狐的女孩,没有否认。她接着问:"我能知道你的真实姓名叫什么?"

郭换金说:"您能知道。我的真实姓名叫卫蔷。不过,景自连从来不晓得我叫这个名字,他只知我叫郭换金。您还是叫我小郭吧。"

"好吧,郭换金。你的亲生父母在哪里?"甘黄连问,口气温婉下来。

郭换金答:"之前在牢里和干校,最近刚刚重获自由,说是敌我矛盾暂按人民内部矛盾处理,在乡下劳动改造。"

甘黄连又问:"他以前做什么工作?"

郭换金答:"北京×部的副部长。"

甘黄连又问:"那你家和小灶上的郭大厨,什么关系?"

郭换金说:"郭大厨是我父亲战争年代解救出的红小鬼,新中国成立后他们分开了。'文革'风暴中,我父母被打成资产阶级司令部的人。危急中,父亲让我找郭大厨,看能否救我免受牵连。正逢征兵,郭大厨让我装作他一直养在农村的女儿,改名换姓当了兵。再后面的事儿,您都知道了。"

甘黄连未置可否。岂止后面的事儿她都知道,就连前面的事儿,她也都知道。儿子如此倾心的女孩,她怎么能不早早查清楚?刚才,是她最后一次考验儿子的选择。还好,郭换金成功经受住了考验。这姑娘如同深海珍珠,闪着光泽让人误以为像柔软丝绸,内里质地十分坚硬。

只是,这一切,还有什么意义吗?儿子,沉睡在高原永冻土层下。作为父母,看到的只是弹片依傍。不。还是有意义的。她要为儿子心爱的姑娘,做出稳妥安排,巨细靡遗。

"你知道将到军医大学学习吗?我并没有插手,是你的表现,赢得了信任。"甘黄连说。

"我知道了。但我要拒绝。"郭换金一字一顿回应。

"为什么?"甘黄连不解。

"我的经历,经不住层层审查。如果查出来,会连累郭大厨,也让高原战区蒙羞。且浪费了宝贵名额,对不起急需培养医生的卫生部。"郭换金已经决定,明天就向部领导谢辞此议。其实龙一笙告知消息的当时,她就想拒绝。考虑到那样太突兀,辜负了领导的善意,且让人难以理解,特地沉寂了几天。至于当时表态重回高原的话,是真情流露。

"孩子,这不是你的错。时代的责任,你不能承担。这样吧,一切由我来处理。你放心,会平顺度过。你还是叫郭换金吧,既然连儿记得的是这个名字,我们就不改了。"甘黄连慈爱地说,难掩脸上抽搐的痛色。

郭换金不知所措,道:"这样,会不会连累到您?"

甘黄连说:"我会妥善办理。只是,你今后只能叫郭换金了。没有极为重大的变故,不能改了。"她语速均匀,声调清浅,预见到姑娘情感上、命运上还会有波折,心中怆然。人生的路的确很长,但年轻的时光非常有限。

她送郭换金出门。正值阳光普照,失子打击的凛冽刀锋,高原无所不在的缺氧伤害,雕刻了她的脸,让白发霜雪满头。阳光下,银发更易反光,她的头顶闪耀起一圈刺眼光圈。她告诫面前的年轻女孩:"务必记住,从今以后,卫蔷死了,唯有郭换金活在世上。"

这个被命运锯齿早已裁了上百段的女人,掩饰不住地疲惫。兵行险棋,剑走偏锋。女孩摇身一变的繁难,她打算独自承担,不让任何人知晓,老景也不行。停了一会儿,她又说:"孩子,你走吧。无论到天涯海角,你要记得郭大厨,记得景自连,记得我们。"她努力绽出微笑。世界上有一种无比深在的痛苦,必定要当事人以微笑表达。

郭换金又一次抱住甘黄连:"妈妈,我会永远记得你们。"她迷蒙的目光看向远处,那里有一缕魂魄袅袅散去,宛若踏雪掠过的精灵。她经历过很多人的死,这一次,是卫蔷。

她终于粲然一笑,决心不再沉浸悲哀。生活是什么?回忆再多,也只能占少一半,更多的一半是继续。逝去的音容无法宛在,原有的姓名不再琅琅,只有坚忍告别。勇敢地穿越死海。带着他们的期望,竭尽所能地坚持下去,奋勇走向陌生未来。

分别时的最后一句话,甘黄连说:"尽快告诉郭大厨,你要离开了。让他不要再给你传递消息。"

郭换金没有拒绝上学,但拒绝了欢送会。告别变得随意,碰见一个说一个,碰不到的,就算了。

护士长送了郭换金一小瓶藏红花。藏红花并非当地所产,而是从伊朗辗转带来的。

郭换金说:"这么贵的东西,护士长,还是您留着给家里人用吧。"

护士长说:"它主治妇科病。女孩子这么年轻就上了高原,也不知会不会落下什么毛病。今后日子还长,但愿用不上。万一有用得上的那一天,你还得到处找。预备下,不抓瞎。"郭换金道谢收下。

检验员和 X 光技师,都祝愿郭换金学业有成。

跟大家讨要手表阄的姜黄医生,羡慕中带着若干阴阳怪气的不服。小文因没得到上海表,加上对姜黄医生饱受高原摧残的长相失望,最终翻了脸。姜医生至今还打单身,家里老人给四乡八邻放出话,说女方不是影响生育的轻残,也能接受。可还没找上媳妇,懊丧得很。军校上大学这种好运,也轮不上自己……满肚子冤屈,也不知赖谁。好在大面上,还是向郭换金表达了祝福。

柳赞说:"班长,我给你剪个短发吧。"她之前设想过多次,郭班长若剪短发,一定艳冠全班。囿于麦青青禁令,她不敢让高原再现"吴琼花"头。现在,班长要走了,禁令应失效了。

郭换金说:"我习惯了梳小辫,不剪了。"

柳赞一腔热情被浇了冷水,悻悻作罢。她不知郭换金心里担忧的是,如果她贸然剪了头发,远行的军人,会不会不习惯?

郭换金叮嘱柳赞,她走后,军邮车再带上来的信件,帮她收起。攒多了,给她转寄到学校。柳赞一口答应。

司务长殷厚土把郭换金叫到他的狭长库房,说有事要谈。郭换金进屋后的第一眼,是睃寻硕鼠尾巴可在。殷厚土眼神黯淡道:"甭找了。它得了高原病,吐血死了。"

殷厚土强打精神,不说老鼠了,道:"你要走了,我送你一件礼物。"

郭换金说:"不用。谢谢你。"

殷厚土说:"我个人攒下的私房,和公家无关。"说完,拿出土坯大小的茶砖,"我忍了一年没领茶叶,才换来它。原想带回老家,让家里人也尝尝。送你在大学喝,会想起高原的味道。"

郭换金接过茶砖,手一厌歪,真重!平日分到手的砖茶,都被司务长用刺刀扎成小块。这整块茶砖,包装还如此完整,真难得。

她再三推辞:"司务长,您心意我领了。只是说它高原味道,不准确。湖北产的,是荆楚大地的味道。"

司务长说:"这是当地为边疆特制。咱日日都喝,记住的就是高原味道。"

郭换金怀抱砖茶,感动离开。

文慎笔公式化地和郭换金告别。原本上学探亲这类好消息,都是协理员出面通知。此次,文慎笔不愿得罪麦青青,龙部长代劳。且协理员赌郭换金绝不会回高原。今后彼此是路人,关系不再重要。退一万步讲,他自认三年之后,自己绝不会屈居此位,故一切从简。

穆木春在院子里碰到郭换金,非常高兴,说:"郭班长,我这两天一直在找你。可你老被人围着,我都插不上言。"

郭换金道:"你现在说吧。"她和这小伙子共过事。她并不只是让他干粗活,而是悉心传授医学知识,关系不错。

穆木春掏出一极小木碗,甚丑,且不圆,内壁更不光滑。估计用它吃粥,连喝三十碗不饱,还得留神别剌了嘴唇。

郭换金就算再愿接受善意,也忍不住调侃道:"小穆,你送我一歪脖酒杯?"

穆木春腼腆道:"我家是祖传木匠。"

此话不说还好,郭换金听完,忍不住道:"你这手艺,估计能把你爷爷气得返老还童。"

穆木春不好意思道:"这是我生平做的第一件木器。没工具,就用废弃的手术刀剜出来的。"

郭换金说不出话了。手术刀虽锋利,切皮如同打开拉链,但用报废的手术刀,剜个木质碗状物件,多么难!她一时琢磨不出此物深意。

穆木春满怀希望地说:"郭班长,你闻闻。"

郭换金端起小碗,凑近鼻翼。熟悉味道,苦寒清凉,涩而隽永。穆木春说:"这是红柳木。我常从你身上,闻到红柳味道,猜你一定喜欢它。我找了根红柳干,掏空做成这小碗。从此后,你把它带在身边,无论走到哪儿,都能和红柳在一起。捎带着记住了高原,记住了我们。"

郭换金本想说,一定会记住。但只匆匆说了句"谢谢",就离开了。怕穆木春看到她在拼命眨眼,以期淡去泪雾。

麦青青找到郭换金,坚持要开全班送别会。她知道有人等着看她的笑话,她一定从容应对,对郭换金仁至义尽,让人们感叹她的大将胸怀。下次的好运气,焉知不来?

郭换金答应了,为的是和大家郑重告别。龙一笙表示部领导要参加,郭换金说:"部长,就让我们班女生,说说体己话,行吗?"龙一笙遂作罢,文慎笔更乐得自在。

麦青青柳赞的那间宿舍稍大些,成了女孩子的会场。麦青青主持的开场白,中规中矩,标准送别辞。她充满感情回忆了女兵班的成长历程,特别提到自己曾代表全班参加过隆重的大军区盛会,受到嘉奖,光荣属于全班。她动情地说到班上每位同志的奋斗,无一遗漏。女娃娃听得心花怒放。最后,她话锋一转,说这一切都同班长的努力分不开,她走后,大家会深深想念她。希望她以新的身份,在新的环境里,再创佳绩……学习任务重,班长多多注意身体啊!

面面俱到,滴水不漏。以至于麦青青讲完之后,宿舍内长时间冷场。如此精彩全面的发言,谁说都是狗尾续貂。

郭换金静静看着女战友们。原本八人,小叶子走了。自己再离去,只剩六人了。作为高原战区成立以来的第一批女兵,她们的历史,留待后人评说。

可能姑娘们都想到这一层,气氛有些压抑。郭换金经历了太多离别,不想再悲切了,便说:"感谢同志们这些年对我工作的支持。现在,我到内地去学习,暂离高原。今天都是咱自己人。我提议,大家需要什么贴身小物件,平时不好托家里人买的,都告诉我。我到内地后,一一给大家买好,寄回来。"

女孩子都喜欢精致的贴身物件,听到郭换金提议,瞬间被吸引。几年来,她们过着和军队男子一模一样的日子,要不是每月都有那特殊几天,几乎忘记自己的性别。缺东少西的,也不敢跟家里人开口,怕他们知晓了高原的惨淡匮乏。现在好了,知根知底的班长要到内地平原,给大家买女娃需要的东西了。班长万岁!

柳赞第一个开口:"班长,你这么说了,我就不客气了。我想要一双非常鲜艳夺目的尼龙袜子!"

郭换金拿过纸笔记下,又道:"说清楚点。尼龙袜子不难,但鲜艳夺目难掌握。要什么颜色?什么图案?植物还是动物,格子还是条纹?多大码我就不问你了,我知道你脚有多大。再说袜子有弹性,我看着买就是了。"

柳赞回答:"色要大红,花要艳丽。实在找不到大红,粉红也凑合。"

大家七嘴八舌议论:"柳赞你俗不俗啊?大红袜子,亏你想得出来!一身绿军装,脚下绿鞋,脚腕那儿露出一截红袜子,你天天过本命年!"

柳赞道:"就因为这些年光穿绿了,我才要改大红粉红。净瞎操心,咱们一年到头大头鞋,气候最暖和时,穿几天高靿解放鞋,都甭想露出袜勒。红袜子,我晚上钻被窝时,穿给自己看。"

平日十分寡言的瘦削女兵悄声说:"班长,我想要小内衣。要特小号那种。我不敢跟家里人要,怕他们嫌我不长个儿。"

大家嬉笑起来,恐怕不是长高的事儿,是其他部位不发达。特小号的贴身内衣,若跟家里人开口要,妈妈的确操心。

郭换金注意地盯着她胸前瞅,看得瘦女兵害羞了。郭换金说:"别脸红。我在估摸你的胸围,买多大号合适。"

又一个女兵说:"班长,我想要一面大镜子,能照半个脸那种。"

该女生的脸不算大,实在是高原能买到的镜子,只有婴儿拳头大。郭换金说:"记下了。镜子易碎,我尽量包装好。万一碎了一定告诉我。我再买再寄。别不好意思,只怕耽误你用。"

该女兵说:"都被耽误了几年,不在乎多耽搁几个月。谢谢班长费心。"

郭换金说:"还有谁想要镜子的?一块儿说,我打包寄。"说罢,用笔头敲敲纸,提请全班注意。

女兵争先登记,感谢班长不嫌烦。郭换金说:"镜子多了,互相有个支撑,或许还不容易碎。一只羊是赶,一群羊也是赶,不麻烦。"

黎锦迟疑了半天,终于开口:"班长,我想要一只蝴蝶发卡。黄色,翅膀很长很大,上面还有黑色眼睛样那种。"

郭换金难住了,说:"黎锦,我写下了。可不一定找得到这种发卡。你是不是范围宽些?比如绿蝴蝶紫蝴蝶?翅膀短点也行?有没有眼睛黑斑点,也别太苛求。"说完,眼巴巴看向女战友,希望她网开一面。

黎锦不表态,表示不通融。众女兵纷纷道:"黎锦你就知足吧,咱们整天戴军帽,颜色啊、翅膀长短啊、黑斑点啊,除了你自己知道,谁瞅得见?班长为了你这发卡,只怕要跑断了腿!我们心疼班长。"

郭换金忙解释:"断腿不至于,只怕一时找不到这模样的发卡。黎锦,你详细说说,何时何地见过这种发卡吗?只要不是在梦里,我就去找。"

黎锦扭捏了半天说:"这是参军时,男同学答应送给我的。可我上了高原给他写信,他一直没回。我心里总惦记。没人送,我就自己送自己发卡。班长,我给你钱。"

郭换金说:"黎锦,我不收你的钱。这个发卡,我送给你。"

大家不知表情如何拿捏,先笑,后冷然。遥远的无望故事。

郭换金轻轻挥手往下压了压。虽是要走的班长,威严不减反增。大家止住笑,静听她说。

郭换金道:"黎锦你放心,我肯定千方百计去找这种发卡。实在找不到,你要做好换发卡别头发的准备。"

黎锦若有所思地点头,从发卡联想到其他,又有几个女兵提出小希望,郭换金一一答应。见麦青青一直没吭声,郭换金主动问:"青青,你想要点什么?"

麦青青冷眼看着郭换金大受拥戴,心中不甘。审时度势,此刻万不能争宠,反正郭换金就要走了,自己从此便是说一不二的存在,来日方长。她一脸诚恳道:"祝班长一路平安!青青不缺什么,只望班长将来把自己万无一失带回高原!大家盼着班长学成归来!"

一句话,把郭换金的未来,钉死在高原。

郭换金虽明白此意,并不觉苦难,微微一笑,全盘接受下来,说:"青青,希望那时我还能和你,和全班同志们,一起在高原并肩战斗。"

会议圆满结束。郭换金将记录诸物的纸仔细收好,以备按图索骥。回到宿舍,她想起潘容送甘黄连下山未归,走之前不一定见得到,就写了纸条,托黎锦转交。交代古墨的樟木箱子,由潘容保管。尽可以借阅他人,但务必请借书的人万般爱惜。

39

高原上的朗朗晴天。虽冷,但阳光灿烂。马上要下高原赴学,出发在即。郭换金一大早,前往烈士陵园。

刚出门,见一高大身影,佝偻着身子,候在屋外略远处。郭换金认出是门可闩。

见到他,自然想起眉眼和腮像杏子一样圆而饱满的叶雨露。只是小叶子一直不肯回她的信,不知近况如何。

"门班长。"郭换金淡淡打招呼。这些日子,虽然打饭时天天可见到门可闩,但公共场合,一言不发。见面如同没见。

"我……想问问你,下山那天,你想吃啥样早饭?"门可闩腼腆地说。为了找到这个能和郭换金单独谈话的机会,他多日在女兵宿舍前转悠,形同蹲守。功夫不负苦心人。

郭换金想,相遇,也好。他们需要郑重告别。

"早饭,什么都行。"郭换金本就无所谓早饭内容,不过,既然门可闩郑重其事地提起,想必并不局限于好意。可又实在无所求,佯作感谢状,只是仍无精打采。若换作从前,她也许会趁着四处无人,怒斥门可闩。但现在,她克制住了。

门可闩说:"你不说,那就和小叶子下山那天一样,我做红糖包子吧。"高原战区的供应中本无红糖,为了小叶子,当时是和地方勤杂人员淘换,才找来此物饯行。这一次,为了郭换金,他愿意再费苦心。

脚下大地突发摇晃,郭换金恍然出现失重感觉。小叶子……啊!她不想提到她,尤其是当着这个人。但是,她又无法忘记她。她们是打过通腿的战友,正经生死与共。她无法和任何人,开诚布公地谈谈这个姑娘。憋得几乎要爆炸。她知道,门可闩等在这里,就是为了和她谈谈小叶子。在这个世界上,只有和郭换金一人,门可闩才可光明正大谈论这个女孩子。同理,郭换金也只有和门可闩,才能推心置腹地说起这个女孩子。如果谁都不说,小叶子就真真被高原的风,吹到天边了。

郭换金长长叹了一口气。属于年轻女子的气息,应有芳香馥郁的轻灵,但她的这口气息如果拿去检测,苦涩沉郁苍老。旁边,门可闩眼巴巴地等着她对食谱发表想法。郭换金说:"好。和小叶子走的那天,一模一样的红糖包子。"

门可闩见郭换金愿意搭理自己,小心翼翼问:"你可知道她最近咋样?"

郭换金从潘容那里,得知小叶子返回家乡后的窘况。除了淤泥样的怨愤,她和门可闩无话可说。可怨愤的话,说得再多,又有什么意义呢?便淡然回答:"我给她家乡写过信,她不回。大约……不是很好吧。"

门可闩悲怆垂下无比沉重的头颅,好像颈项折断的野牦牛。"我也写了信,她也不回。"断了气的野牦牛,发出空洞声音。

"你探亲的时候,可以去找她。她的家乡是……"郭换金报出地名。其实实属多余,门可闩知道。但此情此景,不说这话,还能说什么?

门可闩迟疑了很久,在郭换金以为等不到答案时,他说:"我不能去。"

郭换金讶然:"为什么?"因他说的是"不能",不是"不会"。如果是后者,她不会再追问。

门可闩鼓足了勇气道:"如果单是处分,我可以不在意。只是,她再也不能生孩子了,这一条,我家接受不了……"

郭换金知道。对于不能生育的女子,民俗严苛到狠厉。不过,沉睡醒后的她,较前更疾恶如仇。她紧逼门班长:"你家是你家,你是你。我想知道你怎么看……"

也许于事无补,但她想为小叶子讨一个良心公道。

"我……我不同意我们家……可我没法子啊……"门可闩嗫嚅。巨大身躯,挤出如此微渺的声音,有些滑稽。郭换金想起鲁迅的话,人不能揪着自己的头发,离开地球。她看向门班长的头颅,头发浓密,在帽子四周龇牙咧嘴。

她便出离愤怒,只遗深重的痛惜。为小叶子,也为千千万万的女子。在很多人眼里,女子没有生育能力了,就等于什么都没有了。她不知对万般无奈的汉子,说什么好,只能断然折身而去。突闻门可闩在背后说:"你会去找她吗?"

郭换金不曾转身说:"我一定会去。只是报到时间太紧迫了,只有以后再说。"

她说的是实话,连父母都无法探望。

"但你总有一天会去她那儿,对吧?"门可闩像一只巨型的兔子,佝偻着身躯,眼珠红红的瞪着她问。

"我一定会去的!"郭换金一言九鼎道。哪怕全世界都放弃了小叶子,她作为她的班长,也不会放弃。重逢那天,无论床宽床窄,天冷天热,她俩一定还要再打通腿。

门可闩闻言,突跨一大步,堵到她面前,目光如炬盯着郭换金,从衣兜里掏出一个小包。不是通常的纸张,而是用粗麻布片包裹着。幸亏他人高马大衣衫肥,一般人的衣兜,还真搁不下。

郭换金默不作声看着他。换作以往,她会迫不及待发问。现在,不会了。该发生的事儿,一定要发生。该知道的,你必然会知道。只需等待。

门可闩说:"这是麻袋片。"

郭换金点头。她认出麻袋片。只是不知道为何选陈旧蒙尘的破麻袋片做东西的外包装。高原就算物资再匮乏,炊事班长也不至于连块棉布或纸都寻不到。

她依旧不问。

"你把它带给叶雨露,她自会明白。"门可闩低声说。他已将库房内其他大大小小几袋海米,合在一处。复员时,交代给下一任炊事班长。扔掉染血的那袋后,他将麻袋留下,细心剪下一块。

"好。"郭换金应承。既然小叶子明白,她可以糊涂。

门可闩迟迟不将麻袋小包脱手,粗糙大手摩挲不止。麻片粗糙,表层勾起丝丝缕缕。郭换金耐心等待他和麻袋片分离,想来总不会留恋到地老天荒。

终于,门可闫将麻袋小包递到郭换金手上,叮嘱道:"路上千万小心,别磕碰了它。"

为携带保管计,郭换金不得不问:"包里装的什么?"她在思谋,为防损伤,把它用衬衣加绒衣裹起来,是否安全。

"包里是我抓阄买到的上海表。给小叶子做个念想,希望她别嫌弃。这表嘀嘀嗒嗒,就像我的心跳。我当兵第一年每个月六块钱津贴费,高原有百分之五十的补助,是九块钱。一年下来,我一分不花,可攒一百零八块钱。第二年,每月津贴费涨到十元,加补助就是十五元了。以后军龄每长一年,每月多发一块钱……这块表,花了我快两年的津贴费,我还得自己买点牙膏什么的。嗨,我跟你说这些干什么?每月发的钱数,你都知道,男女都一样。"绿色的大兔子,难得地喋喋不休。

郭换金耐心听完,补充道:"男女津贴费的钱数并不一样。我们女兵,每月多七毛五分钱的卫生费。"

门可闫关切问:"小叶子也有吧?"他现在多么想多知道小叶子的事儿。

郭换金答:"她在时,也有这七毛五分钱。只是,她每月出血量大,肚子疼得厉害,七毛五分钱买的卫生纸,不够她用。"她本想为小叶子遮挡隐私,又一想,门可闫想知道,就告诉他吧。

门可闫悔呀,他不知道那个眼睛圆圆的小姑娘,肚疼时是不是想喝红糖水?

"好了,不说这些了。门班长,你的话我肯定带到。这上海手表,我会告诉小叶子有这事,但你还是留下吧。"郭换金站在小叶子的角度想了想,断定她会这样选。

大兔子的眼,越发红了,几乎滴出血来,说:"郭班长,你不能这样。这是我给小叶子的东西,她不要,愿扔愿砸,我都认了。是我欠她的一份心意。你再怎么跟她情分好,不能半道拦着我给她。你不能替她做这个主。"

若是以前,郭换金必不为所动,会顽固坚持己见。可现在不一样了,说:"门班长,你说得有理。东西我一定给你带到,她不收,就直接跟你说。放心吧。"说罢,双手接过麻布包,出乎意料的沉。

这一刻,郭换金看到一颗如弹球般大的水珠,从门可臼左眼落下。坠下的泪珠,在斜射朝光下,闪出七彩虹霓色。真的,只有一颗。右面的那颗泪珠,可能被情愫灼干,蒸发成云。郭换金强令自己记住这一瞬,一定要把这颗泪珠的事儿,讲给小叶子听。

凝重得让人窒息的沉默,弥漫在两人中间,却再无言语交流。时间不早了,挥手告辞。

茫茫雪原中,烈士陵园的存在,犹如孤岛。既孤苦伶仃,又气势磅礴。一座座墓碑,如同齐崭崭断裂的半截刺刀,倔强地迸向苍穹。

碑下的墓穴盖满雪,似弯折的钢针,刺穿大地的心脏,却并无滴血流出,雪白一片。

无边无际的旷野与荒凉中,这是块奇异之地,数年前,数月前,甚至数日前,这一座座墓碑下的生命,还曾是生龙活虎乱蹦乱跳的人,血气方刚。他们的双眼,看向森寒的山峦。他们的舌头,卷着乏味的食物。他们的心肝脾肺中,流动着同样的喜怒哀乐……猛然在某个瞬间,这一切,分崩离析,戛然终止。

他们挟着果敢与坚定,毅然决然奔赴了牺牲和毁灭。多少人朝犹微笑,夕葬雪原。他们在这里集体静默,潜伏着,等待着。期盼重新集合的号声响起时,闻令而起,雀跃不止,一如生前。

这就是高原军人的死亡,花岗岩陡峭强直的线条和永不褪色的姓氏凿刻,巍然屹立,冷静得不可一世。

晨风凛冽,彻骨生寒。郭换金知道,此地看似空旷,实则拥挤不堪。身边萦绕不绝的,是墓主人浓缩的一生。听,他们在轻声戏谑:你们现在还是过客,而我们,已臻永恒。

首先入眼的,是一座新坟:楚直墓穴。

墓地,遵照高原战区惯例,不论生前职务和年龄若何,只按牺牲年代时间顺序,排列墓穴。所有墓穴,均同等制式,好像凝固的战阵。

郭换金把连夜赶制出的白色纱布花分出一半,轻轻放在楚直墓前。花瓣多皱,基本不像花,只是蜷缩的白纱卷而已。

墓碑简陋,限于高原条件,连照片也没镶嵌。楚直的美颜和潇洒,他精湛的医术和狡猾的诙谐,都被沙石和白雪掩盖,不见丝毫踪迹。

郭换金注视着墓碑和纱花,心里轻轻说:"师傅,记得你曾用白纱布做出过婚裙,徒儿手笨,花做得不好看,你就凑合着看,别挑剔了。"虽然她今后封心锁爱,但一生中的某一天,她会找来真正的婚纱,穿戴一番独自照张相,然后烧掉,只给楚直一人看,圆他的临终念想。

楚直不信人死后有魂灵,郭换金以前也是不信。她记得有句话说——医学的尽头是神学。此刻,她宁可信其有。

另一半白纱花,她怀抱着,绕到楚直墓穴北面,那是景自连墓穴。他们牺牲的时间虽有间隔,但按照烈士陵园总体顺序,两人的墓穴恰好布在前后排。像一列行军队伍中,紧紧跟随着的两个人。

放好纱花后,郭换金默不作声。一会儿看看前排的墓,一会儿看看后排的墓,心中沟壑,被千言万语壅塞,不知说什么好。一个是她的恋人,她再也听不到那深不可测的如大提琴般的低音。一个是她"成了亲"的丈夫,顽皮嬉闹聒噪,时不时恶语伤人……现在,他们义无反顾地变成了离天穹最近的两丛冷血骨殖。此去经年,若号角再次响起,他们定会在万丈冰雪处携手集结,一如生时的骁勇向前。

郭换金柔肠百结,痛不欲生。他们啊,决然告辞,渐次远去。山在水在,风在雪在,军装在,钢枪在,阳光在,责任在。我还在,时光还在……而你们,却永远不在了。她一遍又一遍无望地呼唤着他们的名字,铭记他们的牺牲与坚守。

现在,她要走了。此一去,万水千山阻隔。人生无常,之前的分离,她都未曾用心道个别,留下终生遗憾。这一次,她要认认真真地向他们辞行,表达无涯的眷恋和永不褪色的珍惜。

她原本决定,不在他们墓前哭泣。但是,孑然一身地独立靠近,泪水完全不受控制滚滚砸下,若决堤江河。

积雪弥山,坚冰在地。泪珠还未淌及嘴角,便已凝固成冰。新的热泪接踵而下,速度更快流量更大。早先冻冰的泪滴先是融化,之后再度掳获新泪,聚集起更粗重的泪块。

郭换金迷惘了。为什么?为什么我会在阳光最明亮的时间,突然泪如泉涌？是不是你们拼尽了力气，跨越冥界和人间的分水岭，来到我近旁？我的眼睛虽看不到你们，但我的心感觉到了。我的泪水，就是在和你们打招呼啊。你看到了吗？你们看到了吗？

她本有很多话，要对景自连说。一定字句柔和，声音温婉，把更美好的自己展现给他。可最后，一句也没能吐出声。所有的话并成一句：自连，有一种幸福，叫作我为你收尸。生不能相依为命，死却可以肝胆相照。我奋力做到了！

丰神俊朗剑眉星目的你，长眠在这如牛奶一般雪白的永冻大地，万物凝结。我猜你一定音容未改，栩栩如生。多么想用我指甲翻翘的十指，将无尽的白雪扬上九霄，将硬如顽铁的土层刨开。将长长的棺材钉连根拔起，将沉重无比的红漆棺木彻底打开，我要揭走你身上的碗，我要将你的肠管送到原本的腔隙。我要悬起千针万线，将你的肚腹细细密密缝起来，我要你重新仪表堂堂声雄力猛挥斥八方……我亲爱的恋人啊，我一口口度给你新鲜的空气，我一寸寸温暖你冰冷的胸膛。我用手心焐热你僵直的手指，我一往无前投入你宽广的怀抱……

你一定会重见天日，重新呼吸，重新站起，重新跃马扬鞭，重新亲吻你的姑娘……你身体里的每一分血肉，都是曾经爆炸过的恒星遗存，你就是一颗永远辉煌的太阳！

最后，郭换金什么也没有说。想一个人，心会绞痛和抽搐。长久地想，心麻痹破碎。最痛彻的思念，是彻底缄默。

还有一个重要原因，景自连和楚直两人的墓穴，靠得太近。无论她怎么轻声细语，都会随风飘荡隔墙有耳吧？并非说的话有什么不可告人，只是分寸感会有不同。景自连那么骄傲的一个人，她怕他皱起鹰羽般的眉，说，我不是给你写信了吗？你回我一封信，把你的话写出来吧。而楚直太毒舌了，铁嘴钢牙。她怕自己惹翻他的醋意，说出阴阳怪气的话……年轻军人们表面看起来再风度翩翩，内心也充满粗粝争锋。

她决定，在心里，对他们各自说悄悄话吧。

现在是上午时分，太阳和高原明晃晃地对视着，彻骨寒冷。

郭换金突然听到背后有声响。她一时恍惚，这是哪一位烈士的英灵,穿越时光,踏冰蹈雪,来到她身旁?对于那么年轻的他们,死,只是一个稍纵即逝的片刻,死后还有大把时光,随他们挥霍。也许会颇有创意地回到阳光下,兴致勃勃地四处张望。

无论他是谁,无论他是浑身战伤鲜血淋淋,还是一具白骨峥嵘嶙峋,郭换金都丝毫不怕。他们都曾是她的战友,生前勇猛友善,死后依然光风霁月,伟岸光明。

郭换金缓缓回过头去。朗朗乾坤下,看到挺拔英俊的身影。既没有鲜血,也没有白骨,一身戎装,身披橙汁样的金色光辉,风姿夺人。

这世上,已经没有什么人和事,能让郭换金吃惊害怕。

"潘干事,你怎么来了?"她轻声问,毫不诧异。

潘容目视前方,双肩绷直,身姿稳重,步伐利落,走路的声音极轻。护送女首长下山的任务刚结束,他昨天归队。

潘容用同样的话问她:"你怎么来了?"

郭换金说:"我要走了,到内地去读书。今天,到这里来和他……和他……和他们……告别。"

潘容懂得第一个"他"是谁,也懂得第二个"他"是谁。当然,也懂得"他们"是谁。他知道有关她在高原的所有事情。

郭换金说:"没想到在这里碰到你。知道你回来了,临走时我会特地找你告别。毕竟三年后我回来,你也许在,也许不在了。"话一说完,她觉得不妥,怕"不在"引发歧义。不过,无须解释。在世界上,有人需要很多解释,终是不明白。有的人,无须解释,就能明白你的一切。

尽管有过疏离误解,然而有你,真好。

潘容说:"谢谢你记得要同我告别。"他把内心酸楚,完美隐藏起来。他是得知郭换金来了烈士陵园,才特地赶来。

郭换金诚挚地说:"我永远记得你。"

"我结婚了。"潘容平静道。

郭换金说:"知道啊。我记得你,同你有没有结婚,没关系。"

潘容心中酸楚,愧痛道:"我原本想守护你一辈子,佑你一生远离风雪。"

郭换金说:"我能守护自己一辈子,不管有多少风雪,你放心。"

是啊,经过高原生死洗礼,他们已无所畏惧。雪山无以阻挡,江河所向披靡。

潘容难掩疲惫又伤感的情绪,喑哑问:"你真的不会忘记我?"

郭换金字字千钧答道:"不会忘记。记得你们,记得你。直到永远。"

潘容自然知道"你们"是谁。他深切说:"他们不在了,但我还在。无论我们失散多少年,我一定会找到你。"

郭换金挥手道:"潘容,你千万别找我。你和你妻子,好好过日子吧。"

潘容不想继续此话题,问:"你还会回到高原吗?"

郭换金说:"我想会的。不过三年后,谁知会发生怎样的事情。我唯一能肯定的是,将来多少年后,我一定会再回到高原。"

潘容敏锐捕捉到了话中有话,说:"你指的将来,是啥时候?"

郭换金淡然一笑,这是她今天第一次微笑。潘容看到,云开雾散,雪霁日出。

郭换金说:"我百年之后,无论死在哪里,我都留下遗嘱,请将我的骨灰,带回高原。那时的我,估计没资格进烈士陵园。毕竟离开了高原,烈士称号有严格的审批手续,我不够格。我就把骨灰,抛撒在高原旷野吧。来处不甚要紧,归途才是乾坤。这是我能想到的最好归宿,衷心感激撒骨之恩。"

潘容小心翼翼问:"那个人,可以是我吗?"说完,上下嘴唇轻抖,试图封闭内心的紧张与期盼。

郭换金第二次微笑了,说:"你比我还年长一点,你能确保自己那时还活着吗?"

潘容无可辩驳。是啊,我们都不知自己的大限若何。高原曾在他们年轻的时候,毫不留情砍斫过他们的身体。谁能保证这批人的生命长度?

想到自己无法抚摸她的骨灰,它们将在别人手中随风飘逝,潘容五脏郁结,心生惶惑。他说:"如果我先死,也是请人把骨灰抛撒高原。"

郭换金佯作不爽道:"跟人学,变黄狗。"

717

潘容喜欢她偶露的天真,假装严肃更正道:"不是跟你学的,是我早就这般想好了。只不过今天你先说出来了,要变黄狗的,不定是谁。"说罢,黑眸横扫,面露微笑。

郭换金正色道:"咱俩算不上英雄,但这一点上,所见略同。"

潘容绕过鳞次栉比的墓碑,走到郭换金面前。从军衣兜里,摸出一把轻盈物件。它们五彩缤纷,好似截下彩虹又冻结而成。风吹来,翩然起舞,自有柔软生命,脆弱可人。

"这是什么?"郭换金有些眼熟。正确地讲,她并没真正见过这簇东西,但不觉陌生。

"我亲手做的书签。"潘容双手捧起,音色带着弹拨心弦的清幽。

郭换金说:"哦,想起来了。我在叶雨露那儿见过,是蓝色的。她说,是你送给她的。"

"不是我送……"潘容想说出实情,又一想,真相已无意义。那个女孩,曾唤他"哥哥"。想到她的不幸,言语便卡在喉咙深处,不再多说,道:"这些书签,我都送给你。"

郭换金说:"送她一个,送我一把,打算以数量胜质量吗?"她玩笑道。

潘容更正说:"从一开始,我就是专门为你而做的。完工后,我伤心发现,书签毛绳会变色。想着让它们尽量完美后,再亲手送与你。凡有价值的好东西,都要花费时间和精力。书签尚未最后完工,便有了政委的指婚……我的礼物没法送你了,里面原本有我的心意。我没资格了。"话虽凄楚,潘容声调并没太大起伏。

郭换金初时动容,后来渐渐恢复平静,问道:"那今天,你为什么又能送给我了?"

潘容眼眸黑湛有神,沉吟说:"你要去上大学了,会读很多医书,我知道你多么喜欢医学。学医的日子,必是高强度快节奏。这些小小书签,或可助你一臂之力。半夜读书时,不那么枯燥。它们没有更多用意,我就拿出来送你。"

他终于稳下来了。人在墓园中,很容易回归宁静。目光空旷,心如止水。

郭换金接过书签。如同捧回一群展翅神鸟。用它们做书签，学医的白色旅程，也会变得斑斓。

潘容又说："我还欠着你一样东西。"

郭换金道："我好像你债主一般。赦免了，你从此不欠我任何东西。"

潘容苦笑道："无论你赦不赦免不免，我心底，终归是欠的。"

语带双关，郭换金沉默。潘容拿出一个小纸包，说："本不想跟你说了。话赶话到了这儿，我就献丑了。"打开了小纸包。

郭换金开玩笑道："潘容，你今天打定主意，让我不断欠你的人情吗？"

潘容说："不是你欠我的，是我欠你的。"纸包里圆圆一坨，墨水瓶盖大小，色橙红略带暗褐。

"这是啥？"郭换金看不出所以然。

"杏干。正确地讲，它曾经是一枚杏子。我拿到手里很久了，它成熟后萎缩，干瘪脱水，成了现在这样，别嫌弃。"潘容敛去脸上所有表情，安静地说。

郭换金接过杏干，说："我会保存。"心里想的是，这杏干，没法给女战友们分吃了。虽说想当年在杏子里肯定算大个头，但委实分不成七瓣啊。想起司令员的西瓜之诺，看来也没戏了。

杏干、西瓜都没吃到嘴，但她已不再计较。高原，一切另当别论。许久后，面容端方的潘容又道："再来说说咱们的骨灰之约吧。"

郭换金说："刚才不是说过了吗？"

潘容剑眉耸动，一本正经道："不够具体，具体才好执行。先要搞清楚，咱俩到底谁先死？"

他们已在不知不觉中，跨越了生死雄关，风生水起笑谈死亡。

郭换金扑哧一笑道："谁先死？此乃天机。我们会以无数种方式，在任何时间，任何地点，死去。"

潘容很认真地说："我希望你先死。"

郭换金嗤之以鼻道："这像战友说的话吗？像个仇人诅咒。"

潘容不理会她的打趣，向墓地一指道："你已看过这么多人的死亡,我不忍心让你再多经受一次痛苦。所以,我会全力以赴死在你后面。"

郭换金瞳眸闪光,忙不迭道:"好啊!好啊!我隆重接受。这的确是你要力争的事情。我呢,抢先一步死。你便可从容些。"

潘容神往道:"只是不能确知,那时候,我们将是多大年纪?"

郭换金思忖着说:"这个时限,也许很快,也许很慢。若继续待在高原,死亡就是分分秒秒都会发生的事。若离了高原,运气好,或许能和一般人的寿数差不多吧?"

潘容很肯定地说:"即使离开高原,我们也难以和一般人活的时间相似。"

郭换金道:"好像你做过多少统计学研究似的。高原战区成立不过是有限的时间,你肯定没有完备的统计资料。"

潘容轻描淡写道:"我无需资料,只需常识,照样文意清通。"

郭换金不服气反问:"什么常识?什么文意?"

潘容说:"我们常年吃不上青菜,极端缺乏维生素。我们经受酷寒和缺氧,日复一日,过常人难以想象的孤寂生活。永恒盯着银色雪山和赭色荒原,色彩单调无比。我们在山花烂漫的年龄,压抑青春本能,成为特殊的无欲无求之人……凡此种种,我们即使返回平原,却再也不能回归普通人。我们的血,曾无数次冻凝过。它融化后,看起来流畅,血中总有细碎如针的冰晶,扎在骨髓深处,让我们的灵魂,永不安宁……"

郭换金默不作声。她说不出这样文艺的话,这就是当年的高中生和初中生的鸿沟。她知道他说得对,无论走到哪里,高原如针如砭,终生都在骨髓里咯咯作响。

潘容宽宏大度说:"你我短寿是大概率。这样吧,我拼了命,死在你之后。"

郭换金欣喜道:"一言为定!我死后会有人通知你,请你来接我的骨灰。还望你不远万里,赶赴高原,为我做这件事。"

潘容眸底含情道:"为你做事,是我求之不得的。说吧。"

郭换金说:"你找无人旷野,将我的骨灰迎风撒开,要撒得扇面一般,幅广而手匀。撒完后,你一定稍等会儿,别急着离开。你要亲眼看着它们——我的骨灰颗粒,无声无息渗到高原的雪雾和沙砾中。"

潘容龇着洁白牙齿,露出无比灿烂的笑容,说:"这事有何难?我保证万无一失。我身后之事,也托付稳妥之人,照此办理。"

郭换金眼眶湿红,是否有泪,自己也不知道。再睁开时,眼眸复清朗。

她曾沉溺于无尽悲伤,好在终究未被击垮。她补充道:"我得寸进尺一点。抛撒骨灰的地点,尽可能离烈士陵园近一些。免得他们在空中找我们时,太辛苦。"

潘容心领神会,道:"好。只是他们安息在永冻土层之下,不知要过多少年,沧海桑田,尸骸才能白骨化尘,在阳光下轻舞飞扬。"

郭换金说:"无论过多少年,终会等到这一天。就像地壳深处的恐龙遗骸,几千万年过去了,它们也迎来了重见天日的时刻。"

坚毅挺秀的潘容说:"我信你说的。到了会师的那一天,他们的骨灰,在阳光下飞升。你我的骨灰,也跟着手舞足蹈。彼此碰撞,欢声笑语。在此集结,一如生前。"

郭换金本来暗淡凄凉的心境,跟随潘容想象,染上昂扬绚丽的色彩。她拍着手说:"好啊!我们等着这一天。没有战争,没有流血牺牲,只有洁白骨灰,如同沉重雪花,狂风席卷,漫天起舞。"

他们一起抬起头望天,寂静。这寂静似不属于人间,是宇宙的寂寥以高山为索道,迅猛下滑,滴落耳畔。

许久许久。

年轻的头颅,仰望高原湛蓝的天空。有无数高贵而坦荡无畏的灵魂,围绕着他们,飘忽游荡。他们能够熔化金属的目光看向远方,盛大无边。

潘容看着面前的女孩,干练、简洁,眼神中流露着坦然和果敢决绝。他与她,从此有刻骨铭心的昆仑约定。

无尽的回忆打磨成光滑而隽永的思念。这一生,无论他们走多远,无论在哪里,都不需要想起高原。因为,他们从未忘记这里。把冰雪埋藏于冰雪中,岂会融化?无论东方发白旭日东升,无论骄阳似火落日西垂,无论云卷云舒暴雪狂风……一切安之若素,唯记忆熠熠生辉。时光怎样流逝,内心都定格在最纯真的年纪,如天堂般纯净。

　　两人视线都模糊了。漫天白云,从远处山巅倾泻下来,一朵云推动另外一朵云,直扑银色墓园。云的规模和气势,可以和世界上那些最伟大的瀑布比肩。这绝世美景,只因高原云层内部的水汽,全部由冰晶组成。光线发生强烈的扭转和折射,万千气象,诡谲无双。唯有身临其境,方知锦绣万千。

　　这些云,只生成于高原。郭换金想,无论她走到什么地方,都会想念高原烈士陵园上空的云。背倚山河壮美,面前祖国长宁。

　　这里的故事,只有云知道。

感谢我的首长和战友们,感谢我的亲人和朋友们。感谢人民文学出版社,感谢我的责任编辑胡玉萍和周贝女士。感谢付剑锋先生创作的名为《昆仑》的油画。感谢所有为本书付出心血与汗水的同志们。